PETER DEMPF
Die Magd der Fugger

AF217345

Weitere Titel des Autors

Der Teufelsvogel des Salomon Idler
Mir ist so federleicht ums Herz
Der Traum von Eldorado
Die Botschaft der Novizin
Die Sterndeuterin
Das Amulett der Fuggerin
Fürstin der Bettler
Herrin der Schmuggler
Die Brunnenmeisterin
Die Tochter des Klosterschmieds
Das Gold der Fugger
Die Geliebte des Kaisers
Das Haus der Fugger
Die Herrin der Farben
Die Tochter des Lechflößers

Über den Autor

Peter Dempf, geboren 1959 in Augsburg, studierte Germanistik und Geschichte und unterrichtet heute an einem Gymnasium. Der mit mehreren Literaturpreisen ausgezeichnete Autor schreibt neben Romanen und Sachbüchern auch Theaterstücke, Drehbücher, Rundfunkbeiträge und Erzählungen. Bekannt wurde er aber vor allem durch seine Historischen Romane. Peter Dempf lebt und arbeitet in Augsburg, wo auch viele seiner Romane spielen.

PETER DEMPF

DIE MAGD DER FUGGER

Historischer Roman

Lübbe

Die Bastei Lübbe AG verfolgt eine nachhaltige Buchproduktion.
Wir verwenden Papiere aus nachhaltiger Forstwirtschaft und
verzichten darauf, Bücher einzeln in Folie zu verpacken. Wir stellen
unsere Bücher in Deutschland und Europa (EU) her und arbeiten mit
den Druckereien kontinuierlich an einer positiven Ökobilanz.

Originalausgabe

Dieses Werk wurde vermittelt durch die AVA international
GmbH Autoren und Verlagsagentur, München
www.ava-international.de

Copyright © 2022 by Bastei Lübbe AG,
Schanzenstraße 6 – 20, 51063 Köln, Deutschland
Bei Fragen zur Produktsicherheit wenden Sie sich bitte an:
produktsicherheit@bastei-luebbe.de

Vervielfältigungen dieses Werkes für das Text- und Data-Mining
bleiben vorbehalten.
Die Verwendung des Werkes oder Teilen davon zum Training
künstlicher Intelligenz-Technologien oder -Systeme ist untersagt.

Textredaktion: Dr. Ulrike Brandt-Schwarze, Bonn
Einband-/Umschlagmotive: © istockphoto: ZU_09;
© shutterstock: Meder Lorant | brichuas | Lukasz Szwaj;
© Trevillion Images: Magdalena Russocka
Umschlaggestaltung: Birgit Gitschier, Augsburg
Satz: two-up, Düsseldorf
Gesetzt aus der Caslon
Druck und Verarbeitung: GGP Media GmbH, Pößneck
Printed in Germany

ISBN 978-3-404-18490-3

6   8   7

Sie finden uns im Internet unter luebbe.de
Bitte beachten Sie auch: lesejury.de

Inhalt

Die Figuren der Handlung

Ein Sternchen verweist auf historische Persönlichkeiten.

DIE FAMILIE MELCHER

Anna, Tochter von Xaver Melcher, Magd bei Hans Fugger
Xaver Melcher, Schultheiß von Jettingen, Weber und Bauer
Brigitta, seine Frau
Michl Hudler, Maier von Horgau
Marget Hudler, seine Frau, jüngere Schwester von Brigitta Melcher

Jörg Stadler, Bleicher in Augsburg
Gernot Hinterhofer, Ochsentreiber und Fuhrwerker

DIE FAMILIE FUGGER

* Johann »Hans« Fugger, Landweber
* Hans Fugger (gest. 1408/09), sein Sohn, Weber und später Tuch-
  händler
* Klara (gest. 1378), seine erste Frau
* Oswald Widolf, deren Vater, ab 1371 Zunftmeister der Weber
* Elisabeth Gfattermann (gest. 1436), Hans Fuggers zweite Frau
* Hans Gfattermann, ihr Vater, Webermeister und Ratsmitglied
* Ulrich (Ulin) Fugger (gest. 1394), Weber und Kaufmann, Bruder von
  Hans Fugger
* Kunigunde (Radigunda) Mundsam, seine Frau

Fichtnerin, Spinnerin aus Röfingen
Berthold vom Stain, Ministeriale
Guttenberger, Würzburger Raubritter
* Hans Weiß, Weber
Maria, seine Frau

* Heinrich Weiß, sein Bruder, Kürschner
* Götz Keller, Weber
Irmel, seine Frau
* Frydrych Münkler, Weber
Hedi, seine Frau
* Heinrich Burtenbacher, Bäcker
* Hans Wessisprunner, Salzfertiger
* Conrad Bitschlin, Augsburger Bürgermeister
* Heinrich Herwort, Augsburger Bürgermeister
* Johann Mangmeister, Stadtpfleger
* Jakob Preyschuh, Patrizier aus dem Weberhandwerk, Augsburger
  Bürger, Weinhändler
* Katharina Schenk, Äbtissin des Klosters St. Stephan, Kanonisse
* Heinrich Grau, Gürtler
* Elspeth, seine Frau
Zyprian, Pfarrer von St. Moritz
* Manhard, Stiftsprobst von St. Moritz

Prolog

Die Sonne lockte am Vormittag mit einer stechenden Helligkeit und Wärme, aber sobald man in den Schatten trat, war es noch winterkalt. Anna strich sich mit den Fingern durchs Haar, um die schwarze Mähne etwas zu bändigen. Ihr Vater zog sie ständig damit auf, denn die dunklen Augen und Haare hatte sie weder von ihm noch von der Mutter geerbt. Wäre die Großmutter früher nicht genauso ebenholzschwarz gewesen wie sie, wäre wohl der Verdacht aufgekommen, sie sei ein Kuckuckskind. Wenn sie wieder wie ein Wildfang durchs Dorf gerannt war und an seinem Webstuhl vorbeistrich, zog ihr Vater sie an sich. Dann neckte er sie mit dem ins Ohr geflüsterten Vorwurf, bei ihr wären wohl das Temperament und die Natur eines römischen Soldaten durchgebrochen.

Anna seufzte, sah hoch zum Schopf auf dem Weinberg und verzog das Gesicht. Viel lieber wäre sie in den Auwald der Mindel gegangen, doch am Fluss war das Reisig noch feucht. Oben auf dem Weinberg aber hatte der Frühling es bereits getrocknet.

Sie schritt durch die Äcker, die sich an den Hang schmiegten, und genoss es, wie die Sonne auf ihren Rücken brannte. Das versöhnte sie etwas mit dem Weg, der erheblich länger und anstrengender war als der zum Fluss. Außerdem wusste sie, dass Hans ihr in einem unverdächtigen Abstand folgte.

Er sah fesch aus, der Hans Fugger, mit seinen blauen Augen, den dichten Locken und dem dunklen Bartansatz.

Natürlich tat sie so, als würde sie ihn nicht bemerken, blieb hin und wieder stehen, drehte sich, pflückte erste Blumen, roch an frisch ausgetriebenen Blättern und spähte dabei immer wieder wie zufällig hinter sich, um sicherzugehen, dass er sie nicht aus den Augen verlor. Dass sie dabei etwas heftiger herumwirbelte, die Hüften etwas mehr kreisen ließ und ihre Arme ausgelassener in die Höhe warf, als sie es sonst getan hätte, gehörte zu ihrem Plan. Sie fühlte eine kribbelnde Erregung in Brust und Bauch, weil er sich in sie verschaut hatte, und nicht in Magda, Thea oder Elsbeth, die alle in ihrem Alter waren und auch um den jungen Fugger buhlten.

Als sie sich auf den Waldsaum zubewegte, fröstelte es sie. Der Tann gab einen kühlen Hauch von sich, der ihr in die Waden biss und unter den Rock fuhr. Während ihr Rücken von der noch tief stehenden Sonne aus dem Südosten gestreichelt wurde, kniff ihr der eisige Atem des Waldes in die Schenkel.

Drei Bündel Reisig musste sie sammeln und nach Hause tragen, damit wenigstens gegen Abend der Kamin eine sanfte Wärme verstrahlte. Sie hoffte, dass die letzten Winterstürme ausreichend Astwerk aus den Wipfeln der Kiefern auf dem Weinberg gefegt hatten und die Arbeit rasch von der Hand ginge. Vielleicht würde Hans ihr helfen …

Sie schlüpfte durch eine Lücke zwischen den tief herabhängenden grünen Ästen am Waldrand und versicherte sich, dass Hans sie gesehen hatte. Sofort umfing sie eine bedrückende Düsternis. Sie musste einen Augenblick stehen bleiben, damit sich ihre Augen an das Dämmerlicht gewöhnen konnten, und schlang ihre Arme um den Oberkörper. Sie hatte nicht geglaubt, dass es unter dem Nadeldach so kalt sein würde.

Das Herumstehen ließ sie noch mehr frösteln. Sie musste sich bewegen, um warm zu bleiben. Sie bückte sich und sammelte trockene Zweige in der Armbeuge, in die sie schon einen Strick gelegt hatte. Zwar hatte sie rasch einen Armvoll zusammen, aber die Menge an Reisig stellte sie nicht zufrieden. Das Bündel musste doppelt so stark werden, bevor sie es verschnüren konnte.

Sie legte das bis jetzt gesammelte Bruchholz unter einer Kiefer ab und ging weiter, um es mit einem zweiten Armvoll Geäst aufzustocken. Ihre Augen waren auf den Boden gerichtet, ihr Ohr aber horchte darauf, Hans aus dem Unterholz treten zu hören. Unruhe erfasste sie, fahrig klaubte sie die Zweige auf. Sollte sie sich umdrehen und so tun, als hätte sie ihn zuvor nicht gesehen? Vermutlich würde er ihr nicht

glauben. Zudem würde es ihre erste Begegnung ohne Aufsicht sein …
Sie wollte den Gedanken nicht zu Ende denken.

»So ein Zufall, Jungfer Anna, Euch hier zu begegnen.«

Anna zuckte zusammen. Sie hatte nicht erwartet, dass Hans bereits so nahe hinter ihr war. Sie fuhr herum, stieß einen kleinen Schrei aus und ließ die wenigen Äste fahren, die sie in der Armbeuge trug.

»Warum so ängstlich, Jungfer Anna?«, fragte Hans. »Kommt nicht mit mir etwas Licht in diesen düsteren Wald?«

Sein breites Lächeln zeigte, dass er die Situation genoss. Hans war ein oder gar zwei Sommer älter als sie und erheblich selbstbewusster. Anna dagegen wurde mit jedem Lidschlag unsicherer. War es wirklich eine gute Idee gewesen, diesen Hans Fugger, der sich aufführte, als gehöre ihm die Welt, hinter sich herzulocken?

Sie blickte zu Boden und betrachtete die Lederschuhe, die der junge Mann vor ihr trug. Sie waren neu.

»Ihr habt Reisig fallenlassen, Jungfer. Darf ich Euch helfen? Ihr braucht nur zu nicken, wenn Ihr nicht mit mir reden wollt.«

Er ihrzte sie, wie er die großen Herren und Damen ihrzen würde. Das schmeichelte ihr, und sie nickte. Hans ging in die Knie und begann, das Reisig aufzusammeln. Plötzlich hielt er inne und blickte grinsend zu ihr hoch.

»Wollt Ihr, dass ich so vor Euch knien bleibe und zu Euch aufschauen muss, damit ich Euer Gesicht sehen kann? Ich tu das gern …, aber es ist … unbequem.«

Anna schüttelte den Kopf.

Hans stand auf, das Reisig wieder im Arm, und sah sich um. »Soll das zu dem Bündel da vorn, Jungfer Anna?«

Langsam musste sie etwas sagen. Ihr Schweigen machte sie lächerlich. Wenn es nicht bald zu einem Gespräch kam, würde er sich womöglich verabschieden und sich den anderen Kandidatinnen zuwenden. Außerdem war es kalt, und sie fror.

Sie räusperte sich kurz, dann presste sie hervor: »Ja, bitte.«

»Ihr könnt ja doch sprechen«, sagte er und trug das Reisig zum bestehenden Haufen. »Ich dachte schon, Ihr wäret stumm.«

»Dann hast du mich nicht singen hören?«, fragte sie leise.

»Ach, Ihr wart das? Mir war, als würden die Lerchen ein Lied vom Himmel zwitschern.«

Sie sah ihn an, blickte in dunkelblaue Augen, die ihr weiche Knie bescherten. Sie achtete nicht auf den Weg und stolperte.

Der junge Fugger, der eben das Reisig auf den Haufen gelegt hatte, sprang zu ihr hin und ergriff ihren Arm. »Fallt mir nicht, Jungfer Anna!«

So nahe war sie ihm noch nie gewesen, und sie wusste nicht recht, was sie jetzt tun sollte. Einerseits war ihr noch immer schwindlig, andererseits hatte sie das Gefühl, ihr Gesicht, ja, ihr ganzer Kopf würde brennen vor Scham, weil die Berührung unschicklich war. »Du hast … danke. Ich … wäre sonst … hingefallen«, flüsterte sie.

Hans, der ihren Oberarm umfasst hielt, ließ sie nicht los. »Wie gut, dass ich in Eurer Nähe war!«

Sie roch seinen Atem, der einen Duft nach frischem Kümmel verströmte. Offenbar hatte er sich an den wilden Sträuchern entlang des Weges bedient, die über den Winter noch Samen behalten hatten. »Du darfst mich jetzt loslassen«, sagte sie leise. Langsam kehrte ihre Selbstsicherheit zurück.

»Ihr habt nicht gefragt, ob ich das möchte«, entgegnete er und trat so nahe an sie heran, dass sie sich fast berührten. Der Aufruhr in ihr, der sich ein bisschen gelegt hatte, flammte wieder auf und ließ ihren Atem schneller gehen. »Aber ich möchte es«, sagte sie bestimmt.

»Seid Ihr sicher?«, fragte Hans, und bevor sie zurückweichen konnte, hatte er seine Lippen auf ihren Hals gedrückt.

»Was …? Aua!«, stotterte sie und zuckte zurück, weil er ihr auf die Zehen getreten war.

»Gefällt es Euch etwa nicht?«

»Das nicht … ich meine, schon …, aber … du stehst auf meinen Zehen!«

»Oh!« Der junge Fugger wich zurück und ging auf die Knie. »Darf ich meine Ungeschicklichkeit wiedergutmachen?«, fragte er und langte an ihre Fessel, hob den Fuß auf und wollte ihn küssen.

Doch das vertrug sich nicht mit ihrer leichten Schwäche. Anna bekam das Übergewicht und fiel rücklinks zu Boden. Hans hielt noch immer ihren Fuß. Anna kicherte, obwohl ihr Hintern leicht schmerzte.

Hans kniete stumm vor ihr, den Blick starr auf sie gerichtet. Es dauerte eine Weile, bis sie begriff, dass er nicht auf sie, sondern unter ihren Rock blickte, der durch den Fall hochgerutscht war und ihre Beine freilegte. Hastig zog sie ihren Fuß zurück und streifte den Rock über ihr Knie.

»Was starrst du so?«, fragte sie und rutschte von ihm weg.

»Es ... es tut mir leid«, stammelte er. Sein Kopf war feuerrot.

»Ich muss weiter Holz sammeln, sonst bleibt es heute Abend kalt in unserer Stube«, sagte sie.

»Ja ... Natürlich«, krächzte er.

Einerseits beschämte es sie, wie er auf ihre Schenkel gestarrt hatte, andererseits kribbelte es bei dem Gedanken in ihrem Bauch. Noch nie hatte ein Mann ihre Knie gesehen. Sie rappelte sich auf, strich ihren Rock glatt und machte sich an die Arbeit.

Als sie sich bückte, sah sie aus dem Augenwinkel, wie er versuchte, die Reaktion seiner Männlichkeit zu verbergen, indem er sich wand und sein Gemächt unter dem Beinkleid zurechtrückte.

»Darf ich Euch helfen, Jungfer?«, fragte er endlich. Seine blauen Augen leuchteten.

Anna hatte schon geglaubt, er würde nie fragen.

Sie richtete sich mit einer bereits vollen Armbeuge Reisig auf und strahlte ihn an. »Gern. Vier Hände sammeln schneller als zwei.«

Hans begann zu sammeln, bückte sich und blieb dabei nahe bei ihr. Schließlich wurde es Anna zu viel. Sie stand da, eine Hand in die Hüfte gestemmt, in der anderen Armbeuge das Reisig.

»Ich finde es schön, wenn du bei mir bist«, sagte sie freundlich. »Aber wenn du da hinten sammelst und ich hier vorn, nehmen wir uns nicht gegenseitig die Äste weg.«

Hans stutzte, nickte dann aber und lief zu der Stelle, die sie ihm gewiesen hatte. Er sah kurz zu ihr herüber. Seine Augen wirkten aus der Entfernung von ein paar Schritten dunkel und rätselhaft, was ihn noch anziehender machte. Sie musste sich bewusst von seinem An-blick losreißen und weiterarbeiten.

Während sie beide stumm sammelten, überlegte Anna, was passieren würde, wenn sie fertig waren. Drei große Bündel konnte sie tragen. Wenn Hans ihr half, vielleicht vier. Mehr durften nicht sein, weil es sonst aufgefallen wäre, dass sie im Wald nicht allein gewesen war.

Wenn sie also die vier Bündel beisammenhatten, was würde dann geschehen?

»Warum bist du nicht zum Auwald gegangen? Das ist doch näher«, rief ihr Hans nach einer Weile zu.

Offenbar war ihm das Schweigen zwischen ihnen unangenehm. Auch Anna war es lieber, dass sie miteinander redeten. Es fiel ihr allerdings auf, dass Hans vom respektvollen Ihr zum Du übergegangen war.

»Das Holz da ist zu feucht.«

»Wolltest du, dass ich hinter dir hergehe?«

»Wie kommst du darauf?«

»Niemand tanzt so herum, wenn er nur zur Arbeit geht.«

Sie konnte ihm ja schlecht sagen, dass er mit seiner Vermutung ins Schwarze traf, also schwieg sie.

Als sie beim dritten Bündel angelangt und es verschnürt hatten, hob Hans fragend die Augenbrauen. »Noch eins?«

»Wenn du's mir ins Dorf trägst!«

»Also komm. Dann müssen wir da hinten suchen.« Er deutete tiefer in den Wald hinein.

Anna zog den letzten Strick, den sie zum Zusammenbinden mitgenommen hatte, aus der Rocktasche und legte ihn ein gutes Stück weiter auf dem Waldboden aus. Sie musste sich bücken und bemerkte, wie Hans auf ihren Hintern starrte.

»Was gibt es da zu sehen?«, herrschte sie ihn forscher an als gewollt.

Doch Hans war keineswegs verlegen, sondern lächelte breit. »Du hast einen Fleck auf dem Kleid, wo du hingefallen bist.«

Anna strich über ihre Rückseite und fühlte tatsächlich eine feuchte Stelle. »Das wird trocknen!«, gab sie zurück.

Hans drehte sich um seine eigene Achse. »Hier drinnen? Im Waldschatten? Niemals. Da müsstest du schon aus dem Forst heraus und das Kleid in die Sonne legen.«

Das hättest du wohl gern, dachte Anna und schüttelte den Kopf. Außer ihrem Hemd trug sie nichts darunter.

»Soll ich es mir holen und draußen auslegen?«, fragte er neckend und rannte auf sie zu.

»Niemals!« Anna kicherte und lief davon. Sollte er sie doch zu fangen versuchen. Sie war schneller als er. Sie jagte zwischen den Bäumen hindurch, blickte nach hinten, um zu sehen, wie nahe er schon war. Aber Hans wollte sie offenbar nicht fangen, sondern sie scheuchen wie ein Reh. Anna schlug einen Haken, sprang hinter einen Baum, um seinen Händen zu entkommen – und trat plötzlich ins Leere. Ein kurzer Schrei entfuhr ihr, dann stürzte sie zur Seite.

Rasch war Hans bei ihr. Er war außer Atem, aber sein Blick verriet ihr, dass er sich Sorgen gemacht hatte.

»Was ist …?« Die Frage war überflüssig. Anna hob den Kopf. »Halt mich. Schnell. Ich rutsche«, keuchte sie.

Sie lag am Rand einer Grube und krallte sich mit beiden Händen in den lockeren Waldboden, während ihre Beine ins Leere baumelten. Sie hatte das von frisch gefallenem, noch grünem Reisig bedeckte Loch nicht gesehen und wäre beinahe hineingestürzt.

Hans packte ihre Handgelenke und zog sie auf den Boden des Waldes zurück.

»Glück gehabt«, sagte er. »Eine Grube, aus der man Eisenknollen holt … oder holen wollte.« Er blickte sich um. »Ob es hier überhaupt Knollen gibt? Man sucht derzeit überall danach.«

Anna lag vor Hans' Füßen.

»Kannst du aufstehen?«, fragte er besorgt.

Anna nickte. Hans zog sie hoch und hielt sie fest. Sie zitterte und war froh über den Halt, den er ihr bot. Vorsichtig spähten sie über den Rand der Grube. Es war wie der Blick in die Hölle, so dunkel war es dort unten. Der Schacht führte sicherlich fünfundzwanzig oder dreißig Fuß in die Tiefe, verfüllt mit Ästen und herabgerutschtem Sand.

»Du hättest dir den Hals brechen können«, sagte Hans. »Lass uns ein paar Schritte beiseite gehen.«

Anna nickte nur. Sie liefen ein Stück weiter in den Wald hinein, weg von der Grube.

»Die Leute glauben, mit diesen Schächten würden die Waldgeister freigelassen«, sagte Hans. »Und die würden das Böse von unten nach oben tragen. Deshalb werden die Schächte immer wieder mit Zweigen zugedeckt. So manchem Schaf, Reh oder Fuchs sind sie schon zum Verhängnis geworden.«

Anna hatte davon gehört, und sie hatte es soeben am eigenen Leib erfahren. Sie zitterte noch immer, ohne dass sie es verhindern konnte.

Hans drückte sie an sich, streichelte sie. Dankbar legte sie ihren Kopf an seine Brust. Seine Nähe hatte mit einem Mal nichts Beunruhigendes mehr.

Er zog sie fest an sich und strich mit der Hand über ihre dunklen Locken und zupfte kleine Ästchen und Nadeln aus dem Haar. Sie horchte auf seinen Herzschlag, der sich zusehends beschleunigte.

Der junge Fugger nahm ihr Kinn und hob sacht ihren Kopf an, bis sie sich in die Augen sehen konnten. Sie wusste nicht, was er dachte, aber sie blickte in Augen, so blau wie der Himmel vor dem Wald, klar und übersät mit kleinen schwarzen Punkten.

Anna spürte, wie sich auch ihr Atem beschleunigte – dann küsste er sie und zog sie mit sich zu Boden.

Es dauerte eine Weile, bis sie wieder zu sich kam, denn rauschartig durchströmten sie Gefühle, als schwelle die Mindel nach einem Herbststurm an. Die Empfindungen nahmen alles mit sich und überspülten Dämme. Sie fühlte, wie sich Hans' Hände über ihren Körper bewegten, wie er mit ihrer Brust zu spielen begann, wie er ihr an den Hintern griff und sie dabei an sich presste. Sie ließ es geschehen. Alles schien so natürlich und gottgegeben, so richtig und angemessen, dass sie sich an der aufkeimenden Lust rieb, bis ihre Sinne Funken sprühten wie ein Johannisfeuer.

Hatte sie nicht genau das gewollt? Hans hinter sich herziehen, als hinge er an einer Angel?

Doch plötzlich durchfuhr sie ein Schreck. Hans' Hände waren überall, streichelten und drückten ihren Körper. Aber sie spürte auch, wie er ihren Rock hochschob, wie er mit der Hand zwischen ihre Beine fuhr. Sie zuckte zurück. So sehr sie es sich wünschte – alles wollte und durfte sie ihm nicht geben. Noch nicht.

»Nein ...«, brachte sie zaghaft hervor. Schließlich, als er fortfuhr, sie dort zu berühren, wo seine Hände noch nicht hingehörten, wurde sie deutlicher. »Nicht jetzt!«

Aber Hans hörte nicht auf. Sein Keuchen drang an ihr Ohr. »Warum nicht?«, flüsterte er heiser.

Mit einem Ruck drehte er sie um. Jetzt lag sie mit bloßem Gesäß da. Hans kniete sich über sie und nestelte an seiner Hose. Dann lag er auf ihr, und sie spürte sein hartes Glied an ihrem nackten Hintern, fühlte, wie es heiß und starr an sie drängte.

»Lass mich«, rief Anna, nahm alle Kraft zusammen und bäumte sich auf. Gleichzeitig trat sie mit einem Fuß nach Hans' Beinen.

Hans schrie auf und wälzte sich von ihr herunter. Offenbar hatte sie ihn am Schienbein getroffen. Anna wandte den Kopf. Hans lag neben ihr am Boden, die Beine gespreizt, sein Glied ragte steil empor. Seine Augen glänzten fiebrig. Er starrte sie an wie ein Wild, das erlegt werden muss.

Anna sprang auf und rannte davon. Sie musste weg von hier, musste den Waldsaum erreichen, auf die offenen Felder hinaus. Die Legenden und Sagen, die sich um die Trichter woben, schossen ihr durch den Kopf, das Auftauchen und Verschwinden bemützter Kobolde, die Menschen mit in ihre Welt hinabzogen und nie wieder hergaben.

Sie lief einfach geradeaus, die Augen voller Tränen, und hörte das Keuchen von Hans, der ihr folgte. Fluchend, bettelnd – und immer mit dieser rauen Stimme, die seine Lust untermalt hatte.

Anna glaubte zu fliegen, so schnell rannte sie. Diesmal nicht aus Spaß und Tollerei, sondern aus Angst. Sie hätte ihn nicht reizen dürfen, hätte ihn nicht locken, ihn nicht gewähren lassen dürfen!

Das Nichts unter ihren Füßen kam so unvermittelt, dass ihre Gedanken abrupt unterbrochen wurden. Kurz ruderte sie mit den Armen, bis sie einen heftigen Schlag gegen die linke Gesichtshälfte spürte. Sie hörte, wie es knackte, wurde mit der Brust gegen eine Wurzel geschleudert, und dann ging es abwärts. Sie blieb an etwas hängen, ihr Fuß wurde verdreht, und sie hörte es knacken, als ihr rechtes Bein brach. Sie wurde herumgeworfen, streifte mit dem Gesicht über die enge Schachtwand und fiel kopfüber weiter durch trockenes Astwerk, Wurzeln und Sandwehen. Sie hörte jemanden schreien. Irgendwann schlug sie mit dem Kopf auf, und dann war plötzlich nichts mehr um sie als Dunkelheit.

Hans rief nach Anna, brüllte, doch alles blieb stumm. Außer dem Nachhall seiner eigenen Stimme und seinem jagenden Atem vernahm er nichts.

Eben war sie noch vor ihm gewesen, hatte einen Haken geschlagen, war hinter dem Junganflug verschwunden – und dann war da nur noch ihr Schrei gewesen und die darauffolgende Stille.

Abrupt hatte er gestoppt. »Anna!«, hatte er gerufen.

Keine Antwort. Er war um den Schopf aus jungen Bäumen herumgegangen und hatte das Trichterloch entdeckt. Er legte sich auf den Boden, robbte bis zum Rand und schaute hinunter.

Es dauerte, bis sich seine Augen an die Dunkelheit gewöhnt hatten. Außer Schwärze sah er nichts.

»Anna?«, rief er nach unten. »Anna! Bist du da? Wie geht es dir?«

Keine Antwort. Er versuchte, leise zu atmen, um auch das geringste Geräusch wahrzunehmen, aber er hörte nichts außer dem Knacken der Bäume über sich, die aus dem Winterschlaf erwachten. Endlich richtete er sich wieder auf und spähte umher.

War sie weitergelaufen? Hatte sie ihn nur genarrt?

Er hätte sich beherrschen müssen. Sein Drängen war nicht richtig gewesen, hatte sie in Angst und Panik versetzt. Dabei war er doch vorsichtig gewesen. Er hatte das so nicht gewollt.

Hans ging ein paar Schritt von der Grube weg, umrundete den kleinen Wald und kehrte wieder zurück. Er hatte Anna nicht fallen sehen, hatte nur ihren Schrei gehört.

War womöglich etwas dran an den Sagen, die von den Venedigern erzählten, den unheimlichen Erzsuchern, die ihre Opfer mit in die Tiefe und in ihre eigene Welt hineinzogen?

Unsinn! Anna war nicht von einem Waldkobold entführt worden.

Hans umkreiste die Trichtergrube. Sie war breiter und tiefer als die vorhergehende, und er konnte ihr unteres Ende nicht erkennen. Es lag womöglich dreißig Fuß tief oder tiefer. Er hatte gehört, dass sich die Gruben an der Basis verbreiterten, weil man dort nach den Erzknollen grub. Gesehen hatte er es noch nicht.

Plötzlich stutzte er. Die Grube war an der westlichen Seite von einer Wurzel begrenzt, und auf dieser Wurzel fand sich eine feuchte Stelle.

Sein Pulsschlag beschleunigte sich. Er kniete sich hin, legte einen Finger in den Fleck, rieb ihn zwischen den Fingern und roch daran. Blut. Eindeutig. Mit Blut kannte er sich aus. Schließlich half er beim Schlachten und hatte schon dem einen oder anderen Huhn den Kopf abgeschlagen. Wieder legte er sich auf den Bauch und spähte in die Öffnung hinunter. »Anna!«, brüllte er aus Leibeskräften, horchte, brüllte wieder.

Seine Unruhe wuchs. Das konnte doch nicht sein! Hatte er sich verschaut? Stellte er sich etwas vor, was so nicht geschehen war?

Warum hatte sie auch wegrennen müssen? Er hätte ihr nichts getan. Er konnte doch nichts dafür, dass sie so übertrieben reagierte, versuchte er sich zu beruhigen.

Er umkreiste die Grube mehrmals, schließlich entschied er sich dafür nachzusehen.

Er hatte schon zugeschaut, wie die Erwachsenen in solche Löcher hinuntergestiegen waren. Links und rechts der Röhrenwand waren Vertiefungen eingegraben, in die man die Füße setzen konnte. Man verspannte den Körper zwischen den schmalen Wänden der Röhre und kletterte hinab. Es kostete nur etwas Kraft und Überwindung. Langsam fror ihn.

Hans legte sich ein weiteres Mal auf den Waldboden. Die Kälte, die von ihm aufstieg, griff nach seiner Lunge. Er suchte in den Wänden die ersten Trittlöcher und fand sie tatsächlich.

Wenn er jetzt wartete, dann würde er sich nicht mehr überwinden. Er setzte sich auf den Rand des Trichters, rutschte nach vorn, stellte seinen Fuß in die Aussparung und ließ sich tiefer gleiten. Er presste sich gegen die Wand der Grube und suchte nach der nächsten Aussparung. Auf diese Weise gelangte er tiefer und tiefer. Seine Beine zitterten vor Anstrengung. Zuerst hatte er gedacht, das Licht würde nicht ausreichen, um etwas zu erkennen, doch je weiter er nach unten kam, desto mehr gewöhnten sich die Augen an die Dunkelheit. Er atmete schwer, weil er sich mit all seiner Kraft gegen die Tunnelwand pressen musste. Plötzlich brach eine der Stufen aus, und er kam ins Rutschen. Mit Händen, Armen und Beinen, die er abspreizte, krallte er sich in die Wand und konnte so seinen Fall gerade noch abfangen. Der Schweiß lief ihm in Strömen über den Rücken, obwohl es hier unten merklich kühler wurde.

Dann entdeckte er sie unter sich. Sie lag mit verrenktem Kopf und schräg abgewinkeltem Bein da, als hätte man es ihr ausgerissen. Er sah in ihr Gesicht. Die linke Hälfte war zerschmettert. Sie war kopfüber ins Loch gestürzt. Kleid und Hemd waren zerrissen und entblößten alles.

»Anna!«, rief er, doch das Mädchen rührte sich nicht. »Anna, so sag doch was!«

Kein Röcheln, kein Atmen, kein Zucken.

Anna war tot! Wer so verkrümmt dalag, konnte den Sturz nicht überlebt haben. Hans brauchte nicht weiter hinabzusteigen. Vor Furcht, selbst abzustürzen, bebte er am ganzen Körper. Mit letzter Kraft kletterte er aus dem Trichter.

Am Rand der Grube blieb er kurz liegen und überlegte fieberhaft, was er tun sollte. Er musste ins Dorf laufen und Hilfe holen. Vielleicht war Anna doch nur bewusstlos. Aber dann sah er sie vor seinem inneren Auge entblößt dort unten liegen. Jeder Dorftrottel würde sich zusammenreimen können, dass sie vor ihm davongelaufen war. Schon säße er im Loch und würde auf seine Hinrichtung warten. Er durfte keinesfalls jemanden herbeirufen, sondern musste vorgeben, er wäre Anna nicht begegnet, sie hätten sich nicht getroffen.

Eigentlich hatte er ihr sagen wollen, dass er beschlossen hatte, für zwei oder gar drei Jahre das Dorf zu verlassen, das Weberhandwerk an anderen Orten auszuüben und Erfahrungen zu sammeln. Er hatte Anna fragen wollen, ob sie auf ihn warten wolle.

Jetzt wusste er, dass sie auf ihn warten würde. Bis zum Jüngsten Tag, bis die Erzengel die Posaune bliesen und die Toten weckten. Dann würde auch sie aus ihrer Trichtergruft auferstehen – und keine Stunde früher. Erst an diesem Tag würden sie sich wiedersehen und schließlich getrennte Wege gehen. Anna zur Himmelspforte und er direkt in die Hölle. Wenn irgend möglich, wollte er sich bei ihr entschuldigen.

Heute aber, heute musste er ins Dorf, seine Sachen packen, seinem Vater Lebewohl sagen und die alte Römerstraße unter die Füße nehmen. Nach Westen oder nach Osten, auf jeden Fall nach Augsburg, das einen guten Tagesmarsch nach Osten entfernt lag, und von dort in Richtung Süden oder Westen weiter über die Alpen ins Welschland.

Nichts anderes gab es zu tun.

Dennoch legte er sich noch einmal auf den Bauch, schob den Kopf über den Rand und rief Annas Namen, einmal, fünfmal, zehnmal. Aber dort unten, in dieser dunklen Gruft, regte sich nichts. Der Tod war stumm.

Hans' Kopf brummte und summte, als er sich aufrichtete und zum Waldrand lief. Mit steifen Beinen rannte er vorwärts. Er versuchte, langsamer zu atmen, sich zu beruhigen. Die fertigen Reisigbündel ließ er liegen. Am Waldrand zwängte er sich durch das Gebüsch und folgte dem Feldweg nach unten.

Es war, als liefe er unter Wasser. Wenn er in der Mindel schwamm und tauchte, war es dasselbe Gefühl. Die Welt war weit weg, alles drang nur gedämpft und verzerrt an sein Ohr und in seine Augen.

Erst spät bemerkte er, wie schnell er rannte. Das durfte er nicht. Er musste sich beruhigen, musste langsam gehen, um sich nicht verdächtig zu machen.

Als er den ersten Hof erreichte, hob sich der Kopf der alten Gemmerin, die in ihrem Gemüse- und Kräuterbeet Unkraut jätete. Sie nickte ihm zu und arbeitete dann wieder gebückt weiter.

Auch der Melcher, der eben ein Gespann einrichtete, ließ nur kurz seinen Blick über ihn hinweg schweifen, wie man einen Menschen betrachtete, der einem vertraut war. Erst als Hans zum Haus seines Vaters einbog, wurde er ruhiger. Er starrte auf den Weg, blickte auf seine Füße, auf die Spuren der Fuhrwerke und die Fladen der Kühe, die hier entlang getrieben wurden.

»Hans!«, rief jemand, und er brauchte einen Moment, bis er verstand, dass er gemeint war. »Hans? Bist du in dieser Welt?«

Als er hochsah, stockte ihm der Atem. Es war die Melcherin, die auf dem Hauser-Hof wohnte. Annas Mutter. Sie musterte ihn mit gerunzelter Stirn. »Alles gut mir dir?«, fragte sie besorgt.

Was sollte er ihr antworten? Nein. Nichts war gut. Er hatte ihre Tochter in einem Loch im Wald zurückgelassen. Tot.

»Ja … ja, gewiss …«, stammelte er.

»Hast du ein Schlammbad genommen? Du siehst ja aus, als hättest du dich in der Erde gewälzt.«

Entsetzt sah Hans an sich herunter. Er hatte gar nicht bemerkt, dass er sich beim Abwärtsklettern völlig verdreckt hatte. Hemd und Hosen waren mit gelblichen Schlieren übersät. Seine Hände starrten vor Schmutz. Auf den Handrücken begann der trocknende Sandboden abzuplatzen.

»Ich bin …« begann er, stockte, setzte von Neuem an. »Ich … bin gestürzt … ein Wildschwein … es hat mich …«

»Ich hab die Anna gewarnt«, sagte die Melcherin. »Um diese Zeit sind die Viecher angriffslustig. Die Sauen schützen ihren Wurf. Hast du die Anna gesehen? Sie wollte Reisig sammeln.«

In Hans' Ohren rauschte das Blut.

»Bist du der Anna begegnet?«

Hans schüttelte den Kopf, aus seinen Haaren rieselte der Sand.

»Reisig? Holt man das nicht aus dem …« Er stockte. Was tat er denn? Er redete sich um Kopf und Kragen. Wenn er erzählte, er sei im Auwald gewesen, würde sich die Bäuerin wundern, woher er dann voller Sand war. Wenn er aber sagte, er sei im Wald gewesen, würde er den Verdacht auf sich lenken, wenn sie Anna finden würden.

Annas Mutter blickte den Weinberg hoch. »Ich glaube, ich hab gesehen, wie sie den Feldweg hochgegangen ist. Wo ist dir die Wildsau begegnet?«

Hans surrte der Kopf. Darüber hatte er nicht nachgedacht. Wo?

»Im … Auwald … am … am Rieder Bach …«

Die Melcherin musterte ihn mit schräg gelegtem Kopf. Der Rieder Bach lag in der entgegengesetzten Richtung, aus der er gekommen war. »Vielleicht schick ich den Vater rauf in den Wald …«

Hans erschrak bis ins Mark. Wenn der Bauer dort hinaufging, würde er die Reisigbündel finden. Er würde nach seiner Tochter suchen und Anna in dem Loch entdecken. Der Schluss, dass Hans in der Nähe gewesen war, lag dann nahe.

»Was ist nur los mit dir? Hast du den Gottseibeiuns gesehen?« Annas Mutter schlug schmerzhaft auf seinen Oberarm.

»Was?« Hans fuhr zusammen. »Nein. Oder … Natürlich …«

»Bist du schon in aller Herrgottsfrühe betrunken, Junge?«, fragte die Bäuerin. »Müsstest du nicht am Webstuhl sitzen, dem Vater zur Hand gehen? Was streunst du so herum?« Sie musterte ihn misstrauisch. »Und du bist der Anna wirklich nicht begegnet?«

»Nein«, stieß Hans heftiger hervor, als er wollte. »Das habe ich doch schon gesagt! Ich muss mich vorbereiten. Meine Lehrlingszeit ist um, und als Geselle sollte man sich in der Welt umschauen.«

Die Melcherin schüttelte verständnislos den Kopf. »Müsst ihr Burschen jetzt alles nachmachen, was die Städter euch vorbeten? Du hast doch beim Vater ein gutes Handwerk gelernt. Da brauchst du nicht mehr die Nase in den Wind halten.«

Hans atmete auf. Diese Diskussion führte er mit dem Vater oft genug. »Ich bilde mich weiter, lerne andere Techniken. Wenn ich dann zurück bin …«

»Ist der Vater vielleicht tot und die Mutter unter der Erde vor Gram um dich und deine Weltsucht.«

»Das versteht Ihr nicht, Melcherin. Wir Jungen sind eben anders. Nicht alles kann bleiben, wie es immer war.«

»Unsinn, Hans. Am Morgen geht die Sonne auf, und am Abend geht sie unter. Im Sommer sind die Tage lang, und im Winter sind sie kurz. Das ist so, und das wird auf ewig so bleiben. Nur euch Junggemüse reicht das nicht mehr aus.« Die Melcherin schüttelte den Kopf und ging davon.

Hans schaute ein Stück weit den Feldweg entlang, der sich hinter ihm zum Wald hinaufwand. Überall waren seine Spuren zu sehen, der gelbliche Sandboden der Trichtergrube. Hastig wandte er sich um und eilte nach Hause.

Den letzten Gedanken an Anna verbannte er in die hinterste Kammer seines Gedächtnisses.

TEIL I

DER BARCHENT UND
SEIN GEHEIMNIS

I

JETTINGEN, ANFANG SEPTEMBER 1366

Hans schlenderte den Weg hinab, der von Augsburg über die alte Salzstraße von Norden her abbiegend auf Jettingen zuführte. Die Hitze des Hochsommers brannte ihm Male auf die Haut. Auf den Feldern brachten die Bauern ihre Trockenernte ein. Die Getreidefelder waren längst abgeräumt, aber das zu Mandeln gebundene Stroh stand noch auf den Äckern zum Trocknen. Auf den Flachsfeldern standen die letzten dürren Raufen.

Die Knechte und Mägde wendeten Heu. Die Bauern luden die Mandeln auf ihre Karren. Allenthalben herrschte die Geschäftigkeit, die der Sommer mit sich brachte. Die Menschen hatten mehr zu tun, als einem Wanderer nachzusehen, der sich auf das Dorf zubewegte.

Einerseits war Hans hochgestimmt, weil er endlich wieder heimischen Boden unter den Füßen hatte, andererseits keimte eine längst vergangene Angst in ihm auf, er würde beschuldigt werden, die Melcher Anna getötet zu haben. Der Schmerz, der durch den Bündelstock und die durch das raue Leinenhemd aufgescheuerten Schultern verursacht wurde, sagte ihm, dass nicht alles so schön sein würde, wie er es sich vorstellte.

Angenehm war es, überhaupt wieder Menschen zu begegnen. Südlich der Alpengipfel, die er noch vor einem Monat links und rechts von sich hatte aufragen sehen, hatte der Schwarze Tod in den Dörfern Ernte gehalten und oft mehr als die Hälfte der Bewohner gefällt. Die Überlebenden waren so scheu, dass er tagelang keine Seele zu Gesicht bekommen und ihn das Gefühl beschlichen hatte, womöglich allein auf Gottes Erde zu sein. Erst nördlich des Gebirges war das Leben in die Dörfer zurückgekehrt.

Er hatte überlegt, über Rieder zu gehen, sich aber dann dagegen entschieden. Das wären noch einmal zwei Tage mehr und ein Umweg durch kaum wegsames Gelände gewesen.

Seit mehr als drei Jahren hatte er keine Nachricht mehr erhalten von Vater und Mutter, von den Brüdern, den Verwandten. Er wollte endlich wissen, wie es ihnen ergangen war. Wenn es dazugehörte, sich gegen einen Vorwurf zu verteidigen, der nicht haltbar war, dann war es eben so. Die Erinnerung an das Unglück, das ihn schneller als geplant fortgetrieben hatte, war verblasst und tauchte nur noch in seltenen Albträumen auf.

Er näherte sich Jettingen von Norden und kürzte den Weg über ein abgeerntetes Flachsfeld ab. Wenn er sich recht erinnerte, gehörte es dem Melcherbauern. Eine seiner Mägde kratzte mit einem Rechen die Reste der bereits eingefahrenen Flachsgarben zusammen und formte daraus einen letzten Haufen. Sie machte ungelenke Schritte, so als würde sie erst seit Kurzem solche Arbeiten verrichten. Es fehlte ihr am Fluss der Bewegung.

»Gott zum Gruß, Jungfer!«, rief er ihr freundlich zu. »Seid ihr aus Jettingen? Sagt mir, leben der alte Fugger Hans und seine Frau noch?«

Die Magd sah hoch und richtete den Blick auf ihn.

Hans keuchte auf, und seine Augen weiteten sich, als er die Verunstaltung in ihrem Gesicht sah. Eine breite Narbe lief vom Kinn über die Wange bis hinauf zur Schläfe.

Die junge Frau senkte den Blick, drehte aber die Narbenseite nicht weg. »Erschreckt nicht. Das war ein Unfall«, sagte sie mit einer Stimme, die Hans sofort ans Herz griff. »Ich beiße nicht, und ich verhexe Euch auch nicht damit.«

Was nicht ganz stimmt, dachte Hans, denn die Stimme, die er hörte, passte so gar nicht zu dem verunstalteten Gesicht.

»Ich ... ich glaube Euch sofort.« Er versuchte, seine Verlegenheit durch ein Hüsteln zu verbergen. »Ich komme aus dem Flecken und war über drei Jahre fort. Wisst Ihr, ob die alten Fugger noch leben?«

»Wenn Ihr den alten Hans Fugger meint und seine Frau, die Klara, dann leben sie noch, auch wenn die Hände des Alten langsam knotig werden und steif. Ihr findet sie ...«

»Ich weiß, wo ich sie finde«, unterbrach er sie. »Habt Dank!« Hans, der den Blick nicht von ihrer zerstörten Gesichtshälfte wenden konnte, nickte ihr grüßend zu. Zu gern hätte er die andere Seite des Gesichts gesehen, aber das Mädchen drehte ihm nur ihre entstellte Seite zu. »Sagt, habt Ihr auch einen Namen, Jungfer?«

Sie stemmte eine Hand in die Hüfte. »Glaubt Ihr, nur weil ich vor ein paar Jahren das Pech hatte, mir das Gesicht zu zerfetzen, wäre ich nicht getauft?«

»Nein. Das glaube ich nicht ...«

»Schert Euch fort, wenn Ihr es auch nur gedacht habt«, sagte sie, drehte ihm den Rücken zu und arbeitete weiter.

Hans blieb dennoch stehen und betrachtete sie. Was ihm auf den ersten Blick als Unbeholfenheit vorgekommen war, schien nur auf einer schiefen Beinstellung der linken Seite zu beruhen.

»So ... so habe ich das nicht sagen wollen. Ich ... mir ...«, stotterte er. Hans atmete tief ein, denn das, was er sagen wollte, schwemmte etwas in ihm hoch, was er drei Jahre lang hatte unterdrücken können. Dann gab er sich innerlich einen Ruck. Die Magd würde ihn ohnehin nicht verstehen. »Eure Stimme ...«, sagte er leise.

Die Magd hörte auf, mit dem Holzrechen die dürren Halme der zurückgebliebenen Flachsstreu zusammenzukratzen. »Was ist mit meiner Stimme? Gefällt sie Euch so wenig wie mein Gesicht?«

»Im Gegenteil. Eure Stimme erinnert mich an einen ... einen lieben Menschen, den ich zurückgelassen habe, als ich aufgebrochen bin.«

Die Magd wandte ihm wieder ihre entstellte Seite zu. »Und wer soll das gewesen sein?«, hakte sie nach.

»Ist das so wichtig?«, fragte er. »Das Mädchen hat sicherlich geheiratet und jetzt schon das zweite oder dritte Kind.«

Die Magd sagte nichts, sondern stützte sich auf ihren Gabelrechen. »Sagt, von wem sprecht Ihr?«

Hans winkte ab und sah hinüber ins Dorf. »Ich will die Alten nicht warten lassen«, antwortete er.

»Sie haben über drei Jahre gewartet, die Alten, da kommt es jetzt auf die paar Augenblicke nicht mehr an, Hans Fugger«, sagte die Magd.

Verblüfft sah Hans sie an. »Woher wisst Ihr …«

»Glaubt Ihr, ich erkenne Hans Fugger nicht, wenn er mich auf dem Flachsfeld anspricht? Auch wenn er drei Jahre weg gewesen ist?«

»So ist das«, sagte er nur. Es war ihm peinlich, dass die junge Frau ihn sofort erkannt hatte. Er schulterte sein Bündel, das an einem Stecken hing, und verzog das Gesicht.

»Schmerzen?«, fragte sie und trat auf ihn zu. Wieder vermied sie es, ihm ihre nicht entstellte Seite zu zeigen.

»Der Stock und das Hemd. Leinen ist eben rau.«

Mit einer geschickten Bewegung streifte sie das Hemd von seiner freien Schulter. »Das muss wehtun!«, sagte sie. »Ihr habt Euch offenbar beide Schultern aufgescheuert.«

»Ich werd's überleben. Selbst als Meister kann ich das Leinen nicht so weben, dass es nicht scheuert«, entgegnete er.

»Ihr nicht«, sagte sie ruhig und rieb den Leinenstoff zwischen den Fingern. »Aber ich!«

Hans ging auf diese Bemerkung erst gar nicht ein. »Für die Walz brauche ich Kleidung, die nicht so schnell verschleißt wie Baumwolle.«

»Ich spreche nicht von Baumwolle«, sagte die Magd. »Hier, fasst meinen Rock an. Fühlt Ihr den Unterschied?«

Hans trat einen Schritt zurück.

»Was ist?«, fragte die Magd. »Graust es Euch vor mir?« Das braune Auge in ihrem zerstörten Gesicht musterte ihn spöttisch. »Getraut Euch ruhig.« Sie nahm seine Hand und führte sie an den Kragen ihres Kleides. Widerwillig ließ er es geschehen.

»Was soll es anderes sein als Leinen?«, murmelte er, doch dann rieb er den Stoff zwischen den Fingern. Er ließ sein Bündel zu Boden fallen und befühlte mit beiden Händen ihren Kragen. »Was ist das für ein Stoff?«

Die Magd lachte. »Da seid Ihr drei Jahre durch die Welt gezogen und habt nicht bemerkt, dass sich die Dinge ändern?«, fragte sie. »Ihr dürft jetzt wieder loslassen«, setzte sie hinzu, »wenn Ihr mir nicht das Kleid vom Leib reißen wollt.«

Hans zog die Hände so rasch zurück, als hätte sie ihm auf die Finger geschlagen. »Entschuldigt«, flüsterte er und räusperte sich. »Woher kommt dieser Stoff? Woraus ist er gemacht? Wer hat ihn gewebt?«

»Welche Frage soll ich zuerst beantworten, Hans Fugger?«, fragte sie lachend.

Ihre selbstbewusste Art brachte ihn wieder auf den Boden der Tatsachen. »Ihr habt recht. Ihr wohnt beim Melcherbauern?«

»Dem Dorfschulzen? Ja.«

»Ah, Dorfschulze ist er mittlerweile. Anscheinend hat sich wirklich so einiges geändert. Wie geht es der Anna, seiner Tochter?«

Hans biss sich auf die Lippen. Er hätte das nicht fragen wollen und nicht fragen sollen. Er war ihm herausgerutscht, weil ihn die Gegenwart dieser Magd, ihre Stimme und selbst ihr Duft, der sich immer wieder durch den eher bitteren Geruch der trockenen Flachsstängel stahl, völlig vereinnahmte.

»Die Melcher Anna? Habt Ihr denn nichts von ihrem ... ihrem Schicksal gehört?«

Hans schluckte und schüttelte den Kopf. Seine Stimme klang heiser, als er antwortete. »Nein. Was ist denn mit ihr geschehen?«

Die Magd sah ihn an, als wolle sie ihm etwas mitteilen, doch dann schüttelte sie kaum merklich den Kopf. »Ich muss weiterarbeiten. Da unten kommt der Karren.« Sie deutete auf einen Handkarren, den eine Frau mit Schulterriemen zu ihnen heraufzog. »Bis er hier oben ist, muss ich fertig sein. Fragt Euren Vater. Er wird es wissen und Euch erzählen. Gehabt Euch wohl. Und wegen des Stoffs – ich komme Euch besuchen!«

Sie wandte ihm den Rücken zu und begann wieder mit ihren fegenden Bewegungen.

Hans wusste nicht recht, was er mit dieser Begegnung anfangen sollte. Er blieb noch eine Weile stehen und betrachtete den Rücken der Magd, unschlüssig darüber, ob er sie noch einmal ansprechen sollte. Gleichzeitig versuchte er, ihr Alter zu erraten. Dann endlich ging er weiter hinunter ins Dorf.

Auf halbem Weg traf er auf den Karren. Schon aus einiger Entfernung glaubte er, die Frau, die sich eingespannt hatte, zu erkennen.

Als er beiseitetrat, um sie an sich vorbeiziehen zu lassen, erkannte er die Melcherin, Annas Mutter. Sie hob den Kopf, um den Fremden zu betrachten. Zuerst runzelte sie nur die Stirn, doch dann weiteten sich ihre Augen, und sie starrte ihn an, als würde sie ihm Pest und Hölle auf den Leib wünschen. Sie presste die Lippen zusammen, sagte aber kein Wort.

Hans stand da wie gelähmt. Wäre es nicht die Melcherin gewesen, hätte er der Frau geholfen, den Karren nach oben zu schieben. So aber war er unfähig, sich auch nur zu rühren.

»Gott zum Gruße«, murmelte er mit gesenktem Kopf.

»Dass du auch nur den Namen Gottes in den Mund nimmst, Teufel, ist eine Sünde«, hörte er sie zischen. Es konnte aber ebenso gut eine Einbildung gewesen sein, denn die Alte blieb nicht stehen, wandte sich nicht um. Hans gab sich einen Ruck und lief weiter.

Je näher er Jettingen kam, desto deutlicher wurde der gärende Geruch der in Wasser eingelegten Flachsbündel. Er durchquerte das Dorf und ließ den Blick über die Höfe links und rechts der Straße schweifen. Er bog nach Osten ab und stand schließlich vor der Kate seines Vaters.

Er zögerte. Das Bündel schmerzte auf der aufgescheuerten Schulter, als müsste es ihn daran erinnern, wie weh ihm der Abschied damals getan hatte. Aus dem Inneren des Hauses drang das Schlagen zweier Webstühle. Er fasste Mut und machte einen Schritt auf das geduckte Haus zu.

Kurz bevor Hans die Hand heben konnte, um an die Tür zu klopfen, öffnete sie sich, und ein junger Mann stand auf der Schwelle.

»Was wollt Ihr? Maulaffen feilzuhalten ist keine Tätigkeit für einen Weber. Wenn Ihr Arbeit sucht, hier gibt es keine, und wenn Ihr uns auf der Tasche liegen wollt, kann ich nur sagen, die Taschen sind leer.«

Hans ließ den Wortschwall über sich ergehen. Dann lachte er laut auf. »Ulin? Bist du das, Ulin Fugger? Mensch, Ulin, wie groß du geworden bist, Herrgott, wie viel Zeit vergangen ist! Und Klaus, lebt der auch noch?«

Hans trat auf den verblüfften jungen Mann zu und schloss ihn in die Arme.

Er hatte sie nicht erkannt, so viel war sicher. Anna wagte nicht, sich umzudrehen und ihm hinterherzusehen. Sie horchte auf die Schritte, die sich entfernten und auf den abgemähten Stoppeln knirschende Geräusche verursachten, als wäre das Getriebe der Welt noch nicht ganz wieder eingerastet. Und das war es auch nicht.

Sie hatte nicht erwartet, Hans jemals wiederzusehen.

Das Quietschen von Karrenrädern riss sie aus ihren Gedanken. Ihre Mutter kam, um die restlichen Flachshalme abzuholen.

»Hast du ihn gesehen?«, begrüßte sie ihre Tochter aufgeregt. »Dass sich der Kerl überhaupt wieder hierher traut!«

Die Melcherin trat vor ihre Tochter und stemmte die Hände in die Hüften. »Du musst den Vater benachrichtigen«, fauchte sie. »Der Fugger soll für das zahlen, was er getan hat. Schau dich an …«

»Mutter!«, rief Anna. »Hör auf. Wir haben das schon hundertmal durchgesprochen …«

»Warum nimmst du ihn in Schutz?«

Anna seufzte. Seit über drei Jahren führten sie dieses Gespräch. Seit sie aus ihrer Bewusstlosigkeit erwacht war.

Ihre Rettung hatte sie sich erzählen lassen müssen. Ihre Mutter hatte den Vater dazu gedrängt, nach ihr zu suchen. Das Verhalten des jungen Fuggers war ihr aufgefallen. Er hatte angespannt gewirkt, nervös, hatte ihr bei der Begegnung kurz nach Annas Unfall nicht in die Augen sehen können. Sein verdrecktes Aussehen hatte sie stutzig gemacht. Für ihre Mutter war es ein Alarmzeichen gewesen – und sie hatte so lange nicht damit aufgehört, ihren Mann zu beknien, bis der Webstuhl und Landwirtschaft links liegen gelassen und sich mit einem Knecht auf den Weg gemacht hatte.

Zuerst hatten sie im Auwald nach ihr gesucht, dann aber, als sie nicht fündig geworden waren, oben am Weinberg nachgesehen. Es

war schon dämmrig gewesen, als ein Knecht die unfertigen Reisigbündel entdeckt hatte. Von dort war es zur Trichtergrube nicht mehr
weit gewesen. Beinahe hätten sie den verrenkt in der Grube liegenden
Körper nicht bemerkt, sagte ihre Mutter immer wieder. Wenn Annas
Blick zufällig den ihres Vaters traf, dann sah sie darin bis heute noch
immer den maßlosen Schrecken, sie beinahe nicht entdeckt zu haben.
Er hatte schon in die Grube geschaut, sie dort übersehen und war auf
dem Weg zur nächsten gewesen. Nur ihr Stöhnen hatte ihn zum Loch
zurückgeholt. Sie hatten eine Lampe zu ihr hinabgelassen, und dann
war ihr Vater hinuntergestiegen und hatte sie mühsam hochgeholt.

Weder an ihr Schreien noch an ihre offenen Augen, als sie das Tageslicht wieder erblickte, konnte sie sich erinnern. Ihr Vater erzählte,
sie sei den gesamten Weg hinab ins Dorf bei Bewusstsein gewesen
und habe vor sich hingeredet, davon geplappert, dass sie gestolpert sei,
dass sie den Boden unter den Füßen verloren habe, dass sie schuld sei
an dem Unglück. Das alles gehörte zu der Geschichte, die sie immer
wieder von der Mutter zu hören bekam. Und den Vorwurf, sie hätte
ruhig den Namen des Kerls nennen können, der ihr das angetan hatte,
nämlich Hans Fugger. Doch den habe sie kein einziges Mal ausgesprochen.

Das Kleid war zerrissen, der linke Arm gebrochen gewesen, das
linke Bein ebenfalls. Es war nicht wieder richtig zusammengewach-
sen, weshalb sie hinkte. Die eine Hälfte ihres Gesichts war für immer
durch eine hässliche Narbe entstellt. Sie war so unansehnlich, dass die
Dorfjungen nichts mehr mit ihr zu tun haben wollten.

Lange waren die Erinnerungen nur ein Nebel gewesen, der alles
verschleierte und sie im Unklaren über die wahre Begebenheit ließ.
Erst langsam kamen sie zurück – und je mehr sie sich erinnerte, desto
stärker wehrte sie sich gegen das, was ihre Mutter aus der Geschichte
machte. Sie hatte den jungen Fugger gelockt, sie hatte ihn gewähren
lassen, sie war vor ihm davongelaufen …

Anna holte tief Luft. »Ich muss ihn nicht in Schutz nehmen. Er
hat nichts getan, was …«

Ihre Mutter unterbrach sie barsch. »Glaubst du, ich weiß nicht, was zwischen Männern und Frauen geschieht? Glaubst du, ich kann mir nicht zusammenreimen, warum er dich in die Grube gestoßen hat?«

»Er hat mich nicht gestoßen«, entgegnete Anna matt.

»Er wollte nur vertuschen, dass er dir das Kleid zerrissen …«

»Hör auf!«, fuhr Anna ihrer Mutter ins Wort. »Er hat nichts gemacht, also musste er auch nichts vertuschen. Ich bin beim Reisigsammeln in dieses Loch gerutscht. Hans war nicht dabei! Vielleicht hat er mich schreien hören. Vielleicht hat er nach mir gesucht. Womöglich hat er mich ebenso übersehen, wie Vater mich beinahe übersehen hätte.« Sie holte kurz Atem und sagte dann den Satz, der seit Jahren dieses Streitgespräch beendete: »Du bist nicht mal mitgelaufen, um mich zu suchen!«

Ihre Mutter blickte mit zornrotem Gesicht zu Boden. Ihre Kiefer mahlten. Diesmal ließ sie sich nicht in die Schranken einer unausgesprochenen Schuld weisen. »Warum hat er dann das Dorf fluchtartig verlassen?«

Wieder seufzte Anna. »Er wollte weiterlernen. Er hatte es mir schon gesagt.« Sie zögerte einen Moment, weil das eine Lüge war. Vielleicht hatte er es ihr erzählen wollen, dazu gekommen war er nicht mehr. »Er war womöglich auf dem Weg zum Weinberg, um mir Lebewohl zu sagen, hat mich aber nicht mehr angetroffen.«

Ihre Mutter schnaubte.

Anna wusste, sie würde ihr niemals glauben und Hans Fugger immer beschuldigen, für ihr Unglück verantwortlich zu sein. Dabei traf nur sie selbst eine Schuld daran.

Sie warf die letzten Gabeln mit Stängeln auf den Karren und den Rechen gleich hinterher. Dann stellte sie sich hinter den Karren. Es war noch eine ganze Menge Halme, die sie aufgelesen hatte. Aber ob die Menge sie durch den Winter bringen würde, bezweifelte sie. Irgendwann im Januar, Februar würde der Faden ausgehen und die Webstühle würden stillstehen wie jedes Jahr.

Anna wünschte sich, es gäbe eine Möglichkeit, mehr anzubauen, die Felder zu vergrößern. »Lass uns nach Hause gehen«, sagte sie und drückte den Gabelrechen tiefer in den Karren. Die Mutter streifte wieder die Schulterriemen über und zog an.

2

Anna wühlte in den Ballen, die ihr Vater für den Verkauf gestapelt hatte. Dass es der unterste sein musste, war klar. Nur sie hatte immer das Pech, die schlechtesten Bedingungen vorzufinden. Sie musste bei Regen aus dem Haus, sie verlor ihre Nadel, ihre Webfäden rissen.

Mit aller Kraft zog sie an dem Ballen und schaffte es tatsächlich, ihn aus dem Stapel hervorzuzerren. Acht Ellen Gewebe, eine Mischung aus Baumwolle und Leinen. Sie ließ ihre Hand darüber gleiten. Es fühlte sich weich und angenehm an und war dennoch fest wie normales Leinen.

Sie schulterte den Ballen und trug ihn unbemerkt in ihre Kammer. Mit einem Kreidestein zeichnete sie die Stoffteile an, die sie für ein Hemd brauchte. Sie maß die Größe an einem zerschlissenen Hemd des Vaters.

Mit der Schere die Muster auszuschneiden war nicht so einfach, da sie den Stoff mit der linken Hand nicht richtig festhalten konnte. Der gebrochene Arm war zwar verheilt, aber sie hatte nur noch halb so viel Kraft darin. Es war eine schweißtreibende Angelegenheit. Außerdem musste sie heimlich Mutters Nadel und Faden nehmen. Sie schwor sich, wenn der nächste Judenkramer durchs Dorf käme, sich eine eigene Nadel zu kaufen.

Mit jedem Stich, den sie setzte, mit jedem Faden, den sie einfädelte, überlegte sie sich, wie sie Hans gegenübertreten sollte. Hatte er mittlerweile davon erfahren, dass sie noch lebte? Hatte man es ihm gesteckt? Natürlich wusste sie, wie er als Mann auf sie reagieren würde: ablehnend. Eine derart verunstaltete Person, wie sie es war, würde er nicht einmal mehr ansehen, obwohl ihr sein Zögern gutgetan hatte, als er sich an ihre Stimme erinnerte. Jedenfalls hoffte sie, es sei ihre Stimme gewesen. Die ganze Zeit über überlegte sie, warum sie ihm dann dieses Hemd nähte. War es verletzter Stolz, der sie trieb, oder etwas anderes? Natürlich hatte ihr Herz an dem Tag, als sie ihn auf dem Flachsfeld erkannt hatte, einen Sprung getan. Doch in den letzten drei Jahren war viel geschehen. Konnte sie einfach die Zeit zu dem Tag zurückdrehen, an dem sie in die Trichtergrube gestürzt war? Ja. Sie hatte ihn begehrt. Ja. Sie hatte ihn geliebt. Aber war das noch immer so? Drei Jahre waren für Gefühle eine lange Zeit. Sie musste sich erst einmal klar werden, was sie jetzt für ihn empfand.

Nach drei Tagen, in denen sie nur in den Abendstunden und bis spät nachts bei Mondschein hatte nähen können, war sie fertig. Das Hemd war zwar keine Schneiderarbeit, aber das musste es auch nicht sein. Sie hatte es bei einem Vollmond genäht, dessen helles Licht die Welt so verzaubert hatte, dass es ihr immer, wenn sie aufblickte, erschien, als wäre Schnee gefallen. Es war ein magisches Licht gewesen, und vielleicht war ein wenig dieser Magie in die Stiche und das Gewebe geflossen.

Als sie das fertige Hemd zusammenrollte und unter ihr Bett schob, stand der Mond wie eine gewaltige silberkühle Scheibe am Himmel und war von einem Ring von so kaltem Licht umgeben, dass es sie gruselte.

Anna stellte sich ans Fenster, hielt ihm die zerstörte Seite ihres Gesichts hin und flüsterte, er solle sie wieder heilen. Mehr wolle sie nicht. Mit ihrem Arm und dem Bein, mit dem Hinken käme sie zurecht. Aber diese Narbe solle er fortnehmen, weil sie zwei Menschen aus ihr mache, je nachdem, von welcher Seite man sie betrachte. Sie schloss die Augen und drehte den Kopf so, dass die entstellte Wange und Schläfe dem Mondlicht ausgesetzt waren. Sie schöpfte etwas Hoffnung, als sie ein Prickeln und Jucken fühlte, als striche eine kalte Hand darüber und ebne die Narbenränder. Doch als sie die Augen öffnete und mit der Hand über die Gesichtshälfte fuhr, wurde ihr wieder bewusst, dass keine Magie ihr zu helfen vermochte. Einzig sie allein konnte sich helfen. Niemand sonst. Und der erste Schritt war, dass sie sich so annehmen musste, wie sie war.

Sie schloss die Läden, legte sich ins Bett und starrte an die Decke. Sie lebte, und sie hatte beide Augen und einen Verstand. Wenn sie nicht zu den Schönheiten zählte, musste sie eben mit anderen Gaben wuchern.

Mit diesem Gedanken schlief sie ein und wurde einige Stunden später vom Muhen der Kuh geweckt. Diese hatten sie »die Wilde« getauft, weil das Tier über ein ordentliches Temperament verfügte. Sie sprang aus dem Bett, wusch sich kurz, schlüpfte in die Kleidung und legte sich das Hemd als Bündel zurecht. Zuerst musste sie Feuer machen und die Kuh melken, dann würde sie Hans aufsuchen.

Vier Tage war es mittlerweile her, und sie musste froh sein, wenn er überhaupt noch im Dorf war. Sie war erstaunt darüber, dass sie nichts von ihm gehört hatte. Als wäre er gar nicht zurückgekehrt. Sonst war der Dorftratsch schneller, als man laufen konnte. Aber keiner sprach über Hans. Anna ahnte, warum das so war. Das Dorf hielt gerade den Atem an, lauerte, wann sie auf ihn oder er auf sie treffen würde. Die Leute erwarteten Mord und Totschlag.

Anna fuhr sich durchs Haar und versuchte, ihre gute Seite im Spiegel des Wassers zu erkennen, was jedoch misslang. Sie würde dem Tratsch einen Strich durch die Rechnung machen.

Sie trat vor die Tür, nachdem sie das Feuer angeschürt hatte. Das Bündel hatte sie in den Melkeimer gesteckt, den sie im Arm hielt.

»Hast du die Kuh schon gemolken?«, begrüßte ihre Mutter sie, die, ihren schwarzen Händen nach zu schließen, gerade vom Backofen kam. »Du kannst mir nachher beim Brotbacken helfen.«

Anna nickte, obwohl sie wusste, dass sie dafür zu spät kommen würde. Sie hielt den Eimer so, dass ihre Mutter nicht sehen konnte, was er enthielt.

Die einzige Kuh im Stall des Dorfschulzen muhte bereits jämmerlich. »Eil dich«, drängte Annas Mutter. »Die Wilde wird unruhig.«

»Ich will nicht mein Leben lang hinter dem Webstuhl sitzen, mir den Rücken krummarbeiten und mir schließlich einen Bluthusten einfangen, an dem ich elend zugrunde gehe.«

Das regelmäßige Klappern des Tritts füllte den Raum, und auch die Gleichmäßigkeit, mit der sein Vater das Schiffchen schnellen ließ und von der einen Seite zur anderen schoss, beeindruckte Hans. Überhaupt war er erstaunt, wie gleichmäßig gewebt die Tücher des Alten waren – und das hatte in ihm wieder einen Wunsch wachgerufen, den er seit Straßburg und Frankfurt hegte.

»Du bist dir wohl zu schade für ein ordentliches Handwerk«, schimpfte sein Vater, ohne dass seine Konzentration auch nur einen Wimpernschlag lang nachließ. In einem weichen, kraftsparenden Rhythmus klapperten die Tritte, schlug das Brett und sauste das Schiffchen. Es war eine beruhigende Melodie, die jedoch einen zusätzlichen, noch kaum wahrnehmbaren, aber dennoch ernsten Hintergrund hatte: das beständige Hüsteln des Vaters und sein schwerer Atem.

»Gicht in den Fingern von der Feuchtigkeit und Blut im Spucktuch sind nicht meine Zukunft, Vater.«

Dieser hielt mit seiner Arbeit inne, öffnete das Schloss, drehte den Stoffbaum, rollte das Tuch auf den Warenbaum, verriegelte das Schloss wieder und spannte die Fäden. Auch diese Bewegungen waren fließend, und der Alte musste dafür nicht einmal aufstehen. Schließlich setzte die Melodie des Webens wieder ein, das Klack, Klack, Tschuck, Teng der unterschiedlichen Abläufe – und Hans wusste, spätestens jetzt hätte der Vater zu singen begonnen, wenn er nicht danebengestanden hätte. Gesang glättet das Tuch, hieß es, weil die Lieder den Weber gleichmäßiger arbeiten ließen.

»Ich will nicht den ganzen Tag in dieser feuchten Höhle hocken und das Schiffchen spritzen lassen«, beharrte Hans.

Sein Vater sagte nichts. Hans merkte dem regelmäßigen Klacken und Klicken keine Unregelmäßigkeiten an, und dennoch begann der alte Fugger zu fluchen. Auf dem Tuch zeichneten sich dichtere und lockerere Stellen ab. Der alte Weber arbeitete nicht mehr gleichmäßig genug.

Er unterbrach seine Arbeit und wandte sich in der typischen Weberhaltung, dem gebeugten Rücken und dem nach vorn gestreckten Kopf, seinem Sohn zu. »Und womit willst du deinen Unterhalt verdienen? Glaub nicht, dass du mir hier auf der Tasche liegen kannst. Es reicht kaum für uns. Wenn wir die Landwirtschaft nicht hätten und ...«

»Ich werde mit Tuch handeln!«, unterbrach ihn Hans.

Sein Vater sah ihn kopfschüttelnd an. »Du willst tatsächlich mit der Kraxe und ein paar Tüchern durch die Weltgeschichte laufen und so dein Tuch verkaufen wie die Krämer, die immer wieder durchs Dorf kommen? Hast du dir die schon mal genau angesehen? Hungerleider wie wir. Oft nur von ihrer Kleidung zusammengehalten, sonst würden die Knochensäcke, die sie sind, auseinanderfallen.«

»Weben allein ernährt auch nicht«, entgegnete Hans.

»Aber man verhungert nicht damit«, war alles, was der alte Fugger dazu zu sagen hatte.

»Kann ich in die Kate der Großeltern ziehen?«, fragte Hans. »Sie steht doch leer, oder?«

Sein Vater nickte. »Sie hätten dich gern noch einmal gesehen ...« Er schluckte. »Räum das Häuschen auf. Der alte Webstuhl ist nur auseinandergenommen, die Teile liegen im Schuppen hinterm Haus. Man muss ihn nur etwas erneuern, dann funktioniert er wieder. Ein guter Stuhl.« Er hob den Kopf und sah seinen Sohn an. »Und eine gute Entscheidung. Wer den ganzen Tag müßiggeht, verliert sich irgendwann.«

Hans hatte nicht vor, in den Tag hineinzuträumen. Er brauchte nur etwas Abstand zu seinem Vater. Er wollte sich gerade bei ihm bedanken, dass er ihm die Kate der Großeltern überließ, als es an der Tür klopfte.

Hans und sein Vater sahen überrascht über die Schultern. Hans nickte, und der Weber begann wieder mit seiner Tätigkeit. Diesmal sang er. Hans ging zur Tür und öffnete sie.

»Ihr?«, entfuhr es ihm, als die Magd des Melcher-Bauern vor ihm stand. Er schloss die Tür hinter sich und trat zu ihr nach draußen.

»Ich hatte nicht erwartet, Euch so bald wiederzusehen«, sagte er. Das Klappern des Webstuhls und der Gesang des alten Webers drangen gedämpft aus der Kate.

»Ich halte meine Versprechen immer«, sagte die junge Frau spöttisch. Sie zog ein Hemd unter ihrem Arm hervor, faltete es auseinander und reichte es Hans.

Verblüfft nahm er es entgegen. »Wie darf ich das verstehen?«, fragte er.

»Nehmt es als Willkommensgeschenk«, erwiderte sie.

Hans hielt das Hemd mit ausgestreckten Armen vor sich und befühlte den Stoff, der wunderbar weich war. Dann sah er auf – und erstarrte.

Die junge Magd hatte ihm erstmals ihre unversehrte Seite zugewandt.

»Was ist?«, fragte sie und lächelte ihn an.

»Ich … Ihr … das ist doch …«, stotterte er. »Ihr … du … bist …«

»Ja, Hans. Ich bin's, die Anna, die damals in die Trichtergrube gestolpert ist.«

»Aber … aber du warst tot. Ich … ich habe nachgesehen.«

Sie sah ihn erstaunt an. »Du bist nicht … einfach davongelaufen?«

Hans schüttelte den Kopf, zuerst leicht, dann immer heftiger. »Nein. Bin ich nicht. Ich bin hinunter in die Grube und hab dich dort liegen gesehen. Aber du hast dich nicht gerührt, nicht geatmet und die Verrenkungen … Ich habe gedacht, du bist … du hättest dir … das Genick gebrochen.«

Anna sah ihm in die Augen, als wolle sie genau wissen, ob er die Wahrheit sagte oder ob er log. »Warum hast du nicht um Hilfe gerufen oder meinen Vater geholt?«

Jetzt war es Hans, der zu Boden blickte. Er knetete das Hemd in seinen Händen. »Ich bin deiner Mutter begegnet, und sie hat mich, verdreckt wie ich vom Abstieg in die Grube war, angesehen, als hätte ich dich … dich …« Er wagte es nicht, das Wort auszusprechen. Schließlich war er kurz davor gewesen, sie tatsächlich gegen ihren

Willen zu zwingen. »Ich hatte Angst davor, dass sie denken würde, ich wäre an dem Unfall schuld.«

Hans sah, wie ihr das Blut aus dem Gesicht wich. Sie blickte ihm in die Augen, als suche sie darin eine andere Antwort.

»Das denkt sie bis heute«, erwiderte Anna tonlos.

»Damals hätte sie mich damit an den Galgen gebracht!«

Anna schüttelte den Kopf, als wolle sie so ihre Gedanken verscheuchen. Eine drückende Stille entstand zwischen ihnen, die drei Jahre überbrücken musste. Anna deutete auf das Hemd. »Zieh es an«, sagte sie. »Bevor du es zerreißt!«

Verblüfft sah Hans auf das Hemd, das er mit seinen Händen zerknüllt hatte. »Jetzt? Hier draußen?«

»Es wird dir niemand etwas abschauen!«, entgegnete Anna. Ihr Lächeln wirkte gezwungen.

Hans zögerte, doch Anna blieb einfach vor ihm stehen, verschränkte die Arme vor der Brust und wartete.

»Lass uns wenigstens hinters Haus gehen«, schlug Hans vor.

»Damit die Leute zu reden beginnen, was der Melcher-Krüppel mit dem jungen Fugger Hans hinterm Haus zu schaffen hat? Nein. Hier und jetzt oder gar nicht!«

Hans nickte, zog langsam sein Wams aus und reichte es Anna, die es über den Arm legte. Dann knöpfte er die Hose auf. »Drehst du dich wenigstens um?«

Anna hob eine Augenbraue. »Damit du wegläufst, während ich dir den Rücken zukehre? Vergiss es.«

Hans zog das Hemd aus der Hose. Er musste sich breitbeinig hinstellen, sonst wäre ihm diese über die Hüfte gerutscht. Dann schlüpfte er aus dem Hemd und gab es Anna.

»Das sollte mal gewaschen werden«, sagte sie und rümpfte die Nase.

Hans überhörte die Bemerkung. Kurz betrachtete er die Abschürfungen auf seinen Schultern, die langsam zu heilen begannen, dann zog er sich das neue Hemd über.

Es glitt leicht über seinen Körper und zauberte ein Lächeln auf sein Gesicht. »Wunderbar weich«, befand er.

Auch Anna lächelte.

Hans prüfte den Stoff. Hemden aus reiner Baumwolle verzogen sich rasch oder rissen. Doch dieses Gewebe hielt. »Wie heißt das Tuch, und wie wird es gewebt?«, fragte er und spürte, wie sein Puls sich beschleunigte.

»Ein Weber aus dem Welschland hat mich eingewiesen, es zu weben«, erklärte Anna. »Er sei der Letzte aus seinem Dorf, der wisse, wie es hergestellt werde, hat er mir erzählt. Die Pest habe seine Familie, seine Freunde wie seine Feinde, ja das ganze Dorf in einer einzigen Woche in die Grube geworfen.«

Er wollte das Hemd wieder ausziehen, doch Anna schüttelte den Kopf.

»Es gehört dir«, sagte sie leise. »Der Stoff heißt Barchent. Er ist leicht und dennoch fest, haltbar und dennoch geschmeidig.«

»Das ist ... das ist ... Handelsware«, stieß Hans voller Begeisterung hervor und strich immer wieder über den Stoff. »Dieses Tuch muss in alle Welt!«

Anna lächelte. »Ein schöner Gedanke. Aber es gibt bei der Herstellung ein paar Probleme.«

»Ach was. Sag mir nur, welche. Die können gelöst werden.«

»Das möchtest du? Wissen, wie es gewebt wird?«, fuhr ihn Anna unerwartet an.

Hans sah nicht einmal auf, sondern versuchte, an das Geheimnis des Gewebes zu kommen, indem er es zwischen den Fingern rieb und genau betrachtete. »Ja! Warum nicht?«

»Weißt du, was ich gewollt hätte? Weißt du das?« Anna drehte sich auf dem Absatz um, zögerte, warf ihm kurzerhand seine Kleidung zu und ging davon.

»Was ... was ... was hättest du denn gewollt? Geld? Ich kann dich bezahlen«, rief Hans ihr nach.

Anna blieb stehen und sah ihn an. »Geld? Du Narr. Hat dich die Fremde so verdorben?«

Hans war verwirrt. »Aber ... was hab ich denn Falsches gesagt?«, fragte er. Anna wandte sich wortlos um und hinkte vom Hof.

3

MARKT JETTINGEN, ANFANG SEPTEMBER 1366

Ihre Wut trieb sie schneller vorwärts, als sie eigentlich laufen konnte. Sie glaubte, die Enttäuschung nicht ertragen zu können. Geld war das Erste, was ihm eingefallen war! Als ob sie das Hemd zugeschnitten und genäht hätte, um an Geld zu kommen.

Sie konnte sich gar nicht beruhigen, stampfte mit den Füßen in den Boden, dass ihr der Schmerz bis ins Hirn schoss. Warum hatte er nicht einfach ein kleines nettes Wort an sie richten können? Ein »Danke, Anna!« hätte ihr schon genügt.

Noch nicht einmal ihr Name war ihm über die Lippen gekommen, als hätten drei Jahre ausgereicht, ihn aus seinem Gedächtnis zu löschen. Er hatte sie erkannt, aber nicht Anna genannt, so als schäme er sich, diesen Namen auszusprechen. Sie biss ich auf die Lippen. Sie hatte geglaubt, ihn mit dieser kleinen Geste an sich zu erinnern. Doch weit gefehlt – es war ihm peinlich gewesen, sie zu erkennen!

»Anna!« Der Ruf hallte über das halbe Dorf, und sie erkannte die Stimme sofort. Es war die ihres Vaters. Was wollte der Alte nun schon wieder von ihr? Seit ihrem Unfall hatte sie das Gefühl, eher Dienstmagd zu sein als Tochter. Sie seufzte und ging auf die Kate zu, die sie mit den Eltern bewohnte.

»Anna!«, hallte es erneut über den Dorfanger hinweg.

»Ja! Ich hab dich gehört«, murmelte sie bitter. Sie bog auf den Hof ein und sah den Vater auf der Türschwelle stehen, den von ihr für Hans' Hemd benutzten Tuchballen in den Händen. Ihr Vater hatte den unvollständigen Barchentballen entdeckt.

»Was willst du?«, fragte sie dennoch.

Der Kopf des Melcherbauern war hochrot. Er atmete schwer. Die beiden Schreie mussten ihn ein gerüttelt Maß an Mühe gekostet haben. Seine Lunge war die eines Webers, zerstört durch die feuchte Luft in der Webstuhlkammer. »Warst du das, Anna?«

Sie sah, dass ihre Mutter hinter dem Vater stand.

»Warum?«, blaffte er.

Anna zuckte mit den Schultern. »Es war mein Tuch. Ich brauchte ein Paar Ellen Barchent.«

Sie sah ihrem Vater an, wie verblüfft er über ihre Ehrlichkeit war.

»Bist du denn von allen guten Geistern verlassen? Das beste Tuch zu zerschneiden?«

Der Kopf ihrer Mutter tauchte unter dem Arm des Vaters auf. Sie musste sich bücken, damit sie eine Lücke fand. »Und wofür hast du Barchent gebraucht?«, fragte sie. Ihre Stimme klang misstrauisch.

»Ich musste ein Hemd nähen.«

»Ein Hemd?«, kam es gleichzeitig aus beiden Münden.

»Für wen?«, fragte die Mutter. »Für wen?« Als Anna zögerte, drängte sie: »Nun sag schon, Kind!«

Anna trat verlegen von einem Fuß auf den anderen, was zu einer Schaukelbewegung führte, da ihr linkes Bein kürzer war als das rechte. »Ich wollte … wollte dem Neuankömmling …«

»Das ist nicht wahr!«, schrillte die Stimme ihrer Mutter über den Hof. »Das ist nicht wahr!« Sie schob den Vater vor sich her aus dem Haus, huschte um ihn herum und baute sich vor ihrer Tochter auf.

Anna hätte sie um einen halben Kopf überragt, wenn sie sich ganz hätte strecken können. So sahen sie sich direkt in die Augen.

»Du hast ein Hemd für diesen … diesen Teufel genäht und dafür einen Barchent-Ballen zerschnitten?« Sie wartete nicht auf Annas Antwort, sondern keifte gleich weiter: »Kennst du denn keine Scham? Der Kerl, der dich ge…«

»Er hat nichts getan!«, fuhr Anna sie an.

Mutter und Tochter standen sich gegenüber wie Furien und wollten aufeinander losgehen, doch Annas Vater schob seine Frau beiseite, trat zu Anna und schlug zu. »Du wirst mir nie wieder den besten Ballen Stoff zerschneiden, hörst du?« Er traf die gesunde Seite ihres Gesichts, weil er mit dem Handrücken ausgeholt hatte. Vor Annas Augen platzten rote Flecken. »Du wirst keine Hemden mehr nähen, für wen auch immer …« Der nächste Schlag traf die Narbenseite, »… ohne mich vorher zu fragen.« Er prügelte weiter auf sie ein, erwischte sie diesmal an der Schulter, weil Anna sich weggedreht hatte. Das stachelte seine Wut nur noch an. »Nie wieder! Hörst du?« Im Rhythmus dieser Worte trommelten die Schläge auf Kopf und Rücken, auf Brust und Schultern, bis Anna zu Boden ging. Erst dann hörte ihr Vater auf. Schwer atmend stand er über ihr.

»Ich hoffe, das merkst du dir! Du hast einen Wochenlohn vernichtet. Für dich gibt's in dieser Woche nur Haferbrei, um wenigstens etwas wiedergutzumachen. Wovon soll ich jetzt die Baumwolle bezahlen? Wovon?«

Er hatte sich wieder in Rage geredet und hob den Fuß, um nach ihr zu treten, aber die Mutter hielt ihn zurück. »Es genügt, Mann!«, sagte sie energisch und zerrte ihn von Anna weg. »Sie hat ihre Strafe bekommen.«

Anna lag auf dem kalten Boden, und das Wort »Strafe« fraß sich durch ihre Ohren ins Gehirn.

Strafe? Wofür verdiente sie Strafe? Hatte sie nicht längst ihre Strafe erhalten, und büßte sie nicht täglich dafür, dass sie einen Jungen gelockt und zu verführen versucht hatte? Hatte sie nicht mit ihrem Körper und mit ihrer Einsamkeit bezahlt? Mehr als genug bezahlt?

Sie wollte nicht aufstehen, wollte liegen bleiben und am liebsten sterben. Selbst das kurze Glück, das sie verspürt hatte, als Hans sich das Hemd übergestreift hatte, vergönnte man ihr nicht, weil sie ein Krüppel und kaum mehr zu etwas nütze war.

Irgendwann rappelte sie sich auf, schleppte sich die Stiege hinauf in ihre Kammer und sank auf ihre Bettstatt. Sie wollte einfach nur daliegen und schlafen, aber die Schmerzen hielten sie wach. Ihr Gesicht brannte höllisch. Auf dem linken Auge konnte sie nichts mehr sehen und befürchtete schon, ihr Vater hätte es ihr ausgeschlagen. Als sie die narbige Gesichtshälfte berührte, spürte sie, dass alles geschwollen und hart war. Ihr Vater hatte sie grün und blau geprügelt.

Dabei konnte sie ihn fast verstehen. Sie hatte nicht bedacht, dass mit dem Geld aus dem Verkauf des Barchents die Baumwolle hätte bezahlt werden müssen. Diese gab es nicht in ihren Breiten. Das Material kam weit aus dem Süden, war dementsprechend teuer, aber für das neue Gewebe unerlässlich. Zudem hatten die Händler oft keine Baumwolle mehr, wenn sie in Jettingen anlangten, weil die Weber in Augsburg und Kempten bereits alles aufgekauft hatten. Zu Annas Schmerzen kam jetzt auch noch die quälende Erkenntnis, sich vielleicht um eine Gelegenheit gebracht zu haben, nur weil sie einem Gefühl nachgegeben hatte.

Obwohl ihr die Ohren klingelten, hörte sie, wie die Tür zu ihrer Kammer geöffnet wurde. Unwillkürlich zog sie den Kopf ein, weil sie noch mehr Schläge befürchtete.

»Für wen hast du das Hemd genäht?«, wollte ihr Vater wissen.

Annas Lippen waren aufgesprungen und geschwollen. Weil sie ihn nicht noch mehr gegen sich aufbringen wollte, gab sie nur ein Stöhnen von sich. Der Vater trat einen Schritt in die Kammer hinein und wurde lauter. »Jetzt mach schon das Maul auf, oder hat es dir noch nicht genügt?«

Anna vergrub sich unter ihrer Decke, doch er zog sie an den Beinen hervor und verpasste ihr zwei kräftige Schläge auf den Hintern. »Wirst du mir wohl antworten, du vermaledeiter Krüppel«, brüllte er, »wenn du schon sonst zu nichts nütze bist?«

Anna schrie auf, und dann schoss der Name aus ihr heraus wie ein Pfeil. »Für Hans Fugger!«

Ihr Vater hielt inne und starrte sie ungläubig an. »Für Hans? Für den Fugger? Aber ... warum ausgerechnet für den?«

Anna blieb stumm. Die Wut ihres Vaters war offenbar verraucht, denn er stand nur da, die Hand erhoben. Sein Mund öffnete und schloss sich, weil er um Worte rang.

Soll er nur glauben, ich hätte etwas mit dem alten Zausel, dachte Anna. Aber als Dorfschulze von Jettingen durfte er das unpassende Verhältnis natürlich nicht dulden.

Anna hörte, wie ihre Mutter hinter den Vater trat, ihm etwas ins Ohr flüsterte. »Nicht für den Alten«, sagte sie leise, aber mit so viel Hass in der Stimme, als würde die Worte ihre Kehle blutig kratzen. »Für den jungen Hans Fugger.«

»Was?«, stieß Annas Vater hervor. »Der ist wieder da?«

»Ja, seit vier Tagen. Ist jetzt der Weitgereiste, der Weltenbummler, der Erfahrene. Er prahlt in der Schankstube mit seinem Wissen, das er angeblich in Welschland und Lyon erworben hat …«

»Gerede. Frauengeschwätz. Müssen sich die Weiber über alles das Maul zerreißen? Oder warst du dabei, als er es erzählt hat?«, herrschte der Melcher seine Frau an.

»Er will Tuchhändler werden, als wenn das so leicht …«

»Sei still, Weib!«, gab ihr Vater zurück. »Es reicht!«

Annas Mutter zuckte zurück. Anna bemerkte es, ohne hinsehen zu müssen. In dieser Stimmung war mit ihrem Vater nicht gut Kirschen essen. Wenn die Wut ihn gepackt hatte, ließ man sie am besten verrauchen, bevor Schläge auf einen niederprasselten.

»Ich geh in die Schänke«, verkündete er.

»Aber das Tuch!«, rief Annas Mutter.

»Lass das Tuch Tuch sein«, sagte er und ging hinaus.

Anna blieb einfach liegen. Ihre Mutter würde vermutlich nicht gehen, ohne noch ein Wort zu sagen. Aber Anna wollte nicht die Erste sein, die redete.

»Warum hast du das getan?«, fragte ihre Mutter leise, bevor sie, gebückt und gezeichnet von Arbeit und Kummer, aus der Kammer schlich.

Anna seufzte. Das wirst du nie verstehen, dachte sie, blieb aber stumm, während die Schmerzen in ihr summten und pochten.

Hans drängte es zu erfahren, wie dieses Tuch gewebt wurde. Das Hemd fühlt sich an, als wäre es aus reiner Baumwolle. Es lag weich und luftig auf der Haut. Kaum hatte er die Stube betreten, zog er es aus und legte es auf den Tisch.

Es war heller als sein altes Hemd und weit weniger rau. Zuerst roch er an seinem alten Hemd. Anna hatte gesagt, dass es gewaschen gehörte, aber so schlimm, wie sie es dargestellt hatte, war es gar nicht.

Bis zum Ende der Woche würde es noch gehen. Er streifte es sich wieder über und schlüpfte in sein Wams. Dann machte er sich über das neue Hemd her.

Die Nähte waren grob, von einer mäßig geübten Hand gestichelt. Der Stoff wellte sich. Er besah sich den Saum am unteren Rand, holte ein Messer aus seiner Tasche und begann, die Naht aufzutrennen. Dass er damit das Hemd zerstörte, war ihm gleich. Dann schnitt er mit der Schere ein Stück heraus und begann, es aufzuzupfen, also den Schuss von der Kette zu trennen. Seine Neugier war stärker. Schließlich begriff er, worin das Geheimnis des neuen Stoffs lag. Anna hatte Baumwolle und Leinen miteinander verbunden. Das Leinen als Kette, die Baumwolle als Schuss verwendet. Damit lag die Baumwolle oben und bewirkte das weiche und angenehme Gefühl beim Tragen. Die Kette aber hielt das Gewebe, denn es war aus dem stabileren Leinen.

Als er das verstanden hatte, nahm er das Hemd und machte sich auf den Weg.

Er musste Anna sagen, dass und wie er hinter ihr Geheimnis gekommen war. Er hatte auf seinem Weg nach Süden zusätzliche Techniken erlernt, hatte sich über die einfachen Praktiken der Landweber hinaus Wissen angeeignet. Er war ein Weber, der sicherlich mehr von seinem Handwerk verstand als irgendeiner in diesem Dorf. Aber dieses Tuch war besser als alles, was er bisher gesehen hatte.

Gerade als er aus der Tür trat, stürmte der Dorfschulze in den Hof, mit großen Schritten und einem vor Zorn hochroten Kopf. So außer sich hatte Hans ihn noch nie gesehen.

In seiner Wut wirkte Xaver Melcher etwas lächerlich, klein und schmächtig, wie er war, und mit einer Hohlbrust, wie sie die meisten Weber entwickelten. Außerdem lief er gebeugt, und seine Arme hingen leicht nach vorn. Nur seine Funktion als Dorfschulze gab ihm etwas Rückhalt und straffte ihn.

Misstrauisch beobachtete ihn Hans. Der Melcherbauer wollte sofort lospoltern, doch Hans nahm ihm ein wenig den Wind aus den Segeln.

»Gott zum Gruße, Melcher. Geht es Euch gut?«, begrüßte er Annas Vater, als dieser den Mund öffnete, um ihn anzugehen.

»Kaum zurück im Dorf, schon machst du wieder Ärger!«, fuhr ihn dieser böse an.

»Ich wüsste nicht, wann ich Euch oder dem Dorf schon einmal Ärger gemacht hätte«, entgegnete er. Er klemmte das Hemd unter seine Achsel, damit er zur Not die Hände frei hatte.

Annas Vater ließ sich nicht beirren. Mit ausgestreckter Hand und spitzem Finger deutete er auf Hans. »Du hättest dich melden müssen. Ich muss wissen, wer in meinem Dorf ...«

»... unserem Dorf ...«, korrigierte ihn Hans ruhig.

»Was? Ich habe die Aufgabe ...«

»... vom Dorf und dem Dorfherrn übertragen bekommen, um die Abgaben für die Herren vom Stain zu überwachen.«

Der Dorfschultheiß starrte ihn an. Offenbar war er Widerspruch dieser Art nicht gewohnt. Und schon gar nicht von jemandem, der lange weg gewesen war.

»Noch arbeite ich nicht«, erklärte Hans, »und brauche daher auch keine Abgaben zu zahlen. Aber ich werde meinem Vater nicht lange auf der Tasche liegen.«

Noch immer waren Arm und Zeigefinger Melchers ausgestreckt und deuteten auf Hans. Schließlich sah der Dorfschulze ein, wie lächerlich das wirkte, und ließ den Arm sinken.

»Du ... Ihr ... meine Tochter hat Euretwegen ein Tuch zerschnitten, ohne mich zu fragen, weil ... weil sie es angeblich für ein Hemd brauchte. Wie kommt sie dazu, ein Hemd für Euch zu nähen, Fugger?«

»Meint Ihr dieses Hemd?« Hans zeigte auf den aufgerollten Stoff unter seiner Achsel. »Ich möchte mit Eurer Tochter darüber reden«, sagte er. »Ich war eben auf dem Weg zu ihr.«

Sogleich schoss Annas Vater wieder die Röte ins Gesicht. »Ihr haltet Euch von meiner Tochter fern!«, fauchte er. »Sie hat genug durch Euch zu leiden!«

Bislang hatte Hans ruhig und gefasst auf der Türschwelle der Kate verharrt, aber jetzt trat er zwei Schritte auf den Melcher zu. Nicht nur, dass er ihn um einen Kopf überragte, er war ihm auch körperlich weit überlegen.

»Ich muss und werde mit ihr über diesen Stoff reden«, sagte Hans und wunderte sich selbst über seinen entschiedenen Ton. »Für das, was sie getan hat, bin ich nicht verantwortlich!« Er ließ Annas Vater stehen, wo er war, klemmte sich das Hemd fester unter den Arm und ging an dem alten Mann vorbei, als wäre er Luft.

Zum Melcherhof waren es kaum dreihundert Schritte. Gehöft und Wohnhaus waren sauber hergerichtet, woran sich zeigte, dass es dem Dorfschulzen deutlich besser ging als der übrigen Bauernschaft. Das Wenige, das er als Vertreter der Herren vom Stain zusätzlich einnahm, ließ ihn wohlhabender erscheinen. Jetzt wusste Hans, woher das Geld für die Baumwolle stammte. Schon als er in den Hof trat, rief er nach Anna. Doch nichts rührte sich. Er vermutete, dass sie noch immer ihre Mädchenkammer bewohnte. Er wusste noch von damals, dass diese ein kleines Fenster hatte, das auf den Bauerngarten hinter dem Haus hinausging. Er erinnerte sich daran, wie schwer es gewesen war, das Mädchen zu sprechen. Schließlich konnte man nicht durch das elterliche Schlafzimmer spazieren, um in die Mädchenkammer zu gelangen. Er hatte immer nur unter dem kleinen Fenster gestanden. Dorthin wandte er sich jetzt.

»Anna! Bist du in deiner Kammer?«, rief er leise zum Fenster hinauf.

Er hörte etwas rascheln und dann die kaum verständliche Frage: »Wer ist da?«

»Der Hans. Anna, bist du das?«

»Ja!«, war die einsilbige Antwort.

»Ich muss mit dir reden. Komm heraus.«

Eine ganze Weile herrschte Stille.

»Das geht jetzt nicht«, sagte Anna, aber es klang, als könne sie nicht richtig sprechen.

Doch Hans konnte nicht an sich halten. Wenn sie nicht herauskam, dann würde er sein Anliegen eben so erklären.

»Ich hab dein Geheimnis entdeckt!«, stieß er hervor.

Hans hörte, wie sie scharf die Luft einsog.

»Was für ein Geheimnis meinst du?«, fragte sie, und wieder musste er sich die Worte mehr zusammenreimen, als dass er sie verstand.

»Das Geheimnis deines Tuchs. Dem Barchent. Du nimmst als Kettfäden Leinen und als Schussfäden Baumwollgarne. Stimmt's? Ich ... ich habe dafür ein Stück von dem Hemd aufgedröselt.«

»Du hast ... was getan? Das Hemd zerstört, um die Webtechnik zu erkennen?«

»Ja«, gestand er. »Weil du es mir nicht sagen wolltest. Es war nicht schwer ...«

Anna schwieg, doch Hans vernahm ein leises Schluchzen.

»Weinst du?«, fragte er verblüfft. »Warum weinst du denn? Ich dachte, es macht dich stolz, dass ich ...«

»Du hast das Hemd zerstört?«, kam es leise aus der Kammer. »Das Hemd, das ich für dich genäht habe ...«

»Aber ich musste doch herausfinden ...«

»Geh, Hans Fugger«, schluchzte Anna. »Geh, und komm nie wieder her.«

4

MARKT JETTINGEN, SEPTEMBER 1366

Annas ganzer Körper fühlte sich an, als wäre er auf der Flachsschwinge mit dem Schwingschwert geschlagen worden. Es hätte sie nicht gewundert, wenn sie einzelne Fasern an sich entdeckt hätte, die befreit worden waren. Sie hinkte stärker als zuvor, und die Blutergüsse auf der Hüfte, an der Schulter und im Gesicht, die die Schläge ihres Vaters hinterlassen hatten, färbten sich bereits grünlich. Sie hatte sich einen Schal um den Mund gebunden und sich eine Haube übergezogen, um die Blessuren am Kopf zu verdecken.

Eigentlich hatte sie das Haus nicht verlassen wollen, doch nach der Getreideernte wollte das Dorf die Flachsernte feiern, bevor Erntedank anstand, und der Grundherr von Knöringen hatte Jettingen dafür einen Markt genehmigt.

Den Markt wollte, ja musste sie besuchen. Schon deshalb, weil seit dem großen Sterben vor zehn Jahren das Leben eintönig war. Außer Arbeit und Arbeit gab es nur Arbeit. Kein Tag, um durchzuatmen oder den Alltag zu vergessen, ohne dass man beichten oder zu Kreuze kriechen musste.

Das ganze Dorf war unterwegs, und neben den Händlern, die aus allen Himmelsrichtungen herbeiströmten, waren auch Gaukler gekommen. Sogar ein Puppenspieler hatte sein Zelt aufgeschlagen. Es war das größte Ereignis vor dem Erntedankfest und wurde von den Dörflern, die bis vor Kurzem noch auf den Feldern gebuckelt hatten, gern angenommen, auch wenn der Dorfpfarrer Teufel und Hölle auf die Menschen herab predigte und dabei beinahe Feuer spuckte. Dennoch war er einer der Ersten, die sich in das Zelt der losen Weiber begaben, angeblich, um die Hübschlerinnen dort zur Aufgabe ihres Gewerbes zu überreden. Hinter vorgehaltener Hand wurde erzählt, man habe den Geistlichen dabei dreimal verzückt die Muttergottes anrufen hören und beim Herauskommen sei seine Kleidung falsch geknöpft gewesen.

Der Grundherr hatte einen Stellvertreter geschickt, Berthold vom Stain. Für ihn war eine Art Thron errichtet worden, von dem aus er das Treiben überwachte. Später sollte dort die Marktaufsicht ihren Sitz haben. Blumenschmuck prangte rund um den erhöhten Stuhl, und links und rechts standen Panzerreiter mit ihren Pferden und den aufgestellten Lanzen.

Vor dem Podest mit dem Thronstuhl war ein Tisch aufgestellt worden, an dem Annas Vater saß und als Dorfschulze die Marktgebühr von den Händlern einforderte. Sichtlich zufrieden mit dem Ergebnis sah er in die Runde und unterhielt sich mit Berthold vom Stain, der mit einem gelben Mantel bekleidet war, auf dem die drei Anker von Wolfsangeln schwarz hervorstachen. Es war ein grausames Wappen, das zur heutigen Eröffnung des Marktes durchaus passte, die der Adlige übernahm. Der halbmondförmige Anker wurde in einen Baum zwischen Äste gehängt. An einer Kette hing die eigentliche Angel, ein Metallhaken, an dem die Eingeweide von Tieren aufgespießt wurden. Diese Wolfsangel wurde so hoch gehängt, dass die Wölfe danach springen mussten. Gelang es ihnen, den Köder zu fassen, verhakte sich die Angel im Maul, und das Tier blieb daran hängen und verendete kläglich.

Damit vergleichbar war für Anna der Wunsch des Grundherrn, hier einen Markt abzuhalten. Noch blieb allerdings unklar, wer der Wolf war, den es zu fangen galt: die Bauern des Dorfes oder die Händler.

Vor dem Hochsitz spielte eine kleine Kapelle von Musikern mit Krummhorn, Trumscheit und Schalmei. Ihr Spiel schnitt ins Gehör und klang mehr schlecht als recht, obwohl sie sich gebärdeten, als spielten sie bei einer Hochzeit auf. Doch es waren eben nur Bauern, die in den Wintermonaten ein wenig übten und sonst ihre Hände für das Brechen von Leinstängeln gebrauchten.

Anna hielt sich abseits. Sie suchte nach den Tuch- und Wollhändlern. Flachsfasern hatten sie selbst genug. Die Frauen hatten in den letzten Wochen den gerauften Lein gewässert, geschlagen, gehechelt. Jetzt lagen die Faserbündel da, um sie zu Garn zu verspinnen.

Was fehlte, war Baumwolle. Auch wenn der Vater das Geld nicht hatte, um welche zu kaufen – Anna musste diese besorgen, damit der Verlust, den sie zu verantworten hatte, ausgeglichen werden konnte.

Warum nur war sie so töricht gewesen, Hans aus der Stoffbahn, dem einzigen Barchent, den sie bisher gewebt hatte, ein Hemd zu nähen? Welcher Teufel hatte sie dabei geritten? Sie hätte wissen müssen, dass ihn die Neugier schier zerreißen würde.

Der Markt kam ihr gerade recht, denn noch waren es vier Wochen bis Erntedank – und wenn sie heute keine Baumwolle kaufen konnte, dann konnte sie zumindest für den nächsten Markt etwas in Auftrag geben.

Unauffällig suchte sie die Stände nach Tuchhändlern ab. Zum

einen wollte sie nicht, dass jemand neugierig nachfragte, warum sie sich so verhüllte, zum anderen war ein allzu großes Interesse beim Baumwolleinkauf schädlich. Je dringlicher ihre Bitte war, desto teurer würde die Baumwolle.

Sie zählte insgesamt fünfzehn Marktstände. Für ein erstes Mal waren das viele, aber das Angebot bestand vor allem aus Dingen des täglichen Bedarfs: Nadeln und Stopfgarn, Schüsseln und Töpfe, lebende Tiere wie Hühner, Gänse, Schweine. Ein Metallhändler verkaufte Messer, aber auch Rohmetall für den Schmied. Dennoch überkam Anna ein eigenartiges Hochgefühl, als sie über den Markt schlenderte. Neben dem Geld für Baumwolle hatte sie eine zusätzliche Münze eingesteckt, um sich etwas zu gönnen. Sobald der Puppenspieler sein Zelt öffnete, würde sie sich das Spiel ansehen.

Sicherlich hätte sie die lebendige Atmosphäre auf diesem neuen Markt noch mehr genossen, wenn sie den richtigen Händler angetroffen hätte, doch die beiden Tuchhändler hatten abgewunken, als Anna nach Baumwolle fragte. Zweimal hatte sie den Dorfplatz umrundet, zweimal vergebens.

»Was suchst du, Anna?«, fragte jemand, der neben sie getreten war. Die Stimme gab ihr einen Stich ins Herz. Seit einer Woche hatte sie Hans nicht mehr gesehen, geschweige denn gesprochen – und es tat ihr weh.

Sie wollte sich wegdrehen, aber er versperrte ihr mit einem raschen Schritt den Weg. »Schau wenigstens her. Ich trage dein Hemd.« Er zupfte unter dem Wams an seiner Kleidung herum.

Anna kannte den gelblichen Stoff. Er war noch nicht grundgebleicht worden und daher fleckiger als gewöhnliches Tuch.

»Ich hoffe, ich kann dich damit etwas besänftigen. Ich hatte das Hemd nicht ganz aufgetrennt, sondern nur unten am Saum ein kleines Stück herausgeschnitten. Das habe ich wieder gerichtet.«

Sie musste lächeln.

»Ich habe dich fast nicht erkannt. Willst du mir nicht das Lächeln ganz schenken?«, fragte Hans freundlich und schob den Schal, der ihr Gesicht verdeckte, etwas zurück, bevor Anna ihn daran hindern konnte. »Ich möchte nicht nur deine Augen seh…« Er stockte und runzelte die Stirn. »Was ist passiert?«, fragte er leise.

Anna brauchte und wollte kein Mitleid. »Nichts!«, fauchte sie und wandte sich in die andere Richtung.

Wieder trat er ihr in den Weg. »Wer … was … bist du gestürzt?«, fragte er unbeholfen und schob den Schal noch etwas weiter beiseite, sodass ihre blaugrün verschwollenen Wangen freilagen.

Hans schluckte, dann sprach er aus, was offenbar deutlich zu sehen war. »Du bist geschlagen worden. Da sind Abdrücke von Fingern auf deiner Wange.«

Der Markt war vergessen. Annas ganze Aufregung, die von den Ständen und den neuen Dingen dort befeuert worden war, versank in einer Welle von Gefühlen, die über sie hereinbrach. Nur mit Mühe konnte sie die Tränen zurückhalten.

»Wer hat dich verprügelt?«

Anna sah ihn an. »Kannst du dir das nicht denken?«

Hans schüttelte den Kopf, und Anna verdrehte die Augen. Hatten die Jahre außerhalb von Schwaben seinem Verstand doch nicht gutgetan?

»Barchent ist kostbar. Ich habe unsere einzige Bahn verschnitten, damit ich das Hemd nähen konnte. Mein Vater hätte mich deswegen beinahe umgebracht!«

Hans verengte die Augen. »Er war bei mir«, knurrte er. »Er hat es mir gesagt und mir den Umgang mit dir verboten. Aber dass er dich grün und blau prügelt …«

Er hatte sich, wie sie erwartet hatte, in Rage geredet, und sie legte ihm eine Hand auf den Arm. »Ich will nicht alle Welt an meinem Fehler teilhaben lassen. Sei bitte nicht so laut.«

»Dein Fehler? Seit wann ist es dein Fehler, jemandem ein Hemd zu schneidern?«

Anna lächelte wieder und sah ihm in die Augen. War doch noch etwas von der Zuneigung geblieben, die sie vor seiner Walz füreinander empfunden hatten? Sie wandte ihm bewusst ihre gesunde Seite zu und bemerkte, wie er sie aufmerksam musterte. Es war nicht dieses

Gefühl, als wären alle Trennungen und Kränkungen vergessen und sie würden miteinander verschmelzen, wenn sie sich berührten, aber Anna hoffte dennoch, er würde sie als Frau und nicht als Geschlagene sehen.

»Mein Fehler war, dass ich Tuch verschnitten habe, das wir verkaufen müssen«, sagte sie. »Baumwolle ist teuer und nicht immer zu haben. Wir würden gern mehr Barchent herstellen, wenn wir das Garn dafür bekommen könnten«, erklärte sie ihm. »Aber keiner der Händler verkauft Baumwollgarn. Vielleicht müsste man nach Augsburg, um es dort zu holen.«

»Nach Augsburg«, murmelte Hans und sah sich um. Dann ließ er sie stehen und trat an den Stand eines der beiden Tuchhändler.

Anna war zu verblüfft, um ihm zu folgen. Wieder ging es ihm offenbar nicht um sie, sondern um das Tuchgeschäft. Sie wollte sich schon abwenden und davongehen, blickte aber dann doch hinüber zu Hans.

Er und der Kaufmann sprachen kurz miteinander. Der Mann schüttelte den Kopf, dann zögerte er, schließlich drehte sich er zu seinem Karren um, wühlte unter der Plane aus gewachstem Sackleinen und zog vier dicke Garnknäuel hervor.

Hans drehte sich rasch zu ihr um und winkte sie heran.

»Reichen dir vier Knäuel für einen Ballen?«, fragte er.

Anna hob die Hand und spreizte die Finger. Fünf Knäuel sollte es bedeuten.

Der Tuchhändler zuckte nur mit den Schultern. Mehr als diese vier hatte er nicht bei sich.

Hans kaufte die Baumwolle und legte ihr die dicken Knäuel in die Arme. Sie konnte kaum darüber hinwegschauen.

Aus den Augenwinkeln sah Anna, wie sich Dorfbewohner zu ihr umdrehten, wie sie die Köpfe zusammensteckten und sich sicherlich fragten, was der junge Bursche mit dem Melcher-Krüppel zu schaffen hatte – und was wohl die Baumwolle zu bedeuten hatte.

»Diese Knäuel sind ein kleines Vermögen wert«, sagte Anna. »Was willst du damit?«

»Ich? Nichts. Du sollst sie für mich verarbeiten.«

»Du willst aus mir eine Lohnweberin machen?«, fragte Anna verwirrt.

Hans schüttelte den Kopf. »Du hast für mich das Hemd geschneidert. Jetzt möchte ich dir etwas zurückgeben. Behalte das Tuch, das du verschnitten hast, web einen neuen Ballen Barchent und gib ihn dem Vater. Damit ist der Verlust ausgeglichen. Ich versuche inzwischen, weitere Baumwolle aufzutreiben.«

Sie wusste nicht, was sie sagen sollte, und blieb zurück, als er an den Stand des zweiten Tuchhändlers trat. Doch dieser hatte keine Baumwolle mitgebracht. Anna rätselte noch, was den jungen Fugger umtrieb, als ihr mit einem Mal eine Idee durch den Kopf ging.

Sie musste nicht selber weben. Sollten das andere für sie machen. Wenn sie ausreichend Wolle billig einkaufte, dann würde sie diese günstiger an die Weber abgeben können. Wenn sie sich verpflichtete, einen Festbetrag für die fertigen Tücher zu bezahlen, der jedoch etwas billiger war als der Preis für die Tücher bei anderen, konnte sie diese wieder billiger weitergeben. Sie musste nur verhindern, dass die Weber ihre fertige Ware an jemand anderen weitergaben. Aber wer das tat, der bekam schlicht keine Ware mehr. Treue für Treue.

Sie sah über die Knäuel hinweg Hans nach. Er hatte die Idee in ihr angestoßen. Aber zum jetzigen Zeitpunkt würde sie ihre Überlegung für sich behalten.

Hans war wie besessen davon, noch ein weiteres Knäuel aufzutreiben. Er lief von Stand zu Stand und fragte bei allen Händlern nach. Doch der Markt war zu klein und zu unbedeutend für seine Bedürfnisse. Zwar bemühte sich der Grundherr redlich und allein durch seine Anwesenheit bezeugte er die Bedeutung des Marktes, aber allein die Tatsache, dass er nur zwei Tuchhändler hierhergelockt hatte, sprach Bände. Es war die Hoffnung, die hier ihre Buden aufgeschlagen hatte, die Hoffnung auf die Zukunft.

Erst als Hans den letzten Spezereibäcker befragt und der ihm lachend zur Antwort gegeben hatte, er könne ihm zwar einen Baumkuchen, aber keine Baumwolle backen, bemerkte er, dass Anna ihm nicht gefolgt war. Er hatte sie einfach mit den Baumwollknäueln im Arm stehen lassen! Sein Blick glitt suchend umher, aber von Anna war nichts mehr zu sehen.

Er dachte noch darüber nach, ob sie wohl den Barchent für ihn weben würde, als ihm etwas anderes durch den Kopf ging. Wenn sie es ablehnte, würde er es eben selbst erlernen, diesen Stoff zu weben. Und er würde dafür nach Augsburg gehen. In dieser großen Stadt würde es doch bestimmt Baumwolle zu kaufen geben.

Barchent hatte Zukunft, das spürte Hans, genau wie dieser Markt. Unwillkürlich schüttelte er den Kopf. Da war er nach Westen ins Welschland bis nach Lyon gelaufen, um andere Techniken, andere Stile, andere Tuchqualitäten kennenzulernen. Aber er hatte es versäumt, ganz nach Süden zu gehen und die Alpen zu überqueren, aus Angst, sich dort die Pest einzufangen – und hatte damit die Barchenttechnik nicht kennengelernt. Gesellen, die es dort versucht hatten, hatten ihn gewarnt. Die Weber dort seien verschreckt, ängstlich, wenig gastfreundlich gewesen. Der Schwarze Tod hatte Ernte gehalten wie kaum anderswo. Weit über die Hälfte der Bevölkerung habe er sich geholt, hatten die Gesellen erzählt. Dort wäre er dem Barchent begegnet. Schließlich hatte Anna doch erzählt, ein Weber aus dem Welschland hätte ihr das Geheimnis verraten. Oder hatte der Schwarze Tod dieses Wissen mit sich in die Gruben gerissen?

Hans beschloss, zwei Dinge zu wagen.

Er senkte angriffslustig den Kopf und stapfte in Richtung des Dorfschulzen. Der Melcher saß unter dem Holzthron des Grundherrn und unterhielt sich mit diesem. Arbeit hatte er kaum, da die Standgebühren bezahlt waren und erst am Ende des Marktes noch eine kleine Abgabe fällig wurde. Eigentlich hätte er durch die Reihen der Händler gehen und die Qualität sowie die Richtigkeit der Maße und Angebote prüfen müssen. Doch dafür war er noch zu unerfahren. Es war – wie bei allen Dorfbewohnern – sein erster Markt. Also unterhielt er sich mit Berthold vom Stain. Der wache Blick und die kräftige Statur ließen diesen als energischen Mann erscheinen, der wusste, was er tat. Vielleicht konnte Hans diese Tatkraft für sich nutzen.

Er baute sich vor dem Tisch auf. Der Dorfschulze bemerkte ihn gar nicht, da er den Kopf seinem Grundherrn zugewandt hatte und mit diesem sprach. Erst eine kurze Geste des Ritters vom Stain verwies ihn an den Bittsteller.

Annas Vater wandte sich zu Hans um, und seine Miene wurde finster.

»Was wollt Ihr hier?«, herrschte er ihn an.

»Mit Euch reden.«

»Das will ich aber nicht«, fauchte Melcher und wollte sich wieder dem Ritter zuwenden.

Doch Hans ließ sich nicht abwimmeln. Mit der flachen Hand hieb er auf den Tisch, dass Feder und Tintenglas hüpften. Die Paladine, die den Hochsitz und ihren Herrn darauf bewachten, griffen zu ihren Waffen. Der Dorfschulze fuhr herum und wollte ihn anherrschen, aber Hans hatte sich schon zum Grundherrn hin verbeugt und entschuldigt.

»Da bin ich wohl kurz ausgerutscht. Das tut mir leid. Aber da ich gerade Eure Aufmerksamkeit habe, Melcherbauer, ich möchte bei Euch lernen, Barchent zu weben.«

Annas Vater starrte ihn verblüfft. »Ihr … Ihr wollt Barchent weben?«

»Ihr seid doch Weber und stellt das Tuch her. Oder irre ich mich?«

Hans stellte zu seiner Zufriedenheit fest, dass Berthold vom Stain sich nach vorn gebeugt hatte und die kleine Auseinandersetzung verfolgte. Hans ergriff die Gelegenheit.

»Ich weiß doch, Xaver Melcher«, begann er, »dass Ihr diesen Barchent herstellt. Als Einziger hier im Ort. Und ich weiß, welche Möglichkeiten in diesem neuartigen Stoff stecken. Und wenn dieser Markt …«, Hans drehte sich um und zeigte mit ausgestrecktem Arm über das Marktrund, »… wenn dieser Markt hier Händler anlocken soll, dann müsst Ihr ihnen schon etwas bieten. Und mit Barchent …«

Der Ritter vom Stain, der während Hans' kurzem Vortrag bis an die Vorderkante seines Hochstuhls gerutscht war, unterbrach ihn.

»Barchent? Was ist das?«, fragte er, dann fuhr er seinen Dorfschulzen an: »Warum habt Ihr mir davon nicht berichtet?«

Der Melcher biss sich auf die Lippen und warf Hans einen bitterbösen Blick zu.

»Weil er lieber seine Tochter verprügelt, als das Geheimnis dieses Gewebes preiszugeben«, sagte Hans.

Berthold vom Stain hob die Augenbrauen.

Xaver Melcher erhob sich und verbeugte sich leicht vor dem Ritter. »Herr, wir haben erst einen einzigen Ballen gewebt. Mehr nicht. Und das Tuch hat meine Tochter zerschnitten, um … um …« Er stockte, weil sich um den Tisch herum immer mehr Menschen versammelten, woraufhin die Panzerreiter mit einem scharfen Zischen ihre Schwerter zogen.

»Wenn ich nähertreten darf, Herr«, sagte Hans, »dann könnte ich Euch zeigen, was es mit diesem Tuch auf sich hat.«

Berthold vom Stain gab seinen Paladinen ein Zeichen, die ihre Waffen wieder senkten.

Hans umrundete den Tisch und legte sein Wams ab. Dann zog er sein Hemd etwas aus der Hose und trat nahe vor das Podest. »Hier, Herr. Langt her. Prüft das Leinengewebe.«

Nach kurzem Zögern beugte sich Berthold vom Stain zu ihm herunter und rieb den Stoff zwischen Zeigefinger und Daumen. Sein Gesicht verfinsterte sich.

»Wollt Ihr mich auf den Arm nehmen, Kerl? Das ist kein Leinen, das ist Baumwolle.«

Xaver Melcher wollte etwas sagen, doch Hans kam ihm zuvor. »Ihr habt recht und zugleich unrecht, Herr, wenn ich das so sagen darf.« Er erklärte dem Ritter den Unterschied – und obwohl er vermutete, dass dieser nicht ein Wort von seinen Ausführungen verstand, war er wohl dennoch in der Lage, die hohe Qualität des Stoffs zwischen seinen Fingern zu beurteilen.

Kaum hatte Hans geendet, befahl Berthold vom Stain: »Webt mir einen Ballen von diesem Tuch und bringt ihn nach Rechtenstein zu unserer Stammburg. Dann wollen wir weiter entscheiden.«

»Aber Herr …«, wollte Xaver Melcher widersprechen, doch ein Wink seines Grundherrn verbot ihm den Mund.

Hans war jedoch noch nicht fertig. »Womit wir beim eigentlichen Problem sind: der Baumwolle.«

Berthold vom Stain sah ihn verständnislos an.

»Wir haben keine Baumwolle. Ich habe heute die letzten vier Garnknäuel aufgekauft. Mehr ist nicht da. Und der nächste Markt wird erst in vier Wochen an Erntedank sein.«

»Bis dahin will ich das Tuch haben«, sagte der Herr vom Stain.

Hans zuckte mit den Schultern. »Ich wüsste, wo man bestimmt Baumwolle bekommt.«

»Worauf wartet Ihr dann? Sputet Euch!«

Hans spürte, wie das Interesse an seinem Tuch zu schwinden begann. Die ersten Zuschauer der Auseinandersetzung wandten sich bereits wieder ihren eigenen Geschäften zu. »Herr, wir sind arme Weber. Und Baumwolle ist teuer.«

Berthold vom Stain schien zu begreifen. Er nickte. »Vier Wochen?«

»Vier Wochen. Versprochen, Herr.«

Der Ritter kramte zwei Goldmünzen hervor und warf sie Hans zu. »Das sollte mehr als genug sein. Das Tuch ist nur für mich, verstanden? Wie heißt Ihr?«

»Hans, Hans der jüngere Fugger.«

»Den Rest des Geldes gebt Ihr mir zurück. Und webt mir einen Barchent, der seines Namens würdig ist. Unter Anleitung meines Dorfschulzen.«

Hans nickte und blieb vor dem Podest stehen.

»Was noch, Weber?«

»Herr, wenn ich jetzt für eine Woche nach Augsburg gehe, um von dort Baumwolle zu besorgen, müsste jemand meine Wirtschaft in Ordnung halten.«

»Nein. Das kann er nicht tun!«, fuhr der Melcher dazwischen, der bislang wie erstarrt dagesessen und nur von einem zum anderen gesehen hatte. Jetzt war er aufgesprungen.

»Was kann er nicht tun?«, fragte der Grundherr.

»Ich brauche eine Magd«, erklärte Hans unumwunden. »Wenn Ihr so gütig wärt, mir die Anna Melcher ...«

»Den Krüppel meines Schulzen wollt Ihr?« Das Erstaunen des Adligen war groß.

»Sie ist ...«, begann Hans.

Berthold vom Stain winkte ab. »... zu nichts zu gebrauchen. Nehmt sie. Aber bezahlt sie anständig.«

»Verfluchter Fugger!«, zischte Annas Vater mit Bittermiene.

5

Anna suchte das Garn für den Webstuhl zusammen, als ihr Vater in die Stube trat.

»Hans Fugger hat dich gekauft«, sagte er. »Nimm dein Zeug und schleich dich rüber zu ihm«, hatte er ihr mürrisch befohlen und sich dann an den Webstuhl gesetzt. Spätestens als er zu summen begann, war ihr klar, dass es kein weiteres Gespräch geben würde.

Aber was sollte das? Niemand konnte sie kaufen! Sie war keine Sklavin. Da hatte sie doch ein gehöriges Wörtchen mitzureden.

Sie stürzte aus dem Haus und rannte zur Kate seiner Großeltern, die Hans neuerdings bewohnte. Schon von Weitem brüllte sie seinen Namen. »Hans! Hans Fugger!«

Er erschien unter dem Türstock und bedeckte mit einer Hand seine Augen, weil er direkt in die Sonne schaute.

»Hans! Hans Fugger!«

»Ich bin doch hier«, sagte er ruhig. »Was schreist du so?«

»Mein Vater hat gesagt, du hättest mich gekauft!« Noch immer konnte sie ihre Stimme nicht senken. Es war ihr gleich, ob alle Nachbarn hörten, was sie zu verhandeln hatten.

»Was soll ich getan haben?«, rief Hans laut zurück. Offenbar machte es ihm Spaß, sie nachzuahmen. Das machte sie nur noch wütender.

»Man kann mich nicht kaufen, Fugger. Ist das in deinem Hirn angekommen? Kauf Pferde, Esel, Schweine, wenn es dir Spaß macht. Aber ich bin unver...«

»Ich habe dich nicht gekauft. Was soll der Unsinn?«, fiel ihr Hans ins Wort und verschränkte die Arme vor der Brust. In seiner Miene spiegelte sich eine spöttische Lust, sie zu ärgern.

»Das will ich dir auch geraten haben«, zischte Anna, doch ihr war der Wind aus den Segeln genommen. »Warum sollte mein Vater mich anlügen?«

»Weil ich ihn gefragt habe, ob ich dich als Magd ins Haus nehmen darf, die mir den Haushalt führt.«

Anna klappte die Kinnlade herunter.

Beschwichtigend hob Hans die Arme. »Ich weiß, es ist noch nicht Michaeli. Aber so lange kann ich nicht warten und habe den Grundherrn deshalb jetzt schon gefragt, ob er dich freigibt. Und er hat zugestimmt. Mehr nicht.«

Anna wusste nicht mehr, was sie sagen sollte. Einerseits war sie überrascht und überwältigt davon, eine solche Arbeit bekommen zu haben. Sie selbst hatte sich noch als alte Jungfer mit vierzig Jahren ihre alten Eltern pflegen und den Hof versorgen sehen. Jetzt war sie Magd bei Hans Fugger. Andererseits war sie wütend, weil er sie vorher nicht gefragt hatte, ob es ihr recht sei.

»Wo ...«

Hans ließ sie wieder nicht ausreden. »Ich weiß, was du fragen willst. Du hast eine eigene Kammer. Dies ist das Austragshaus meiner Großeltern. Es ist klein und wird vorerst genügen müssen. Ich habe schon einen Webstuhl aufgestellt, da kannst du dein Tuch weben. Allerdings muss der Raum erst noch etwas hergerichtet und gesäubert werden.«

Anna stützte sich auf den Stiel des Besens, um dessen Ende sie einen feuchten Lappen geschlungen hatte, und blickte durch die offene Tür hinaus in den neuen Morgen. Vom anderen Ende des Hofs her hörte sie das Schlagen eines Webstuhls und ein Singen. Hans' Vater war bereits bei der Arbeit. Sie wischte den letzten Dreck aus dem Raum mit dem Webstuhl, wrang das Tuch im Kübel aus und schüttete das Schmutzwasser mit Schwung in den Hof.

Als er drei Tage zuvor aufgebrochen war, hatte Hans es eilig gehabt. Und er hatte höchst geheimnisvoll getan, aber Anna wusste, was er vorhatte, spätestens als er die Kraxe vom Dachboden holte. Und sie wusste, dass er damit wohl scheitern würde. Sie hätte es ihm sagen können, wenn er nur gefragt hätte. Sie begann ein letztes Mal damit, die kleine Wohnung auszuwischen. Die Fusseln des Webstuhls und die Unordnung wegen des zweijährigen Leerstands waren in alle Ritzen gedrungen. Die Räume glänzten danach zwar nicht, aber sie waren wieder sauber. Man sollte ihr nicht nachsagen können, nur weil sie sich mit dem Laufen schwertat und eine Narbe im Gesicht trug, könne sie keinen Haushalt führen.

Anschließend ging sie hinüber zu ihrem Nachbarn, dem Veit, den alle nur Bärbauer nannten, weil einer seiner Vorfahren einmal einen Tanzbären besessen und mit ihm im Sommer über die Jahrmärkte gezogen war, und holte Milch. Sie brauchte Butter und ein wenig Rahm. Hans würde erst in einer Woche wiederkommen. Es war ein strammer Fußmarsch von Sonnenaufgang bis Sonnenuntergang über die Salzstraße nach Augsburg, zehn Stunden, vielleicht etwas mehr. Mit Glück hatten sie ihn noch am Gögginger Tor eingelassen. Vier oder fünf Tage vor Ort, um Baumwollgarn zu kaufen – wenn er denn welches fand –, und dann mit der Kraxe wieder zurück. Dafür würde er zwei Tage brauchen. Die Knäuel wogen schwer.

So hatte er es sich wohl gedacht. Mit keinem Wort hatte er ihr davon erzählt. Sie wusste nicht, ob er sie damit überraschen oder sich selbst etwas beweisen wollte. Nur mit einem hatte er vermutlich nicht gerechnet: Um diese Jahreszeit waren die Lager in Augsburg leer. Erst im Frühjahr würde die neue Baumwolle über die Alpen gebracht werden. Die Winterwolle war längst zum Spinnen an die Spinnerinnen ausgegeben worden. Dort und nur dort konnte man derzeit noch Material bekommen.

Anna stellte die Milch auf den Tisch. Diese musste mindestens einen halben Tag ruhen, damit sich der Rahm oben sammeln konnte. In der Zeit würde sie Baumwolle besorgen – und zwar dort, wo es sie noch gab. Wenn sie rasch ging, zuerst das Erlenbachtal entlang und dann hinüber ins Goldbachtal Richtung Zusmarshausen wechselte, würde sie in zwei Stunden in Gabelbach sein. Dort kannte sie zwei Baumwollspinnerinnen, die ihr vielleicht noch etwas Baumwollgarn verkaufen konnten. Sie wäre zurück, wenn die Milch reif war, damit sie den Rahm abschöpfen konnte. Sie raffte bereits ihren Rock, als sie innehielt. Immer noch musste sie sich daran gewöhnen, dass sie bestimmte Dinge einfach nicht mehr bewältigen konnte. Bei ihrem Gehumpel würde sie für den Weg nicht zwei Stunden brauchen, sondern doppelt so lange und danach eine Woche mit teuflischen Schmerzen im Bett liegen.

Nein. Ihre Idee war sicherlich gut, aber für sie selbst undurchführbar.

Sie setzte sich auf einen der beiden Holzhocker, die sie mit der Bürste abgeschrubbt hatte, und fuhr wie gestochen wieder hoch. Sie brauchte ja gar nicht nach Gabelbach! Auch in Röfingen gab es eine Frau, die Baumwolle spann. Die alte Fichtnerin war an den Stuhl gefesselt, nachdem ihr ein Leiterwagen über den Fuß gefahren war und ihn zerquetscht hatte. Aber ihre Finger waren flink wie eh und je – ebenso wie ihr Mundwerk. Nach Röfingen würde Anna nur eine knappe Stunde brauchen. Das war zu bewältigen. Sie war sich sicher, dass die Alte ihr ein oder zwei Knäuel überlassen würde. Man unterstützte einander, wenn einem die Welt nicht freundlich entgegenblickte. Anna griff in ihre Schürze. Die wenigen gesparten Pfennige darin würden für ein Knäuel reichen, ein zweites musste sie zur Sicherheit auf Pump kaufen.

Sie warf sich ihre Cappa über, band ihr Kopftuch fest, nahm einen Strick von der Wand und schlang ihn sich unter dem Übergewand um den Leib. Dann griff sie nach ihrem Stock und machte sich auf den Weg.

☙

Hans hatte schon viel erlebt, aber so etwas war ihm noch nicht untergekommen. Zuerst war er nicht mehr zum Gögginger Tor eingelassen worden. Im September schloss es schon gegen neun Uhr, und der Späteinlass war nur Stadtbürgern gestattet. Fremde hatten vor den Toren zu bleiben.

So verbrachte er eine eisige Nacht im Buschwerk, eingehüllt in seinen Kapuzenumhang und unter stechenden Sträuchern. Gott sei Dank blieb es trocken, aber er konnte nicht schlafen, weil in seinem Wams mehrere Silbermünzen steckten, mit denen er Baumwolle kaufen wollte. Das morgendliche Angelusläuten der Glocken war eine Erlösung für ihn. Zerzaust und dreckig schlurfte er zum Tor, und nachdem er den Brückenzoll entrichtet hatte, ließen ihn die Wächter mit einem scheelen Blick passieren. Hätten sie ihn nicht von der abendlichen Abweisung wiedererkannt und daher gewusst, dass er im Freien übernachtet hatte, hätten sie ihn vermutlich wieder zurückgeschickt.

Noch am Tor erkundigte er sich nach den Tuch- und Garnhändlern, erntete aber nur fragende Blicke und zuckende Schultern. Irgendwo in der Stadt, vermutlich in der Unterstadt, wahrscheinlich im Handwerkerviertel an den Lechkanälen, fänden mehrmals die Woche Märkte statt, war die Antwort gewesen.

Er streifte durch die engen Gassen und spürte erstmals den Unterschied zwischen der reinen Luft und der Weite des Blicks vor den Mauern und dem Gestank und der Enge zwischen ihnen. Es war, als läge ein Tuch über der Stadt, das sie düster und bedrohlich wirken ließ. Und sie schien ihn abzuweisen. Niemand wollte ihm sagen, wo sich ein Garnmarkt fand. Er wurde von einem Ort der Stadt zum anderen geschickt, erntete widersprüchliche Anweisungen, ging mehrfach fehl und landete gegen Abend schließlich bei einem Weber im Lechviertel.

Er betrat den Raum und klopfte energisch gegen die Türwange. »Gott zum Gruße!«

»Herein mit Euch und Tür zu!«, rief ihm der Weber entgegen.

Hans trat einen Schritt in den Raum hinein und stand knöcheltief im Wasser. Als die Tür hinter ihm zuschlug, sah er gar nichts mehr. Der Handwerker arbeitete in fast völliger Finsternis. Der Webstuhl stand im Wasser. Die Kett- und Schussfäden mussten feucht sein, dann blieben sie geschmeidig. Riss ein Faden, musste er wieder zusammengeknüpft werden. Das ergab einen unschönen Knoten im Tuch. Je mehr Knoten, desto schlechter die Qualität.

»Was wollt Ihr?«, fragte der Weber, ohne in der Geschwindigkeit seiner Arbeitsschritte nachzulassen. Er war geschickt, hatte ein gutes Händchen für das Schiffchen und einen sehr gleichmäßigen Rhythmus. Es würde ein gutes Tuch werden.

Langsam gewöhnten sich Hans' Augen an das Dämmerlicht. Er hätte den Mann für einen Bettler gehalten, wenn er ihm auf der Gasse begegnet wäre. Er trug einen zerschlissenen Kittel und Lumpenhosen, deren Beinenden Fäden zogen.

»Ich bin Hans, der jüngere Fugger. Wo finde ich in dieser Stadt noch Baumwollgarn oder Baumwolle zum Selberspinnen?«

Abrupt hielt der Weber inne und drehte sich zu ihm um. Ein Gesicht sah ihn an, das eher einem Totenkopf glich als einem lebenden Wesen: eingefallene Wangen, fehlende Zähne, tief im Schädel liegende Augen. Die Brust war eingesunken, und jetzt hörte Hans auch, wie schwer er atmete. Es war die Weberkrankheit, die den Mann gepackt hielt.

»Woher kommt Ihr?« Der Weber hustete rau.

»Aus … Jettingen … warum?«

»Weil ein Augsburger Weber diese Frage so nicht gestellt hätte, Hans, der jüngere Fugger. Jedenfalls nicht um diese Jahreszeit.«

»Warum denn? Ich verstehe nicht …«

»Ihr könntet Schafwolle haben, Fugger. Der Markt für Schafwolle …«

»Ich brauche aber Baumwolle«, unterbrach Hans den Weber.

Die Antwort war ein kurzes, hartes Lachen. Es führte zu einem langanhaltenden Husten, an dessen Ende ein ziehendes Luftholen stand, als stünde der Mann kurz vor dem Ersticken. Er wandte sich wieder seiner Arbeit zu.

»Es gibt keine Baumwolle mehr um diese Zeit, Fugger«, keuchte er. »Die wird nur aus ... Venedig hierhergebracht ... Ihr hättet sie ... Anfang September ordern ... müssen, dann wäre ... der Bote vielleicht noch rechtzeitig ... über die Alpen gekommen und ... mit viel Glück wären bei den ... ersten Rottfuhrwerken im Frühjahr ... auch Eure Ballen dabei gewesen.« Der Mann redete, wie er sein Tuch taktete. Abgehackt, in kurzen Sätzen, stockend, mit schnappendem Atmen.

Langsam erst begriff Hans, was der Weber ihm da sagte.

»Aber ich bin nicht so ... geht zum Kloster St. Margareth ... die verspinnen Baumwolle ... sagt ihnen ... der Mang Jakob habe Euch geschickt ... meine Schwester ist da ... am südlichen Tor ... dem Spitaltor ...«

Damit war die Unterhaltung beendet. Hans, dem das Wasser in den Schuhen stand, verließ den düsteren Raum. Sein Schritt patschte noch, als er wieder trockenen Boden unter den Füßen hatte. Er fluchte in sich hinein. Den ganzen Tag unnütz verplempert. Nichts als Kosten und kein Gewinn. Er wandte sich zum Kloster St. Margareth. Dort musste er Erfolg haben!

Begleitet von misstrauischen Blicken suchte er sich den Weg in den Süden der Stadt. Es wäre nicht zu verfehlen, beschied man ihm. Kurz vor dem Heilig-Geist-Spital am Milchberg.

Hans lief mit schnellem Schritt die Gassen entlang, immer den kleinen Lechkanälen nach, die sich einmal rechts, dann wieder links von ihm dahinzogen. Die unterschiedlichsten Gerüche hüllten ihn ein: Der herbe, harzige Duft nach dem frischen Holz der Zimmerer wurde vom Gestank aus den Bottichen der Färber überlagert, der nach Tod und Verwesung roch und aus den Höfen der Gerber auf die Straße waberte. Hans schlug den Ärmel seines Hemdes um und bedeckte sich damit die Nase. Endlich traf ihn ein wahrer Wohlgeruch – und der ließ sofort seinen Magen knurren: Brot. In einer breiteren Gasse schienen sich einige Bäcker niedergelassen zu haben. Zwar durften sie tagsüber nicht backen, aber der Duft nach frischem Brot lag noch immer in der Luft und bohrte sich in seinen Bauch.

Hans sah sich um. Einer der Bäcker saß auf einer Bank vor seinem Haus und trank ein Bier.

»Gott zum Gruß, Meister. Darf ich Euch was fragen?«, sagte Hans und trat näher. Der Mann hob den Kopf und nickte ihm zu. Alles an dem Bäcker war weiß: das Haar, die Hände, der Kittel, die Schürze, sogar die Schuhe waren weiß. Nur seine Wangen leuchteten rötlich, und seine Augen strahlten in einem tiefen Blau. Das Gesicht zeigte eine verschmitzte Freundlichkeit, die sich in einem lächelnden Mund und Krähenfüßen um die Augen niederschlug. Es stand ganz im Gegensatz zu seinem mürrischen Verhalten.

»Wo finde ich das Kloster St. Margareth?«, fragte Hans.

Ohne ihn aus den Augen zu lassen, griff sich der Mann zuerst seinen Krug, trank einen Schluck, stellte das Seidel wieder ab, wischte sich bedächtig den Mund mit dem Handrücken ab und deutete schließlich mit dem Daumen die Gasse hoch.

Am Ende der Gasse erkannte Hans eine Kirche.

»Besten Dank, Meister!«, sagte er und verbeugte sich leicht. »Noch eine Frage. Ich bin erst seit heute früh in der Stadt und habe noch nichts gegessen. Verkauft Ihr mir etwas Brot? Es darf auch ein altes sein.«

Der Bäcker hob wieder den Kopf und musterte Hans von oben bis unten. »Nein!«, entgegnete er kurz und bündig.

Vieles hatte er erwartet, aber nicht das. Hans zuckte bedauernd mit den Schultern. »Nun, wenn's nicht sein soll. Ich werd schon nicht verhungern«, sagte er und wandte sich zum Gehen.

»Nicht so eilig. Ich schenke es Euch. Wartet einen Augenblick.«

Hans blieb überrascht stehen. Der Bäcker stand auf und verschwand im Haus. Als er kurz darauf wieder heraustrat, hielt er zwei faustgroße Wecken in den Händen. Sie rochen verführerisch nach Dinkelmehl.

»Hier!« Der Bäcker reichte sie ihm.

»Ich … weiß nicht, was ich sagen soll …«

»Danke genügt«, sagte der Mann und lachte. »Ich darf meine Ware nur vom Backtisch weg auf dem Brotmarkt verkaufen. Hier unten ist es verboten. Ihr habt Glück.«

»Vielen Dank auch. Gott vergelt's Euch. Meister …«

»Ich bin der Laxgang«, brummte der Bäcker. »Was wollt Ihr hier beim Kloster? Ihr seid ein Mann. Was sollten die Dominikanerinnen wohl mit Euch anfangen?« Er lachte erneut, diesmal anzüglich.

»Hans, Hans Fugger«, stellte sich Hans vor. »Es hat geheißen, die geistlichen Frauen würden Baumwolle spinnen.«

»Baumwolle? Mann, Mann, Mann, jetzt bin ich wahrlich kein Weber, wie Ihr seht, aber Baumwolle werdet ihr von den frommen Weibern da nicht bekommen, außer Ihr wollt ihnen an die Unterkleider. Im Mai oder Juni, wenn die geistlichen Gewänder gewoben werden, dann hättet Ihr vielleicht Glück. Aber derzeit werdet Ihr in ganz Augsburg kein Baumwollgarn mehr finden.«

»Sagt ein Bäcker«, erwiderte Hans.

»Dessen Frau einen Webstuhl im Haus stehen hat. Ich weiß, was ich weiß.«

Jetzt war Hans doch neugierig geworden. »Darf ich mich setzen?«

»Wenn Ihr mir das Bier nicht wegtrinkt!«, grinste der Bäckermeister.

»Das kommt auf die Umstände an«, feixte auch Hans.

»Getraut Euch, aber hockt Euch her. Woher kommt Ihr, was wollt Ihr, und warum soll es ausgerechnet Baumwolle sein?« Die zuerst abweisende Stummheit des Bäckers war wie verflogen.

Hans erzählte ihm, was ihn in die Stadt trieb, und dann erfuhr er, dass Baumwolle im Herbst Mangelware war, weil die letzten Rottfuhrwerke, die über die Alpen kamen, längst ihre Ware verkauft und unter die Weber verteilt hatten.

»Ihr werdet von niemandem Wolle oder gar Garn bekommen. Alle brauchen Arbeit über den Winter. Wenn das Garn ausgeht, steht der Webstuhl still. Wer im Winter oder Frühling nachkaufen muss, um sein Tuch fertig zu weben, der verliert. Um diese Zeit ist es am teuersten, weil es bis Mai dauern kann, bis die ersten Ladungen wieder aus dem Welschland, aus Venedig oder Genua, kommen. Wenn die Pässe nicht frei sind vom Schnee, kann kein Fuhrwerk über die Alpen.«

Langsam begriff Hans, welches Problem ihn erwartete. Seine Überlegung, über den Winter Barchent herzustellen und diesen dann im Frühjahr überraschend anzubieten, zerplatzte wie eine Seifenblase.

»Die Dominikanerinnen geben Euch schon zweimal kein Baumwollgarn. Schließlich ist es ihre einzige Beschäftigung.« Der Bäcker stieß Hans in die Seite. »Es stellt sie zufrieden. Warum sollten sie das aufgeben?«

Hans legte den Kopf in den Nacken. So schwierig hatte er sich seinen ersten Versuch nicht vorgestellt. Er hatte geglaubt, Baumwolle sei ebenso leicht zu beschaffen wie Leinengarn. Er hatte sich getäuscht.

»Meister Laxgang, ich danke Euch. Dann werde ich mich wohl sputen müssen, um nach Hause zu kommen.«

Er biss in einen der Dinkelwecken und kaute, bis der Brei im Mund süßlich schmeckte.

Der Bäcker hob die Hand zur Verabschiedung, und Hans nickte ihm zu.

Durch das Spitaltor, das in der Nähe lag, verließ er die Stadt. Auf der Brücke ärgerte er sich darüber, Brückengeld gezahlt zu haben, ohne einen Erfolg vorweisen zu können. Schließlich wandte er sich nach Westen. Er wusste, dass er irgendwo in den Wäldern würde übernachten müssen.

6

RÖFINGEN, ANFANG OKTOBER 1366

Nach zwei Stunden anstrengendem Hinken stand Anna endlich vor der Kate der Fichtnerin. Von wegen eine knappe Stunde – sie war doppelt so lange unterwegs gewesen. Über Stock und Stein war sie gegangen und wäre beinahe in den Erlenbach gerutscht, als sie ihn überqueren musste. Wie leicht sie es als junges Fohlen gehabt hatte! Da war sie über die schmalsten Stellen hinweggeflogen, dass sich der Rock gebauscht hatte. Mit alledem war es lange vorbei.

Seit dem Tod ihres Mannes bewohnte die Fichtnerin das Austragshaus. Ihr Sohn war dem Schwarzen Tod zum Opfer gefallen, und die Schwiegertochter führte mit einem Knecht den Hof. Auch über Röfingen war der letzte Ausbruch der Krankheit hinweggestürmt. Anna hatte Bauernhöfe gesehen, auf deren Hof das Gras hüfthoch stand und bei denen die Rieddächer feucht und voller Moos waren. Sie würden über kurz oder lang einstürzen. Vier, fünf Bauern hatte Röfingen knapp zehn Jahre zuvor verloren, zwanzig oder mehr Knechte und Mägde. Die Fluren litten darunter.

Der Hund begrüßte Anna bellend, doch sie hatte keine Angst vor dem Kläffer. Sie hielt kurz inne, zeigte ihm ihre Handflächen, damit er daran schnuppern konnte, und ging dann einfach weiter. Er begleitete sie sichernd, ließ sie aber in Ruhe.

Die alte Fichtnerin war weit und breit nicht zu sehen.

Hühner liefen auf dem Vorhof frei herum. Aus einem windschiefen Stall vernahm Anna das Quieken einer Sau und ein unablässiges Muhen. Diese Kuh wollte gemolken werden.

Sie hatte die Fichtnerin seit einem Jahr nicht mehr gesehen und hoffte, sie noch lebend anzutreffen. Im Alter der Bauersfrau war jeder Tag ein doppeltes Geschenk. Anna schätzte sie auf knapp über fünfzig. Nur wenige Menschen wurden so alt.

Mit einem Blick auf den Hund, der sie nicht aus den Augen ließ, rief Anna nach der Alten. Sie erhielt keine Antwort und schaute sich um: keine Frau, keine Wolle, keine Spindel – nur eine leere Holzbank, deren Verwitterung dasselbe Alter aufwies wie die Fichtnerin.

In Anna machte sich schon Enttäuschung breit, als diese um das Haus herumgehumpelt kam. Sie hatte sich eine Krücke unter die Achsel geklemmt, auf die sie sich stützte. Das rechte Bein zog sie nach. Der Fuß war sichtbar verdreht. Jede Bewegung schien der alten Frau Schmerzen zu bereiten, denn ihre Miene war verkrampft.

»Fichtnerin!«, rief Anna und lief ihr entgegen, um ihr zu helfen.

»Moidl, ich hab dich gehört. Jetzt darf ich nicht mal mehr in Ruhe strullen gehen«, schimpfte sie. Sie hustete röchelnd. »Was ist denn los?« Sie ließ sich auf die Bank fallen, legte die Krücke neben sich und schnaufte durch. Der bläuliche Kittel, den sie mit einem Strick gegürtet hatte, war verschlissen und geflickt.

»Und ich hatte schon befürchtet, du hättest keine Luft mehr zum Goscheln!«, lachte Anna.

»Wenn mir die Luft ausgeht, geht's ganz zu Ende, Moidl.«

Anna hatte den Eindruck, die Fichtnerin habe seit ihrer letzten Begegnung an Kraft und Lebendigkeit zugenommen. »Du siehst gut aus, du bist offenbar unverwüstlich«, sagte sie lächelnd.

Erst jetzt entdeckte Anna, dass nur das linke Auge der Frau sie richtig anblickte. Das rechte schimmerte weiß in einer dunklen Iris.

In ihrer Jugend musste die Fichtnerin eine Schönheit gewesen sein. Etwas davon war noch jetzt sichtbar: Ihr weißes Haar wellte sich und fiel ihr in Locken über die Schulter. Ihr Gesicht zeigte zwar, dass die Zeit ihre Botschaften hineingeschrieben hatte, aber sie waren für die Fichtnerin nicht allzu hart gewesen. Einige tiefere Falten um die Mundwinkel und die Augen, aber sonst war die Haut noch glatt. Die Finger der alten Frau waren schlank, wenn auch die Knöchel sich knotig verändert hatten.

»Du bist doch nicht hergekommen, weil du mit mir über meine vergangene Schönheit sprechen willst, Moidl! Was hast du auf dem Herzen? Falls ich als alte Bäuerin einem jungen Ding wie dir noch etwas sagen und beibringen kann.«

»Kannst du, Fichtnerin. Kennst mich noch?«

»Ich mag zwar halb blind sein, aber da oben …« Sie tippte sich an die Stirn. »Da klappt's noch bestens. Du bist die Tochter des Schulzen, des Melcherbauern aus Jettingen. Die Anna!«

Anna nickte. Wie gern würde sie in diesem Alter noch über so ein Gedächtnis verfügen.

»Warum bist du gekommen? Niemand kommt von Jettingen hierher ohne Grund.«

»Spinnst du noch, Fichtnerin? Baumwolle meine ich.«

Mit ihrem gesunden Auge fixierte die Alte Anna so streng, dass ihr unbehaglich wurde. »Habt ihr euch abgesprochen? Du und der Fries?«

»Der Fries? Ich kenne keinen Fries!«, gab Anna zurück.

»Er war da, der Hucker, so vor einer Woche. Da war ich krank. Ich hab mit Wolf hier um die Wette gebellt und mir fast das Leben aus dem Leib gehustet.« Sie deutete auf den Hund, der beim Nennen seines Namens die Ohren spitzte und sie aufmerksam ansah.

»Was soll ich mit dem Fries zu tun haben?«

»Er wollte das Garn abholen und hat sich nicht ins Haus getraut, weil er Angst hatte, sich anzustecken. Ist wieder abgezogen, und ich bin drauf sitzen geblieben. Will es mir wohl nächstens billiger abnehmen.«

Annas Herz machte einen Sprung. »Du hast Baumwollgarn? Wie viel?«

»Zwei Knäuel. Große Knäuel. Schwere Knäuel.«

Anna musste sich zügeln, um nicht vor Freude aufzujubeln.

»Wenn du willst, kannst du sie haben.«

Anna nickte. »Ich nehm sie beide. Ich hab zwar nur Geld für eines dabei, aber ich schick dir den jüngeren Fugger Hans, der bezahlt dir das zweite.«

Die Alte legte den Kopf schief und blinzelte misstrauisch. »Der ist wieder da? Er hat dich doch damals …«

»Nein«, fuhr Anna dazwischen, »hat er nicht. Wir brauchen das Garn.« Den letzten Satz hatte sie nur geflüstert. Er war nicht an die Fichtnerin gerichtet gewesen, sondern eher an sie selbst.

»Wir?«

Zu ihrem Leidwesen musste Anna feststellen, dass die Fichtnerin tatsächlich nicht nur über ein sehr gutes Gedächtnis verfügte, sondern auch über ein noch besseres Gehör. »Wir!«, entgegnete sie nur. »Was kostet das Knäuel?«

Die Fichtnerin sagte zuerst gar nichts. Sie starrte Anna mit ihrem gesunden Auge an und maß sie von Kopf bis Fuß.

»Du bist nicht unrecht, Moidl. Warst eine Hübsche … bis zum

75

Unfall. Hättest jeden haben können. Aber von Frau zu Frau: Er soll's dir vergelten, dass du ihn unterstützt. Wenn er auch nur halb so fesch ist wie damals, dann wirst du ihn weder bekommen noch halten können. Vergiss das nicht. Ich weiß, wovon ich red.«

Anna schluckte. Solch offene Worte hatte sie nicht erwartet.

Doch dann zuckte die Fichtnerin mit den Schultern und fing ohne Übergang an zu handeln. Anna wusste bald nicht mehr, ob der Ratschlag ernst gemeint oder nur der Beginn eines harten Feilschens um den Preis der Baumwolle gewesen war. Es dauerte die Zeit zwischen zwei Glockenschlägen der Röfinger Kapelle, bis sie über Umwege vom Kinderzeugen über das Kinderkriegen und -aufziehen bis zum Häuserbauen und der Feldarbeit hin zu einem Preis gelangten, der sie beide zufriedenstellte. Erst dann humpelte die Alte ins Haus und holte einzeln die beiden Knäuel – sie waren riesig. Anna war sich sicher, ein gutes Geschäft gemacht zu haben.

»Wenn der Fries nächste Woche kommt, was sagst du ihm dann?«

»Dass er um Nikolaus herum mehr bezahlen muss, wenn er mein Garn haben will. Hat auch sein Gutes, dann hab ich mehr Geld, um im Sommer Nachschub zu kaufen.« Die Alte lachte hustend.

»Dann hast du noch mehr Baumwolle?«

»Bis Weihnachten. Über den Winter muss ich Flachs verspinnen.« Sie streckte ihre Finger aus. »Da werden sie wieder bluten.«

Anna schnürte die beiden Knäuel mit dem Strick, den sie unter der Cappa trug, so, dass sie diese über ihre Schultern legen konnte wie einen Rucksack, verabschiedete sich und machte sich zufrieden auf den Rückweg.

Als sie zum Himmel blickte, erschrak sie. Der Tag war recht weit fortgeschritten. Die Last auf ihrem Rücken machte den Weg noch länger, weil sie nur langsam vorankam. Sie hoffte darauf, dass es nicht Nacht würde, bevor sie heimgelangte.

Wolf begleitete sie noch bis zum Dorfanger, dann kehrte er um und lief zur Fichtnerin zurück.

Hans war erschöpft und hungrig, als er die Dorfstraße hinunterschritt. Er war über Gabelbach und das Goldbachtal gekommen und hatte so den Weg um gut eine Stunde abgekürzt.

Selten hatte er sich so auf ein Bett gefreut. Die letzte Nacht, die er erneut unter Buschwerk verbracht hatte, steckte ihm noch in den Knochen. Diesmal hatte er jedoch schlafen können, weil er weit außerhalb Augsburgs in einem Hain Zuflucht gefunden hatte. Aus der Ferne hatte er zwar ein Halali gehört und schon befürchtet, die Jagdgesellschaft könnte Hirsche oder Wildschweinrotten auf ihn zutreiben. Von dreißig oder mehr Hunden für einen Eber gehalten zu werden war nicht erstrebenswert. Als sich jedoch die Geräusche, das Hundegebell und das Wiehern der Pferde von ihm entfernten, war er wieder eingeschlafen und erst aufgewacht, als auf der Straße nach Westen, die gut dreihundert Fuß von ihm entfernt lag, ein Fuhrwerk vorüberratterte.

Mürrisch setzte er Fuß vor Fuß. Niemand kam gern unverrichteter Dinge und mit leeren Händen nach Hause. Als er nun auf sein Häuschen zulief, stutzte er. Es lag so ruhig da, als wäre es eingenickt. Keine Kerze brannte im Fenster, und er vernahm kein Klappern. Es hätte zumindest angekündigt, dass Anna schon damit begonnen hatte, das erste Tuch zu weben.

Er öffnete die Tür und trat ins Innere.

Wenigstens gesäubert hatte sie die Kate. Der Wohnraum war wieder blank, der Tisch abgewischt, und die Spinnweben waren aus den Ecken entfernt. Es roch nach Seife. Hans ging nach hinten durch zum Webstuhl. Der Raum selbst lag drei Fuß tiefer. Auch der Webstuhl war sauber, aber Anna hatte weder Kettfäden aufgezogen noch angefangen, die Baumwolle zu verweben. Verärgert hieb er mit der rechten Faust in seine linke Hand. Kein Essen auf dem Tisch, kein Brot, keine Butter. Hatte er sie nicht eingestellt, damit sie ihm den Haushalt führte?

Wo war sie? Bei ihren Eltern?

Er ging zu der Leiter, die nach oben zu Annas Kammer führte.

»Anna! Schläfst du?«, rief er hinauf und wartete. »Anna!«, rief er noch einmal, diesmal lauter. Nichts rührte sich. Sie war nicht da, wie er es befürchtet hatte. Sicherlich hatte die Melcherin wieder ihre Hand im Spiel.

Hans ließ seinen Rucksack fallen und machte auf der Stelle kehrt. Er würde dieser Furie von Mutter erklären müssen, wie er das mit der Magd handhaben wollte.

Er riss die Tür auf und blieb auf der Schwelle stehen.

Anna musste nicht auf den Weg achten und ließ ihre Gedanken schweifen. Zuerst freute sie sich über den doch noch warmen Abend im Altweibersommer, der sie begleitete, auch wenn der Herbst bereits begonnen hatte. Am Wochenende würden sie Erntedank feiern. Sie sah die fetten Eicheln an den Eichen, und es regnete schon Bucheckern. Die Schweinemast war sicher. Anna roch wilden Thymian, rupfte an den Kümmelstauden, kaute die Körner und ließ sich dazu hinreißen, sich zu bücken und Salbei zu pflücken, obwohl sie dann kaum mehr hochkam. Allmählich kehrten ihre Gedanken zurück zu dem Gespräch mit der Fichtnerin.

Etwas ließ ihr keine Ruhe: Ab Weihnachten müsse sie wieder Flachs verspinnen, hatte die Alte gestöhnt, da sie nicht genügend Baumwolle zur Verfügung haben würde. Weil diese zu teuer war, um größere Mengen zu kaufen.

Dafür musste es eine Lösung geben! Frauen wie die Fichtnerin Flachs spinnen zu lassen war ein Frevel. Kaum jemand fertigte Baumwollgarn so gleichmäßig wie sie. Man müsste sie mit Material versorgen. Den ganzen Winter über. Immer in kleinen Mengen.

Annas Gedanken bohrten sich im unregelmäßigen Rhythmus ihres Humpelns in ihren Kopf und lösten dort weitere Überlegungen aus, die den Weg nach Hause zu einem Spaziergang werden ließen.

Die Sonne versank schon hinter den Wipfeln der Bäume, als sie die Dorfstraße erreichte und erst jetzt wieder spürte, dass ihr Bein und ihre Füße schmerzten. Kurz setzte sie sich auf den Stamm einer Ulme am Ortseingang, die vor einigen Jahren vom Blitz getroffen und gespalten worden war. Ein Teil des Stammes war umgestürzt und liegen geblieben, der andere hatte sich wieder erholt und trieb fröhlich weiter. Anna streckte ihre Beine aus und fühlte, wie sich Krämpfe ankündigten.

»Da streunt sie herum, anstatt zu schaffen!«, rief ihr von der anderen Seite der Straße her ihre Mutter entgegen. Sie trat eben aus einer kleinen Kate, die am Dorfrand von der Kuderin bewohnt war, einer stummen Kräuterfrau, von der man nicht wusste, wie sie wirklich hieß. Man nannte sie Kuderin, weil tagein tagaus Kater um ihre Kate herumstrichen und sich gebärdeten, als wären sie rollig. Verwundert blickte Anna hoch.

»Was machst du denn beim Kräuterweib?«, fragte sie.

»Ein Mittel für den Vater holen, was sonst«, blaffte sie ihre Tochter an. »Warum stehst du nicht am Herd? Zeit fürs Abendessen. Hat dein neuer Tunichtgut von Herr keinen Hunger?«

»Er ist weder ein Tunichtgut noch mein Herr«, fauchte Anna.

Ihre Mutter zuckte mit den Schultern und verzog verächtlich den Mund. »Aber du schleppst für ihn schon die Baumwolle. Das ist keine Frauenarbeit!«

Anna seufzte. Sie wusste, sie hätte es gut sein lassen sollen, konnte aber nicht an sich halten. »Warum bist du so krätzig? Weil ich dir nicht mehr den Haushalt mache und du selber wieder ranmusst?« Sie spuckte neben sich. »Gewöhn dich dran, dass ich nicht dein Eigentum bin.«

Ihre Mutter stemmte die Hände in die Hüften. »Erst zerstört er dir das Gesicht und die Gesundheit, und dann nützt er dich auch noch aus!«

Anna wäre gern noch eine Weile auf dem Stamm sitzen geblieben, der sich im Licht der Abendsonne erwärmt hatte, was ihr jetzt gerade guttat, aber sie wollte nicht weiter mit ihrer Mutter streiten. Sie stand auf und machte sich auf den Weg zum anderen Ende des Dorfes, wo der Fuggerhof lag. Ihre Mutter lief hinter ihr her und überschüttete sie weiter kreischend mit Anschuldigungen und Unterstellungen.

7

Das Hinken war unverkennbar. Hans sah, wie Anna eben auf den Weg zum Austraghäuschen einbog. Sie wirkte erschöpft. Auf dem Rücken trug sie ein Bündel, und sie stützte sich auf einen Stab. Bei jedem fünften, sechsten Schritt blieb sie stehen und atmete durch. Man sah ihr die Schmerzen an.

Ihr Gehen wurde vom schrillen Keifen ihrer Mutter begleitet, die Hans von hier aus zwar nicht sehen, dafür aber umso deutlicher hören konnte.

»Geh doch zu deinem ... deinem neuen Herrn. Hoffentlich tritt er dich weiter in den Staub, damit du erkennst, was für ein Mensch er ist. Er hat für dich damals keine Verantwortung übernommen, warum sollte er es jetzt tun? Der Blitz soll ihn treffen – und dich undankbares Geschöpf dazu ...«

Der Alten schien auf einmal die Luft auszugehen, denn sie steigerte zwar ihre Stimme bis in die höchsten Töne, brach dann aber abrupt ab.

Hans ging zurück in die Kate. Was bildete sich Anna nur ein! Sie war jetzt seine Magd und hatte nicht ungefragt durch die Welt zu laufen. Er würde ihr zeigen, wer hier der Herr im Haus war. Sollte sie doch glauben, ihre Mutter habe recht behalten. Rasch entzündete er eine Kerze und stellte sie vor sich hin. Dann setzte er sich an den Tisch und wartete.

Es dauerte länger als gedacht, bis sich die Tür öffnete und Anna in der Öffnung erschien. Sie zögerte einzutreten.

»Warum steht das Essen noch nicht auf dem Tisch?«, begrüßte er sie eisig.

Alles hatte er erwartet: dass sie sich verteidigen und ihn beschimpfen würde, dass sie ihn anschreien würde, sie wäre nicht seine Köchin, sein Eheweib oder seine Sklavin, dass sie Gegenstände wie ihren Stock

.nach ihm werfen würde – aber nicht, dass Anna auf der Schwelle in die Knie sacken und in Tränen ausbrechen würde. Sie schluchzte und schniefte abwechselnd in einem regelmäßigen Takt.

Das hatte er nicht gewollt! Betroffen sprang Hans auf, lief auf sie zu und beteuerte, dass er es so nicht gemeint habe. »Wo warst du denn überhaupt?«, fragte er und fasste nach den beiden Garnknäueln auf ihrem Rücken. »Du hast Baumwolle? Woher ...«

Er hockte sich neben Anna und bettete ihren Kopf auf seinen Oberschenkel. Mit dem Hemdsärmel wischte er ihr behutsam die Tränen aus dem Gesicht, unsicher, ob er auch die Narbe berühren durfte. In diesem Moment fühlte er sich so eng mit ihr verbunden wie vor drei Jahren, bevor das Unglück geschehen war. Er strich über ihre dunklen Locken. Allmählich beruhigte sie sich. Ihr Atem ging nicht mehr stoßweise, und das Schluchzen ließ nach.

»Was ist passiert?«, fragte er.

Langsam rührte sich Anna wieder. Sie löste sich von Hans und wand sich, um die beiden Garnknäuel vom Rücken zu streifen. Stöhnend richtete sie sich auf, indem sie sich am Türstock festhielt. Seine Hand, die er hilfreich ausgestreckt hielt, beachtete sie nicht.

»Du, Hans Fugger. Du bist mir passiert!«, sagte sie, als sie endlich wieder stand, und sah ihm ins Gesicht. »Hätte es dich nicht gegeben, wäre ich vermutlich längst unter der Haube, und auf meinem Schoß säßen zwei Kinder. So aber ...« Sie stockte und drehte ihm die Narbenseite ihres Gesichts zu, als wolle sie ihm sagen: Siehst du das?

»Nimm die Garne und leg sie zu den anderen. Alles andere besprechen wir morgen. Für heute hast du das Fass ausgeschöpft. Ich muss schlafen. Der Tag war mehr als anstrengend.«

Ihre Stimme klang fester, als er es erwartet hatte. Sie drehte sich um und hinkte hinüber in die Webstube. Ungelenk kletterte sie die Leiter hoch, die zu ihrer Kammer hinaufführte.

Hans stand stumm da und dachte nach. Die Lektion, die er ihr hatte erteilen wollen, war gründlich danebengegangen.

Als Anna oben angekommen war, rief sie ihm noch etwas zu, das ihn mindestens ebenso hart traf, wie er sie eben verletzt haben musste.

»Und hattest du Erfolg mit deiner Baumwolle, oder war alles leergekauft?«

Sie wartete seine Antwort nicht ab, offenbar kannte sie diese ohnehin.

Hans hob die beiden schweren Knäuel auf. Es war ein sehr gleichmäßig gesponnenes Baumwollgarn. Er legte sie in das Regal, auf dem auch die vier anderen Knäuel lagerten. Woher nur hatte sie das Garn? Warum gelang ihr, was ihm nicht gelungen war?

Anna erwachte mit dem Gedanken an die gestrige Demütigung. Zuerst spürte sie nach, welcher Körperteil ihr nicht wehtat, und stellte fest, dass es diesen nicht gab. Steif richtete sie sich im Bett auf. In der Nacht wurde es bereits empfindlich kalt. Wenn sie im Winter hier oben nicht erfrieren wollte, musste sie sich zum einen eine dickere Decke besorgen und zum anderen die Lücken im Dach mit Stroh und Werg ausstopfen. Es zog wie Hechtsuppe.

Sie saß noch auf der Bettkante und lauschte nach unten. Hans war wohl schon wach. Sie hörte, wie er den Kettbaum aufzog und den Webstuhl bespannte. Er arbeitete ruhig und gleichmäßig.

Anna seufzte. Sie konnte nicht länger hier herumfaulenzen. Außerdem musste sie auf den Topf. Sie nahm das Kleid, das sie nachher anziehen wollte, und stand auf. Im Hemd balancierte sie vorwärts und befahl sich, nicht an die Schmerzen zu denken, die sich an Stellen bemerkbar machten, von denen sie gar nicht gewusst hatte, dass sie zu ihrem Körper gehörten. Sie humpelte zur Leiter und schaute nach unten. Hans stand hinten am Webstuhl und hakte die Ketten in den Rollzug.

»Nicht hochgucken!«, befahl sie ihm, als sie im Hemd die Leiter hinabstieg.

Doch Hans scherte sich nicht darum. Er blickte zu ihr hoch, und Anna klemmte mit einer Hand ihr Hemd zwischen die Beine. Er hätte auch so nichts gesehen, aber es gehörte sich nicht, einer Frau unter den Rock zu gaffen, auch wenn sie eine Magd war.

»He, was soll das?«, schimpfte sie und warf ihm mit Schwung ihr Kleid über den Kopf. »Hast du keinen Anstand?«

Hans wühlte sich aus der Kleidung und grinste nur. »Du kannst mir hernach beim Schären und Spannen helfen«, sagte er. Er reichte ihr das Kleid und blies in seine Finger. In der Webstube, die auch noch feucht war, war es eiskalt.

Anna nickte, ging zum hinteren Ausgang und suchte das Häuschen. Es gab keines. Sie verdrehte die Augen. Wo hatte Hans' Großmutter sich erleichtert? Die nächste Aufgabe des Hausherrn würde der Bau eines Abtritts sein, und wenn es nur ein einfacher Verschlag war! Anna hockte sich etwas abseits neben einen Strauch.

Mit einem Grummeln im Bauch kehrte sie zurück und schlüpfte in ihr Kleid. Es war kein Feuer gemacht, kein Wasser erwärmt, und Hans' Bettzeug war nicht aufgeschüttelt.

»Warum ist nichts vorbereitet?«, rief sie in die Webstube hinunter.

Hans kam langsam von hinten vor und lehnte sich an den Türpfosten. »Was sollte ich denn vorbereiten?«

»Wer zuerst aufsteht, der schürt an und hängt den Wasserkessel übers Feuer«, entgegnete sie barsch. Als Hans den Mund öffnete und ein Widerwort geben wollte, hob sie den Finger. »Wenn du willst, dass ich hier als Magd arbeite, dann solltest du dir jetzt gründlich überlegen, was du sagst. Ich muss nicht hier sein. Meine Mutter hat gesagt …«

»Ich weiß, was deine Mutter gesagt hat, ich habe es mit angehört«, unterbrach er sie. »Woher hast du die Baumwolle?«

Zuerst verzog sie keine Miene, doch dann huschte ein Lächeln über ihr Gesicht. »Warum interessiert dich das?«

»In Augsburg gab es keinen einzigen Faden mehr«, gab er leise zu. »Ich bin umsonst bis in die Stadt gelaufen.«

Hans hatte nicht gezögert, ihr die Wahrheit zu sagen, was Anna wieder beeindruckte. Sie blies den Funken, den sie geschlagen hatte, hoch zu einer kleinen Flamme. Darin war sie sehr geschickt. Es dauerte nur kurz, bis der Span Feuer fing und die trockenen Holzspäne und Reisigbrüche in Flammen setzte. Als sie fertig war, winkte sie Hans zu sich. »Setz dich.«

Sie hängte den Wasserkessel über die Herdstelle und sah sich suchend um.

»Die Hirse ist im Kasten«, sagte Hans.

Anna öffnete den Kasten, holte einen Topf heraus, in dem Hans offenbar noch am Vorabend Hirse zum Quellen in Wasser eingelegt hatte. Sie nahm den Kessel von der Kette und hängte den Topf über die Feuerstelle.

»Was soll ich tun?«, fragte Hans, der sich gefügt hatte und jetzt an der Stirnseite des Tisches saß.

Anna stand vor dem Herd und behielt den Hirsebrei im Blick. »Ich war bei der alten Fichtnerin in Röfingen. Sie hat mir zwei Knäuel verkauft. Ich hatte nur genug Geld für eines und hab ihr gesagt, dass du ihr das zweite Knäuel bezahlen wirst.« Sie rührte in dem Topf. »Weißt du, auch in Augsburg hätte es genügend Garn gegeben. Sie wollten es dir nur nicht geben. Der Winter steht vor der Tür. Wer jetzt kein Garn hat, der wird für längere Zeit keine Baumwolle verweben können. Also horten sie die Knäuel. Und doch wird es nicht über die vielen Monate reichen. Die meisten haben einfach das Geld nicht dafür. Jetzt, im Herbst, ist es am teuersten. Das kann sich kaum einer leisten. Wenn im Frühjahr noch Schnee liegt, werden sie schon sehnsüchtig nach den Rottfuhrwerken Ausschau halten. Und auch wenn die kommen und Nachschub eingetroffen ist, wird die Baumwolle teuer sein. Aber das viele Tuch, das sie jetzt anbieten, ist billig, denn es sind zu viele Tuche, die gleichzeitig zur Beschau vorliegen.«

Hans sah Anna mit zusammengekniffenen Augen an. Das alles hatte er schon in Augsburg erfahren.

Das Frühmahl war fertig. Anna teilte den warmen Brei mit einem Holzspatel in zwei ungleiche Teile. Hans bekam mehr, sie weniger zu essen. Dann griff sie in den Kasten neben dem Herd. Dort stand noch ein irdener Topf.

»Was ist das?«, fragte Hans verblüfft. Offenbar hatte er ihn noch nie gesehen.

»Ein kleines Geschenk aus dem Jenseits«, flötete Anna. Sie deutete mit dem Daumen in die Höhe. »Ganz hinten in meiner Kammer stehen noch acht dieser Töpfe«, sagte sie. »Ich vermute zwar, was drin ist, aber ich weiß es nicht genau. Mach ihn auf.«

Hans nickte, und sie schob ihm den Topf hinüber. Der Deckel war mit einer mehrfach gewickelten Bastschnur um das Gefäß gebunden, und alles war mit Wachs sauber abgedichtet.

Anna beobachtete, wie geschickt Hans mit dem Messer umging, wie er vorsichtig das wertvolle Wachs abschälte und sammelte, wie er versuchte, die Bastschnur nicht zu beschädigen.

Schließlich saugte der Topf mit einem Seufzer Luft ein und ließ sich öffnen. Ein süßer, alkoholischer Geruch entströmte ihm.

»Ich weiß, was das ist«, murmelte Hans. »Zwetschgen. In Schnaps eingelegte Zwetschgen.«

»Wunderbar!«, rief Anna und leckte sich die Lippen. Wie lange hatte sie so etwas nicht mehr gegessen? Jahre!

»Um deine Idee zu feiern?«, neckte Hans sie.

»Welche Idee? Ich hab dir doch noch gar nichts davon erzählt«, erwiderte Anna verlegen. Hans hatte sie durchschaut. Er hatte vielleicht nicht viel Fantasie, aber er war ein kluger Kopf.

Sie verteilte die Hälfte der Pflaumen auf die Breischüsseln und setzte sich. »Hör zu. Vielleicht ist es nur ein Hirngespinst, aber es könnte klappen. Stell dir vor …«, sie deutete auf das Baumwollgarn, »stell dir einfach vor, die Gäuweber würden im Winter nicht nur bis Weihnachten, sondern bis Februar, März oder gar April arbeiten können.«

Hans stocherte mit dem Holzlöffel in seinem Hirsebrei und vermischte ihn mit den Zwetschgen. Er saß nur da und starrte vor sich hin. »Ich höre!«, war alles, was er hervorbrachte. Dafür sprach er der Mahlzeit zu. Er besah sich das Gemisch aus Brei und Obst auf seinem Löffel, bevor er ihn sich in den Mund schob und genießerisch die Augen schloss.

Anna wurde unbehaglich zumute. Warum sagte er nichts? »Es bräuchte einen Kaufmann, der mehr Baumwolle einkauft, als er sofort losbringt«, fuhr sie fort.

Hans hob eine Augenbraue und löffelte weiter Hirsebrei und die eingelegten Zwetschgen in sich hinein. Er leckte sogar den Teller aus, um auch keinen Tropfen des Zwetschgensaftes zu vergeuden.

»Natürlich nicht am Anfang des Jahres und auch nicht am Ende, sondern dann, wenn die Rottfuhrwerker zu viel Ware herangeschafft haben und die Preise in den Keller gehen.«

Jetzt hatte Hans begriffen, worauf sie hinauswollte. Sie sah es im Blitzen seiner Augen. »Bist du dir sicher, Anna Melcher, dass du nicht zur Geschäftsfrau taugst?«

Anna nahm einen Klecks Brei mit Pflaumen auf ihren Holzlöffel und schob ihn sich in den Mund. Es schmeckte köstlich. Auch sie schloss die Augen. Ja, ihre Idee war gut.

»Aber jetzt ist es für diesen Einkauf zu spät«, sagte Hans. »Der Winter kommt, und wir müssen …«

»Wir?«, fragte sie. »Du wirst nach Röfingen gehen und der Fichtnerin das zweite Knäuel bezahlen. Du wirst auch im Winter hinübergehen und die restliche Baumwolle holen und etwas mehr dafür geben als der Hucker aus Ulm.«

Sie sah, dass Hans kein Wort von dem verstand, was sie sagte.

Der Duft nach eingelegten Früchten erfüllte den Raum. Anna spürte ein leichtes Kribbeln in den Wangen und am Hals. Der Brand, in den die Zwetschgen eingelegt waren, begann zu wirken. Sie hatte sonst nichts gegessen und auch die letzten Tage nicht gerade üppig geschlemmt. Der Schnaps schoss geradezu in ihr Blut, und sie fühlte sich leicht und ein wenig schwerelos, aber auch taumelig. Ihr Kopf musste hochrot sein, so heiß, wie sich ihr Gesicht anfühlte. Was gestern als Gedanke aufgegangen, aber noch nicht zu Ende geführt worden war, ging auf wie ein Hefeteig und breitete sich aus – und plötzlich war es da – das Wissen um alles Weitere.

»Wir … wir müssen …«, stammelte sie. »Wir müssen … wir müssen …«

Hans, dessen Gesicht ebenfalls eine rötliche Farbe angenommen hatte, fuhr hoch und wischte dabei den Holzteller vom Tisch.

Anna musste über seine verblüffte Miene lachen. »Wir müssen … wir müssen …«, stotterte sie immerzu und lachte und lachte. Schließlich bekam sie einen Schluckauf. Sie versuchte, sich zu beherrschen, doch sie vermochte es nicht. Als hätten sich ihre Lachmuskeln verselbstständigt und würden sich weigern, ihr zu gehorchen.

Es strengte sie so an, dass sie die Augen schloss und nichts mehr dagegen tun konnte, dass ihr Kopf auf die Tischplatte sackte …

8

Ein schönes Tuch«, sagte Hans. Er stand in der Stube des Dorfschultheißen und strich über das Gewebe. »Fühlt!«

Xaver Melcher sah Hans in die Augen und nicht auf das Tuch. Auch befühlte er es nicht. »Was soll das werden?«

Hans sagte nichts. Eine ganze Weile starrten sie sich gegenseitig an, bis die Melcherin zu ihnen trat. »Du wirst doch diesem dahergelaufenen Fugger nicht den Meister bestätigen, Mann. Das Tuch hat Anna gewebt, nicht er. So ehrlich sollte er wenigstens sein.«

»Sei ruhig, Weib!«, herrschte der Melcher sie an, ohne den Blick von Hans zu nehmen. »Warum wollt Ihr Meister werden?«, fragte er leise.

»Ich gehe in die Stadt«, antwortete Hans. »Anna und ich …«

»Anna!«, unterbrach ihn Melcher barsch. »Anna wird nicht unter diesen … diesen unzüchtigen Umständen mit Euch leben! So wahr ich Xaver Melcher heiße und Schultheiß in diesem Dorf bin!«

»Sie hat sich bei mir als Magd verdingt«, entgegnete Hans.

Der Melcher kaute auf seinen Lippen herum, als gelte es, ein Stück davon abzubeißen. »Dann verschwindet Ihr?«

»Umgehend. Das hier ...«, Hans zeigte auf den Ballen Barchent, »... ist mein Meisterstück.«

Annas Mutter stemmte die Hände in die Hüften. Sie würdigte Hans keines Blickes, sondern musterte verächtlich das Tuch. »Was soll dieser Lumpen? Jede Häuslergöre könnte es besser ...«

»Sei ruhig und verschwinde!«, befahl ihr Mann. Langsam strich er mit der Hand über das Gewebe und faltete es auf. Jeden Fußbreit Tuch untersuchte er genau. Dann nahm er den Ballen und trat damit vor die Tür. Er hielt den Stoff gegen das Licht. »Keine Knoten?«

»Nicht einen«, entgegnete Hans, der ihm gefolgt war. Annas Vater ließ das Tuch verblüfft durch seine Hände gleiten. Er befühlte die weiche Seite des rechten Warenbilds, dann die rauere des linken. Selbst diese ließ ihn sichtlich staunen. »Sehr gleichmäßig. Anna hat nicht daran gewebt?«

Wieder ging die Melcherin dazwischen, bevor Hans antworten konnte. Sie stand in der Haustür, die Hände vor der Brust verschränkt und verfolgte mit Bittermiene, was vor sich ging. »Du wirst ihm doch nicht etwa ein Wort glauben, Xaver?«

Wütend drehte sich der Schultheiß um und funkelte seine Frau an. »Wenn du nicht sofort verschwindest, dann lass ich dich nach Burgau bringen und dort in den Turm werfen, verflucht noch mal. Weiber haben hier nichts zu suchen!«

Die Melcherin funkelte ihren Gatten trotzig an und rührte sich nicht von der Stelle. Ihr Mann wollte sie nicht verscheuchen.

»Ihr habt eine eigene Handhabung«, staunte Melcher. »Der Barchent liegt weich und geschmeidig in der Hand. Ihr habt den Stoff geköpert?«

Als Hans nicht antwortete, nahm der Schultheiß ihn wieder in den Blick. »Ein sehr gleichmäßiger Grat, der durch den Stoff läuft«, sagte er. »Wie mit dem Maßstock gezogen. Offenbar haben sich die Jahre im Welschland bezahlt gemacht. Ihr habt dazugelernt.«

Hans schwieg noch immer. Man konnte es schließlich sehen, wenn man es sehen wollte. Er ging zurück in die Stube und legte das Tuch auf dem Tisch aus.

Xaver Melcher seufzte, als würde es ihm schwerfallen, das zu sagen, was er jetzt sagen musste. Er deutete auf das Tuch vor ihm, das weich und geschmeidig über den Tisch fiel. »Dafür kann ich Euch noch keinen Meisterbrief ausstellen, Hans Fugger«, sagte er mit einer rauen Stimme, die davon zeugte, dass er selbst nicht recht zufrieden war mit dem, was er da vorbrachte.

Hans blieb ruhig. »Was braucht Ihr? Ein weiteres Tuch?«

Annas Mutter feixte stumm im Rücken ihres Mannes. Hans deutete ihre ganze Körperhaltung als Freude. In ihrem Blick war keine Regung zu erkennen. Er schien wie verschleiert.

»*Mindestens* ein weiteres Tuch«, sagte der Schultheiß fest.

Hans atmete tief durch. »Ihr wisst genau, dass die Baumwolle für einen weiteren Ballen nicht ausreicht. Ich kann erst im Frühjahr …«

»Dann müsst Ihr eben warten wie jeder andere auch, Hans Fugger. Wir braten keine Extrawürste. Für niemanden.«

»Gebt mir wenigstens das Siegel auf dieses Tuch.« Noch immer war Hans die Ruhe in Person.

»Das Siegel«, murmelte Annas Vater.

»Untersteh dich, Xaver Melcher!«, keifte seine Frau.

Der Schultheiß verdrehte die Augen und biss sich wieder auf die Lippen. Hans war sich sicher, hätte sie den Mund gehalten, wäre er ohne Siegel nach Hause marschiert. Aber Annas Vater ließ sich von seinem Weib nicht gängeln.

»Natürlich bekommt Ihr ein Siegel!«, rief er so laut, dass sein Weib zusammenzuckte.

Hans hatte nicht gewusst, dass der Schultheiß siegeln durfte, hätte ihm Anna nicht davon erzählt. Der Grundherr Berthold vom Stain hatte ihm mit dem Marktrecht auch das Prüfrecht für Tuch verliehen und damit ein Siegelrecht. Man wollte, man musste sich von Ulm absetzen, wo die Weber darauf pochten, geprüfte und bestätigte Ware zu verkaufen, wenn sie das Ulmer Siegel trug.

Während Annas Vater in die Küche ging, um das Blei für ein Siegel auf der Kochstelle über dem Feuer zu verflüssigen, blieben Hans und die Melcherin allein zurück.

Langsam löste sie sich vom Türpfosten und trat auf ihn zu. Sie beugte sich vor und flüsterte: »Denkt ja nicht, Ihr könntet Euch so das Vertrauen meines Mannes erschleichen. Es gibt Dutzende wie Euch, die besser weben, und Hunderte, die ein Siegel eher verdient hätten. Ihr seid ein schlechter Charakter, Fugger. Solange ich lebe, werde ich Euch vergelten lassen, was ihr meiner Tochter angetan habt.«

»Ich habe Eurer Tochter nichts angetan!«, sagte Hans trotzig.

»Wer's glaubt, wird selig. Und wer's nicht glaubt, kommt auch in den Himmel!«, spottete die Melcherin.

»Glaubt Ihr Eurer Tochter nicht?«

Der Blick der Melcherin flackerte. »Sie war ein Kind – und Ihr hättet sie in der Grube verrecken lassen.«

Abrupt drehte sie sich um und verschwand im Haus, bevor Hans noch etwas entgegnen konnte. Er atmete tief durch. In Annas Mutter hatte er eine erbitterte Feindin, die niemals lockerlassen würde.

Als Xaver Melcher aus der Tür trat, konnte er Hans nicht in die Augen sehen. Offenbar hatte ihm seine Frau in der Küche tüchtig den Kopf gewaschen. Er hielt ein kleines Siegel in der einen und den Siegelhammer mit Ambos in der anderen Hand. »Nur, weil es eine wirklich überzeugende Bahn Barchent ist«, knurrte er.

Das Siegel bestand aus zwei Bleiknöpfen, die mit einem Steg miteinander verbunden waren. Einer der Knöpfe enthielt einen Nagel, der andere ein Loch. Xaver Melcher bog das Siegel am Steg um, steckte den Nagel an einer Ecke durch das Tuch und durch das Loch des zweiten Knopfes. Er legte das noch jungfräuliche Bleisiegel auf den Ambos, und ein kurzer Schlag mit dem Hammer zauberte die Wolfsangel derer vom Stain auf das Bleiplättchen. Kurz besah er sich seine Arbeit. Das Siegel war fest mit der Tuchecke verbunden. »Ihr werdet kein zweites Tuch dieser Qualität zuwege bringen«, presste er zwischen den Zähnen hervor, als er Hans den Barchent zurückgab.

Hans faltete sein Tuch so, dass das Siegel obenauf lag. Dann nickte er, drehte sich auf dem Absatz um und ging davon.

Anna sah ihn zur Tür hereinkommen.

»Du hattest recht«, begrüßte er sie. »Er will ein zweites Tuch. Mindestens. Erst dann gibt er mir das Schreiben.«

Anna seufzte. Ihr Vater war so leicht zu durchschauen. Man musste nur am rechten Gefühlsfaden zupfen, dann tat er, was man von ihm verlangte, ohne dass er es auch nur ahnte. Sie hatte das immer schon an ihrer Mutter beobachtet, die noch über ein weiteres Mittel verfügte, wenn sie nachts zu ihm ins Bett kam, was ihr, Anna, natürlich nicht zu Gebote stand.

»Deine Mutter ist die Gefahr!«, setzte Hans nach. »Sie hat ihn getrieben – und wenn er nicht geglaubt hätte, vor mir als Schlappschwanz dazustehen, hätte er es wohl nicht mal gesiegelt.« Er zeigte ihr das Bleisiegel obenauf.

Anna begutachtete den Knopf. »Das ist zwar kein Ulmer Siegel, aber besser als gar keins.« Sie sah zu ihm auf. »Dann ist es leider, wie wir es vermutet haben, wir müssen ein zweites Tuch weben! Ich hab schon die Ketten eingehängt und gespannt.«

»Wenn deine Mutter wüsste …«

»Sie weiß es aber nicht. Sie hat gesehen, wie du mit leeren Händen von der Fichtnerin ohne eine Rolle Garn zurückgekommen bist. Ohne Garn heißt ohne Arbeit. Sie hat gefeixt und sich ungeheuer gefreut. So sehr, dass es sie nicht zu Hause gehalten hat.«

Ihre Mutter war sofort zu ihnen herübergeeilt und hatte sich bei Anna darüber ausgelassen hatte, dass die Leinweberei wohl die Zukunft des Hans Fugger bliebe. Ob er sich dann weiter eine Magd würde leisten können?

Die Melcherin hatte das Haus sogleich verlassen, als Hans zur Tür hereingekommen war. Mit hoch erhobenem Kopf war sie an ihm vorbeigerauscht, als er von Röfingen wiedergekommen war. Er hatte der Fichtnerin das zweite Knäuel bezahlt, aber sie hatte ihm kein weiteres verkauft.

Anna sah Hans von der Seite an und bemerkte, dass sein Blick an ihr auf und ab glitt. Er musterte ihr Gesicht, ihre Brust und die Hüften. Manchmal ertappte sie sich dabei, wie sie hoffte, er würde sie einfach in den Arm nehmen und küssen. Aber das war wohl eine Hoffnung, die sich nie erfüllen würde.

»Dein Vater wird das zweite Tuch auch nicht akzeptieren«, sagte Hans. Offenbar hatte er bemerkt, dass sie ihn beobachtete, wie er ihren Körper betrachtete. Verlegen blickte er zur Seite.

»Dann müssen wir eben ein Drittes weben«, erwiderte sie. »Drei Bahnen Barchent, dreimal hohe Qualität, drei Siegel, das müsste genügen, um in Augsburg Fuß zu fassen.«

»Du denkst weit voraus«, sagte Hans.

»Ich denke immer weit voraus«, antwortete sie leise. »In meiner Lage musst du auch den übernächsten Tag mitdenken, sonst kommst du unter die Räder.«

»Dann rück beiseite. Deine Mutter wird das nächste Tuch nicht abwarten und das übernächste auch nicht. Sie weiß, wir haben kein Baumwollgarn mehr.«

»Im Frühjahr müssen wir nach Augsburg!« Anna sagte das sehr bestimmt und so, als wäre es bereits beschlossen, dass sie mit ihm ging. Gespannt wartete sie, wie er diese Worte aufnehmen und was er darauf sagen würde.

»Warst du schon mal in der Stadt?«, fragte er.

Anna schüttelte den Kopf. »Aber ich kenne mich aus mit Verhandlungen.«

Hans scheuchte sie vom Webstuhl weg. Als sie aus dem Sitz rutschte, berührte sie zufällig Hans' Hose und wusste plötzlich, warum er sie so angesehen hatte. Sie verlor kein Wort darüber, und auch Hans tat so, als hätte die Berührung nicht stattgefunden.

Dennoch musste Anna schlucken. Empfand er tatsächlich noch etwas für sie, oder war es nur seine männliche Natur? Sie wagte nicht, sich vorzustellen, dass Hans sie womöglich begehrte, weil er etwas für sie empfand, und nicht, weil sie einfach nur eine Frau war.

Sie ging hinüber in die Küche. Hinter ihr begann das gleichmäßige, monotone Klappern des Webstuhls. Sie horchte darauf, weil es sie beruhigte. Ihr ganzes Leben hatte sie dieses Geräusch vernommen. Sie war den Rhythmus, die Schläge, das Summen oder Singen gewohnt – und doch arbeitete Hans anders. Seine Bewegungen waren weich und von einem ruhigen Gleichmaß, das ihr fast schon Angst machte. Dabei wirkten sie sanft, als würde er den Schuss nicht festschlagen, sondern streicheln. Es lag Gefühl in diesen Bewegungen, und in diesem Moment stellte sie sich vor, wie sich diese Hände auf ihrer Haut anfühlen mochten, wenn sie schon lebloses Gewebe mit dieser Zärtlichkeit berühren und formen konnten. Sie schauderte, als sie sich ausmalte, wie diese Finger damals über ihren Körper geglitten waren, und hätte beinahe einen Teller fallengelassen. Er schepperte auf den Tisch, ohne zu zerbrechen, und holte Anna wieder zurück in ihre nüchterne Gegenwart der unleugbaren Tatsachen.

Träumen war etwas für gesunde Menschen. Sie war und blieb ein Krüppel. Hans würde sie niemals heiraten. Sie musste sich ein dickes Fell zulegen. Auch wenn sie ihn liebte – ihre einzige Möglichkeit bestand darin, ihn zu unterstützen, wo es ihr möglich war. Nur so konnte sie ihn für sich gewinnen und sich für ihn unentbehrlich machen. Mehr als eine räumliche Nähe würde es für sie niemals geben, das wusste sie.

Anna begann, den Hirsebrei für den Mittagstisch aufzuwärmen. Sie selbst hatte noch nichts im Magen und Hans nur einen halben Krug Milch. Sie gab die gequollene Hirse in den mit warmer Milch zur Hälfte gefüllten Topf und rührte, damit die Milch nicht hochkochte und überquoll. Aus dem Kasten nahm sie zwei Handvoll Grieben und legte sie in den Topf. Sie sparte an Salz. Man wusste nie, wann der Salzhändler das Dorf wieder besuchte.

Als der Duft des Essens den Raum füllte, beendete Hans sein Tun und setzte sich zu Anna an den Tisch. Sie hatte ihm einen Krug Dünnbier hingestellt, den sie regelmäßig vom Unterwirt herbeiholte. Sie saßen sich gegenüber wie ein altes Ehepaar, und offenbar hatte Hans denselben Gedanken, denn er lachte plötzlich und ohne Grund los.

»Da sitzen wir nun …«, sagte er, ohne weiter auszuführen, was er damit meinte.

Aber Anna verstand schon. Sie hob den Kopf. »Hier in Jettingen gibt es keine Zukunft, Hans. Wir müssen in die Stadt, aber wir dürfen die Gäuweber nicht verprellen, auch nicht meine Mutter. Wenn sie einen Keil zwischen uns und die Weber in den Dörfern treibt, wird es uns nicht gelingen.«

»Weil sie für uns weben sollen?«, fragte Hans und nahm einen Schluck aus dem Krug. Das Bier musste mittlerweile schal schmecken, aber er ließ es sich nicht anmerken.

»Schau, Hans. Stell dir vor, du kaufst Baumwolle in großen Mengen ein und lagerst sie in Augsburg, dann kannst du sie an die Landweber verkaufen.«

Er nickte, nahm einen weiteren Löffel. »Darüber haben wir doch schon gesprochen«, antwortete er mit vollem Mund.

»Schlag nur einen kleinen Teil auf, dann bist du billiger als die anderen Händler, die an die Weber verkaufen wollen«, beharrte Anna. »Sie werden deine Baumwolle nehmen und nicht die andere ...«

Hans winkte gelangweilt ab. »Das ist doch schon alles bekannt.«

Anna ließ sich nicht beirren. »Aber noch nicht gesagt: Jetzt stell dir vor, du zahlst nicht nur denselben Preis wie die Händler, die die teure Ware verkauft haben, sondern du gibst den Webern eine Garantie, das Tuch abzunehmen, wenn sie erneut Baumwolle abnehmen. Dann erhältst du nicht nur ein Tuch, das billiger ist als das Tuch, das deine Konkurrenten ankaufen müssen. Du bekommst mehr Tuche, weil du länger Baumwolle liefern kannst, und du kaufst billiger ein. Wenn du damit auf eine Messe fährst, nach Ulm oder ... Frankfurt ... stell dir vor ... Frankfurt! Dann hast du einen dreifachen Vorteil: Dein Tuch ist billiger, du lieferst mehr ...«

Hans schlug lachend mit der flachen Hand auf den Tisch. Annas Begeisterung hatte ihn offenbar angesteckt. »... und ich liefere Barchent! Einen ganz neuen, angenehm tragbaren und dennoch festen Stoff. Sie werden mir die Ballen aus der Hand reißen!«

Anna nickte bedächtig. »Es gibt nur ein kleines Hindernis.«

Hans hob eine Augenbraue und nickte. »Ein Händler aus Jettingen wird kaum einen Stand in Frankfurt auf der Messe erhalten. Wer kennt schon Jettingen?«

»Ein Augsburger Händler hätte einen ganz anderen Ruf.«

»Abgesehen davon, dass ich in der Stadt eher erfahren würde, wann die Baumwolllieferungen kommen.«

Sie hatten sich so in Hitze geredet und dabei eine mögliche Zukunft entworfen, dass darüber der Brei mit den Grieben kalt geworden war.

»Soll ich das Essen noch mal aufwärmen?«, fragte Anna.

Hans schüttelte den Kopf und löffelte das Mittagsmahl in sich hinein. »Keine Zeit. Über eine Zukunft, die noch nicht stattgefunden hatte, lässt sich herrlich träumen und spekulieren. Doch die Gegenwart packt einen am Kragen und zerrt einen unter das Joch.«

Anna nickte. Sie füllte ihre Portion dennoch wieder in den Topf und hängte ihn noch einmal übers Feuer. Während Hans beseelt zurück an den Webstuhl eilte, dachte sie über seine Bemerkung nach, die ihr einen Stich versetzt hatte. »Ich erfahre in Augsburg eher, wann die Baumwolle kommt«, hatte er so oder so ähnlich gesagt. »Ich«, nicht »Wir«.

Den Gedanken, dass er ihre Idee ohne sie verwirklichen wollte, durfte sie erst gar nicht aufkommen lassen. Sie musste ihn an sich binden. Egal, wie.

9

AUGSBURG, ENDE NOVEMBER 1366

Die Schlange reichte bis auf die Straße hinaus. Die Luft war eisig, und es roch nach Schnee. Die Männer vor ihm stampften mit den Beinen, um die Zehen warm zu halten, und steckten ihre Hände unter die Tuchballen, die sie beschauen lassen wollten.

Ein Stück hinter Hans loderte in einem Metallkorb eine offene Flamme, um die einige Männer standen und sich wärmten. Alle hatten sie rote Gesichter, blaue Lippen und weiße Finger.

Der Wetterumschwung war erst gestern gekommen – und wenn er ihn noch in Jettingen erwischt hätte, dann wäre er erst gar nicht nach Augsburg aufgebrochen. Nun musste er das Beste daraus machen.

»Es braucht eine Beschau, die von den Webern selbst durchgeführt wird, nicht von irgendwelchen Magistraten, die vom Weben so viel Ahnung haben wie ich vom Fischen«, knurrte der Mann vor ihm.

Hans schaute auf. Der Weber hatte sich ihm halb zugedreht. Seine Nase war feuerrot, und es hing ein Tropfen daran. Er hatte die typischen eingefallenen Wangen seines Berufsstandes. Seine klaren Augen musterten Hans neugierig. Sein Atmen bildete rauchige Wolken vor seinem Mund.

»Wie meint Ihr das?« Hans' Neugier war echt. Er kannte sich mit den Augsburger Gepflogenheiten nicht aus. »Prüfen denn nicht Meister das Tuch?«

»Wenn dem so wäre, wäre es schön. Aber diese Schau ist die reine Willkür.« Der Mann drehte sich jetzt ganz zu ihm um und musterte ihn von oben bis unten. »Ich kenne Euch nicht.«

»Ich kenne Euch auch nicht«, entgegnete Hans. »Aber das kann man ändern. Hans Fugger der Jüngere.« Er streckte dem Mann die Hand hin.

Doch der ließ die Geste unbeachtet und setzte seine Musterung fort. »Ich weiß von keinem Weber in der Stadt, der Fugger heißt.«

»Das soll nicht für immer so bleiben«, entgegnete Hans leichthin, spürte jedoch, wie das Misstrauen ihm gegenüber wuchs.

»Ihr seid ein Gäuweber, oder? Woher?«, zischte der Mann. Die rote Nase schien zu glühen. Mit einer raschen Bewegung der Hand schnäuzte er und hätte Hans' Schuhe getroffen, wenn der sie nicht zurückgezogen hätte.

»Ich bin Weber wie Ihr«, sagte Hans. »Spielt es da eine Rolle, woher ich komme?«

»Er riecht nach Gäuweber!«, sagte jemand hinter ihm.

Hans drehte sich um und sah einem Mann direkt ins Gesicht. Dessen Haut war grau, und er atmete pfeifend. Er sah zwar älter aus als Hans' Vater, aber seine Augen waren die eines jungen Mannes. Seine Brust war derart eingefallen, dass Hans sich fragte, wie er überhaupt Luft bekam.

»Du hast recht, Götz«, sagte der Kerl mit der roten Nase. »Deshalb brauchen wir einen Zusammenschluss, eine Zunft. Damit Weber wie wir wissen, wohin wir gehören.«

Hans wollte keinen Streit, doch der Mann vor ihm wurde immer lauter. Die Männer um ihn herum reckten bereits die Köpfe.

»Was ist los, Weiß?«, rief jemand von hinten.

Die Kälte, die Wartezeit und offenbar die Tatsache, dass Hans nicht dazugehörte, verstärkten den Unmut der Weber.

»Ein Gäuweber!«, verkündete Weiß lautstark, was zu einem allseitigen Murren führte.

»Was willst du hier, Hans nicht aus Augsburg?«, brachte es Götz auf den Punkt.

Einige der Männer lachten ob des Namens, den Götz ihm verpasst hatte: Hans nicht aus Augsburg.

»Ich will wie ihr alle mein Tuch beschauen lassen.«

Weiß drehte sich um seine Achse und verkündete lautstark. »Er will sein Tuch beschauen lassen, der Landweber!«

Alle lachten, aber ohne jede Fröhlichkeit. Hans wurde kleinlaut. Solch einen Aufruhr hatte er nicht verursachen wollen.

»Hat er denn ein Tuch, das sich lohnt, beschaut zu werden? Die aus dem Gäu weben doch nur mit Stroh!«

Wieder war ein allgemeines Gelächter zu hören, das vor Bösartigkeit nur so troff.

»Er soll es zeigen, Weiß!«, rief jemand über die Köpfe hinweg.

Das war der Augenblick, den Hans gefürchtet hatte. Wenn er das Tuch unkundigen Beschauern vorlegte, konnte weiß Gott was passieren.

»Zeig dein Tuch, Hans nicht aus Augsburg!«, hörte er den Ruf. Immer mehr Männer fielen ein: »Zeig dein Tuch! Zeig dein Tuch! Zeig dein Tuch!«

Weiß riss ihm die Kraxe von den Schultern und zerrte das Tuch aus dem Weidengeflecht. Hans hatte nur einen der beiden Ballen mitgenommen.

»Das Tuch eines Gäuwebers!«, schrie Weiß und faltete den Ballen auf. Der Barchent flatterte über seinem Kopf – und die Menge wurde plötzlich still.

Hans griff nach den Enden der Stoffbahn, bevor sie in den Dreck fielen. »Hört auf!« Sein Schrei hallte über den Platz vor dem Rathaus. Alle, die eben noch gebrüllt hatten, starrten stumm auf das Tuch, das Weiß mit den Händen hochhielt.

»Was ist das?«, fragte Götz, der mit der Hand das Gewebe prüfte.

»Das ist mein Tuch. Her damit!«, sagte Hans und griff nach dem Stoff. Seine ruppige Geste, seine barsche Art hatten Erfolg. Weiß ließ los, und Hans begann, den Barchent wieder in die Kraxe zu stopfen. Nun war er nicht mehr glatt, und Hans hatte einen Nachteil zu befürchten.

»Halt, mein Freund!«, sagte Weiß. Er baute sich vor Hans auf. »Das ist nicht Baumwolle und auch nicht Leinen.«

Hans starrte ihm von unten her ins Gesicht. Was sollte er sagen? Sollte er jetzt schon die Webtechnik seines Tuchs verraten?

Weiß hob den Kopf und deutete auf Hans, der vor ihm kniete. »So was wird bei uns nicht begutachtet.« Die Stimme des Wortführers wurde immer lauter. »Wenn wir eine Zunft hätten, dann würde man Tuch dieser Art verbieten. Dann könnten Weber von außerhalb nicht mit diesem Zeug hier in die Stadt kommen und uns die Arbeit wegnehmen. Dann könnten wir …«

»Was redet Ihr da?«, unterbrach Hans ihn und richtete sich mit der Kraxe auf einer Schulter auf. Er war wütend. Er wusste zwar, dass das für ihn und sein Fortkommen nicht gut war, aber er musste sich wehren, wenn er bestehen wollte. »Dieses Tuch ist besser als alles, was ihr alle vorzuweisen habt.«

War es zuvor vor Überraschung still gewesen, weil die Weber mit einem Blick erkannt hatten, welche Qualität Hans' Tuch hatte, schwoll das Murren in der Menge um ihn herum nun wieder an.

»Besser? Er glaubt, es sei besser als das, was wir gewebt haben. Und wenn wir ihm das Gegenteil beweisen?«

Hans konnte den Mann nicht ausmachen, der das gerufen hatte. »Dann lasst es begutachten!«, forderte er.

»Oh, das werden wir«, lachte Weiß und riss den losen Barchent aus der Kraxe. »Kommt mit. Wir wollen schauen, ob sein Stoff besser brennt als unsere Tuche!«

Er zerrte Hans, der noch mit einem Arm in der Kraxe hing, zu dem Metallkorb, in dem das offene Feuer brannte.

»Das könnt Ihr nicht tun. Das dürft Ihr …«

Hans brachte seinen Satz nicht zu Ende. Die Männer schlugen ihm den Wanderstock aus den Händen und stießen ihn zu Boden, zogen das Tuch vollends aus dem Weidenkorb und stopften es in die Glut. Sie packten ihn an den Armen und hielten ihn fest. Er konnte nur auf sein mühsam gewebtes Barchent-Tuch starren. Das trockene Gewebe rauchte erst vor sich hin, dann fing es Feuer und brannte lichterloh.

»Es brennt allemal besser als unsere Tuche!«, feixte Weiß. Er hielt das Feuer mit einem Stock unter Kontrolle, damit die Funken nicht zu weit flogen. »Jetzt weißt du, wie wir mit Gäuwebern wie dir verfahren, die versuchen, uns ihr billiges Zeug anzudrehen. Geh dorthin, wo du hergekommen bist.« Die Männer ließen Hans los und stießen ihn noch einmal in den Dreck.

»Und ihr, Weber, hört zu!«, rief Weiß. »Wenn wir eine Zunftverfassung hätten, dann wären auch wir nicht irgendwelche dahergelaufenen Weber, sondern Mitglieder einer Gemeinschaft mit klaren Regeln.«

Die Augsburger Weber murmelten zustimmend. Manche klatschten, andere nickten nur. Alle gingen sie zurück, um ihre Ware der Beschau vorzulegen.

Hans lag auf dem eisigen Boden. Langsam rappelte er sich hoch. Der eine Gurt seiner Kraxe war zerrissen, das Tuch, das er zur Beschau hatte vorlegen wollen, zu Asche verbrannt, und seine Hoffnungen hatten sich mit ihm in Rauch aufgelöst. Augsburg war nicht der Ort, an dem ein Fugger eine Zukunft haben konnte.

Annas Lippen zitterten. Er hatte ihr nichts gesagt.

Als sie am Morgen steif vor Kälte aus ihrer Dachkammer herabkroch, war er verschwunden gewesen. Er und zwei der drei Tuchballen. Am Tag, nachdem ihr Vater ihm den Meisterbrief ausgestellt hatte.

Der Schultheiß hatte sich gewunden, aber er hatte Hans nicht mehr abweisen können. Drei Barchentbahnen bester Qualität durfte man nicht übersehen. Schon deshalb nicht, weil der Grundherr Hans ein Schreiben mitgegeben hatte, dass Xaver Melcher diesem Weber hier am Ort eine Meistergerechtigkeit geben solle.

Annas Mutter hatte getobt und in ihrer Wut sogar das Tintenfass umgestoßen, sodass die erste Ausfertigung unbrauchbar gewesen war. Aber schließlich hatte Hans – wenn auch verzögert – mit Brief und Siegel seine Meisterschaft bestätigt bekommen. Und jetzt war er verschwunden. Ohne sich zu bedanken, ohne sich zu erklären, ohne sich zu verabschieden. Mit zwei Ballen Tuch.

Anna rieb sich mit den Händen über ihre Schenkel, damit sie warm wurden. Sie wusste genau, wohin er gegangen war: nach Augsburg.

Sie seufzte. Wofür hatte sie ihn gestern noch gegenüber ihrer Mutter verteidigt? Diese hatte nicht nur den üblichen Streit vom Zaun gebrochen, sondern ihr auch noch gedroht, sie zu verstoßen, wenn Vater vorzeitig sterben sollte.

»Du kannst dich im Wald zur Beerenmarie gesellen!«, hatte sie ihre Mutter angeschrien – und die hatte sich vor Schreck ans Herz geschlagen, als müsse sie es wieder in Gang bringen. Die Beerenmarie lebte im Forst hinter Eberstall allein und verwirrt und kam ein- oder zweimal im Jahr ins Dorf, um Heilkräuter und Salben zu verkaufen.

Dabei hatte ihre Mutter recht behalten – Hans war fort. Er musste tief in der Nacht aufgebrochen sein.

Anna verfluchte ihre Leichtgläubigkeit, ihre sehnlichste Hoffnung, ihre Arglosigkeit. Sie kratzte einen Rest Hirse vom gestrigen Abendessen aus dem Topf und schlang den kalten Brei hinunter. Dann erst schürte sie das Feuer an, setzte sich auf den Stuhl, der neben der Herdstelle stand, und dachte nach.

Hans kannte sich in Augsburg nicht aus. Natürlich war er weit herumgekommen, aber diese Stadt war nicht nur schon immer eigen gewesen, sie war gefährlich. Anna wusste sehr wohl, wie die hiesigen Weber über die Landweber urteilten, wie sie die Gäuweber verachteten.

Hans würde vermutlich in jedes Fettnäpfchen treten, das man ihm auslegte. Ohne jemanden, der sich mit den Schlichen und Schlingen auskannte, musste er scheitern. Zwar war auch sie dafür nicht die rechte Person – sie war ja noch nie in Augsburg gewesen –, aber sie kannte vielleicht jemanden, der lange genug in der freien Reichsstadt des Heiligen Römischen Reiches gelebt hatte, um darüber Bescheid zu wissen.

Als sie an diesem Punkt ihrer Überlegungen angekommen war, stand ihr Entschluss fest: Sie würde nach Augsburg gehen. Sie hoffte darauf, nicht zu spät zu kommen.

Der Glockenschlag der Jettinger Kirche rief zu Laudes, dem Morgengebet. Wenn sie rechnete, dass das Gebet im Herbst etwas später angesetzt wurde, dann würde sie den ganzen Tag für den Weg nach Augsburg brauchen und erst in der Nacht dort ankommen. Wenn sie Pech hätte, würde sie vor den Toren übernachten müssen – und das würde sie bei der Kälte nicht überleben. Sie schauderte, obwohl sie ihr warmes Kleid trug, und hielt die bloßen Füße näher ans Feuer.

Sie musste unterwegs irgendwo einkehren. Dann aber bestand die Gefahr, Hans zu verpassen. Wenn er Erfolg hätte und die Tuche verkaufen könnte, dann könnte er ebenso gut vorzeitig nach Jettingen zurückkehren.

Sie wickelte sich Fußlappen um Füße und Beine und schlüpfte in ihre Holzschuhe. Dann holte sie den dritten Barchentballen aus dem Kasten und steckte ihn in einen Beutel, den sie sich über die Schulter hängte.

Wo sollte sie einkehren? In einem Gasthof? Unmöglich. Dafür reichte das Geld nicht. Sie musste Torgeld bezahlen, wenn sie in die Stadt wollte, und das war schon beinahe zu viel.

Die Einzige, die ihr weiterhelfen konnte, war ihre Mutter. Anna seufzte. Gestern noch hatten sie wie Hund und Katze gestritten, heute brauchte sie ihren Rat. Sie malte sich jetzt schon aus, wie ihre Mutter feixen würde, weil ihr der Hans Fugger davongelaufen war. »Da siehst du es. Ich habe es dir tausendmal gesagt!«, würde sie in immer anderer Version in Dutzenden von Schleifen zu hören bekommen. Wie recht sie gehabt habe! Wieso hatte ihre missratene Tochter nicht auf sie gehört!

Anna drückte den Rücken durch, warf sich ihre Cappa über und schlang sich einen Wollschal um den Hals. Sie ging zur Tür, zögerte kurz, diese zu öffnen.

Ich muss der Mutter diesen Triumph gönnen, sonst erfahre ich nicht, wo die Hudlerin in Horgau wohnt, dachte sie. Die jüngere Schwester ihrer Mutter hatte dort den Sohn des Maiers geheiratet und nach dem Tod des Alten dessen Hof mit übernommen. Aber Anna war nie nach Horgau gekommen. Sie hätte zwar einfach aufbrechen und auf gut Glück dorthin gehen können, aber so war es ihr lieber. Außerdem fürchtete sie die Auseinandersetzung mit ihrer Mutter nicht. Wer erlebt hatte, was sie erlebt hatte und als entstellte Frau erleben musste, für den war ein Zwist mit der Mutter das Geringste.

Anna straffte sich noch einmal und stieß die Tür auf. Mit festem Schritt ging sie in Richtung des Melcherhofs. Sie musste sich keinen Mut zusprechen.

Kurz vor der Tür ihres Elternhauses wandte sie sich zum Stall, da ihr ein Muhen sagte, dass ihre Mutter beim Melken war. Anna betrat den Stall, und sofort drehte die Kuh den Kopf zu ihr um und begrüßte sie freudig.

Ihre Mutter fluchte, weil das Tier ihr beinahe den Eimer umgestoßen hätte. »Bei allen Teufeln, wer …«, fuhr sie auf und erhob sich. Den Melkschemel hatte sie sich umgebunden. Wie der Stachel einer Hornisse stand er ihr vom Hintern ab. »Du?«

»Ja, ich. Guten Morgen, Mutter. Grüß dich, Wilde!« Die Kuh streckte den Nacken und muhte, als ob sie Anna verstanden hätte.

»Mit Viechern hast du schon immer besser umgehen können als mit Menschen!«, bemerkte ihre Mutter und runzelte die Stirn. »Was willst du? Um die Kuh zu besuchen, bist du sicher nicht gekommen.«

»Ich will zu dir.«

Die Miene ihrer Mutter verfinsterte sich. »Willst du dich entschuldigen?«

Anna schüttelte den Kopf. »Wo genau wohnt deine Schwester in Horgau?«, fragte sie direkt heraus.

»Tante Marget?«

»Die Hudlerin«, sagte Anna. Sie hatte diese Tante Marget nur selten gesehen, von daher gefiel ihr die Bezeichnung Hudlerin besser.

»Willst du sie auch um Baumwollgarn anbetteln?«

Anna atmete durch. Ihre Mutter hatte die Hände in die Hüften gestemmt. Anna glaubte sogar, das tiefe Brummen zu hören, das Hornissen von sich gaben, wenn sie sich bedroht fühlten. Ihre Mutter baute sich vor ihr auf und schien tatsächlich zu wachsen.

»Ich habe noch nie jemanden um Garn angebettelt«, zischte Anna. »Jedes Knäuel wurde bezahlt.« Sie spürte, wie ihre Stimmung immer düsterer wurde und sich so etwas wie Schaum in ihrem Inneren bildete, der einen Druck ausübte. Noch so eine Bemerkung, und sie würde aufgehen wie ein Hefezopf.

»Warum willst du das wissen? Du warst noch nie …«

»Sag schon. Wo wohnt sie?«

»Warum so eilig?

»Weil ich dort sein will, bevor es dunkel wird.«

Ihre Mutter musterte sie von oben bis unten. Dann huschte ein hämisches Lächeln über ihre Lippen, das diese regelrecht zerspaltete. Langsam trat sie näher.

Anna fühlte sich wie gelähmt. Ihre ganze Zuversicht, mit der sie hierhergekommen war, schwand. Sie hätte sofort aufbrechen sollen. Den Hudlerhof hätte sie schon gefunden.

Jetzt fielen die bösen Worte in präzisen Abständen und genau vorherberechneter Stärke.

»Was suchst du bei meiner Schwester? Oder willst du gar nicht dorthin? Habe ich heute schon den Webstuhl deines ... deines ... Herrn gehört? Ich erinnere mich nicht. Aber ich erinnere mich an einen jungen Kerl, der Tuche in seiner Kraxe auf dem Rücken aus dem Dorf getragen hat. So schnell, als wäre er auf der Flucht. Läuft er dir schon davon?« Sie sah Anna an, dann spuckte sie vor ihr auf den Boden. »Ist er deiner schon überdrüssig? Sucht er nach einem schmackhafteren Schoß? Willst du ihm nach ...«

»Halt den Mund, sonst ...!«, fuhr Anna ihre Mutter an. Deren Augen weiteten sich vor Erwartung.

»Was sonst? Willst du deine Mutter schlagen? Wirst du sie in den Wald schicken? Willst du ...«

Anna hatte es gewusst und dennoch nicht nach ihrem Verstand gehandelt. Wortlos drehte sie sich um und ging aus dem Hof hinaus. Sie hörte ihre Mutter hinter sich schnauben.

»Anna!«, rief sie ihr nach, bevor sie um die Ecke bog und verschwunden gewesen wäre.

Anna blieb kurz stehen.

»Vom Rothbogen gen Norden den Hügel hinauf. Der Hof ist kaum zu verfehlen. Wenn die Tante noch bei ihm ist.«

Anna konnte sehen, wie mühsam ihr diese Worte über die Lippen kamen. Sie nickte, konnte sich aber nicht verkneifen, etwas zu erwidern, bevor sie außer Sicht war. »Mit deinen Gedanken solltest du zum Beichten gehen, Mutter. Bevor dich der Teufel noch ganz packt!«

Anna schlug den Weg nach Norden ein und bog kurz hinter dem Dorf nach Osten ab. Sie hatte einen leichten Wind im Rücken, der sie ein wenig den Hang hoch vorwärtsschob. Dennoch hätte sie am liebsten nach den ersten Schritten schon wieder kehrtgemacht. Aber diesen Triumph wollte sie ihrer Mutter nicht auch noch gönnen.

10

AUGSBURG, ENDE NOVEMBER 1366

Hans warf sich auf seinen Strohsack in dem schäbigen Loch, das er in Augsburg angemietet hatte, und fluchte. Tränen der Wut hingen in seinen Augenwinkeln. Gott sei Dank hatte er nicht beide Barchentballen zur Beschau mitgenommen, sondern nur einen. Aber den hatten die Stadtweber zerstört. Gedemütigt hatten sie ihn damit – und er musste nun mindestens eine Woche warten, bis die nächste Beschau stattfand. Kurz blickte er zu seinem Wanderstock, der in der Ecke lehnte, und schwor sich, wenn er wieder so behandelt würde, dann würde er Augsburg den Rücken kehren und nach Ulm gehen. Zwar waren auch dort die Stadtweber nicht begeistert von den Webern aus dem Land, doch sie wussten ein Tuch von hoher Qualität eher zu schätzen. Er langte in sein Wams und zählte das Geld. Eine Woche würde er in diesem Loch hier zubringen können. Und jetzt brauchte er etwas zu essen und einen Krug Bier. Er hatte gehört, dass in der Nordstadt ein gutes Schwarzbier ausgeschenkt wurde.

Am neuen Tor über den Senkelbach, das zur Wertach hinausführte, wurde gerade gebaut. Das Tor selbst konnte man schon erahnen, die Wehr dazu ragte links und rechts davon um die Stadt, und der Graben davor wurde ausgehoben. Alles Arbeiten, die einen enormen Durst verursachten, der gestillt werden musste.

Das Bräu, das in der Nähe seinen Sudkessel heizte, braute nach den Erzählungen der Handwerker derzeit das beste und süffigste Bier. Diesem Brauhaus am Tor würde er einen Besuch abstatten. Vielleicht ließ sich auch das eine oder andere Neue erfahren. So durfte es jedenfalls nicht weitergehen. Hans wusch sich den gröbsten Dreck aus dem Gesicht und klopfte sich den Lehm von der Kleidung. Dann machte er sich auf den Weg.

Von überallher vernahm er das Klappern der Webstühle in der Nordstadt hinter dem Dom. Es hörte sich an, als stünde irgendwo hinter den Fassaden eine riesige Maschine und wolle hier ihren eigenen Rhythmus in den Tag klopfen. Allerdings vermischte sich das Klappern zu einer Höllenmelodie, die Hans – je länger er sie hörte – desto mehr an das unkontrollierte Rasseln der Weberlungen erinnerte als an Musik. Zuerst versuchte er noch, seine Schritte dem Rhythmus der Schläge anzupassen, gab es jedoch bald schon auf und dachte an andere Dinge, um sich von diesem unharmonischen Klang abzulenken.

Hätte er doch auf Anna hören sollen? Sie hatte so bestimmt geklungen. Sie wisse, wie das Leben in der Stadt zugehe, hatte sie ihm gepredigt – und er hatte seine Ohren dafür verschlossen. Sicherlich hatte sie übertrieben, um ihn von dem Schritt, in die Stadt zu gehen, abzuhalten. Ihr Wissen stammte aus den Erzählungen und Berichten der Weber, die sie gehört hatte. Woher sonst sollte sie das Leben in der Stadt kennen?

Wen die Walz weit durch die Lande geführt habe, der würde sich auch in Augsburg auskennen, hatte er voller Überzeugung dagegengehalten. Welch ein Irrtum! Nichts kannte er und schon gar nicht diese vermaledeite Stadt. Einerseits ärgerte er sich, weil Anna recht behalten hatte, andererseits hielt er sein erstes Versagen nicht für eine endgültige Niederlage. Er musste nur die Weber besser kennenlernen. Er musste mit ihnen reden, sie verstehen lernen, dann würde er sich auch in ihre Kreise einfügen können.

Die Kälte setzte ihm zu. Er schlang die Arme um den Körper und stampfte fester mit den Beinen auf, um sich warm zu halten, während er auf das Gerüst zuschritt. Das künftige Tor zur Brücke über die Wertach stand wie eine kleine Burg am Ende der Straße und schloss sie ab. Das Hämmern und Klopfen sowie das Zischen der Spaten waren längst erloschen. Die Handwerker arbeiteten nur, solange das Licht ausreichte. An dem Gerüst hochzuklettern war nicht ungefährlich, und gegen Abend, wenn es feucht und klamm wurde, wurden auch die Holzbohlen rutschig.

Das Brauhaus dampfte regelrecht. Es tat schon von außen kund, dass es ein Hort der Wärme war. Als Hans die Tür öffnete und eintrat, verstummten die Gespräche. Alle Köpfe drehten sich nach dem Neuankömmling um. Hans grüßte, schloss die Tür hinter sich und schaute sich um. Alle Tische in der Gaststube waren besetzt. Überall sah er Männer, die er allein ihrer Gestalt wegen als Weber einstufte: eingefallene Wangen und Brüste, blasse Gesichter, feingliedrige Finger und gekrümmte Rücken. Ein Sammelsurium von Gestalten, die ihre Tage in trübem Dämmer an ihren Webstühlen verbrachten.

Der ohnehin nur spärlich beleuchtete Gastraum erschien Hans noch dunkler wegen der Täfelung, die an den Wänden rundum lief und das Fachwerk schützte. Die Holzpaneele waren bemalt, doch die Bilder darauf waren wohl schon lange nicht mehr zu erkennen. Dafür hatten unzählige unsichere Hände Kreidestriche aufgemalt. Auf dem Boden knirschte Sand unter den Sohlen, von dem ein beißender Geruch nach Bier und Erbrochenem aufstieg, der aber verhinderte, dass jemand auf den Holzdielen ausrutschte.

Hans schlängelte sich zwischen den Tischen hindurch und steuerte einen freien Platz an. »Darf ich mich dazusetzen?«, fragte er freundlich.

Zwei der drei Männer auf den Holzbänken sahen ihn an und brummten mürrisch, als wäre er ein Fremdkörper, der nicht hierhergehörte. Der dritte unterhielt sich leise mit einem Mann hinter Hans und wandte ihm den Rücken zu. Er rutschte zwar beiseite, sagte aber nichts.

Hans nahm das als Zustimmung, setzte sich und winkte den Wirt heran, um etwas zu essen und einen Krug Bier zu bestellen.

Die Blicke der Männer um ihn herum folgten jeder seiner Bewegungen, als würden sie auf etwas warten. Verunsichert blickte Hans an sich herunter, ob er irgendwie auffällig war. Sein Hosenlatz war geschlossen, er trug unter seinem Wams ein Hemd. Nirgendwo sah er Blut oder andere Auffälligkeiten. Schließlich erhob er sich halb: »Hans Fugger, Webermeister«, stellte er sich vor.

Als wäre dies das erwartete Zeichen gewesen, setzten die Gespräche wieder ein. Alle wandten sich ihrem Bier zu, unterhielten sich und schienen ihn vergessen zu haben. Von einem Augenblick auf den anderen war das Leben in die Schänke zurückgekehrt.

Doch dann schlug jemand in einer Ecke sein Messer gegen den leeren Krug, und das Gerede und Geflüster verstummten langsam. Ein Mann erhob sich, den Hans nur als schwarze Silhouette in der Ecke ausmachen konnte.

»Männer, Weber, Meister«, rief er. »Wir treffen uns hier nicht, weil es warm und das Bier gut ist.«

Hans horchte auf. Er kannte diese Stimme. Dieses Knödeln und Drängen lag ihm noch allzu deutlich im Ohr. Als der Wirt ihm ein Schmalzbrot hinstellte und den Krug auf den Tisch knallte, duckte er sich hinter dessen breitem Rücken. In was war er da nur hineingeraten? Er hatte die Weber kennenlernen wollen, vielleicht den einen oder anderen Ratsch mit einem der Männer halten, aber hier braute sich etwas zusammen.

»Es geht nicht an, dass der Magistrat der Stadt sich gebärdet, als gehöre sie ihm und die Handwerker wären nur dazu da, ihr und damit ihnen die Taschen zu füllen. Wir sind die Stadt! Unserer Hände Arbeit schafft, was die Herren Patrizier mit vollen Händen ausgeben. Diese Hände hier …«, er streckte sie in die Luft und zeigte sie mit gespreizten Fingern, »diese Hände hier schaffen das Geld herbei, von dem unsere Obrigkeit lebt. Zwar dürfen wir unter den Abgaben und Auflagen stöhnen, aber das ist alles, was uns zu sagen erlaubt ist.«

Ein beifälliges Gemurmel erhob sich. »Richtig!«, rief jemand aus der einen Ecke, und ein anderer: »Endlich spricht es mal jemand aus!« Klopfende Knöchel auf eichenen Bohlen und Fußgetrappel begleiteten diese Worte.

Ein Lichtstrahl fiel durch die geölte Schweinsblase in den Raum und erhellte das Halbdunkel. Jetzt konnte Hans den Mann erkennen, der in der Ecke aufgestanden war und zu reden begonnen hatte – wie er vermutet hatte, war es Hans Weiß.

»Dem muss ein Ende gesetzt werden!«, setzte dieser seine Rede fort. »Wir sind viele, und wir werden immer mehr.« Erneut äußerten alle ihre Zustimmung. »Wir wollen diese Stadt nicht übernehmen, aber wir wollen einen gerechten Anteil an ihrer Regierung.« Der Raum brach in einen Jubel aus. Weiß musste die Hände in die Höhe recken, um sich wieder Gehör zu verschaffen. »Männer, Weber. Wir müssen aber mehr fordern. Es geht nicht an, dass jeder hier in der Stadt seinen Webstuhl aufschlägt und sich Webermeister schimpft. Wir brauchen einen Zusammenschluss der Weber, der über die Qualität der Tuche entscheidet, der über die Zulassung von Meistern und über die Ausbildung von Lehrlingen bestimmt. Wer könnte das besser als wir selber, die Webermeister aus Augsburg? Wir müssen das Heft des Handelns wieder in unsere Hand nehmen.« Weiß blickte um sich. »Keine Gäuweber mehr, die sich in unsere Mitte mischen. Wenn wir erst eine Zunft haben …« Er ließ die restlichen Worte ungesagt, hob den Krug und prostete den Meistern vor ihm zu.

Hans wurde klar, dass ihn der erste Blick nicht getrogen hatte. Hier saßen überall Meister, Webermeister. Allerdings wurde ihm auch bewusst, einer Verschwörung beizuwohnen. Die Männer hier muckten auf. Und wenn er etwas gelernt hatte in den Jahren seiner Walz, dann war es, dass Aufbegehren zu Mord und Totschlag führen konnte. Er schluckte, vor allem deshalb, weil Weiß seine Abneigung gegen die Landweber offen ausgesprochen im Raum hatte stehen lassen.

»Wir trinken darauf, dass wir eine Zunft beantragen. Wir trinken darauf, dass wir einen Sitz im Rat bekommen. Wir trinken darauf, dass wir einen Stadtpfleger stellen.« Weiß setzte mit einem »Zum Wohl!« seinen Krug an den Mund und nahm einen großen Schluck. Die Meister im Raum taten es ihm nach, und Hans wollte sich nicht davon ausschließen.

»Ein Hoch auf Hans Weiß!«, ertönte es, aus allen Kehlen schallte ein »Hoch, hoch, hoch!«.

Hans wurde es immer unbehaglicher zumute. Wenn diese Webermeister erfuhren, dass er ein Gäuweber war und man ihm heute schon einmal das Tuch verbrannt hatte, statt ihn zur Beschau zuzulassen, dann war Feuer auf dem Dach. Er musste hier weg, und zwar rasch und so unauffällig wie möglich. Mit großen Bissen schlang er das Schmalzbrot hinunter und spülte mit dem Bier hinterher.

»Da hat aber einer einen Hunger für einen Gäuweber«, sagte der Mann neben ihm, der ihm bislang den Rücken zugekehrt hatte.

Hans hätte sich beinahe verschluckt. Ein eiskalter Schauer lief ihm über den Rücken, und die dunkle Täfelung der Schankstube schien noch ein wenig düsterer zu werden.

»Götz!«, flüsterte er.

Hunderte Male hatte sie es schon bereut, auch nur einen Fuß vor die Schwelle ihrer Tür gesetzt zu haben. Warum nur war sie auf diese verrückte Idee verfallen, nach Augsburg zu gehen? Hans war es nicht wert, dass man ihm nachlief. Ihre Mutter hatte recht, musste sie sich eingestehen. Und doch trugen ihre Beine sie weiter nach Horgau.

Anna sah den Maierhof über der Roth liegen. Die Schwester ihrer Mutter hatte es gut getroffen und den Sohn eines Maiers geheiratet. Kurz darauf war dieser verstorben und hatte ihrem Mann den Hof und das Amt des Maiers über Horgau vermacht. Dazu gehörten ein halbes Dutzend Höfe, die sich entlang der Roth hinzogen, und einige gerodete Parzellen und Einödhöfe, für die der Maier den Zehnten für die Herren von Hasberg bei Schäfstoß eintrieb.

Als Anna bei Einbruch der Dämmerung den Hang hinaufhumpelte, auf dessen Anhöhe sich der Hof befand, schlug der Haushund an. Sie war völlig erschöpft. Hätte sie auch nur eine halbe Stunde länger gehen müssen, wäre sie einfach umgefallen und liegen geblieben.

Der Hund rannte auf sie zu, fletschte die Zähne und verbellte sie wie wild.

»Wolf, sei ruhig!«, herrschte Anna ihn an. Zufrieden bemerkte sie, wie der Köter den Schwanz einzog und kuschte. Die halbe Welt nannte ihre Hunde Wolf. Warum also hätte es bei diesem Tier anders sein sollen?

Der Hund begleitete sie bis vor die Tür. Erst als sie mit der Faust an das Holz schlug, knurrte er und fletschte die Zähne.

»Kusch!«, knurrte Anna zurück, ohne ihn weiter zu beachten. Sie stand mit dem Gesicht zur Tür und betete darum, eingelassen zu werden und einen Platz zum Sitzen angeboten zu bekommen.

»Was wollt Ihr?«

Anna schrak zusammen. Sie hatte den Mann nicht kommen hören, denn durch die Anstrengung rauschte ihr noch immer das Blut in den Ohren.

»Wolf, hierher!«, befahl der Mann.

Anna blickte zur Seite. Es war ihre *gute* Seite, die sie ihm zuwandte. Er trug einen Futtereimer. Die Schultern waren breit, sein Gesicht ebenmäßig. Misstrauisch schaute er sie an. Seine kräftigen, dunklen Finger sagten ihr, dass er tagtäglich hart arbeitete.

»Ich suche die Marget Hudlerin«, sagte Anna und sah ihn offen an.

Er musterte sie langsam von oben bis unten. Anna sah, dass seine Haare voller Läuse waren, die sich in dem blonden Gefilz tummelten. Sogleich begann ihre Kopfhaut zu jucken, und sie schwor sich, diesen Mann nicht einmal mit der Gurkenzange anzurühren.

»Und warum?«, fragte er und verengte die Augen. Wolf begann wieder zu knurren. Das Tier spürte wohl die Spannung, die in der Luft lag.

»Ich bin die Anna Melcher. Tante Marget ist die Schwester meiner Mutter.« Sie versuchte ein Lächeln.

Auf seinem Gesicht erschien ein Ausdruck, der dem Wolfs ähnelte, der jetzt mit gefletschten Zähnen und einem unheilvollen Knurren an der Seite seines Herrn saß und Anna nicht aus den Augen ließ.

»So«, sagte der Mann und musterte sie wieder von Kopf bis Fuß. »Dann bin ich wohl dein Onkel. Was führt dich denn nun her, Anna?« Nichts in seinem Blick änderte sich, außer dem Hunger, den sie darin auszumachen glaubte.

»Ich … also … bin auf dem Weg nach Augsburg und … und brauche einen Unterschlupf für die Nacht. Ich schlafe auch im Schober. Wenn du mir nur ein wenig Brot und Milch …«

»Brot willst du also … und Milch!«, stieß der Hudlerbauer hervor. Anna versuchte verzweifelt, sich daran zu erinnern, wie er gerufen wurde.

Sie nickte. »Kann ich Tante Marget sprechen? Wo finde ich sie?«

Bewusst wandte sie ihm in der Dämmerung ihre zerstörte Gesichtshälfte zu.

Der Mann fuhr zurück. »Was ... was ist plötzlich mit deinem ... Gesicht passiert?«

»Was meinst du?«, fragte Anna unschuldig.

Jetzt war sie ganz froh darüber, dass der Kontakt zu Tante Marget und ihrem Mann Michl – sie hatte sich wieder an seinen Namen erinnert – bereits vor ihrem Unfall abgebrochen war. Sie wussten nichts von ihrem Unglück.

»Dein Gesicht ... es ... es ...?«

»Gewährst du mir Unterschlupf und etwas zu essen?«, fragte Anna noch einmal, ohne auf seine gestammelte Frage zu antworten. »Wo ist meine Tante?«

Offenbar hatte selbst Wolf das Umschlagen der Stimmung gespürt. Er begann zu winseln. Überrascht sah der Hudlerbauer zu ihm hinunter.

»Ja. In der Scheune ist Platz. Ich bring dir Brot und Milch.« Er deutete nach rechts zum Tor eines kleinen Heuschobers. Anna sah hinüber. Er wirkte etwas heruntergekommen, aber es würde genügen. »Ich brauche bitte noch eine Decke für die Nacht«, sagte sie. »Und Tante Marget?«, bohrte sie nach.

»Weißt du das nicht?«, fragte der Hudler leise.

»Ich will es von dir wissen.«

Anna gefiel dieses Spiel nicht, aber es war offenbar das Einzige, was ihn davon abhielt, sich ihr zu nähern.

»Sie ist ... ist ... ist in die Stadt ... sie arbeitet ... arbeitet für die ... für die Kanonissinnen von St. Stephan.«

»Zeig mir bitte die Schlafstelle«, sagte sie und fragte sich gleichzeitig, ob ihr Onkel die Wahrheit sagte und warum ihre Tante offensichtlich nicht mehr auf dem Hof lebte. Sie drehte sich um und hinkte, ohne auf den Hudler zu achten, vor ihm her zum Schober.

Sie wusste, spätestens jetzt würde es sich zeigen, wie er reagierte. Ihr Humpeln konnte auf zweierlei Art wahrgenommen werden. Menschen, die sie und ihre Geschichte kannten, kümmerten sich nicht um ihre Behinderung. Fremden jedoch war Anna nicht geheuer. In ihrem Aberglauben hatten sie Angst, sie würde sie verhexen. Sie hatte das schon häufiger erlebt. Sie hörte, wie der Mann hinter ihr die Luft einsog.

»Wie lange willst du bleiben?«, raunte er heiser in ihrem Rücken.

»Ich bin weg, wenn es tagt«, antwortete sie.

Der Hudlerbauer überholte sie, ohne ihr auch nur einen Seitenblick zuzuwerfen, und öffnete das Tor zum Schober. Dieser hatte zwei Stockwerke: Unten stand ein Leiterwagen, daneben waren Strohgarben aufgestapelt. Im hinteren Teil führte eine Leiter hinauf zum Oberboden, von dem der Duft von trockenem Heu herunterwehte.

Annas Onkel deutete auf die Garben links vom Leiterwagen. »Mach es dir gemütlich. Ich bring dir, was du brauchst.«

Sie nickte und sah ihn an. Sein Blick hatte in der fortschreitenden Dunkelheit etwas Lauerndes bekommen.

»Eil dich bitte, bevor es zu finster wird.«

Doch er hatte es offenbar nicht eilig. »Wenn du nach Augsburg kommst«, sagte er, »solltest du bei der Äbtissin Katharina Schenk nachfragen. Sie weiß, wo deine Tante arbeitet. Die Frauen dort, sie sind alle keine rechten Nonnen. Kanonissinnen. Ohne Gelübde.« Das letzte Wort spuckte er regelrecht aus. »Wenn du mich fragst, sie wollen einfach nur keine Männer.« Er lachte, dann drehte er sich um und ging davon.

»Ich frag dich aber nicht«, murmelte Anna. Sie sah dem Mann hinterher, der sich rasch entfernte. Sein Hund lief ihm nach, die Rute zwischen die Beine geklemmt. Am liebsten hätte sie losgelacht, weil der Aberglaube diesen Menschen fest im Griff hatte, fester als der Glaube an Gott.

Andererseits machte sie sich Sorgen. Der letzte Blick, den er ihr zugeworfen hatte, verhieß nichts Gutes, und Anna bedauerte es erneut, nicht zu Hause geblieben zu sein. Was für eine hirnverbrannte Idee hatte sie nur hinter Hans hergetrieben?

Während sie sich in dem Schober umschaute, dachte sie darüber nach, weshalb ihre Tante den Hof verlassen hatte und in Augsburg für die Kanonissinnen von St. Stephan arbeitete. Etwas musste geschehen sein. Schließlich war eine Maierei nichts, was man einfach aufgab. Sie warf genügend ab, um zwei Personen zu ernähren, noch dazu in Horgau, das im Umland fruchtbarstes Ackerland und ausgedehnte Wälder besaß.

Es war inzwischen zu dunkel, um noch alles sehen zu können. Tastend und schiebend grub sie sich eine Kuhle zwischen den Strohgarben und war gerade fertig, als der Hudlerbauer zurückkehrte.

»Hier!«, sagte er nur und stellte einen Krug in sicherem Abstand auf den Boden. Daneben legte er eine Decke und darauf einen Kanten Brot. »Ich hab dir auch ein Stück Butter dazugetan, ein Stück Käse und eine Wurst«, sagte er mit rauer Stimme.

Anna roch den Knoblauch schon aus ein paar Schritten Entfernung – er hatte sich einen halben Strang umgebunden.

»Ich danke dir, Onkel … auch im Namen deiner Frau«, sagte Anna. Sie sah, wie er zusammenzuckte, sich rasch abwandte und entfernte. Doch dann besann er sich anders und kehrte noch einmal zurück. »Wenn du morgen früh weiterziehst, und ich bin im Stall, hier …« Er legte noch ein kleines Bündel auf die Decke. »Ein zweites Brot, ein Stück Käse und eine Wurst für den Weg nach Augsburg.«

An sich war das eine nette Geste, doch Anna konnte nicht so recht an seine Nächstenliebe glauben. Sein Blick sagte etwas ganz anderes.

»Eine gute und ruhige Nacht!«, murmelte er, bevor er rasch davonging.

»Dir auch«, rief Anna ihm nach.

Sie wartete, bis er sich ins Haus zurückgezogen hatte, dann holte sie sich die Milch. Sie roch daran, fand aber nichts Beunruhigendes. Gierig trank sie und biss vom Brot ab, das sie vorher durch das Stück Butter gezogen hatte. Es schmeckte himmlisch.

Kurz überlegte sie, was sie mit der Kuhle im Stroh machen sollte. Sie traute dem Hudler nicht. Neben ihr lehnten zwei schmale Bretter an der Stadelwand, und diese legte sie hinein. Im Finsteren würde niemand unterscheiden können, ob hier ein Mensch lag oder nicht.

Schließlich stopfte sie die Reste ihrer Mahlzeit in ihren Beutel, schulterte ihn und warf sich die Decke um. Dann hinkte sie zur Leiter im hinteren Teil des Schobers und kletterte hinauf. Gott sei Dank war sie leicht. Eine der Sprossen in der Mitte sackte etwas durch, als sie darauf trat. Am nächsten Morgen würde sie achtgeben müssen, um nicht zu stürzen.

Frischer Heuduft umfing sie, er betäubte sie regelrecht. Jetzt erst spürte sie, wie müde sie war und wie zerschlagen sich ihr Körper anfühlte. Mit letzter Kraft zog sie die Leiter hoch und legte sie auf einen der Spreizsparren. Dann kroch sie ins Heu, wickelte sich in die Decke, legte sich den Stoffballen unter den Kopf und schloss die Augen. Kurz überlegte sie, ob es gerechtfertigt war, so misstrauisch zu sein. Vielleicht war er ja doch ein anständiger Kerl. Und sie übertrieb mit ihrer Furcht, weil sie nie aus ihrem Dorf heraus und in die Welt gekommen war. Womöglich war es gar nicht seine Angst, sondern die ihre, die hier alles aufbauschte und mit dem Nimbus der Gefahr umgab. Sie hörte ein kaum wahrnehmbares Geräusch – und dann strich ihr ein Fell über den Arm. Zuerst erschrak sie, dann fühlte sie, wie sich ein Wollknäuel an sie schmiegte. Eine Katze drückte sich leise schnurrend an sie. »Na, was ist denn mit dir los?«, fragte sie überrascht, nahm das Tier in den Arm und schlief erschöpft ein.

II

AUGSBURG, ENDE NOVEMBER 1366

Sein Schädel schmerzte, als hätte man ihn die ganze Nacht mit einem Brett bearbeitet. Außerdem hatte er das Gefühl, als würde sein Kopf den Raum ausfüllen, in dem er lag. Dabei hatte er keine Ahnung, wo er tatsächlich war, bis er Stuhlbeine vor seinen Augen tanzen sah.

Stuhlbeine? Ein ganzer Wald von Stuhlbeinen – und ein unerträgliches Schnarchen, das in seinen Ohren dröhnte wie das Gebrüll eines Bären. Hans wollte sich bewegen und aufrappeln, aber das war nur schwer möglich, denn zwischen seinen Beinen hatte sich ein Tischbein verhakt, während sein rechter Arm von etwas anderem behindert wurde, das er nicht sehen konnte. Auch sein Nacken war steif, als hätte er die ganze Zeit gekrümmt dagelegen.

Vorsichtig versuchte er, sich zu befreien, und gleichzeitig überlegte er, wo er sich befand. Erst als es ihm gelang, seinen Kopf über eine Tischkante zu heben, wobei er sich wunderte, wie es ihm gelang, seinen Riesenschädel durch einen Spalt zwischen einer Bank und der Unterseite des Tisches zu zwängen, erkannte er die Schänke wieder.

Als er endlich den Raum ganz überblickte, war auch die Erinnerung wieder da. Zwar fühlte es sich noch immer an, als würde er mit der gemächlichen Umdrehung eines Mühlrads im Kopf denken, aber selbst das eröffnete ihm einen Blick in die Vergangenheit der letzten Nacht – und dieser Blick war entsetzlich.

Neben ihm stöhnte jemand – und Hans blickte in die noch geschlossenen Augen von Götz. Das gab den Ausschlag. Er kam rumpelnd hoch, stolperte über einen weiteren Mann, stieß gegen einen Tisch, fiel beinahe über einen umgestürzten Stuhl und hastete aus der Gaststube.

Draußen war es noch dunkel und so kalt, dass er das Gefühl hatte, gegen eine Wand zu laufen. Die frische Luft schlug ihm auf den Magen, und er erbrach sich in einem Schwall auf die Straße. Außerdem hatte er einen Druck auf der Blase, den er loswerden musste. Er stellte sich an eines der Fässer, die zum Urinsammeln neben dem Gebäude standen und ließ es laufen. Erst zu spät bemerkte er, dass er seine Hosenklappe hätte öffnen müssen.

Fluchend versuchte er, den Strahl zu unterdrücken, und nestelte an der feuchten Hose. Als er endlich alles befreit hatte, war es zu spät. Er war klatschnass, selbst seine Zehen schwammen in den Schuhen im Urin. Dafür war sein Verstand nun einigermaßen bereit, seine Arbeit wieder aufzunehmen.

Er musste zu seinem Unterschlupf. Rasch. Und dann aus der Stadt verschwinden. Ebenso rasch.

Er konnte sich beim besten Willen nicht mehr daran erinnern, ob sie sich geprügelt hatten. Aber es war laut zugegangen zwischen Götz und ihm. Sie hatten sich angebrüllt, hatten sich Schimpfwörter an den Kopf geworfen und sogar leere Krüge nacheinander geworfen. Dann hatten sie sich versöhnt und getrunken, sich zugeprostet und die Krüge derart aneinandergeschlagen, dass sie zerbrochen waren, was wieder zum Streit geführt hatte.

Hans suchte nach seiner Geldkatze und stellte fest, dass man sie ihm vom Gürtel geschnitten hatte. Viel war nicht darin gewesen. Das meiste Geld hatte er in seiner Mietkammer gelassen und nur so viel mitgenommen, dass er etwas trinken und essen konnte. Dennoch konnten die vielleicht zehn oder zwölf Krüge Bier nicht so viel gekostet haben, wie er bei sich gehabt hatte.

Stolpernd lief er los. Die Nässe zwischen seinen Beinen ließ ihn frieren. Seine Gedanken kreisten um einen einzigen Satz: »Keine Webergerechtigkeit für einen Gäuweber!« Darüber hatten sie gestritten. Deswegen hatten sie sich geprügelt. Deswegen hatte er sich betrunken.

Und jetzt war auch noch das Geld weg! Hans fluchte, und in seinem benebelten Kopf schwor er sich, diese vermaledeite Stadt hinter sich zu lassen. Ulm – nach Ulm würde er gehen. Dort lag seine Zukunft.

Er verlief sich, musste umkehren und eine Gasse weiter einbiegen, wieder umkehren und hatte das Gefühl, sich nicht nur die Zehen abzufrieren, sondern alles, was sonst überstand. Krampfhaft versuchte er, sich zu erinnern, wo um alles in der Welt er Unterkunft genommen hatte. Irgendwann blieb ihm nichts weiter übrig, als noch einmal zur Schänke zurückzukehren, sich von dort aus erneut auf den Weg zu machen und besser auf die Richtung zu achten. Schließlich erkannte er den Eingang zu der Gasse an der Maria mit Sternenkranz, die in eine der Mauernischen an der Ecke eingelassen war. Nur wenig später stand er endlich vor dem Loch, in dem er schlief.

Doch so sehr das Bier noch in seinem Blut schäumte – er stutzte, als er sah, dass die Tür offenstand. Hatte er sie nicht zugezogen, als er aufgebrochen war? Unmöglich. Vorsichtig schob er die Tür auf und trat in den unbeleuchteten Raum. Es dauerte, bis sich seine leicht entzündeten Augen an die Dunkelheit gewöhnt hatten. Fassungslos betrachtete er das Chaos. Jemand war hier gewesen und hatte das Unterste zuoberst gekehrt. Die Bettstatt war zerwühlt, der Wanderstock zerbrochen, seine Kraxe leer. Er starrte auf das Korbgeflecht, bis er ganz verstand, was das bedeutete: Das Tuch – es war verschwunden. Gestohlen. Weg.

Tränen der Wut schossen ihm in die Augen. Wer konnte das getan haben? Er hockte sich auf den Boden, schloss die Augen und dachte angestrengt nach. Sie hatten ihn in der Schänke gepiesackt. Die Weber hatten ihn aufgestachelt, sich über sein »Schicksal« bei der Beschau lustig gemacht. Götz hatte mit einer Bemerkung über den Tölpel aus Jettingen das Fass zum Überlaufen gebracht. Hans hatte ihm eine Maulschelle verpasst, dann waren sie übereinander hergefallen und hatten sich geprügelt, bis sie nicht mehr konnten.

Götz hatte mit blutender Lippe vorgeschlagen, den Streit zu beenden und zusammen etwas zu trinken, wie Männer. Ein Bier war auf das andere gefolgt. Die Webermeister hatten ihn nach dem Barchent gefragt und ob er die Stadt nun wieder verlassen würde – Hans erstarrte und öffnete die Augen.

Spätestens da hatte er verraten, dass er die Woche in Augsburg abwarten und erneut versuchen würde, sein Tuch vorzulegen. Alles Weitere war nicht allzu schwer zu erraten. Sie hatten ihn abgefüllt, nach seiner Unterkunft ausgefragt und jemanden dorthin geschickt. Der älteste Trick der Welt.

Hans schlug mit der Faust auf die Holzdielen, bis ihm die Hand schmerzte. Jetzt musste er nach Hause, jetzt würde er vor Anna hintreten und ihr seine Niederlage eingestehen müssen. Während er noch vor sich hin fluchte, übermannte ihn der Schlaf.

Anna brach in aller Herrgottsfrühe heimlich auf, auch wenn ihr gesamter Körper von der Anstrengung des Vortags schmerzte. Das kleine

Essensbündel packte sie in ihren Beutel mit dem Stoffballen, den leeren Krug Milch stellte sie gut sichtbar auf den Leiterwagen. Sie hatte außergewöhnlich gut geschlafen, auch wenn sie sich wunderte, warum sie noch immer so müde war. Aber es half nichts. Sie musste hier weg. Anna wollte ihrem Onkel schon Abbitte leisten, als sie die beiden Bretter entdeckte. Sie waren aus der Strohkuhle gerissen und auf den Boden geworfen worden. Er war also in der Nacht doch gekommen und hatte sie nicht vorgefunden. Sie hatte vor Erschöpfung so tief geschlafen, dass sie ihn nicht einmal gehört hatte. Und plötzlich beschlich sie das ungute Gefühl, dass dieser erholsame Schlaf kein natürlicher gewesen war. In die Milch oder in die Butter hatte der Hudler Baldrian gemischt. Deshalb war die Katze so anhänglich gewesen – Anna wusste, dass der Geruch dieser Heilpflanze viele Katzen magisch anzog.

Statt den Schober vorn durch das Tor zu verlassen, schlüpfte sie auf der Rückseite durch eine Lücke zwischen den Brettern und machte sich auf den Weg nach Augsburg. Als die kleinen Gehöfte von Horgau hinter ihr lagen und die Wasserburg von Schäfstoß in die Wälder sank, hielt sie kurz an, um den Rest des Brotkantens zu verzehren, den ihr der Onkel am Vorabend samt der mit Baldrian versetzten Milch und Butter gebracht hatte. Jetzt erst begann sie bei dem Gedanken zu zittern, er hätte sie in der Nacht in der Strohkuhle angetroffen.

Nur langsam konnte sie sich beruhigen. An einem Rinnsal, das ihren Weg kreuzte, stillte sie ihren Durst, dann ging sie stur geradeaus, die Salzstraße entlang. Dabei hatte sie immer ein Ohr darauf, ob ihr jemand entgegenkam oder hinter ihr drein. Ein unbestimmtes Gefühl sagte ihr, dass der Hudler diesmal zwar keinen Erfolg gehabt hatte, sich aber nicht geschlagen geben würde. Als Maier besaß er ein Pferd. Deshalb konnte er die Zeit, die sie langsam forthumpelte, leicht aufholen und sie auf dem Weg zur Stadt abpassen. Sie musste also auf der Hut sein. Bei jedem Geräusch schlüpfte sie unter die Büsche oder in die kleinen Schonungen am Wegrand. Es waren nur fremde Reiter, denen sie begegnete. Ihr Onkel war nicht darunter. Sie atmete auf und hoffte darauf, dass er doch klein beigegeben hatte.

Allerdings ärgerte sie sich, dass sie bei ihrem überhasteten Aufbruch ihren Wollschal zurückgelassen hatte. Den hätte sie sich gern um Kopf und Hals geschlungen. Der Tag war noch eine bisschen kälter als der vorhergehende, und sie war froh über ihre Cappa, die sie einigermaßen warmhielt. Der Weg stieg zuerst steil an und führte dann über ein Nebental hinunter in die Senke des Schmuttertals. Dieser Abschnitt der alten Salzstraße war für sie der gefährlichste, weil die Büsche niedrig und das Land weit hinein einsehbar waren. Bevor sie auf die offenere Landschaft hinaustrat, suchte sie den Weg vor sich ab und horchte aufmerksam, ob sie hinter sich Hufgetrappel vernahm. Doch alles blieb ruhig – ihrem Gefühl nach etwas zu ruhig.

Dunst lag über dem Land.

Als Anna die Schmutter in diesem trüben Weiß undeutlich in den Blick bekam, wusste sie, dass sie sich nicht geirrt hatte. Es gab nur eine Brücke über den kleinen Fluss – und vor dieser Brücke graste ein Pferd. Von dem Reiter war nichts zu sehen. Aber irgendwo in den Stauden der Aue oder im hohen Grasfilz, verborgen hinter dem allgegenwärtigen Schleier, steckte der Hudler, da war sie sich sicher. Am gegenüberliegenden Horizont stiegen die Türme der Stadt Augsburg aus dem Bodennebel, der sich langsam zu heben begann. Anna überlegte. Dieser Übergang über den Fluss war der Einzige weit und breit. Um einen anderen zu finden, hätte sie zurücklaufen, einen nördlicheren Weg nehmen oder am Wald entlanggehen müssen. Aber dort konnte der Onkel sie entdecken und ihr folgen.

Alles war besser, als ihm in die Hände zu laufen, nachdem sie ihm schon einmal entwischt war. Schließlich entschied sie sich dafür zu warten. Irgendwann würde es ihm zu kalt werden, irgendwann würde er vielleicht glauben, sie verpasst zu haben, irgendwann würde er hoffentlich abziehen. Sie fuhr sich durchs Haar und stellte fest, dass es filzte und sich Heu darin verfangen hatte.

Obwohl sie elendiglich fror, weil sie stehen geblieben war und vorher geschwitzt hatte, blieb sie eisern. Sie würde sich keinen Fußbreit von hier fortbewegen.

Als der Morgen über den Horizont stieg, versprach er eine sonnige

Kälte – und Anna spürte ein wenig Hoffnung. Von der Schmutter stieg dichterer Nebel auf und kroch ans Ufer. Bald war die kleine Brücke verschwunden und von dem grasenden Pferd nur noch der Kopf zu sehen, wenn es ihn hob.

Jetzt oder nie, machte sich Anna Mut. Sie würde versuchen, an dem Hudler vorbeizuschlüpfen. Niemals würde er glauben, dass ihr das gelänge. Sobald sich der Nebel so weit verdichtet hatte, dass er die Sicht auch bis zu ihr hin verdeckte, marschierte sie los. Der Boden knirschte unter ihrem Tritt, und ihr Hinken verursachte ein eindeutiges Geräusch. Sie hatte zwar zuvor den Weg abgeschätzt, aber in dieser Nebelsuppe verlor sie bald jegliches Gefühl für die Entfernung. Nur die Richtung, in die sie musste, wurde von der Straße und dem Gefälle zur Schmutter hin bestimmt. Die Straße durfte sie nicht verlassen. Sie würde auf die Brücke zu führen. Das war die Schwachstelle ihres Plans. Der Hudler brauchte sich nur dorthin zu stellen – und sie würde direkt in ihn hineinlaufen.

Das Schlagen von Rädern hinter ihr schreckte sie auf. Ochsen schnauften. Sie hörte das gleichmäßige Schlagen eines Ochsenfiesels auf die Hinterteile der Tiere. Ein Mann summte. Ein Fuhrwerk näherte sich ihr von hinten.

Der Karren war ihre Rettung! Gewiss war er auf dem Weg nach Augsburg. Kurzerhand verließ sie die Landstraße und hockte sich ins struppige, mannshohe Gras. So war sie unter ihrer Cappa nicht mehr zu sehen. Wenn der Mann, der das Gefährt lenkte, auf einem Ochsen saß, war er zu hoch, ging er nebenher, hoffte sie, dass er wie üblich links von den Tieren ging. Sie saß rechts im Gestrüpp.

Zuerst glaubte sie, er würde gar nicht mehr kommen. Das Gras war nass und eisig. Es klebte an ihren Schenkeln, und es fühlte sich an, als berühre sie der Tod mit seiner kalten Hand. Dann endlich war der Karren, den sie nur undeutlich ausmachte, auf ihrer Höhe. Erst als er an ihr ganz vorüber war, huschte sie aus dem Gebüsch und lief schnell hinterher. Mittlerweile war der Nebel so dicht, dass sie die Hand nicht mehr vor Augen sehen konnte. Beinahe wäre sie in den Leiterwagen hineingestolpert. Sie hielt sich an den Streben fest und ließ sich mitziehen. Der Ochsenführer bemerkte nichts. Nur die Tiere wurden kurz unruhig, aber das trieb er ihnen mit dem Ziemer rasch aus. Wie lange sie noch unterwegs sein würden, wusste Anna nicht. Das gemächliche Tempo der Tiere war das ihre, deshalb rechnete sie mit einer guten halben Stunde.

Doch plötzlich hielt der Karren an.

»He«, rief der Treiber. »Aus dem Weg!«

»Nur auf eine Frage«, sagte der Hudler. Anna konnte ihn nicht sehen, aber hören. Er hatte nicht an der Brücke auf sie gewartet, sondern war ihr entgegengegangen. Sie musste schlucken.

»Maier? Was tut Ihr an der Schmutter? Das ist Bischofsgebiet!«, sagte der Ochsenführer.

»Ihr habt nicht zufällig meine Nichte gesehen? Die Anna? Ich wollte sie mit dem Pferd nach Augsburg bringen. Sie müsste hier entlangkommen, aber … irgendwie muss sie wohl den Weg … na, vielleicht kommt sie ja noch. Sie hinkt, müsst Ihr wissen.«

Der Ochsenführer schwieg. Die Geschichte klang genauso, wie sie klang: unglaubwürdig. »Ich komme aus Rommelsried«, sagte er dann. »Ich hab niemanden gesehen oder gehört. Sie kommt sicher noch.«

»Ja«, antwortete der Hudler. »Das wird sie wohl.«

Anna schlüpfte unter den Wagen und kroch leise auf die andere Seite. Ihr Onkel umrundete den Karren, ohne sie zu entdecken. »Gehabt Euch wohl«, verabschiedete er den Treiber und gab, vorn wieder angekommen, den Ochsen einen kurzen Schlag auf die Hinterbacken. Die Tiere zogen wieder an.

Anna lief neben dem Karren her und versuchte, im Schritt des Treibers mitzulaufen. Es gelang ihr nicht. Sie fiel immer wieder aus dem Tritt. Der Mann vor ihr war wie ein Schatten. Annas Plan war, sich bis zur Brücke mitziehen zu lassen und dann wieder ihren eigenen Weg zu gehen.

»Du humpelst ja tatsächlich, Mädchen«, sagte der Wagenführer unverhofft über die Schulter. »Willst du nicht aufsteigen? Ich bin unterwegs nach Augsburg. Bis Mittag sollten wir's durchs Sträffinger Tor geschafft haben.«

Anna verschlug es die Sprache. Woher …?

»Wenn du dich fragst, woher ich das weiß – lass dir gesagt sein, ich bin nicht auf den Kopf gefallen, nur weil ich Ochsen treibe. Ich hab dich schon gehört, als du dich an den Wagen gehängt hast. Zuerst wollte ich dich verscheuchen, aber dann hab ich gesehen, dass du ein Mädchen bist und dich gewähren lassen, weil du dich nur festgehalten hast.«

»Warum hast du dem Hudlerbauern nichts von mir gesagt?«, fragte Anna verblüfft. Unwillkürlich war sie auf das vertraute Du eingegangen, schließlich schien dieser freundliche Kerl auch nicht viel älter als sie zu sein.

»Sag mir einen Grund, warum ich das hätte tun sollen?«

Anna schluckte. »Sag mir dafür deinen Namen.«

»Gernot«, sagte der junge Mann, ohne sich umzudrehen oder sie anzuschauen. »Vom Hinterhofer aus Rommelsried der Sohn.«

»Ich werde mir den Namen merken. Und du wirst noch einmal von mir hören.«

Er lachte und kratzte sich den rotblonden Schopf. »Hoffentlich nicht. Jetzt steig endlich auf, Mädchen. Bis Augsburg ist es noch ein ganzes Stück.«

Als Anna auf den Leiterwagen kletterte, holperten sie gerade über die Brücke, und das Pferd ihres Onkels schnaubte.

12

AUGSBURG, ANFANG DEZEMBER 1366

Wie in einem Märchen stieg die Stadt aus einem Dunst empor, als sie sich ihr näherten. Er entströmte den unzähligen Feuerstellen hinter den Mauern, die ihren Rauch in den Himmel abließen. Nur die höchsten Türme und Kirchen konnte Anna in dem Nebel erkennen, aber nicht beim Namen nennen. Sie mussten die halbe Stadt umrunden, da Ochsenfuhrwerke nur über das Sträffinger Tor einfahren durften.

»Bleib hocken!«, hatte ihr der Ochsentreiber empfohlen. »Sonst zahlst du. So bist du mit mir unterwegs – und ich zahl ohnehin für das Fuhrwerk. Die Treiber sind frei.«

Anna blieb, wo sie war, besah sich die Mauern, die wie Felsen in die Höhe ragten, zählte die Türme, die trutzig darin eingebunden waren, und winkte zu den Scharwachen auf den Zinnen hinauf, die ihr übermütige und zotige Sprüche zuriefen. Erst als die Ochsen den Leiterwagen unter größter Anstrengung den Anstieg zum Sträffinger Tor hochgezogen hatten und dieses durchquerten, atmete sie auf. Die Angst, ihrem Onkel noch einmal zu begegnen, schmolz dahin wie Schnee in der Sonne. Sie war noch nie in Augsburg selbst gewesen, dachte aber sofort, dass sie niemals wieder aus dieser Stadt weggehen wollte – wäre da nicht der Gestank gewesen. Wie ein Tier fiel er sie an, als sie das Tor durchquerten.

»Wo finde ich die Benediktinerinnen von St. Stephan?«, fragte sie Gernot. Sie rutschte aufgeregt hin und her.

»Den Weg hier hoch bis zur Kirche. Das sind allenfalls fünfhundert Fuß«, erklärte er ihr.

Anna glitt vom Leiterwagen herab. »Danke, Gernot. Gott vergelt's.« Sie trat auf ihn zu und gab ihm einen Kuss auf die Wange. Zuerst blieb sie verlegen stehen. So etwas hatte sie noch nie gemacht – und schon gar nicht öffentlich.

»Gehab dich wohl, du Schöne!«, sagte der Ochsentreiber lachend. »Jammerschade, dass so eine Frau wie du ins Kloster geht!«

»Kannst mich ja besuchen!«, scherzte Anna noch und entfernte sich schließlich, dann war der Karren weitergezogen, und sie lief die Gasse hinauf.

Kurz hatte ihr Gernot einen Floh ins Ohr gesetzt: ins Kloster. Dort hätte sie sicherlich Ruhe gefunden vor den Sticheleien und Demütigungen. Vielleicht, denn was sie von der Stutenbissigkeit der doch so frommen Frauen allenthalben hörte, war nicht dazu geeignet, sie für das Leben als Novizin oder Nonne zu begeistern. Da blieb sie lieber mitten im Leben stehen und ließ sich vom Wind die Narbe im Gesicht streicheln. Einen Moment lang war ihr das Leben in Abgeschiedenheit schmackhaft erschienen – und doch war es nur verlogen, sich vor der Welt wegzuducken. Sie würde außerhalb der Mauern des Konvents bleiben.

Für das Weitere benötigte sie nur etwas Mut. Sie suchte nach der Pforte, pochte gegen die eisenbeschlagene Tür und bat um Einlass. Als das Fenstergitter geöffnet wurde, fragte sie nach ihrer Tante und wurde von einer Schwester in die Küche des Klosters geführt.

»Eure Nichte, Hudlerin!«, sagte die Nonne, die sie bis hierher geführt hatte, und ließ sie einfach stehen.

Eine große, kräftige Frau drehte sich zu ihnen. Sie steckte zwar in einem Habit, war aber nicht als Schwester angesprochen worden.

»Tante? Tante Marget?«, fragte Anna etwas scheu.

Die Frau unterschied sich so sehr von ihrer Mutter, dass sie kaum glauben konnte, deren jüngere Schwester vor sich zu haben. Sie hatte nur sehr vage Erinnerungen an ihre Tante, die nach ihrer Heirat ein paarmal vorbeigeschaut hatte und dann, nach einem Streit mit ihrer Schwester, nicht mehr nach Jettingen gekommen war. Ihre Mutter hatte nur noch in den schlechtesten Tönen von ihr gesprochen.

Die Frau sagte zuerst nichts, sah Anna nur an und löste sich dann vom Herd. »Anna? Der Brigitta ihre Tochter?«

»Ja«, flüsterte Anna und nickte heftig. Es war seltsam, den Vornamen ihrer Mutter zu hören.

Die Miene der Laienschwester verfinsterte sich. »Was machst du hier? Warum bist du nicht in Jettingen, bei der Mutter?«

Verlegen blickte Anna zu Boden und schwieg.

»Ist ja auch egal«, fuhr die Hudlerin fort. Sie strich sich durch ihr strohiges und widerspenstiges Haar, das dennoch nicht ohne Reiz war, und trocknete sich energisch die Hände an der Schürze, die sie über das Habit geschnürt hatte. »Du bist gelaufen. Also hast du Hunger!«, sagte sie und führte Anna in eine Ecke der Küche. Dort drückte sie ihre Nichte auf einen Stuhl und setzte ihr etwas zu essen vor. Speisen, die Anna so noch nie gesehen hatte.

»Was ist das?«, fragte sie mit großen Augen.

»Reste«, sagte die Hudlerin beiläufig. »Gestern war der Bischof im Haus. Für ihn gibt es nur das Beste: Hühnerfleisch, Mangold, Birnenkompott, Datteln aus Afrika, süß wie ein Kuss.«

Anna betrachtete die Dinge und probierte vorsichtig. Afrika. Sie hatte noch nie davon gehört.

Es dauerte nicht lange, und sie langte kräftiger zu. Wenn das Hier und Jetzt ein Vorgeschmack auf das Paradies sein sollte, dann bekam sie es gerade zu spüren. Ihr Entschluss, nicht ins Kloster zu gehen, wankte mit einem Male.

Die Tante setzte sich ihr gegenüber und sah ihr beim Essen zu.

»Was … ist mit deinem Gesicht passiert?«

Anna hatte sich schon gefragt, wann diese Frage kommen würde. Alle fragten sie.

»Ein Unfall. Ich bin beim Holzsammeln in eine Grube gestürzt – und seither ein Krüppel. Zu nichts zu gebrauchen.«

Trotzig sah sie der Tante ins Gesicht. Die Menschen ließen sich von diesem Geständnis meist abschrecken und entschuldigten sich. Nicht so ihre Tante.

»Na, der Kopf und das Mundwerk scheinen noch zu gehen. Das ist das Wichtigste in diesem Leben. Glaub mir. Alles andere …« Sie machte eine wegwerfende Handbewegung. »Iss, Kind.«

Anna kaute eine ganze Zeit vor sich hin. Immer mehr Gaumenkitzel reizte ihren Mund.

»Was machst du hier, Tante?«, fragte sie mit vollem Mund. »Bist du Cellerarin? Küchenhilfe? Köchin?«

»Auf Zeit, bis sich der Michl wieder beruhigt hat.« Ihr Blick ging ins Leere, dann tippte sie sich an ihren Kopf. »Er ist krank. Hier oben. Tobsuchtsanfälle. Schaum vor dem Mund. Er hat sogar versucht, mich zu beißen. Deshalb habe ich hier Unterschlupf gesucht. Vielleicht bleibe ich auf immer. Wer weiß. Aber die Frage ist doch, was suchst du hier?«

»Ich … ich brauche … eine Bleibe … Es reicht ein Bett. Mehr nicht.«

Die Tante sah sie mitleidig an. »Willst du ins Kloster? Wegen …«
Sie deutete mit einer Geste des Kopfes auf Annas Verunstaltung.

»Nein! Gott bewahre«, erwiderte Anna fröhlich. Ihr voller Bauch
bescherte ihr eine gute Stimmung.

Die beiden Frauen kicherten.

»Das Essen ist schon eine Verlockung«, gestand Anna. »Aber nicht
alles ist mit köstlichen Speisen aufzuwiegen.«

»Gut gesprochen. Sonst wirst du nur wie diese Datteln. Vertrocknet, runzlig und ohne Kern.«

»Datteln?« Anna griff nach den beinahe schwarz verkohlten
Früchten.

»Sie sind mit Speck ummantelt und gebraten. Eigentlich habe ich
sie für mich beiseitegelegt, aber wenn ich meine Nichte nach Jahren
zum ersten Mal wiedersehe … Nimm ruhig. Lang zu!«

Anna nahm eine dieser Datteln und biss vorsichtig hinein. Sie
schmeckten fettig – und süß. Sie schmolzen geradezu im Mund, und
es explodierte ein Geschmack, der sie aufstöhnen ließ.

»Lecker, nicht wahr?« Die Hudlerin lächelte. »Aber jetzt zu dir.
Wenn du nicht ins Kloster willst, was willst du dann hier?« Sie senkte
den Blick auf Annas Bauch. »Bist du … erwartest du etwa …«

»Nein!«, empörte sich Anna, auch wenn es sie freute, dass ihre
Tante nicht glaubte, sie würde wegen ihres Aussehens von den Männern links liegen gelassen.

Die Hudlerin hob die Brauen. »Du hast gewonnen. Mir fällt
nichts mehr ein, was eine junge Frau wie dich nach Augsburg treiben
könnte.« Doch dann weiteten sich plötzlich ihre Augen. »Oh, jetzt
verstehe ich. Du läufst einem Kerl hinterher!«

Ihre Worte gingen in dem Lärm der Küche fast unter. Sie drehte
sich zu einer Magd um, herrschte sie an, etwas vorsichtiger mit dem
Geschirr zu sein, und wandte sich dann wieder Anna zu. »Du bist rot
geworden. Also hab ich recht, oder?«

Anna zuckte mit den Schultern. Sie kramte in ihrem Beutel und
zog den Barchentballen hervor. »Das ist mein Grund. Ich brauche
eine Beschau für dieses Tuch.«

Ihre Tante wischte sich noch einmal die Finger an ihrer Schütze sauber, dann nahm sie den Stoff in die Hand. Sie strich über beide Seiten, zog ihn auseinander, legte ihn sich an die Wange, rieb ihn zwischen Daumen und Zeigefinger. »Donnerwetter. Was ist das?«

»Barchent!«, flüsterte Anna, als sei es ein Geheimnis.

Die Hudlerin sah Anna überrascht an. »Von dir?«

»Die Idee ja, das Tuch selbst hat Hans Fugger gewebt.«

»Fugger?«

Anna blickte zu Boden. Sie spürte, dass sie bei der Nennung des Namens wieder rot geworden war, und sie wusste, dass die Tante es sofort bemerkt hatte.

»Von dem hab ich gehört«, fuhr die Tante fort. »Hat sich mit ein paar Webern angelegt. Vorgestern. Ist das Stadtgespräch. Die aufgebrachten Meister haben ihm ein Tuch verbrannt.«

Fassungslos starrte Anna sie an. »Ein Tuch verbrannt?«

»Bei den Handwerkern gärt es. Sie …« Sie sah sich um, ob auch niemand sie hörte. »… sie begehren auf. Dein Hans ist ihnen wohl ins Messer gelaufen.«

»Er ist tot?«, flüsterte Anna.

»Nein. Sie haben ihn nur verprügelt.«

»Wo finde ich ihn?«

Ihre Tante hob erneut die Augenbrauen. »Keine Sünde!«, sagte sie. »Ich weiß es nicht. Er wird irgendwo in der Stadt vor dem Frauentor eine Unterkunft gefunden haben, wenn er Weber ist.«

Erwartungsvoll sah Anna sie an. »Kannst du mich hier unterbringen? Für ein paar Tage. Ich muss Hans suchen und eine Beschau bekommen.«

»Wir reden später weiter«, sagte ihre Tante und erhob sich, weil eine der Mägde schon wieder eine irdene Schüssel so auf den Tisch geschlagen hatte, dass sie zerborsten war. »Herrgott, ihr unnützen Dinger«, rief sie. »Kann man sich nicht zwei Minuten unterhalten, ohne dass ihr den ganzen Hausrat zerschlagt?« An Anna gewandt fügte sie hinzu: »Bleib hier. Um alles Weitere kümmern wir uns, wenn das Essen fertig ist. Du kannst in einer der Mägdekammern schlafen.«

Sie stand auf und scheuchte ihre Helferinnen durch die Küche. Doch dann kehrte sie energisch um, beugte sich über Anna und flüsterte ihr zu: »Das Tuch, das muss ich der Priorin zeigen. Unbedingt. Heute noch. Halt dich bereit, ich schicke eines dieser unnützen Dinger nach ihr.«

Anna nickte. Das hatte sie nicht erwartet. Wenn sich die Priorin nicht in die Sache der Handwerker einmischen wollte, dann würde sie auf der Straße sitzen – und der Barchent würde auch nicht beschaut.

Hans schlug die Augen auf und starrte auf die dunkle Gestalt, die im Türrahmen stand. Er setzte sich auf und hielt die Hand vors Gesicht, weil die gleißende Wintersonne so tief stand, dass sie ihn blendete.

Jetzt kamen sie, um ihn endgültig aus der Stadt zu vertreiben. Es genügte ihnen nicht, sein Tuch zu verbrennen und zu stehlen, sie mussten ihn zerstören.

»Hans Fugger!« Das klang, als würde er eines Verbrechens angeklagt. »Hans Fugger!«, sagte eine Fistelstimme. »Du stinkst wie ein Iltis!«

Irgendwie erinnerte ihn diese Stimme an jemanden, aber das Bier in seinem Kopf schwappte noch immer hin und her und schlug gegen sein Gehör. Gestern war er noch einmal in der Schänke am Wertachbrucker Tor gewesen. Doch keiner der Weber hatte sich sehen lassen. Sie waren wie vom Erdboden verschluckt. Der Wirt hatte ihn anschreiben lassen, obwohl er keine einzige Münze mehr in der Tasche hatte. Ein Bier hatte das andere gegeben. Danach war er nicht mehr aus dem Haus gegangen, hatte sich in sein Bett gelegt und wäre am liebsten darin gestorben.

»Haut ab, ihr Weber«, schrie er, ließ sich in sein Bett zurückfallen und zog sich die Decke über den Kopf. »Lasst mich in Ruhe.«

Er lag da und wartete, ob er das Zuschlagen der Tür hörte. Das Gegenteil war der Fall. Schritte näherten sich.

»Steh endlich auf und wasch dich. Es ist je ekelhaft, in der eigenen Jauche zu liegen.«

Es dauerte eine Weile, bis Hans verstand, was da eben gesagt worden war. Er spürte, wie jemand an seinen Hosen zerrte.

»Wollt Ihr mir jetzt auch noch die Beinkleider stehlen, verfluchtes Weberpack!«, schrie er und schlug mit den Beinen um sich.

»Au, verdammt. Ich bin es, die Anna. Am liebsten würde ich dich ja in diesem Loch verfaulen lassen, aber ich habe einen Beschautermin. Und den kann nur ein männlicher Weber wahrnehmen. Also komm auf die Beine, leg ihnen das Tuch vor, und danach kannst du dich wieder verkriechen und selbst bemitleiden.«

Hans hatte nur die Hälfte verstanden, weil die Person so schnell gesprochen hatte. Aber den Namen »Anna« hatte er deutlich vernommen.

»Anna? Welche Anna?«, murmelte er.

»Sag mal, Hans, hast du dir das Hirn mit Bier ausgespült? Ist dir der Verstand aus den Ohren gelaufen? Welche Anna? Die einzige Anna, die du kennst und die für dich als Magd arbeitet.«

Von einem Augenblick auf den anderen war Hans hellwach. Nur kurz stieß ihm ein Schwall Bier sauer auf, aber er schluckte ihn hinunter und riss die Augen auf.

»Anna?«, fragte er verblüfft. Wieder musste er die Hand vor die Augen halten, weil die Sonne direkt durch die Tür auf sein Lager schien. »Meine Anna aus Jettingen?«

»Deine Anna aus Jettingen«, sagte sie und grinste. »Und die hat einen Beschautermin.« Sie hielt sich die Nase zu. »Puh, du riechst wie ein ganzer Kuhstall.«

Widerwillig ließ er sich die Hosen ausziehen. Dann packte Anna sein Hemd und streifte es ihm über den Kopf. »Mach wenigstens Feuer«, schimpfte sie und zog ihn auf die Beine. »Man muss das Zeug auskochen. Das hält ja sonst kein Mensch aus!«

Hans stand splitterfasernackt da und fror erbärmlich. Vor der Tür lag Reif in der Gasse. Es hatte offenbar in der Nacht gefroren.

Es dauerte schier eine Ewigkeit, bis das Wasser in dem Kupfertopf kochte. Der war zwar zu klein, aber das schien Anna nicht zu stören. Hans hatte die Arme um seinen Oberkörper geschlungen, zitterte und stapfte neben dem Herdfeuer auf der Stelle, um warm zu werden. Anna steckte Hemd und Hose in den Topf und rührte mit Hans' Holzlöffel um. Ein wenig Seife zog sie aus ihrem Beutel. Hans wunderte sich, was sie dort alles verstaut hatte. An manches hätte er gedacht, nicht aber an Seife. Sie schabte etwas an der Topfkante ab, und mit viel Mühe gelang es ihr, sein Mannszeug auszukochen.

Die Brühe stank.

»Schütt sie draußen aus!«, befahl sie ihm.

»Aber ... schau mich an!«, empörte er sich. »Ich bin nackt!«

Sie betrachtete ihn von oben bis unten. »Du wirst dir schon nichts abfrieren!«, antwortete sie spöttisch. »Männer gehören eindeutig mehr zu den Hausschweinen als zu den Menschen«, murmelte sie.

Hans packte den heißen Topf mit seiner Bettdecke, um sich nicht zu verbrennen, und stolperte damit ins Freie. Als er zurückkam, schlüpfte Anna an ihm vorbei und wrang seine Kleidung vor der Tür aus.

»So!«, sagte sie und roch an Hemd und Hose. Sie wirkte zwar nicht zufrieden, nickte aber. »Das genügt. Zieh das Zeug an, und dann ab zu Beschau!«

Hans war völlig überrumpelt. »Das ist nass!«

Anna hielt ihm seine Sachen hin. »Willst du lieber nackend gehen?«, fragte sie ernst.

»Nein, aber es ist eisig draußen, und in diesen Sachen hole ich mir den Tod. Können wir nicht wenigsten warten, bis ...«

»Nein. Wir haben ohnehin den halben Vormittag vertrödelt. Bis zur Beschau wirst du es überleben, danach kannst du machen, was du willst.«

Hans gehorchte. Hemd und Hose klebten feucht an seiner Haut und ließen ihn noch mehr frieren. Er war versucht, sich nahe ans Feuer zu setzen, um warm zu werden.

»Los, komm. Sie warten alle.«

Langsam begriff Hans, was Anna da sagte und wozu sie ihn

drängte. Am ganzen Körper schlotternd versuchte er, sie von ihrem Vorhaben abzuhalten. »Du hast das dritte Tuch bei dir? Lass es. Wir gehen nach Ulm. Hier werden sie dir das Tuch aus den Händen reißen und verbrennen«, beschwor er sie.

»So, wie sie es bei dir getan haben? Das werden sie nicht wagen.«

»Wir ... wir sind Gäuweber ... und die Handwerker hier mögen uns nicht.«

Anna nickte ihm aufmunternd zu. »Wir werden sehen. Jetzt schlüpf in die Schuhe und los«, drängte sie.

»Außerdem ... außerdem gibt es erst nächste Woche wieder eine Beschau. Ich weiß es.« Es fror ihn unendlich. Wenn er sich in diesen nassen Sachen nicht den Tod holen würde, wäre es ein Wunder.

»Es gibt eine. Du wirst sehen. Allerdings nur, wenn du in die Schuhe kommst, Hans, der jüngere Fugger.«

Er wickelte sich Fußlappen um, die ebenfalls hätten ausgewaschen werden müssen, schlüpfte in seine Schuhe und warf sich seine Schaube um. Dann hastete er hinter Anna her, die in Richtung Osten lief. »Aber die Beschau ist doch beim Rathaus.«, rief er ihr zu.

»Ich weiß, wo sie stattfindet. Vertrau mir. Während du den Kopf ins Bier steckst und darin beinahe ertrinkst, versuche ich, die Weberei voranzutreiben. Und jetzt red nicht, sondern lauf.«

Hans trottete hinter Anna her, die vor ihm her humpelte, und hoffte, dass sie stark genug sein würde für Hans Weiß und Götz.

13

AUGSBURG, ANFANG JANUAR 1367

Es pochte, und Anna sah auf. Die Wohnstube wurde nur wenig vom Herdfeuer und von einem Kienspan erhellt, der in einem Metallständer stak. Hans saß hinten am leeren Webstuhl. Zuerst hatte sie gedacht, es sei der Webstuhl, der verdächtige Geräusche von sich gab, doch dann pochte es erneut. Es kam von der Tür her. Sie wischte sich die Hände an der Schürze ab, stellte den Breitopf für das Abendessen beiseite und wollte öffnen.

Hans unterbrach seine Richtarbeiten am Webstuhl. »Um diese Zeit Besuch?«, rief er aus dem Nebenraum. »Warte. Ich mach auf.«

Anna nickte. Sie mussten vorsichtig sein. In dieser Stadt wurde ihnen wenig Wohlwollen entgegengebracht.

Die letzten Wochen waren nicht leicht gewesen. Die Beschau im Kloster hatte zu einem Tumult geführt, weil der städtische Prüfer auch Hans' Tuch begutachtet und letztlich mit lobenden Worten gesiegelt hatte. Die Stadtweber hatten sich dagegen gewehrt, doch Anna hatte das vorausgesehen, und mit der Hilfe ihrer Tante war es ihnen gelungen, mit dem gesiegelten Tuch über die Küche des Konvents zu flüchten. Aus Dankbarkeit hatten sie den Ballen Barchent dem Konvent geschenkt. Ein Fehler, wie sich jetzt herausstellte, denn sie hätten das Geld gut gebrauchen können.

Hans und sie waren schließlich innerhalb der Stadt umgezogen. Hans hatte sich beim Kloster Heilig Kreuz ein kleines Haus gemietet, das unten eine Stube besaß, die auch als Küche diente, einen tiefer liegenden Rückraum, in dem ein Webstuhl eingerichtet werden konnte, und oben zwei Kammern zum Schlafen aufwies. Nachts hörte Anna Hans neben sich schnarchen – getrennt nur durch eine Bretterwand. Oftmals legte sie die flache Hand gegen den Verschlag, um seine Nähe zu erspüren. Mehr wagte sie nicht. Hans war seit seiner Schlägerei völlig in sich gekehrt.

»Mein Geld wird noch für ein halbes Jahr reichen«, hatte er verkündet. »Aber dann hab ich keinen Pfennig mehr, um im Herbst Baumwolle anzukaufen.«

Er war bei dieser Ankündigung verlegen gewesen und hatte mit der Schuhspitze im Lehmboden gebohrt. Als sie ihm erklärt hatte, sie könne ihre Eltern um einen Zuschuss bitten, hatte er einen Tobsuchtsanfall bekommen.

»Von deiner Mutter Geld annehmen? Niemals. Eher gehe ich zu einem Juden und zahle Wucherzins.«

Eine ganze Woche hatte er nicht mit ihr gesprochen. In dieser Zeit hatte er einen Webstuhl zusammengebaut, den er irgendwo in der Stadt aufgetrieben hatte. Betreiben durften sie ihn nicht, schon aus Angst vor der Rache der Stadtweber. Diese würden ihn, ohne mit der Wimper zu zucken, an den Magistrat verraten. Ohne Webergerechtigkeit würden sie ihn mit Schimpf und Schande aus der Stadt jagen.

Inzwischen besorgte Anna den Haushalt, kochte, wusch, flickte und richtete Hans auf, wenn er wieder einmal enttäuscht von einem seiner Gänge zurückgekehrt war. Er lief von Pontius zu Pilatus und suchte um eine Webergerechtigkeit nach. Doch über die Weihnachtstage arbeitete niemand in den städtischen Verwaltungen. Jetzt saßen Hans und sie hier in den dunklen Zimmern und warteten.

Bis es klopfte.

Hans stellte sich einen Knüppel zurecht, bevor er zur Tür ging. Als er sie öffnete, drang ein Schwall eisiger Luft herein. Draußen stand eine Frau, ganz in Winterkleidung gehüllt, der Kopf unter einem Schal verborgen.

»Was wollt Ihr?«, fragte Hans.

»Ins Warme, wenn Ihr so freundlich sein wollt.«

Hans nickte, ließ die Frau an sich vorbei eintreten und schloss hinter ihr die Tür.

»Wer seid Ihr, und was begehrt Ihr?«, wollte er wissen.

»Sie muss sich erst einmal aufwärmen, Hans«, schaltete sich Anna ein. »Siehst du denn nicht, dass sie völlig durchgefroren ist? Wollt ihr einen Tee, Frau? Pfefferminze? Setzt Euch um Himmels willen. Und dann erzählt.«

Als sich die Frau aus ihren Tüchern wickelte, rief Anna: »Tante Marget. Du?«

Die Schwester ihrer Mutter nickte. »Es war gar nicht so leicht, euch zu finden«, sagte sie und rutschte auf die Bank hinter dem Tisch.

»Was führt Euch her?«, fragte Hans, der sich ihr gegenübergesetzt hatte.

Anna stieß ihn in die Seite, als sie einen kupfernen Topf mit heißem Wasser und ein paar getrockneten Minzeblättern auf den Tisch stellte. »Jetzt lass sie doch erst einmal ankommen«, herrschte sie ihn an.

»Schon gut, Anna. Er hat ja recht. Die Priorin schickt mich.«

Anna hob den Kopf. Was sollte das?

»Wir haben euer Tuch geprüft. Es ist … wunderbar. Wie geschaffen für unsere Alltagshabits. Wie viele Bahnen könntet ihr herstellen?«

Anna und Hans sahen sich an. Kurz hellte sich Hans' Blick auf, doch ebenso schnell verschleierte er sich wieder.

»Gar keine«, sagte er wahrheitsgemäß. »Ich habe keine Webergerechtigkeit für die Stadt, und außerdem fehlt mir die Baumwolle. Leinen, das könnte ich besorgen, aber keine Baumwolle. Wir haben aus den letzten Resten drei Ballen gewebt. Einen habt ihr, der andere wurde mir gestohlen und der dritte verbrannt. Und Geld«, er blickte kurz zu Anna hin, »Geld habe ich auch keines mehr, um Baumwolle zu kaufen.«

Annas Tante nickte und lächelte. »Ob ich für die Webergerechtigkeit sorgen kann, weiß ich nicht, Fugger. Aber Baumwolle haben wir genug.«

Hans starrte sie an. »Genug?«

Anna setzte sich. In ihrem Kopf reifte augenblicklich ein Plan. »Hans darf in der Stadt nicht weben. Aber niemand verbietet es ihm, die Tuche außerhalb Augsburgs weben zu lassen. Wie viele Ballen Barchent benötigt der Konvent?«

»Dreißig, vielleicht vierzig«, erwiderte ihre Tante.

Hans schluckte hörbar. »Dreißig«, sagte er mit rauer Stimme.

Anna lief eine Gänsehaut über die Arme. Damit würden sie im Herbst doch noch Baumwolle einkaufen können. »Wäre der Konvent bereit, uns die Baumwolle zu überlassen, wenn wir dafür den Barchent liefern?«

»Bis wann?«, hakte ihre Tante nach.

Anna überschlug die Arbeiten. Ein Tuch brauchte etwa eine Woche. Zwei Weber, wenn sie unentwegt am Stuhl saßen, würden etwas mehr als drei Monate brauchen. Wenn sie vier Weber dafür gewinnen könnten, wären es nur noch zwei Monate. Sie atmete kurz durch, weil das alles nur Gedankenspiele waren. »Zwei Monate von dem Tag an gerechnet, an dem die Weber anfangen können. Dann liegen die Tuche vor!«

Sie hörte, wie Hans scharf die Luft einsog.

»Was kostet der Barchent?«, wollte Annas Tante wissen.

»Gut die Hälfte mehr als normale Leinenware. Und einen kleinen Aufpreis für die Schnelligkeit«, entgegnete Hans.

Die Hudlerin wiegte den Kopf hin und her. »Ich werde es so weitergeben, Fugger. Aber ich bin mir ziemlich sicher, dass wir im Geschäft sind.« Sie sah sich um, und Anna bemerkte, dass sie sowohl die ärmliche Einrichtung wie den Webstuhl im Rückraum zur Kenntnis nahm. »Was die Webergerechtigkeit anbelangt: Ich werde mich erkundigen.«

Annas Herz tat einen Sprung. Dreißig Bahnen Barchent. Sie überlegte bereits, wen sie alles einspannen konnte: Hans natürlich, aber auch dessen Vater und ihren Vater. Das waren schon drei Weber, die ihnen zuarbeiten konnten. Der Rest würde sich finden.

Annas Tante wollte sich gerade erheben, als sie sich zurück auf die Bank sinken ließ. »Ach ja. Draußen wartet noch jemand. Sie hat sich nicht hereingetraut. Ihr solltet sie anhören. Vor allem deshalb, weil sie Euch in Sachen Webergerechtigkeit weiterhelfen könnte.«

»Was?«, fragten Hans und Anna gleichzeitig.

»Ich muss weiter. Das Abendessen zubereiten für den Konvent. Ich schicke sie euch rein.«

Hans stellte sich neben die Tür, den Knüppel in Reichweite, als Annas Tante Marget das Haus verließ.

Dafür erschien eine weitere dunkel gekleidete Gestalt im Eingang. Ein Schal war so weit über ihr Gesicht gezogen, dass man nur die Augen sehen konnte. Dunkel waren sie und traurig.

»Setzt Euch und wärmt Euch auf«, sagte Anna und deutete auf die Bank.

Die Frau zog den Schal herunter, lächelte Anna dankbar an und nahm Platz. Annas Hinken und der Anblick der Narbe schienen sie nicht abzuschrecken. Sie streifte ihren Rucksackbeutel ab, legte ihn auf die Bank unter dem Fenster und schälte sich aus ihrer Kleidung.

Anna goss frischen Pfefferminztee auf und setzte sich dazu. Hans blieb an der Tür stehen und beobachtete die Szene. Der Kienspan hatte durch die frische Luft an Leuchtkraft gewonnen und glühte heller.

»Ich kenne euch, Frau!«, sagte Hans plötzlich und trat einen Schritt vor.

Als wäre sie ertappt worden, nickte die Fremde und blickte verlegen zu Boden. »Bevor Ihr falsch von mir denkt«, begann sie leise, »hört bitte zuerst zu. Ja, wir sind uns schon begegnet. Ich habe Götz abgeholt und …«

»Götz!«, unterbrach Hans sie unwirsch.

Anna tauschte mit ihm Blicke aus. Sie versuchte, ihn zu beruhigen.

»… damals abgeholt, als sie Euch unter den Tisch getrunken haben«, fuhr die Frau fort.

»Als sie mir das Tuch und mein Geld gestohlen und das Zimmer verwüstet haben … verdammt, was wollt Ihr hier? Ich vergesse nichts!«

In Hans loderte Hass auf, und gleichzeitig legte sich eine unbestimmte Furcht über sein Gemüt. Die Weber hatten sie gefunden!

»Ich … ich kann Euch verstehen«, stotterte die Frau. »Aber Ihr dürft Götz nichts nachtragen … wir …«

»Ihr habt nichts zu befürchten«, sagte Anna beruhigend. »Habt Ihr auch einen Namen?«

»Natürlich.«

»Was interessiert uns ihr Name?«, schnappte Hans. Er stand jetzt direkt vor der Frau und ragte wie ein drohendes Unheil über ihr auf.

Mit einer energischen Handbewegung brachte Anna ihn zum Schweigen. Sie wartete einen Augenblick ab, dann stieß sie noch einmal nach. »Darf man ihn auch erfahren?«

»Irmel, die Frau des Webers Götz Keller.«

»Nachdem das geklärt ist …«, fuhr Anna fort und übersah geflissentlich Hans hektische Armbewegungen, doch er fiel ihr aufgebracht ins Wort.

»Warum seid Ihr hier? Erklärt Euch – und dann verschwindet.«

Götz' Frau beugte sich kurz vor und kramte in ihrem Sack. »Das … es gehört euch«, sagte sie und zog den Barchent hervor, den die Weber Hans gestohlen hatten. Behutsam legte sie den Stoff auf den Tisch. »Ein schönes Tuch, weich und kräftig. Ich … ich wollte es nicht … nicht zerstören. Es wäre eine Sünde gewesen.« Sie zitterte, obwohl es in der Stube behaglich warm war.

Sprachlos betrachtete Hans das Tuch. »Was ist das nun wieder für eine Teufelei?«, fragte er leise und beugte sich drohend vor.

Anna drängte ihn zurück und stellte sich zwischen Hans und Irmel. »Warum bringt Ihr es zurück?«, fragte sie. »Nur weil es Euch gefällt? Das genügt mir nicht als Erklärung.«

Verlegen sah Götz' Frau zu Boden. Hans konnte sehen, dass es eine Geste war, die er auf seiner Walz zur Genüge ausgespielt hatte: Sie bettelte, weil es die letzte Möglichkeit war, etwas zu erreichen.

»Wir haben unser letztes Leinen aufgebraucht. Die ersten Rottfuhrwerke kommen ja erst gegen Ende April, Anfang Mai. Bis dahin gibt es nichts zu tun. Wir … wir müssten hungern.«

Verblüfft sah Hans sie an. Erregt lief er in der kleinen Stube auf und ab und breitete schließlich die Arme aus. »Und da kommt Ihr zu uns? Zu den Gäuwebern? Sollen wir Euch Stroh weben lassen? Wir haben doch selber nichts. Schaut Euch unseren Webstuhl an. Er ist noch nicht mal aufgespannt, weil ich nicht weben darf. Und warum kommt Euer sauberer Ehemann nicht selbst?«

Irmel nickte, als hätte sie diese Vorwürfe erwartet. »Wir … wir haben mit den Nonnen gesprochen. Zufällig.«

»Zufällig?«, zischte Anna.

»Ja. Die Klosterfrauen haben immer Baumwolle gelagert. Wir haben gefragt, ob wir etwas kaufen könnten. Da kam die Sprache auf … auf das Tuch und … und auf Eure Tante. Sie wollten uns nichts abgeben«, setzte Irmel Keller niedergeschlagen hinzu.

»Zu Recht«, fauchte Hans. »Wer Unrecht sät, sollte nicht mit einer Ernte der Gerechtigkeit rechnen.«

Götz' Frau ging auf seine Stichelei nicht ein, sondern fuhr fort: »Wenn ich es recht verstanden habe, dann wollen sie Euch diese Baumwolle für Euer neuartiges Tuch geben.« Sie stockte kurz und fragte dann rundheraus: »Sucht ihr nicht noch Weber? Wir hätten Hand und Webstuhl frei.«

Hans holte schon Luft, um das Angebot abzulehnen. Wie käme er dazu, den Kerl, der ihn betrunken gemacht und bestohlen hatte, auch noch zu fördern?

Doch Anna kam ihm zuvor. »Wie viele Weber würden mitmachen?«

In Irmels Augen glomm ein Hoffnungsschimmer auf. »Drei? Im Augenblick weiß ich drei.«

Annas und Hans Blicke begegneten sich. Er blitzte sie empört an.

»Das summiert sich auf mindestens sechs Weber und verkürzt die Zeit auf knapp eineinhalb Monate«, rechnete Anna ihm leise vor.

Hans blieb der Mund offenstehen. Was redete sie denn da? Er war der Webermeister und sie nur eine Magd. Doch bevor er eingreifen konnte, hatte Anna der Kellerin die Hand hingestreckt.

»Schlagt ein. Ein Tuch die Woche.«

Irmels Augen leuchteten auf, und Hans erkannte, dass sie nicht dunkel waren, sondern blau. »Wie können wir Euch wissen lassen, wann es losgeht?« Sie stand auf und begann sich wieder in ihre Kleidung zu hüllen und das Schaltuch um den Kopf zu wickeln. »Wir wohnen hinter St. Stephan am Lueginsland.« Sie verbeugte sich leicht und legte eine Hand aufs Herz. »Ich werde Euch das nie vergessen.«

Hans betrachtete das alles wie aus weiter Ferne. Er konnte es nicht fassen, was seine Magd hier gegen seinen Willen für Vereinbarungen traf, ohne ihn auch nur mit einem Wort um Erlaubnis zu fragen.

Götz' Frau wollte schon aus dem Haus schlüpfen, als Anna noch eine Idee kam. »Nächste Woche treffen wir uns um dieselbe Zeit hier in der Stube. Die Weberfrauen«, sagte sie lächelnd. »Lasst die Männer zu Hause. Sie sollen arbeiten. Oder schickt sie meinetwegen in die Schänke.«

Irmel lachte verhalten und schlüpfte aus der Tür.

Hans, dem es lange die Sprache verschlagen hatte, fand endlich durch den Schwall eisiger Luft, der hereinschwappte, wieder zu seiner Stimme. »Was hast du da gemacht, Anna?«, herrschte er sie an.

Doch Anna reagierte zunächst gar nicht. Erst als Hans sie fest am Handgelenk packte, vor sich hinzog und sagte: »Erklär es mir! Sofort!«, lächelte sie ihn geheimnisvoll an.

»Das werdet ihr Männer nie verstehen, Hans Fugger. Aber wenn du die Füße stillhältst und den Hosenlatz geschlossen, dann kommst du deinem Traum, ein Tuchhändler zu werden, ein entschiedenes Stück näher.«

»Indem du dieses Aas von Götz und womöglich noch seinen Freund, den Hans Weiß, hofierst und beiden zu tun gibst?«, brummte er, dann wurde er laut. »Ich hätte sie verrecken lassen: zwei Probleme weniger! Sie haben mir das Tuch für die erste Beschau zerstört.«

Jetzt war es Anna, die sich vor Hans aufbaute und die Fäuste in die Hüfte stemmte. »Was hast du in den letzten beiden Monaten bislang erreicht, Hans? Das frage ich dich. Lass mir zwei Monate Zeit, und dann vergleichen wir.«

Sie funkelte ihn an. Er wusste, sie hasste es, wenn er den Sturköpfigen gab.

TEIL II

DER TUCHHÄNDLER

I

AUGSBURG, MAI 1367

Sie hatte sich verschätzt. Dreißig Bahnen. Es waren keine dreißig geworden, es waren dreiundvierzig. Die Kette aus Leinen hatte den Wollfaden verlängert. Sie hätte es wissen müssen.

Ihre Tante hatte ihnen für dreißig Tücher Baumwolle überlassen – und sie hatten daraus dreizehn Tücher mehr gemacht. Anna schreckte die Zahl – vierzehn wären ihr lieber gewesen als diese Unglückszahl. So hatte es begonnen.

Jetzt wartete sie darauf, dass Hans zurückkehrte. In den ersten Wochen war es noch ein dumpfes Brüten gewesen, das sie von sich schieben konnte, doch dann meldeten sich die Zweifel. Hans war ein Mann. Er konnte sich in Frankfurt in irgendeines der Weiber verliebt haben, die um die Frühjahrsmesse herumschwirrten wie die Motten um das Licht, und dort oben bleiben. Oder er versoff den Gewinn und ließ sich den Rest stehlen. Auch das wäre nicht ungewöhnlich gewesen und war ihm schon widerfahren. Und nicht zuletzt konnte er auf dem Weg überfallen und ausgeraubt werden. Überall hockten sie, die Ritter aus dem Stegreif, und plünderten die Kaufleute rund um die großen Städte, als sei es ihr ureigenstes Privileg. Ganz davon abgesehen, dass Hans sich eine Krankheit holen und daran versterben oder schlicht nur vom Pferd fallen konnte. Drei Pferde hatte er gemietet. Drei. Wenn er nicht zurückkäme, bliebe sie auf den Kosten sitzen. Nicht Hans zahlte dafür, wenn er starb, sondern sie.

Als es an der Tür klopfte, schrak sie aus ihren Gedanken auf und bemerkte erst jetzt, dass sie sich mit dem Staubwedel in der Hand auf den Stuhl gesetzt und ins Leere gestarrt hatte.

Sofort durchflutete sie Hoffnung. Sie stolperte über ihre eigenen Füße, als sie aufsprang und zum Eingang eilte, und prallte gegen die Tür. Sie versuchte, sich zu sammeln, durchzuatmen, zu beruhigen. Erst dann öffnete sie. Sie hatte Hans' Namen schon auf der Zunge, doch er kam ihr nicht über die Lippen.

»So haust ihr also!«, sagte ihre Mutter, schob sie beiseite und trat in die Stube. »Nicht gerade geräumig. Schämst du dich nicht?«

»Mutter? Was ... was willst du hier?«

Die Melcherin, die noch in Winterkleidung steckte, sah sich suchend um. »Wo kann ich schlafen, Kind? Ich bin hundemüde. Ist dein Hans nicht da? Hockt er gerade in der Schenke? Also ich kann dir sagen ...«, sprudelte es aus ihrem Mund.

»Mutter!«, fuhr Anna sie an.

Die Melcherin verstummte und drehte sich zu ihr um. Ihre Miene spiegelte etwas wie Verletzung und Forderung zugleich. »Ja, freust du dich denn gar nicht, dass ich hier bin? Wir haben uns seit einem halben Jahr nicht mehr gesehen. Fragt man da nicht, wie es einem geht, wie es der Familie geht, dem Vater ...«

Mühsam unterdrückte Anna ihre Wut über diese Scheinheiligkeit. »Ich war vor zwei Monaten in Jettingen, um dem Vater einen Auftrag zu bringen, und bin vor vier Wochen wiedergekommen, um das Tuch abzuholen. Beide Male hast du dich verleugnen lassen. Ich hatte dich gesucht.«

Ihre Mutter hob den Kopf und verzog spöttisch den Mund, während sie langsam die warme Schaube ablegte. »Du hättest nur recht suchen müssen. Ich war natürlich in der Nähe, Kind.«

Anna biss sich auf die Lippen. Ihre Mutter wusste, dass sie wusste, dass das eine Lüge war. Sie hatte sich vor ihr versteckt, damit kein Gerede aufkam. Da war die Tochter zu einem unverheirateten jungen Mann gezogen, nur um ihm als Magd zu dienen. Lächerlich. Wer das glaubte, der kannte die menschliche Natur nicht.

»Habt ihr ein gemeinsames Bett? Macht nichts. Ich schlafe auf Hans' Seite, wenn er nicht da ist.«

»Was willst du hier?«, wiederholte Anna. »Du bist gewiss nicht gekommen, weil der Weg von Jettingen hierher so erfrischend ist. Was also treibt dich nach Augsburg?«

»Anna, Kind ...«, begann ihre Mutter.

»Ich bin nicht mehr Anna, dein Kind, das du herumstoßen kannst«, herrschte Anna sie an. »Du kannst in meiner Kammer schlafen, da oben unterm Dach. Und morgen, wenn die Sonne aufgeht, bist du wieder fort. Haben wir uns verstanden?«

»So beruhige dich doch. Was hab ich dir denn getan?«

Anna streckte nur den Arm aus und deutete auf eine steile Stiege im Hintergrund. »Geh mir aus den Augen.« Sie packte die Schaube ihrer Mutter und legte sie ihr in den Arm.

»Willst du denn nicht wissen, warum ich hergekommen bin?«

»Nein!«

»Das solltest du aber«, sagte die Melcherin. »Es betrifft dich auch, Kind!«

»Sag, was du zu sagen hast«, zischte Anna, »und dann verschwinde in mein Bett.«

Anna fragte sich, ob es je ein gutes Wort aus ihrem Mund gegeben hatte, oder ob die Mutter nur immer gestänkert und gemault hatte. Sie hatte sich zu einer verbitterten Frau entwickelt. Anna wusste nicht, was sie von ihr erwartet hatte. Vielleicht hatte sie davon geträumt, dass ihre hübsche Tochter einen reichen Bauern heiratete, was ihr einen sorgenfreien Lebensabend gesichert hätte. Mit dem Unfall und ihrer Entstellung war diese Hoffnung dahin gewesen – und dafür musste Anna seither büßen.

»Ich bin eigentlich unterwegs zu deiner Tante Marget«, erklärte ihre Mutter und ging langsam zur Stiege hinüber. Sie blickte hoch in das dunkle Nichts der Kammer. »Sie muss erfahren, dass ihr Mann, dein Onkel Michl, verstorben ist. Er ist … zu Tode gestürzt. Und im Haus hat man … im Stadel eine Art … eine Art Liebesnest gefunden …«

Anna hob die Augenbrauen. Der Onkel war tot? »Was heißt das?«

Ihre Mutter kramte in den Taschen ihrer Schaube und zog einen Schal hervor. Annas Schal, den sie bei ihrem übereilten Aufbruch vom Maierhof liegengelassen hatte.

»Wo hast du den her?«, fragte Anna und versuchte, das Entsetzen aus ihrer Stimme fernzuhalten.

»Stell dir vor, man hat den Michl gefunden, halb von seinem Hund aufgefressen. Der Schal hing an einer Leiter. Eine der Sprossen war durchgebrochen. Der Michl ist wohl darauf getreten, hat das Gleichgewicht verloren und ist mit dem Kopf gegen seinen Leiterwagen geschlagen. Er war sofort tot. Genickbruch.«

Anna erinnerte sich dunkel, beim Hochsteigen die lockere Sprosse gespürt zu haben. Damit hatte sich der Hudler wohl selbst gerichtet.

»Du warst also bei ihm?«, fragte ihre Mutter lauernd.

Anna erkannte allmählich, warum ihre Mutter hier aufgetaucht war. Sie hegte den Verdacht, dass sie etwas mit dem Tod ihres Schwagers zu tun hätte. »Am besten wird sein, du gehst jetzt schlafen!«, zischte sie ihre Mutter an und riss ihr den Schal aus der Hand.

Sie sah Anna durchdringend an, dann nickte sie und ging zur Stiege. Bevor sie ganz nach oben verschwand, drehte sie sich noch einmal zu ihrer Tochter um, die ihr nachsah.

Hans trieb seinen Gaul an, bis dem der Schaum vor dem Mund stand. Er musste es noch schaffen, bevor die Tore der Stadt für diese Nacht schlossen. Nichts wünschte er sich jetzt so sehr wie ein Bett und eine warme Zudecke.

Er war seit Tagen wie aufgedreht. Die Geschäfte in Frankfurt waren viel besser gelaufen als gedacht. Die Tuche waren im Nu verkauft gewesen. Man hatte weitere angefragt, hatte geordert, und Hans hatte sie versprochen. Sechzig Bahnen Barchent. Eine Bestellung für die Herbstmesse. Hans hatte es zugesagt, obwohl er gar nicht wusste, woher er die Baumwolle nehmen sollte und wer ihm das Tuch weben würde. Aber die Bestellung war zu verlockend gewesen, er hatte einfach einschlagen müssen. Danach hatte er sich einen Krug Wein gegönnt.

Nun war er seit vier Tagen nicht mehr aus dem Sattel gekommen. Seine Pferde waren erschöpft, er war erschöpft, und seine Geduld war am Ende.

Die Mauern der Reichsstadt Augsburg stiegen vor ihm aus dem Grün der Wertachau. Der stahlblaue Himmel stand im Kontrast zu den rötlichbraunen Ziegeln der Befestigung. Hans ritt auf das Gögginger Tor zu und ließ die Pferde wieder in Schritt fallen. Er war früh genug dran. Noch mindestens eine Stunde blieb das Tor geöffnet, bevor es wieder Städter und Landbewohner schied.

Den Scharwächter am Tor begrüßte er überschwänglich. »Schön, Euch zu sehen!«, rief er ihm entgegen. Der Mann wunderte sich, denn er kannte ihn offensichtlich nicht. »Ich komme aus Frankfurt!«

Der Scharwächter zuckte mit den Schultern. »Waren dabei?«, fragte er nüchtern.

»Nein. Alles verkauft.«

»Was wollt Ihr in der Stadt?«

»Mich in mein eigenes Bett legen und schlafen, Mann.«

»Ihr seid Bürger …«

»Noch nicht, aber ich habe eine Feuerstelle gemietet.«

»Einen Heller!«, sagte der Wächter geschäftsmäßig und streckte seine Hand aus.

Hans langte in das Täschchen seines Wamses und zog die Münze heraus. »Hier, Mann, und dann lasst mich ins Bett.«

Der Wächter nickte nur, verzog aber keine Miene.

Hans trieb die Gäule an. Es war noch hell genug, um sie zurückzugeben. Für die nächste Fuhre würde er einen Karren brauchen. Sechzig Ballen Tuch transportierte man nicht auf Pferden.

Der Stall lag in der Nähe der Pferdeschwemme am Haunstetter Tor. Hans taten die Schenkel weh von seinem langen Ritt. Er überließ es seinem Pferd, den Weg in den Stall zu finden. Schon am Tor hatte das Tier die Nüstern gebläht und freudig gewiehert. Es wusste, dass es dem heimatlichen Stall zuging, und suchte sich den kürzesten Weg. In Gedanken lag er bereits in seinem Bett, zugedeckt bis übers Kinn und eingehüllt von molliger Wärme. Er wusste, er würde nicht schlafen können, obwohl er hundemüde war. Das viele Geld, das er verdient hatte, lag ihm einerseits auf der Seele, andererseits hielt es ihn wach.

Es war gekommen, wie er sich erhofft hatte. Er war ein guter Weber, das hatten ihm alle seine Dienstherren bislang bestätigt. Aber das Weben erfüllte ihn nicht. Jetzt hatte er die Bestätigung, dass er ein noch besserer Händler war. Ein Kaufmann. Dieses Gefühl erfüllte ihn seit Tagen.

Die Miete für die Pferde hatte er schon vor seinem Aufbruch nach Frankfurt, verborgen in einem Wäldchen bei Pfersee, bereitgelegt. Niemand sollte auf den Gedanken verfallen, er hätte mehr als ein paar Groschen in der Tasche. Das übrige Geld war in den Saum seines Wamses eingenäht und lag im doppelten Boden seiner Ledertasche verborgen.

»Wieder zurück?«, begrüßte ihn der Pferdeknecht, der auch das Geld entgegennahm. Hans ließ sich den Betrag quittieren, was den Mann in Verlegenheit brachte, denn er konnte nicht schreiben. Aber Hans bestand darauf, die Abgabe der drei Pferde und die Tilgung seiner Schuld schriftlich zu vermerken. Schließlich malte der Knecht drei Kreuzzeichen auf das Quittungspapier.

Hans dankte ihm und machte sich auf den Weg. Sollte er nach Hause gehen oder einkehren? Er entschied sich für Letzteres. Auf dem Weg fand sich eine Schänke, die üblicherweise von Metzgern besucht wurde. Dort würde er sich ein Bier genehmigen. Ein einziges Bier. Mehr nicht. Er musste nüchtern bleiben und durfte sich nicht in Händel verwickeln lassen. Aber er wollte seinen Erfolg feiern. Jetzt, nicht erst morgen oder in einigen Tagen.

Hans roch die Metzger bereits im Zugang. Ein Geruch nach geronnenem Blut und feuchtem Fleisch lag in der Luft. Es waren vielleicht zehn Männer im Raum, alle mindesten doppelt so breit wie er. Sie saßen um einen Tisch und steckten die Köpfe zusammen. Kurz sahen sie hoch und musterten ihn und seine Kleidung. Offenbar hielten sie ihn für harmlos und kamen wohl überein, ihn nicht weiter zu beachten.

Mit einer Handbewegung bestellte er einen Krug Bier. Der Schankwirt brachte es ihm und blieb bei ihm stehen.

»Na, einen harten Reisetag gehabt?«

Hans sah erstaunt hoch und nickte. Er nahm einen Schluck Bier, das herrlich frisch seine Kehle hinabrann. »Aus Frankfurt. In vierzehn Tagen bis Augsburg.«

»Da habt Ihr gewiss wenig Schlaf bekommen,« Der Wirt schlug einen Plauderton an und stellte sich zwischen ihn und die Metzger, die heftig miteinander stritten.

Hans hörte nur mit einem halben Ohr zu, aber er verstand das eine oder andere Wort und reimte sich den Sinn dieser Zusammenkunft zusammen. Es ging um Zusammenschlüsse, Meisterprüfungen, Gesellen und Lehrlinge, über die Unterstützung der Witwen, und immer wieder fiel ein Begriff, der nur leise gezischt wurde, aber eindeutig und klar zu verstehen war: Zunft. Bei den Metzgern gärte es also ebenso wie bei den Webern.

»Ich hab das Gefühl, mein Hintern hat die Form des Sattels angenommen«, scherzte Hans, horchte aber auf jedes Wort, das hinter dem Rücken des Wirts geflüstert wurde.

»Was sind das für Geschäfte, in denen Ihr unterwegs seid, Herr? Wenn ich neugierig sein darf.«

»Natürlich dürft Ihr«, lachte Hans ihn an, doch innerlich suchte er nach einer Erklärung, die ihn nicht in Schwierigkeiten bringen würde. Durfte er sich als Weber zu erkennen geben? Besser nicht. Er hatte die Ausführungen von Hans Weiß noch im Ohr und seine Abneigung gegen die Gäuweber erlebt. Sollte er sich Kaufmann nennen? Musste er wohl, da er aus Frankfurt hierhergekommen war. »Ich handle mit Augsburger Tuchen«, sagte er.

»Mit Tuchen, sagt Ihr. Aus der Stadt.« Der Wirt schien zu überlegen, ob das nun gut oder schlecht war. Plötzlich hellte sich sein Gesicht auf. »Und wie verkauft sich die Ware in Frankfurt?«

Was sollte er darauf antworten? Hans wurde bewusst, dass es ein Fehler gewesen war, sich ein Abendbier zu genehmigen. Wenn er die Wahrheit sagen würde, konnte es sein, dass der Wirt seine Antwort an diesen grobschlächtigen Stammtisch weitergab – und die Männer würden ihm das Fell über die Ohren ziehen. Er musste Zeit schinden.

Die Metzger gerieten hinter dem Wirt in Rage und lenkten dessen

Aufmerksamkeit kurz von ihm ab. Einer der Kerle, ein breitschultriger Kerl von ungewöhnlicher Größe, stand auf und ereiferte sich.

»Es kann nicht angehen, dass jeder Dahergelaufene schlachten und sein Fleisch in der Stadt verkaufen kann. Wir brauchen eine einheitliche Beschau. Wir müssen uns darauf verlassen, dass die Schlachter und Wurster den Bürgern dieser Stadt Waren anbieten, die man miteinander vergleichen kann.«

Der Wirt ging dazwischen. »Schreit nicht so herum! Ihr seid hier nicht die einzigen Gäste«, fuhr er den massigen Metzger an.

Der setzte sich schuldbewusst wieder und gab dem Wirt ein Zeichen, dass er seine Mahnung verstanden hatte und ernst nahm.

Als der Wirt sich ihm wieder zuwandte, hatte Hans eine Bittermiene aufgesetzt.

»Wollt Ihr die Wahrheit wissen?«, fragte er. »Die ungeschönte Wahrheit?«

»Was ist denn die Wahrheit?«

»Das Tuch verkauft sich schlecht. Es sind kaum Geschäfte damit zu machen. Die Tuche sind zu uneinheitlich, was die Länge, die Qualität und das Webmaterial anbelangt.« Er winkte den Wirt verschwörerisch näher, weil er unter den Metzgern wieder dieses Zischen vernommen hatte und sie sich jetzt zutranken, als hätten sie sich geeinigt. »Ich glaube«, flüsterte er. »Ach was, ich bin davon überzeugt, die Stadt bräuchte …«

»Was bräuchte sie denn?«, echote der Wirt leise.

»… eine Zunftordnung. Allenthalben werden sie eingerichtet. Warum hier nicht?« Hans hoffte inständig, den richtigen Ton und die richtige Aussage getroffen zu haben.

Der Wirt, jetzt halb über seinen Tisch gebeugt, sah ihn durchdringend an. Dann trat er langsam zurück, ohne ihn aus den Augen zu lassen. Schließlich hieb er ihm auf die Schulter. »Ihr seid der Rechte, Mann! Ein Bier aufs Haus.«

Hans schluckte. Er hatte die Prüfung bestanden. Ein zweites Bier würde ihm nicht schaden und ihn noch lange nicht betrunken machen. Er würde es austrinken und sich dann verabschieden.

Als er schließlich aus der Schänke trat, sog er die frische Luft ein. Es würde ihm eine Lehre sein. Aus dem einen Bier waren vier geworden. Aber weder wankte er, noch waren seine Sinne benebelt. Er fühlte sich leicht. Beinahe im Laufschritt wandte er sich nach Osten und traf auf den nördlichen Übergang zwischen Domstadt und Stadtummauerung. Nicht allzu lange darauf stand er vor seinem Haus. Alles war dunkel. Nur der Mondschimmer beleuchtete kalt das Gebäude. Die an der Tür abgegriffenen Stellen glänzten silbern.

Er zog seinen Schlüssel hervor, hob damit den Sperrbalken und betrat die wohlig warme Stube. Sogleich kroch ihm die Müdigkeit von den Beinen hoch in den Kopf. Achtlos ließ er seine Schaube zu Boden fallen, deren Münzlast einen dumpfen Aufschlag verursachte. Beinkleider und Wams folgten. Nur im Hemd stieg er nach oben in seine Schlafkammer. Er schloss leise die Tür, wollte Anna nicht wecken, die in der Kammer nebenan lag und schlief.

Als er unter die Decke schlüpfte, freute er sich zuerst, dass Anna daran gedacht hatte, ihm die Decke anzuwärmen. Er suchte nach der Bettpfanne, doch dann fuhr er zurück. Er hatte einen Körper berührt. Er tastete ihn ab – es war eine Frau.

Erschrocken sprang er zurück. »Wer … ist da?«, fragte er heiser.

Es blieb eine ganze Zeit still.

»Hans?«, flüsterte Anna dann. »Bist du das? Du darfst nicht in der Kälte stehen.«

Sie hatte recht. Es war eiskalt, und ihn fror bitterlich. Rasch schlüpfte er wieder unter die Decke. Dabei versuchte er, Abstand zu ihr zu halten.

»Anna? Was …«

»Gott sei's gedankt, du bist wieder da«, wisperte sie.

»Was … was machst du in meinem Bett?«

»Das erkläre ich dir morgen«, entgegnete sie und gähnte.

Hans war durch Schreck und Kälte wieder hellwach. Er sog den Duft ein, der ihm von Anna entgegenströmte – und plötzlich war es wieder der Geruch, der ihn schon vor vier Jahren betört hatte. Vor seinem inneren Auge erstand die junge Frau, die er damals begehrt hatte. Und in der Dunkelheit des Zimmers blieb Anna die Schönheit, der er nachgelaufen war.

Stumm streichelte sie sein Gesicht, seine Brust. Er beugte sich zu ihr hinüber und erwiderte ihre Zärtlichkeiten. Sie wehrte sich nicht, sondern drängte sich an ihn. Er schob ihr Hemd hoch, liebkoste ihren Körper – und es geschah das, was er sich vor vier Jahren gewünscht hatte. Mit einem Hunger, den er weder bei sich noch bei ihr vermutet hätte, vereinigten sie sich. Und wäre er nicht vor Erschöpfung irgendwann eingeschlafen, hätte sie noch das Morgengrauen beim Liebesspiel entdeckt.

2

AUGSBURG, MAI 1367

Anna war früh aufgestanden und über Hans hinweggeklettert, ohne ihn zu wecken. Sie war noch immer verwirrt von dem, was in dieser Nacht geschehen war. Außerdem hatte sie Schmerzen im Unterleib und ein ungutes Gefühl. War es richtig gewesen, sich ihm hinzugeben? Was hatte sie, was ihn dabei geritten?

In der Nacht herrschten andere Gesetze als am Tag. Was nachts geschah, konnte sich schon am nächsten Morgen als Fehler erweisen. Sie kniete sich vor die Herdstelle und schürte das Feuer an. Danach wärmte sie Wasser auf. Sie musste sich säubern, wollte aber nicht das eiskalte Wasser aus dem Fass nehmen.

Als es über ihr in ihrer Kammer zu rumoren begann, verdrehte sie die Augen, weil sie an ihre Mutter dachte, die ihr das alles eingebrockt hatte. Wäre sie nicht aufgetaucht, hätte Anna Hans' Ankunft nicht bemerkt, weil sie in ihrem eigenen Bett geschlafen hätte, und wäre ihm erst heute Morgen begegnet.

Aber nun? Wie sollte sie mit dem, was in der vergangenen Nacht geschehen war, umgehen? Sollte sie nichts sagen und so tun, als erinnere sie sich nicht daran, oder sollte sie ihm um den Hals fallen, wenn er in der Tür stand? War es ihm womöglich peinlich, dass er sich auf sie eingelassen hatte, nachdem er Wochen gelebt haben musste wie ein Mönch? Jedenfalls war das ihr Eindruck gewesen, den sie in den nächtlichen Liebesstunden von ihm gewonnen hatte. War sie am Tag wieder das Monster, das ihre Narben aus ihr machten?

Ihr Blick fiel auf Hans' Kleidung, die er in der Nacht offenbar achtlos hatte fallen lassen. Kopfschüttelnd hob sie die Schaube auf und wunderte sich, wie schwer sie war. Noch im Hemd setzte sie sich an den Küchentisch und begann, den Saum aufzutrennen, und zog mit wachsendem Erstaunen Münze für Münze daraus hervor.

Die schimmernden Geldstücke auf dem Tisch summierten sich zu einem erklecklichen Stapel. Immer wieder suchte Anna den Saum ab und fand eine weitere eingenähte Münze. Auch die Taschen waren gefüllt, und selbst aus den Schuhen zog sie in Tuch eingewickelte Münzen hervor, die er unter die Innensohle gelegt hatte.

Mit einem solchen Erfolg hätte sie niemals gerechnet. Damit können wir eine ganze Wagenladung Baumwolle erstehen – wenn Hans warten kann, dachte sie, als sie ihre Mutter die Treppe hinabpoltern hörte.

»Was war denn heute Nacht los?«, fragte sie und traf dabei Anna mitten ins Mark. »Man hatte ja das Gefühl, die Welt ginge unter!«

Erleichtert atmete Anna auf. Ihre Mutter hatte nicht Hans und sie gehört, sondern die Fuhrwerke, die draußen auf der Straße in Richtung Wertachbrucker Tor vorbeirasselten. Sie schickte ein Dankgebet gen Himmel. Sie hätte nicht gewusst, wie sie ihr hätte erklären sollen, was geschehen war.

Die Melcherin wandte den Kopf zum Tisch. »Was ist das?«, fragte sie und zeigte mit weit aufgerissenen Augen auf die Münzen.

So viel Geld hatte ihre Mutter noch nie gesehen.

»Hans' Erlös von der Frühjahrsmesse in Frankfurt«, erklärte Anna stolz und stellte sofort einige Punkte klar. »Davon muss er wahrscheinlich noch die Pferde bezahlen und natürlich die Baumwolle für den nächsten Winter kaufen. Allzu viel wird nicht übrigbleiben.«

Langsam ging ihre Mutter auf den Tisch zu. Sie war barfuß, hatte sich nur eine Decke über ihr Hemd gelegt und zog diese jetzt fester um sich. »So viel Geld«, flüsterte sie.

Anna wurde ungehalten, weil sie die gierigen Augen sah, mit denen sie die Münzen betrachtete. »Er hat hart dafür arbeiten müssen. Erst gestern Nacht ist er aus Frankfurt zurückgekommen.«

»So viel Geld«, wiederholte die Melcherin, die wie gebannt auf den Tisch starrte.

»Es wäre bedeutend weniger, wenn er auf dem Weg überfallen worden wäre. Stell dir vor, du hast die Pferde gemietet und kommst nicht mehr zurück, hast dafür aber ein Pfand hinterlassen.«

Ihre Mutter sah sie verständnislos an.

»Ich war das Pfand. Wäre er nicht mehr gekommen, dann …« Sie ließ offen, wie es hätte weitergehen können. Ihre Mutter sollte ruhig begreifen, dass es gefährlich war, ein Kaufmann zu sein.

In diesem Moment kam Hans die Stiege heruntergetappt. Er war splitternackt. Gänsehaut überzog seine Armen und Beine, und er rieb sich verschlafen die Augen.

Als sein Blick auf Annas Mutter fiel, erstarrte er. »Was macht sie hier?«, stieß er hervor. Dann streckte er sich. Offenbar war ihm nicht bewusst, dass er nichts trug außer dem Adamskostüm. »Was will dies vermaledeite Weib in unserem Haus?«

Die Melcherin zuckte nur mit den Schultern, maß Hans von oben bis unten, und ihr Blick blieb kurz an seiner Männlichkeit hängen. Dann drehte sie sich um und stieg hoch zu Annas Kammer.

»Was hat das zu bedeuten?«, fragte Hans scharf.

Er sah auf den Tisch mit den Münzen, wo Anna gerade mit Nadel und Faden die Nähte der Schaube wieder schloss, und warf sich stolz in die Brust.

»Ich werde das Haus hier kaufen«, verkündete er.

»Du solltest dich zuvor anziehen«, erwiderte Anna kühl. Er hatte ihr Zusammensein mit keiner Bemerkung erwähnt.

»Wenn ich zurückkomme, hat deine Mutter das Haus verlassen«, sagte er barsch, griff nach seiner Hose und ging in die Schlafkammer.

Anna schloss kurz die Augen. Wie konnte man als Mann nur so herzlos sein? Wusste er nicht, dass man sich als Frau nicht verschenkte? Dass man sich band?

Ihr hatte er nichts zu befehlen. Sie war an seinem Erfolg ebenso beteiligt wie er. Sie hatte ihm die nötige Baumwolle beschafft. Sie hatte die Weber gefunden. Sie hatte diese gedrängt, schneller und sauberer zu arbeiten.

Sie glaubte, ihr Ärger über sein Verhalten würde verfliegen, doch er steigerte sich nur, und schließlich hielt es sie nicht mehr am Tisch aus. Sie warf die Schaube auf den Boden und Nadel und Faden auf den Tisch.

Sie stand so rasch auf, dass der Stuhl umfiel, aber sie scherte sich nicht darum. Sie stieg hinauf zu Hans' Schlafkammer und stieß die Tür auf. Er hatte sich die Hose erst halb über die Beine gezogen. Sie stellte sich vor ihn, wartete kurz, bis er ihrer gewahr wurde, und als er fragend die Augenbrauen hob, gab sie ihm eine kräftige Ohrfeige.

»Was soll das? Wofür …?«

Anna betonte jedes Wort, das sie jetzt sagte. »Hans … Fugger … du bist ein … unmöglicher … Kerl.« Sie musste schlucken und kämpfte gegen die Tränen an. »Glaubst du, du kannst zu mir ins Bett steigen und dann so tun, als wäre nichts gewesen? Glaubst du, du kannst so tun, als wäre all das, was auf dem Tisch liegt, ausschließlich dein Verdienst?« Bevor Hans etwas erwidern konnte, sprach sie weiter. »Wenn ich gehe, dann war es das mit deinem Dasein als Kaufmann. Ich werde mir von dem Geld auf dem Tisch meinen Anteil nehmen, der ebenso groß sein wird wie der deine. Haben wir uns verstanden?« Sie wandte sich um. Hans schien von ihrem Ausbruch noch wie gelähmt zu sein. Sie spürte seinen Blick in ihrem Rücken. An der Tür hielt sie kurz inne. »Und was meine Mutter angeht: Wenn du noch einmal etwas gegen sie sagst, dann kannst du wieder nach Jettingen ziehen.«

Sie warf die Tür hinter sich zu und stieß einen erleichterten Seufzer aus. Sie hatte gesagt, was es zu sagen gab.

Unten in der Stube machte sie sich daran, das Geld aufzuteilen.

Ihre Hälfte der Münzen füllte sie in ein Säckchen und versteckte es in einer Lücke des Fachwerks.

Als Hans aus seiner Schlafkammer zurückkam, die eine Wange feuerrot, legte sie gerade Feuerholz nach, damit es warm wurde. Ihm folgte ihre Mutter.

»Der Vater lässt fragen, ob ihr noch Arbeit habt«, sagte die Melcherin kleinlaut.

Hans war auf dem Weg zum Rathaus.

»Ich sag dir, wenn wir eine Zunft hätten, wäre all das eine Spielerei. Wer so erfolgreich ist wie du, dem darf man das Recht, in der Stadt zu wohnen, nicht verwehren«, befand Götz, der ihn begleitete.

Hans' Hände waren nassgeschwitzt, und er spürte, wie ihm der Schweiß den Rücken hinabbrann. »Ich glaube eher, die Stadtherren interessiert, ob ich hier Steuern zahle. Warum ist Weiß nicht mitgekommen?«

Götz sah sich um und senkte die Stimme. »Er hat anderes zu tun! Da wäre es nicht ratsam, wenn er sich vor der Obrigkeit blicken ließe. Womöglich würde es deinen Plan durcheinanderwerfen.«

»Ich brauche einen zweiten Bürgen. Und wer wäre dafür besser geeignet als der Weiß?« In Hans' Stimme schwang Ärger mit. Er hätte den schlagfertigen Webermeister gut gebrauchen können.

Das Rathaus wirkte mit seinen Giebeln, zwischen denen der Glockenturm wie ein mahnender Finger in den Himmel stach, dunkel und abweisend. Es war neben dem Perlachturm ein eindrucksvolles Gebäude, das zeigte, wie stolz die Bürgerschaft war und dass sie sich gegen den Bischof durchgesetzt hatte. Immerhin besaß die Stadt seit knapp über sechzig Jahren eine neue Verfassung. Er würde sie kennenlernen, wenn er seinen Eid ablegen musste. Doch zuerst musste er das Recht bekommen, in der Stadt zu bleiben.

Vor dem Rathaus trafen sie auf Frydrych Münkler, ebenfalls ein Weber, der für Hans gearbeitet hatte.

»Ich dachte schon, ihr kommt gar nicht mehr«, murrte er.

»Jetzt sind wir ja da, Münkler«, erwiderte Götz.

Hans sah an den dunklen Mauern hinauf. Viel Holz, viel Stein, viel Fachwerk waren am Rathaus verbaut worden. Und der Turm daneben, der Wachtturm für die Feuerwache, mahnte, auch gegenüber dem Bischof wachsam zu sein, dessen Domstadtmauer von hier aus sichtbar der Stadt selbst trutzte.

»Gehen wir«, sagte Götz und berührte Hans an der Schulter.

»Ich war noch nie in einem solchen Gebäude«, sagte Hans ehrfürchtig.

»Dann wird es Zeit. Komm.«

Götz übernahm die Führung und führte die beiden Männer bis zu einer Tür, die übermannshoch aufragte.

»Wenn wir eine Zunft hätten«, flüsterte Götz. »Dann ginge das alles flotter und wäre weniger aufwendig. Der Zunftmeister würde deinen Antrag weiterreichen und unterstützen.«

»Lass das die Obrigkeit nicht hören!«, wisperte Münkler zurück.

»Irgendwann werden sie zuhören und es sich sogar gefallen lassen müssen«, entgegnete Götz.

Hans beteiligte sich nicht an diesem Gespräch. Er wusste von der Unruhe, die unter den Handwerkern herrschte. Doch sie interessierte ihn nicht. Er benötigte ein Wohnrecht, nicht mehr und nicht weniger.

Er trat vor die Portaltür und klopfte an. Eine dünne Stimme rief sie herein.

Der Raum, den sie zu dritt betraten, war recht düster. Überall lagen auf Tischen Papiere verstreut. Ganze Bündel lagerten sauber verschnürt in Holzregalen an der Wand. Davor stand ein buckliger Mann mit der Feder in der Hand an einem Schreibpult und notierte etwas in einer Kladde.

»Ah, der alte Masner«, flüsterte Götz Hans zu. »Den kenn ich von anderen Amtsgeschäften, bei denen ich Zeuge war.«

»Name?« Als niemand antwortete, schnarrte er. »Name des Mannes, der beantragt, hier in der Stadt zu wohnen und zu arbeiten, und der nach Jahr und Tag der Bürgerschaft angehören möchte?«

Der Amtmann hatte so schnell gesprochen, dass Hans erst seine Gedanken sortieren musste. »Äh«, sagte er.

Masner, der so grau war, dass man glaubte, der Staub des Zimmers habe sich mit den Jahren auch auf seinem Haupt niedergelassen und seine Haut gebleicht, sah auf und kniff die Augen zusammen.

»Äh? Gibt es dazu auch einen Rufnamen?«

Hans fühlte sich überrumpelt. »Äh?«

Der Amtmann schlug eine Kladde auf und tunkte die Feder ins Tintenglas. »Dann notiere ich äh, Äh. Woher kommt Ihr, Äh?«

»Was?« Hans war völlig verwirrt.

»Woher Ihr kommt. Aus Was? Habe ich noch nie gehört. Also …«

»Nein«, unterbrach Götz den Mann am Schreibpult, der eben die Feder aufsetzte. »Er heißt Hans Fugger!«

Die Feder schnellte zurück. »Wollt Ihr mich auf den Arm nehmen?«, fauchte Masner.

»Ich heiße Hans der jüngere Fugger und komme aus Jettingen.«

Der Amtmann kniff die Augen zusammen und musterte die drei Männer vor ihm. Offenbar war er nicht besonders überzeugt von dem, was er sah, jedenfalls verzog sich sein Gesicht zu einer Landschaft aus Falten.

»Warum dauert das so lange? Ich habe nicht alle Zeit der Welt. Habt Ihr eine Wohnstätte in der Stadt?«

Hans nickte. »Ja. Hinter der Kirche von Heilig Kreuz.«

»Beruf?«

»Weber. Kaufmann.«

»Was jetzt, Weber oder Kaufmann?«, knurrte Masner.

»Beides. Ich webe und verkaufe Tuch, Baumwolle, Garn. Letztens erst war ich in Frankfurt …«

»Also Weber. Habt Ihr ein Weib?«

»Nein. Noch nicht.«

»Also ledig«, schnarrte die Stimme.

Hans nickte wieder, und als der Mann nicht aufsah, wurde ihm bewusst, dass er seine Bestätigung nicht wahrnehmen konnte.

»Ja, Herr, ledig!«, sagte er.

»Wem seid Ihr davongelaufen?«

»Was? Ich bin nicht davongelaufen. Ich bin der Sohn eines freien Webers. Niemandem hörig. Aus Jettingen.«

»Können die Bürgen bestätigen und mir versichern, dass mit diesem Hans Fugger ein ehrbarer Mann vor mir steht, dessen Angaben der Wahrheit entsprechen?«

Götz und Frydrych schreckten auf, weil sie bis dahin nicht einmal angesehen worden waren.

»Ja, können wir«, sagten sie gleichzeitig.

»Wen habe ich vor mir?«, schnarrte Masners Stimme. Sie klang, als würden sich die alten Holzregale im Wind der Zeit bewegen und so Töne erzeugen.

»Götz Keller, Weber vom Frauentor ...«, begann Götz, und Münkler ergänzte: »Frydrych Münkler, ebenfalls vom Frauentor, Weber in der Stadt Augsburg.«

Schließlich nickte der Amtmann zufrieden und streckte die Hand aus, ohne Hans anzusehen. »Das Bürgergeld!«

Erst als Hans zögerte, hob er den Kopf und sah ihn direkt an. Die eisgrauen Augen wirkten wie Silberknöpfe in seinem Gesicht.

»Ich ... ich will als Gast in Augsburg wohnen.«

»Also Wohnrecht in der Stadt. Ihr zahlt Steuern auf ein Vermögen von ...?«

Masner schrieb ungerührt weiter, als ginge ihn das nichts weiter an. Hans war das unangenehm. Musste jeder gleich wissen, wie viel er besaß? Sicher nicht seine beiden Bürgen.

Er beugte sich über den Tisch und flüsterte: »Zweiundzwanzig Pfund Silber.

»Also zweiundzwanzig Pfund Silber, dann versteuert ihr ...« Masner hielt kurz inne, um nachzurechnen. »Vierundvierzig Pfennige«, sagte er laut und streckte wieder die Hand aus.

»Ihr saugt einen aus«, knurrte Hans, der das Zucken seiner beiden Kameraden sehr wohl bemerkt hatte, als die Summe genannt worden war. Er nestelte an seinem Gürtel und löste den Beutel. Ein erklecklicher Betrag seines Gewinns floss hier an die Stadt.

Der Amtmann griff nach dem Beutel, leerte ihn auf dem Tisch aus und begann nachzuzählen. Schließlich nickte er zufrieden und trug die Summe in das Steuerbuch der Stadt ein. Dann drehte er das Buch um und zeigte Hans die Eintragung: »*Fucker advenit, XLIIII dedit den. Dignus*« stand dort zu lesen. – Fugger kam an und gab 44 Pfennig, er ist würdig.

Hans wollte schon den Mund öffnen und nachfragen, wie das alles mit den Fragen zuvor zusammenhänge, als Masner nach hinten schlurfte und das Steuerbuch zurücklegte. »Ihr werdet Jahr und Tag in der Stadt verbringen und am Steuerschwörtag Eure Steuer hier auf dem Rathaus erneut und ganz leisten.« Er senkte den Blick und notierte die Summe, die er eingenommen hatte, auf einer Liste. Den fast leeren Beutel gab er Hans zurück.

Hans wartete darauf, dass der Amtmann noch irgendetwas sagte, doch er rührte sich nicht mehr. Er schrieb, und die drei Männer standen sich die Beine in den Bauch.

Schließlich hob er den Blick. »Gibt es noch etwas?«

»Sonst nichts?«, fragte Hans.

Verwundert schüttelte Masner den Kopf. »Nein. Ihr könnt alle gehen.«

Hans wandte sich zur Tür, als er ihn doch noch einmal zu sich rief. »Haltet Euch an die Gesetze der Stadt, seid ehrfürchtig gegenüber der Obrigkeit.« Sein Blick ging zu den beiden Webern hinüber, die an der Tür warteten. »Und werdet nicht gewalttätig.«

Hans wusste nicht, was er dazu sagen sollte, und Masner schien auch nicht auf eine Antwort zu warten, denn er schlurfte in die Tiefe des Raumes und verschwand hinter einem der hölzernen Regale.

Verwirrt drehte sich Hans um und verließ mit Götz und Frydrych das Rathaus.

3

Warum hast du nur eingeschlagen? Sechzig? Wer soll bis zur Herbstmesse sechzig Bahnen Barchent weben? Du? Ich? Kann man dich
kein Geschäft allein machen lassen?«, schimpfte Anna.

»Da kommst du mir gerade recht mit Vorwürfen! Ich habe deine
Mutter am Hals. Nichts, was man tut, wird gutgeheißen, alles wird in
Zweifel gezogen und verworfen. Den lieben langen Tag nörgelt sie
nur herum und rührt kaum einen Finger. Am liebsten wäre es ihr,
man würde sie füttern«, gab Hans zurück, der mit dem Gesicht zum
Fenster dastand. Er brauchte frische Luft.

»Immerhin webt mein Vater drei Ballen.«

»Pah. Das tue ich auch«, gab Hans zurück.

»Fehlen noch vierundfünfzig Stück. Sollen wir sie herzaubern?«

Hans schlug mit der Faust gegen das Fachwerk, sodass es bröselte.
»Verstehst du denn nicht? Ich konnte nicht ablehnen. Hätte ich gesagt, ich kann das Tuch nicht beibringen, würde im Herbst ein anderer an meiner Stelle stehen. Ich musste die Gelegenheit beim Schopf
packen …«

»… und uns damit die letzten Haare ausraufen! Wir schaffen das
nicht. Schlimmer, als jemandem zu sagen, ich kann keine sechzig Bahnen Tuch beibringen, ist es, ihm nur dreißig zu liefern.«

»Versuchen sollten wir es wenigstens, statt uns zu streiten«,
versuchte Hans einzulenken. »Wir werden die Weber schon auftreiben.«

»Wir!« Anna verdrehte die Augen. »Du bist zu wenig weitsich-
tig, zu wenig planerisch. Als würde sich alles von selbst richten. Aber
von selbst kommt nur der Tod. Du denkst zu kurz, Hans Fugger aus
Jettingen. Es sind nicht die Weber, die uns Probleme bereiten. Es ist
die Baumwolle. Um diese Zeit ist sie am teuersten. Ihr Preis wird
zum Sommer hin sinken und zum Winter hin noch einmal ansteigen.

Wenn wir Gewinn erwirtschaften wollen, dann geht das nur, wenn wir möglichst billig einkaufen und möglichst teuer verkaufen.«

Hans wandte sich seiner Magd zu. Sie war schön, ohne jeden Zweifel, wenn sie dastand und ihm die richtige Seite zuwandte. Dann konnte er sich vorstellen, sich erneut in sie zu verlieben, sie zu begehren. Doch wenn sie so keifte und ihm unwillkürlich ihre zerstörte Gesichtshälfte zeigte, dann glaubte er, alle Teufel der Hölle griffen nach ihm.

Er wollte schon den Mund öffnen, als die Tür aufging und Annas Mutter auf der Schwelle erschien.

»Ah, ihr streitet euch schon wieder. Wäre es nicht besser, wenigstens einer würde weben und so die Arbeit vorantreiben? Das geht mit den Händen besser als mit dem Mundwerk.«

»Halt dich raus, Melcherin«, fauchte Hans sie an.

Die winkte ab und drehte sich zu ihrer Tochter um. »Hilf mir, den Blumenkohl zu waschen und den Sauerampfer zu säubern. Den hab ich im Graben vor dem Tor gepflückt.«

»Wir haben anderes zu tun«, fiel ihr Hans ins Wort. »Mach dich nützlich, wenn du schon umsonst hier wohnen darfst. Wir müssen weg und kommen erst in zwei oder drei Stunden wieder. Dann will ich ein Mittagessen auf dem Tisch haben. Wenn nicht, werfe ich dich deinem Bündel hinterher auf die Straße.«

»Hans!«, fuhr Anna auf.

»Was erlaubst du …«, schlug die Melcherin in dieselbe Kerbe.

»Jetzt haltet beide einmal eure keifenden Mäuler!«, ging Hans dazwischen. Sein Gesicht war rot vor Wut. Noch bevor Anna etwas einwenden konnte, hatte er Luft geholt. »Ich hab mir das jetzt lang genug angehört. Jetzt ist Schluss!« Er stemmte die Fäuste in die Hüften und stand breitbeinig vor den beiden Frauen.

Doch die Angriffslust der Melcherin war keineswegs gebrochen. »Es sind neue Baumwollfuhren eingetroffen«, sagte sie spitz.

Hans und Anna sahen sich an. Beide nickten.

»Wir müssen auf den Markt, müssen die Ware ansehen, müssen kaufen«, zischte Hans, ungehalten darüber, das Wort abgeschnitten bekommen zu haben.

»Ohne auf den Preis zu achten, können wir das nicht«, widersprach Anna.

»Jetzt komm schon. Beeil dich!«, trieb Hans Anna an.

»Und ich soll wohl hierbleiben und kochen?«, keifte Annas Mutter.

»Ja, genau. Oder siehst du hier sonst noch jemanden herumstehen?«, erwiderte Hans barsch, packte Anna am Handgelenk und zerrte sie nach draußen.

»Du kannst mit meiner Mutter so nicht reden!«, schimpfte sie und wehrte sich gegen die gewalttätige Art, wie er sie hinter sich herzog.

»Und ob ich das kann! Sie isst an meinem Tisch. Sie schläft in meinem Haus. Also muss sie sich nützlich machen. Alle müssen sich nützlich machen.« Er blieb stehen und sah Anna an. »Auch du, Anna Melcherin. Sonst …«

»Sonst, was?«, zischte Anna. »Schickst du mich dann nach Hause? Nachdem ich mit dir das Bett geteilt habe, bist du meiner schon überdrüssig?«

Hans sah verlegen zu Boden. Diese Wendung behagte ihm nicht. Aber er konnte sie als seine Magd nicht schalten und walten lassen, wie es ihr gerade in den Sinn kam.

»Nein«, sagte er leise. »Aber ich bin der Herr in diesem Haus, nicht deine Mutter!«

Er ließ sie stehen. Sollte sie mitkommen, wenn sie wollte. Ebenso gut konnte sie auch zu Hause bleiben. Baumwolle zu kaufen war kein Zauberwerk. Er stapfte in Richtung des Heilig-Geist-Spitals. Dort unten kamen die Rottfuhrwerke an und luden in der Nähe der Rossschwemme am Kloster bei der Kirchenruine von St. Margareth ab. Hans versuchte, im Kopf zu überschlagen, wie viele Säcke Flockenwolle er kaufen musste, um hundert Bahnen Tuch weben zu lassen. Auch brauchte er noch zusätzliche Wolle für den Winter.

»Warte«, rief ihm Anna nach.

Wortlos gingen sie nebeneinanderher, bis Anna das Schweigen brach. »Wir sollten uns absprechen. Wir sollten uns eine Obergrenze setzen. Kauf nicht die erstbeste Partie, sondern verhandle, warte ab.«

Hans verdrehte die Augen. »Halt endlich den Mund!«, fauchte er und beschleunigte seinen Schritt. Er wusste, dass sie zurückfiel mit ihrem Humpeln, doch er schaute nicht einmal zurück. Er konzentrierte sich auf das, was jetzt bevorstand. Wenn er gut verhandeln würde, könnte er den Gewinn aus der letzten Frankfurt-Fahrt verdoppeln.

Als sie den Abhang hinabliefen, der in die Unterstadt und hinüber zum Haunstetter Tor führte, änderte sich das Leben auf der Straße. Mehr Pferde und Karren begegneten ihnen, Männer und Frauen mit Kraxen auf dem Rücken, auf denen sie vom Huhn bis zur Rübe alles transportierten. Dann kamen Fuhrwerke, die hinauf in die Oberstadt unterwegs waren mit ihren fluchenden Fuhrwerkern. Ihnen folgten Kaufleute, die mit den mitreisenden Männern verhandelten. Händler in schmutzigen Gewändern wurden von Männern in sauberem Loden umlagert, und die Luft war erfüllt von den Geboten, die auf sie niederprasselten.

Der Weg führte durch die Bäckergasse. Der Duft frischer Backwaren umgab sie und zeigte Hans an, wie hungrig er war. Er hätte zuvor frühstücken sollen. Schließlich trafen sie auf dem Platz vor dem Kloster auf die Fuhrwerke.

Hans blieb kurz stehen und bemerkte, wie Anna schwer atmend hinter ihm herhinkte.

»Wen sprechen wir an?«, fragte sie keuchend.

Vor ihnen wimmelte es wie auf einem Ameisenhaufen. Hans zählte drei Fuhrwerke, die hoch beladen waren mit Säcken und in Öltuch eingeschlagenen Waren. Ob Garn darunter war, konnte er nicht erkennen. Männer umstanden die Fuhrwerke, schirrten die Pferde aus und führten sie hinunter zur Schwemme, wo sie abgewaschen wurden. Hübschlerinnen liefen durch die Menge und machten den Männern, die eben angekommen waren, schöne Augen. Kaufleute umringten die Wagen, fragten nach, verhandelten. Man konnte nicht unterscheiden, wer Fuhrwerker war und wer Kaufmann, denn die Männer waren über und über verdreckt und die Gesichter mit Lehm beschmiert. Doch die Meute der Augsburger Händler ließ ihnen keine Verschnaufpause. Unter die Lodenträger mit ihren im Sommer völlig unangebrachten Pelzkragen mischten sich die Dominikaner-Nonnen von St. Margareth, die für den Wolleinkauf an diesem Ort die Verantwortung trugen. Es war ein Durcheinander von Köpfen und Stimmen, das die Sinne verwirrte.

»Wie gehen wir vor?«, fragte Anna, ohne Hans anzuschauen. Auch sie hielt den Blick auf das Gewusel gerichtet.

»Ich nehme mir den Mann da vorn vor. Er scheint etwas zu sagen zu haben. Du wirst sehen, ich brauche niemanden, um Baumwolle einzukaufen.« Damit ließ er sie stehen und stürzte sich in die Menge vor dem Kloster.

Zielstrebig steuerte er auf den ersten der Händler zu, schob zwei Kaufleute beiseite, die sich wohl ebenfalls an diesen wenden wollten, und klopfte ihm auf die Schulter. Der Mann wich einen Schritt zurück, fasste sich aber sogleich wieder.

»Gott zum Gruß. Fuhrwerker oder Händler?«, fragte Hans leutselig. »Was soll die Flockenwolle kosten? Oder habt Ihr auch Garn dabei?«

Der Mann sah ihn mit verengten Augen an. »Wer will das wissen?«

Hans drehte sich ihm halb zu und streckte die Hand aus, ganz Kaufmann. So hatte er es in Frankfurt gesehen, so wollte er es auch hier halten.

»Hans Fugger. Kaufmann«, verkündete er großspurig.

»Ich bin Fuhrwerker«, sagte der Mann und musterte Hans von oben bis unten. »Ich darf aber für meinen Herrn verhandeln.«

»Wunderbar!« Erfreut deutete Hans auf die Wollballen auf dem Karren. »Also frei heraus, wie viel?«

»Die Wolle ist für das Kloster, nicht für Euch!«

Jetzt hatte der Fuhrwerker ganz Hans' Aufmerksamkeit. »Ihr wollt mir doch nicht weismachen, dass das Kloster die drei Fuhrwerke hier …«

»Geliefert wie bestellt«, murmelte der Mann und verschränkte die Arme vor der Brust. In seinen Augen blitzte Schadenfreude. »Fragt die Nonnen. Vielleicht geben Sie Euch etwas ab.« Er winkte eine der Nonnen heran. »Schwester Mechthild. Wer soll die Wolle hier bekommen?«

Die geistliche Frau sah ihn verwundert an, dann sagte sie kurz angebunden: »Das Kloster natürlich. Wer sonst?« Schon war sie wieder in der Menge verschwunden.

»Ihr seht«, sagte der Mann bedauernd. »Alles vergeben.«

»Aber … sonst … Ihr verkauft doch sonst auch …«

Der Fuhrwerker stand breitbeinig da und betrachtete den Weber, der anfangs so großspurig aufgetreten war. »Sonst … vielleicht. Immer mal wieder. Aber diesmal ist alles für das Kloster.«

Verwirrt sah Hans ihm in die Augen.

Der Fuhrwerker blinzelte nicht einmal. »Braucht Ihr denn dringend Wolle?«, hakte er nach und begann die ersten Planen aufzuschnüren, um die Säcke und Bündel abladen zu können.

»Nicht dringend«, antwortete Hans matt. Drei Fuhrwerke voller Wolle und nicht eine Flocke war für ihn dabei. »Kommen denn noch Fuhrwerke aus Venedig mit ägyptischer Baumwolle?«

Der Mann zuckte mit den Schultern. »Reitet ihnen entgegen, dann wisst Ihr es. Manche biegen nach Ulm ab. Dort gibt's auch einen großen Markt. Wenn morgen und übermorgen keine Ware mehr kommt, dann erst wieder im Herbst.«

Hans ließ die Schultern sinken. Wenn er keine Baumwolle bekam, dann war der gesamte Plan zum Teufel. Er musste sechzig Bahnen Barchent liefern! Ein letzter verzweifelter Versuch ließ ihn etwas sagen, was er nie hatte sagen wollen. »Ich zahle zehn vom Hundert mehr, als das Kloster Euch anbietet.« Er spürte, wie er in der Junisonne zu schwitzen begann.

Der Fuhrwerker lachte. »Ich werd's mir überlegen. Aber zuerst muss ich ins Kloster.« Mit großen Schritten ging er davon.

Als sich Hans umdrehte, stand Anna so dicht hinter ihm, dass er erschrak und einen Schritt zurückwich. Sie funkelte ihn an.

»Und?«, fragte sie spöttisch. »Erfolg gehabt?«

Hans deutete mit einer Handbewegung hinter sich auf die drei Rottfuhren. »Alles für das Kloster. Nichts davon wird frei verkauft.« Er schluckte und musste seine Enttäuschung hinunterwürgen. »Ich musste ihm zehn vom Hundert mehr anbieten …«

»Geh nach Hause, Hans Fugger, du Tölpel«, sagte Anna scharf. »Warte auf mich, und fang ja nicht mit meiner Mutter Streit an.«

»Was hast du vor?«, fragte er erstaunt.

Anna verdrehte nur die Augen und ließ ihn stehen.

Anna hatte Gernot Hinterhofer, den Ochsentreiber, sofort erkannt und ihm zugewunken. Der hatte zuerst nur erstaunt geschaut, dann aber, als sie ihm ihre entstellte Seite zugewandt hatte, hatte er lachend die Hand gehoben. Auf ihn steuerte Anna jetzt zu.

»Gernot«, begrüßte sie ihn fröhlich. »Da hat sich dein Ochsengespann aber vergrößert.«

Irgendwie fühlte sie sich neben ihm wie ein Mädchen. So leicht und unbeschwert. Sie drehte sich mit auf dem Rücken verschränkten Armen um ihn herum und schenkte ihm ihre unversehrte Seite.

Gernot lachte, und dann nahm er sie einfach an der Schulter und drückte sie an sich. »Schön, dich gesund und munter zu sehen.«

Anna kreischte leise auf und war wirklich verunsichert ob dieser freundschaftlichen Geste. Sie wand sich aus seinem Arm.

»Was sollen denn die Leute denken«, schalt sie ihn, aber mehr aus Gewohnheit, denn aus Überzeugung. Diese Umarmung hatte ein Prickeln ausgelöst, das sie so nicht kannte.

»Glaubst du, ich wüsste nicht, dass hinter deiner hübschen Larve auch eine kleine Teufelin steckt?«, spottete er. »Was willst du?«

Anna blieb vor Gernot stehen. Er war einen guten Kopf größer als sie und so breit, dass sie sich hinter ihm hätte verbergen können.

»Ich wusste nicht, dass du nach Venedig unterwegs warst.«

»Jeder von uns wollte mit einem bestimmten Ziel in die Stadt. Du wolltest weg von dem Maier und …« Er streckte den Kopf und sah ans Ende des Marktes, wo Hans stehen geblieben war und zu ihnen herüberblickte. »… ins Kloster … oder etwa nicht?«

»Niemals«, empörte Anna sich künstlich und strahlte ihn an. »Dafür sind die Männer zu anziehend.«

»Dann hast du dir einen geangelt?« Gernot sah zu Hans hinüber, der wiederum zu ihnen her blickte.

»Ach, der«, sagte sie verlegen. »Hans Fugger heißt er. Weber. Und ich bin Magd in seinem Haushalt.«

Gernot nickte mehrmals nachdenklich.

»Die Wolle und das Garn, ist es tatsächlich alles für das Kloster?« Mit dieser Frage holte sie sich seine Aufmerksamkeit wieder zurück.

»Für das Kloster?«, fragte er verblüfft. »Wer sagt das?«

Anna sah nicht hin und tat auch sonst nichts, was andeutete, sie würden über den Fuhrwerker reden, der mit Hans verhandelte

»Aber der Fuhrwerker da vorn hat behauptet …«

»Von welchem Fuhrwerker sprichst du?«, unterbrach Gernot sie.

»Mit dem Hans gesprochen hat!«, sagte Anna verblüfft.

Gernot grinste übers ganze Gesicht. »Der und ein Fuhrwerker? Er ist Kaufmann, führt aber gern selbst ein Gespann. Und das ist keineswegs alles fürs Kloster. Wenn wir Glück haben, dann geht eine Ladung an die Nonnen, der Rest wird frei verkauft. Aber der Markt ist voll. Ich habe eben schon mit zwei Webern gesprochen. Sie brauchen zwar Ware für den Herbst. Aber gerade jetzt sind ihre Geldbeutel leer. Sie haben sich letztens schon mit Ware versorgt. Wir sind leider drei Wochen zu spät über die Alpen gekommen.«

Anna hatte Gernot aufmerksam zugehört. Hans war auf einen Trick hereingefallen.

»Dann ist die Ware hier frei?«, fragte sie leise.

Er nickte. »Fast alles. Nur wenig ist vorbestellt.«

»Wann sollen wir kaufen? Wir kaufen in großen Mengen«, flüsterte Anna. »Aber du darfst es bitte nicht weitersagen.«

»Ich bin kein Kaufmann. Die Ware gehört ihm.« Er deutete mit einem Kopfnicken auf den Mann, mit dem Hans verhandelt hatte. Er kam gerade wieder aus dem Kloster zurück. »Ulrich Rehlinger. Ein pfiffiger Kerl, aber nicht unrecht.«

»Rehlinger«, murmelte Anna. Wer hatte nicht von den Rehlingern gehört. Sie kamen vom Lechfeld nördlich von Augsburg und hatten sich aufs Handeln verlegt. Erfolgreich.

Auch sie beschloss, einen kleinen Trick anzuwenden. Was Rehlinger konnte, konnte sie schon lange. Wenn er heute nichts verkaufte, würde er morgen umso zugänglicher sein.

»Wir schauen morgen früh wieder vorbei«, sagte Anna. »Solltest du feststellen, dass die Ware knapp wird, schick jemanden zum Kloster Heilig Kreuz und dort zu Hans Fugger. Er wohnt hinter dem Kloster.«

Gernot nickte, doch Anna hatte keine Zeit, sich zu verabschieden, denn sie sah, wie der Rehlinger, der aus dem Klosterhof trat, sich umsah und schnurstracks auf Hans zuging. Wenn sie jetzt nicht dazwischen ging, würde Hans einen Fehler begehen, den sie bitter zu bereuen hätten.

Sie raffte ihr Kleid und lief auf Hans zu. Auf halbem Weg kreischte sie laut auf und stürzte. Wie vermutet, hatte Hans sie die ganze Zeit heimlich beobachtet. Sofort eilte er zu ihr, ohne sich um die Handzeichen des Kaufmanns zu scheren.

Obwohl sie sich dafür schalt, ihre Kleidung beschmutzt zu haben, gelang der Plan.

»Hast du dich verletzt?«, fragte Hans, als er bei ihr niederkniete und ihr aufhalf.

Bevor andere herbeikamen, warf sie sich gegen ihn und tat so, als würde sie nicht laufen können. Dabei flüstert sie ihm ins Ohr: »Kauf ja nicht. Er haut dich übers Ohr. Wir kaufen morgen!«

»Was?« Hans stellte sie auf die Beine.

»Kein Geld für den Rehlinger! Er ist kein Fuhrwerker!«

Hans schien nur langsam zu begreifen, sodass der Kaufmann Zeit hatte, sich ihm zu nähern. Er packte Hans unter dem Arm und zog ihn etwas von Anna und den anderen weg. »Auf ein Wort, Fugger.«

Anna hörte, wie er Hans angeblich ins Vertrauen zog. Sie konnte nur hoffen, dass sich Hans klug verhielt. Sie humpelte auf die beiden zu, die die Köpfe zusammensteckten.

»Also, ich kann Ware des Klosters für Euch abzweigen. Es bleibt beim Preis? An wie viele Säcke habt Ihr gedacht?«

Anna stand jetzt wieder hinter Hans und gab ihm einen Tritt

in die Wade, sodass er zusammenzuckte. »Ihr habt den Geldsack zu Hause gelassen, Herr«, sagte Anna zu Hans. »Er liegt noch auf dem Küchenbord. Wir müssten ihn zuvor holen.«

»Einem Kaufmann wie Euch vertraue ich. Hier meine Hand. Schlagt ein«, erklärte der Rehlinger.

Hans hob schon die Hand, doch dann zögerte er. »Ihr habt noch nicht davon gesprochen, was die Flockenwolle im Sack kostet.«

Der Rehlinger lachte und schlug ihm, ebenfalls lachend, auf die Schulter. »Ihr vertraut mir doch wohl auch, oder?«

»Herr«, mischte sich Anna wieder ein, und in der Miene des Rehlingers las sie, dass ihm das nicht passte. »Helft mir nach Hause. Ich kann nicht stehen und nicht gehen«, jammerte sie und zog an Hans' Wams.

Endlich gab er nach. »Ihr seht, ich werde gebraucht. Aber ich komme auf Euch zurück. Behaltet mich im Gedächtnis.«

»Nun, ob es dann noch die Gelegenheit gibt?«, versuchte der Kaufmann zu drängen. »Ich lebe vom Verkauf, nicht vom Warten.«

»Dann solltet Ihr Euch umstellen, Herr«, sagte Anna beiläufig. Und mit einem kurzen Ruck hatte sie Hans von dem Rehlinger weggezogen. »Jetzt greif mir schon unter die Arme«, fauchte sie.

Doch Hans packte nur halbherzig zu. »Du hast mir eine schöne Gelegenheit verdorben!«, schimpfte er.

»Eine Gelegenheit, um dein Geld zu verschwenden? Ja, das hab ich!«, konterte sie.

»Er hätte mir einen Teil abgegeben!«, maulte Hans. »Und jetzt bekommt das Kloster alles.«

»Du wirst sehen, morgen nehmen *wir* alles – und zwar für den halben Preis. Das Kloster kauft nämlich fast nichts, hat mir Gernot gesteckt. Sie haben zu viel Baumwolle gebracht. Die Weber haben zwar den Bedarf, aber kein Geld. Wenn du heute zugeschlagen hättest, hätte er dich geschröpft. Morgen schenkt er dir die Wolle vielleicht, damit er weiterziehen kann.«

»Wer ist Gernot?«, fragte Hans.

4

Die Weberfrauen hatten sich in der Stube in Hans' Haus um den Küchentisch versammelt und sahen einander an.

Auf den Stirnen von Irmel Keller und Hedi Münkler zeichneten sich tiefe Sorgenfalten ab. Maria, die Frau von Hans Weiß, atmete stoßweise. Sie war schwanger, und die spätsommerliche Hitze in der Stadt machte ihr schwer zu schaffen. Sie saß auf dem einzigen Stuhl, weil sie mit ihrem Bauch nicht mehr auf die Eckbank passte.

»Es gärt«, sagte sie leise. »Die Männer gebärden sich wie wild. Egal, was das Stadtregiment verkündet, es wird besprochen, zerredet und verworfen. Immer wieder gibt es Schlägereien mit den Scharwächtern. Neulich musste ich meinem Hans eine Wunde am Kopf nähen. Der Hieb hätte ihn auch umbringen können.«

»Außerdem war die letzte Lieferung aus Italien zu teuer. Kaum einer konnte die Baumwolle bezahlen, deshalb wird es im Winter an Arbeit fehlen. Das bringt die Männer auf.« Irmel, die Frau von Götz, seufzte schwer.

Anna hörte sich die Klagen der Frauen ruhig an. Während die Weber der Stadt sich seit dem Sommer mit der Obrigkeit kleine Händel lieferten, hatten Hans und sie sich um ihr Geschäft gekümmert.

Vor drei Monaten hatten sie gemeinsam überlegt, wie sie Hans' Zusage der sechzig Bahnen Barchent einlösen könnten. Mit dem geschickten Ankauf von zwei Baumwollfuhren hatten sie ihr Lager bis zum Rand füllen können. Sie hatten dazu in Jettingen einen Stadel gemietet, und der Dachboden des Hauses war ebenfalls voller Garn.

Hans war gerade unterwegs zur Frankfurter Herbstmesse Mitte August. Anna hatte Gernot dazu überreden können, ihn mit einem Fuhrwerk dorthin zu begleiten, um die Tuche zu transportieren. Es waren achtzig Ballen geworden. Das würde einen ordentlichen Gewinn einbringen.

Anna sollte hier in der Stadt einkaufen, wenn der Markt mit Baumwolle aus Venedig gesättigt und die Ware daher billig war. Noch war es nicht so weit. Gernot hatte ihr noch erzählt, dass nach der Fuhre, die eben eingetroffen war, mindestens eine weitere folgen würde. Auf diese wartete sie.

»Man muss kaufen, wenn alle Ware vor Ort ist und ein Überangebot herrscht. Dann ist sie günstig«, sagte sie zu den Weberfrauen.

Dem Rehlinger war es nicht gelungen, sie übers Ohr zu hauen. Er hatte im Sommer bluten müssen. Statt überteuert hatte er ihnen schließlich die Wolle beinahe zum Selbstkostenpreis überlassen. Sie hatten ihn dann doch noch etwas verdienen lassen – und sich damit für die Zukunft einen Gefallen gesichert. Sie würden ihn einfordern, wenn es notwendig war, exklusiv einzukaufen.

Sie hatten im Juni alle Baumwolle aufgekauft – und damit den Preis für den Herbst in die Höhe getrieben. Die Weber, die im Sommer kein Geld dafür gehabt hatten, konnten erst jetzt ihren Bedarf für den Winter decken, und das mit teurerem Material. Was jedoch bedeutete, dass sie weniger bekommen hatten und die Unzufriedenheit gewachsen war.

In den letzten Wochen, bevor er nach Frankfurt aufgebrochen war, hatte Hans sich umgetan und auch Leinengarn aufgekauft und gehortet. Jetzt wartete Anna auf die letzte Lieferung aus Italien. Rehlinger war unterwegs. Wenn sie sich umhörte, gab es niemanden mehr, der genügend Geld hatte, um Baumwolle in größeren Mengen aufzukaufen. Die Preise würden sinken – sofern es nicht Unruhen und damit Probleme gäbe, die die Händler von Augsburg fernhielten.

»Hans wird versuchen, auf die Männer einzuwirken, wenn er wieder zurück ist«, versprach sie.

Maria Weiß nickte. »Ja, er muss mit ihnen reden. Er ist so ein Verständiger, nicht ein Hitzkopf wie mein Hans.«

Anna wusste sehr wohl, dass diese Zusammenkunft nicht auf wirklicher Freundschaft gründete. Während die Weber sich mit der Stadtobrigkeit auseinandersetzten, spürten ihre Frauen den Verwerfungen zwischen den Männern nach. Natürlich wusste Anna, dass sie als Hans' Magd niemals auf der gleichen Stufe stehen würde wie die Webergattinnen. Sie alle hielten sie nur für seine Metze, für seinen Bettschatz, den man nicht heiratete, weil man ihn nicht vorzeigen konnte. Sie wussten aber auch, wer die Geschäfte im Hause Fugger führte und mit wem sie verhandeln mussten. Diese Frauen waren allesamt Bekanntschaften, die mit Vorsicht zu genießen waren und oftmals vergiftete Vorschläge und Ratschläge bereithielten.

»Wenn die Preise für Flockenwolle und Garn weiter so steigen, kann keiner mehr davon leben«, beschwerte sich Irmel Keller. »Da hat es dein Mann doch gut getroffen, Maria. Schließlich hat er für den Gäuweber Hans gearbeitet.«

Die letzte Bemerkung, so harmlos sie daherkam, war ein vergifteter Pfeil gewesen. Hans war in der Stadt noch immer nicht als Stadtweber anerkannt.

»Wo ist Hans denn derzeit?«, wollte Maria Weiß wissen.

»Er ist nach Frankfurt unterwegs«, antwortete Anna. »Er will die Messe beliefern.«

»Ohne Begleitschutz?« Irmel tat entsetzt. »Warum begibt er sich derart in Gefahr? Der Weg bis zur Messe ist doch gesäumt von Raubrittergesindel, die nichts anderes im Kopf haben, als Kaufleute zu überfallen.«

»Hans ist kein Kaufmann«, sagte Anna, obwohl das natürlich nicht der Wahrheit entsprach. »Die Straßenräuber werden sich nicht für ihn interessieren.«

Obwohl sie äußerlich ruhig blieb, dachte sie seit Tagen über die Gefahren nach, die Hans drohen konnten. Schließlich brodelten außerhalb Augsburgs auch noch andere Konflikte, vor allem die Auseinandersetzung der Städte mit dem Reich. Wie leicht konnte da ein kleines Fuhrwerk mit zwei Männern buchstäblich unter die Räder kommen.

»Deine Ruhe möchte ich haben!« Irmel warf Anna einen seltsamen Blick zu. »Also ich könnte da keine Nacht ruhig schlafen. Warum hat er nicht beim Rat nach einem Geleit nachgefragt?«

Anna lächelte gezwungen. Sie alle wussten, warum er es nicht getan hatte, wollte es aber von ihr hören, um ihr wie nebenbei noch einmal einen Stachel ins Fleisch zu treiben. Sie spielte mit und ließ ihnen das Vergnügen, denn sie würde sich dafür am Ende dieses Treffens rächen. »Ihr wisst doch, Hans ist kein Bürger. Wir dürfen hier wohnen, genießen aber noch nicht das Bürgerrecht der Stadt«, erklärte sie.

Irmel tat, als wäre ihr das jetzt peinlich. »Ach, natürlich. Daran hab ich gar nicht gedacht. Gäuweber erhalten ja keinen Schutz.«

Da war es wieder. Anna schloss kurz die Augen und biss die Zähne zusammen.

»Er könnte das Bürgerrecht beantragen. Götz wäre sicherlich bereit, als Bürge zu dienen«, bot Irmel an.

Darüber hatten Hans und Anna schon lange nachgedacht, waren aber zu keinem Ergebnis gekommen. »Es ist zu teuer.«

Irmel lächelte. Anna sah ihr an, dass sie sie nun mit der Spitze ihrer kleinen Schuhe in den Staub treten würde. Sie hatte es zu spät erkannt und konnte sie nicht mehr unterbrechen.

»Er sollte eine Bürgerstochter heiraten«, sagte Irmel. »Damit wären diese Probleme aus der Welt geschafft.«

Anna war, als würde der Raum dunkler werden. Kurz stockte ihr der Atem. Und schon setzte die Weißin nach.

»Es gibt genügend junges Blut, und wenn er in eine Bürgerfamilie einheiratet, würde ihm das Bürgerrecht ohne große Zahlungen verliehen.«

Alle Augen waren auf Anna gerichtet, aber außer den weißen Knöcheln ihrer Hand war keine Regung zu erkennen. So leicht würde sie es ihnen nicht machen.

»Es muss ja nicht unbedingt eine Webertochter sein«, sagte sie nachdenklich. »Auch das Töchterlein eines Münzers oder eines Kaufmanns würde ihm das Bürgerrecht einbringen. Er ist ein ansehnlicher Mann. Ihm steht die Frauenwelt offen«, sagte sie zu ihrem eigenen Erstaunen und beobachtete, wie die drei Frauen verblüfft die Augenbrauen hoben. »Jetzt noch etwas anderes«, fuhr sie fort. »Wir lassen noch Tuch für den Winter fertigen.« Anna zwang sich zu einem Lächeln. »Mein Vater hat viel Baumwolle eingekauft, aber er ist krank geworden. Wer von euren Männern möchte für uns weben?«

Keine der Frauen rührte sich. Wie erstarrt saßen sie stumm da, und Annas Frage schien ihnen peinlich zu sein.

Anna nickte. Sie hatte nichts anderes erwartet. Aber sie wusste, dass im Februar alle an Hans' Tür klopfen und betteln würden, noch einen Balken aufspannen zu dürfen. So lange konnte sie warten.

»Wenn es endlich Zünfte gäbe, würden diese das Geschäft in die Hand nehmen«, bemerkte die Weißin etwas bissig. »Beim Verlagssystem wird nur der Verleger reich, der Weber bleibt arm.«

»Ja«, stimmte ihr Hedi zu, und Irmel nickte heftig. »Man kann seinen Gewinn nicht vermehren. Er bleibt allzeit gleich.«

»Ihr habt ja nicht unrecht«, sagte Anna. »Aber wer hat schon so viel Geld, um sich für magere Zeiten Baumwolle auf die Seite zu legen? Leben die Weber nicht vielmehr von der Hand in den Mund? Was die eine Hand einnimmt, gibt die andere beinahe doppelt wieder aus. Was sollte eine Zunft daran ändern können?« Sie spürte die Spannung, die in der Luft lag.

Die Frauen machten ihr den Vorwurf, nicht eben zimperlich mit ihren Verlagswebern umzuspringen. Dabei mussten sie froh sein, wenn sie weben durften, statt zu Hause müßig herumzusitzen und nichts zu tun zu haben.

»Die Zunft könnte beispielsweise für alle einkaufen. Spätestens dann würde der Preis sinken.« Hedi hatte den richtigen Gedanken, aber sie dachte ihn falsch.

»Glaubst du, die Kaufleute kommen nach Augsburg, um hier ihre Ware billig loszuwerden?« Anna schüttelte den Kopf. »Ihr würdet bald vergeblich auf Händler warten. Die würden auf die Märkte nach Ulm oder Biberach wechseln.«

»Es käme auf einen Versuch an«, entgegnete Maria Weiß. »Wenn wir erst die Schlüssel zu den Toren in Händen halten, wird uns alles andere auch gelingen. Unsere Männer sind nicht dümmer als die Herren des Patriziats.«

Irmel hatte sich bis dahin herausgehalten aus den großen Reden.

Jetzt aber verkündete sie im Brustton der Überzeugung: »Unsere Männer wissen, wovon sie reden.«

»Und wie wollt ihr in den Besitz der Torschlüssel kommen?«, fragte Anna. »Wollt ihr das Rathaus stürmen? Wollt ihr die Patrizier anbetteln?«

Alle Augen richteten sich auf Anna, die plötzlich begriff, dass alles bereits geplant war, dass nur sie und Hans als Gäuweber nicht eingeweiht waren. Deshalb waren sie hier. Der Aufstand hatte schon zu glimmen begonnen, er zeigte nur noch keine offene Flamme. Und Hans sollte schlichten und beruhigend auf die Gemüter einwirken. Auf den jungen Mann aus Jettingen hörten die allermeisten, weil er es in so kurzer Zeit geschafft hatte, sich hochzuarbeiten. Das war nicht unbemerkt geblieben.

»Hans wird mit den Männern reden, wenn er zurück ist«, sagte Anna. »Es wird aber noch gut vierzehn Tage dauern.«

Die Frauen nickten, und die Spannung löste sich etwas. Anna stellte einen Krug Milch auf den Tisch und teilte Becher aus. Jede goss sich einen Becher ein und gab den Krug weiter. Das Thema wechselte wie von selbst, und nun ging es um den nahenden Geburtstermin der Weißin und ob ihr Mann tatsächlich der Vater wäre. Die Weißin schmunzelte, und die Frauen lachten.

Hans schwitzte in der gewittrigen Stimmung, die sich kurz vor Würzburg aufbaute. Während er neben den Ochsen hertrottete, dachte er an die vergangenen Tage in Frankfurt. Niemals hätte er es sich so leicht vorgestellt. Der Barchent war ihm regelrecht aus den Händen gerissen worden. Der Händler, ein Mann aus dem Oberrheingebiet, hatte schon sehnsüchtig auf das Tuch gewartet und zehn vom Hundert mehr bezahlt, als Hans sich ausgerechnet hatte. Sein Stand auf der Messe war umringt worden. Wenn Gernot nicht bei ihm gewesen wäre, hätte er sich gegen den Ansturm der Käufer nicht wehren können, und sie hätten ihm die Tuche so vom Tisch gezogen. Der muskulöse Ochsentreiber aber hatte sich mit ausgebreiteten Armen zwischen die Kaufleute und Hans gestellt und immer nur einen Mann durchgelassen. Sogar die Leinenstücke hatte man Hans abgekauft, nur um mit ihm sprechen und eine Bestellung für das Frühjahr aufgeben zu können. Keine zwei Tage später war der Tisch leer gewesen, und Hans und Gernot hatten sich auf den Rückweg gemacht, das Orderbuch voller neuer Aufträge. Dreihundert hatte Hans angenommen, achthundert hätte er haben können. Man hatte ihm beinahe das Doppelte geboten, nur um an zwanzig Bahnen Barchent zu kommen. Trotz der drückenden Gewitterstimmung, die dunkle Wolken über ihnen auftürmte, fühlte er sich leicht und froh.

Sie näherten sich Würzburg. Hans lief neben dem Ochsenkarren her, während Gernot auf dem hintersten Ochsen ritt. Sie konnten den Rauch der Feuerstätten bereits riechen, der in Schwaden das Tal heraufzog, ohne die Stadt selbst zu sehen. Die Wolken drückten und räucherten so die Wälder.

Bevor sie in Frankfurt aufgebrochen waren, hatten die Leute sie gewarnt, dass rund um Würzburg und Nürnberg Raubritter ihr Unwesen treiben würden. Sie hatten das zwar ernst genommen, aber wie sollten sie der Gefahr begegnen? Sie waren nur zu zweit, führten einen leeren Wagen, und Hans hätte sich niemals ein Geleit leisten können. Noch nicht. Später, wenn er tausend Ballen Tuch hin und andere Waren zurück nach Augsburg bringen würde, dann würde er sich Panzerreiter mieten. Der Gewinn würde das schon hergeben. Doch derzeit war er froh, wenn das Geld ausreichte, um neue Baumwolle einzukaufen.

Mit jeder Meile, die sie sich Würzburg näherten, zwickte es Hans unter seinem breitkrempigen Hut, und er wurde unruhiger. Schließlich griff er in Gernots Zügel und drängte die Ochsen vom Weg und hin zu einer kräftigen Eiche am Wegrand.

»Zeit, dass wir reden, Gernot.«

»Aber, Herr, wir reden die ganze Zeit, über Eure Magd, über den Wunsch zu heiraten, über Euer Glück, Euer Pech, Eure Techniken … Ich könnte schon bald als Ihr selbst auftreten.« Gernot lachte.

»Es beruhigt meine Nerven und tut mir gut. Habt Dank dafür.«

»Für nichts, außer für eine Selbstverständlichkeit.« Gernot wollte schon wieder die Zügel schnalzen lassen und die Ochsen zurück auf die Straße treiben, als ihm Hans eine Hand auf den Arm legte.

»Über Geld haben wir noch nicht gesprochen.«

Gernot stutzte. »Wollt Ihr meinen Preis drücken, jetzt, kurz vor der Heimat? Ihr wärt nicht der Erste. Aber mit mir geht das nicht.«

»Unsinn«, widersprach Hans. »Ich brauche jemanden, dem ich absolut vertrauen kann. Hier im Umland führt Eppelein von Gailingen sein räuberisches Regiment und schröpft die Kaufleute, wie es ihm beliebt.«

»Hab ich gehört. Ein grausamer Kerl.«

»Und nicht der Einzige. Er befehligt eine ganze Bande, und anderes Adelspack hat sich sein Treiben abgeschaut. Ein rechtes Raubgesindel lauert den Kaufleuten auf.«

Hans ließ seinen Blick über die bewaldete Hügellandschaft schweifen. Die Straße, die sie entlangfuhren, war für Ortsunkundige der einzige Weg. Der Wald zu beiden Seiten war dicht. Das Unterholz und Gestrüpp war eng ineinander verflochten und gewährte keinen Durchlass. Wer sich mit einem Fuhrwerk hier in die Büsche schlagen wollte, der musste erfahren, dass es unmöglich war, einen anderen Weg zu nehmen als den, auf dem sie fuhren. Eben dies beunruhigte Hans, und sein Gefühl sagte ihm, er müsse handeln. Und zwar sofort. Ein rollender Donner, der sich aus einer der Wolken über ihnen löste und über sie hinwegfuhr, unterstrich seine Ahnung. »Wir werden an Würzburg vorbeifahren, Gernot. Aber zuvor müssen wir etwas klären.«

Gernot sah ihn mit hochgezogenen Brauen an. Hans wusste selbst nicht, ob er ihm diese Verantwortung übertragen durfte, aber er hatte von Anna deren Geschichte gehört und vertraute dem Fuhrwerker, der so alt war wie er selbst.

Der Himmel verdunkelte sich mehr und mehr und warf seine Wolkenschatten auf die Hänge. Vorsichtig musterte Hans die Krone und das Astwerk der Eiche, unter der sie standen, um sicherzugehen, dass sich dort oben niemand vor ihnen verbarg.

»Was um alles in der Welt ist denn los?«, fragte Gernot und ließ sich vom Rücken seines Reittiers gleiten. Die beiden Ochsen begannen sofort zu grasen. »Ist Euch eingefallen, dass wir von Frankfurt Waren hätten mit nach Augsburg nehmen können? Sie hätten die Kosten für die Fahrt möglicherweise halbiert.«

Hans schüttelte den Kopf. Auf diesen Gedanken war er auch schon gekommen, aber für eine solche Warenlast musste er in Augsburg zuerst nach Abnehmern suchen. Wenn er wusste, was er mitbringen sollte, bliebe er nicht auf den mitgebrachten Beständen sitzen. Geld verdiente sich nicht zufällig, sondern musste geschickt angelegt werden. Doch das war nicht sein vordringlichstes Problem. Was er jetzt von Gernot verlangte, konnte ihn ruinieren und den jungen Kerl reich machen. Also musste er überlegt vorgehen.

»Gernot«, sagte er ruhig. »Ich werde jetzt das Fuhrwerk selbst lenken, bis wir an Würzburg vorbei sind. Die Ochsen werden mir gehorchen. Wir kennen uns lange genug. Sie sind gutmütig. Ich werde nicht in Würzburg einkehren, sondern nach Feuchtwangen weiterfahren. Dort treffen wir uns hoffentlich wieder.«

Gernot riss die Augen auf. »Was?«

»Ihr habt richtig gehört. Ihr werdet die Strecke bis Feuchtwangen zu Fuß zurücklegen.«

»Aber …«

Hans hob die Hand, um Gernot am Weitersprechen zu hindern. Seine Geste wurde von einem gewittrigen Krachen begleitet, das beide Männer zusammenzucken ließ. Ein erster Blitz hatte sich gelöst, und alsbald rollte der nächste Donner über sie weg,

»Ihr nehmt diese Tasche hier mit Euch«, sagte Hans und deutete hinter sich. Unter dem Fuhrwerk schwang die Geldtasche mit dem Gewinn. Sie war so befestigt, dass man sie auf den ersten Blick nicht entdecken konnte.

»Ich selbst werde nur ein Pfund Silber mitnehmen. Den Rest müsst Ihr für mich bis Feuchtwangen tragen.« In Gernots Blick konnte Hans lesen, dass der junge Fuhrwerker noch immer nicht verstand. »Ihr schlagt Euch tagsüber in den Wald und schlaft. Nachts geht es für Euch dann weiter. So wird das Raubgesindel nicht auf Euch aufmerksam. Wenn es Euch gelingt, verdopple ich das Geld, das Ihr für die Fahrt erhaltet. Meine Hand drauf.«

Er streckte Gernot die Hand hin, aber der zögerte einzuschlagen. Er blickte ihm in die Augen und sah dort das, was er sich selbst auch schon überlegt hatte. Warum sollte er für seinen Herrn Geld mitnehmen und nicht damit verschwinden? Doch dann schüttelte sich der junge Fuhrwerker. Er rieb sich die Hände, die vom Halten der Zügel rot und rau geworden waren. Überall war die Haut verschorft und schrundig und löste sich in hellen Fetzen, die aussahen wie Blütenblätter. »Ihr glaubt, wir werden überfallen?«

Hans zuckte mit den Schultern. »Mein Bauchgefühl sagt mir so etwas. Aber ich könnte es nicht beweisen. Es liegt … eine Spannung in der Luft.«

»Das könnte auch am heraufziehenden Gewitter liegen«, gab Gernot zu bedenken.

»Schlagt ein«, bat Hans, und Gernot griff zu. Er drückte ihm die Hand, dass Hans glaubte, er breche sie ihm.

Hans ging zum Karren und löste den Strick, mit dem die lederne Geldkatze befestigt war. »Hängt sie Euch um und verschwindet in die Büsche. Erst wenn der Mond aufgegangen ist, dürft Ihr weiterziehen. Wir haben zunehmenden Mond. Es sollte also nicht schwer sein, ein paar Tage nachts zu marschieren.«

»Warum lauft Ihr nicht selbst mit Eurem Geld?«

»Weil ich mit dem Gesindel … Das versteht Ihr nicht.« Hans durfte nicht zu viel preisgeben, schließlich konnte er nicht sicher sein, ob Gernot etwas ausplauderte.

Hans öffnete die Geldkatze. Sie enthielt mehrere kleinere Beutel, die sauber abgezählt waren. Einem entnahm er etwa ein Pfund Silberpfennige. Das entsprach ungefähr einem Goldgulden. Reichlich Geld, um bis nach Augsburg zu kommen. Hans steckte die Münzen ein und reichte Gernot den ledernen Geldsack. »Er ist schwer«, sagte Hans, obwohl diese Tatsache offensichtlich war. »Verliert ihn mir nicht. Sollte ich in Feuchtwangen noch nicht auf Euch warten, lauft

Ihr weiter bis Augsburg. Ihr dürft Euch Euren Anteil nehmen. Den Rest gebt Ihr bitte meiner ...« Hans stockte. Beinahe hätte er Frau gesagt, doch das war ja nicht der Fall. Anna war seine Magd. Mehr nicht – mehr würde sie nie sein. »... meiner Magd.«

Gernot nickte und hängte sich den schweren Beutel um. »Herr«, sagte er verlegen. »Was ist ... wenn ... wenn ich überfallen werde?«

»Ich vertraue Euch. Aber wenn es ums Leben geht, dann rettet Euer Leben, nicht das Geld. Niemand hat es verdient, für ein paar Pfennige zu sterben.«

Die beiden Männer sahen sich in die Augen, dann schluckte Gernot, nickte wieder, nahm sich von dem Vorrat an Essen seinen Teil und ging auf den Wald zu.

»Hinterlasst in Feuchtwangen eine Nachricht, wenn Ihr weitergezogen seid. Ich folge Euch dann«, rief Hans ihm nach.

Gernot hob die Hand zum Zeichen, dass er verstanden hatte. Dann verschwand er zwischen den Büschen.

5

AUGSBURG, SEPTEMBER 1367

Das Gewitter war ein Omen gewesen. Es donnerte und blitzte ununterbrochen, aber es regnete nicht. Der Weg führte den Hang des Mainufers entlang und senkte sich in ein Tal hinab, keine drei Stunden, nachdem Hans sich von Gernot getrennt hatte.

Er spürte das Beben des Bodens, bevor er das Schlagen der Hufe hörte. Die Gewalt, mit der sie heranpreschten, ließ nicht auf eine friedliche Absicht schließen. Fuhrwerker fuhren vorsichtig und achteten auf Ware und Gefährt.

Die adligen Herren dagegen stoben heran wie die wilde Jagd. Sie umringten Hans mit gezogenen Schwertern, und dicht neben ihm schlug eine Streitaxt in einen Holm des Wagens.

Hans blieb ruhig neben seinen Ochsen stehen. »Was wollt ihr Herren?«, schrie er laut zwischen das Krachen der Blitze, das Donnern der Hufe und das Gebrüll der Männer.

Auf den Decken der Pferde und auf den Schilden der Reiter erkannte Hans eine goldene Rose auf blauem Grund, und er atmete auf. Der Guttenberger gehörte nicht zum üblichen Raubgesindel, obwohl der Zustand der Schilde nicht darauf hindeutete, einen Reichsritter mit bestem Auskommen vor sich zu haben.

Unter den Männern hob einer die Hand, und die kriegerische Zurschaustellung von Macht und Gewalt nahm ein Ende. Die Reiter verhielten die Pferde, und einer trieb seinen Gaul neben Hans. Es war ein riesiges Tier, das ihn um beinahe einen Kopf überragte.

Mit einem Ruck zog der Reiter die Axt aus dem Holz. »Wer seid Ihr, und was wollt Ihr auf meinem Grund und Boden?«, herrschte er Hans an.

Hans dachte, dass allein diese Formulierung nicht ganz stimmte, denn er befand sich noch auf dem Land des Fürstbischofs. Aber er wollte sich nicht auf Spitzfindigkeiten einlassen, zumal er ahnte, dass er den Guttenberger selbst vor sich hatte. So, wie sich der Ritter verhielt, war er der Grundherr persönlich, der sich etwas großzügig auch das Gebiet des Fürstbischofs aneignete.

»Hans Fugger aus Augsburg, Weber und auf dem Weg nach Hause«, sagte er. »Ich bitte darum, Euer Land durchqueren zu dürfen.« Er senkte den Kopf und hoffte, diese Geste der Unterwerfung würde genügen, den Ritter gnädig zu stimmen.

»Ihr lügt!«, schrie ihn der Guttenberger an. »Kein Weber besitzt zwei Ochsen im Joch.«

Hans ließ einige Augenblicke verstreichen. Er durfte den Mann nicht belehren. Ein Blitz, der über den Himmel zuckte und mit einem gewaltigen Krachen in den Wald zu ihrer Rechten einschlug, kam ihm zu Hilfe. Ein Grollen lief über den Mainhang, dass es im Magen kribbelte. Kurz darauf war das Prasseln von Feuer zu hören. Der Blitz war in einen trockenen Baum im Wald gefahren.

Als wären sie alle abergläubisch, blickten die Männer um ihn her in den dunklen Himmel über ihnen, und erste Regentropfen fielen auf ihre Gesichter.

»Ich kann nicht mehr sein, als ich bin«, sagte Hans demütig.

»Ihr kommt mit uns mit«, befahl der Ritter.

Hans war sich durchaus bewusst, dass dies der heikelste Punkt in seinem Plan war. Wenn er jetzt die Ochsen allein ließ, landeten sie am Spieß. Das durfte nicht geschehen. Er hatte zwar so viel verdient, dass er sie leicht hätte auslösen können, aber dann bliebe nichts mehr von dem Gewinn übrig.

»Herr«, versuchte Hans, den Guttenberger umzustimmen. »Ich habe auf der Messe in Frankfurt ein wenig Gewinn gemacht. Nennt mir Euren Preis für die Durchfahrt, aber lasst mir meine Ochsen.«

»Wer mein Land betritt, ist mein Eigen«, widersprach der Ritter.

Hans rührte sich nicht, obwohl der Guttenberger in seinem Lederpanzer versuchte, die Ochsen mit einem Schlag der flachen Schwertklinge voranzutreiben. Die Tiere blieben, wo sie waren. Sie warteten auf Hans' Befehl.

»Ihr habt natürlich alles Recht, Herr. Aber was, wenn Ihr mir die Ochsen weggetrieben und mich ausgenommen habt?«

»Gesindel wie Euch gibt's zuhauf. Also macht mich nicht wütend.«

Hans atmete kurz durch. Es war ein Kreuz mit den Menschen, die glaubten, aufgrund des Geblüts etwas Besseres zu sein. Sie hatten vielleicht Glück gehabt, waren in einer Familie zur Welt gekommen, die nicht darben musste, und glaubten deshalb, ein besonderes Lebensrecht zu besitzen. Dabei hatte der Herrgott sie in dieser Welt nur etwas sanfter auf die Erde geworfen als ihn oder Anna. So manch einer war dabei vermutlich auch auf den Kopf gefallen, was die Sache erschwerte.

»Es spricht sich herum, wenn Ihr die Kaufleute ausnehmt«, widersprach Hans. »Sie werden nicht mehr kommen – und Ihr werdet niemanden mehr haben, den Ihr …«

»Wollt Ihr mich belehren, Kerl?«

Nein, das wollte er nicht. Aber er wollte diesem Mann auf seinem hohen Ross etwas zu denken geben.

»Überlegt doch, statt die Kaufleute zu prellen, könntet Ihr sie ganz legal benutzen. Sie brauchen Hilfe, Schutz, Begleitung. Gebt Ihnen Geleit durch Euer Land und verlangt einen kleinen Obolus dafür. Nicht zu viel, aber auch nicht zu wenig. Dann kommen sie immer wieder. Und Eure Kasse klingelt regelmäßig und nicht nur hin und wieder.«

Der Guttenberger winkte ab und gab ihm selbst einen Klaps mit der flachen Schwertseite gegen den Rücken. Hans spürte sofort, dass er nicht ohne Blessur davongekommen war. Das Schwert war scharf, und nur eine leichte Drehung schnitt durch die Kleidung. Er spürte Regentropfen auf nackter Haut.

Missmutig, dass sein Versuch keine Wirkung gezeigt hatte, gab er den Ochsen den Befehl weiterzugehen. Die Tiere zogen an und fielen in ihren üblichen Trott.

Die Männer, Hans zählte sechs, flankierten ihn, als könne er mit wildem Ungestüm ausbrechen und in den Wäldern verschwinden. Dafür hätte er die Ochsen aufgeben müssen. Gernot hätte ihn dafür vermutlich erschlagen.

»Ich werde nächstes Frühjahr wiederkommen ...«, versuchte es Hans noch einmal. »... sollte ich es überleben.«

»Wir haben nicht vor, Euch zu töten, wenn Ihr uns das Geld lasst«, antwortete der Guttenberger. »Umso besser, wenn Ihr wiederkommt.« Er grinste von seinem Ross herunter.

»Wir werden vermutlich mehr sein, vielleicht vier oder fünf oder gar sechs Ochsengespanne«, erwiderte Hans.

»Freut mich. Das wird eine fette Beute werden.« Der Guttenberger lachte leise. Sein dunkler Bart, der ihm bis auf die Brust fiel, wippte.

»Aufgrund meiner Erfahrung werden wir Panzerreiter an unserer Seite haben«, fuhr Hans fort. »Zwei Mann je Karren, das heißt, zwölf Mann werden unseren Zug begleiten. Erfahrene Kämpen.«

Diesmal blieb es still auf dem Pferd. Hans wusste, dass er den Bogen nicht überspannen durfte. Der Mann neben ihm konnte ihn mit einem Schwertstreich niederstrecken, und er würde nicht dafür zur

Rechenschaft gezogen werden. Er war ein Herr, und er, Hans, war ein Nichts.

Da alles ruhig blieb und er seinen Kopf noch auf den Schultern hatte, sprach Hans einfach weiter. »Zwei Mann je Karren lassen sich bezahlen. Das ist nicht billig, aber ausreichend, um einen Überfall zu verhindern.«

Wieder erfolgte keine Reaktion. Dafür begann es stärker zu regnen. Das Wasser lief ihm über das Gesicht, und auch dem Guttenberger rann es über den Bart auf die Lederbrünne hinab.

»Wollt Ihr mir drohen?«, fragte der Ritter plötzlich.

»Drohen? Mitnichten. Ich will Euch nur ehrlich sagen, was geschehen wird.«

»Dann muss ich Euch doch erschlagen. Wer tot ist, kann nichts weitererzählen – und wir schröpfen die Kaufleute auch künftig, wie es uns beliebt.«

Hans musste schlucken. Der Gedanke war nicht so abwegig, wie er im ersten Moment erscheinen mochte. »Glaubt nur nicht, dass mein Tod unbemerkt bleiben wird. Es wird Gerüchte geben, dann Vermutungen, schließlich Gewissheiten. Kaufleute sind ein ängstliches Volk. Sie werden sich irgendwann schützen, wenn sie von Augsburg oder Nürnberg durch dieses Land ziehen. Und Ihr werdet ihnen allenfalls von Eurer Feste aus hinterhersehen können.«

Es regnete mittlerweile so stark, dass das Rauschen der Güsse, die über das Land wehten, eine Unterhaltung beinahe unmöglich machte. So trotteten sie nach diesem letzten Satz stumm nebeneinanderher.

Der Regen offenbarte noch etwas anderes. Hans hatte das Gefühl, dass der Klaps auf seinen Rücken nicht nur ein harmloses Vorantreiben gewesen war. Die Stelle begann zu brennen, und wenn er auf seine Stiefel hinabblickte, konnte er sehen, wie ihm das Regenwasser leicht rot gefärbt die Waden hinablief. Er war verletzt, wenn auch nicht schwer.

Anna musste sich setzen. Sie kam derzeit leicht außer Atem. Lange starrte sie ins Nichts und überlegte, wann sie es Hans sagen sollte. In den nächsten Tagen musste er aus Frankfurt zurückkommen. Sie horchte schon täglich auf das Schnaufen der Ochsen oder das Pochen an der Eingangstür. Doch das einzige Pochen, das sie tatsächlich spürte, kam aus ihrem Bauch. Sie legte die Hände auf ihren Unterleib und dehnte gleichzeitig den Rücken, um die spannenden Brüste zu entlasten. Sie hatten sich eindeutig vergrößert.

Anna musste tief einatmen und blies die Luft wieder mit gespitzten Lippen aus. Sie konnte es nicht mehr verleugnen, weder sich noch anderen gegenüber. Ihr Bauch rundete sich, ihre Brüste schwollen an, ihre Blutung war lange schon ausgeblieben: Sie erwartete ein Kind.

Als sie Schritte in der Kammer über sich hörte, stand sie auf. Ihre Mutter kam die Stiege herunter. Anna trat an die Herdstelle und rührte in dem Brei für die Morgenmahlzeit. Sie hatte ihn über ihren Grübeleien einfach vergessen, und jetzt entdeckte sie die Bescherung: Am Boden war gequollene Hirse festgebacken und hatte sich bereits braun verfärbt. Sie goss etwas Milch nach und verrührte die dunklen Stellen mit dem Rest. Der Geruch nach angebranntem Getreide verschwand nicht.

»Ist dir der Brei schon wieder verbrannt?«, schimpfte ihre Mutter, kaum dass sie die Stube betreten hatte. »Hab ich dir nicht beigebracht, wie man ihn kocht und rührt?« Mit einer Selbstverständlichkeit, die Anna zur Weißglut trieb, hockte sie sich an den Tisch und holte den Löffel vom Haken darunter hervor. »Ich hab Hunger, Kind.«

Anna sagte erst nichts, obwohl ihre Mutter im Recht war. Zum dritten Mal hintereinander hatte sie den Brei auf dem Feuer vergessen. Zum dritten Mal hintereinander war er angebrannt. »Besser ein brandiger Geschmack als gar keiner«, gab sie zurück. Sie füllte einen irdenen Napf mit einem Schlag Brei und stellte ihn mit einem Krug Milch vor ihrer Mutter auf den Tisch, bevor sie sich selbst etwas zu essen holte.

»Muss ich mir diesen Fraß gefallen lassen?«, maulte die Melcherin und schob die Schüssel von sich.

Anna schloss kurz die Augen, dann wandte sie sich ihrer Mutter zu. Sie spürte, wie ihr die Zornesröte ins Gesicht stieg. Außerdem zog es mehrmals unangenehm in ihrem Bauch. »Hör zu. Du musst dir nichts gefallen lassen. Pack dein Zeug und geh endlich zurück nach Jettingen, wenn dir nicht schmeckt, was ich dir vorsetze.«

»Oho, jetzt wird sie aber missmutig, meine Tochter. Sind das schon die Gefühlsschwankungen deiner Schwangerschaft?«

Verblüfft sah Anna ihre Mutter an. »Was sagst du da?«

Ihre Mutter lächelte ein Wolfslächeln. »Glaubst du, ich merke nicht, dass du seit drei Monaten keine blutige Wäsche mehr wäschst? Ich bin vielleicht alt, aber ich bin weder blind noch blöd. Irgendwann musste er dich ja schwängern.«

Anna nahm ihren Napf und schleuderte ihn in Richtung ihrer Mutter. Er verfehlte sie zwar, aber der heiße Brei klatschte ihr ins Gesicht, was zu einem Schreien und Fluchen führte. Ungerührt wandte sich Anna ab. Eine gewisse Zufriedenheit erfüllte sie, aber auch ein Schmerz, der sich von ihrem Bauch aus über den gesamten Körper auszudehnen schien.

»Ich verbrenne im Gesicht!«, schrie ihre Mutter.

»Im Hof ist ein Wassertrog. Steck deinen Kopf hinein! Das kühlt vielleicht auch dein Mundwerk etwas ab!«

Die Melcherin rutschte aus der Eckbank und tastete sich in den Hof hinaus.

»Wenigstens bewegst du dich jetzt«, rief Anna ihr hinterher. »Und morgen bis du dran mit dem Kochen. Du schürst an und machst den Brei – oder es bleibt kalt, und es gibt nichts zu essen!« Es tat ihr weh, aber sie konnte einfach nicht zulassen, wie sich ihre Mutter gebärdete. Wieder fuhr ihr ein Schmerz vom Bauch aus in ihre Brust und ließ sie für einen Moment Halt suchen. »Was war das?«, flüsterte sie.

Ihr war leicht schwindlig, und sie musste sich setzen. Dann hatte sie das Gefühl, sie müsste dringend auf den Topf. Schon auf dem Weg hoch zu Hans' Kammer fühlte sie eine Flüssigkeit die Beine hinablaufen. Sie eilte die Stiege hinauf, zog den Nachttopf unter dem Bett hervor, hob den Rock und setzte sich. Sie wollte ihre Beine nicht anschauen, wollte nicht sehen, was da an ihren Schenkeln hinabgeronnen war, weil sie es wusste. Der Schmerz nahm zu, wurde stechender. Sie hätte schreien können, musste stöhnen. Wie Wasser lief das Blut aus ihrem Unterleib, als sie endlich nachsah. Ihr Kleid war verschmutzt, der Boden hatte Flecken bekommen. Anna wusste sofort, was das zu bedeuten hatte. Das Kind … sie hatte es nicht halten können. Dabei hätte sie Hans so gern einen Sohn geschenkt. Vielleicht hätte er sie dann …

Während das Entsetzen nach ihr griff und sie sich krümmte, rief ihr die Mutter von draußen etwas zu.

»Iss deinen Fraß allein. Ich geh zum Brotmarkt!«

»Mutter!«, flüsterte Anna.

Sie hätte Hilfe gebraucht. Sie hätte gern gewusst, was genau geschah. Natürlich sprach man an den Brunnen von den Kindern, die abgingen, hörte in den Predigten von den Praktiken, die angeblich zu kranken Geburten und Totgeburten führten. Aber Priester waren keine Frauen und, was den weiblichen Körper anbelangte, ebenso unerfahren wie mancher Mann. Selbst einen Abgang zu erleiden war jedoch etwas anderes, als nur davon zu hören. Unwillkürlich musste Anna pressen. Ihr Unterleib fühlte sich an, als wäre er aus Stein – und schließlich rutschte etwas aus ihr heraus, das sie nicht sehen wollte. Tränen liefen ihr übers Gesicht. Es war, als wäre die ganze Welt verschleiert und traure um das, was hier geschah.

»Mutter!«, rief Anna schwach, aber die Melcherin hatte längst die Tür zugeschlagen und war gegangen.

Anna wartete. Sie getraute sich nicht aufzustehen. Dann schnürte ihr ein zweites Pressen beinahe die Luft ab und trieb etwas aus ihr hinaus, was einen ganzen Schwall blutiger Flüssigkeit zur Folge hatte. Sie fühlte sich plötzlich hohl und leer. Als unnützes Gefäß, das einen Sprung bekommen hatte und leckte. Mühsam erhob sie sich und langte nach einem Leintuch, das sie sich zwischen die Beine stopfte. Alles war blutig.

6

Anna hatte es sich zur Gewohnheit gemacht, täglich zweimal zum Sträffinger Tor zu laufen und den einfahrenden Ochsen- und Pferdekarren nachzusehen. Hans war seit vier Wochen überfällig.

Gernot war gekommen, hatte ihr das Geld auf den Küchentisch gelegt und ihr mit eindringlichem Blick erzählt, wie es dazu gekommen war, dass er allein hier aufgetaucht war. Er hatte ihr auch berichtet, wie er die Spuren gesehen hatte, die vom Weg abwichen und zur Burg des Guttenbergers führten. So wie Hans es ihm befohlen hatte, war er ihnen nicht nachgegangen. In Feuchtwangen hatte er dann nicht eine, sondern zwei Wochen gewartet und war schließlich nach Augsburg aufgebrochen.

Jetzt stand Anna wieder am Tor und hielt Ausschau nach Hans.

»Stehst du wieder da, du Arme?«, fragte eine weibliche Stimme.

Anna brauchte sich nicht nach der Frau umzudrehen. Sie kannte die Stimme der Münklerin. Ihr hatte sie als Einziger von ihrem Abgang erzählt. Sie war diejenige der drei Frauen, die ihren Schmerz zu verstehen schien. Sie hatte schon in jungen Jahren selbst ein Kind verloren.

»Hast du die Wolle eingekauft?«, fragte Hedi.

Anna nickte, ohne den Blick von den endlos durch das Tor rollenden Karren zu nehmen. »Wir haben Arbeit für die Weber bis in den Sommer hinein«, sagte sie leise.

»Du weißt schon, dass du damit die freien Weber abhängig machst. Sie müssen von euch kaufen und an euch verkaufen. Es bleibt ihnen nichts anderes übrig.«

»Dafür haben sie das ganze Jahr über zu tun«, gab Anna zurück. »Niemandem fehlt es an Arbeit. Und sie können ihr Tuch immer an uns verkaufen. Aber was nützt mir das alles, wenn Hans nicht zurückkommt ...«

Hedi legte ihr eine Hand auf die Schulter. »Er wird wiederkommen. Manchmal … manchmal kommt einfach etwas dazwischen. Und was sind schon vier Wochen?«

»Eine Ewigkeit«, wollte Anna sagen, verbiss es sich jedoch. Sie sah der Münklerin hinterher, die langsam hinauf zum Kloster lief. Ihr eigenartig steifer Gang zeigte, dass sie erneut in anderen Umständen war.

Seufzend wandte sich Anna wieder den Fuhrwerken zu. Von zehn Karren, die durch das Tor gezogen wurden, hatten nur zwei Pferde als Zugtiere, die anderen Ochsen. Je weiter der Tag fortschritt, desto glitschiger wurde die steile Strecke. Die Pferde äpfelten bei der Anstrengung, und der beinahe flüssige Kot spritzte auf den Weg. Immer wieder brachen erschöpfte Tiere aus und rutschten zurück. Dass dabei kein Unglück geschah, war eher dem Zufall geschuldet. Zweimal beobachtete Anna, wie Männer ausglitten und beinahe unter die Räder kamen.

Sie beschloss, noch drei oder vier Karren abzuwarten. Wenn Hans in den nächsten drei Wochen nicht auftauchte, würde sie nach Jettingen zurückgehen. Als alleinstehende Magd sah sie keinen anderen Ausweg. Sie war ja noch nicht einmal Augsburger Bürgerin.

Tränen traten ihr in die Augen, weil sie ihre ganze Zukunft dahinschwinden sah. Dabei hatte es so gut begonnen. Doch Hans und sie hatten offenbar zu viel gewollt. Er hätte noch ein Jahr warten müssen, bevor er mit dem Barchent nach Frankfurt aufbrach. Sie hätte ihn nicht drängen dürfen, sich ohne Geleit auf den Weg zu machen, die Straßen waren einfach zu unsicher. Und sie hätte ihm beim Abschied sagen müssen, dass sie schwanger war. Das hätte ihn sicherlich vorsichtiger gemacht. Die Tränen ließen die Fuhrwerke und deren Knechte verschwimmen. Sie sah nichts mehr und beschloss heimzugehen. Wieder ein verlorener Tag …

Ungelenk hinkte sie den Weg hinauf zum Kloster St. Stephan hinter der Münklerin her. Sie musste dabei die Lücke zwischen zwei Fuhrwerken durchqueren und wischte sich die Augen, um der Gefahr besser ausweichen zu können – und konnte kaum glauben, was sie sah.

»Hans!«, rief sie dem Mann zu, der eben an ihr vorübertrottete. »Hans Fugger, bist du das?«

Der Mann hob den Kopf. Ein Bart, der ihm bis auf die Brust hinabreichte, bedeckte sein halbes Gesicht, die Haare standen ihm zu Berge, und er war ungewaschen und ausgezehrt. Eingefallene und gerötete Wangen ließen ihn aussehen, als hätte er wochenlang nicht geschlafen.

Er blickte verwirrt um sich, als wäre er noch nicht wieder in seiner Welt angekommen. Die beiden Ochsen trotteten unverdrossen weiter, sodass er ihnen folgen musste. Auf dem Karren lagen drei Fässer, die fest vertäut waren.

»Anna? Ist Gernot gekommen?«, fragte er und stapfte weiter. »Ich ziehe zum Weinmarkt.« Er sprach so leise, dass Anna ihn beinahe nicht verstand. Die Ochsen anzuhalten war unmöglich, also musste Hans weitergehen. Anna lief neben ihm her.

»Was … ist geschehen? Wie siehst du aus? Wo warst du sechs Wochen lang?«, sprudelte es aus ihr heraus. »Ja, Gernot ist gekommen.«

»Hol ihn. Zum Weinmarkt«, bat Hans. »Ich … ich bin zu erschöpft.«

»Gernot!«, wiederholte sie, raffte ihr Kleid und eilte davon.

Sie wusste, dass der Fuhrwerker im Domviertel zu tun hatte. Seit er ihr das Geld gebracht hatte, aßen sie zusammen zu Mittag, was ihre Mutter schier zur Raserei trieb. Anna bemerkte wohl, wie er sie betrachtete – und auch ihre Mutter schien darüber besorgt zu sein. Gernots Blick war nämlich nicht der, den sie als Jahrmarktsblick bezeichnete, mit dem man Sensationen lüstern betrachtete und dafür dankbar war, selbst nicht derart entstellt zu sein. In seinen sanften Augen lag etwas Zärtliches.

Anna hastete humpelnd auf das Frauentor zu. Sie schlüpfte hindurch, von den Soldaten schief angesehen, da sie als Frau den Bereich der Kirche betrat. Sie musste zum Fronhof hinüber, vorbei am neuen Ostchor, dessen Mauerwerk gerade in die Höhe wuchs. Sie würde die Vollendung sicher nicht mehr erleben, aber schon jetzt waren die Größe und die Mächtigkeit der Mauern beeindruckend. Für die Grundsteinlegung war die alte Römerstraße blockiert worden, die sich von Süden bis hinauf nach Donauwörth an die Donau erstreckte. Es gab deshalb zwischen der Stadt und dem Domkapitel mehr als nur eine Verstimmung. Man stritt sich wie Hund und Katze.

Anna musste den Schlammlöchern und aufgeweichten Spuren folgen, die um das noch im frühen Rohbau befindliche Gebäude herumführten. Gernot hatte hier Arbeit gefunden. Die Steinmetze brauchten findige Fuhrwerker, die ihre Steine dorthin brachten, wo sie hingehörten. Mehr als einmal verfluchte Anna die Tatsache, nicht schnell und sicher laufen zu können. Ihr Humpeln ließ sie noch lächerlicher erscheinen, als sie ohnehin war. Doch ihr Selbstmitleid verschwand, als sie Gernots rotblonden Schopf zwischen den Karren und Steinen hervorlugen sah. Er wartete auf das Abladen und biss nebenbei in einen Kanten Brot.

»Gernot!«, rief sie ihm entgegen. Die Männer um sie herum, die sie früher hörten als der Fuhrwerker, grinsten. »Ich brauche dich!« Anna überhörte die anzüglichen Bemerkungen, die ihren Weg bis zu Gernot begleiteten.

Endlich bemerkte sie der Fuhrwerker. Er stand auf und kam ihr entgegen.

Anna war völlig außer Atem, aber froh, ihn gefunden zu haben. Er hätte ebenso auf dem Weg in die Schwäbische Alb sein können, um dort in einem der Steinbrüche Material zu holen.

»Was bist du denn so aufgeregt?«, lachte Gernot und schob sich den letzten Bissen Brot in den Mund.

»Er ... ich ... Fuhrwerk«, stotterte Anna.

Gernot packte sie an den Schultern und sah ihr ernst ins Gesicht. »Ruhig, Anna. Was ist geschehen?«

»Hans«, stieß sie hervor und schnappte weiter nach Luft. »Hans ist zurück.«

»Gott sei's gelobt!«, rief Gernot. »Wo ist er?«

»Auf dem ... dem Weg ... zum Weinmarkt«, brachte Anna keuchend hervor. »Er braucht deine Hilfe!«

Gernot sah sich kurz um. Anna wusste, dass er jetzt abschätzte, was ihm mehr einbringen würde, die Fuhren für die Kirche oder die Hilfe für Hans. Die Entscheidung schien ihm nicht schwerzufallen.

»Die Kirche zahlt ohnehin schlecht«, sagte er und deutete mit dem Kinn hinüber zu dem Domkustos, der die Arbeiten überwachte. Der hob gerade die Hand und ermahnte Gernot, nicht säumig zu sein.

Gernot nickte, drehte sich um und entfernte sich in die entgegengesetzte Richtung, ohne den Zurufen des Kustos Aufmerksamkeit zu schenken. »Was macht er denn am Weinmarkt?«, fragte er. Er hatte Anna unter der Achsel gegriffen und zog sie mehr mit sich, als dass sie lief.

»Er hatte Fässer geladen«, antwortete Anna.

»Weinfässer?«

Hans war zu erschöpft, um ein Wort hervorzubringen. Er beugte sich zu Gernot hinüber, der ihn lange umarmt und beinahe zu weinen angefangen hatte, als er ihn erkannte, und sagte ihm einen Preis ins Ohr. Darunter dürfe er nicht verkaufen. Alles, was darüber liege, gehöre ihnen, ihm und Hans.

Drei Fässer lagen auf dem Karren, anderthalb Fuder, was die Tiere fast erschöpft hatte.

»Wie kommt Ihr nur an diese Fässer?«, fragte Gernot, und auch Anna, die den Blick nicht von Hans wenden konnte, schaute gespannt.

»Eine lange Geschichte. Wir sollten den Wein schnell verkaufen. Am besten, ihr geht zum Domkustos oder zum Abt von St. Ulrich. Die wollen immer Wein. Ein wirklich guter Tropfen. Wenn die Fässer verkauft sind, gebe ich Karren und Ochsen zurück – und dann will ich euch Rede und Antwort stehen«, erklärte Hans, der sichtlich am Ende seiner Kräfte war.

Gernot verschwand in dem Weinstadel, um die Fässer anzubieten, und Anna schien eine Idee gekommen zu sein, denn sie hastete aufgeregt davon. So stand Hans wieder allein neben seinem Karren.

Die Menschen gingen an ihm vorbei, aber niemand warf einen

Blick auf seine Fuhre Wein. Er ahnte jedoch die Taktik dahinter, schließlich hatte er sie oft genug beobachtet. Man hielt die Kaufleute hin, zermürbte sie damit und bekam dann den Wein billiger. Ihm jedoch spielte jeder Glockenschlag von St. Moritz in die Tasche, denn er erwartete ganz bestimmte Käufer – und je später der Verhandlungen am Weinmarkt begannen, desto eher konnte er mit der Ankunft der Mönche und Nonnen rechnen.

Nach einiger Zeit schlenderte ein Mann auf ihn zu, der im Gegensatz zu ihm gut genährt war und dessen Kleidung mit allerlei Pelzen und Stoffflecken besetzt war. Er stellte sich vor als Jakob Preyschuh, ein Name, der in der Stadt durchaus einen Klang hatte. Er stammte zwar aus der Weberschaft, gehörte aber mittlerweile durch Heirat und Vererbung zum Patriziat. Er war Mitglied der Herrenstube des Rats und kümmerte sich nebenbei um den Weinhandel.

»Wollt Ihr die Fässer hier einlagern, Mann?«, fragte er barsch.

Hans schüttelte den Kopf. »Ich muss noch auf meine Auftraggeber warten, Herr«, sagte er unverbindlich. »Danach entscheiden wir.«

Preyschuh hob die Augenbrauen. »Woher kommt der Wein?«, blaffte er ihn an.

»Aus der Würzburger Gegend«, erwiderte Hans, hielt sich aber mit genaueren Angaben bedeckt.

Der Patrizier umrundete das Fuhrwerk und pfiff leise durch die Zähne ob der Menge, die geladen war. »Ihr werdet doch keinen Messwein geladen haben?«

»Nein, Herr. Nur einen ganz normalen Tropfen. Wobei … so normal ist er nicht. Für mich ist er etwas Besonderes.«

»Ihr habt ihn probiert?«, hakte Preyschuh misstrauisch nach.

»Bevor die Fässer aufgeladen wurden, durfte ich ihn kosten.«

»Wie viel je Fass?«, fragte Preyschuh nach und strich sich mit der Hand fortwährend durch den Bart.

»Ich verkaufe nur alles oder nichts. Anderthalb Fuder in drei Fässern. Zwanzig Gulden oder zwanzig Pfund Pfennige Silber je Fass, dann gehören sie Euch.«

Preyschuh verdrehte die Augen und stöhnte theatralisch. »Allenfalls zehn Gulden – und ich mache Euch damit ein Angebot, das Ihr nicht ablehnen könnt, weit über das hinaus, was der Fusel wert ist.«

Hans lachte nur und sah Preyschuh über die Schulter. »Dafür würdet Ihr in Würzburg nicht einmal die Fässer bekommen, und das wisst Ihr sehr wohl. Zehn Pfennige Silber das halbe Fass, weil Ihr es seid. Der Wein ist leicht das Doppelte wert. Ein süffiger und bekömmlicher Tropfen.« Hans gab nicht nach.

Der Patrizier umrundete mehrfach das Fuhrwerk, bearbeitete seinen Bart, beleckte seinen Finger und rieb an kleinen Rissen der Fässer, um so einen Geschmack des Weins zu erhaschen.

»Macht mich nicht unglücklich. Sechzehn Gulden je Fass sind mein letztes Wort.«

Spätestens jetzt hätte Hans eingeschlagen, da der Preis über dem lag, was er hätte verkaufen müssen, um ein gutes Geschäft zu machen, doch er sah Anna heranhumpeln, die ihre Tante im Schlepptau hinter sich herzog. Die beiden Frauen winkten, und Hans machte Preyschuh auf die Klosterfrau aufmerksam.

»Ich denke, gleich bekomm ich ein besseres Angebot«, sagte er und deutete zu Anna hinüber.

Auch Gernot kam herbeigerannt. Hinter ihm drein schnaufte ein Mönch, der beinahe ebenso breit wie hoch war und einen klappernden Schlüsselbund am Cingulum trug.

»Ihr habt Eure Chance vertan, Jakob Preyschuh«, sagte Hans.

»Einundzwanzig, für ein Fass!«, bot der Patrizier schnell, doch Hans wartete ab.

Kaum waren die beiden Geistlichen eingetroffen, stiegen die Preise. Da Hans niemanden bevor- oder benachteiligen wollte, wurde jeder bedient. Alle drei bekamen je ein Fass und das Versprechen, im nächsten Jahr wieder mit einem Fass bedacht zu werden. Dreiundzwanzig Gulden je Fass waren das Ergebnis, und alle Käufer zahlten auf die Hand. Das waren insgesamt neunundsechzig Gulden. Gernot bot sich an, Ochsen und Karren zurückzugeben, und Hans schlurfte hinter Anna her zu seinem Haus.

»Was ich jetzt brauche, ist ein Bett«, murmelte er.

»Zuerst musst du noch berichten«, widersprach Anna. »Was ist passiert? Warum kommst du erst mit vier Wochen Verspätung?«

Hans nickte, obwohl ihm die Augen schon zufielen, als er sich in der Stube auf die Eckbank fallen ließ. Er war völlig erschöpft. Seit er nicht mehr laufen und die Ochsen treiben musste, fühlte er nur eine unendliche Leere und Müdigkeit.

»Der Guttenberger hat mich abgefangen und zu seiner Burg gebracht. Er gehört zu dem Raubgesindel, das zusammen mit dem Gailenbacher die Gegend um Würzburg unsicher macht. Es hat eine Zeit gedauert, bis er verstanden hatte, was ich ihm erklärt habe, dass nämlich das Geleit eine bessere Einnahmequelle darstellt als das Ausrauben. Er wird bei meiner nächsten Fuhre für die Sicherheit sorgen. Außerdem sind wir übereingekommen, dass ich versuchen werde, seinen Wein zu verkaufen. Ich habe meine anderthalb Fuder Wein, also die drei Fässer, für vierzig Gulden eingekauft. Jetzt haben wir sie für neunundsechzig Gulden verkauft, also mit etwas über neunundzwanzig Gulden Gewinn. Gernot und du, ihr bekommt je ein Drittel. Damit habe ich fast zehn Gulden verdient. Nicht viel, aber ausreichend dafür, dass ich sonst nichts gewonnen hätte, weil die Rückfahrt leer gewesen wäre.«

Anna sah ihn an. Sie wusste nicht, ob sie ihn bewundern oder bedauern sollte. Sein Gesichtsausdruck war so abwesend, dass es sie regelrecht erschreckte.

»Vier Wochen hat er mich festgehalten. Vier Wochen, in denen ich nicht wusste, ob ich den Sonnenaufgang des nächsten Tages erleben würde oder nicht. Vier Wochen der Unsicherheit, bis mir die Idee mit dem Wein kam. Ab diesem Zeitpunkt waren wir Geschäftspartner – und ich kam frei.«

Er ließ den Kopf auf den Tisch sinken, weil er ihm so schwer war – und kaum hatte er seinen Ellbogen daruntergelegt, spürte er, wie ihn eine Schwäche forttrug, der nachzugeben er in den Wochen beim Guttenberger nicht gewagt hatte.

7

AUGSBURG, MÄRZ 1368

Du wirst nichts dergleichen tun!«, fauchte Anna.

»Glaubst du, ich bin ein Feigling?«, gab Hans zurück. »Alle setzten sich der Gefahr aus. Wenn ich mich jetzt zurückziehe, dann kann ich meine Stellung im Weberhandwerk vergessen. Sie werden mich ausschließen.«

Anna spuckte auf den Boden. »Ein Feigling ist, wer nicht erkennt, wann er richtig handeln muss. Du bist nicht mal Augsburger Bürger, sondern nur Einwohner mit einer Webergerechtigkeit. Wenn du auffällst, werfen sie dich hochkant aus der Stadt. Dann kannst du auch nicht mehr nach Ulm, weil du als Aufrührer giltst.« Sie stemmte die Arme in die Hüften und baute sich vor Hans auf. Seit er von der Frühjahrsmesse zurück ist, stecken lauter Flausen in diesem Weberkopf, dachte sie.

»Ein Mann ist eben ein Mann. Er muss tun, was er tun muss«, mischte sich die Melcherin ein. Sie saß am kurzen Tischende auf der Bank und hatte einen Krug Bier vor sich stehen. »Es tut sich was in der Stadt. Endlich. Die Weber begehren auf, ebenso die Kistler, die Bäcker, die Salzfertiger, die Seifensieder, die …«

»Jetzt fall mir nicht du auch noch in den Rücken!«, herrschte Anna sie an. »Es ist mir mit diesem Kerl hier schon schwer genug, der stur ist wie einer seiner Ochsen, mit denen er nach Frankfurt zieht.«

Aber ihre Mutter hatte recht. In den Handwerkerkreisen rumorte es. Die Unruhen im Umland trieben immer mehr Gäuweber und andere Handwerker in die Stadt. Außerdem grummelten sie wegen des Ungelds auf Wein, Bier und Met, das seit fünf Jahren erhoben wurde und sich ständig verteuerte, wobei vor allem die Handwerker darunter litten. Diesen stieß auch das Gehabe der Patrizier auf. Ob es der Siegler Heinrich Vogelin war oder der Ilsung, der Gossembrot und der Riederer. Sie alle gebärdeten sich, als seien sie aus adligem Stand, dabei waren sie nur einfache Bürger. Und sie hetzten gegen die immer stärker werdenden Handwerkervereinigungen.

»Was ist so schlecht an einer Zunftverfassung für alle?«, fragte Hans.

»Nichts!«, entgegnete Anna. »Nichts außer der Tatsache, dass du als Landweber nicht in die Verfassung aufgenommen wirst, wenn du unangenehm auffällst. Oder bist du Augsburger Bürger? Hast du das Augsburger Bürgerrecht? Nein, hast du nicht!«

»Jetzt lass ihm doch seinen Kopf. Ist es deine Zukunft, Anna?«, mischte sich ihre Mutter wieder ein. »Er wird dich nicht heiraten, egal, was du versuchst!«

Anna verdrehte die Augen. Sie brauchte diese Gehässigkeiten nicht. Sie sah, wie Hans verlegen den Kopf senkte. Zwar hatte er ihr nach seiner Freilassung durch den Guttenberger noch beigelegen, aber sie spürte doch, wie sein Interesse an ihr nachließ. Sie hatte ihm nichts von der Fehlgeburt erzählt, und auch ihre Mutter schwieg glücklicherweise darüber.

»Wer sich nicht der Zunft anschließt, soll kein Augsburger Bürger sein. So wurde es in der letzten Sitzung der Weber verkündet. Ich kann mich nicht ausschließen«, sagte Hans. »Außerdem werde ich meine Entscheidung nicht mit Frauen besprechen. Wo käme ich denn da …«

Anna packte endgültig die Wut. »Du bist da, wo du bist, weil ich an dich geglaubt habe. Oder hast du das vergessen? Du sollst dich nicht abseits stellen, sondern nur vorsichtig sein. Niemand muss vor das Rathaus ziehen, wie es geplant ist.«

Hans fuhr auf, Zornesröte im Gesicht. »Wer hat dir das gesagt, Weib?«

»Halt mich für eine schwache Frau, aber halt mich nicht für dumm, Hans Fugger. Ich habe meine Quellen, und die sind mindestens so sicher wie die deinen.« Sie funkelte ihn an. »Denk doch mal nach: Eine neue Auszugsordnung ist besprochen worden. Bei möglichen Angriffen auf die Stadt sind auch die Handwerker gefordert. Vier Stadtviertel müssen sich daran beteiligen. Die Männer brauchen

Brünnen und Waffen. Was sie aber mindestens ebenso dringend brauchen, ist eine Kleidung, die ihnen nicht die Haut vom Leib scheuert. Stoff für neue Mäntel, für neue Beinkleider, ein Unterstoff für ihre Brünnen und Kettenhemden.«

»Auf diese Idee kommen außer dir gewiss auch andere.«

»Das mag stimmen, aber an den Stoff aus Jettingen denkt im Augenblick nur eine, nämlich ich. Nimm Barchent. Du hast die Baumwolle, du hast das Wissen, du hast die Weber an der Hand.«

Hans sah sie überrascht an. Offenbar war ihm dieser Gedanke tatsächlich noch nicht gekommen.

»Das sind doch alles Hirngespinste!« Das war wieder ihre Mutter.

Anna, die noch immer in Hans' Miene zu lesen versuchte, wandte sich abrupt um. »Mutter, mir langt es jetzt. Du bist wie ein leicht wehender Wind, der ständig Sandkörner auf das Butterbrot weht, damit sie zwischen den Zähnen knirschen. Pack deine Sachen und verschwinde!«

Hans ging nicht auf das Geplänkel zwischen ihr und ihrer Mutter ein. »Du meinst, ich soll an meinen eigenen Leuten verdienen?«, fragte er mit spöttischem Unterton.

»Wenn der Gewinn auf der Straße liegt, sollte man ihn aufheben«, gab Anna zurück. »Geh zu den Besprechungen, geh zu den Besäufnissen, plane mit den Handwerkern, überlege mit ihnen zusammen, wie eine Zunft aussehen soll und was sie bewirkt. Schreib meinetwegen an der Zunftverfassung mit, aber lass um Himmels willen die Finger von irgendwelchen Aufständen, Gewaltakten oder Kämpfen.« So deutlich hatte sie nicht werden wollen, aber es ging nicht anders. Hans war fleißig, zuverlässig, strahlte eine gewisse Autorität aus und konnte mit jedem reden. Das waren seine Stärken. Aber er war nicht in der Lage, vorausschauend zu planen und dementsprechend zu handeln. Das musste jemand anderes für ihn tun.

Erneut mischte sich Annas Mutter ein. »Umso besser, wenn sie ihm den Schädel einschlagen, dann sind deine Hoffnungen wenigstens nicht umsonst«, murmelte sie halblaut vor sich hin.

»Geh mir aus den Augen!«, zischte Anna.

Ihre Mutter erhob sich mit Bittermiene. Als sie sich an Anna vorbeizwängte, flüsterte diese ihr zu: »Denk dran, dass die Einnahmen auch dir ein Auskommen sichern. Geh zu Vater, und du wirst sehen, was du davon hast. Wenn ich es recht sehe, lebt er derzeit nur von unseren Aufträgen.«

Die Melcherin verschwand, und Hans und Anna blieben allein zurück.

Anna setzte sich und nahm Hans' Hand. »Versteh doch. In dir schlummert so viel mehr, was du durch eine unbedachte Beteiligung an einem noch so einfachen Aufstand aufs Spiel setzt.«

Doch Hans ließ sich nicht aufhalten. Er schob ihre Hand beiseite, stand auf und langte nach seinem Wams. »Ich muss in die Schänke beim Wertachbrucker Tor.«

»Dafür findest du Zeit!«, herrschte sie ihn an. »Du hängst irgendwelchen Verschwörungen an, statt zu Hause hinterm Webstuhl zu sitzen und Tuche herzustellen. Wir leben von deren Verkauf, nicht vom Daherreden!«

Hans sagte nichts dazu. Er streifte sich das Wams über und ging zur Tür. »Sag deiner Mutter, ich will sie in meinem Haus nicht mehr sehen!«

»Unser Haus!«, gab Anna zurück. »Merk dir das.«

Hans schlug die Tür hinter sich zu.

Das Gekeife klingelte ihm noch in den Ohren, als er die Straße hinunterstapfte, die ihn in einem leichten Abwärtshang zum Tor hinab führte. Er kam am ehemaligen Judenfriedhof vorbei, aus dem eine Gestalt in dunklem Kaftan huschte und mit eiligen Schritten vor ihm herging. Vor zwanzig Jahren waren die Juden aus der Stadt vertrieben worden. Nun kehrten sie langsam zurück, durften aber nicht in der Stadt wohnen, sondern nur ihre Grabstätten besuchen. Hans bedauerte diese Menschen, die wegen ihrer Religion verfolgt wurden.

Als die Schänke am Tor in Sicht kam, vergaß er den Juden, der keine zehn Schritte vor ihm in Trab verfiel, durch das bereits geschaffene Mannloch schlüpfte und unter dem halb fertigen Torbogen verschwand, bevor einer der Wächter ihn bemerkte.

Hans blickte an dem Gerüst hoch. Wenn das Tor fertig war, würde es eine beeindruckende Höhe haben und weithin sichtbar sein, ein Wahrzeichen für die Wehrhaftigkeit der Stadt. Im Augenblick war ihm aber der Bräu wichtiger, der sich hier niedergelassen hatte, um die Bauarbeiter mit Dünnbier zu versorgen, und, weil es billig war, auch die Weber anlockte.

Als Hans die Tür öffnete, schlug ihm der Geruch nach Körperschweiß und gärendem Bier entgegen, der ihn kurz innehalten ließ. Er wurde mit einem kurzen Klopfen auf den Tischen begrüßt. Offenbar hatte man erwartet, dass er an der Sitzung teilnahm.

»Gott zum Gruß, Hans!«, rief ihm einer der Weber aus der hintersten Ecke zu.

Hans, der in dem Dunst kurz die Orientierung verloren hatte, sah hinüber und entdeckte Götz und Frydrych an einem Holztisch, jeder einen Humpen Bier vor sich. Sie saßen mit dem Rücken zur Wand und winkten ihn zu sich.

Noch im Vorangehen bestellte er einen Krug und zwängte sich dann neben die beiden Weber.

»Du kommst gerade recht«, sagte Frydrych. »Der Weiß wollte eben beginnen.«

Hans nickte und sah zu dem Wortführer der Handwerker, der sich anschickte, auf eine Bank zu klettern, um von dort oben einen besseren Überblick zu haben und zu reden.

»Zünftler!«, begann er und erntete ein Johlen. »Handwerker!« Das Rufen, Pfeifen und Schlagen auf die Bänke wiederholte sich. Der Weber verbat es sich einerseits mit energischen Handbewegungen, andererseits genoss er es sichtlich. »Wie lange wollen wir uns das noch gefallen lassen? Immer mehr Gäuweber drängen von draußen in die Stadt!« Er machte eine abwartende Pause und sah sich um.

Frydrych stieß Hans in die Seite und grinste. »Er meint auch dich, Fugger!«

Hans schluckte. Obwohl er glaubte, Frydrych habe das so nicht gemeint und ihn nur aufziehen wollen, lag eine beängstigende Wahrheit in diesen Worten.

»Nicht jeder Weber kann weben.« Von überall kam zustimmendes Nicken und Brummen. »Nicht alle Weber weben nach unseren Vorgaben. Sie haben andere Längen, andere Breiten, andere Garnsorten.«

Hans zuckte kurz zusammen. Barchent war eine Mischung zweier Garnsorten, die man in Augsburg bislang nicht hatte haben wollen. Überall vor ihm klopfte es auf den Tisch.

»Was sollen unsere Abnehmer von Augsburger Tuch halten«, rief Weiß, »wenn jeder, der auch nur einen Tritt bedienen kann, seine Ware als Augsburger Tuch verkaufen darf? Wir brauchen ein einheitliches Tuch, eine einheitliche Beschau, ein einheitliches Maß.«

»Er hat recht!«, rief einer der Männer, und andere fielen bestätigend ein.

Je höher die Stimmung kochte, desto mehr zog sich Hans zurück. Womöglich hatte Anna recht. Noch war er nur ein Einwohner von Augsburg, kein Bürger, ein Gäuweber, kein Zünftler.

»Wir müssen uns eine Ordnung geben«, fuhr Weiß fort, »nach der sich alle Weber der Stadt richten müssen. Wir brauchen eine Ordnung, wie ein Tuch sein muss, damit wir es mit einem Siegel versehen, damit nicht jeder hergelaufene Landweber sein Tuch begutachten lassen kann.«

Wieder gab es lautstarken Applaus.

Hans schluckte. Anna hatte ihm das so vorhergesagt. Aber wenn er sich jetzt nicht beteiligte, würde man ihn ausschließen.

»Und wie wollen wir das anstellen?«, rief Götz in die Menge.

Sofort brach das reine Chaos aus. Alle Männer schrien wild durcheinander, und Hans hatte das Gefühl, dass es mit jedem Augenblick, den er länger hier saß, für ihn gefährlicher wurde. Er hatte das Bedürfnis der Handwerker, sich einer zünftischen Ordnung zu unterwerfen, völlig unterschätzt.

»Wir sind nicht die Einzigen, die das fordern. Auch die Bäcker, die Kistler, die Salzfertiger, die Färber ... ach, es ist müßig, alle aufzuzählen. Die Handwerker dieser Stadt wollen eine Ordnung und …« Weiß machte eine Pause, strich sich durch den Bart und ließ den Blick bedeutungsvoll über die Menge schweifen. »Wir wollen eine Beteiligung an der Stadtregierung!«, rief er in die plötzliche Stille hinein.

Die Stimmung explodierte. Alles schrie durcheinander. Weiß hob die Arme, um wieder Ruhe in den Raum zu bringen.

Es war so heiß in der Schänke, dass Hans das Unterzeug am Körper klebte und er das Gefühl nicht loswurde, vor Feuchtigkeit in der Luft zu ertrinken. Er rang nach Atem.

»Wir werden uns die Stadtschlüssel besorgen – und dann nicht nur Zünfte bilden, sondern auch einen Sitz im Rat einnehmen.«

»Du sitzt doch schon im Rat, Weiß!«, rief jemand, und ein Gelächter hob an. Hans reckte den Kopf. Ihm gegenüber am Ausschank stand Sieghart Schreiber, ein Brauer. »Ich will, dass auch du deinen Arsch im Rat plattsitzt, Schreiber«, entgegnete Weiß schlagfertig. »Vielleicht schmeckt ja dann das Bier besser, wenn du nicht dran rumpfuschen kannst.«

Gejohle zeigte, dass er den richtigen Ton getroffen hatte.

Schreiber winkte lachend ab und prostete Weiß zu, um seine witzige Antwort zu würdigen. Ungläubig sah Hans sich um. Was hier geplant wurde, war nicht eine harmlose Zusammenkunft, bei der sich die Unzufriedenheit mit der Stadtregierung Luft machte. Diese Männer planten einen Umsturz. Das war nicht seine Welt. Gewalt, das hatte er bereits einmal erfahren, führte zu nichts Gutem. Kurz überlegte er, was wohl anders verlaufen wäre, wenn er Anna damals nicht … Er schob den Gedanken beiseite. Wichtiger war es jetzt, von hier zu verschwinden. Doch wenn er einfach aufstehen und gehen würde, würde er als Verräter abgestempelt. Also hielt es ihn zwar nicht am Platz, aber er blieb in der Gaststube. Inzwischen waren die Männer aufgesprungen. Sie standen in Gruppen zusammen und beratschlagten, wie sie weiter vorgehen sollten.

Das Bier floss in Strömen, und immer mutigere und wildere Vorschläge wurden in den Raum geworfen. Die Handwerker versuchten, sich mit ihren Überlegungen und Ideen gegenseitig zu übertrumpfen.

Die Patrizier sollten aus der Stadt vertrieben werden wie dereinst die Juden. Die einen wollten den Bischof wieder als Stadtherrn einsetzen, während die anderen eine Eigenverwaltung im Kopf hatten, in der jeder gleich wäre und gleiche Rechte und Pflichten übertragen bekäme.

Hans schwirrte der Kopf. Er setzte sich wieder auf die Bank und starrte in seinen Krug. Eines war ihm gerade klar geworden: Er durfte sich nicht in den Strudel dieser Auseinandersetzung hineinziehen lassen, wenn er nicht untergehen wollte. Mit einem kräftigen Schluck leerte er seinen Krug, ließ ihn auf die Tischbohlen krachen und steuerte durch die Menge hindurch zum Abtritt. Er hatte nicht vor, in die Schänke zurückzukehren.

Nachdem er sich erleichtert hatte, nahm er einen anderen Ausgang, ging um das Gebäude herum und machte sich auf den Heimweg. Er fror und schlang die Arme um den Körper. Es gab nur eine Hoffnung, wenn die Weber sich zu einer Zunft zusammenschlossen und einen Zunftbrief verabschiedeten. Sein Barchent war ein fremdes Gewebe und damit nicht zunftgebunden. Und so musste es weiter sein. Es durfte nicht vereinnahmt werden, dafür musste er sorgen.

Beinahe wäre er an seinem Haus vorübergegangen. Erst im letzten Augenblick bemerkte er, dass die Melcherin vor der Tür stand und ihn mit spöttischer Miene beobachtete.

»Na, haben sie dir in die Suppe gespuckt?«, rief sie ihm zu.

Hans sah sie an. Er konnte nicht sagen, ob er Annas Mutter nur verachtete oder wegen ihrer selbstgefälligen Art hasste.

8

Hans hätte mehr als eine helfende Hand gebraucht. Klaus war noch zu jung, aber Ulin wäre dafür der geeignete Genosse gewesen, vor allem, weil sein jüngerer Bruder ein einigermaßen geschickter Weber war und bereits ein wenig Erfahrung im Handel besaß. Allerdings war er unbeherrscht und dumm. Ein Saubeutel, wie er im Buche stand. Genau das war der richtige Ausdruck für ihn: dummer Saubeutel. Außerdem trank er zu viel, war unbeherrscht und würfelte. Und deshalb saß er nun hier in Augsburg im Gefängnis.

Es regnete leicht, als Hans den Eisenberg hinunterstieg. Hinter dem Rathaus schlug ihm bereits der Gestank der Hexenlöcher entgegen. Niemals hätte er sich vorstellen können, freiwillig dorthin zu gehen. Jetzt musste er es tun.

Er hielt vor dem Tor zu dem umbauten Platz inne, der die Kerkerzellen umfasste, und sammelte sich. Kurz wischte er sich die Feuchtigkeit aus dem Bart und schüttelte sein Haar. In einzelnen Tropfen drang das Wasser bereits bis auf seine Kopfhaut durch. Es tat gut, weil es ihm den Schädel kühlte, der ihm vor lauter Denken und Planen heiß zu laufen drohte.

Ulin war kein Augsburger Bürger, Hans allerdings auch nicht. Er hatte demnach nicht einmal das Recht, den Bruder zu besuchen und war dem Wohlwollen der Wächter ausgeliefert. Hans biss sich auf die Lippen. Warum hatte Ulin nicht auf ihn gehört? Er müsse einen draufmachen, war die Antwort vor vier Tagen gewesen. Wenn er schon in der Stadt sei, müsse er sehen, ob sich das auch lohne.

Es hatte sich gelohnt: ein Toter, drei Gefangene, ein drohender Galgen.

Hans schloss die Augen. Er würde es niemals verstehen. Wegen eines Rausches und einer umgestoßenen Kanne Bier lag Ulin jetzt in Eisen und wartete im schlimmsten Fall auf den Tod. Natürlich konnte die Strafe auch milder ausfallen: Zunge herausschneiden, blenden, Hand abschlagen, Fersensehnen durchtrennen. Nur eines war sicher: Ulin würde zum Krüppel werden oder sterben. Alles andere wäre … ein Wunder.

Hans pochte mit der Faust gegen das Sicherungstor. Es war aus schwerer Eiche und mit unzähligen Metallstreifen verstärkt. Man hätte einen Rammbock gebraucht, um es gewaltsam zu öffnen. Kurz darauf hörte er von innen Schritte, dann wurde eine kleine vergitterte Luke geöffnet.

»Ja?«, blaffte ihm eine Stimme entgegen.

»Hans Fugger, Weber. Ich darf mit meinen Bruder Ulin …«

»Hab's gehört«, brummte die Stimme, und der Wächter schlug das Fensterchen wieder zu.

Hans straffte sich, weil er erwartete, dass sich gleich das Tor öffnen und der Wärter ihn einlassen würde. Doch nichts geschah.

Hans betrachtete das Tor. Es erhob sich vor ihm wie eine Wand aus Ablehnung und blieb geschlossen. Was sollte er jetzt tun? Warten? Noch einmal klopfen? Er hatte keine Erfahrung mit dem Besuch bei einem Gefangenen in den Hexenlöchern.

Er schloss die Augen. Wenn er zu ungeduldig war, dann konnten ihn die Wärter einfach ignorieren. Aber noch schlimmer konnte es eigentlich nicht kommen, denn sie beachteten ihn ja bereits jetzt nicht. Er hob die Hand, schloss sie zur Faust und wollte eben wieder auf das Tor eindreschen, als ihn eine Stimme von der Gebäudeecke aus ansprach.

»Wollt Ihr Euch die Füße in den Bauch stehen oder mitkommen?«

Hans riss die Augen auf. Neben ihm stand, in Brustharnisch und mit Spieß in der Hand, der Wächter, der ihn eben so barsch begrüßt hatte. Wo kam der auf einmal her?

»Ja … äh … mitkommen …«, stolperten Hans die Worte aus dem Mund.

Ohne ein weiteres Wort drehte sich der Kerl um und ging voraus. Hans folgte ihm nach einem kurzen Zögern.

Es war noch immer eiskalt an diesem Apriltag. In der Frühe hatte die Sonne geschienen, dann war Regen aufgekommen, und es hatte merklich abgekühlt. Jetzt mischten sich gar Schneeflocken unter die Tropfen.

Der Mann ging um das Karree herum und schlüpfte durch eine Tür auf der Hinterseite, die mindestens ebenso gesichert war wie das große Tor vorn. Hans betrachtete den Wächter von hinten und stellte fest, dass er unter seinem Harnisch ein Tuch trug, das er erkannte: Barchent. Wäre die Lage nicht so ernst gewesen, hätte er ihm jetzt auf die Schulter geklopft, sein Tuch gepriesen und nachgefragt, wie es unter dem Harnisch zu tragen war. Doch er hielt sich zurück.

In der dahinter liegenden Stube schüttelte er sich zuerst einmal wie ein Hund. Wasser spritzte von seinen Haaren und seiner Kleidung. Der Wächter führte ihn zu einem Beamten, der in dieser Stube saß und eine Kladde vor sich aufgeschlagen hatte. Er tunkte eben eine Feder in ein Tintenfass und schickte sich an zu schreiben.

»Name«, stieß der Mann in einem säuerlichen Ton hervor. »Wohnhaft. Herkunft.«

Hans antwortete ruhig. Als er Jettingen erwähnte, schaute der Beamte kurz auf.

»Markgrafschaft Burgau?«

Hans nickte.

»Der Gefangene ist Euer Bruder?« Wieder nickte Hans und fügte schließlich ein leises »Ja« hinzu, weil der Mann offenbar darauf wartete. »Dann kommt er ebenfalls aus Jettingen?«

»Ja«, antwortete Hans.

»Wohnt er bereits Jahr und Tag hinter den Mauern?«

»Nein«, antwortete Hans verblüfft. »Warum?«

»Weil dann die Markgrafschaft Burgau für ihn zuständig ist. Wir werden ihn dorthin überstellen.«

In Hans breitete sich Entsetzen aus. Wenn sie das taten, dann verschwand Ulin aus seinem Einflussbereich, und er würde nichts mehr für ihn tun können.

»Ihr habt nicht länger Zeit als bis zum Stundenschlag. Beeilt Euch«, schloss der Beamte und schlug die Kladde zu. Mit einer Kopfbewegung deutete er zur Tür auf der anderen Seite, vor der der Wächter stand. »Martin wird Euch hinbringen.«

Der Wächter drehte sich um, öffnete die Tür und ging voraus.

Hans räusperte sich. »Ist das Tuch bequem, das Ihr unter dem Harnisch tragt?«

»Warum wollt Ihr das wissen?«, fragte Martin misstrauisch nach.

»Weil ich diesen Barchent herstelle und vertreibe«, antwortete Hans wahrheitsgemäß und wäre beinahe auf den Wächter aufgelaufen, der sich verblüfft zu ihm umgedreht hatte.

»Ihr webt Barchent?«

Hans nickte nur.

»Es trägt sich sehr gut. Reibt nicht und hält lange. Danke dafür.«

Hans war verblüfft. Alles hatte er erwartet, nur kein Lob. Martin führte ihn wortlos durch zwei weitere Räume und über einen Hof, dann standen sie vor einer offenen Gitterzelle, hinter der mehrere Männer kauerten.

»Ulin Fugger«, rief der Wächter in das Loch hinein, das als Zelle diente. »Besuch!«

Inmitten des Männerknäuels rührte sich etwas, dann drückte sich ein Mann nach vorn, den Hans nicht erkannt hätte, wenn dieser ihn nicht beim Namen genannt hätte.

»Hans! Hast du etwas zu essen dabei?«

Tage später saß Anna neben Hans am Tisch. Sie hatte ihm die Hand auf den Unterarm gelegt.

»Weil sie sich wegen des neu erhobenen Ungelds in die Haare bekommen hatten. Das ist doch verrückt!«, sagte Hans.

»Was werden sie tun?«, fragte Anna.

»Was wohl? Er hat einen Mann erschlagen. Ulin behauptet zwar, er wäre unschuldig mit hineingeschliddert, aber mein Bruder ist alles andere als ein Unschuldslamm. Er zieht das Unglück regelrecht an.«

Anna versuchte, in Hans' Gesicht zu lesen. Zwei Gefühle stritten sich darin: Einmal war da die Sorge um den jüngeren Bruder, auch wenn er ein Tunichtgut und Säufer war, andererseits die Genugtuung, dass dessen zügelloses Verhalten endlich Konsequenzen für ihn hatte.

»Zu dritt haben sie auf den Hansen Korenman eingeprügelt, weil sie sich darüber gestritten haben, ob das Ungeld in dieser Höhe gerechtfertigt ist. Korenman fand das Ungeld passend, Ulin und die beiden anderen, der Utz Han und der Haintzlin Walkircher, hielten dagegen. Bei mindestens acht Bieren gab ein Wort das andere, und irgendwer hat dann dem Korenman den Krug über den Schädel geschlagen.«

Anna drückte Hans' Arm fester. »Vielleicht kann er ja wirklich nichts dafür«, versuchte sie, ihn zu trösten, und schob ihm den Krug zu. Womöglich halfen ja ein paar Schlucke Bier, die düsteren Geister zu vertreiben.

»Ulin kann immer etwas dafür, man kann es ihm nur nicht immer nachweisen. Ich weiß nicht, was ich ihm mehr wünschen würde: eine gerechte Verurteilung oder die Freilassung. Im ersten Fall könnte er nichts aus seinem Verhalten lernen. Wer tot ist, kann nicht mehr lernen.«

»Sie sitzen gerade zur Verhandlung beisammen?«

Hans nickte und horchte auf das Schlagen der Kirchturmuhr von St. Moritz. »Ich konnte nicht dabei sein, wenn sie ihn womöglich zum Strang verurteilen.«

Anna streichelte ihm über den Arm, legte eine Hand in seinen Nacken und zog ihn über die Tischecke zu sich. Er verbarg seinen Kopf an ihrer Brust.

»Der Herrgott wird schon wissen, was er mit ihm vorhat!«, sagte sie.

»Ich habe Hans Weiß gebeten, mir zu sagen, wie es ausgegangen ist. Er ist für Utz Han dabei gewesen, der Weberknecht bei Kobel ist.«

Kaum hatte er das gesagt, hörte man Geräusche vor dem Haus. Dann ging die Tür auf und ein Schwall Kälte, vermischt mit einem unerträglichen Jauchegestank, erfüllte die Stube.

Hans starrte die Gestalt an, die plötzlich mitten im Raum stand, das Gesicht schwarz, die Hände vor Dreck starrend und mit einer Kleidung, die Gott erbarmt hätte.

»Ulin«, flüsterte Hans. »Was …«

»Da staunst du, was, Bruder? Sie haben mich laufen lassen. Ein Zeuge konnte bestätigen, dass ich unschuldig bin. Ich habe niemanden erschlagen. Aber sie haben mich für ein Jahr aus der Stadt gewiesen. In zwei Stunden muss ich fort sein.«

Anna sah, wie Hans Tränen in die Augen traten und er sie rasch wegzublinzeln versuchte.

»Du bist niemals unschuldig, Ulin«, versetzte Hans. »Aber ich freue mich, dass du nicht am Galgen landest.«

Anna stand auf. »Ich hol dir eine Waschschüssel mit warmem Wasser.«

Hans räusperte sich. »Ja, wasch dich, Bruder, und dann hau ab nach Jettingen. Lass dich hier so schnell nicht mehr blicken, bevor du nicht ein ganzes Stück vernünftiger geworden bist! Wenn Gras über die Sache gewachsen ist, hol ich dich wieder her. Kümmere dich so lange um die Eltern und um Klaus. Ich lege bei deinem Meister Langen ein Wort ein, dass er dich in einem Jahr wieder aufnimmt.« Hans konnte einen Fluch nicht unterdrücken. »Herrgott, Ulin, musste das sein?«

9

AUGSBURG, JUNI 1368

Es trieb Anna um. Der Unmut der Frauen über das Ungeld, die ungerechte Erhöhung der Steuern, und die Sache mit Hans' Bruder Ulin belasteten jede Unterhaltung. Selbst die Münklerin, die mit ihrer wenige Monate alten Tochter zu tun hatte, war missmutig. Ihr Mann trug seit der Geburt mehr Geld denn je in die Wirtshäuser. Sie spürte jeden Pfennig, der weniger bei ihr zu Hause ankam.

Anna schwirrte der Kopf von all der Politik, die in ihren Gesprächen aufkam. Die Frauen fürchteten sich einerseits vor der Entschlossenheit ihrer Männer, die den Rat angehen, sich Gehör verschaffen wollten, sich dann aber in Gefahr begaben, und andererseits trieben sie ihre Männer dazu an, sich der Obrigkeit zu widersetzen. Es war ein gefährliches Spiel mit ungewissem Ausgang. Ständig kreisten ihre Gedanken um dieses Geraune hinter vorgehaltener Hand über die unerträgliche Situation als Handwerker in der Stadt.

Sie saßen beim Abendbrot. Ihre Mutter starrte finster auf den Tisch und nahm sich erst dann etwas aus dem Topf, als Hans sich bedient hatte. Sie wollte ihm offenbar keineswegs dazwischenfahren.

»Der Weiß hat zur Sitzung gerufen«, nuschelte Hans mit vollem Mund.

»Du willst heute wieder zu den Webern?«, fragte Anna und sah ihre Mutter an, die die Lippen aufeinanderpresste.

»Sie werden irgendwann gegen das Rathaus marschieren. Die beiden Bürgermeister Herwort und Bitschlin weigern sich, uns überhaupt zu empfangen.« Hans' Blick wanderte von ihr zu ihrer Mutter und wieder zurück. Anna wusste genau, was er dachte. Er traute ihrer Mutter nicht über den Weg, befürchtete womöglich, sie könnte ihn verraten, wenn er so freizügig redete.

»Aber die Gebrüder Weiß und der Bäcker Burtenbach sitzen doch schon im Großen Rat. Warum sollten sie gegen diesen vorgehen und so ihre Stellung einbüßen?« Anna konnte es sich nicht vorstellen.

»Was ist der Große Rat?«, fragte ihre Mutter.

Hans verdrehte die Augen, ließ sich aber zu einer Erklärung herab, obwohl er andeutete, damit nur Zeit zu verschwenden. Er legte den Löffel neben sich. »Im Großen Rat sitzen über zweihundert Mitglieder, Handwerker, bedeutende Persönlichkeiten, Adel, Kaufleute. Im Kleinen Rat dagegen sitzen zwölf bedeutende Persönlichkeiten, die die beiden Pfleger, sprich die Bürgermeister, wählen. Es findet sich kein einziger Handwerker im Kleinen Rat. Das muss sich ändern! Wir Handwerker wollen eine Vertretung, die unserer Stellung innerhalb der Stadt entspricht. Deshalb empören sich die Handwerker. Weil sie wissen, dass zwar seit Jahren darüber geredet, aber nicht entschieden wird. Sie wollen nicht nur in den Großen Rat. Sie wollen in den Kleinen Rat und ins Bürgermeisteramt.«

Anna hob die Hand vor den Mund. Das war ein Frevel, der nicht nur den Eisenberg hinab in die Hexenlöcher, sondern weiter auf die Richtstätte führen konnte. »Da wirst du nicht hingehen!«, sagte sie bestimmt.

»Du bist nicht mein Weib und auch nicht meine Mutter«, fuhr Hans sie an. »Was fällt dir ein, mir etwas vorzuschreiben?«

Anna stand auf und räumte ab. Ihre Mutter nahm noch einen Schlag Brei und erhob sich dann. Sie ging sofort zur Treppe und stieg hoch in ihre Schlafkammer.

Anna stellte das Geschirr in die Spülschüssel, goss etwas von dem heißen Wasser, das über der Herdstelle vor sich hin köchelte, darüber und säuberte die drei Schalen und Löffel.

Hans stand auf und ging hinauf in seine Kammer. Anna wusste, er würde sich kurz umziehen, die Lederschürze ablegen und eine frische Hose anziehen. Sie wischte sich die Hände an der Schürze ab. Sie zögerte, weil sie nicht wusste, wie Hans auf das reagieren würde, was sie jetzt versuchen würde. Ihr genügten die Gerüchte, die durch die Stadt schwirrten und an den Brunnen wie das Wasser aus den Röhren spritzten. Mit einem Handstreich wollte man die Stadtregierung übernehmen, endlich ein echtes Mitspracherecht erhalten, einen Bürgermeister stellen, wie sie heute erfahren hatte.

Die Frauen der Handwerker polierten bereits die Brünnen, die ihre Männer in den Truhen liegen hatten und die das letzte Mal daraus hervorgekramt worden waren, als eine Truppe gegen die Burg Eberstein bei Schongau marschiert war und diese dem Erdboden gleichgemacht hatte. Beinahe alle waren aufgerufen gewesen: Bäcker, Salzfertiger, Kistler, Weber, Hucker, Gerber, Färber … alle, die eine Lanze halten konnten und kräftig genug waren. Ein Jahr war das her – und die Handwerker hatten sich daraufhin Hoffnung gemacht, ihre Lage würde sich ändern, doch nichts war geschehen.

Das hatte ihre Wut angestachelt und letztlich den Ausschlag gegeben. Was noch fehlte, war Mut, der Mut zum letzten Schritt.

Noch einmal wischte sich Anna die Hände trocken, dann ging sie die Stiege hinauf.

Hans stand im Hemd da, als sie in die Kammer trat. Er drehte sich überrascht zu ihr um. »Was willst du?«, fragte er. »Ich hab's eilig.«

Anna drückte die Tür hinter sich zu. Nur ein schwacher Lichtschimmer fiel durch die Maueröffnung, die als Fenster diente. Sie bemühte ich darum, ihm ihre nicht vernarbte Seite zuzuwenden. So rasch es ihr möglich war, bewegte sie sich auf ihn zu und ließ nacheinander ihre Schürze und das Oberkleid fallen. Mit einer kurzen Geste stieß sie ihn in Richtung Bettstatt.

»Bleib da!«, flüsterte sie und kletterte auf ihn. Sie spürte, wie seine Männlichkeit wuchs. »Es gibt Wichtigeres.«

Sie rieb sich an ihm und streifte sich das Hemd ganz ab. Das hatte sie noch nie getan. Sie bemerkte, wie er ihre Brüste anstarrte, und beugte sich über ihn.

Hans war erschöpft eingeschlafen und schreckte plötzlich hoch, als sich Anna bewegte und aus dem Bett schlüpfte. Sie hatte ihn eingefangen. Jetzt brauchte er nicht mehr in die Schänke. Weiß hatte sicher schon geredet. Der Plan war besprochen worden, das Vorgehen abgestimmt. Sie hatte Hans zurückgehalten.

Er überlegte, ob er deswegen wütend auf sie war. Womöglich lag sie ja richtig. Als Gäuweber konnte er nur verlieren. Er hätte sich damals, als er sich das Recht auf Niederlassung holte, auch gleich das Bürgerrecht übertragen lassen sollen. Die Gulden, die ihn abgehalten hatten, waren damals viel Geld für ihn gewesen, heute aber lächerlich wenig.

Er sah Anna dabei zu, wie sie sich ankleidete. Sie wandte ihm den Rücken zu. Wäre ihr Makel nicht gewesen, er hätte sie vom Fleck weg geheiratet. So aber …

»Warum?«, fragte er.

Anna hielt mitten in der Bewegung inne. »Versprich mir, dass ich bei dir bleiben darf«, erwiderte sie leise.

Überrascht setzte sich Hans auf und stützte sich auf die Ellenbogen ab. »Warum solltest du nicht …«

»Versprich es mir!«, unterbrach sie ihn. »Sofort, oder ich gehe hier durch diese Tür und zurück nach Jettingen.«

Hans wusste nicht, was er darauf sagen sollte.

»Ich weiß, du kannst mich nicht heiraten. Eine Ehe mit mir würde dich aufhalten. Aber ich will in deiner Nähe sein dürfen, solange ich lebe.«

Hans verschlug es den Atem. »Ich … ich weiß nicht, was ich sagen soll …«, stotterte er.

»Ja. Nur ja«, flüsterte Anna.

Sie drehte sich langsam zu ihm um. Sie hatte ihr Hemd noch nicht ganz übergezogen. Ihre Brüste leuchteten fahlweiß im Dämmerlicht der Kammer. Ihr dunkler Schoß war ein heimlicher Tunnel, der sich vor ihm verbarg. Sie war schön wie ein Engel. Sie so zu sehen, hatte er sich immer gewünscht. Mit dem unsäglichen Unfall war dieser Traum in unzählige Splitter zerstoben und vom Wind der Zeit verweht worden.

Sein Atem ging schneller, aber Anna kam nicht zu ihm, sondern wich in kleinen Schritten zurück, sodass die Dunkelheit sie mehr und mehr verschlang.

»Natürlich … bleib bei mir, so lange … so lange zu willst«, keuchte er.

Anna blieb stehen. Sie ließ ihre Kleidung fallen und kam langsam wieder auf ihn zu. Kurz vor der Bettstatt verharrte sie regungslos. Sie war so nah, dass Hans nach ihr greifen konnte. Sie zuckte nicht zurück. Ließ sich aber auch nicht ins Bett holen.

»Ich suche dir eine Frau, Hans Fugger. Eine Frau, mit der du dich öffentlich sehen lassen kannst. Aber du gehörst mir, verstehst du?«

Hans verstand nicht.

In diesem Augenblick wandte sie ihm die zerstörte Seite ihres Gesichts zu und wies auf die Narben an Hüfte und Oberschenkel, die weißlich hervortraten. Die Erregung, die in ihm aufgestiegen war und bereits die Bettdecke gewölbt hatte, fiel in sich zusammen wie ein zu heftig bewegter Hefeteig.

»Ich horche mich um und führe dir eine Kandidatin zu. Es soll dein Schaden nicht sein. Mach ihr Kinder, aber stoß mich niemals aus deinem Haus. Geh du zu deinen Saufbrüdern, aber lass mich überlegen, wie man dein Geld vermehrt. Du bist ein Händler, Hans, nett, vertrauenswürdig, aber auch vertrauensselig. Ich habe nichts von dieser Weichheit an mir. Mich hat das Leben geschlagen – und ich schlage zurück.«

Hans' Mund wurde trocken, und er musste mit der Zunge die Lippen befeuchten. Was redete sie da? Sollte er an der Tür stehen und den Leuten zunicken, während sie im Hintergrund die Geschäfte erledigte? Er hatte mit dem Weingeschäft bewiesen, wie gut er zu verhandeln vermochte.

»Du willst das Geschäft führen, Anna?«, fragte er verblüfft.

Sie schüttelte heftig den Kopf. »*Wir* sollten das Geschäft führen. Wir. Du nach außen, ich nach innen. Niemand darf wissen, dass die Magd des Fuggers mehr Macht besitzt, als den Brei zu kochen und ihre Hässlichkeit durchs Haus zu tragen.«

»Du bist nicht hässlich, Anna«, sagte Hans leise und griff nach ihrem Handgelenk. Sanft zog er sie neben sich – und sie ließ ihn gewähren. Er küsste ihr Gesicht, ihren Hals, ihre Brüste. Aber es wollte sich keine Erregung einstellen. Sie war nicht zugänglich.

»Warum küsst du nur meine schöne Seite, nicht meine narbige?«, flüsterte sie, und Hans zuckte zurück.

Sie hatte mit einem einzigen Satz all das Elend benannt, das sich zwischen ihnen aufgebaut hatte. Er hatte eine Anna verloren und eine andere bekommen, die er nur zur Hälfte annehmen konnte.

»Ich horche mich um, Hans«, wiederholte Anna ruhig. »Für dich. Außerdem brauchst du das Bürgerrecht. Wenn die Zünfte ihre Rechte verbriefen, musst du dich in die richtige Richtung stellen, sonst wird dich der Fluss der Zeit womöglich davontragen. Das müssen wir verhindern.«

Jetzt war sie es, die sich ihm zudrehte und seinen Kopf in beide Hände nahm. Sie küsste ihn lange. Er befürchtete schon, keine Luft mehr zu bekommen, doch plötzlich ließ sie von ihm ab. »Ich habe dich geküsst«, sagte sie, stand auf und zog rasch ihre Kleider über. Sie war schon an der Tür, als sie sich noch einmal umwandte. »Ich!« Sie schüttelte den Kopf und schlüpfte hinaus.

»Wenn er dir wieder ein Kind macht, bring ich ihn um!«, hörte er Annas Mutter vor der Kammer keifen.

Hans war wie versteinert. Hatte er eben richtig gehört?

10

AUGSBURG, 22. OKTOBER 1368

Ich kann mich nicht auch noch darum kümmern«, maulte Oswald Widolf und schüttelte seine graue Mähne, die ihm bis auf die Schultern hing. »Die Welt ist im Umbruch, und dich interessiert nur das Tuch!«

Anna lächelte und bat dennoch darum, kurz ins Haus treten zu dürfen.

»Herrgott, wenn's denn sein muss, Weib!«, knurrte der Weber.

Er war sicher schon Mitte vierzig und abgearbeitet. Er hatte zerschundene Hände, die von Schnitten und Schrunden überzogen waren. Zwei Finger wurden nach innen gezogen und wirkten wie Haken. Sein Gesicht war blass, die Wangen waren eingefallen, und doch wirkte er nicht krank. Er hatte nicht den Husten, unter dem viele Weber litten, und der sie gar nicht erst dieses methusalemische Alter erreichen ließ. Sein Rücken war zwar krumm, und überall schienen Knochen aus dem Mann herauszustehen, als lägen sie unsortiert kreuz und quer in seinem Leib herum, aber er strahlte noch immer eine vitale Kraft aus.

Vielleicht hielt ihn sein mürrisches Wesen, das sich an allem und jedem dieser Welt rieb, aufrecht.

»Ist die Klara auch zu Hause?«, fragte Anna.

»Ihr Weiber!«, knurrte der Weber. »Immer nur Geratsche und Getratsche, statt zu arbeiten oder sich ein Mannsbild zu suchen.«

Anna horchte auf. Sie hatte eigentlich nur den Barchent abholen wollen, den Widolf für Hans gewebt hatte. Er war nicht mehr so schnell auf den Beinen und daher auf Aufträge angewiesen, die keinen festen Abgabetag benötigten. Deshalb war er dankbar für die Verlagsweberei, die Hans betrieb.

Anna wusste, dass Klara Widolf Mitte zwanzig und damit weit über das heiratsfähige Alter hinaus war. Mädchen heirateten mit vierzehn oder fünfzehn. Mit zwanzig galten sie als alte Jungfer, und mit fünfundzwanzig interessierte sich keiner mehr für diese übriggebliebenen Jungfern. Sie lagen ihren Familien nur auf der Tasche. Wäre Klara eine Meisterwitwe gewesen, hätte das Bild anders ausgesehen. Witwen waren begehrt, aber Jungfern wie sie waren allenfalls geeignet fürs Kloster.

»Wärt Ihr denn mit einem Mann für Eure Tochter einverstanden?«, fragte Anna.

Der alte Widolf sah sie belustigt an und murmelte etwas in seinen Bart, ohne sich weiter um sie zu kümmern. Er deutete die Treppe hinauf zum Wohngeschoss.

»Legt mir den Ballen ruhig am Fuß der Treppe zurecht, Meister Widolf«, sagte Anna. »Ich nehme ihn nachher mit.«

Klara saß mit einer Näharbeit in der Fensternische. Sie begrüßte Anna mit einem Kopfnicken.

Innerlich seufzte sie, denn Klara Widolf war nicht gerade das, was man eine Schönheit nannte. Sie war zwar nicht reich oder mit einer übergroßen Mitgift ausgestattet, aber ihr Vater gehörte zu den begüterten Webern der Stadt. Sie besaß nur einen einzigen nennenswerten Vorzug: Wer sie heiratete, erhielt das Bürgerrecht. Ihr Vater war Bürger dieser Stadt. Damit wurde jedes Familienmitglied seines Hauses ebenfalls umgehend zu einem Bürger Augsburgs. Und es gab noch einen zweiten Grund, der für Klara sprach: Ihr Vater war zu alt, um selbst an einem Aufstand teilzunehmen, trotz seiner noch vorhandenen körperlichen Kräfte. Wenn der Aufruhr, der sich langsam steigerte, ins Leere lief, würde er seine Bürgerschaft nicht verlieren. Man munkelte sogar, dass der nicht unvermögende Widolf als Zunftoberer gehandelt wurde.

Klaras Körper war so dürr wie der ihres Vaters. Sie hatte kranke, blasse Wangen und eine gebrochene Nase. Auch ihr Gesicht war kantig und wenig ansehnlich. Ihre Hüften waren schmal und knochig, und ihre Brüste waren kaum der Rede wert. Gegen Klara Widolf war selbst Anna mit ihren Makeln eine hübsche Frau.

Im Grunde bedauerte sie Hans, weil sie den Plan verfolgte, ihm Klara zuzuführen. Doch sie durfte ihm keine ansehnliche Braut suchen, denn sie befürchtete, sie selbst würde dann umgehend nach Hause geschickt.

»Was nähst du da, Klara?«, fragte sie.

Die Widolfin musterte sie misstrauisch, und Anna schalt sich dafür, sich keinen besseren Beginn für ihr Gespräch ausgedacht zu haben. Eine solche Frage klang einfach lächerlich, aber sie hatte nicht mit der Tür ins Haus fallen wollen.

»Was willst du wirklich?«, entgegnete Klara und deutete damit an, dass sie Anna durchschaut hatte.

Sollte sie sofort mit der Wahrheit herausrücken?

Von der Gasse unten drangen laute Geräusche zu ihnen herauf. Männer lärmten auf der Straße unter dem Fenster. Dann pochte es an der Tür, und man hörte den alten Widolf zum Eingang schlurfen. Anna und Klara lauschten.

»Kommst du, Alter?«, hörten sie jemanden den Weber auffordern. »Nimm den Spieß mit.«

Die beiden Frauen horchten kurz nach unten, wo der Weber das Tuch vor dem Treppenabsatz unter Stöhnen und Grunzen ablegte.

»Wie ... wie meinst du das, Klara?«

»Du kommst nicht zu mir, um dich über den Barchent oder meine Näherei zu unterhalten! Das war mir schon klar, als du den Weg hier herauf gefunden hast. Also rück raus, was führt dich wirklich zu mir?«

Anna schluckte kurz. »Bist du verlobt?«, fragte Anna, die erst die

Reaktion der Widolfin testen wollte, bevor sie bei Hans anklopfte. Sein Verhalten konnte sie einschätzen, Klaras nicht.

Verblüfft sah die Weberstochter sie an. »Was? Weißt du, wie alt ich bin?«, entgegnete sie. In dieser Antwort lag mehr als nur das Bedauern darüber, von der Welt vergessen worden zu sein. Es war die bittere Erkenntnis, ihr in mehrerer Hinsicht nicht zu genügen. »Der letzte Freier hat vor acht Jahren bei mir vorbeigeschaut und sich ständig gejuckt, als hätte er von meinem Anblick die Krätze bekommen.«

Anna nickte nachdenklich. Sie konnte sich dieses Schaulaufen vor irgendwelchen Heiratskandidaten gut vorstellen. Es hatte auch bei ihr begonnen, bevor sie diesen Unfall hatte. Plötzlich waren junge Männer auf dem Hof aufgetaucht und wollten mit ihrem Vater reden. Die Mutter hatte Anna dann mit einem Krug Bier in die Stube geschickt, damit sie aufwartete. Zuvor hatte sie ihr noch in die Wangen gezwickt, damit diese rötlich schimmerten. Die jungen Kerle hatten sie gemustert, wie sie auf den Märkten die Ferkel und Kälber begutachteten. Dass sie ihr dabei nicht auch noch in die Schenkel kniffen und ans Euter fassten, war alles. Nach der Entstellung ihres Gesichts war niemand mehr gekommen.

»Wenn sich aber jemand für dich interessieren würde und …«

»Für mich?«, fiel ihr Klara ins Wort. »Willst du mich auf den Arm nehmen?«

»Noch kannst du Kinder in die Welt setzen, Klara«, beschwichtigte Anna sie.

»Glaubst du, ein Mann würde mich anrühren? In welcher Welt lebst du?« Ihre Antwort stieß sie mit einer derart verächtlichen Stimme aus, dass kleine weiße Flocken Speichel herausgeschleudert wurden, durch den Raum flogen und auf Annas Kleid landeten.

Anna schnippte sie mit dem Fingernagel zu Boden. »Es wäre ein Geschäft – du hast etwas, das er will.« Sie hatte sich vorgenommen, Klara reinen Wein einzuschenken. Diese würde ohnehin nicht glauben, ein Hans Fugger nähme sie aus Liebe.

Die Widolfin sah an sich herunter, ließ ihre Näharbeit sinken und fasste mit beiden Händen unter ihre flachen Brüste. »Das schreckt jeden Kerl ab, glaub mir. Sobald er das sieht, weiß er, dass ich keine Kinder werde stillen können.«

»Unsinn«, widersprach Anna. »Jede Frau ist dazu geschaffen, Kinder zu stillen.«

»Spricht da die Hebamme oder die Kupplerin?«

Sie wurden wieder unterbrochen. Unter Klaras Fenster lief ein Trupp Handwerker mit Spießen vorbei. Alle gestikulierten wild und feuerten sich mit lauten und zotigen Zurufen an. Angst war in der Gruppe leichter zu ertragen.

»Sie besetzen heute noch die Stadttore«, sagte Klara. »Mein Vater spricht mit den Männern, während ich hier oben sitze. Er ist schon etwas taub, sodass die Weber, die ihn besuchen, lauter sprechen müssen. Niemand vermutet, dass ich hier oben alles mithören kann. Sie haben vermutlich vergessen, dass der Alte noch eine Tochter hat.«

»Heute Nacht geht es los?«

Klara Widolf nickte. »In einer Stunde geht die Sonne unter ... und dann riegeln die Handwerker die Stadt ab.«

Anna sah sie an. Die im letzten Tageslicht sitzende junge Frau hatte helle, klare Augen, die davon sprachen, dass sie zwar körperlich nicht vorzeigbar war, aber sehr wohl Verstand besaß. Letzteres war wohl der eigentliche Grund dafür, dass sie ihr Leben noch in Jungfernschaft verbrachte. Wer von den Webergesellen wollte schon eine Frau, die offensichtlich klüger war als er selbst und darüber hinaus nicht einmal eine Augenweide?

»Morgen sieht die Welt in dieser Stadt anders aus. Glaub mir. Morgen gibt es eine Zunftverfassung oder Tote. Vielleicht sogar beides.« Klara zuckte mit den Schultern.

»Fürchtest du dich nicht, dass dein Vater ...«

»Iwo. Er ist ein Fuchs. Er hat zwar den Spieß mitgenommen und auch seinen Brustharnisch umgelegt, aber er wird niemals in vorderster Reihe marschieren. Nach ein paar Stunden werden ihm der Rücken und die gichtigen Finger schmerzen, und er wird wieder in die Stube unten poltern. Vermutlich zu betrunken, um morgen irgendwohin zu gehen, und den Tag des Umbruchs verschlafen.«

Beide Frauen lachten. Abrupt wandte sich Klara Anna wieder zu. »Wer hat denn Interesse an mir bekundet?«

Anna lächelte in sich hinein. Klaras zur Schau getragene Gleichgültigkeit war nur vorgetäuscht gewesen. Natürlich würde sie in eine Heirat einwilligen. Sie wollte eine Familie, sie wollte Kinder, schon deshalb, weil es jeden Tag sein konnte, dass ihr Vater starb – und das hätte für sie die Gosse bedeutet.

»Dann habe ich dich doch neugierig gemacht …« Anna lachte leise.

Hans drängte sich in die Schänke am Wertachbrucker Tor. Die Luft im Raum stand regelrecht. Es stank nach Schweiß und Metall, nach Bier und Leder. Einige der Männer trugen bereits ihre Harnische. Weiß stand auf einem der Tische, neben ihm erkannte Hans dessen Bruder Heinrich, den Kürschner und den Bäcker Burtenbacher. Außerdem war da ein Mann, den er noch nie gesehen hatte. Durch die Handwerker, die hinter ihnen weiter in den Raum drängten, wurden sie vorwärts geschoben.

»Wer ist das?«, fragte Hans seinen Nachbarn.

»Der Salzfertiger Wessisprunner«, rief ihm der Mann neben ihm zu, bevor er abgedrängt wurde.

»Es ist so weit!«, überschrie Hans Weiß das Gerede im Raum. Es wurde mit einem Schlag still. Nur das Getrappel der vorwärtsgeschobenen Schuhe und Trippen war noch zu vernehmen. »Ab heute werden wir den Rat zwingen, uns ernst zu nehmen.«

Ein Johlen ging durch die Reihen der Männer. Sie hoben die Fäuste und schüttelten sie, doch nur wenige waren dazu in der Lage, so dicht gedrängt standen sie.

»Wir sind eben dabei, die Tore zu besetzen. Dafür brauchen wir jeden Mann. Jedes Schlupfloch aus der Stadt hinaus muss verriegelt sein. Auch kleine Durchgänge wie das am Bleichertörlin oder am Kuhloch sind zu bewachen. Niemand … ich sage niemand und schon gar kein Ratsmitglied oder Patrizier darf die Stadt verlassen.«

Hans sah neben sich, wie die Männer einhellig nickten.

»Mein Bruder Heinrich und ich, der Burtenbacher und der Wessisprunner führen unsere Männer an die großen Tore. Draußen warten noch fünf weitere Handwerker, die alle kleinen und kleinsten Schlupfe abriegeln lassen. Auch die Domstadt wird bewacht. Stellt ebenfalls Wachen an alle Kirchentüren. Niemand soll sich in ein Kircheninneres flüchten können. Wir respektieren das Kirchenrecht auf Sicherheit in einem Gotteshaus, also lassen wir sie am besten nicht hinein.«

Ein allgemeines Gelächter setzte ein, das etwas von der Anspannung nahm, die im Raum lag.

Hans schwitzte. Ihm lief das Wasser den Rücken hinab. Sein Kopf arbeitete. Er durfte sich einerseits nicht mit den Aufständischen gemein machen, sonst würde er als Gäuweber womöglich sein Wohnrecht in der Stadt verlieren, andererseits durfte er nicht abseitsstehen, sonst würden ihn die Handwerker nach einer erfolgreichen Zunfteinführung nicht als einen der ihren anerkennen. Noch hatte er keine Lösung für dieses Dilemma.

»Die ganze Nacht über werden wir durch die Gassen der Stadt laufen und zu verhindern versuchen, dass die Stadtoberen ihre Kräfte zusammenziehen. Jede Ansammlung, die nicht aus Handwerkern besteht, wird sofort aufgelöst. Notfalls gewaltsam.«

Wieder brach Jubel aus.

Hans Weiß hob die Arme, um sich Ruhe zu verschaffen. »Das ist noch nicht alles. Wenn beim Morgengrauen die Glocke am Perlach ertönt – der Türmer steht auf unserer Seite –, dann versammeln wir uns auf dem Platz vor dem Rathaus. Gewappnet. Banner und Spieße dabei. Dann werden wir unsere Forderungen dem Rat übergeben.«

»Woher wisst Ihr, dass die Magistrate vor Ort sein werden?« Hans konnte nicht glauben, dass er das gesagt hatte.

»Ah, unser Freund aus Jettingen. Sie sind jetzt schon im Sitzungssaal und beraten, Fugger. Wir lassen sie einfach nicht wieder nach Hause gehen und schon gar nicht aus der Stadt hinausziehen.«

Allgemeines Gelächter war zu hören.

»Wir haben noch etwas zu regeln. Das betrifft Euch, Fugger, und andere Gäuweber, die in der Stadt sitzen.«

Es wurde wieder still. Alle sahen zu ihm herüber, als wäre er das Gesicht der Landweber.

»Und das wäre?«, fragte Hans. Es klang forscher, als er sich selbst fühlte.

»Ihr wohnt zwar in der Stadt, aber Ihr lasst für Euch arbeiten. Ihr verlegt die Arbeit ...«

Was wie eine Drohung wirkte, beflügelte Hans. Wenn Weiß die Stimmung gegen ihn hatte aufheizen wollen, war ihm ein Fehler unterlaufen. »... und helfe damit den Webern über den Winter«, fiel er ihm ins Wort. »Wer für mich arbeitet, der kann seinen Lebensunterhalt bestreiten. Er hat das ganze Jahr über Arbeit und das auch noch zu verträglichen Preisen.« Hans ließ seinen Blick herausfordernd über die Menge gleiten. »Oder gibt es jemanden unter Euch, der mir das Gegenteil anhängen wollte?«

»Der Fugger hat recht. Ich habe Arbeit auch im Winter«, tönte eine erste zaghafte Stimme.

Hans sah sich um. Es war Oswald Widolf. Die ausgemergelte Gestalt war einer seiner Hauptweber im Winter. Er wirkte glatte, fehlerfreie Tuche und arbeitete zügig und zuverlässig. Seine sonst so gebeugte Gestalt hatte sich aufgerichtet und bot einen beeindruckenden Anblick.

Ihre Blicke begegneten sich. Widolf nickte ihm zu. Andere Stimmen mischten sich ein und bestätigten Widolfs Ansicht. Als Hans sich wieder umdrehte und das Mienenspiel in Weiß' Gesicht betrachtete, ahnte er, dass dieser damit nicht gerechnet hatte.

»Nun denn«, fuhr der Handwerkerführer fort. »Steht Ihr und stehen die Gäuweber auf unserer Seite?«

Hans räusperte sich. Jetzt durfte er nichts falsch machen. Eingekeilt zwischen die Leiber der Stadtweber konnte er sich schlecht gegen deren Vorhaben aussprechen. »Ich habe Sitz in der Stadt, und ich will, dass es so bleibt. Wenn Ihr eine Zunft bildet, will ich ihr angehören. Was also soll ich gegen Euer Vorhaben vorbringen? Es braucht eine ordnende Hand, um gegen Städte wie Ulm oder Nürnberg zu bestehen.«

»Hört, hört«, rief Weiß. Hans sah ihm an, wie unangenehm ihm dieses Bekenntnis war. »Dann wollen wir ihm glauben, dass er zu uns hält.«

»Ich habe aber weder Spieß noch Harnisch, sodass ich den versammelten Handwerkern nur meine Fäuste anbieten kann. Die aber sollen Euch gehören.«

Zustimmendes Gemurmel erfüllte den Raum, das jetzt vom Läuten der Glocken bei St. Georg übertönt wurde. Sie riefen zum Abendgebet.

Weiß hob den Arm, um auf dieses Zeichen aufmerksam zu machen. »Es gilt, Männer, Handwerker. Bis morgen finden wir eine Zunft oder den Tod!«

»Eine Zunft oder den Tod!«, schallte es einstimmig zurück.

»Besetzt die Tore!« Weiß sprang vom Tisch.

Als er an Hans vorbeikam, packte er ihn kurz am Arm und zog ihn so nahe zu sich her, dass er ihm ins Ohr flüstern konnte: »Ich glaube Euch kein Wort, Fugger. Aber Ihr habt Euch gut geschlagen. Meister Widolf hat Euch gerettet. Ich hätte Euch aus den Toren vor die Stadt gejagt. Aber so sei es denn.«

In ernster Stimmung verließen die Männer die Schankstube. Nur Hans und Oswald Widolf blieben zurück. Der eine, weil er als Gäuweber keinen Spieß und keinen Harnisch besaß, der andere, weil ihn allein die Tatsache erschöpft hatte, bis in die Schankstube zu kommen.

Der alte Weber tippte sich an die Stirn. »Da oben bin ich noch fünfundzwanzig. Aber die Glieder wollen nicht mehr so recht. Das viele Sitzen und Bücken. Wenn Ihr mir meinen Spieß tragt, dann helfe ich Euch, durch die Gassen zu laufen, ohne von Euren Fäusten Gebrauch machen zu müssen«, schlug der Webermeister verschmitzt vor. »Es erfordert Geschick, die Welt zu lenken, ohne unter die Räder zu geraten, die sich einen anderen Weg suchen.«

Hans nickte. Zwar hatte er bislang nicht den Eindruck gehabt, der Alte würde unter der Last seiner Bewaffnung zusammenbrechen, aber er griff gern nach dem Spieß. So hatte er wenigstens eine Aufgabe – und es war sicher von Vorteil, wenn ihn ein Webermeister im Auge behielt. Er konnte für ihn bürgen, wenn etwas schiefging.

»Gemeinsam halten wir die Augsburger bis morgen früh in Schach, Widolf!«

II

AUGSBURG, 22. OKTOBER 1368

Oswald Widolf hatte außer dem Spieß auch eine Laterne mitgebracht und leuchtete damit zuvor jede Gasse aus, in die sie vorstießen. »Man muss vorsichtig sein. Es könnte Händel geben«, brummte er regelmäßig.

So schwach, wie er sich gab, so gebeugt und schlurfend er tat, so hinfällig war er gar nicht. Hans glaubte, die Knochen des Webers müssten lauter klappern und mehr Lärm verursachen als das Metall der Lampe, aber er erlebte den Alten als zähen und gewandten Handwerker, der sich nur hinter seiner Gebrechlichkeit verbarg oder sie tapfer zu tragen wusste. So konnte er es sich aussuchen, wie er sich verhielt. Niemand traute ihm viel zu, und doch brachte er fast so viel zustande wie manche der jüngeren Weber.

»Lass die Jungen und Starken an den Toren stehen und die Schlupfe bewachen. Wir kümmern uns um die Stadt«, sagte Widolf.

Sie streunten durch die dunklen Gassen, immer an den Hauswänden entlang und beinahe unsichtbar. Hans hielt den Spieß in der Hand. So schlichen sie durchs Lechviertel, stiegen am Milchberg, vorbei an der Hufschmiede, den Hang in die Oberstadt hinauf und kreuzten durch die Gassen dort oben. Hinter den meisten Häusern, die auf die Straße hinausblickten, lagen Gärten, die kaum einsehbar waren.

»Wer hier ein Haus besitzt, der hat es geschafft. Den hat der Herr geküsst, mein Freund.« Widolf stockte. »Oder der Teufel«, fuhr er fort. »Was bei einer bestimmten Summe Geldes dasselbe ist.«

»Wie meint Ihr das? Das ist doch … Ketzerei!«

Der Alte wiegte den Kopf. »Was Ketzerei ist und was nicht, das liegt in den Augen des Betrachters. Unser Herrgott war ein Vertreter der Armut, kein reicher Sack. Er hat die Händler aus dem Gotteshaus geworfen, weil denen der Mammon wichtiger war als der Mensch. Und jetzt schau dir unsere Pfaffen, den Bischof, die Benediktiner an, die da hinter uns in ihren Daunenbetten liegen. Ist ihnen der Mensch wichtig? Nein, sag ich dir. Es ist ihnen wichtig, den Messwein aus goldenen Pokalen zu schlürfen, sich die Hände an Seidenschals zu trocknen und in mit Goldfarbe geschriebene Psalter zu blicken.«

Hans hätte viel dafür gegeben, jetzt die Miene des Alten zu sehen, der sich über den Klerus ereiferte.

»Armut stünde ihnen gut zu Gesicht«, schimpfte Widolf weiter. »Stattdessen schwelgen sie in einem unanständigen Reichtum. Sie predigen Hilfe und stoßen die Mehrheit ihrer Schafe in die Schluchten der Unwissenheit und Not. Allein mit dem, was der Klerus in unserer Stadt zusammengerafft hat, könnte man die Ärmsten der Armen länger als zehn Jahre verkösten, ihnen Lesen und Schreiben beibringen und so den Besten unter ihnen eine Möglichkeit eröffnen, sich ihren Lebensunterhalt selbst zu verdienen und nicht erbetteln zu müssen. Aber …« Er stockte, setzte die Laterne rasch auf den Boden und deckte sie ab. »Kein Gesindel«, zischte er.

»Woher wisst Ihr das?«, flüsterte Hans, der das Geräusch ebenfalls vernommen hatte. Ein kräftiges Stapfen war zu hören, das sich ihnen näherte.

»Harte Ledersohlen. Handarbeit. Fester Tritt. Kein armer Mensch. Senk deinen Spieß. Wenn er auf unserer Höhe ist …« Er brach ab. Er vertraute offenbar darauf, dass Hans wusste, was er zu tun hatte. Doch der hatte noch nie einen Spieß in der Hand gehalten. Außerdem zitterte er am ganzen Leib. Was sollte er tun? Den Schleicher, der da auf sie zukam, in eine Spitze laufen lassen?

»Fertig?«, flüsterte Widolf.

»Ja«, zischte Hans zurück.

Der Alte zog den Lappen von der Laterne, und ein Lichtstrahl fiel in die Gasse. Nur wenige Schritte vor ihnen, die Brust nur eine Hand breit vor der Spitze des Spießes entfernt, stand ein Mann und starrte sie mit schreckgeweiteten Augen an.

»Bitschlin, Conrad Bitschlin, Ihr?«, stießen sie beide gleichzeitig aus. Vor ihnen stand einer der beiden Bürgermeister der Stadt Augsburg, angetan mit einer dunklen Schaube, deren Pelzkragen so hoch war, dass er ihn fast erstickte. »Was schleicht Ihr des Nachts durch die Gassen? Wir hätten Euch beinahe ein zweites Loch gebohrt, Mann«, feixte Widolf.

»Was?«, keuchte Bitschlin und bemerkte offenbar erst jetzt die Spitze des Spießes. Vor Schreck quiekte er auf wie ein Schwein und sprang einen Schritt zurück.

»Also, was schleicht Ihr hier herum? Die Nacht hat der Teufel gesehen. Oder seid Ihr selbst der Bocksbeinige? Sollen wir Euch versuchen?«

Bevor Hans reagieren konnte, hatte der alte Weber den Schaft gepackt und ihn gegen Bitschlins Wanst gestoßen.

Erneut kreischte der Bürgermeister auf. »Ich … wir … ich bin unterwegs …«

Widolf seufzte. »In dieser Nacht ist man entweder unterwegs, wenn man ahnungslos ist und zu seinem Bettschatz möchte, egal ob es der eheliche oder ein unehelicher ist, was ich Euch nicht zutraue. Oder man ist über die Vorgänge im Bilde und versucht, eine Verschwörung anzuzetteln oder sonst eine unchristliche Tat vorzubereiten. Seid Ihr also unterwegs, weil Euch die Frau nicht genügt oder weil Ihr Hilfe sucht? Wohl Letzteres, nicht wahr. Habe ich ins Schwarze getroffen?«

»Ja, äh, nein«, stotterte Bitschlin in seiner pelzbesetzten Schaube, die ihn größer und breiter erscheinen ließ, als er tatsächlich war. Der Fettwanst war ohnehin genährt genug, aber der weite Mantel machte ihn erst zu einem vorzeigbaren Kerl mit Macht und Einfluss.

»Was jetzt? Ja oder nein?«, fragte Widolf und trat näher an ihn heran. Er hielt die Laterne hoch und musterte das teigige Gesicht des

Mannes. Im Licht der Laterne wirkte es verletzlich, weiblich zart. Erst jetzt fiel Hans auf, dass dem Dicken kaum ein Barthaar spross.

»Ich habe Euch etwas gefragt!«, zischte Widolf. »Seid Euch bewusst und froh darüber, dass Ihr noch sprechen könnt. In ein oder zwei Minuten wird Euch das womöglich mit durchschnittener Kehle nicht mehr gelingen.«

Der Bürgermeister wankte und fasste sich mit angstvollem Blick ans Herz.

»Lasst ihn laufen, Widolf«, sagte Hans.

»Feigling«, zischte der Alte Bitschlin an. »Hau ab. Du stinkst! Hast dir wohl in die Hosen gepinkelt.«

Der Stadtpfleger brauchte einen Moment, bis er begriff, dass Widolf ihn freigeben wollte. Mit einem unfreiwilligen Juchzer wackelte er los, die Gasse entlang und verschwand um eine Hausecke.

»Mich würde trotzdem brennend interessieren, wohin er will«, murmelte Widolf.

»Ja, mich auch«, flüsterte Hans. »Wenn der Magistrat Panzerreiter gegen uns einsetzt, ziehen wir den Kürzeren … Aber er darf nicht wissen, dass wir ihm folgen.«

Sie warteten, bis die Schritte, die von den Wänden der eng stehenden Häuser zurückgeworfen wurden, verklungen waren.

»Jetzt!«, flüsterte Hans und lief los. Widolf hielt Schritt, ohne dass sich sein Atem beschleunigte. Immer wieder blieben sie stehen, um nach den hastigen Watschelschritten zu horchen, bis diese abrupt aufhörten.

»Entweder hat er uns gehört, oder er ist am Ziel«, wisperte Widolf. »Vorsicht jetzt.«

Leise schlichen sie vorwärts. Die Gasse weitete sich am Brotmarkt. Schräg vor ihnen lag das Haus der Familie Artzt. Hans wusste, dass sich Jodocus Artzt bereits mehrmals als Bürgermeister beworben – und das letzte Mal gegen Bitschlin verloren hatte.

»Ich fasse es nicht!«, sagte Widolf.

Sie sahen, wie Bitschlin seine Amtskette abstreifte und dem Patrizier übergeben wollte.

»Ist nicht Heinrich Herwort der derzeitige Mitbürgermeister?«, fragte Hans leise. »Warum macht er das?«

»Der Scheißkerl gibt seine Kette und damit seine Verantwortung weiter. Er will Artzt zum Bürgermeister machen. Ich wusste, dass er keinen Arsch in der Hose hat, auch wenn die groß genug wäre.«

»Aber was hat das zu bedeuten?«, fragte Hans und beobachtete, wie die beiden Männer – Artzt war eben aus der Tür getreten – einen hitzigen Disput ausfochten. Artzt lehnte das Angebot eindeutig ab und schickte den geknickt wirkenden Dicken weiter.

Sie hörten nur gedämpft die Worte »Rathaus« ... »Rat« ... »Pflicht«.

»Du hast was getan? Solange ich, Brigitta Melcher, hier wohne, wird keine andere Frau ...«

»Das hab ich mir schon gedacht«, fiel Anna ihrer Mutter ins Wort. »Deshalb wirst du nach Jettingen zurückkehren. Der Vater vermisst dich sicherlich längst.« Ihre Mutter starrte sie mit offenem Mund an. Anna deutete zur Stiege. »Wenn die Widolfin hier einzieht, brauche ich meine Kammer. Sie hat zugesagt. Sie bekommt endlich einen Mann, hoffentlich Kinder, und Hans wird Augsburger Bürger, weil er eine Bürgerin heiratet. Es haben also beide etwas davon.«

»Das werde ich nicht zulassen«, keuchte ihre Mutter. »Meine Tochter als Magd, die die Schuhe einer dahergelaufenen Weberin putzt. Niemals!«

Anna lächelte schief. »Dir wird nichts anderes übrig bleiben, als zu verschwinden und ...« Sie stockte verlegen, dann fasste sie sich und sah ihrer Mutter in die Augen. »Wenn ich morgen bei Sonnenaufgang zurückkomme und du bist noch hier, zerre ich dich persönlich aus dem Haus. Es ist vorbei, Mutter.«

Die Melcherin schnappte nach Luft und griff sich an die Brust.

»Kein Theater, bitte. Dein Herz ist nicht schwach, es ist schwarz. Zu viel Pfaffengeschwätz, zu wenig Demut und Nächstenliebe.« Anna wandte sich ab und nahm ihre Schaube vom Haken. Sie musste noch einmal in die Stadt und nach Hans suchen.

»Ich habe den Vater bereits verständigt, dass du zurückkommst«, sagte Anna. »Er wird sich freuen. Es wurde ja auch Zeit. Außerdem kann und will Hans dich nicht länger in seinem Haus haben. Du würdest dich nicht mit Klara verstehen.«

Annas Mutter verdrehte die Augen. Dann stapfte sie wütend die Stiege hinauf zu der Schlafkammer. Anna sah ihr hinterher, dann wandte sie sich um und verließ das Haus.

Hätte sie mir geholfen, statt mir immer wieder Knüppel zwischen die Beine zu werfen, würde ich sie nicht so behandeln, dachte sie, während sie die dunkle Gasse hinuntereilte. Waren ihre Worte zu barsch gewesen, hätte sie nicht milder und freundlicher vorgehen müssen? Nein. Ihre Mutter verstand nur Härte.

Jetzt erst spürte sie, wie sehr sie glühte. Es war kein Fieber, es war die Anspannung, sagen zu müssen, was sich nicht verschieben ließ, und damit ihre Mutter zu kränken. Aber diese kümmerte sich auch nicht um ihre Ängste und Befürchtungen, Hoffnungen und Wünsche, sondern versuchte beständig, ihr ein schlechtes Gewissen zu machen, um selbst einen Vorteil daraus zu ziehen.

Anna verstand, warum ihre Mutter so lange nicht nach Jettingen zurückgekehrt war. Das Leben in der Stadt war leichter für sie. Sie musste niemandem den Haushalt führen und hatte auch noch das eine oder andere Vergnügen außer der Reihe. Etwas, was in Jettingen unmöglich gewesen wäre.

Anna sog die kalte Oktoberluft ein. Es roch nach Schnee und nach Ärger, als würde der Angstschweiß, der sich unter Harnischen und fest umklammerten Spießen bildete, durch die Gassen und Plätze der Stadt wabern. Noch nie, seit sie in der Stadt weilte, war ihr diese Anspannung so deutlich aufgefallen wie in dieser Nacht. Sie musste Hans finden, um ihn zu beschwören, dass er zwar die Aufständischen unterstützen, aber keine Gewalt anwenden oder sonst unangenehm auffallen dürfe. Er musste vor allem verhindern, dass er als Gäuweber aus der Stadt geworfen wurde – und, was noch wichtiger war, er musste verhindern, dass der Barchent unter den Zunftzwang fiel, falls die Handwerker mit ihrer Zunfterhebung erfolgreich sein sollten.

Barchent war Mischgewebe und als solches Fremdgewebe – und das musste zunftfrei bleiben. Nur dann würden sie es in der Stadt herstellen dürfen. Würde es verboten, würde es ihre Existenz vernichten. Dann würde ihnen nichts weiter übrigbleiben, als wieder nach Jettingen zurückzugehen und es vielleicht in Ulm zu versuchen.

Ihre Augsburger Jahre wären folglich verlorene Jahre gewesen.

Sie überlegte, wo er sich aufhalten könnte, und lief dann westlich an der Domstadt vorbei in Richtung Oberstadt. Klara hatte ihr gesagt, ihr Vater würde sich niemals in Kämpfe verwickeln lassen und immer dort sein, wo am wenigsten Widerstand zu erwarten war. Und Hans hatte ihr erzählt, dass eine Gruppe von Handwerkern in der Oberstadt patrouillierte, damit die Patrizier dort nicht zu widerständig wurden. Das traute sie ihm zu, also versuchte sie dort ihr Glück.

Die Glocke schlug Mitternacht.

12

AUGSBURG, 23. OKTOBER 1368

Anna presste sich rasch in die Lücke einer Türöffnung eines Hauses in der Oberstadt. Unweit vor ihr hatte sich eine Gruppe Männer versammelt. Es waren aufgebrachte junge Patrizier, deren Kleidung im Mondlicht sauber gebürstet glänzte. In den Händen hielten sie Weinkrüge. Sie waren wütend, weil sie die Stadt nicht hatten verlassen können. Manche der Burschen hatten wohl Hübschlerinnen in die Vorgärten vor dem Gögginger Tor oder in die Auen vor dem Barfüßertor bestellt – und waren von Handwerkern daran gehindert worden, aus der Stadt zu schlüpfen.

Es waren allesamt verwöhnte Kerle, die noch nie in ihrem Leben hatten arbeiten müssen. Aber sie waren in der Lage, eine Klinge zu führen und allemal geschickter darin als die Kürschner und Weber, die Salzfertiger und Kistler, die bis jetzt noch keine andere Handwaffe in Händen gehalten hatten als einen Knüppel. Allenfalls einen Spieß konnten sie halten – umgehen damit konnten sie deswegen noch lange nicht.

Anna verharrte in ihrer Nische und lauschte gezwungenermaßen den zehn, zwölf Männern, wie sie sich über die unverschämten Handwerker erregten, schimpften und gestikulierend hin und her liefen.

»Seit wann bestimmen Handwerker darüber, ob wir die Stadt verlassen dürfen oder nicht?«, beschwerte sich einer lautstark und nahm einen Schluck aus seinem Krug.

Der Geruch des billigen Fusels drang bis zu Anna und kitzelte sie in der Nase. Beinahe hätte sie niesen müssen und sich damit verraten. Sie rieb sich den Nasenrücken, und der Drang verebbte.

»Wir sollten diesen Kerlen mit ihren lächerlichen Spießen eine Lektion erteilen«, rief einer der jungen Patrizier.

»Ach, Hößlin, du hast schon so viel Alkohol im Blut, dass du mit der doppelten Anzahl Männern kämpfen müsstest«, warf ein in enge Strumpfhosen gezwängter junger Kerl ein.

»Ich ... pah ... mein Degen nimmt es mit der dreifachen Anzahl von Spießen auf, mein lieber Herwort!«

Dass dieser arrogante Widerling bei der Gruppe dabei war, wunderte Anna nicht. Er hatte schon mehrmals versucht, ihr an die Wäsche zu gehen. Als Krüppel, hatte er gesagt, müsse sie doch froh sein, wenn sich jemand um sie kümmere.

»Dein Degen womöglich schon, aber du?«, witzelte ein weiterer Saufkumpan.

»Was wollen die Kerle eigentlich? Uns einsperren? Aushungern?«, brachte Herwort schon ein wenig lallend hervor.

Anna seufzte. Diese Jungspunde stellten keinerlei Gefahr dar. Sie waren außer sich, betrunken, aber harmlos. Sie kämpften mit dem Mundwerk, nicht mit dem Schwert. Obgleich sie sich furchtlos gaben, hingen sie zu sehr an ihrem ausschweifenden Leben, als dass sie gewillt gewesen wären, es unbedacht frühzeitig abzukürzen.

Anna wollte sich schon davonschleichen, als einer der Jungen etwas sagte, das sie erschrocken innehalten ließ.

»Im Osten gibt es eine Mauerlücke. Da wird gerade gearbeitet, und man kann an den Gerüsten über die Mauer klettern. Wir sollten uns Hilfe holen. In einer Woche wären wir mit dem Vogt wieder hier, oder wir könnten weitere Städte dazu bringen, Entsatztruppen zu holen. Wäre doch gelacht, wenn wir dieses Handwerkergesindel nicht an seinen Platz verweisen könnten.«

Anna überlegte. Wo im Osten gab es eine Mauerlücke? Zwischen Barfüßertor und Steffinger Tor oder weiter südlich hin zum Kloster St. Ursula? Sie wusste es nicht. Aber wo auch immer das Loch sich befand, sie musste die Handwerker warnen. Wenn die jungen Patrizier die Stadt verließen und womöglich den Vogt oder andere Städtemagistrate aufschreckten, konnte es böse enden. Die Handwerker waren nicht so stark, wie sie sich gerne gaben.

Unruhig wartete Anna darauf, dass die jungen Männer endlich weitergingen, doch das dauerte. Das Mundwerk war allemal größer als der Mut, der sie beseelte.

Helden wollten sie werden. Die Stadt retten. Im Handstreich das Handwerkergesindel davonfegen. Luftschlösser bauten sie sich, ganze Burganlagen an Wünschen und Sehnsüchten. Aber die Beine wollten nicht von der Stelle. Erst als der Nachtwächter seine Runde in der Oberstadt antrat und mit seiner Laterne das lichtscheue Gesindel vertrieb, wandten sie sich gen Osten.

Annas Gedanken rasten. Wo würde sie Hans finden? Wo einen der anderen Handwerker? Sie wartete, bis der Nachtwächter zum Gögginger Tor eingebogen war und hastete dann vorwärts. Wenn mehr Zeit gewesen wäre, hätte sie die Patrizierhäuser beobachtet, hätte zu erkennen versucht, wer dort aus- und einging, um Rückschlüsse auf das Vorgehen ziehen zu können. Sie ging mitten auf der Hallgasse, damit sie auch gesehen werden konnte. Doch niemand warnte sie, niemand zischte sie an.

Wenn Hans nicht in der Oberstadt war, wo dann? Der Mond, der gerade erst aufging, erreichte die Gassenschluchten noch nicht. Anna hinkte, so schnell sie konnte, durch die graue Finsternis, die nur am Himmel langsam aufhellte, am Boden aber beinahe undurchsichtig war, weil der Mond auch das Licht der Sterne zu schlucken begann.

Als sie auf der Höhe des Weinmarktes plötzlich ein Lichtschein blendete, wäre sie um ein Haar in den Spieß gelaufen, der auf sie gerichtet war.

»Anna!«, rief jemand, und die Spitze der Waffe senkte sich.

Anna stolperte und war zum ersten Mal froh darüber, mit ihrem krummen Bein nicht schnell rennen zu können. Sie hätte sich selbst aufgespießt.

»Was tust du hier?«, fragte Hans mehr besorgt als ärgerlich. »Du solltest doch zu Hause bleiben. Ich hätte dich fast …« Er brach ab und atmete durch.

»Was ist los?«, fragte der Mann neben ihm.

Anna hätte den alten Widolf beinahe nicht erkannt. Das war nicht mehr die gekrümmte Gestalt, die auf die Straße geschlurft war, als sie Klara besucht hatte. Es war ein hellwacher, straffer Handwerker, der offensichtlich wusste, was er tat.

Kurz berichtete Anna von dem Vorhaben der jungen Kerle. Hans und Widolf sahen sich an, dann nickten sie.

»Wir haben noch sechs Nachtstunden, dann bricht der Tag an. Die Patrizier werden erstaunt sein, wenn sie in einer Stadt aufwachen, die eine Zunftverfassung besitzt.«

Hans hatte Anna wieder nach Hause geschickt. Widolf und er hasteten zum Barfüßertor, wo sich die ersten Spieße sammelten. Rasch wurde weitergegeben, was Anna erfahren hatte – und schon bald waren fünf junge Patrizier eingefangen, die bei St. Ursula über die Mauer gestiegen waren, aber nicht bedacht hatten, dass sie den nassen Graben hätten überqueren müssen. Keiner von ihnen konnte schwimmen. Und so hatten sie vor dem Wasser gestanden wie junge Katzen, mit den Zehen das Nass prüfend und unentschlossen, ob sie ihr Leben aufs Spiel setzen oder besser umkehren sollten. Sie wurden kurzerhand in den Turm gesperrt.

Immer mehr Männer sammelten sich beim Tor. Ein Wald aus Spießen ragte in den monderleuchteten Himmel. Die polierten Harnische blitzten im kalten Licht und unterstrichen die Entschlossenheit der Handwerker. Auf den Spießen staken Wimpel in den Farben der künftigen Zünfte. Das Gemurmel wurde zu einem lauten Rufen und Johlen und war immer schwerer zu kontrollieren und zurückzuhalten.

Wer schließlich den Anstoß zum Aufbruch gab, wusste später niemand mehr zu sagen. Irgendwann lief die Menge los. Hans, der sich im Hintergrund hielt, zählte vierundzwanzig Wimpel, dazu die dreifache Anzahl Männer.

Er blieb immer in der Nähe der Bewaffneten, ohne sich in den Vordergrund zu drängen. Den Spieß hatte er Widolf zurückgegeben. Er hatte nicht das Recht, in der Stadt eine Waffe zu führen.

Die Schäfte der Spieße wurden gegen den Boden gestoßen, was ein rhythmisches Pochen erzeugte, dem sich der eigene Herzschlag anzugleichen schien. Je länger die Männer liefen, desto gleichmäßiger marschierten sie. Die Schritte passten sich einander an, die Spieße schlugen einheitlicher, und aus der Mitte der Gruppe ertönte ein gleichzeitiges, heftiges, ausatmendes »Ho!«. Es trieb Hans eine Gänsehaut auf die Arme.

Als sie sich den Hang emporgearbeitet hatten und am Perlachturm auf den Wochenmarkt einbogen, waren sie bereits zu einer einzigen Masse verschmolzen. Sie waren eine Gemeinschaft mit einem festen Ziel. Dann kam das Rathaus in Sicht, und die Stimmen verstummten. Nur das Stoßen der Spieße war noch zu hören und das gleichmäßige Knallen der genagelten Ledersohlen auf dem Pflaster vor dem Magistratsgebäude.

Die drei Giebel des Rathauses zeichneten sich gegen den Himmel ab. Der kleine Glockenturm mit der Ratsglocke stach wie ein mahnender Finger in die Nacht. Eine Stunde, vielleicht anderthalb würde es noch dauern, bis die Sonne den Horizont erhellte. Eine lange

Zeit, in der alles geschehen konnte – oder nichts. Hans konnte die Erregung der Handwerker körperlich spüren. Sie schlug wie eine anbrandende Welle gegen sein Gemüt und nahm ihm den Atem. Er war dabei – und doch fühlte er sich unwohl. Aufruhr war nicht seine Sache. Er wollte nicht in der ersten Reihe stehen, er musste nicht das Wort führen. Er war kein Anführer, kein Lenker.

Je lauter die Menge wurde, desto weiter nach hinten begab er sich, blieb aber bei den anderen. Sie verlangten nach den Bürgermeistern, nach dem Magistrat. Die Handwerker forderten das Siegelbuch und die Schlüssel. Zuerst rief Hans Weiß allein die Forderung gegen das geschlossene Tor, dann fielen immer mehr Männer ein, bis alle lautstark im Chor grölten. Von Hans und Widolf hatten sie erfahren, dass sich hinter der Fassade zumindest einer der Bürgermeister versteckte: Conrad Bitschlin. Ihn wollten sie herausbrüllen.

Auch das war nicht Hans' Sache, nicht seine Art. Er wusste, was er wollte, aber er brauchte keine Gewalt, keinen Lärm, er wollte niemanden zwingen. Er musste in diesem Augenblick an Anna und ihr Schicksal denken. Ja, damals hatte er auch etwas gewollt und sich gewaltsam durchzusetzen versucht. Was war das Ergebnis gewesen? Ein Unglück, dessen Folgen er niemals würde abmildern können, außer durch eine Heirat – und das war unmöglich. Sein Weg war ein anderer, weniger auf Angriff gerichtet, dafür vielleicht erfolgreicher, weil das Gegenüber seine Absichten nicht zu durchschauen vermochte.

Er stand ganz am Rand der Menge, als sich das Tor des Rathauses öffnete und eine Reihe Bewaffneter daraus hervortrat. Es waren Soldaten, kampferprobte Söldner, die ihre Dienste den Städten anboten. Ehemalige Bauern, die auf Feldzügen der Ritterheere als Fußvolk gedient hatten und, nach dem Sommer entlassen, auf verwüstete Felder und zerstörte und geplünderte Bauernhöfe zurückgekehrt waren. Dort hatten sie nichts mehr vorgefunden, was sich zu bearbeiten gelohnt hätte. Oft waren nicht einmal mehr Frau und Kinder da gewesen.

Hans stockte der Atem. Diese Männer waren so geübt im Umgang mit Waffen, wie er den Webstuhl beherrschte. Einer allein konnte es mit zehn von ihnen aufnehmen, wenn es darauf ankam.

Ruhig stellten sich die Soldaten links und rechts des Tors in Position und ließen in ihrer Mitte eine Lücke frei. Hans zählte die Reisigen, es waren acht Mann. Zwar waren die Handwerker ihnen um mehr als das Zehnfache überlegen, doch die Männer, die das Rathaus bewachten, hatten Armbrüste im Anschlag, die bereits gespannt waren.

Hans' Mut war nicht so groß, als dass er sein Leben für die Idee der Zunft gegeben hätte. Im Gegenteil. Nicht zum ersten Mal überlegte er, wie er vielleicht in Ulm Fuß fassen könnte. Er schaute sich nach einem Fluchtweg um.

»Wir wollen die Bürgermeister sehen!«, schrie Hans Weiß den Soldaten entgegen, die ungerührt ihre Armbrüste vor sich hielten. »Der alte Herwort und Bitschlin sollen uns Rede und Antwort stehen!«

Als nichts geschah, wurde das Murren in der Menge lauter.

»Wenn sie nicht rauskommen, gehen wir rein!«, rief Burtenbacher und stellte sich neben Weiß. Hans bemerkte, dass seine Stimme zitterte, ob vor Wut oder vor Angst konnte er nicht unterscheiden. Jedenfalls hoben zwei der Landsknechte ihre Armbrüste und richteten sie auf die Wortführer.

Weiß' Bruder Heinrich trat neben die beiden Männer. »Wenn ihr uns erschießen wollt, dann seid gewarnt. Wir sterben, aber danach sterbt ihr. Wir sind mehr. Bis ihr eure Waffen fallen lasst, sind wir über euch!«

Plötzlich begann die Ratsglocke zu läuten. Es war ein heiseres Bellen, das die Nacht durchdrang und in den Ohren klingelte.

Zuerst war es absolut still. Niemand hatte damit gerechnet, dass der Rat einberufen würde. Hans sah Widolf an, der jedoch nur schmunzelte.

»Er ist ein Fuchs, der Bitschlin. Er hat dermaßen die Hosen voll, dass er seine Amtskette abgeben wollte. Jetzt ruft er den Rat zusammen – damit er keine Entscheidung treffen muss. Würde mich nicht wundern, wenn … da sind sie ja.«

Zwei Männer traten zwischen den Söldnern über die Schwelle des

Rathauses: Bitschlin und Herwort. Letzterer trug die Amtskette des Bürgermeisters.

»Seit knapp einem Vierteljahrhundert beginnt und endet das Amt des Bürgermeisters im Januar. Aber dieser Schlappschwanz von Bitschlin hat ihm jetzt schon die Amtskette übergeben. Dabei wäre die Wahl erst …«, murmelte Widolf vor sich hin. »Herwort hätte erst in zwei Monaten antreten dürfen …«

Herwort hob den Arm, um Ruhe zu gebieten. Es dauerte eine Weile, bis auch der letzte der Handwerker erkannt hatte, dass der neue Stadtpfleger reden wollte.

Hans nutzte die Gelegenheit, um Widolf etwas zu fragen. »Was bedeutet es, dass der Rat zusammengerufen wird?«

»Für uns? Alles. Die Weiß-Brüder und Burtenbacher gehören schon dem Großen Rat an. Sie haben dort Sitz und Stimme. Damit haben wir drei Männer, die eine Entscheidung herbeiführen können.«

Widolf verstummte, als der alte Herwort das Wort ergriff. Dieser hatte eine volltönende Stimme, die weit trug.

»Er spielt auf Zeit!«, flüsterte Widolf und drängte sich nach vorn. Der Alte hörte nicht mehr ganz gut und wollte offenbar nichts verpassen.

Hans wurde der Mund trocken, als er hinter sich hastige Schritte auf das Pflaster klopfen hörte, doch es waren nur Bürger, die sich rasch etwas Amtswürdiges über ihre Nachthemden gestreift hatten. Zwei ältere Männer trugen sogar noch die Schlafmützen auf dem Kopf. Sie alle sahen aus wie Nachteulen, die man aufgeschreckt hatte und die jetzt um die Menge herumflatterten. Die Patrizier stockten, als sie die bewaffnete Gruppe vor dem Rathaus versammelt sahen.

»Lasst den Rat durch!«, rief Hans Weiß und trat beiseite. »Aber lasst sie nicht allein. Wir begleiten die Herren in den Sitzungsraum und wachen über ihre Entscheidung.«

Eine Nachteule nach der anderen verschwand im Rathaus. Die Handwerker wollten ihnen auf dem Fuß folgen, aber die Söldner hielten noch immer die Armbrüste auf die Menge gerichtet und verwehrten ihnen den Eintritt. Ein Grummeln setzte ein, das im Magen vibrierte. Es fehlte nicht viel, und die Männer wären über die Soldaten hergefallen.

Da trat Hans Weiß vor, hob die Hand. Beinahe augenblicklich verstummte das Gemurmel.

»Männer«, rief der Wortführer der Widerständigen den Söldnern zu. »Wenn dieser Tag sich zu Ende neigt, halten wir einen Teil der Herrschaft in dieser Stadt in der Hand. Wir werden darüber befinden, wer uns nützt und wer uns geschadet hat. Macht nicht den Fehler, in die Hand zu beißen, die euch füttern wird.« Er machte eine Pause, damit die Worte in die Gehirne der Soldaten vor ihm sickern konnten. »Hat denn einer der Bürgermeister gesagt, dass sie beschützt werden müssten? Haben die Ratsherren befohlen, uns aus dem Rathaus fernzuhalten?« Wieder hielt Weiß inne. Die Köpfe der Armbrustschützen zuckten hin und her, sie schienen sich zu beraten. »Wollt Ihr mir, einem Mitglied des Großen Rates, und meinen Freunden hier, die ebenfalls Ratsmitglieder sind oder waren, den Zutritt gewaltsam verwehren?« Für den letzten Satz ließ Hans Weiß sich Zeit. »Schießt, wenn ihr glaubt, im Recht zu sein. Bedenkt jedoch, dass die Verantwortung bei euch liegt. Niemand von den hohen Herren hat euch den Befehl dazu erteilt. Niemand von diesen Herren wird für euch einspringen, wenn ihr falsch handelt.«

Die ersten Landsknechte senkten ihre Armbrust und entspannten sie. Schließlich ließen alle die Waffen fahren und traten beiseite. Sofort drängten die Handwerker mit ihren Spießen ins Rathaus.

Hans hatte alles genau verfolgt. Sollte er sich den Männern anschließen, die den Rat begleiteten?

13

AUGSBURG, 23. OKTOBER 1368

Warm schien die Sonne in den letzten Oktobertagen, und Anna hätte sich gern vors Haus gesetzt und sich die letzten Strahlen vor dem Winter ins Gesicht scheinen lassen. Mit geschlossenen Augen den Spinnrocken bedienen und Garn herzustellen war ein Vergnügen, für das sie viel gegeben hätte. Stattdessen half sie ihrer Mutter, die Kammer auszuräumen und ihre Sachen zu packen.

Als die Melcherin mit fertig geschnürtem Bündel über der Schulter auf der Schwelle stand, war es Anna dann doch etwas unbehaglich zumute. Schließlich wusste sie nicht, wie es weitergehen würde. Wenn Hans sich in Klara Widolf verliebte und diese heiratete, womöglich mit ihr ein Kind bekam, dann würde sie, Anna, überflüssig. Sie würde nach Hause geschickt werden. Zurück zu ihrem Vater, der zunehmend kränkelte, und ihrer Mutter, die ihr nicht die Butter auf dem Brot gönnte. Bei dem Gedanken verkrampfte sich ihr das Herz. Sie riss sich zusammen und unterdrückte die aufkommenden Gefühle. Ich muss mich für Hans unentbehrlich machen, dachte sie. Aber wie?

Als Amme taugte sie nicht, solange ihr Schoß leer blieb. Als Geliebte taugte sie auf Dauer ebenfalls nicht, dazu war sie nicht reizvoll genug. Blieb nur die Partnerin im Geschäft. Und da trieben die Zünfte, die heute gegründet werden sollten, einen Keil zwischen die Stadt- und die Landweber.

Sie atmete tief durch. »Warte«, rief sie ihrer Mutter hinterher, als diese sich auf den Weg machen wollte.

Die Melcherin drehte sich langsam um. »Hast du's dir anders überlegt?«, stieß sie verächtlich hervor.

Anna schüttelte langsam den Kopf. »Nein. Das nicht. Aber ich brauche jemanden in Jettingen und Umgebung, der uns Weber zuführt, die für uns Barchent weben. Stell dir vor, die Leute hätten das ganze Jahr über Arbeit. Du verschaffst sie ihnen. Wir bieten

Garn und Abnahme.« Sie räusperte sich. »Das würde auch dein Ansehen ...«

»Ich hab schon verstanden, Kind«, antwortete die Melcherin. Sie zögerte zwar, dann jedoch presste sie die schmalen Lippen aufeinander und stieß einen kurzen Satz hervor. »Ich trommle für dich.« Damit ging sie davon.

Anna sah ihr mit gemischten Gefühlen nach. Einerseits war sie erleichtert, weil das andauernde Nörgeln und Maulen nun ein Ende hatte. Andererseits bog die einzige Person in Augsburg um die Ecke und entschwand ihrem Blick, durch deren Adern dasselbe Blut floss wie durch ihre. Zwar hatte sie nie offen mit ihrer Mutter reden können, aber jetzt war sie wirklich allein. Ob die Heirat von Hans und Klara tatsächlich stattfinden würde, wusste sie nicht. Ob sie sich mit der älteren, etwas verhärmten Widolfin würde zusammenraufen können, war ebenfalls ungewiss.

Sie seufzte und blieb noch ein wenig in der Sonne stehen, die sich langsam von Osten her über Augsburg schob und ein Tuch aus Schatten von den Häusern und Gassen zog. Hoffnungsvoll und dennoch voller Furcht lauschte sie in die Stadt hinein. Es drangen keinerlei Geräusche zu ihr, die ihr verraten hätten, ob die Handwerker erfolgreich gewesen waren oder nicht. Sie wollte gerade zurück ins Haus treten, als die Rathausglocke anschlug. Ein helles, durchdringendes Geläut, das in alle Ecken und Ritzen dieser Stadt kroch. Die Glocke rief die Menschen zum Marktplatz, zum Rathaus. Das konnte zweierlei bedeuten: Entweder war der Aufruhr niedergeschlagen worden, und die Männer wurden dafür öffentlich ausgepeitscht, an den Pranger gestellt oder getötet – oder aber die Handwerker hatten obsiegt.

Anna hob den Kopf, holte sich einen Schal und lief los. Unablässig musste sie auf dem Weg zum Rathaus an Hans denken, ob er verletzt war oder weggesperrt, ob er lebte oder tot war und warum er die Nacht über nicht nach Hause gekommen war.

Die letzten Tage hatten den Schmutz auf der Straße trocknen lassen, so brauchte sie keine Trippen. Es war ein ungewöhnlicher Oktober, zu warm und zu trocken, aber angenehm. Sie humpelte die

Heilig-Kreuz-Gasse entlang und bog dann über die Sterngasse zum Marktplatz ein. Überall stand Volk und steckte die Köpfe zusammen. Niemand war laut, niemand war auffällig. Die Leute flüsterten – und wenn sie in Hörweite herankam, dann verstummten die Stimmen, um hinter ihr wieder weiter zu zischeln. Es war, als würde sie durch eine neue Zeit laufen, die mit der vorigen nichts mehr gemein hatte.

Als sie den Marktplatz erreichte, drängte sich die Menge bereits bis vor die Stufen des Rathauses. Noch war nichts zu sehen außer den Bürgern, die dicht an dicht standen. Man roch und hörte das Mauerwerk, das in der aufgehenden Sonne zu knacken begann und die Feuchtigkeit der letzten Wochen ausschwitzte.

Anna dachte eben noch, es wäre eine gute Gelegenheit für Langfinger und Beutelschneider, als auch schon vor ihr ein Mann losbrüllte, man habe ihm seine Geldkatze gestohlen. Abrupt hielt sie inne. Fünfzehn, zwanzig Menschen vor ihr verursachten einen Aufruhr. Es kam Bewegung in die Menge. Man schob, drängte, versuchte herauszubekommen, wer bestohlen worden und wer das Diebsgesindel war. Just in diesem Augenblick griffen flinke Hände zu, und kurze Messer fanden ihre Beute.

Bevor die Leute begriffen, was geschah, war der Kerl, der sich gerade über den Diebstahl aufgeregt hatte, verschwunden, und mit ihm einige Ketten und Beutel. Anna sah ihn in die Sterngasse laufen, wollte aber die Menge nicht noch weiter aufstacheln. Wichtiger als ein paar Münzen waren die Ereignisse, die jetzt ihrem Höhepunkt zustrebten.

Das Tor zum Rathaus wurde geöffnet, und sowohl Handwerker als auch Patrizier strömten daraus hervor. Sie stellten sich auf der Schwelle nebeneinander auf. Auf der einen Seite die Handwerker, auf der anderen die derzeitigen Stadtoberen. Es war ein friedliches Bild – und Anna atmete erst einmal durch.

Als Letzter trat Bürgermeister Herwort vor die Menge und hob beide Hände. In einer hielt er die Schlüssel der Stadt, in der anderen ein Pergament. Anna mochte den schweren Mann mit dem kantigen Bart und den hohen Wangenknochen.

»Wir sind übereingekommen ...«, rief er – und wurde sofort vom Jubel der Menge unterbrochen.

Anna sah sich um. Viele der Zuschauer waren Handwerker aller Art. Meister, Gesellen und Lehrlinge, deren Gewerk zu klein war, um sich zu beteiligen, oder die nichts von der Lage gewusst hatten. Kistler standen neben Gürtlern, Loderer neben Gerbern, Ziegler neben Steinmetzen. Ein buntes Gemisch aus allen Berufen der Stadt. Überwiegend Männer standen in den ersten Reihen, aber auch Frauen. Man sah diesen jedoch an, wie wenig sie die Vereinbarungen kümmerten. Vielmehr hielten sie Ausschau nach ihren Ehegatten, und die Gesichter leuchteten auf, wenn sie sahen, dass diese unversehrt waren.

Hans Weiß trat neben dem Bürgermeister einen Schritt vor. »Zu gutem Nutz der Stadt und der Handwerker wollten wir eine Zunft haben«, rief er in die Menge. »Wer Steuern zahlt, soll mitreden dürfen. Also muss die Zunft dort Sitz und Stimme haben, wo schwerwiegende Entscheidungen getroffen werden: im Kleinen Rat.«

Die Menge hörte gebannt zu. Jedem Wort lauschten die Menschen ehrfürchtig. Dann gab es kein Halten mehr. »Zunft!«, skandierten sie. »Zunft. Zunft. Zunft!«

Weiß schrie sich die Seele aus dem Leib. »Wir haben es geschafft. Bürgermeister Herwort hält unseren Zunftbrief in Händen!«

»Und damit nicht genug. Die Zünfte stellen einen Bürgermeister«, ergänzte Herwort in den Jubel der Menge hinein.

Anna sah sich um. Sie konnte Hans nirgends entdecken. Wenn er nicht bei den Männern stand, die aus dem Rathaus gekommen waren, und nicht in der Menge vor dem Rathaus, wo trieb er sich dann herum?

»Wir haben den Schlüssel zum Perlach gefordert ...«, brüllte Weiß.

»... und erhalten«, ergänzte Herwort lautstark.

»Wir haben die Schlüssel zum Siegelgewölbe und zum Stadtbuch gefordert ...«

»... und erhalten!«, wiederholte Herwort.

»Wir haben den Schlüssel zur Stadtglocke gefordert ...«

»… und erhalten.«

Spätestens jetzt wurde jedem bewusst, dass dieses Vorgehen abgesprochen war. Ein Ritual, das andeuten sollte, wie eng beide Parteien zusammenarbeiteten.

»Die Handwerker haben eine Zunftverfassung gefordert …«, rief jetzt der Bürgermeister.

»… und wir haben sie erhalten«, verkündete Weiß mit blitzenden Augen. »Damit Neid und Missgunst und aller Hass für hundert Jahre und einen Tag ausgeräumt und beendet werden.«

Feierlich übergab der Bürgermeister Schlüssel und Pergament an Hans Weiß, der beides wiederum gut sichtbar in die Höhe hielt.

Anna musterte die ringsum Stehenden. Die Stimmung war andächtig. Verstummt waren Sprechchöre und Zwischenrufe. Alle sahen auf die beiden Symbole der Stadtherrschaft. Manche der Männer hatten Tränen in den Augen.

»Auf dass die Handwerker dieser Stadt Wort und Stimme haben, wurde beschlossen, je einen Bürgermeister der hohen Bürgerschaft und des Handwerks einzusetzen.«

»Mit allen Rechten und Pflichten, dieser Stadt zu dienen und für Recht und Ordnung zu sorgen.«

Herwort und Weiß hatten diese Sätze abwechselnd gesprochen.

Die Mitglieder des Großen Rats nickten der Menge zu und eilten zurück in ihre Häuser. Die Handwerker waren noch ganz betäubt vom Erfolg ihres Aufstands. Niemand war zu Schaden gekommen, niemand tot oder verletzt. Sie hatten ihre Ziele erreicht. Alle. Friedlich. Es war wie ein Wunder.

Aber, so fragte sich Anna, wo war dann Hans? Bis der Große Rat und die Handwerker aus dem Rathaus traten, hatte sie die Gesichter und Personen in der Menge einzeln gemustert. Er war nicht dabei. Und wer nicht dabei war, der war …

Hans traute dem Frieden nicht. Sollte er weiter als Weber tätig sein oder verlegen und handeln? Als Gäuweber würde er strampeln müssen, um in die Zunft zu kommen. Wer verhalf schon seiner eigenen Konkurrenz zum Erfolg?

Es trieb ihn um. Ohne Sinn und Verstand lief er durch die Gassen, bis er irgendwann wieder vor dem Rathaus stand, ohne es gewollt zu haben. Es war jedoch keine Feierstimmung, in die er geriet, vielmehr eine angespannte, gereizte Atmosphäre, die er sich nicht recht erklären konnte.

Die kleineren Weber standen in Gruppen zusammen und redeten sich die Köpfe heiß. Nicht die Redner, die in der vordersten Kirchenbank saßen, unterhielten sich hier, sondern die einfachen Handwerker, die Männer, die nur für sich und ihre Familien arbeiteten, keine Gesellen oder Lehrlinge beschäftigten.

»Fugger!«, rief jemand über die Köpfe einer Gruppe hinweg. »Wie siehst du das?«

Hans sah sich verwirrt um. Worum ging es? Er sah wild gestikulierende Weber neben ruhig und bedächtig wirkenden Maurern und Kistlern. Er sah keine Weiß-Brüder, keinen Wessisprunner, keinen Burtenbacher, keinen Erringer. Die Wortführer hatten sich verkrümelt.

»Wie meint Ihr das, Gülterer?«, fragte Hans, als er den glatzköpfigen Weber erkannte, der auch schon für ihn gearbeitet hatte. Mathias Gülterer war einer jener Weber, die wenig Geschick besaßen und deren Tücher daher immer eine schlechtere Qualität aufwiesen. Er hatte zwei linke Hände, wenn er seine Arbeit anpackte, und es fehlte ihm zudem an Verstand. Er war ein umgänglicher Kerl, der gern trank und sich sonst nicht viel um die Welt scherte, wenn er nur das Geld für einen Humpen Bier verdiente.

Zwischen den aufziehenden Wolken hindurch stahlen sich einzelne Sonnenstrahlen, die immer wieder den einen oder den anderen der Männer beleuchteten, als wollten sie ihn aus der Unbekanntheit herausholen und der Welt präsentieren.

»Die Weißens und der Burtenbacher sitzen mit den Bürgersleuten im Ratskeller, und wir stehen uns hier draußen die Beine in den Bauch«, erwiderte der Gülterer. »Was heißt das jetzt: Wir haben eine Zunft? Ich spüre nichts.«

Hans nickte bedächtig. So war es, wenn sich etwas änderte, ohne dass man die Menschen mitnahm. Dass sich die wortmächtigen Führer der Handwerker mit den Stadtoberen verbündeten, war anzunehmen gewesen. Dass sie es so schnell und ohne Scham taten, schmerzte. »Ihr braucht Zunftobere«, erklärte er. »Einen Zunftmeister für jedwedes Handwerk. Eine eigene Satzung. Das dauert und erfordert Überlegung. Dann müsst ihr wählen … Zunftmeister fallen nicht vom Himmel.« Hans wollte nicht hetzen, er wollte nicht spalten. Aber er musste den Menschen dennoch reinen Wein einschenken. »Ihr seid viele. Wenn ihr euch auf die Hinterbeine stellt, dann reicht ihr über die Köpfe der Stadtoberen hinaus. Und über die Köpfe der eigenen Führer ohnehin.«

Sie starrten ihn an, als hätte er ihnen befohlen, ihre Männer zu verraten.

»Ihr habt es in der Hand«, fuhr Hans fort, »hier herumzustehen und nichts zu tun, oder aber die Zunft mit Leben zu füllen. Es ist euer Blut, das hier hätte vergossen werden können. Merkt es euch.«

Widolf drängte sich durch die Menge. Hans sah ihn kommen, aber bevor er bei ihm anlangte, spottete einer der Umstehenden, den Hans nicht sehen konnte: »Ihr wollt doch gern selber Zunftmeister werden, nicht wahr?«

Die meisten Männer um ihn herum nickten und murmelten, weil sie offenbar ähnlich dachten.

»Ich bin Gäuweber und dazu noch Verleger. Ich darf keiner eurer Zünfte beitreten, solange die Satzung nicht steht. Ich werde die Stadt wieder verlassen, wenn mir nichts Besseres einfällt.«

Die Handwerker verstummten. Offenbar war ihnen dieses Problem nicht bewusst gewesen. Sie sahen zu Boden.

Endlich hatte sich Oswald Widolf durch die Menge gezwängt und stand vor Hans. Bevor der alte Weber auch nur ein Wort sagen konnte, zeigte Hans auf ihn.

»Nehmt den Widolf. Er ist ehrlich, standhaft und treu. Niemand, der leichtfertig und schnell etwas dahersagt. Wählt ihn – und dann wartet ab, wie er sich verhält. Ob er zu euch hält oder zu den Oberen der Stadt. Er ist ein freundlicher Mensch, kennt sich aus und ist ein ausgezeichneter Redner, wenn er den Mund aufmacht. Mit Widolf fahrt ihr sicher nicht schlecht.« Damit trat er einen Schritt zurück.

Die Menge füllte augenblicklich die Lücke, die er hinterlassen hatte und drängte Hans so noch weiter an den Rand. Ihm war es recht. Er brauchte keine Aufmerksamkeit. Allerdings war ihm völlig unklar, wie er jetzt vorgehen sollte. Wie sollte er einer Zunft in Augsburg beitreten, wenn sie die Gäuweber womöglich ausschlossen oder gar die Barchentweberei in der Stadt verboten?

Er drehte sich auf dem Absatz um und ging davon. Er musste mit Anna sprechen. Sie wusste immer, was zu tun war. Auf dem Weg nach Hause horchte er in sich hinein, welche Gefühle er für das Mädchen hegte, für dessen Unfall er verantwortlich war. Ob mehr dahintersteckte als Mitleid. Er war sich nicht sicher. Natürlich begehrte er sie, aber auch nicht mehr. Eine Heirat kam allein deshalb nicht infrage.

Rasch schüttelte er die Gedanken ab. Sie passten nicht so recht zu diesem goldenen Oktobertag, zum Brennen der Sonnenstrahlen auf der Haut, zum Rascheln des bereits trockenen Laubs in den Bäumen. Vielleicht sollte er sich bei Anna zuerst eine Belohnung holen, weil er die Nacht durchwacht und zuletzt noch den alten Widolf als Zunftmeister vorgeschlagen hatte.

Wenn nur Annas Mutter nicht wäre! Sie störte. Sie war einer der Gründe, warum er sich tatsächlich überlegte, ob er Anna nicht wieder nach Jettingen zurückschicken sollte, obwohl er ihr versprochen hatte, sie bei sich zu behalten. Sie diente ihm doch in Jettingen ebenso. So stapfte er nachdenklich, von der im Westen bereits tief stehenden Sonne geblendet, nach Hause.

Schon auf der Schwelle sah er, dass Anna am Tisch saß und das Gesicht in den Händen verbarg. Er stutzte, dann näherte er sich langsam. Sie weinte. Er stürzte auf sie zu. »Anna? Was ist los? Warum weinst du?«

Sie sah auf – und für einen kurzen Moment hatte er wieder das Engelsgesicht des Mädchens vor sich, das ihm so lieb gewesen war. Sie sah ihn mit großen Augen an, die von einem dunklen Schatten umgeben waren. Sie wäre unwiderstehlich gewesen, wenn sie nicht den Kopf abgewandt hätte und die Narbe den Anblick zerstörte.

TEIL III

DIE FALSCHE FRAU

I

AUGSBURG, MÄRZ 1369

Hans stieß sie derart grob, dass ihr Tränen in die Augen traten. Als wolle er sie dafür bestrafen, dass er sich zwar mit ihr vereinigte, sie aber nicht seine Ehefrau war.

Nachdem ihre Mutter das Haus verlassen hatte, war Anna wieder in ihre eigene Kammer gezogen. Hans und sie hatten sich wortlos darauf geeinigt, dass sie, wenn sie die Tür einen Spalt offenließ, nichts dagegen hatte, wenn er zu ihr kam.

Er hatte ihr nie gesagt, sie solle den Kopf so drehen, dass er die schöne Hälfte ihres Gesichts vor sich hätte. Mehrmals hatte sie jedoch in seiner Schlafkammer erlebt, dass er sich zurückzog, wenn sie mit einer heftigen Bewegung den Kopf so drehte, dass er ihre zerstörte Seite sah. Dann schob er sich von ihr herunter und legte sich mit offenen Augen neben sie ins Bett und starrte auf die rissige Holzdecke über sich.

»Ich kann mich nicht verstehen«, hatte er einmal geflüstert, ohne ihr zu erklären, was er damit meinte.

Häufig hatte sie sich gefragt, warum sie ihn empfing. Aber immer, wenn sie beschloss, ihn nicht mehr zu sich zu lassen, und die Tür ihrer Kammer absperrte, traf sich nach spätestens einer Woche sein gieriger und zugleich trauriger Blick mit dem ihren, und dann fielen all ihre Vorsätze in sich zusammen.

Für wenige Minuten durfte sie das Gefühl auskosten, Hans an ihrer Seite zu haben, als Ehemann mit all seinen Pflichten. Sie genoss es, mehr jedenfalls als ihre sogenannten Freundinnen, die Frauen der Augsburger Weber, wenn sie von den Nächten berichteten, in denen die Männer betrunken nach Hause kamen und sich an ihnen vergingen.

Doch diesmal war es anders. Sie fühlte nichts als Schmerz. So konnte es nicht weitergehen.

»Das war das letzte Mal, Hans Fugger!«, sagte sie, als Hans sich von ihr herunterwälzte und schwer atmend stumm neben ihr lag.

»Du brauchst eine Frau, keinen Bettschatz.«

»Wer sagt das?«, brummte er.

»Ich sage das! Ich bin kein Ding, das man nach Belieben benutzt und dann weglegt.«

»Das tu ich ja gar nicht«, sagte Hans und drehte sich zu ihr um. Er stützte sich auf einen Ellbogen und legte seine Wange in die linke Hand. »Ich behandele dich sehr wohl mit Achtung.«

Anna war versucht zu nicken. Er hatte sie noch nie geschlagen, er zwang sie nicht, aber sein Verhalten heute hatte ihr gezeigt, dass es so nicht weitergehen durfte. Sie war nicht seine Frau. Ihr Unterleib brannte, und ihr Bein fühlte sich an, als wäre es eben erneut zerschlagen worden. Dennoch wollte sie nicht weiter darüber reden.

»Seit die Zünfte die Herrschaft übernommen haben, laufen deine Geschäfte schlechter. Selbst Weber wie Götz und Frydrych haben es abgelehnt, Verlagsarbeit zu übernehmen«, sagte sie.

Hans sah sie im Dämmerlicht an. War da wieder dieses spitzbübische Lächeln auf seinen Lippen, das sie so sehr an ihm liebte – und das sie jedes Mal schwach werden ließ?

»Sie werden schon noch angekrochen kommen, glaub mir«, flüsterte er, und seine freie Hand begann, mit ihren Brüsten zu spielen, die sich unter dem Hemd abzeichneten.

Anna entzog sich ihm und rutschte ein Stück beiseite.

»Sei wenigstens einmal ernst! Wenn meine Mutter nicht Landweber für dich auftreiben würde, dann hättest du kein Tuch zu verkaufen. Du musst Bürger werden, Hans! Wenn du Gäuweber bleibst, wird es nicht mehr lange dauern, und sie werfen uns …«, sie unterbrach sich, »… sie werfen dich aus der Stadt.«

Seine rechte Hand wanderte zu ihr und berührte sie am Bauch, an den Haaren zwischen den Beinen und glitt langsam ihren Leib hoch. Das Hemd, das sie noch nicht wieder heruntergezogen hatte, knüllte sich an der Hüfte. Mit einem Ruck hatte er es ganz hochgeschoben, und seine Hand spielte mit ihren Brustwarzen.

Anna musste schlucken. Jetzt war er nicht mehr grob und unbeherrscht, sondern zärtlich. Seine Berührungen waren leicht wie die eines Schmetterlings.

»Hör auf«, flüsterte sie.

»Womit?« Sein Atem strich warm über ihren Hals. Seine Lippen streiften die feinen Härchen dort, sodass sie zurückzuckte, weil es kitzelte. Ich muss ihm eine Ehefrau zuführen, dachte sie verzweifelt.

»Ich …« Sie musste sich mehrmals räuspern, weil er nicht aufhörte, mit der Zunge an ihrem Hals zu lecken. »Ich habe mit Widolfs Tochter gesprochen. Klara wäre einverstanden. Wenn ihr Vater …«

»Du hast was?«, hauchte Hans in ihre Halsbeuge. Er wollte offensichtlich etwas anderes, als mit ihr zu reden. Anna lief eine Gänsehaut über den Rücken, als seine Finger sanft über ihren Bauch strichen. Es musste aufhören. Morgen. Spätestens.

Dann überließ sie sich ihm. Und während er Dinge mit ihr tat, die dem Pfaffen am Sonnabend im Beichtstuhl ein unterdrücktes Stöhnen entlocken würde, dachte sie darüber nach, wie sie die zweite Bedingung erfüllen konnte, die Klara Widolf gestellt hatte: Ihr Vater musste Zunftmeister der Weber werden.

Hans hatte nichts erwartet, von daher war er nicht sonderlich enttäuscht, als er Klara Widolf gegenübersaß. Ihr Vater musterte ihn zuerst ein wenig misstrauisch von oben bis unten, doch dann nickte er.

»Also wenn die Anna«, er warf ihr einen Blick zu, »hierbleibt und ein wenig auf euch aufpasst, kann ich ja ein Bier trinken gehen«, murmelte er. »Lass die Finger von ihr, Jungspund«, sagte er im Hinausgehen zu Hans. »Ich weiß sehr wohl, dass die Jungfrau Maria die einzige Frau ist, die vom Heiligen Geist schwanger werden konnte. Alle anderen … du weißt schon.«

Hans sah, wie Klara so rot anlief, als hätte sie die Sonne verbrannt. Tatsächlich dachte er nicht daran, sie anzurühren.

Als der alte Widolf die Tür hinter sich geschlossen hatte, die

Treppe hinabgepoltert war und die Tür unten ins Schloss fiel, löste sich die Spannung zwischen den drei Zurückgebliebenen etwas.

Hans straffte sich und räusperte sich. »Ich …«

Sogleich fiel ihm Klara brüsk ins Wort. »Wenn ich keinen Mann hätte haben wollen, wäre ich ins Kloster gegangen. Mein Vater hatte mir zugeraten.«

Hans war sprachlos. Was sollte er mit diesen Worten anfangen? Wieder räusperte er sich. »Nennt mir zwei Gründe, warum ich ausgerechnet euch heiraten sollte, Klara Widolf.«

Sie sah ihn lange ernst an. »Weil niemand sonst in Augsburg auf dem Markt ist, der Euch taugt, Fugger.«

Hans warf Anna einen Blick zu. Was hatten die beiden Frauen miteinander ausgehandelt? Er hätte einen Hochzeitswerber schicken sollen, wie es bei ihnen auf dem Land üblich war. Aber das hatte Klara laut Anna abgelehnt. Hier in der Stadt herrschten andere Sitten und Gebräuche, hatte sie ihm über Anna mitteilen lassen.

»Ich bin nicht auf diese Stadt angewiesen, um eine Braut zu finden. Ich bin jung, und ich …«

Wieder unterbrach ihn Klara. »Schwadroniert nicht herum. Wir wissen beide, dass Euch das Wasser bis zum Hals steht. Ihr befürchtet, aus der Stadt gewiesen zu werden, weil Ihr keiner Zunft angehört. Also braucht Ihr das Bürgerrecht. Das würdet Ihr durch eine Heirat mit mir, sagen wir als Morgengabe, erhalten – und das Vergnügen mit mir dazu.«

Hans schluckte. Sie wusste Bescheid. Er war sich allerdings nicht sicher, ob alles, was sie sagte, auf ihrem eigenen Mist gewachsen war.

Klara beugte sich vor, und er konnte erkennen, wie locker ihr Mieder geschnürt war. Diese Frau war so mager, dass sie sich das Kleid beinahe zweimal um ihren Körper hätte legen können. Außerdem konnte er sehen, dass das, was gegen den Stoff drückte, nicht das Fleisch ihrer Brüste, sondern Füllwatte war, die sie zusammengeknüllt in den Ausschnitt gestopft hatte. Das Aussehen der Widolf-Tochter war alles andere als anziehend, und Hans musste an sich halten, um nicht unwillkürlich den Kopf zu schütteln.

»Das Bürgerrecht ...«, sagte er, »das hätte ich mir auch kaufen können.«

Klara sah ihn mit verengten Augen an, als hätte sie diese Antwort erwartet. Wenn sie nicht so dürr gewesen wäre, hätten ihre Züge vielleicht etwas Geschmeidiges und Angenehmes geboten. So aber bestand dieses Gesicht vor allem aus Ecken und Kanten, an denen man sich stoßen konnte.

Hans' Blick flog zu Anna hinüber, die nur still dasaß, die Hände im Schoß, und ihm ihre zerstörte Seite entgegenhielt. Sie sah durch ihn hindurch, gab ihm kein Zeichen, an dem er sich hätte orientieren können.

Er räusperte sich. »Ihr habt mir den zweiten Grund noch nicht genannt«, presste er hervor.

Klara legte den Kopf schief. »Ich dachte, er wäre Euch hinlänglich bekannt: Ihr werdet mit der Heirat Mitglied der Weberzunft. Wenn mein Vater stirbt, werdet Ihr in seine Fußstapfen treten können. Das sind die beiden Gründe, mich zu heiraten: Bürgerrecht und Stadtweber.«

Hans atmete ruhig aus. Sie hatte die beiden Hauptpunkte getroffen. Beides zusammen war nicht zu unterschätzen. »Ich bin Webermeister«, widersprach er dennoch. »Also zählt dieser Grund nicht.«

»Gäuweber!«, spottete die Widolf-Tochter, ohne die Miene zu verziehen. »Was so gut wie nichts wert ist.«

»Ich könnte mich den Kaufleuten anschließen. Schließlich webe ich selbst kaum mehr.«

»Könnt Ihr nicht, denn Ihr seid kein Bürger.«

Als Hans zögerte, warf Klara ihre Haare in den Nacken. »Wartet nicht zu lange, Fugger. Der Vertrag mit dem Kloster St. Stephan für mich ist ausgefertigt. Wenn Ihr mir keinen Handel anbietet, werde ich meine Mitgift der Kirche in den Rachen werfen. Es ist eine beträchtliche Summe.« Sie sah ihn forschend an.

Hans schluckte. An eine Mitgift hatte er noch gar nicht gedacht. Er konnte etwas Geld gut gebrauchen, schon, um Rohstoffe aufzukaufen.

»Dann schlagt ein, Jungfer Klara.« Er streckte ihr die Hand entgegen.

Klara blickte ihn an, und ihre Augen verengten sich. Sie wusste offenbar, worauf sie sich einließ.

»Einverstanden. Ein Jahr Verlobungszeit!«, sagte sie. »Wie es sich gehört.«

»Ein Jahr? Aber ... Ist das nicht sehr lang?«

»Ist es nicht«, erwiderte Klara bestimmt. »Ihr dürft in Anwesenheit meines Vaters um meine Hand anhalten.«

Verblüfft sah er sie an. Was würde das in seinem Haus für ein Regiment geben? Wieder spähte er zu Anna hinüber, doch die stand mit versteinerter Miene auf.

»Dann sind die wichtigsten Dinge besprochen«, sagte sie geschäftsmäßig. »Ich regele alles mit deinem Vater, Klara. Und du, Hans Fugger, verschwindest am besten, so schnell dich deine Beine tragen können.«

Anna dachte darüber nach, wie sie die zweite Bedingung erfüllen konnte, die Klara Widolf gestellt hatte: Ihr Vater musste innerhalb der Verlobungszeit Zunftmeister der Weber werden. Wie sie das Hans beibringen sollte, wusste sie noch nicht. Aber auch das würde ihr gelingen.

Hans erhob sich langsam und streckte Klara seine Hand entgegen. Die betrachtete sie, als könne sie daraus ihre Zukunft lesen, doch dann griff sie zu und drückte sie sanft. Mit einer Geste der anderen Hand entließ sie ihn wie einen Diener.

Hans wäre beinahe über die Schwelle gestolpert.

2

AUGSBURG, MAI 1369

Anna wuchtete den Stoff auf das Beschaulager vor dem neuen Zunfthaus der Weber. Sie war die fünfte in der Schlange gewesen und hatte beinahe einen halben Vormittag dort zugebracht. Die neuen Beschaumeister stammten allesamt aus der Weberzunft. Sie kannte jeden von ihnen – und schon deshalb war sie enttäuscht. Dreimal hatte man jetzt Stadtweber herbeigewinkt. Mit geschwellter Brust waren sie an Anna vorbeigegangen und hatten ihre Ware vorgezeigt.

Die neue Tuchplombe wurde direkt vor Ort aufgebracht, eine Doppelscheibe, die man am Rand des Tuches aufschlug. Sie zeigte den Buchstaben A für Augsburg auf der einen und das Stadtwappen, die Zirbelnuss, auf der anderen Seite. Kein halbes Jahr nach dem Zunftaufstand hatte sich diese Markierung bereits einen Namen in Stadt und Umland gemacht. Es gab Anna jedes Mal einen Stich, wenn wieder ein neues Tuch mit zwei Schlägen verplombt wurde, während sie dastand und zusehen musste.

Endlich wurde sie an einen der Beschautische gebeten. Man hatte dafür Walkbretter genommen, weil durch die Lauge das Holz glatt abgerieben war und es mit einem samtenen Strich versehen hatte.

Sie legte ihren Ballen auf das Brett und hätte sich fast an demselben festhalten müssen, weil sie glaubte, davonfliegen zu können, so schwer war der Ballen gewesen. Den Beschauer kannte sie nur vom Sehen. »Ich bringe Euch ein Tuch von Hans Fugger«, sagte sie.

Der Weber sah sie mit zusammengekniffenen Augen an. Ohne ihrem Tuch auch nur einen Blick zu schenken, wandte er sich um. »Götz!«, rief er nach hinten. Anna war verwirrt. Bislang war jeder, der an den Tisch getreten war, sofort begutachtet worden, doch dieser Beschauer ließ sie einfach stehen. Der junge Meister neben ihr, den sie hilfesuchend anblickte, verdrehte die Augen wegen der Verzögerung. Immer diese Gäuweber, las sie in seinen Augen. Nichts als Ärger.

Sie stand da und breitete ihr Tuch aus, während am Tisch neben ihr alles lief, wie es laufen sollte. Die Weber legten ihr Tuch vor. Der Beschauer hielt es gegen das Licht, zählte die Knoten, befühlte das Gewebe und schlug ihm schließlich, wenn er es für gut befunden hatte, eine Bleiplombe auf. Wenn sie diese nicht bekamen, weil das Tuch nicht der Meisterqualität entsprach, schimpften die Männer zwar wie die Rohrspatzen, aber sie nahmen es hin. Sie wussten wohl, dass ihr Tuch nicht gut genug war, hatten es aber einfach versuchen wollen.

Anna sah hoch, als Götz endlich kam. »Gott sei Dank, Ihr«, sagte sie erleichtert. »Warum wollte er mein Tuch nicht beschauen?«

Götz hob die Augenbrauen. »Euer Tuch, Anna?«

»Nein, das von Hans. Er ist unterwegs. Ihr wisst schon, Zupfwolle für den nächsten Winter und Leinengarn aus dem letzten Jahr.« Sie schenkte ihm ihr schönstes Lächeln, doch Götz schmunzelte nicht einmal. Irgendetwas an seinem Verhalten beunruhigte Anna. Nervös strich sie über das Tuch. »Eine schöne Arbeit. Hans kann es«, sagte sie.

»Nächstens muss er selbst kommen«, fuhr Götz sie an. »Wir wollen die Meister am Tisch, nicht deren ...« Er musterte sie aus kalten blauen Augen.

»Aber bisher ...«, begann sie.

»Wir haben die Statuten geändert. Meister oder keine Beschau.« Er zuckte mit den Schultern, hob das Tuch in die Höhe und ließ den Blick über das Gewebe streifen. »Außerdem ist das Barchent!«

»Natürlich!«, antwortete Anna erstaunt.

Vier Monate lang war das kein Hinderungsgrund gewesen. Sie hatten ihre Herbstware beinahe zusammen. Alle Tuche waren gesiegelt.

»Wir beschauen keinen Barchent mehr. Das ist fremdes Gewirk«, erklärte Götz rundheraus. Er wandte sich von ihr ab und winkte den nächsten Weber heran.

»Was?«, entfuhr es Anna. »Aber letzte Woche ...«

»... war letzte Woche«, fiel ihr Götz ins Wort. »Seit dieser Woche wird kein Tuch eines Gäuwebers mehr gesiegelt. Schließlich müssen wir auf unsere Qualität achten. Barchent geht schon gar nicht mehr.« Er schob Annas Tuch an den Rand, und es wäre in den Dreck gerutscht, wenn sie es nicht aufgefangen hätte. Rasch wickelte sie es wieder zu einem Stoffballen.

»Wie stellt Ihr Euch das vor? Ihr könnt mir doch die Plombe nicht verweigern!«

Götz grinste hämisch. »Kann ich nicht? Kann ich doch!« Er wandte sich dem Meister zu, der sich eben schon über sie geärgert hatte. Der junge Weber trat hinter Anna an den Tisch und schob sie unsanft beiseite.

Fassungslos sah Anna zu, wie er das Beschaugeld bezahlte und eine Plombe auf sein Tuch aufgeschlagen bekam.

»Wir haben Euch … über den Winter gerettet. Was soll das?«, rief Anna fassungslos.

Götz Keller stützte sich auf den Tisch und winkte den nächsten Weber heran. »Die Zeiten ändern sich, Anna«, verkündete er plump seine Weisheit und kehrte ihr den Rücken zu.

Mit Wut im Bauch und Tränen in den Augen trat sie den Rückweg an. Ohne das unscheinbare Bleisiegel waren ihre Tuche nicht die Hälfte wert. Sie waren darauf angewiesen, wenn Hans nach Frankfurt reiste und dort seine Ware anbot. Und jetzt das! Es konnte ihre Pläne völlig über den Haufen werfen.

Die Lager waren wieder voll. Hans hatte sich gewundert, wie wenig Leinengarn nachgefragt wurde. Schon beim ersten Nachfeilschen hatten die Spinner nachgegeben. Sie saßen auf ihren Garnknäueln und waren froh, dass er sie ihnen abkaufte. Seit die Zunft Höchstmengen für Leinenzeug eingeführt hatte, war die Nachfrage gesunken.

Auch Flockenwolle wollte niemand. Hier war es andersherum: Alle wollten Baumwollgarn, aber niemand wollte die Baumwolle spinnen. Also kam ihn die Flockenwolle billig. Er hatte mehr einkaufen können, als ihm eigentlich lieb war. Die Spinnerinnen vor der Stadt waren allemal froh, über den Winter Arbeit zu haben.

Der Bedarf an Barchent stieg. Hans hatte weitere Anfragen aus dem Welschland erhalten, aus Frankfurt und erst kürzlich aus Nürnberg. Das Geschäft weitete sich aus. Nächste Woche würde er das Leinengarn in die Stadt schaffen lassen. Die Wolle hatte er in einem Stadel außerhalb der Stadt deponiert, den er zusätzlich zu dem in Jettingen angemietet hatte und der ganz in ihrer Nähe beim Wertachbrucker Tor lag. Er würde die Baumwolle karrenweise nach Jettingen bringen lassen.

Hans trat auf die Brückenwache zu, einen kräftigen Kerl, der unter seinem Bart beinahe nicht zu erkennen war. Er streckte Hans die Torgeldbüchse entgegen. Hans drückte ihm das Brückengeld in die Hand, dann wollte er an ihm vorbei in die Stadt gehen. Aber noch bevor er den ersten Schritt auf die Brücke getan hatte, hielt ihn die Wache am Hemdsärmel fest. »Halt! Ich kenne Euch. Ihr seid der Gäuweber Fugger, nicht wahr?«

Hans blieb stehen. »Stimmt etwas nicht?«

»Ihr habt nur einen Heller gegeben!«

»Es ist Tag. Ich habe keine Ware bei mir. Warum sollte ich mehr geben?« Hans war zuerst nur erstaunt gewesen, aber als der Torwächter nun anfing, darüber zu schwadronieren, dass die neuen Zünfte die Gäuweber aus der Stadt heraushalten wollten und daher die Brückengelder gestiegen seien, schlug seine Stimmung in Ärger um. »Wie viel?«, knurrte er.

»Einen Heller obendrauf!«, sagte der Mann und hielt ihm wieder die Torgeldbüchse entgegen. »Wärt Ihr Stadtbürger, dürftet Ihr ohne Bezahlung raus und rein.«

»Das ist Wucher! Für zwei Heller, also einen Pfennig, kann ich mir einen ganzen Stall Hühner kaufen!«

»Dann tut das, Fugger«, sagte die Wache ungerührt und hielt ihm weiter die Büchse unter die Nase. »Aber vor der Stadt.«

Hans kramte einen weiteren schwarzen Heller aus seiner Tasche und drückte ihn dem Mann in den Lederhandschuh. »Zufrieden?«, blaffte er ihn an.

Der Kerl nickte nur und steckte das Geld in seine Büchse. Dann machte er einen Kreidestrich auf eine Schiefertafel. Er musste am Ende des Tages seine Einnahmen abrechnen und dem Portner übergeben. Hans überlegte kurz, wer derzeit das Torgeld erhob, kam aber nicht darauf. Die Fäuste in den Taschen seines Wamses geballt, stapfte er hinauf zu Heilig Kreuz.

Seit die Zünfte mit an der Macht waren, schirmten sie das städtische Handwerk immer stärker gegen außen ab. Hans brauchte das Bürgerrecht. Dringend und schnell, sonst würden sie ihn irgendwann ganz aussperren. Und er musste mitreden. Kurz vor dem Kreuz-Tor blieb er stehen, weil ihm eine Idee gekommen war: Er musste seinen Bruder einspannen. Ulin war zwar unbeherrscht, aber er hatte einen klugen Kopf, und er wohnte wieder bei seinen Eltern in Jettingen. Ulin konnte für ihn Geschäfte erledigen, sodass er nicht aus der Stadt hinausmusste. Zwar war das Verbannungsjahr bald um, aber solange er in der Stadt nicht willkommen war, sollte er ihm auf dem Land beistehen.

Als er in sein Haus trat, sah er Anna wie versteinert am Küchentisch sitzen, das Tuch, das sie zur Beschau vorlegen sollte, vor sich. Eine Hand lag auf dem Ballen, als wolle sie ihn festhalten.

»Was ist los?«, fragte er.

Wie abwesend richtete Anna ihre Augen auf ihn.

Hans trat an den Tisch und nahm das Tuch in die Hand. Er hielt es gegen das schwache Licht, das durch die Fensteröffnung drang, prüfte genau, konnte aber keinen Fehler feststellen. »Wo ist die Plombe?«

»Haben wir nicht bekommen«, antwortete Anna. »Weil es Barchent ist. Fremdes Gewirk.«

Hans sah sie mit großen Augen an. Allein die Plombe verteuerte das Tuch um ... um gut fünfzehn vom Hundert. »Lass mich raten«, sagte er. »Die neue Zunft will keinen Barchent weben lassen.«

Anna nickte. »Und die Stadtweber wollen keinen Winterbarchent mehr weben. Götz hat mir die Plombe verweigert.«

In Hans' Kopf überschlugen sich die Gedanken. All das, was er hier hörte, würde über kurz oder lang dazu führen, dass alle Gäuweber sich aus der Stadt zurückzogen. Auch wenn er selbst kaum mehr webte, so vergab er doch Aufträge, und auch die Kaufleute schlossen sich einer Zunft an. Er musste handeln – und zwar rasch. »Ich muss mit Widolf reden!«, stieß er hervor.

»Du musst vor allem heiraten«, sagte Anna tonlos. »Sonst kannst du deinen schönen Handel, den du dir mühsam aufgebaut hast, vergessen.«

Hans fuhr hoch. »Anna, du musst nach Jettingen. Rede mit den Frauen wegen des Baumwollgarns. Ich habe Flockenwolle. Sprich mit den Webern. Sie müssen mindestens ein Tuch mehr weben als sonst. Ich kaufe es. Nimm Gernot mit. Er soll die Flockenwolle und das Leinengarn, das wir hinter den Mauern lagern, sofort aus der Stadt hinausschaffen. Geh zu Ulin, meinem Bruder. Er soll sich um unseren trockenen Stadel kümmern, in dem wir alles eingelagert haben.« Hans fühlte sich regelrecht fiebrig, während in seinem Kopf ein Plan Gestalt annahm.

»Du willst nicht mehr in der Stadt weben lassen?«

Hans nickte. »Kein plombengroßes Stück mehr. Sollen sie über den Winter verrecken!«

Er war davon überzeugt, der Barchent würde in den nächsten Jahren das kratzige Leinenzeug ablösen. Wer einmal statt Kleidung aus Leinen solche aus Barchent getragen hatte, würde nie wieder etwas anderes wollen. Das hatte er am eigenen Körper erlebt. Fremdes Gewirk. Lachhaft. Er würde es der städtischen Weberzunft zeigen.

»Auf jetzt, Anna.« Er nahm sie an beiden Schultern und stellte sie auf die Beine. Dann gab er ihr einen Kuss. »Ich verlass mich auf dich. Du bist die Einzige, auf die ich mich verlassen kann.«

»Und was machst du?«, fragte Anna leise.

»Ich gehe zu Widolf und seiner Tochter«, antwortete er.

Er sah Anna mechanisch nicken. Aber es war, als würde das Licht in ihren Augen mit einem Tuch abgedeckt werden. Es erlosch augenblicklich. Es kam ihm vor, als wäre es in der Stube eine Spur dunkler geworden.

»Kann ich mich auf dich verlassen?«

Sie senkte den Kopf. »Natürlich …«

3

AUGSBURG, JUNI 1369

Warum hast du mich in dieses Loch bestellt?«, herrschte Oswald Widolf Hans an. »Ich kann ja nicht mal erkennen, ob mir der Wirt überhaupt ein Bier eingeschenkt hat!«

»Ich lauf Euch jetzt vier Wochen hinterher, ohne Eurer habhaft zu werden, Widolf. Geht Ihr mir etwa aus dem Weg? Und bei Eurer Tochter komm ich auch nicht voran.«

Der alte Webermeister nahm einen kräftigen Schluck und wischte sich über den Mund. »Glaubst du, ich würde dich mit meiner Tochter allein lassen? Glaubst du, ich weiß nicht, was euch jungen Kerlen einfällt? Ich mag alt sein, aber deswegen bin ich nicht dumm!«

Hans verdrehte die Augen. Wenn er Widolf erklären würde, dass er Klara noch nicht einmal mit dem Schürhaken anzurühren gedachte, wäre die Verabredung hinfällig gewesen. Und er brauchte das Bürgerrecht – alles andere war ihm gleich. Zwei Monate waren seit seinem Gespräch mit Klara vergangen. »Dann bleibt halt an Eurem Webstuhl hocken, alter Mann, und ich setz mich mit Klara daneben«, erwiderte er. »Wir müssen über die Hochzeit reden.«

Widolf sah Hans misstrauisch an. »Hast du sie etwa doch wieder getroffen? Hat sie dir zugesagt?«

»Wieso spielt das eine Rolle?«, fragte Hans verblüfft.

»Das geht so nicht bei uns in der Familie. Klara darf mitreden, sie muss mitreden.«

Hans straffte sich. Ein Weibsbild, das mitreden durfte, war ihm bis dahin nur einmal begegnet: Anna. »Sie hat mir ihre Hand darauf gegeben. Also lasst uns zu ihr gehen, damit ich offiziell um sie anhalten kann!«, forderte er, doch Widolf sah ihn nur mit schiefgelegtem Kopf an. Hans begriff, dass Klara nicht Oswald Widolfs größtes Problem war.

»Sie setzen Euch zu, nicht wahr?«, fragte er geradeheraus, als sie ausgetrunken hatten und sich auf den Weg zu Widolfs Haus machten.

Der Alte wiegte den Kopf, als könne er sich nicht entscheiden, ob Hans recht hatte oder nicht. »Sie wollen keine Gäuweber und machen ihnen deshalb das Leben schwer. Aber sei beruhigt. Der Barchent wird sich durchsetzen. Sie wissen es nur noch nicht. Sie sind zu engstirnig, zu sehr im Gestern verhaftet, statt an das Morgen zu denken. Deine Zeit wird kommen, Hans.«

»Wenn sie nicht einlenken, besitze ich bald keinen Heller mehr. Sogar das Tor- und Brückengeld haben sie erhöht.«

Widolf nickte, und in seinem Gesicht las Hans zum einen die Sorge um die noch junge Zunft und zum anderen die Sorge um das Wohlergehen seiner Tochter.

Im Widolfschen Haus traten sie in die Stube.

»Ich hole sie. Frag sie noch einmal. Wenn sie ausschlägt, versuch es nicht mehr. Dann kommt sie ins Kloster.« Oswald Widolf räusperte sich, dann streckte er ihm die Hand hin.

Hans betrachtete die krummen Finger mit der schrundigen Haut. »Sie hat gesagt, sie bekommt eine Mitgift. Wie hoch ist sie?« Er hatte das Thema nicht ansprechen wollen, doch die zögerliche Art des Webermeisters hatte ihn vorsichtig werden lassen.

»Hundert Goldgulden. Du kannst sie in dein Geschäft stecken, aber sie bleiben bei Klara. Dazu das Wohnrecht im Haus. Die Wohnung ist groß genug für zwei Personen.«

»Auch für Anna?«, schob Hans hinterher.

»Deine Metze …«

»Sie ist nicht meine Metze. Sie ist meine Magd. Und das hat seine Gründe. Ich werde mit Klara darüber reden. Also …«

»Gut, ja. Auch für sie.«

Hans nickte. Hundert Goldgulden Das war viel. Sehr viel. Mehr als er erwartet hatte. »Ich werde versuchen, Euch zu unterstützen, wenn es darum geht, einen neuen Zunftoberen zu wählen. Wenn Klara meine Frau wird, werde ich Bürger der Stadt und bin zugleich Mitglied der Zunft – meine Stimme bekommt Ihr.« Jetzt erst schlug er ein.

Der Alte erhob sich und trat an den Treppenaufgang. »Klara. Kommst du bitte herunter in die Stube?«, rief er in einem Tonfall nach oben, der keine Widerrede erlaubte.

Über ihnen knarzte der Dielenboden. Hans hörte, wie sich jemand bewegte, hin und her lief. Ein Stuhl wurde verschoben, eine Tür geöffnet und geschlossen. Hans sah Klara vor sich, wie sie sich im Raum drehte, ein neues Kleid überzog, den Rock richtete, sich das Haar kämmte. Nach einer Weile erschien Klara in der Tür.

»Ach, Ihr seid es, Hans Fugger.« Sie tat überrascht, dabei wussten sie beide, dass niemandem unentdeckt geblieben war, wer da das Haus betreten hatte.

»Ich hoffe, ich komme nicht ungelegen, Jungfer Klara«, flötete Hans.

»Es kommt darauf an, in welcher Angelegenheit.« Klaras Gesichtsausdruck blieb völlig regungslos. Niemand konnte hinter diese Fassade blicken.

Hans räusperte sich. Er sah verlegen auf seine Füße. Schließlich machte er nicht jeden Tag einen Heiratsantrag. Tuch zu verkaufen war wesentlich einfacher. Da wusste er, wie er vorzugehen hatte, was er wollte und wohin es führen sollte. Wusste er das bei Klara auch?

»Jung... Jungfer«, begann er stotternd. Er neigte den Kopf, hob ihn aber wieder und trat dicht vor sie hin. Sie wich keinen Schritt zurück. »Wollt Ihr, Klara Widolf, mit mir in den Stand der Ehe treten?«

Sie sah ihn mit unbewegter Miene an und begann, mit auf den Rücken verschränkten Armen um ihn herumzugehen. »Ihr fragt mich? Nicht meinen Vater?«

War das eine Frage oder eine Feststellung? Hans konnte sich nicht entscheiden, von daher versuchte er, diese Klippe vorsichtig zu umschiffen. »Ich frage Euch. Schließlich werde ich nicht Euren Vater heiraten, sondern Euch, Jungfer.«

Um die Lippen der Widolfin zuckte Spottlust. »Lasst das mit der ›Jungfer‹, Fugger. Es klingt ... lächerlich.«

Klara war um einiges älter als er. Vielleicht vier oder fünf Jahre. Eitelkeit konnte sie sich nicht leisten.

»Lasst mich nicht warten«, sagte er. War da in Klaras Augen ein wässriger Schimmer? Ging ihr der Antrag doch näher als gedacht? »Wenn Ihr Euch nicht entscheiden könnt, sagt besser nichts. Ich werde nach der Messe in Frankfurt noch einmal bei Euch anfragen. Heiraten könnten wir dann im Januar.« Hans biss sich auf die Lippen. So viel hatte er gar nicht preisgeben wollen.

»Ihr geht nach Frankfurt, obwohl keines Eurer Tuche gesiegelt wurde?«, fragte Klara erstaunt.

Hans zuckte mit den Schultern. Es erstaunte ihn zwar, dass sie davon wusste, aber er ging davon aus, dass ihr Vater davon erzählt hatte. »Ich weiß, wie gut meine Tuche sind. Ich muss sie nicht anpreisen. Sie werben für sich selbst. Ein Siegel wäre nur eine Werbung für die Stadt.«

»Hans Fugger, Ihr seid ein …« Sie brach ab.

Hans wusste nicht, was sie hatte sagen wollen. Es konnte sich alles dahinter verbergen. Nur ihre Augen funkelten, und er dachte für den Moment, dass diese das Schönste an ihr waren. »War das jetzt ein Ja?«, fragte er.

Anna hatte zuerst überlegt, einen großen Bogen um Horgau zu machen. Auch wenn ihr Onkel verstorben war, machte ihr der Maierhof über dem Dorf Angst. Doch dann entschied sie sich um. Der Hof gehörte mittlerweile ihrer Tante, die ihre Stellung im Kloster aufgegeben hatte.

Wenn sie den Barchent außerhalb der Stadt weben lassen wollten, brauchten sie einen zusätzlichen Lagerplatz – und was war besser dafür geeignet als Margets Hof in Horgau? Sie musste mit ihrer Tante sprechen, bevor sie nach Jettingen ging.

Die Schatten schoben sich bereits in den Tag hinein, als sie die Anhöhe erreichte. Sofort fiel ihr Blick auf das Scheunentor, das weit offenstand. Wäre sie nicht vorsichtig gewesen, hätte ihr Onkel sie dort drinnen überwältigt und geschändet. Noch jetzt lief ihr ein

Schauder über den Rücken, wenn sie daran dachte. Anna lief an der Scheune vorbei zum Haus. Sie pochte an die Tür und schob sie auf. Es roch anders als bei dem Hudlerbauern. Eine Frau war eingezogen. Eindeutig.

»Tante Marget!«, rief sie, bekam jedoch keine Antwort.

Sie durchquerte das Haus und ging auf der anderen Seite hinaus in einen kleinen Garten, der an das Haus anschloss und in dem es grünte und blühte. Auch dort fand sich niemand. Erst als sie sich ein Stück weit vom Haus entfernte, hörte sie rhythmisches Stöhnen und leises Keuchen. Sie blickte hoch und auf ein offenes Fenster. Anna seufzte.

Sie konnte verstehen, dass ihre Tante sich als Witwe nicht mehr zurückhalten musste. Sie durfte das nachholen, was sie mit ihrem Mann offenbar versäumt hatte, sonst wäre sie nicht als Köchin ins Kloster St. Stephan gegangen. Sie lebten dort nach der Regel des heiligen Benedikt.

Anna beschloss zu warten, bis die beiden dort oben fertig waren. Sie ging zurück in die Küche, schöpfte Wasser in eine eiserne Kanne und erhitzte es über der Herdstelle. Dann gab sie frische Pfefferminzblätter hinein, die sie im Garten gezupft hatte.

Mit einer Tasse setzte sie sich an den Küchentisch, starrte auf den Tee und beobachtete die feinen Ringe, die durch die Erschütterung entstanden. Liebesringe, dachte sie noch, als sie jemanden die Treppe herabpoltern hörte. Ohne die Stube zu betreten, durchquerte er den Flur und verschwand nach draußen.

Wer immer es gewesen war, er hatte es eilig gehabt. Hatte er sie gehört?

Kurz darauf kam ihre Tante herein. Ihr Gesicht war noch erhitzt. Am Hals hatten sich feuerrote Flecken gebildet. Ihr Haar war zwar etwas hergerichtet, aber man sah, dass jemand es wild zerzaust hatte. Die Kittelschürze war falsch geknöpft, und sie lief barfuß.

»Anna!«, rief sie wenig überrascht. »Schön, dich zu sehen. Wen oder was suchst du hier außerhalb der Stadt?«

»Wen ich suche? Dich, Tante Marget. Ich hab mir schon mal einen Pfefferminztee aufgebrüht, während du ... beschäftigt warst.«

Die Hudlerin war keineswegs verlegen. »Nun, auch wir Frauen schwitzen das alles nicht aus. Manchmal ...«

Die beiden Frauen grinsten einander an.

»Ich brauche eine Möglichkeit zum Übernachten und möchte mit dir reden, Tante.«

Die Hudlerin nickte. Anna erzählte ihr, was ihr auf dem Weg hierher durch den Kopf gegangen war. Sie versprach ihrer Tante einen angemessenen Anteil und erbat sich dafür einen Gutteil des Stadels.

Am Abend nahm sie das Angebot der Tante an, neben dem Ofen auf der Bank zu schlafen. Als sie nämlich den Stadel besucht hatten, um über den Lagerraum zu sprechen, war es ihr kalt den Rücken hinabgelaufen. Sie entdeckte die Leiter mit der durchgebrochenen Sprosse – und was zuvor nur eine Geschichte gewesen war, wurde sofort zur sichtbaren Wahrheit. Hier hatte Michl Hudler den Tod gefunden. Niemals wieder hätte sie sich auf den Heuboden legen können, ohne an den Bauern, seine Absichten und an seinen Tod zu denken.

Als sie nach einem langen Abend unter die Decke schlüpfte und die Wärme des Ofens ihre Knochen streichelte, war sie zufrieden. Ihre düsteren Gedanken wurden von all den guten überlagert. Die Abmachung half ihrer Tante, und diese half Hans.

4

JETTINGEN, JUNI 1369

Hat er dich rausgeworfen und sich eine andere gesucht?«, begrüßte die Melcherin ihre Tochter.

Nach dem Abstecher zum Hudlerhof war Anna gleich nach Jettingen aufgebrochen und am Nachmittag völlig erschöpft bei ihrer Mutter eingetroffen. Froh war diese nicht gewesen.

Es half nichts, ihr zu erklären, weshalb sie gekommen war. Ihre Mutter schüttelte nur immer wieder ungläubig den Kopf. Erst als Anna Ulin erwähnte, wurde sie aufmerksam.

»Lass die Finger von dem Kerl. Kein Rock ist vor ihm sicher, und er ist ... seltsam.«

»Aber Hans hat gesagt, er webe ein feines Tuch«, sagte Anna. Ihr entging das merkwürdige Glimmen in den Augen ihrer Mutter nicht.

»Die Qualität eines Tuches sagt nichts über die Qualität des Menschen. Er ist ein ...«

»Ich mache mir lieber selbst ein Bild, als auf den Dorftratsch zu hören«, fiel Anna ihrer Mutter ins Wort.

»Ich kann dir keinen Ratschlag geben, Mädchen. Du musst deine eigenen Erfahrungen machen. Bitte. Aber sag nicht, dass ich dich nicht gewarnt hätte.«

Anna nickte abwesend, weil ihre Gedanken abgeschweift waren. Sie erzählte ihrer Mutter vom Stadel und dem Wolllager. Sie bat sie darum, Spinnerinnen zu suchen, die jetzt im Spätsommer und Frühherbst aus der Flockenwolle Garne spannen, damit es im Winter zur Verfügung stand. »Wir nehmen alles ab, was gesponnen wird.«

Sichtlich erstaunt hörte sich ihre Mutter die Geschichte des Hudlerhofes an und freute sich keineswegs darauf, ihre Schwester wiederzusehen. Dazu wogen die Geschehnisse der Vergangenheit offenbar zu schwer.

»Du wirst dich daran gewöhnen, mit ihr zusammenzuarbeiten«, sagte Anna, »ob du es nun willst oder nicht.«

Ihre Mutter warf ihr einen Blick zu, den Anna nicht recht deuten konnte. »Gib diesem Weib den kleinen Finger, und sie nimmt die ganze Hand«, zischte sie. »Der Hudlerbauer, er war mein Verlobter. Sie hat ihn mir gestohlen. Beim Tanz.«

Anna wusste nicht, was sie dazu sagen sollte. Sie hatte vom Zerwürfnis der beiden Schwestern zwar gehört, aber nie den Grund dafür erfahren.

»Aber sie wollte nie ihn. Sie wollte nur den Maierhof, damit sie ihre religiöse Heuchelei mit Gaben und Spenden weitertreiben konnte. Und den Michl hat sie verhungern lassen, wenn du verstehst, was ich meine. Eine Heilige wollte sie sein, keine Hure.«

Anna schluckte. So deutlich war ihre Mutter noch nie geworden. In deren Augen glitzerten Tränen, ob aus Trauer um den verlorenen Mann oder aus Wut darüber, sich nicht gegen das Ansinnen der Schwester gewehrt zu haben, konnte Anna nicht sagen.

»Marget hat ihn ebenso belogen, wie sie mich hintergangen hat. Trau ihr nicht, Anna!«

Anna sagte nichts dazu, verstand aber jetzt die Abneigung. Womöglich wäre aus dem Hudlerbauern nicht dieses Aas geworden, das sie erlebt hatte. Von ihrem Erlebnis mit ihm erzählte sie nichts. »Zur Abendmahlzeit bin ich wieder hier«, sagte sie und machte sich auf den Weg zu Hans' Bruder.

»Sei vorsichtig, Kind«, rief ihr ihre Mutter leise nach »Dieser Kerl ist eine Plage.«

Wie arg kann es schon werden?, dachte Anna. Schließlich war sie aus der Stadt Schlimmeres gewohnt. Dort war der Mensch dem Menschen ein Wolf. Aber hier im Dorf, wo jeder jeden kannte und sich alles sofort herumsprach, fühlte sie sich sicher.

»Was willst du?«, fragte Ulrich Fugger, Hans' jüngerer Bruder, den alle nur Ulin nannten, während seine Hände flink das Schiffchen schießen ließen.

Als Anna zum ersten Mal die Hütte mit seinem Webstuhl betrat, bedachte er sie nicht einmal mit einem Blick. Hans hatte ihr erzählt, dass er mit einem Selbstbewusstsein auftrat, das mindestens so groß war wie seine Klappe – und ebenso ungerechtfertigt, wie das, was er von sich gab. Dabei war er noch nicht einmal siebzehn Jahr alt und damit nur wenig jünger als sie selbst. Seine Tuche hatten einen guten Strich, waren gleichmäßig gewebt und knotenfrei, was selten war und für eine hohe Qualität stand. Doch seine Angeberei und sein falsches Wesen waren unerträglich.

»Ich bin's, Anna, Anna Melcherin. Ich habe eine Botschaft von deinem Bruder.«

Es schien Ulin nicht weiter zu kümmern, was Hans ihm mitzuteilen hatte. Unentwegt flog das Schiffchen von einem Ende zum anderen, der Baum wechselte, und der Schlag glättete das Gewebe. Seine Geschwindigkeit und Gleichmäßigkeit beeindruckten Anna. Sie selbst war nicht viel schneller als er, brachte aber dieses Gleichmaß nicht zustande. Er drehte nicht einmal den Kopf zu ihr hin.

»Er will dir einen Handel vorschlagen«, versuchte sie es erneut. Sie musste ihr Gewicht mehrmals verlagern, weil ihr die Hüfte wehtat und sie kaum stehen konnte. Aber außer dem Webhocker gab es in dem kleinen Raum keinen Stuhl. Vielleicht färbte das ihre Stimme etwas ein und gab ihr diesen quengeligen Ton, der sie selbst überraschte. »Vielleicht hörst du mir wenigstens zu.«

Jetzt hatte sie doch seine Aufmerksamkeit. Von einem Augenblick auf den anderen ließ er das Schiffchen los und stand auf. Er war etwas kleiner als sie, dafür drahtiger und schmaler als Hans. Während diesem bereits ein starker Bart wuchs, sah man bei Ulin noch nicht einmal einen Schatten. Er betrachtete ihre Gesichtsnarbe, so als hätte er Anna noch nie gesehen.

Anna erschien er unsteter, zappeliger als sein Bruder. Nach seiner Musterung huschte sein Blick unaufhörlich hin und her, als suche er etwas, kehrte aber immer wieder zu ihrer Brust zurück. Sie verschränkte die Arme, weil es ihr unangenehm wurde. Er konnte ihr nicht direkt in die Augen sehen, und stehen bleiben konnte er auch nicht. Er ging um sie herum, während er mit ihr sprach.

»Sagt schon, was will er?«

Anna räusperte sich. »Also, Hans schickt mich, weil …«

Ulin unterbrach sie sofort. »Du bist seine Metze, nicht wahr? Der Krüppel, den er sich fürs Bett nach Augsburg mitgenommen hat.«

Ihre Erklärung blieb ihr im Hals stecken. Was erlaubte sich dieser Rotzlöffel, sie derart anzugehen? »Ich bin keine Metze – und schon gar nicht die deines Bruders.«

»Ja, schon gut.« Ulin winkte ab. Er umkreiste sie fortwährend, lachte dabei herzhaft und kam langsam näher.

Anna wich dafür Schritt für Schritt zurück. Ihr Körper wiegte sich wie ein Schiff auf den Wellen. Sie biss sich vor Schmerz auf die Lippen.

Es war Ulin gelungen, Zweifel bei ihr zu sähen. War sie denn wirklich nichts anderes als Hans' Bettschatz? Niemals hatte Hans den Anschein erweckt, er wolle sie heiraten. Aber er hatte sie in letzter Zeit wieder öfter in ihrer Kammer besucht oder zu sich ins Bett geholt. Und sie hatte es zugelassen.

Die Täfelung roch nach hundert Jahren Bierausschank, und in die von der Zeit geschwärzten, weichen Paneele waren Sprüche eingeritzt, die Augsburgs Geschichte der letzten Jahrzehnte erzählten.

»1365«, las Hans. »Neckarwein 7 dn, Welschwein 10 dn.« Das war drei Jahre her. Schon damals hatte das Maß 10 Silberpfennige gekostet. Er war also mit seinem Wein immer noch zu billig gewesen, wenn er als Maß einen Eimer zugrunde legte. Daneben stand: »Lasst uns saufen, bevor wir raufen.« Vermutlich hatte das mit dem Streit zu tun, für den im Vorjahr die Augsburger dem Württemberger mit hundertfünfzig Reitern zu Hilfe geeilt waren und das Schloss Eberstein dem Erdboden gleichgemacht hatten. Unzählige Namen waren eingeritzt und etliche lateinische Sprüche, die davon zeugten, dass durchreisende Scholaren ebenfalls hier Halt machten.

In der Schänke war es so dunkel, dass man Gott sei Dank nicht so recht erkennen konnte, wie das Bier aussah, das der Wirt in die Krüge schenkte. Dennoch war der Raum voll. Voller Menschen und voller Stimmen. Die Besucher dünsteten so viel Schweiß aus, dass die Tische, obwohl regelmäßig mit einem schmutzigen Lappen abgewischt, klebten, als wären sie mit Leim bestrichen. Dieser Umstand wurde durch den Regen verstärkt, der seit zwei Tagen niederging und jede Ritze der Stadt tränkte und neben dem Schweiß der Männer auch noch die Feuchtigkeit des Regens hereintrug.

Hans hob die Hand, und Mädie, die Tochter des Schankwirts, nickte ihm zu. Sie drängte sich durch die Männer hindurch zu seinem

Platz und griff sich den Krug, den Hans ihr hinhielt und in den sie nachschenkte. Die Kerle johlten, wenn Mädie sie mit dem Schankkrug und ihrem Hintern beiseite drückte. Aber es waren harmlose Scherze, die unter den Augen des Wirts auch nicht ausarteten. Mädies Anwesenheit zog Gäste an. Aber alle wussten, mit welchen Argusaugen der Wirt am Wertachbrucker Tor auf seine Tochter sah.

Hans starrte in die Menge. Seit zwei Stunden wartete er auf den Zunftmeister. Hans Weiß hatte sich früher täglich zumindest kurz im Bräu am Tor sehen lassen, weil er hier die Männer traf, für die er verantwortlich war. Aber seit er der neuen Zunft vorstand, waren seine Besuche seltener geworden. Man munkelte, er suche nach einem eigenen Zunfthaus.

Jedes Mal, wenn sich die Tür öffnete, schaute Hans zum Eingang. Schließlich gab er es auf und sackte vor seinem Bier zusammen. Bald wusste er nicht mehr, ob er schon drei, vier oder fünf Krüge getrunken hatte. Er murmelte Schimpfwörter vor sich hin, sprach mit sich selbst und forderte Hans Weiß, den er vor seinem inneren Auge sah, dazu auf, die strengen Bestimmungen gegen die Gäuweber zu lockern.

»Was führt Euch in dieses Loch?«, hörte er irgendwann jemanden sagen.

Aus trüben Augen blickte Hans hoch. Vor ihm stand, noch in seiner Schaube mit dem Pelzbesatz, der Zunftobermeister Hans Weiß.

Es brauchte eine Weile, bis Hans bewusst wurde, dass er tatsächlich vor ihm stand.

»Ich höre Euch schon eine ganze Zeit zu, Fugger. Ihr seid unglücklich darüber, dass wir die Gäuweber dorthin zurückschicken, wo sie hergekommen sind. Nun, das ist bedauerlich. Glaubt mir, das schmerzt mich mehr, als Ihr vermutlich denkt. Ich bin der Letzte, der das wirklich will, aber die Umstände ... die Qualität ... die Sicherheit ...«

Hans verstand nur noch Bruchstücke. Was er aber durchaus begriff, war, dass Weiß etwas tat, was ihn an den hohen Herrn schon immer gestört hatte. Er bedauerte die Umstände, für die er selbst verantwortlich war, schob Zwänge vor, die er sich selbst auferlegt hatte, und versprach, die Dinge umgehend zu ändern, sobald er die Macht dazu hätte, obwohl er keinerlei Interesse an irgendwelchen Veränderungen hatte.

»Hört auf! Ihr lügt ... wenn Ihr den Mund ... aufmacht«, stammelte Hans irgendwann.

»Jetzt verkennt Ihr aber die Tatsachen, Fugger. Ich bin ...«

»... ein Heuchler!«, rief Hans. Jetzt schalt er sich, dass er so viel Bier getrunken hatte. Er hätte gern deutlicher und geschmeidiger gesprochen, aber der Alkohol lähmte ihm die Zunge und vernebelte ihm den Verstand.

Er zwang sich aufzustehen. Schwankend stand er da, streckte den Arm aus und zeigte auf Weiß. »Ihr macht aus der Zunft ein kleines Königreich, in dem Ihr allein regieren wollt. Niemand mit anderen Ideen, anderen Techniken oder Gedanken soll neben Euch bestehen«, rief er laut.

Schlagartig wurde es still in der Gaststube.

»Macht Euch nicht lächerlich. Nur weil wir Euren Barchent ausgeschlossen haben, wollt Ihr mir unlauteres Vorgehen vorwerfen? Was für ein Unsinn! Ihr könnt vor der Stadt so viele von Euren Tuchen weben, wie Ihr wollt. Aber hier in Augsburg haltet Ihr Euch an unsere Regeln.«

»Ich zwinge Euch in die Knie, Weiß«, blaffte Hans und fühlte, wie ihm das Bier aus dem Magen überschwappte und die Kehle füllte. Er musste schlucken.

Der Wirt schob sich durch die Menge, die stumm den beiden streitenden Männern lauschte.

»Versucht Euer Glück. Aber ...«, sagte Weiß.

Hans fiel ihm ins Wort. »Ihr hört von mir. Ihr hört von meinem Barchent.« Mit einer Handbewegung, die die ganze Schänke einschloss, setzte er hinzu: »In diesem Winter gibt es keine Verlagsarbeiten in Augsburg. Meinetwegen könnt ihr verhungern.«

»Wir sind froh darüber, wisst Ihr? Wir brauchen das nicht mehr. Wir haben jetzt Arbeit genug«, gab Weiß zurück.

Der Wirt packte Hans am Arm und zerrte ihn in Richtung Tür.

»Hier gibt es keinen Ärger«, sagte er ruhig. »Schlaft Euren Rausch aus, Fugger, und kommt wieder, wenn Ihr nüchtern seid.«

Doch Hans ließ sich nicht einfach aus der Schänke werfen. Es gelang ihm, sich loszureißen, weil der Wirt nicht mit so viel Widerstand gerechnet hatte, und stellte sich mitten in den Raum. »Arbeit ja, aber kein Material, Weiß. Denkt an mich.«

Er schlug die Hand des Wirts weg, die wieder nach ihm greifen wollte, und stolperte zur Tür hinaus. Erst draußen wurde ihm bewusst, dass er eben der Augsburger Weberzunft den Kampf angesagt hatte. Seine Knie wurden weich, und er sank in die Gosse. Der Regen, der unaufhörlich auf die Stadt pladderte, kühlte sein Gemüt und trieb ihn schließlich nach Hause und ins Trockene.

5

FRANKFURT, AUGUST 1369

Die vier Tage vor Messebeginn galten als Geleitswoche. Hans wurde ein Stand am Mainufer zugewiesen, und er begann, seine Fuhrwerke zu entladen. War er noch vor zwei Jahren mit nur einem Fuhrwerk nach Frankfurt gekommen, standen jetzt drei vor seiner Holzbude. Doch er kam gar nicht zum Abladen. Er hatte gerade nur ein Bündel öffnen und ausbreiten können, als ihm vier Kaufleute regelrecht auflauerten und seine Wagen umstanden. Sie feilschten um seine Ware, strichen über das Tuch, das er ausgelegt hatte. Noch bevor die Geschäftswoche begann und Läden und Stände geöffnet wurden, hatte er bereits zwei Wagenladungen verkauft. Gerade die Schweizer rissen sich um seine Ware, aber auch Kaufleute aus Burgund und England schlichen um seinen Stand und holten sich einen Anteil. Hätten nicht in der dritten, der Zahlungswoche, die Ausstände der letzten Messen zur Begleichung angestanden, er hätte seine Bude gar nicht erst öffnen müssen.

Als die Geschäftswoche kam, waren seine Tücher allesamt verkauft. Er hätte nach Hause fahren können, aber er und sein Fuhrwerker Gernot, der ihn wieder begleitete, nahmen zahlreiche Aufträge an. Dieses Jahr hatte er es abgelehnt, reine Leinentücher der Zunft mit auf die Messe zu nehmen. Dafür hatten die Augsburger Weber einen eigenen Stand ganz in seiner Nähe bekommen. Am dritten Öffnungstag schlenderte Hans zu den Augsburgern hinüber, die ganz in seiner Nähe ihre Geschäfte tätigten. Hans Weiß, der Zunftobere der Weber, hatte ein eigenes Fuhrwerk nach Frankfurt geschickt, hochbeladen mit gesiegeltem Leinen. Die beiden Männer hinter dem Stand erkannten Hans nicht.

»Gutes Leinen aus Augsburg, geprüft und gesiegelt«, pries einer der Männer, den Hans noch nie gesehen hatte, seine Ware an.

Hans trat auf den Verkaufsstand zu, ließ die Hand über die raue, feste Ware gleiten, nickte. »Gutes Sackleinen.«

»Sackleinen? Ihr verspottet unsere Qualität. Das ist beste Ware, knotenfrei und beständig. Doppelt gewebt. Für Kleidung, die lange in Gebrauch ist.«

»Aber es ist rau«, sagte Hans. »Reibt auf der Haut. Man muss ihr ein baumwollenes Unterfutter beifügen, um es tragen zu können.«

»Dafür reißt es nicht und scheuert sich nicht durch, wie der elende Barchent, der hier in der Nähe verkauft wird. Es hält doppelt so lange. Mindestens«, betonte der Kaufmann.

Der Mann, kaum an die dreißig, wirkte mit seinem flaumigen Bartwuchs jünger, als er tatsächlich war.

»Wie heißt Ihr, Herr?«, fragte Hans. »Seid Ihr selbst aus Augsburg? Ich habe gehört, dort hätten die Zünfte …«

»Ludwig Meuting, Herr. Aus Augsburg. Sitze dort im Zwölferrat des Magistrats.«

Erstaunt hob Hans die Augenbrauen. Natürlich. Meuting. Die Familie war gleich nach der Gründung der Weberzunft beigetreten, um Handel treiben zu können. Sie waren mindestens so kurz in der Zunft wie er.

»Was die Zünfte anbelangt: Ja, sie haben sich einen Zunftbrief gegeben und sind an der Stadtregierung beteiligt.« Er musterte Hans eindringlich, als hätte er ihn doch schon einmal gesehen, könne sich aber nicht daran erinnern, wo das gewesen war.

»Und Ihr, seid Ihr …«

»Wie ich sehe«, unterbrach Hans ihn mit einer raschen Geste. »Wie ich sehe, gehen die Geschäfte nicht recht voran. Ich selbst bin das dritte Jahr hier. Darf ich Euch einen Ratschlag geben?«

Ludwig Meuting wurde noch misstrauischer. Hans kannte den Grund – ein Rat deutete immer auch auf einen Makel der anderen Seite hin.

»Ich verstehe Euer Misstrauen, aber ich schlendere nur noch über die Messe. Meine Ware war schon verkauft, bevor die Stände geöffnet hatten.« Hans lächelte den jungen Mann an, dessen Augen mit jedem seiner Worte noch größer zu werden schienen. »Meine Bücher sind so voll, dass ich nichts mehr annehmen kann, ohne meine Kunden zu verprellen. Von daher kann ich Euch einen Rat unter Landesgenossen geben. Auch ich bin aus Augsburg.« Sein Lächeln wurde breiter. »Oben am Römerberg …«, er zeigte vom Main weg in Richtung Norden. »Am Ende der Gasse, die dort hinaufführt, suchen Kaufleute nach Leinenware für Säcke und Matten. Die würden sicherlich einen großen Teil hier kaufen. Die Zeit für Kleidung aus reinem Leinen ist vorbei.«

Ungläubig starrte ihn der junge Meuting an. Sein Gesicht wurde zuerst blass, dann begann es rot anzulaufen. »Wollt Ihr uns auf den Arm nehmen? Säcke und Rupfen!« Er warf die Arme in die Höhe, und seine Stimme wurde lauter.

»Seid vorsichtig, Meuting«, erwiderte Hans. »Es ist ein freundschaftlicher Rat. Ihr müsst ihn nicht annehmen. Wenn Ihr mit den Leinenballen wieder nach Hause fahren wollt, solltet Ihr auf dem Rückweg beim Guttenberger vorbeischauen. Er braucht Leinen, um seine Fässer zu umwickeln. Allerdings wird er nicht viel zahlen – und wenn Ihr Pech habt, nimmt er Euch das Leinen einfach so ab und lässt Euch als Bezahlung dafür am Leben.«

»Ihr kennt den Guttenberger?«, fragte Meuting verblüfft.

»Oh, dann habt Ihr ihn auch schon kennengelernt?«

Meutings Mund blieb offenstehen. Offenbar hatten sich einige Mosaiksteine in seinem Kopf zusammengefügt. »Dann seid Ihr der Fugger, der Gäuweber, der Barchent weben wollte und dem die Zunft das für Augsburg verboten hat.« Er deutete mit einem spitzen Finger auf Hans.

Der hob beschwichtigend die Hände. Der zweite Mann war hinter dem Warentisch hervorgetreten und sah Hans mit unverhohlener Neugier an.

»Versucht hat … trifft es eher … dem die Zunft versucht hat, das Weben von Barchent zu verbieten«, sagte Hans. »Wie Ihr seht, vergeblich. Meine Verlagsweber sind fleißig, weil sie ein sicheres Einkommen haben. Barchent ist gefragt – und bei mir sogar etwas billiger als Euer Leinen, wenn ich das recht sehe.« Er drehte sich halb um. »Denkt noch einmal über meinen Rat nach«, sagte er über die Schulter und zeigte zum Ende der Gasse hin, gut dreißig Buden weiter. »Wenn Ihr jetzt zu ihnen geht, könnt Ihr den Preis noch selbst bestimmen. Übermorgen gehen die Händler über den Markt – und dann kaufen sie Leinenstoffe zu ihren Preisen.«

Anna war bald nach der Begegnung mit Ulin nach Augsburg zurückgekehrt. Der Mutter hatte sie das Versprechen abgenommen, mit ihrer Schwester zusammenzuarbeiten, und sie selbst versuchte, den Transport der Flockenwolle aus der Stadt hinaus anzupacken. Das Schwierigste dabei war, dafür überhaupt eine Möglichkeit zu finden. Schließlich war Gernot mit Hans unterwegs zur Messe in Frankfurt.

Selbst konnte sie nicht Hand anlegen. Die Ballen waren zu schwer, die Karren zu auffällig. Hätte sie ein Fuhrwerk gemietet, so hätte sie Aufsehen erregt. Sie wusste nicht, was vorgefallen war, aber seit Hans unterwegs war, hatte sie das Gefühl, beobachtet zu werden. Sie kämpfte mit sich, weil sie nicht recht wusste, was zu tun war.

Erst als sie auf dem Wollmarkt die Äbtissin von St. Stephan sah, nahm eine Idee Gestalt an. Die Kanonissen aus dem Stift durften zu ihrem eigenen Auskommen Handel treiben. Das war ein Weg, den Anna einschlagen konnte.

Katharina Schenk, die Äbtissin des Klosters, war eine ungezwungene, energische Frau, die lieber anpackte, als sich in irgendwelche Gebetbücher zu versenken. Kanonisse, die sie war, durfte sie sich frei in der Stadt bewegen. Sie hatte kein Gelübde abgelegt, hatte keine Weihen, arbeitete am Unterhalt des Klosters und an ihrem eigenen. Im Gegensatz zu den meisten Stiftsdamen war sie keine Adlige. Das hatte Anna von ihrer Tante erfahren. Deshalb scheute sich die Äbtissin auch nicht davor, sich mit dem Volk zu unterhalten.

Anna trat ihr in den Weg. »Hochwürdige Frau Äbtissin«, sagte sie und senkte den Blick.

Die Stiftsdame wollte sich gerade an ihr vorbeischlängeln, als Anna ihr erneut den Weg vertrat. »Bitte. Darf ich mit Euch sprechen?«

Die Äbtissin blieb stehen. Anna hob den Blick. Katharina Schenk runzelte die Stirn, dann schien so etwas wie Erkennen über ihre Miene zu huschen. »Bist du nicht die Anna, die Nichte der Marget, unserer früheren Köchin?«

Anna nickte eifrig. »Ich soll Euch einen Gruß ausrichten. Nach dem Tod ihres Mannes – Gott, nimm den Michl Hudler selig auf – muss sie den Hudlerhof selbst bewirtschaften, bis sie einen neuen Gatten findet. Es wird also …«

Die Stiftsfrau schob ihre Ärmel zurück und winkte ab. »Wir haben schon eine Nachfolgerin, wenn auch keine wirklich gute.«

»Ich soll eine Bitte vortragen, hochwürdige Frau Äbtissin.«

Die Augen der Stiftsdame glitten bereits wieder über die angebotenen Waren. Anna wusste, dass es jetzt darauf ankam. Wenn sie die Aufmerksamkeit der Frau verlor, war auch sie verloren. »Sie kann den Hof nur halten, wenn … wenn …«

»Jetzt red, Mädchen«, unterbrach die Äbtissin sie ungeduldig.

»Wenn sie Waren einlagern kann. Stoffe oder Wolle. Sie will dem Kloster vorschlagen, ihren Maierhof als Warenlager zu verwenden. Wenn Ihr Wolle habt …«

Katharina Schenk musterte sie mit scharfem Blick. »Als Warenlager für Wolle also?«

»Oder Wein«, ergänzte Anna und setzte sofort hinzu: »Oder Holz, Stroh, was Ihr nicht in der Stadt lagern wollt oder könnt.«

Die Äbtissin verengte die Augen. Anna wusste, dass sie sie durchschaut hatte. Sie entstammte nur einer Bürgerfamilie, aber man sagte ihr nach, sie habe eine Nase für Geschäfte und rieche geradezu, wenn an einem Vorschlag etwas faul war. Diese Eigenschaften hätten sie vor allen adligen Damen zur Äbtissin befähigt.

»Als Lager also ... nun, das interessiert mich, Anna. Komm heute nach Mittag, so gegen zwei Uhr, in die Priorei. Ich lasse dich ankündigen, dann können wir Genaueres besprechen.«

Anna frohlockte innerlich, ließ sich aber äußerlich nichts anmerken. Der Glockenschlag von St. Moritz verkündete die elfte Stunde. Sie hatte also noch Zeit, um über andere Dinge nachzudenken und ihren etwas rasch ausgedachten Plan zu verfeinern, ohne die Äbtissin anlügen zu müssen.

Hoch erhobenen Hauptes schlenderte sie über den Wollmarkt. Sie nickte den Verkäufern zu, versuchte herauszufinden, wie viel an Baumwollgarn verkauft und gekauft wurde, und stellte fest, dass für Ende August die Garnwolle knapp wurde.

Bei einem der Händler blieb sie stehen und fragte nach dem Preis der Garne, prüfte wie nebenbei die Stärke und Qualität des Baumwollgarns und versuchte, an der Stärke des Knäuels dessen Länge abzuschätzen. Sie hatte Hans mehrmals dabei beobachtet, mit welch traumwandlerischer Sicherheit er aus diesen wenigen Informationen die Länge und damit den Preis für das Garn zu berechnen vermochte. Sie hatten es abends mehrmals abgewickelt, und Hans hatte beinahe immer richtig oder nur wenig danebengelegen.

»Das macht einen erfolgreichen Kaufmann aus«, hatte er ihr erklärt. »Er muss anhand der Stärke eines Ballens, an der Schnürung und am Gewicht einschätzen können, wie viele Tuche er einkauft, wie viele Ellen Garn er bekommt, wie viele Ellen Garn aus einer Flockenwolle gesponnen werden können, wenn eine mittlere Stärke angenommen wird. Habe ich mehr Tuch eingekauft als geschätzt, dann habe ich vielleicht einen zusätzlichen Gewinn gemacht. Habe ich aber zu wenig, zu kurzes Garn oder einen schlecht gepackten Sack Flockenwolle erstanden, dann kann mich das auch ruinieren. Es darf also kein Zufall sein, wenn ich die Zahl der Tuche schätze oder eine Garnlänge berechne.«

Anna hatte das schon verstanden, die Probe aufs Exempel war jedoch kläglich ausgefallen. Die Garnrolle, die sie erstanden hatte, war um mehr als fünfzehn Ellen zu kurz gewesen, während Hans ihr schon kurz nach dem Kauf verkündet hatte, dass der Händler sie übers Ohr gehauen hatte. Doch nicht ihre Längenschätzung war falsch gewesen. Der Händler hatte ihr ein anderes Garnknäuel eingepackt. Zum Einwickeln hatte er sich kurz unter den Tisch gebeugt und das Knäuel ausgetauscht, während sie ihn triumphierend angestrahlt hatte. Niemals, so Hans' Warnung, dürfe man sich unkonzentriert geben. Ein Kauf war abgeschlossen, wenn man die Ware in Händen hielt, die man gekauft hatte – niemals dürfe man sie aus den Augen lassen. Anna hatte sehr wohl begriffen, dass ihre Einfältigkeit sie unvorsichtig gemacht hatte.

Während sie noch die Garnstärke prüfte und rechnete, sah sie einen Mann vom Wagenhalstor auf den Markt zulaufen. Sie überlegte kurz, was das zu bedeuten hatte. Außer ihr hatte offenbar noch niemand den Jungen gesehen, der mit rotem, nass geschwitztem Gesicht auf sie zukam. Er wirkte, als hätte er schon einen längeren Lauf hinter sich und rang sichtlich nach Atem.

»Wie viele Knäuel dürfen es denn sein?«, fragte der Händler unverbindlich und weckte Anna so aus ihrer Erstarrung. Sie blickte kurz über den Tisch. Zweihundert Knäuel lagen wohl darauf. Ebenso viele verbargen sich offenbar unter dem Tafelblatt und womöglich ebenso viele im Karren hinter ihm.

Anna schluckte kurz. »Was kostet ein Knäuel?«, fragte sie, und der Händler nannte ihr seinen Preis. Sie nickte. »Ich nehme alle«, sagte sie dann.

»Na, Melcherin, wollt Ihr mir alle Knäuel vor der Nase wegschnappen?«, sprach sie jemand von der Seite an. Sie erkannte Oswald Widolf an der Stimme. Offenbar war auch er auf der Suche nach gutem Garn.

Annas Stimme zitterte, als sie sich an den Händler wandte. »Ihr habt es gehört, Mann. Ich nehme in der Tat alles, was Ihr bei Euch habt. Zu dem eben vereinbarten Preis. Schlagt ein.« Sie streckte ihm ihre Hand hin.

Der verblüffte Händler sah sich zuerst auf die Hand, dann glitt sein Blick zu Widolf hinüber, der nur mit den Schultern zuckte. »Sie war schneller. So geht das Geschäft. Und keine Angst, sie hat genügend Geld.«

Der Händler schlug ein. Anna drückte zu, und der Gegendruck ließ sie beinahe in die Knie gehen. Der Kauf war besiegelt.

Anna schwitzte, denn jetzt hatte der Junge den Wollmarkt erreicht. Zweimal schon hatte er etwas gerufen, aber es war vom Stimmengewirr des Marktes verschluckt worden. Jetzt stellte er sich mitten hinein und schrie. Wenn er jetzt verkündete, die neue Wolle aus Venedig sei eingetroffen, dann hatte sie ein kleines Vermögen verloren, und Hans würde sie vermutlich nach Jettingen zurückschicken. Doch das, was der Junge in hastigen, kaum verständlichen Sätzen hervorstieß, war für die meisten Käufer eine Katastrophe.

»Die Venedig-Fuhren ... Blitzeinschlag ... Pferde tot ... Männer tot ... Wolle ... allesamt ... verbrannt oder geraubt ...«

Sofort schrien die Kaufleute neue Preise aus, die um fast das Doppelte höher lagen als zuvor. Annas Händler, der vor lauter Schreck vergessen hatte, ihre Hand loszulassen, sah sie kopfschüttelnd an und verzog schmerzlich das Gesicht. Ihm war ein gutes Geschäft durch die Lappen gegangen.

»Woher habt Ihr das gewusst?«, fragte Widolf verblüfft.

Anna lächelte und versuchte, ihrer Stimme einen festen Klang zu geben. »Ich habe den Jungen kommen sehen«, antwortete sie. »Man muss in den Himmel schauen, wenn man wissen will, ob sich das Wetter ändert.«

6

Es gehört sich, Hans, an der Seite seiner Verlobten die Christmette zu besuchen. Es ist ein Zeichen. Die Ehe dient der Zeugung von Kindern. Wann kann diesem Umstand am besten gehuldigt werden, wenn nicht in der Christnacht, in der unser Herrgott auf die Welt gekommen ist?«

Anna stand hinter Hans und zupfte an seiner Kleidung herum. Die Reise nach Frankfurt hatte ihn kräftiger gemacht. Er setzte keinen Speck an, wie dies erfolgreiche Kaufherren gern taten, wenn sie zeigen wollten, wie gut ihr Wohlstand sie nährte. Hans war muskulöser geworden. Die Oberschenkel hatten an Umfang zugenommen, auch der Brustkorb und die Muskeln dort.

Wie gern hätte sie ihn wieder einmal ganz nackt gesehen – wie damals, als sie ihn aus seinem Unterschlupf geholt und zur Tuchbeschau im Kloster gejagt hatte. Inzwischen konnte sie nur, wenn sie ihm heißes Wasser in den Badetrog nachfüllte, einen Blick auf seinen kräftigen Oberkörper erhaschen. Wenn er zu ihr in die Kammer kam, waren sie beide meist vollständig bekleidet. Nur im Sommer, wenn die brütende Hitze es nicht zuließ, sich ganz zu bedecken, sah sie seinen Körper unter dem Hemd.

»Sie sind nicht gut auf uns beide zu sprechen. Auf mich, weil das Leintuch in Frankfurt wie Blei lag, während wir nach sieben Tagen abreisen durften. Und auf dich, weil dir dein Geschäftssinn einen nicht erhofften Vorteil eingebracht hat. So knapp wie dieses Jahr war Baumwollgarn noch nie. Die fehlenden Transporte und die mangelnde Nachfrage bei Leinentüchern zwingen die Zünfte in die Knie. Selbst Götz Keller schleicht schon um unser Haus herum. Er hat keine Arbeit. Zuerst das große Maul, dann kleinlautes Gebettel.«

Anna nickte. Ihr Einkauf hatte zusätzlich dazu geführt, dass der Preis für die Garnwolle durch die Decke gegangen war. »Gäuweber, die wir sind, haben wir alle unsere Ware aus der Stadt geschafft. Sie können nicht einmal zwangsweise unsere Flockenwolle oder die Garne beschlagnahmen.« Sie ließ von Hans ab und stellte sich selbst vor die kleine Spiegelscherbe, die ihnen beiden dienen musste.

»In der Kirche …«, begann Hans, und sie hörte die Verlegenheit in seiner Stimme.

»… werden sie mich anfeinden.« Natürlich wusste sie, was sie erwartete. Nicht nur würde die gesamte Gemeinde sie ansehen wie eine Aussätzige, die Leute würden tuscheln und sich die Mäuler zerreißen. Aber das war ihr gleich. In der Kirche saßen die Frauen rechts, die Männer links. Wenn sie sich ganz nach rechts stellte, dann sah man nur ihre gute Seite.

Anna musste durchatmen. Sie hoffte, im Alter würde sich die Verletzung so weit unter Runzeln und Falten verwachsen, dass sie nicht mehr allzu sehr auffiel. Bis dahin würde sie noch viel Schmerz zu ertragen haben. Sie drückte den Rücken durch, schob ihre Brust vor und blickte an sich herunter. Solange sie keinen Schritt machte, war ihre Gestalt ansehnlich und konnte sich mit den Schönsten der Stadt messen.

»Bist du so weit?«, unterbrach Hans ihre Gedanken. Er hatte sie nicht beachtet, sondern war damit beschäftigt gewesen, seinen Bart zu glätten und sich mit der Bürste die Haare von der Kleidung zu entfernen.

Anna seufzte. Sie glaubte nicht, dass er der Verbindung mit Klara Widolf voll freudiger Erwartung entgegensah. Es war ein Zweckbündnis, aber so viel verstand sie mittlerweile von Männern, um zu wissen, dass die meisten von ihnen mit den Lenden und nicht mit dem Kopf dachten. Und die Widolfin hatte in dieser Hinsicht sicherlich auch etwas zu bieten.

Anna bedeckte ihre Haare mit einem Tuch und legte noch drei Scheite Holz nach, damit das Feuer nicht erlosch, während sie die Mette besuchten, dann folgte sie Hans, der draußen mit einer Laterne in der Hand auf sie wartete. Er schloss die Tür hinter ihr und legte mit einem Hakenschlüssel den Balken innen vor.

Die Dezemberkälte griff sofort nach ihnen. In den Gassen lag der Schnee knöchelhoch, und der Himmel war wolkenverhangen. Es war stockdunkel, und ihre Laterne leuchtete nur wenige Schritte weit. Sie folgten den Radspuren der Karren, die tagsüber zwei schmale Schluchten in den Schnee gefräst hatten.

Anna lief hinter Hans her zur Stiftskirche St. Moritz. Der gefrorene Boden war glatt. Sie rutschte bei jedem Schritt, und mehr als einmal musste sie vor sich greifen und sich an Hans festhalten, sonst wäre sie in den Schnee gefallen.

Jetzt im Winter sah man die Bescherungen, mit denen die Haushalte die Gossen bedachten. Überall vor den Schlafkammern hatten sich gelbliche und bräunliche Löcher in der Schneedecke gebildet, wo man die Nachttöpfe entleert hatte. Anna und Hans hielten sich in der Mitte der Gasse, um nicht noch eine zufällige Schüttung abzubekommen.

Kurz vor der Kirche liefen die vielen Wege aus allen Richtungen zusammen. Die Menschen, die alle darauf sahen, wo sie hintraten, hoben die Köpfe, als die beiden Glocken, die die Namen Maria und Mauritius trugen, zur Nachtmette riefen. Letztere war erst vor wenigen Jahren gegossen und in den Turm gehängt worden. Es war zwei Uhr morgens. Der Atem dampfte, und auf den Augenbrauen sammelten sich Eiskristalle. Als hätte das Geläut der dunkleren Mauritius und der helleren Maria die Himmelsschleusen geöffnet, begann es zu schneien. Die Besucher der Matutin beschleunigten ihre Schritte. Im Eingang der Kirche stand der Stiftsprobst Manhard und begrüßte jeden mit Handschlag.

Anna stieß Hans an. Auf dem Vorplatz stand Oswald Widolf, in einen Loden gehüllt, der von einem so dicken Pelzkragen abgeschlossen wurde, dass man kaum mehr den Kopf sah. »Übertreibt er nicht? Als Handwerker darf er doch keinen Pelz tragen«, flüsterte sie.

»Sein Pelz zeigt, dass er sich zu den ratsfähigen Bürgern zählt«, entgegnete Hans. »Immerhin wurde er für den Rat vorgeschlagen, nachdem Meuting in Frankfurt völlig versagt hatte. Wer will es ihm verbieten?«

Neben Widolf stand seine Tochter Klara – und deren Erscheinung verblüffte Hans wohl ebenso wie sie Anna erstaunte. Die Widolf-Tochter wirkte nicht mehr mager, sondern gertenschlank. Ihre Oberweite hatte erstaunlich zugenommen, und Anna vermutete dahinter Kissen, die sich unter dem rötlich schimmernden Loden verbargen. Den erstaunlichsten Wandel aber hatte ihr Gesicht erfahren. Es wirkte rosig und frisch. Die Wangen waren voller als sonst, und die Haare, die zuvor wie an den Kopf geklebt waren, hatten sich zu kleinen Locken versammelt, die um Ohren und Hals spielten. Sie war damit immer noch keine wirkliche Schönheit, aber auf ihre herbe Art anziehend.

Aus den Augenwinkeln nahm Anna wahr, dass diese Wandlung auch bei Hans seine Wirkung zeigte. Seine Miene hellte sich auf, und seine Augen leuchteten.

»Ich gehe jetzt«, sagte Anna. Sie wusste nicht, ob er sie verstanden hatte, obwohl er nickte.

Während sie sich zum Seiteneingang wandte, beobachtete sie, wie Hans auf Klara Widolf zusteuerte und sich vor ihr und dann vor ihrem Vater verbeugte.

Der alte Widolf nickte kurz, sagte etwas, und Klara hakte sich bei Hans unter, und die drei gingen auf Probst Manhard zu.

Hans wusste, wie wenig sich Widolf aus der Kirche und ihren Vertretern machte. Alles war nur eine Tradition, die er einhielt, um sich nicht angreifbar zu machen.

Der Stiftsprobst Manhard ließ es sich nicht nehmen, die Christmette selbst zu halten und zu predigen. Er nickte ihnen zu, als sie auf den Eingang zuschritten, Oswald Widolf vorneweg, Hans und Klara dahinter. Sie hatte den Blick zu Boden gerichtet.

Probst Manhard hob die Augenbrauen, als er die kleine Prozession sah. »Wie ich sehe, seid Ihr vorangekommen«, begrüßte er Widolf.

Der deutete hinter sich. »Wir wollen aller Welt offenbaren, dass sie sich dazu entschlossen haben, sich im Frühjahr das Eheversprechen zu geben.«

Der Probst, selbst erfahren in den Schlichen und Ränken der Politik, ließ die Augen blitzen. Ein Mann, der sich gegen den Bischof durchzusetzen hatte und immer wieder dessen Versuche abwehren musste, die Freiheit des Kanonikerstifts St. Moritz zu beschneiden, wusste offenbar genau, was das zu bedeuten hatte.

»So darf ich die Verlobung öffentlich machen?«, fragte er, ließ Oswald Widolfs Hand los und drückte die von Klara. »Jungfer Klara. Ihr seid einverstanden mit dieser Entwicklung?«

Hans verblüffte diese Frage, denn selbst wenn sie nicht einverstanden gewesen wäre, hätte es an der Tatsache nichts geändert, dass sie ihn hätte heiraten müssen.

Doch Klara nickte heftig. »Ja, Herr.«

Der Probst wandte sich zu Hans und musterte ihn, während hinter der kleinen Gruppe die Begrüßungsschlange ins Stocken geriet. Alle reckten die Hälse, um zu erfahren, was dort vorn vor sich ging.

»Ich habe von Euch gehört, Hans Fugger. Vor allem von Euren Erfolgen, die unter dem guten Stern unseres Herrn standen. Ihr seid ein tüchtiger Kaufmann ...«

»... und Weber, Herr«, ergänzte Hans selbstbewusst.

»Ich weiß, was Ihr mit der Heirat bezweckt. Ihr solltet dennoch wissen, dass diese Jungfer zu den besten in meinen Mädchenklassen gehört hat. Sie beherrscht Latein, weil es der Vater so wollte. Sie weiß die Heilige Schrift in dieser Sprache zu lesen und zu deuten. Sie kann schreiben wie ein Engel – und ich hoffe für Euch, dass Ihr diese Talente nicht ungenutzt lasst, bei allen Pflichten, die der neuen Hausfrau zukommen.«

Hans senkte demütig den Kopf und nickte. »Ich werde Klara in Ehren halten«, versprach er leise.

»Na, dann wünsche ich ein frohes Weihnachtsfest, junger Mann. Und eine gute Aufnahme in die Bürgerschaft.« Probst Manhard klopfte Hans mit beiden Händen seitlich an die Oberarme und wandte sich den nächsten Besuchern der Morgenmette zu.

Widolf wartete, bis sich seine Tochter von Hans und ihm verabschiedet hatte und auf die rechte Seite zu den Frauen gegangen war. Kaum stand sie dort, wurde sie umringt und tuschelnd befragt. Ein recht unchristliches Wispern ging durch das hohe Kirchenschiff und sammelte sich unter der Decke, und die Männer sahen mit gerunzelten Stirnen und hochgezogenen Brauen zu der Frauenseite hinüber.

Widolf atmete hörbar durch und deutete Hans mit dem Kinn die Richtung an. Sie schritten nach vorn, vorbei an den Männern, die sich in ihrer Kleidung stark voneinander unterschieden. Je weiter hinten, desto schlichter waren die Schauben und Wämser. Je weiter nach vorn sie kamen, desto teurer wurden die Stoffe, desto ausgeprägter die Pelzkragen, desto größer die Mützen und Hüte, die zwischen den Händen zerknautscht wurden.

Die Männer schauten den beiden Webern nach, die sich bis zur ersten Reihe vorwagten. Nun wurde auch hier ein Murmeln laut. Es ging wohl darum, welchen Platz sie einnehmen durften, ohne Aufsehen zu erregen.

Der alte Widolf gehörte als zukünftiges Ratsmitglied natürlich nach vorn, sogar zu den Patriziern oder nur knapp hinter sie. Aber Hans Fugger, der Gäuweber, der hatte dort nichts zu suchen. Dennoch drängte sich Widolf zwischen zwei Patrizier in der ersten Reihe, drückte sie energisch auseinander und ließ Hans nachrücken.

»Wie könnt Ihr es wagen«, zischte Peter Egen, den Oswald Widolf beiseitegeschoben hatte. »Der Platz gehört dem Patriziat!«

»Dann dürftet Ihr nicht hier stehen, Egen«, zischte Widolf zurück.

Hans sah genau, dass die Worte getroffen hatten, denn der reiche Kaufmann schnaubte und zog verächtlich die Mundwinkel nach unten. Er konnte sich schlecht verteidigen, denn neben ihm standen wirkliche alte Patriziergeschlechter wie die Rehlinger oder Gossembrot, die er bedrängt hatte, und die ihn jederzeit eine Reihe zurückverweisen konnten.

Hans fühlte sich unwohl, musste aber mitspielen. Widolf sollte zukünftig die Führung in der Weberzunft übernehmen und Weiß und die anderen Männer des Aufstands ablösen. Trotz des nicht unerheblichen Gemurres in der Reihe standen der alte Weber und er in der ersten Reihe und starrten geradeaus. Sie ließen die teils gezischten und unflätigen Bemerkungen an sich abtropfen, als trügen sie einen gewachsten Lodenumhang.

Es war ermüdend, dem Gottesdienst im Stehen zu folgen. Die Männer traten von einem Fuß auf den anderen, auf der Frauenseite wisperte es beständig, sodass Probst Manhard manchen Blick hinüberwarf und einmal sogar mit einem energischen Zischen Ruhe einforderte.

Erst als er predigte, verstummten die Nebengeräusche, und es wurde still im Kirchenraum. Probst Manhard war bekannt für seine offene Art, dafür, die Dinge beim Namen zu nennen und mit seiner Meinung nicht hinter dem Berg zu halten. Schon so manch üblen Machenschaften hatte er dadurch geschadet oder sie gar verhindert, indem er sie offengelegt hatte und sich auch getraute, die Beteiligten beim Namen zu nennen.

Er redete zur Christmette natürlich über die Geburt des Herrn, aber auch darüber, dass das Leben in der Stadt eine Art Geburt darstelle, neues Leben hervorbrächte, das sich von dem unter einer Grundherrschaft wesentlich unterschied. Dieser freiwillige Schritt vom Stadtbewohner zum Bürger habe etwas vom Übertritt in die Glaubensgemeinschaft. Man begäbe sich unter deren Schutz.

Hans sah um sich her nur nickende Köpfe, was ihn misstrauisch werden ließ. Der Probst war nicht dafür bekannt, mit seinen Predigten die feisten Bäuche der Patrizier und Bürger zu pinseln. Für Manhard galt eher der Spruch, dass er den Keil in einen Spalt trieb, sobald er ihn entdeckt hatte, und dann mit Worten nachhämmerte.

Klar wurde seine Absicht erst, als er darauf zu sprechen kam, dass Heirat eine Möglichkeit war, sich das Bürgerrecht zu sichern. Er schaute die Reihe der Patrizier an und nickte denjenigen zu, die diesen Weg genommen hatten und sonst niemals aufgestiegen wären. So mancher zuckte unter dem Blick zusammen oder sah die ganze Zeit zu Boden.

Als Probst Manhard bei Widolf und Hans angelangt war, hellte sich seine Miene auf. »Oswald Widolf und Hans Fugger werden ihre Familien miteinander verbinden. Klara Widolf wird den jungen Weber und Kaufmann heiraten, haben sie mir anvertraut. Hans Fugger wird damit das Bürgerrecht der Stadt erhalten.«

Ein Raunen ging durch die Reihen. Nicht nur die Köpfe der Frauen ruckten hin und her, um sich über diese Neuigkeit auszutauschen. Auch die Männer kannten kein Halten. Der Kanonikerprobst ließ die Gemeinde kurz gewähren. Dann donnerte er los.

»Was gibt es da zu bereden? Oder fürchtet ihr, euer unchristliches Verhalten gegen die Gäuweber und Landhändler würde auf euch zurückfallen? Habt ihr euch nicht zu verhalten, wie es Christenmenschen gebührt? Noch könnt ihr die Sünden bereuen, bevor sie auf euch niederbrechen. Ihr wisst: Nichts bleibt ungesühnt. Gott der Herr hat seinen Sohn geschickt, um unter den Menschen die Spreu vom Weizen, das Unnütze vom Nützlichen, das Brauchbare vom Unbrauchbaren zu trennen. Und gerade an diesem Tag, an dem Jesus zu uns niedergestiegen ist, um die Sünden dieser Welt von uns und auf sich zu nehmen, wagt ihr euch in diese Kirche und wollt meinen Segen. Wahrlich, ich sage euch, geht in euch und nehmt hin, welchen Ratschluss der Herr für euch gefunden hat.« Damit verließ er die Kanzel und kehrte zurück an den Altar, um die Eucharistie zu feiern.

Betreten sahen die Männer zu Boden und schickten schiefe Blicke zu Hans und Widolf hinüber. Hans sagte sich, dass er jeden Einzelnen, der ihm den Barchenthandel vergällt hatte, zur Verantwortung ziehen würde. Aber er hatte Zeit und würde sich diese auch lassen. Er wusste, irgendwann würde seine Stunde kommen.

Das Schöne war, dass er die Kampfansage nicht selbst hatte äußern müssen – sie war von Probst Manhard ausgegangen. Er fühlte keinerlei Schuld, sondern nur Zufriedenheit. Das leichte Zittern, das ihn befiel, schob er auf die Kälte in der Kirche.

7

Der Winter hatte die Stadt im Griff wie seit Jahren nicht mehr. An manchen Tagen wehte der Schnee beinahe waagerecht durch die Gassen. Eisige Winde türmten mannshohe Wehen auf, und an den Traufen der Dächer klebten armlange Eiszapfen. Wenn sie herabfielen, krachten sie wie Poller auf den Boden.

Wer nicht aus dem Haus musste, blieb in der warmen Stube. Aber nicht alle konnten sich das leisten. Es war wie bei der Geschichte von der Grille und der Ameise: Wer im Sommer nicht vorgesorgt hatte, der konnte jetzt nicht auf Vorräte zurückgreifen. Vor allem die Weber traf es hart. Kaum einer hatte noch Garn, kaum einer hatte Arbeit, die allerwenigsten noch Brei im Topf.

Anna hörte das Klopfen an der Tür und wollte aufstehen, doch Klara hielt sie am Arm zurück.

»Das geht jetzt schon den dritten Tag so«, rechtfertigte sich Anna gegenüber der neuen Hausfrau und riss sich los.

»Keiner von denen hat sich darum gekümmert, ob es Hans schlecht ergehen könnte, wenn er keinen Barchent mehr verkaufen kann«, sagte Klara. »Auch er hat an Türen gepocht, und niemand hat ihm geöffnet. Lass sie warten, Anna. Drei Tage Hunger haben noch niemandem geschadet. Sollen sie barfuß Buße tun wie einst unser Kaiser Heinrich, Gott hab ihn selig.«

Anna verstand Klara nicht mehr. Seit diese Hans im bittersten Winter noch vor der Fastenzeit das Jawort gegeben hatte, war sie wie verändert. Sie war nicht schöner geworden, auch wenn Anna das Gefühl hatte, die ältliche Jungfer habe in der Hochzeitsnacht ein Kind empfangen und die dürre Gestalt würde sich langsam runden. Mehr beunruhigte sie die zunehmende Kaltherzigkeit, die sie an Hans' Frau wahrnahm.

»Wollt Ihr sie erfrieren lassen, Herrin?«, fragte sie. Sie hasste das

Wort Herrin, das Klara ihr aufgenötigt hatte. Aber es war eine der Bedingungen gewesen, unter denen sie im Haus hatte bleiben dürfen.

»Wenn es sie friert, sollten sie nach Hause an den warmen Ofen gehen!«, erwiderte Klara.

Anna musste schlucken.

Vor dem Haus jagte ein Sturm die Schneegeister um die Hauswinkel und durch die Gassen. Es pfiff, stöhnte und ächzte, als versuchten alle Winterwesen gemeinsam, das Haus anzuheben, was ihnen nicht gelang. Dafür ächzte das Gebälk schwer, und immer wieder glitt ein Zittern durchs Haus, das die Menschen darin nach oben blicken ließ. Doch die Arbeit der Zimmerleute hielt dem Druck des Windes und des Schnees stand.

Anna sah zu Klara Widolf, die jetzt Fugger hieß. Die Miene dieser Frau hatte sich noch mehr verhärtet, seit sie verheiratet war. Niemals hätte Anna gedacht, dass Oswald Widolfs Tochter sich derart entwickeln würde: Die frisch angetraute Ehefrau verabscheute Hans regelrecht und duldete Anna nur mit zusammengebissenen Zähnen.

Anna bekam die nächtlichen Streitgespräche mit, wenn Hans seine ehelichen Rechte einforderte und Klara sie ihm verweigerte. Sie sei keine Deckstute, warf sie ihm an den Kopf. Er habe es nur auf ihre Mitgift abgesehen gehabt. Jetzt, nachdem er sie und das Bürgerrecht erhalten habe, solle er sie gefälligst in Ruhe lassen.

Anna hatte diese Stimmungsschwankungen zuerst auf die Schwangerschaft geschoben, aber die Ursachen lagen wohl tiefer. Klara sah die Welt immer nur schwarz – kein Lichtblick, keine Freude, kein Vergnügen. So trieb sie Hans von sich weg – und Annas Bett nahm ihn wieder auf. Mehr aus Mitleid, schließlich hatte sie ihm diese spröde Puppe vermittelt.

Die Eheleute waren in das Haus des Schwiegervaters umgezogen. Es bot im Anbau neben einer eigenen Wohnung für Hans und Klara eine Kammer unter dem Dach für Anna, ein Lager für Garne und Tücher und einen weiteren Stellplatz für einen Webstuhl. Den hatte Hans seiner Frau zugewiesen, nachdem sie ihm wiederholt das Übernachten in ihrem Bett verweigert hatte.

»Dann web deinen eigenen Unterhalt, Weib!«, hatte er sie angefahren, an den Webstuhl geführt und sie gewaltsam auf den Hocker gedrückt. »Das Tuch ist am Ende der Woche fertig, Fuggerin, oder du musst aus dem Hundetrog essen!«

Zuerst war Klara entsetzt gewesen, aber sie hatte sich gefügt. Selbst Annas Fürsprache hatte Hans nicht erweichen können, auch wenn sie sich nicht gerade stark für die Rivalin eingesetzt hatte. Schließlich war es für Klara eine gute Lektion gewesen. Hans' Schwiegervater hielt sich aus dieser Auseinandersetzung heraus. Er nahm die Entwicklung wortlos hin, und die gemeinsamen Besuche der Männer in der Schänke litten nicht darunter.

Schließlich schien Klara sogar Gefallen an der einfachen Arbeit zu finden, und aus der Strafe wurde eine Leidenschaft, die sie beruhigte und ihr gefiel, obwohl sie nicht sonderlich geschickt darin war und ihr Stoff anfangs so viele Knoten aufwies, dass er zwar beschaut, aber nicht gesiegelt wurde. Erst nach dem ersten Dutzend Tuchen änderte sich die Qualität, ohne jedoch an die Leistung der mittleren Weber heranzureichen.

Wieder klopfte es an der Haustür, doch diesmal war Anna schneller. Noch bevor Klara sie aufhalten konnte, öffnete sie. Davor stand ein vermummter Mann, der über und über mit Schnee bedeckt war. Der Wind, der draußen heulte, wehte Schnee in die Stube und brachte eine eisige Kälte mit.

»Tür zu!«, kreischte Klara.

Anna zog den vor Kälte zitternden Kerl am Zipfel seiner Schaube ins Haus und lehnte sich gegen die Tür, um sie wieder zu schließen.

»Wer seid Ihr, was wollt Ihr?«, herrschte Klara den Mann an, da sie notgedrungen mit ihm reden musste.

Er schälte sich aus seinen Kleidern, die sich als eine Ansammlung von Lumpen herausstellten.

»Frydrych«, entfuhr es Anna, als sie erkannte, wer da vor ihr stand. »Wie geht es Frau und Kind?«

»Wie es Hedi geht? Schlecht. Sie hat kaum Milch und nur wenig, um dem Wurm zuzufüttern. Wir brauchen Arbeit, Anna.«

»Wir haben keine Arbeit zu vergeben, Münkler«, zischte Klara. »Habt ihr nicht abgelehnt, für uns zu arbeiten, weil ihr jetzt Zünftler seid? Wir vergeben keine Arbeit an Zunftmitglieder. Haben selbst nicht genug. Und jetzt raus mit Euch.«

Frydrych sah hilfesuchend zu Anna, doch sie konnte nur mit den Schultern zucken.

»Ich hab noch etwas Geld«, sagte der Weber. In seiner Stimme lag ein Flehen. »Ich könnte es Euch stunden.«

»Wir brauchen Euer Geld nicht«, beschied ihn Klara barsch. »Davon haben wir genug. Geht betteln, wenn Ihr Garn haben wollt.«

»Ich bettle doch schon und werfe mich vor Euch in den Staub. Außerdem bitte ich nicht für mich, sondern für Hedi und die Kleine, die wir nach Euch benannt haben.«

Klara lachte meckernd. »Wer's glaubt, wird selig, und wer nicht, kommt auch in den Himmel. Haltet Ihr mich für schwachsinnig?«

Auch Anna hielt diese Finte nicht für gelungen, vor allem, weil sie wusste, dass das Mädchen, das Hedi kurz vor Weihnachten geboren hatte, Elsbeth hieß.

Frydrych platzte der Kragen. »Ihr seid ein herzloses Weib, Fuggerin!«

»Raus!«, brüllte Klara und begann zu husten.

Frydrych sah Anna an, und diese starrte auf Klara, die nach Luft rang und blau anlief. Der Weber wollte auf die Fuggerin zugehen und ihr helfen, doch Anna hielt ihn zurück.

»Sie schafft es selbst«, sagte sie. »Wie habt Ihr das gemeint, mit dem Geld? Ihr wollt Garn kaufen?«

»Auch«, sagte der Weber, der die Augen nicht von Klara Fugger lassen konnte. Anna ahnte, mit welchen Gedanken er sich trug. Die Weberkrankheit hatte Klara erfasst. Sie war noch nie sehr widerstandsfähig gewesen – und jetzt, da sie gebeugt in der feuchten Kälte hinter dem Webstuhl saß, hatte diese zugeschlagen.

»Wie darf ich das verstehen?«, fragte Anna nach.

»Ich gebe Euch Geld für Garn, das ich jetzt verwebe. Aber ich möchte, dass Ihr mit meinem Geld weitere Flockenwolle kauft, wenn sie im Frühjahr über die Alpen kommt. Ihr lasst sie spinnen – und ich bekomme von dem kleinen Gewinn, der damit erwirtschaftet wird, wieder Garn ausbezahlt, das ich im Winter verarbeiten kann.«

Anna streckte ihm die Hand hin. »Ich rede mit Hans«, flüsterte sie, denn Klaras Hustenanfall verebbte langsam. »Ich werde Euch aufsuchen.« Damit schob sie den Weber aus dem Haus und wieder hinaus in die Eiseskälte.

Hans saß auf dem Horgauer Maierhof fest. Ein Schneetreiben verwehrte ihm das Weiterziehen. Die verfluchte Kälte zwang ihn, in der geheizten Stube auszuharren. »Wir könnten doppelt so viele Tuche brauchen, Tante«, stieß er hervor.

Er nannte die Hudlerin, die ehemalige Köchin von St. Margareth, Tante, weil sie die Schwester von Annas Mutter war, ihn ins Herz geschlossen und ihn darum gebeten hatte. Er seufzte. Wenn sie wüsste, welche Schuld er mit sich herumtrug, würde sie ihn vermutlich auf der Stelle in die Kälte hinaustreiben und jämmerlich erfrieren lassen. So überlegten sie wenigstens gemeinsam, wie sie aus einer sehr unglücklichen Situation herauskommen könnten.

»Es steckt zu viel Geld in den Schuppen, Lagern und Tuchen, Tante Marget. Die Einnahmen kommen zu spät. Bis ich die Ware in Frankfurt verkauft habe, wird fast ein Jahr vergehen. Und viele der Händler zahlen erst im darauffolgenden Jahr ihre Ausstände. Das heißt, ich sehe beinahe zweieinhalb Jahre lang kein Geld. So gut ich an diesem System verdienen könnte, ich kann es mir auf Dauer nicht leisten. Noch nicht.«

Annas Tante erhob sich. Sie holte eine Kanne heißen Wassers und brühte damit einen Sud aus getrockneten Brennnesseln auf. »Der wärmt nicht nur, sondern er belebt auch«, sagte sie. »Er weckt deine müden Lebensgeister, Hans. Glaub mir.«

Sie versuchte, ihn aufzumuntern, doch Hans hatte sich in einer Düsternis verfangen, die er so nicht kannte.

»Das heißt aber auch, dass dich die nächsten Jahre aus diesem Missstand befreien könnten«, setzte die Hudlerin nach.

Hans zuckte mit den Schultern. »Könnten. Wenn die Geschäfte so weiterlaufen, werden in zwei oder drei Jahren die Gulden in einem beständigen Strom in meine Taschen fließen. Aber bis dahin laufe ich in einem vertrockneten Bachbett und reiße mir die Füße auf. Ich habe kein Geld mehr.«

»Weiß Klara davon?«, fragte Marget vorsichtig.

Hans schüttelte den Kopf. »Nein. Ich habe mit ihrer Mitgift eingekauft. Sie wird nicht darben, wenn alles schiefläuft. Aber sie wird wie ich verlieren.«

Marget setzte sich Hans gegenüber, nahm einen Becher mit dem heißen Sud, hielt ihn in beiden Händen und führte ihn zum Mund. Dabei sah sie Hans in die Augen. Das schwache Licht der beiden Kerzen flackerte rot in ihren dunklen Pupillen und hob sich mehr hervor als sonst in der düsteren Stube. Die jahrhundertealten Holzwände, die dunklen Stühle, der von Ruß nachgeschwärzte Kachelofen, all das gab der Stube den Charakter einer Höhle, während vor der Tür das Rutschen der Schneelast vom Dach, das Rauschen des Niederschlags und das Wimmern der Böen zu hören waren.

»Du solltest es ihr sagen. Das wäre besser«, sagte die Hudlerin unvermittelt.

Wieder zuckte Hans mit den Schultern. »Sie darf es so lange nicht wissen, bis ihr Vater Zunftoberer geworden ist. Jeder noch so kleine Zweifel, dass es in der Familie Unregelmäßigkeiten gibt, kann ihn die Wahl kosten.«

Marget hob die Augenbrauen. Das Licht darin erlosch. »War das das Geschäft zwischen dir und dem alten Widolf? Du heiratest seine Tochter, bekommst dadurch das Bürgerrecht und die Zunftmitgliedschaft und dafür unterstützt du seine Wahl zum Zunftmeister?«

»Es gibt schlimmere Abmachungen«, entgegnete Hans und musterte die jüngere Schwester von Annas Mutter.

Diesmal blieb sein Blick nicht nur an ihren Augen hängen. Er wanderte tiefer, über ihre Brust und ihre weichen Unterarme. Sie hatte die Ärmel wegen des geschürten Herdfeuers geschürzt. Ihre Haut war etwas dunkler als die von Anna oder deren Mutter. Die Hudlerin strahlte noch immer eine Frische aus, die ihn nicht kalt ließ.

Offenbar bemerkte sie seine Blicke, denn ein leichtes Lächeln huschte über ihr Gesicht. Dabei wirkte sie keineswegs verlegen.

Wieder führte sie mit beiden Händen den Becher zum Mund und sah Hans über den Rand des Gefäßes an. Ihre dunklen Augen wirkten wie ein Magnetstein, der ihn unaufhaltsam anzog. Er spürte, dass er sie begehrte. Kurz schloss sie die Augen, stellte den Becher ab und ließ ihn so aus ihrem Bann. »Und wenn du versuchst, dir das Geld bei den Juden zu borgen?«, fragte sie.

Hans schüttelte heftig den Kopf. »Daran hatte ich auch schon gedacht. Aber nie im Leben kriege ich deren Zinssätze wieder rein. Nein, ich will es auch nicht. Ich muss unabhängig bleiben.« Er stand auf und ging in der Stube hin und her. »So geht es nicht. Aber Anna hat mich mit einer anderen Überlegung losgeschickt, um sie mit dir zu besprechen, Tante Marget.«

»Anna also, nicht Klara?«, fragte die Hudlerin nach.

»Ihr fallen unglaubliche Dinge ein!«, entfuhr es ihm, obwohl es ihm gar nicht so recht war, darüber zu reden. Schließlich war es sein Geschäft, und Anna war nur seine Magd. Aber die Ausstrahlung der Hudlerin, ihre warme Offenheit hatte ihn dazu verleitet.

»Sie mischt also noch kräftig mit«, sagte sie.

»Augsburg ist überall in kleine Kämpfe und Auseinandersetzungen verwickelt«, erzählte Hans. »Seit man festgestellt hat, dass unser Barchent nicht kratzt und bequem unter den Brünnen getragen werden kann, ohne zu reißen oder durchzuscheuern, und auch als Satteldecken bestens geeignet ist, reißen sie mir die Tuche schon aus den Händen, noch bevor sie gewebt sind. Das Geld muss von einer anderen Seite kommen.«

Die Hudlerin stutzte und stand auf »Was stellst du dir vor?«, fragte sie und trat so nahe zu ihm, dass er ihren Duft wahrnehmen konnte. Sie stieg ihm in die Nase und verwirrte ihn. Sie roch nach Frau, nach Anna, nach Nähe, nicht wie Klara, die herb und unnahbar war.

Hans sah ihr in die Augen. Ihre Lider hatten sich halb gesenkt, als sei sie schläfrig. Sie war gut einen Kopf kleiner als er, sodass er auf sie herabsah. Ihr Haar duftete nach Lavendel und Rosen.

Doch Hans war in Gedanken bei seinem Plan. Die Stunde der Wahrheit war gekommen. Anna hatte ihm diesen Floh ins Ohr gesetzt, und er war begeistert gewesen. »Wie wäre es, wenn ich zu den Webern nach Horgau und in Jettingen gehe und ihnen einen Vorschlag mache, bei dem beide Seiten etwas zu gewinnen hätten?«

Hans las Spott in ihren Augen. Sie legte ihm wie zufällig eine Hand auf die Brust. Obwohl sich auf der bloßen Haut ihres Unterarms Gänsehaut gebildet hatte, war die Hand angenehm warm.

»Ich hab noch nie davon gehört, dass bei einem Geschäft beide Seiten gewinnen. Eine Seite wird immer übers Ohr gehauen – aber wir könnten uns darüber ernsthaft unterhalten.«

»Wir brauchen deine Hilfe dafür. Du und Ulin, ihr könntet mir das Tor zu den Gäuwebern öffnen.«

Langsam schloss sich die Hand der Hudlerin zu einer Faust, und sie griff nach seinem Hemd, umfasste es so, dass sie ihn daran zu sich herabziehen konnte. »Hans Fugger«, sagte sie leise. »Du brauchst meine Hilfe, wie ich sehe – und ich brauche die deinige. Ich glaube, es war kein Fehler, mich nicht für das Kloster zu entscheiden. So gern ich koche, brauche ich doch hin und wieder eine Entspannung, die mir das Gebet nicht bieten kann. Verstehst du, was ich meine?«

Hans musste schlucken. »Nein, Tante«, sagte er mit trockenem Mund.

»Du kannst für heute nicht mehr in dieses Sauwetter hinaus, junger Weber. Aber ich habe noch eine Bettstatt frei, obwohl ich nicht weiß, ob wir es bis dahin schaffen.«

Sie war immer leiser geworden. Die letzten Worte hatte sie nurmehr geflüstert. Hans stotterte eine Antwort, die er selbst nicht verstand, denn die Hudlerin griff dorthin, wo sich die Natur dem Verstand entzogen hatte.

»Lass uns später weiterreden«, hauchte sie noch und begann mit beiden Händen, seinen Ledergürtel zu lösen. Hans wehrte sich nicht.

8

Du elender Hundsfott!«, fluchte Oswald Widolf und lachte. »Gott
sei Dank sind wir schon miteinander verwandt. Ich möchte dich nicht
zum Gegner haben!«

Seit der Hochzeit Anfang Februar durfte Hans seinen Schwiegervater duzen. Er prostete ihm zu und forschte in dessen Augen, ob er
wirklich dieser Meinung war oder nur übertrieb. »Carpe diem! Nutze
den Tag!«, antwortete er und nahm einen kräftigen Schluck.

»Kaum einer der Meister kann vernünftig lesen und schreiben. Die
Brüder Weiß und Wessisprunner sind die einzigen der Handwerker,
weil sie schon einmal im Rat gesessen haben. Aber als du aufgestanden bist und denen die Zunftordnung um die Ohren gehauen hast, die
sie selbst ausgearbeitet und beschlossen haben, da ist ihnen ganz unwohl geworden. Weiß wie die Wand war dieser Weiß!« Widolf lachte
über sein Wortspiel und wiederholte es: »Weiß wie dieser Weiß!«

»Ich habe sie mir auf dem Rathaus vorlegen lassen und mich damit
beschäftigt. Geschaut haben die Schratzen dort wie Kühe, die noch
gemolken werden müssen, dass ein Handwerker die Zunftbriefe ein-
sehen wollte. Ach ja, deine Tochter hatte ich mitgenommen, damit sie
mir den Zunftbrief abschreibt.«

Widolf schlug sich auf die Schenkel. »Wundervoll!«

Auch Hans lachte jetzt, obwohl sich seine Fröhlichkeit in Gren-
zen hielt. Was er getan hatte, war ein zweiter kleiner Zunftaufstand
gewesen – und der würde auf ihn zurückfallen. Aber damit hatte er
die beiden Männer ausgeschaltet, die ihm Knüppel zwischen die
Beine geworfen hatten: Hans Weiß und Götz Keller. Irgendwann, das
wusste er, würden sie angekrochen kommen und ihn um Garn oder
Flockenwolle anbetteln.

»Die auf dem Rathaus haben gedacht, sie bringt mir nur das Bier
und haben mich bewundert, wie gut ich mein Weib im Griff habe.«

Wieder schlug sich Widolf auf die Schenkel. »Das ist gut. Das ist wirklich gut. Du und meine gezähmte Klara! Ein guter Witz.«

Hans sah Widolf an, lachte diesmal aber nicht mit. Er studierte den Alten, der ihm gegenübersaß und einen tiefen Zug aus dem Krug nahm. Widolf hatte genau gewusst, was für ein Frauenzimmer er an ihn weitergereicht hatte.

Der inzwischen für ein Jahr neu gewählte Zunftobere Konrad Roeller war selbst überrascht gewesen, als er gegen Hans Weiß den Zuschlag erhalten hatte. Und Hans war sich sicher, dass Oswald Widolf nur deshalb in diesem Jahr nicht kandidiert hatte, weil er nicht zum Stolperstein für Weiß werden wollte. Man suchte sich seine Feinde aus.

Hans setzte den Bierkrug an, ließ aber den Schwiegervater nicht aus den Augen.

Mittlerweile waren die Arbeiten am Wertachbrucker Tor beendet. Stark und mächtig ragte es vor der Brücke an der Wertach auf und kündete von der Stärke der Stadt. Aus dem Bräu für die Bauarbeiter des Tors war ein Bräu für andere Handwerker geworden. Hatten zuvor die Maurer und Zimmerer die Mehrheit gebildet, so waren es jetzt die Weber, die sich immer häufiger in der neu umfassten Frauenvorstadt niederließen.

Bis das neue Zunfthaus mit der Zunftstube in der Nähe des Perlachturms fertig wäre, würde es noch etwas dauern. Der Patrizier Ilsung hatte der Zunft zwar Haus und Grundstück östlich von St. Moritz verkauft, aber es würde Jahre dauern, bis das Zunfthaus errichtet war. Doch die Weber waren schon jetzt die größte Zunft der Stadt mit über fünfhundert Meistern. Hier im Bräu gab es zudem das bessere Bier und damit die besseren Gespräche.

»Wird Roeller die Barchentweberei in die Zunftarbeit aufnehmen?«, fragte Hans beiläufig.

Widolf sah ihn mit bereits leicht glasigen Augen an. Es war wohl der vierte oder fünfte Krug, den er geleert hatte. »Warum sollte er? Die Barchentweberei ist – noch – eine Sache der Gäuweber. Also …«

Der nächstjährige Zunftobere musste aufstoßen und mehrmals

schlucken, bevor er etwas sagen konnte. Hans nutzte die Pause. »Kann ich mich darauf verlassen?«

Widolf nickte schwerfällig. »Wir in der Zunft sind dagegen, wenn du uns nicht ins Gehege kommst.«

Hans musste lächeln. Der Alte war ein Fuchs. Er versprach nichts, aber er würde ihn auf seine Seite ziehen können, da war er sich sicher.

»Mich beschäftigt etwas ganz anderes. Da würdest auch du dran verdienen. Wenn der Barchent außen vor bleibt …«

Widolf war zwar betrunken, aber er verstand dennoch ganz gut. »Ich … ich hab gehört, die Landweber … die Gäu…«, wieder stieß ihm das Bier auf und füllte seinen Mund. »Sie geben dir … dir Geld.«

Hans sah seinen Schwiegervater an. Bei Oswald Widolf musste man vorsichtig sein. So tumb, so leutselig er sich auch gab, so eng sie miteinander verwandt waren, er war und blieb ein Schlitzohr und wusste bestens über alles Bescheid, weil er mit den Handwerkern trank, weil er mit allen reden konnte und redete. Widolf setzte sich an einen Tisch, und ohne dass er etwas dafür tun musste, sprachen alle mit ihm. Sie erzählten ihm die Begebenheiten des Tages, der Woche, berichteten von Problemen und von Lösungen, von guten und schlechten Geschäften, als wäre es das Natürlichste der Welt. Er hatte für alle ein offenes Ohr und einen guten Ratschlag. Hätte er heute nur die Hand gehoben, als es um den Zunftvorsitz ging, er hätte ohne Worte die Mehrheit errungen. Spätestens nächstes Jahr aber würde es so weit sein.

»Ich müsste beim Juden leihen, wenn es nicht so wäre.«

»Die Gäuweber bekommen Zins dafür?«, hakte der Alte sofort nach.

»So würde ich das nicht nennen. Ich muss ihnen etwas bezahlen. Ich lege, weil die Zeit fortschreitet und das Geld immer weniger wert wird, etwas auf ihre Einlage drauf. Sie erhalten dann das Garn oder die Flockenwolle zum Spinnen billiger. Und am Ende bekommen sie ihre Einlage zurück – und auch etwas mehr, wenn die Geschäfte gut gelaufen sind. Mehr nicht.«

Widolf sah ihn lange an. Hans hielt seinem Blick stand. Er war sich keiner Verfehlung bewusst. Zwar galt das Zinsverbot der Kirche, und Zinsnehmen war ein Verbrechen, aber er nahm Geld, keinen Kredit. Die Leute vertrauten ihm einige Batzen an, die sie gerade nicht brauchten, und er verwendete sie so, dass die Weber zufrieden waren.

»Ich will einsteigen. Als dein Schwiegervater. Vier Goldgulden. Dafür Garn im Herbst und einen Zuschlag.«

Hans war völlig überrumpelt. Er hatte eine Strafpredigt erwartet über das Zinsnehmen und die christliche Einstellung der Handwerker, vor allem der Weber, über Ehre und Handwerkereid, aber nicht das.

Er zögerte nicht. Vier Goldgulden waren eine Summe, die mit einem Schlag ein Problem lösten: Er musste für den Herbst nach Venedig. Dorthin, wo die Schiffe aus dem Ägypterland die Flockenwolle anlandeten. Er würde dort einkaufen. Wenn er Gernot mit seinen Männern verpflichtete, dann konnte er womöglich mit vier oder fünf Fuhrwerken vor dem Winter die Alpen überqueren und das Geschäft seines Lebens machen. Sollte es gelingen, bliebe das Geld ohnehin in der Familie – und wenn nicht, war der Verlust ebenfalls Familiensache. So oder so – er konnte nur gewinnen. Und dieses Jahr konnte es sich Widolf noch leisten. Nächstes Jahr würde er die Zunft führen, und man würde ihm genauer auf die Finger sehen.

Er streckte Widolf die Hand hin. »Schlag ein, Schwiegervater«, sagte er. »Du bist dabei.«

Es klopfte und wummerte in einem fort an der Tür. Anna schlüpfte aus dem Bett in ihrer Dachkammer, warf ihr Kleid über, ohne es zu schnüren, und stieg in ihre Holzschuhe. Schlaftrunken stapfte sie die Stiege hinunter in die Stube und schlurfte zur Herdstelle, um an der Glut vom Vorabend eine Laterne anzuzünden. Erst dann ging sie zur Tür. Es war noch dunkel, der Morgen kaum angebrochen. Wer um alles in der Welt hatte es um diese Zeit derart eilig? Im Haus war es kühl, ganz im Gegensatz zum Bett, das sich so wohlig und warm angefühlt hatte, dass sie gar nicht herausgewollt hatte.

Das Wummern hörte nicht auf.

»Ist ja gut. Ich komme schon!«, rief sie mürrisch.

Als sie die Tür öffnete, musste sie die Laterne, die erst schwach brannte, hochhalten, um in der Dunkelheit etwas zu sehen. Es traf sie beinahe der Schlag. Vor ihr stand ihre Mutter. Ihr Gesicht war so bleich, als wäre sie einem Geist begegnet, die Augen aber rot wie Feuer.

»Was … Mutter?«, rief sie und versuchte, ihre Sinne zusammenzunehmen. »Wie kommst du in die Stadt? Was ist geschehen?«

»Willst du mich nicht hereinlassen?«, keuchte die Melcherin – und Anna hätte beinahe Nein gesagt. Doch dann trat sie aus dem Weg und ließ sie in die Stube.

Die Lippen ihrer Mutter waren blau angelaufen, und sie rieb sich beständig die Hände. Ein leichtes Zittern schüttelte ihren Körper.

»Etwa Heißes zum Trinken wäre mir jetzt ganz recht!«, sagte sie. »Mach mir einen Kräutersud, Kind.«

Anna wusste nicht, ob sie sich freuen oder verweigern sollte. Dieser erneute Befehlston passte ihr ganz und gar nicht. »Was suchst du hier? Gibt es zu Hause nicht genügend zu tun?« Sie entzündete zwei Kienspäne und steckte sie in eiserne Halter. In dem flackernden Licht sah sie, wie verdreckt und erschöpft ihre Mutter war. Sie sah aus, als wäre sie die ganze Nacht von Jettingen hierhergelaufen, und Anna beschloss, doch etwas mitfühlender zu sein.

Die Melcherin legte beide Hände mit der Handfläche nach unten auf den Tisch und besah sich, wie sie bebten. »Dein Vater …« Sie brach ab und schluchzte auf. »… dein Vater ist tot.«

Anna ließ den Kessel für das heiße Wasser fallen. Er knallte mit einem dumpfen Geräusch auf den Boden.

»Er ist tot? Was … wie …?«, stammelte sie.

Ihre Mutter zögerte, aber dann begann sie zu berichten, und Anna wagte es nicht, sie zu unterbrechen.

»Er war krank, wie du weißt. Er hatte die Weberkrankheit. Der Husten war in den letzten Wochen immer schlimmer geworden.«

»Er ist also an der Weberkrankheit gestorben?« Klara stand plötzlich in der Tür. Sie war nicht angekleidet, sondern hatte sich nur ein Wolltuch über das Nachtgewand geschlungen. Mit bloßen Füßen stand sie da. »Ihr seid die Melcherin?«, fragte sie nach. Als diese nickte, wandte sie sich an Anna. »Das tut mir leid, Anna«, sagte sie, doch in ihrer Stimme lag kein Mitgefühl. Sie sprach so, wie sie auf der Fleischbank einkaufen würde. Gefasst, ruhig, ohne selbst mit den Kühen zu leiden, die dort geschlachtet worden waren.

»Es muss niemandem leidtun, denn er ist nicht an der Weberseuche gestorben«, sagte die Melcherin.

»Was?«, ertönte es gleichzeitig aus zwei Mündern.

»Was ist passiert?«, fragte Anna und setzte sich, ihrer Mutter gegenüber, an den Tisch. Sie konnte sich nicht dazu durchringen, ihre Hand zu nehmen und sie tröstend zu halten. Dafür war zu viel zwischen ihnen geschehen.

»Es hat einen Streit gegeben – vermutlich.«

»Wer hat gestritten und warum ›vermutlich‹? Wenn es einen gegeben hat, dann war es doch ein Streit, oder?«, fragte Anna nüchtern. »Und zum Streiten benötigt man zwei!«

»Die Nachbarn haben mir erzählt, dass zwei Männer miteinander gestritten hätten. Sie haben Xavers Stimme erkannt, nicht aber die des anderen Mannes. Er war jünger, war alles, was sie sagen konnten.«

»Ist Euer Mann etwa erschlagen worden?«, wollte Klara von der Melcherin wissen. Auch sie hatte sich mittlerweile hingesetzt, aber anders als Anna oder ihre Mutter, die in sich zusammengesunken am Tisch kauerten, saß sie so aufrecht da, als hätte sie einen Besenstiel verschluckt.

»Nein. Aber der junge Mann scheint ihm einen Schlag gegen die Brust versetzt zu haben. Als wir seinen Leichnam gewaschen haben, war da ein Faustabdruck als blauer Fleck auf seiner Brust.« Annas Mutter schluckte. »Davon hat er sich nicht wieder erholt. Er hat sich danach zu Tode gehustet.«

»Wer war der andere Mann?«, fragte Anna tonlos.

Ihre Mutter wich ihrem Blick aus. »Der Vater hatte eben die Gelder zusammengetragen, die Hans mit nach Venedig nehmen sollte«, sagte sie schwach. »Er sollte sie ihm nach Augsburg bringen, aber Ulin ...«

»Ulin!«, stöhnte Anna. »Dieser ... dieser Hundsfott!«

»Er ist der Bruder meines Mannes«, fuhr Klara energisch dazwischen. »Wenn er es war, hatte er jedes Recht auf das Geld.«

»Dann wartet, bis er sich womöglich hier einquartiert«, flüsterte Anna. »Ich bin gespannt, was Ihr dann sagt.«

Klara sah sie verwirrt an, doch Anna hatte sich wieder der Mutter zugewandt. »Ulin hat das Geld mitgenommen?«

»Aber er ist bislang nicht hergekommen.« Klara hatte sich wieder erholt. »Und Hans ist bereit, in den nächsten Tagen nach Venedig zu ziehen. Er will die Ware für den Herbst diesmal persönlich holen. Gernot und seine Männer begleiten ihn mit vier Wagen.«

Anna schluckte. »Dann lasst uns hoffen, dass Ulin ihn ebenfalls begleitet.«

Die drei Frauen saßen stumm um den Tisch und hingen ihren Gedanken nach.

»Wie viel?«, durchbrach Anna endlich die Stille.

Die Melcherin sah hoch und holte tief Luft. »Ohne die Münzen meiner Schwester ...« Sie kramte in ihrer Schürze und legte einen ledernen Beutel auf den Tisch. »Ohne das hier sind es sicherlich fünf Gulden.«

Anna stieß die Luft aus. Das waren mehr als zwei Monatslöhne für einen Weber. Wenn man bedachte, dass die meisten gerade so viel verdienten, wie sie im Monat zum Leben nötig hatten, dann hatte Ulin sich womöglich das Ersparte von mehreren Jahren unter den Nagel gerissen.

»Ich glaube das nicht«, sagte Klara. »Ich kann nicht glauben, dass ein Fugger sich auf diese Weise bereichert.«

»Wo ist Hans?«, fragte die Melcherin. »Man muss es ihm sagen.«

»Bei Gernot. Sie bereiten die Waren vor, die sie nach Venedig mitnehmen«, erklärte Anna und stand auf. »Ich werde ihn benachrichtigen.«

Klara Fugger hob den Kopf. »Den Teufel wirst du tun, Magd«, sagte sie barsch. »*Ich* gehe zu ihm.«

9

Ulin stand in der Tür, als wäre er der Hausherr, und grinste frech in die Runde. Anna rührte im Kessel über dem Feuer. Ihre Mutter hatte dem ungebetenen Gast den Rücken zugekehrt, nur Klara saß so, dass sie erkannte, wer da den Weg zu ihnen gefunden hatte.

»Ulrich. Wie schön, dass du gekommen bist. Wir haben uns schon gewundert …«

Ulin warf mit einem Tritt seiner Hacke die Tür zu, sodass der Riegel von selbst aus der Verankerung sprang und die Tür schloss. »Ja, ich freue mich auch, euch drei Hexen in dieser Stube vorzufinden.« Sein Gesicht verzog sich zu einem hässlichen Grinsen. Er langte in seinen Rücken und zog ein unterarmlanges Messer hervor.

Die Frauen starrten ihn entsetzt an. Am Tor musste jeder seine Waffen abgeben. Nur der Kaiser durfte in Friedenszeiten innerhalb der Mauern Waffen tragen, die Scharwache natürlich ausgenommen. Dass Ulin ein großes Messer am Körper führte, würde für ihn Kerker bedeuten, wenn man es bei ihm fand. Er wog es in der Hand, und mit einer eleganten Bewegung warf er es von sich. Singend fuhr es in den Stamm in der Mitte der Stube. Die Frauen zuckten zusammen.

»Was fällt Euch ein, uns als Hexen zu bezeichnen?«, wisperte Klara. »Noch dazu in meinem Haus!«

Ulin hob die Augenbrauen und runzelte die Stirn. »Ich habe dich nicht verstanden, Schwägerin«, flüsterte er. Lauter brauchte er nicht zu werden, denn es war totenstill im Raum.

»Wir sind keine Hexen!«, wagte die Melcherin zu sagen.

»Hast du schon einmal dein Spiegelbild im Wasser gesehen,

Frau?«, gab Ulin zurück, trat ganz in die Stube und löste mit zwei schnellen Auf- und Abwärtsbewegungen das Messer aus dem Balken.

Anna blieb stumm. Sie fasste die Eisenkelle fester, mit der sie in dem Topf rührte. Damit würde sie ihm den heißen Brei ins Gesicht schleudern und ihm danach den Schädel einschlagen, auch wenn sie dafür hingerichtet werden sollte. Seit beinahe einem Jahr war er wieder in der Stadt und arbeitete bei einem Weber als Geselle. Hans hatte ein Wort für ihn eingelegt, sodass er trotz seiner Strafe wieder zurückkehren durfte. Doch nicht ein einziges Mal hatte er es für nötig befunden, bei ihnen vorbeizukommen.

»Was willst du?«, fragte Klara. »Ich dachte, ich schaue bei meiner Schwägerin vorbei und sage ihr Guten Tag. Außerdem soll sie wissen, dass ich sehr bald ganz nach Augsburg ziehen werde. Ich verlasse den Webstuhl. Ich mache meinen eigenen Tuchhandel und meine eigene Weberei auf.« Er blickte in die Runde. »Also, ich hätte mehr Begeisterung erwartet. Stattdessen platze ich in eine Hexenrunde – wollt ihr am Ende des Monats ausfliegen?« Er lachte hart.

Die Melcherin erhob sich und spuckte vor ihm auf den Boden. Sie wollte etwas erwidern, doch Anna schüttelte den Kopf und betete stumm, ihre Mutter möge den Mund halten. Doch diese trat nahe an Ulin heran und sah ihm in die Augen.

»Und was jetzt, Melcherin?« Ulin setzte sein Messer auf ihren Bauch.

Annas Mutter trat beiseite und wies auf ihren Platz. »Ich wollte nur den Platz für Euch räumen. Ihr seid sicher hungrig. Ich hole Euch etwas. Euren Löffel habt Ihr sicher bei Euch, Ulin Fugger. Ansonsten … esst mit der Hand!«

Ulin griff unter den Tisch und holte einen Löffel hervor, der an seinem Ende mit einer Haspel beschnitzt war. Er betrachtete das Bild.

»Dein Löffel?«, fragte er Klara, aber sie schüttelte den Kopf.

»Der deines Bruders Hans.«

Als wäre er heiß, ließ Ulin den Löffel auf die Tischplatte fallen. »Dann rühre ich dieses Heiligtum natürlich nicht an. Aber ich kann nicht mit meinen eigenen Händen essen. Leihst du mir deine Hand, Oberhexe?«

Blitzschnell packte er ihre Hand, als Annas Mutter ihm einen Napf vorsetzte. Mit eisernem Griff hielt er sie fest und steckte ihre Finger in den dampfenden Getreidebrei, dann führte er sie zum Mund und schleckte ihre Finger ab.

Annas Mutter verzog das Gesicht vor Schmerz und Ekel. »Das wird dir noch leidtun«, stöhnte sie.

Hans war noch immer beseelt von den Tagen in Venedig. Zwar hatte er erwartet, in der Lagunenstadt harte Verhandlungen führen zu müssen, aber dazu war es nicht gekommen. Er hatte sich im Fondaco dei Tedeschi, der Niederlassung der deutschen Kaufleute, ein Warenlager einrichten müssen, um dort Handel treiben zu dürfen. Für alle Geschäfte und Verhandlungen war ihm ein Begleiter zugewiesen worden, der für ihn ein- und verkaufte. Natürlich musste er ihn bezahlen, was die Berechnung der Preise und Gewinnspannen schwieriger machte. Die venezianischen Kaufleute kamen zu ihm, nicht er zu ihnen. Dennoch hatte er vier Wagenladungen Garne und Flockenwolle erstehen und sich noch einen Überschuss auf Lager legen können, den er im Frühjahr nachholen lassen würde.

Nach kaum vier Wochen ging es zurück über die Alpen. Jetzt im Oktober waren sie einer der letzten Transporte, darauf hatte er geachtet. Niemand sollte ihm ins Geschäft spucken.

Er lief neben den Karren her, die sich das Etschtal zum Reschenpass hinaufmühten. Sie waren zu groß für die steilen und engen Windungen des Brenners. Und obwohl es ihn eine zusätzliche Woche kostete, hatte er auf dem längeren, aber sichereren Weg bestanden.

Wenn er die dampfenden und schnaufenden Pferde betrachtete, die seine Waren über die Alpen zogen, ging ihm das Herz auf. Immer wieder rechnete er durch, welchen Gewinn es ihm einbrachte, falls er es mit allen vier Wagen über die Alpen schaffte – und dann wurde ihm schwindlig. Wenn er nur einen einzigen Wagen und den auch nur zur Hälfte nach Augsburg brachte, hätte er seinen Einsatz verdoppelt. Alles, was darüber lag, machte ihn reich.

Das hatte er sein Leben lang machen wollen: handeln, einkaufen und verkaufen. Dass dabei noch ein ordentlicher Gewinn für ihn heraussprang, war ein Zubrot, das er gern annahm. Das lohnte die Abwesenheit von fast drei Monaten – zumal er in dieser Zeit seiner Frau fernbleiben konnte. Mit Gernot hatte er außerdem einen erfahrenen Mann an seiner Seite, der ihm so manche Schwierigkeit aus dem Weg räumte.

Wenn er vorausblickte, sah er die weiß bedeckte Brust des mächtigen Ortler-Massivs, das die südliche Rampe der Via Claudia Augusta begleitete wie das Rauschen der Etsch in der Schlucht linker Hand. Er freute sich auf die beiden Seen von Graun und Reschen, die wie blaue Augen in den Himmel blickten. Von dem Massiv wehte bereits eine Kälte herunter, die in die Zehen biss und das Atmen erschwerte, und ein Nebel stieg aus dem Tal auf, der einen Wetterumschwung ankündigte. Die Spitze des Ortlers war umkränzt von einer dunklen Krone, die sich mit jedem Schritt, den sie nach oben machten, dem Nebel aus dem Tal entgegenstreckte und Schatten auf die helle Bergflanke warf. Hans runzelte die Stirn, weil er befürchtete, dass das aufziehende Wetter ihnen Probleme bereiten konnte.

»Ho. Gernot! Sollen wir Unterschlupf suchen?«, rief er nach vorn. »Das sieht nach einem Gewitter aus.«

Der Fuhrwerker ließ sich zurückfallen und ging schon bald neben ihm her. »Es wird erst böse, wenn es schneit. Solange es regnet, sollten wir weiter. Je eher wir den Bergkamm und den eigentlichen Pass erreichen, desto besser. Heute noch bis Graun. Dort können wir das Wetter abwarten. Es wäre gut, wenn wir an der Schwelle nach Nauders sind, bevor es garstig wird. Sobald oben der erste Schnee liegt, kann es sein, dass wir es dieses Jahr nicht mehr ins Inntal oder von dort aus weiter nach Augsburg schaffen. Wir müssen ja noch den Zirler Berg hoch. Erst dann können wir es ruhiger angehen lassen.«

Hans verließ sich auf das Urteil seines Fuhrwerkers. Noch nie hatte es ihn im Stich gelassen. Gernot Hinterhofer war ein Glücksfall und ihm ein treuer Gefährte.

Sie waren auf dem Weg zur Spitze des Zuges, als eine eisige Böe sie erreichte und gegen die Wagen drückte. Urplötzlich schlug ein Blitz wie ein Pfeil aus Feuer in die gegenüberliegende Talseite ein. Stein spritzte auf, und beinahe gleichzeitig explodierte der Donner in ihren Ohren. Zwei der Pferde scheuten und zogen ruckartig an. Hans hörte Zaumzeug reißen. Einer der Gurte peitschte zischend durch die Luft. Ein Mann schrie. Pferde wieherten. Plötzlich stockte der Zug, und sein eigener Wagen begann langsam, aber stetig nach rückwärts zu rollen.

Gott sei Dank stand ein Pferd noch im Geschirr und hielt den Wagen. Das andere aber bäumte sich mehrmals auf, weil es frei war, und versuchte auszubrechen. Doch die Angst vor dem Abgrund ließ es vorpreschen und gegen den vorderen Wagen anrennen. Wieder schrie ein Mann.

Wo waren die Bremsschuhe? Hektisch griff Hans nach den am Wagenende baumelnden Holzklötzen, die mit Eisen bewehrt waren. Es gelang ihm gerade noch rechtzeitig, einen Bremsschuh unter ein Wagenrad zu werfen, bevor der Gaul nachließ und der Karren weiter zurückrollte. Der Wagen vor ihm aber wurde nicht gebremst und konnte von den panisch wiehernden Pferden offenbar nicht mehr gehalten werden. Obwohl sie sich in das Zaumzeug stemmten, wurden sie rückwärts gezogen. Hans rannte nach vorn, sah, wie sich der Wagen mit den Pferden zu drehen und den Weg zu verlassen drohte. Er rollte in Richtung Abgrund. Obwohl Hans auf dem geschotterten Pfad ausglitt und der Länge nach hinschlug, hatte dies etwas Gutes, denn er konnte sich einen faustgroßen Stein greifen, und es gelang ihm, diesen unter das Hinterrad des Karrens zu klemmen.

Mittlerweile hatte er genügend Erfahrung, um zu wissen, dass der Zustand der Fuhre nur für den Moment gesichert war. Er suchte die Bremsschuhe, klemmte sie unter die Räder und sprang nach vorn zu den Pferden, die ihre großen Augen rollten. Das Zaumzeug war zum Zerreißen gespannt. Er versuchte, die Pferde zu beruhigen, redete auf sie ein, warf ihnen sein Wams über die Augen, damit sie nicht weiter anzogen und damit die Bremsschuhe lösten. Dann schaute er sich nach den beiden anderen Wagen um. Die beiden ersten Fuhrwerke hatten einfach angehalten. Die Pferde waren wieder ruhig, die Bremsschuhe staken ordentlich unter den Rädern.

Der zweite Wagen war ebenfalls zurückgerollt, allerdings zur Bergseite hin und hatte sich damit selbst gestoppt.

Dann erst sah er Gernot. Der lag blutend auf dem Weg zwischen den beiden Achsen des Karrens.

»Mein Gott!«, schrie Hans den Fuhrknechten zu. »Sichert die Wagen. Und dann einer her zu mir.«

Geschrei und Hektik setzten ein. Bremsstangen wurden zwischen die Speichen geschoben, den Pferden wurden die Fresssäcke übergeworfen, damit sie stillhielten. Hans rannte zu Gernot und kniete neben ihm nieder. »Gernot, was ist passiert?«

Der Fuhrwerker stöhnte. Er wollte sich aufrichten, was ihm jedoch nicht gelang. Er presste eine Hand gegen die Brust. Blut breitete sich auf seinem Hemd aus.

»Was ist passiert?«, hörte Hans sich noch einmal fragen, und gleichzeitig versuchte er zu sehen, was Gernot bluten ließ.

»Der Riemen …«, stöhnte der Fuhrwerker. »Er ist gerissen und … mir … mir gegen die Brust … geschlagen … das Metall …«

Behutsam schob Hans Gernots Hand beiseite. »Sind Rippen gebrochen?«, fragte er.

»Ich hoffe nicht«, antwortete Gernot gepresst.

»Hat dich der Wagen überrollt?«

Gernot schloss die Augen. »Ich weiß nicht. Es ging so schnell«, flüsterte er.

Einer der Fuhrknechte trat heran. »Die Wagen sind gesichert, Fugger«, sagte er. »Aber es kommt uns ein Zug entgegen. Wir können hier nicht bleiben. Wir müssen weiter nach oben, damit wir aneinander vorbeikommen.«

Hans war das gleich – Gernot war wichtiger. »Hilf mir«, befahl er.

Der Fuhrwerker stöhnte vor Schmerz, als sie ihn unter dem Karren hervorzogen. Viel hatte nicht gefehlt, und das Fuhrwerk wäre ihm über beide Beine gerollt. Stöhnend versuchte Gernot wieder, sich aufzurichten, was mehr schlecht als recht gelang. Jetzt wurde sichtbar, dass der Riemen ihn schwer an der Brust verletzt hatte. Das Hemd war nur blutig, aber nicht zerrissen, stellte Hans fest. Barchent eben. Als Gernot seine Rippen betastete, fühlte er offenbar keinen weiteren Schmerz.

»Nichts gebrochen!«, sagte er nur.

»Das war knapp«, erwiderte Hans. »Fast hätte ich einen Fuhrwerker und zwei Wagen verloren. Keine schöne Bilanz.« Er betrachtete das Chaos. Die Wagen standen quer über den Weg verteilt.

Gut dreihundert Fuß weiter oben gab es eine Bucht. Diese mussten sie erreichen, denn sie sahen, dass sich von oben mindestens sieben Wagen nach unten schoben. Zu viele, um in der Bucht anzuhalten und sie auf dem Weg nach oben vorbeizulassen.

»Kannst du gehen, Gernot?«, fragte Hans.

Der Fuhrwerker humpelte zwei Schritte, dann nickte er steif.

Hans deutete auf zwei Fuhrknechte. »Ihr knüpft die Zugriemen und bringt dann die beiden Wagen nach oben. Austauschen werden wir die Riemen erst dort. Das erste Fuhrwerk soll schon mal weiterziehen.«

Was jetzt geschah, war übliche Routine. Eine gute halbe Stunde später standen alle vier Wagen in der Bucht. Gernot saß zitternd und leichenblass unter einer Wachsplane auf einer der Deichseln, und Hans sah hinüber zum Ortler, dessen weiße Brust sich ihnen stoisch entgegenreckte. Regen prasselt auf sie nieder, der sich mit Schnee vermischte. Drüben, am Ortler-Massiv, leuchtete frischer Schneefall durch die Schlieren.

Es war eine stumme Übereinkunft, die er mit dem Berg traf. Sie würden hier rasten und erst am nächsten Tag weiterziehen. Sollte er es schaffen, die Reise ohne weitere größere Zwischenfälle zu überstehen, würde er eine Kerze für St. Moritz stiften, die mindestens ebenso lange brannte, wie er von hier nach Augsburg brauchen würde. Das schwor er, angesichts der auch bei diesem Wetter strahlenden Schönheit der Berge.

10

AUGSBURG, NOVEMBER 1370

Sie erreichten die Stadt kurz vor der Dämmerung. Die Wache schickte sich eben an, das Tor zu schließen, als die vier Wagen über die Brücke rollten und Hans Fugger die Männer durch Zuruf bat, sie noch einzulassen. Vier Münzen halfen, die Tore noch vier Wagenlängen offenzulassen.

Sie waren zurück.

Wäre Gernots Zustand nicht gewesen, hätte Hans ein Glücksgefühl durchströmt. So aber wurde es durch das Stöhnen des Fuhrwerkers gedämpft.

Sie mussten die Karren unterstellen. Schon vor seiner Abreise hatte Hans mit der Äbtissin von St. Margareth vereinbart, dass er die Ware in den Klosterhof bringen durfte. Obwohl er am liebsten sofort nach Hause gegangen wäre, blieb ihm nichts weiter übrig, als erst einmal für die Sicherheit der Ladung zu sorgen, wenn am nächsten Morgen noch Wolle auf den Karren liegen sollte.

Die Klostervorsteherin war nicht erfreut, als er sie aus dem Abendgebet holen ließ, doch die Tatsache, dass auch von ihnen bezahlte Wolle eingetroffen war, machte sie zugänglicher.

»Ich komme morgen mit mehreren Männern und lade ab«, versprach Hans. »Aber jetzt muss ich mich um Gernot kümmern ... und schlafen.«

Die Äbtissin bat ihn, einen Moment zu warten, gab ihm eine Kräutersalbe für den Fuhrwerker mit und schärfte ihm ein, das Entladen morgen nicht zu vergessen.

Vier Mann trugen Gernot, der im Fieber wirres Zeug vor sich hin murmelte, hinauf zu Heilig Kreuz und zu Hans' Wohnhaus hinter dem Kloster.

Es war stockfinster, als Hans vor dem Haus seines Schwiegervaters stand. Tief sog er die Luft ein. Ja, es roch nach ihm und seiner Familie.

Aus dem Inneren drangen Stimmen nach draußen, die er nicht recht verstand. Er glaubte auch, das Jammern und Stöhnen einer Frau zu hören, und schüttelte den Kopf. Er musste sich täuschen.

Er schlug mit der Faust gegen die Tür. Sofort verstummten alle Geräusche. Wieder hämmerte er gegen die Tür und schrie: »Jetzt macht schon auf! Ich bin's, Hans.«

Nun vernahm er das Tapsen von nackten Füßen. Schließlich wurde der Sperrriegel entfernt. Eine Laterne blendete ihn, sodass er nicht erkennen konnte, wer ihn da begrüßte.

»Klara?«, fragte Hans.

»Nein, Hans. Annas Mutter. Komm rein.«

Hans' Verblüffung über diese Begrüßung hielt nur kurz an. »Macht den Tisch bereit. Wir haben einen Verletzten. Ruf Klara oder Anna. Schnell.«

Hans und die vier Männer, die Gernot trugen, drängten durch die Tür. Sie schleppten den Fiebernden zum Küchentisch.

Es dauerte eine Weile, bis Anna erschien. Ihre Augen waren gerötet und schlaftrunken. »Was ist los?«, fragte sie.

Hans deutete auf den Fuhrwerker. »Es hat einen Unfall gegeben. Vor mehr als zwei Wochen. Er fiebert stark.«

Anna schob die Männer beiseite und knöpfte Gernots Hemd auf. Quer über seine Brust zog sich ein Streifen offenes Fleisch, das durchsetzt war mit gelben Eiterblasen.

»Mein Gott«, entfuhr es ihr.

»Hilf ihm! Wo ist Klara?«, fragte Hans und sah sich um.

Er begegnete einem rätselhaften Blick Annas, der ihn unruhig werden ließ. »Was ist passiert?«, fragte er hastig.

»Ulin ist uns passiert«, entgegnete Anna nur und wandte sich Gernot zu. »Mutter«, sagte sie. »Ich brauche heißes Wasser und ein sauberes Tuch. Frisch gewaschen. Und ein scharfes Messer.«

Die Bohlen knarzten, die in die hintere Schlafkammer führten. Die Tür öffnete sich.

»Herrgott, was für ein Lärm!«, rief Ulin, der auf der Türschwelle stehen blieb und an seiner Hose nestelte.

Hans' Blick glitt von den zerzausten Haaren zum Hosenschlitz und zurück. Ulin steckte derweil sein Hemd ringsum unter den Gürtel. »Wieso bist du schon zurück?«

Hans musste schlucken. Er wollte nicht glauben, was er da sah. »Was machst du in meinem Haus und vor allem in meiner Schlafkammer?«, fuhr er seinen Bruder an.

Ulin sah hinter sich und lachte. Es war keineswegs ein verlegenes oder entschuldigendes Lachen. Es war so voller Spott und Hohn, dass Hans das Blut in den Adern zu kochen begann. Er lief auf Ulin zu und schob ihn grob beiseite.

Als er im Dämmerlicht die Schlafstube trat, brauchte es etwas, bis sich seine Augen an das schummrige Licht des Kienspans gewöhnt hatten.

Klara lag auf dem Bett, den Unterleib halb entblößt. Ihr Bauch wölbte sich über den sonst so mageren Körper. Sie war schwanger.

»Keine Angst, Bruderherz«, ließ sich Ulin vernehmen. »Es ist dein Kind. Aber du weißt ja, welche Gelüste Schwangere bekommen können, und da habe ich ausgeholfen. Mehr ist nicht …«

Er konnte den Satz nicht beenden. Hans' Faust flog in sein Gesicht und riss ihn von den Beinen. Er stürzte über einen Stuhl und überschlug sich. Die Zeit nach Venedig und zurück hatte Hans Muskeln wachsen lassen und ihm eine harte Faust beschert.

»Wie lange geht das schon so?«, knurrte er.

Anna schüttelte den Kopf. Sie stand mit dem Rücken zu ihm und säuberte mit dem heißen Wasser, das ihre Mutter herbeigebracht hatte, Gernots Wunde. Er stöhnte unter der Behandlung. Auch Hans' Schwiegermutter sah ihn an, dann blickte sie in die Runde, sagte aber nichts.

Hans verstand und schickte die Fuhrwerker, die Gernot getragen hatten, aus dem Haus. »Ihr könnt euch am Ende der Woche nach ihm erkundigen«, sagte er.

Als er von der Tür zurückkam, hatte sich Ulin wieder aufgerappelt, war aber noch immer wie betäubt.

»Also?«, zischte Hans. »Seit wann?«

»Seit sechs Wochen!«, antwortete die Melcherin. »Er hat keine von uns ausgenommen. Jede musste ihm zu Willen sein.«

Hans war außer sich vor Wut. Er trat auf seinen jüngeren Bruder zu, und die Ohrfeige schallte durchs ganze Haus. »Verschwinde, du Saukerl! Oder …«, schrie er. »… oder ich stech dich ab. Du bist ein Ehrabschneider, mit dem ich nie mehr etwas zu schaffen haben will!« Er packte Ulin am Kragen und zerrte ihn zur Tür. Mit einem Tritt beförderte er den halb Betäubten auf die Straße. »Verreck in der Gosse«, rief er ihm nach. »Aber lass dich nie wieder hier blicken.«

Zu Anna, die neben ihn getreten war, sagte er: »Ich hätte ihn in den Hexenlöchern verfaulen lassen sollen.«

Anna saß neben Gernots Bett, der fieberte und manchmal unverständlich, dann wieder deutlich vor sich hin brabbelte. Seine ganze Brust war eine einzige offene Wunde. Sie dachte an den Tag, an dem er sie mit nach Augsburg genommen hatte. Es war für sie beide ein Wendepunkt in ihrem Leben gewesen. Er hatte sie vor ihrem Onkel Michl bewahrt, und sie hatte ihm eine Anstellung als Fuhrwerker bei Hans verschafft, in der er sich als unentbehrlich erwiesen hatte.

Sie mochte diesen ruhigen und aufmerksamen Ochsentreiber, der nicht so viel älter war als sie. Seine Wunde hatte sie mit Kamille gesäubert und mit einer Salbe aus Beinwell und Kamillenblüten bestrichen. Jetzt musste sie darauf warten, dass sich der Körper selbst heilte.

Sie hatten ihn in ihre Kammer gebracht, wo sie sich um ihn kümmerte. Sie hatte darauf bestanden, Gernot im Haus zu pflegen. Dazu war der Webstuhl im hinteren Haus abgebaut worden. Hans erklärte, dass er selbst nicht mehr weben würde. Dazu verbrachte er zu viel Zeit auf Reisen und mit dem Handel. Und auch Klara hatte das Weben aufgegeben.

Es war Annas Vorschlag gewesen, aus dem ohnehin zu trockenen Webstuhlraum, der viel zu hoch lag und in den man regelmäßig Wasser auf den Boden gießen musste, damit die Fäden nicht zu trocken wurden und rissen, ein Zimmer für sich selbst zu machen, und nun hatte sie Gernot dort untergebracht. Sie selbst schlief derzeit auf der Bank in der Stube nicht weit vom Herdfeuer.

Eines Morgens im Dezember schlug er das erste Mal wieder die Augen auf und blickte sie an.

»Was ist passiert?«, fragte er verwirrt.

Anna lächelte ihn nur an und vergaß, ihm ihre schöne Seite zu zeigen.

»Bin ich ... bin ich tot? In der Hölle?«

Seine Worte gaben ihr einen Stich, aber sie schluckte eine Bemerkung hinunter und drehte den Kopf. »Nein. Ich bin's nur. Anna.«

Lange sagte Gernot nichts, schloss die Augen und schien wieder eingeschlafen zu sein.

In regelmäßigen Abständen wiederholte sie die Waschungen und Einreibungen. Sie versuchte es mit Wadenwickeln und Quarkumschlägen, die sie häufig wechselte. Doch das Fieber sank nicht merklich. Zu lange war Gernot nicht behandelt worden.

»Du musst es schaffen«, flüsterte sie ihm zu und bemerkte zu ihrem eigenen Erstaunen, wie nahe ihr das Schicksal dieses Mannes ging. Sie strich ihm die schweißnassen Haare aus dem Gesicht. Obwohl sie gedacht hatte, ihn nie wiederzusehen, war er ihr immer wieder über den Weg gelaufen. Zufällig, wie er stets betonte. Gernot hatte nie geheiratet, was natürlich auf seine Arbeit zurückzuführen war. Wer das halbe Jahr hindurch unterwegs war, ohne sagen zu können, ob er je wiederkehren würde, der tat sich schwer, eine Frau zu finden. Wer wollte so einen Menschen heiraten, wenn die Aussicht bestand, urplötzlich mit einem Kind allein in der Welt zu stehen?

Er war aber regelmäßig im Hause Fugger aufgetaucht, hatte sich nach weiterer Arbeit und nach ihr erkundigt. Ein Umstand, der Anna erst jetzt auffiel und etwas nachdenklich machte, als er hier schwer erkrankt vor ihr lag.

»Die Wolle ... Wolle ... festhalten ...«, murmelte er unvermittelt stockend vor sich hin. »Anna ... festhalten ...«, setzte er hinterher und griff wild um sich. Er suchte nach ihrer Hand, und als sie ihm diese bot, griff er zu und beruhigte sich wieder. Sein Atem wurde langsamer und flacher, und schließlich schien er eingeschlafen zu sein.

Es klopfte. Auf leisen Sohlen trat Hans in die Kammer. »Wie geht es ihm?«, fragte er und trat neben Anna. Er legte eine Hand auf seine Stirn. »Lässt das Fieber nach?«

»Ich weiß es nicht. Heute Vormittag hat er mir einen Becher mit Suppe aus der Hand geschlagen, weil er in seinem Wahn dachte, er müsste das Fuhrwerk verteidigen. Es hat eine ganze Zeit gedauert, bis ich ihn beruhigen konnte.«

»Hilf ihm. Er muss es schaffen«, sagte Hans und fügte ein »Bitte« hinzu.

Seine Augen schimmerten feucht, und daran erkannte Anna, wie sehr ihm an Gernots Genesung lag. Sie nickte. Stumm sahen sie beide auf den Fuhrwerker hinunter, dessen Gesicht sich im Schlaf immer wieder verzog, als leide er starke Schmerzen.

Doch nicht nur dieses Problem schwebte unausgesprochen im Raum. Als Hans sich umdrehte, rief ihn Anna noch einmal leise zurück. »Hans! Auf ein Wort.« Er wandte sich zu ihr um. »Du darfst es Klara nicht anlasten. Sie ist schwanger von dir – und Ulin hat das ausgenutzt.«

»Ich weiß. Sie hat es mir gesagt, bevor wir nach Venedig aufgebrochen sind«, antwortete Hans leise. Er wollte schon gehen, hielt aber mitten in der Bewegung inne. »Nur deshalb ist er noch am Leben. Ansonsten hätte ich ihn erschlagen.«

Anna wandte ihm ihre schöne Seite zu. »Seine Freunde kann man sich aussuchen, nicht aber seine Verwandtschaft«, versuchte sie, ihn zu trösten. »Lass dich nicht zu unüberlegten Handlungen hinreißen. Das hat er nicht verdient.«

Hans lachte hart.

»Was hat er mit dem Geld gemacht, das er meinem Vater abgenommen hat?«, fragte Anna.

Erstaunt sah Hans sie an. »Er hat es mir übergeben, kurz bevor ich aufgebrochen bin. Aber was ist mit deinem Vater?«

Anna hatte schon vermutet, dass Hans nichts von der ganzen Sache wusste. Er war bereits unterwegs nach Venedig gewesen, als ihre Mutter nach Augsburg gekommen war, nach dem Tod ihres Vaters, nach dessen Beerdigung. Nun erzählte Anna, wie Ulin zu dem Geld gekommen war, das er Hans ausgehändigt hatte, und schilderte kurz, was über das Ableben ihres Vaters berichtet wurde.

Hans' Miene verfinsterte sich. »Dieser Hundsfott! Nicht nur ein Falschspieler, nun auch noch ein Mörder.«

»Urteile nicht voreilig. Wir können es ihm nicht beweisen.«

Hans winkte ab. Er setzte sich zu Gernot ans Bett und beugte sich zu Anna hinüber. »Die Weber bekommen ihr Geld. Ich verdoppele ihren Einsatz. Besorg mir die Liste der Einlagen, Anna.« Er beugte sich noch weiter vor. »Ich habe mit den vier Karren mehr eingenommen als in den letzten Jahren zusammen. Sie sollen daran teilhaben«, sagte er und stand auf. »Ich werde Ulin von diesem Haus fernhalten.« Er nahm Annas Gesicht in seine Hände. »Es tut mir unendlich leid, was euch widerfahren ist.«

Anna verzog bitter den gesunden Mundwinkel. »Mutter hat es gefallen. Sie hat uns viel erspart.«

Verblüfft sah Hans sie an.

»Und jetzt geh. Gernot stöhnt, weil er Druck auf der Blase hat. Ich muss ein Gefäß holen.« Sie schob Hans aus der Kammer und langte beim Schließen der Tür auf ein Regal hinter der Tür. Dort stand ein kleiner Krug, den sie immer dafür benutzte.

II

AUGSBURG, JANUAR 1371

Es hat sich den rechten Tag ausgewählt!«, spottete Hans. »Epiphanias, die Erscheinung des Herrn.« Als die Schreie der Gebärenden durch die Tür zu laut wurden, wandte er sich um und floh auf die Straße.

»Lauf nicht weg, Hans«, rief Anna ihm hinterher. »Es kann schneller gehen, als du denkst!«

Er winkte ab. »Ich bin im Bräu am Tor und treffe mich mit Oswald.«

»Männer«, entfuhr es Anna. Würde es je eine Zeit geben, in der sie nicht nur den Spaß haben würden, ein Kind zu zeugen, sondern auch die Schmerzen teilten, die es mit sich brachte, ein Kind zur Welt zu bringen? Sie seufzte und stieg hinauf in die Schlafkammer. Bei ihrem schaukelnden Gang hatte sie Mühe, das Wasser in der Schüssel am Überschwappen zu hindern.

»Da seid Ihr ja endlich«, stieß die Hebamme hervor, die sich Mutter Agnes nannte. »Her mit dem Wasser und den Tüchern.«

Ein Geruch von Schweiß, Blut und Kot lag in der Luft. Anna hätte am liebsten den Fensterladen geöffnet, doch dann wäre die eisige Luft hereingedrungen. So atmete sie tief durch, bis sie den Gestank nicht mehr wahrnahm.

Klara hockte leicht nach hinten gebeugt auf dem Gebärstuhl. Sie war schweißnass. Große Flecken breiteten sich auf ihrem Nachthemd aus. Jetzt kippte sie nach vorn, geschüttelt von einer Wehe, und brüllte, was ihre Stimmbänder hergaben.

»Herrgott, Frau, mach nicht so ein Geschrei. Hättest es dir früher überlegen sollen, bevor du dir einen Mann angeschafft hast. Du stirbst schon nicht dran«, fuhr die Hebamme, eine mollige Person Mitte dreißig, sie an.

Als Anna versuchte, Klara aufzurichten und sie beim Ausatmen der Wehen zu unterstützten, fauchte diese in einer Wehenpause. »Lass deine Finger von mir!«

Sofort trat Anna einen Schritt zurück. Das Verhältnis zwischen ihr und der Fuggerin hatte sich in den letzten Monaten nicht verbessert.

Wieder jagte eine Wehe Schmerzen durch Klaras Körper und nahm ihr den Atem.

»Der Kopf kommt, Frau«, sagte die Hebamme. »Pressen. Pressen. Da ist es. Die Schultern. Drehen. Pressen. Pressen!«

Mit einem Schwall Fruchtwasser und einem letzten Schrei Klaras schoss das Kind aus ihrem Leib und wurde von der Hebamme gehalten.

»Tücher!«, rief Mutter Agnes.

Anna reichte ihr einige Barchenttücher. Die Hebamme wickelte das Kind darin ein und rieb es ab. Dann nahm sie es an den Beinen, hielt es kopfüber hoch und gab ihm einen leichten Klaps auf den Hintern.

Sofort begann das kleine Mädchen aus Leibeskräften zu schreien. Es hing noch an der Nabelschnur. Mutter Agnes nahm zwei stärkere Bindfäden, band die Schnur ab und biss sie mit den Zähnen durch. Dann reichte sie Anna das Kind und half der völlig erschöpften Klara auf die Bettstatt. »Würde mich wundern, wenn das Klappergestell überhaupt eine Brust hat, geschweige denn Milch«, sagte sie, während sie Klaras Hemd hochschob. Sie nahm kein Blatt vor den Mund. Beinahe hätte Anna laut gelacht, denn Klaras Brüste waren zwei trockene Lappen, die sich auch in der Schwangerschaft nicht gefüllt hatten.

»Sie wird eine Amme brauchen«, erklärte die Hebamme. Sie war mit der Nachgeburt beschäftigt, die sie langsam aus dem Mutterleib zog und zusammen mit der Nabelschnur in einen Tonkrug packte. Diesen verschloss sie mit einem Deckel. »Hört zu, ihr Frauen. Den Krug vergrabt im Innenhof. Hört ihr? An besten unter der Türschwelle oder in deren Nähe. Es muss nicht heute sein und nicht morgen. Gebt den ersten Pechstuhl des Kindes dazu. Dann mit Wachs verschließen. Der Krug muss so tief liegen, dass er nicht zu Bruch geht.« Sie blickte von Anna zu Klara und zurück. »Verstanden?«

Die beiden Frauen nickten.

»So, und jetzt gib der Mutter das Kind. Ich mache inzwischen alles sauber. Hol den Vater! Schließlich muss er das Balg anerkennen.«

Anna legte die Kleine auf Klaras Brust und wandte sich zum Gehen.

Hans stand bereits in der Tür. »Ich habe es gehört, Mutter Agnes.«

Die Hebamme richtete sich auf, nahm Klara das Neugeborene ab und reichte es dem Vater. Dabei deckte sie den Unterleib auf. »Ein Mädchen, Hans Fugger. Wie soll es heißen?«

Hans zögerte keinen Augenblick. »Anna. Anna Fugger!«, sagte er, ohne Anna dabei anzusehen. Dann wandte er sich ihr zu. »Sie wird eine Amme brauchen, hat Mutter Agnes gesagt. Willst du Annas Amme sein?«

»Aber ich … ich«, stotterte Anna. »Das kann ich nicht.«

»Du kannst sehr wohl. Deine Mutter hat es mir verraten«, erwiderte Hans und sah ihr eindringlich in die Augen.

Annas Augen füllten sich mit Tränen. Nie hatte er auch nur ein Wort darüber verloren, sie getröstet oder sonst wissen lassen, wie sehr er es bedauerte, dass sie sein Kind verloren hatte. Sie musste durchatmen, sich sammeln.

Ja, sie konnte die Kleine stillen. Mit Klaras Schwangerschaft waren auch ihre Brüste geschwollen, als wäre sie erneut schwanger geworden. Wenn sie die Kleine anlegte, würde Milch einschießen, davon war sie überzeugt. Aber dann dachte sie an Gernot.

Der Fuhrwerker hatte im Fieber gesprochen. Sie kannte seine Ängste, seine Wünsche. Sie wusste um seine Liebe und um seine Schüchternheit. Wie ein Buch hatte er sich ihr geöffnet und sie darin lesen lassen. In einem dieser Träume hatte er ihr versprochen, sie zu küssen, wenn er wieder klaren Sinnes wäre und aufstehen könnte. Sie hatte es mit einem wehmütigen Lächeln hingenommen, denn sie hatte gedacht, dass er sich nach seiner Genesung nicht mehr daran erinnern würde. Aber es war anders gekommen.

Als Gernot nach sechs Wochen zum ersten Mal auf der Bettkante gesessen und sie gebeten hatte, ihm beim Aufstehen zu helfen, hatte er überraschend ihren Kopf zwischen beide Hände genommen und sie geküsst, wie er es ihr im Fieber versprochen hatte. Sie hatte sich nicht gewehrt.

»Nein«, sagte sie nun entschlossen zu Hans. »Ich kann nicht. Sucht euch eine Amme aus der Unterstadt.«

Wieder saßen sie im Bräu zusammen: Widolf, Hans und einige der jüngeren Weber, die zu dem alten Hasen aufsahen, weil er kein Sprücheklopfer und Maulheld war, sondern ein kluger, tatkräftiger Mann.

Widolf hörte lange zu, warf nur hin und wieder ein Wort oder einen kurzen Satz ein – und wenn alle ihren Senf dazugegeben hatten, nahm er ihre Argumente auseinander und tat seine Meinung kund. Kaum einem der Prahler und Aufschneider gelang es dann noch, ihm zu widersprechen. Seine Gedanken waren glasklar und leuchteten jedem ein. Ihm war der Weg an die Zunftspitze vorgezeichnet – wenn er es denn erleben würde.

»Wie war das vor drei Tagen?«, fragte Hans.

Bei der Erinnerung an das Geschehen vom Wochenbeginn genehmigte sich Widolf einen kräftigen Schluck Bier.

Alle Weber, die am Tisch saßen, ruckten nach vorn, um ja kein Wort zu verpassen. »Hans hatte mich damit beauftragt, einen Sack Flockenwolle zu holen und an die Spinnerinnen am Wagenhals auszugeben. Ich bin also mit dem Karren zum Maierhof nach Horgau hinaus. Alles ging gut. Das Lager war trocken. Ich lud auf. Der Sack zwar schwer, aber dennoch zu bewegen. Die Hudlerin hat angepackt wie ein Kerl.«

Alles lachte über die Bemerkung, obwohl keiner die Schwester von Annas Mutter kannte. Die Männer stellten sich eine muskelbepackte Amazone vor, die allein aufgrund ihrer schieren Größe Wollsäcke stapelte wie andere Bretter. Hans sah in den Augen der jungen Weber das Bild der mächtigen Helferin leuchten. Keiner hätte die zierliche Hudlerin erkannt, wenn sie zufällig zur Tür hereinkommen wäre, aber alle hätten ihr hinterhergepfiffen.

»Es ging gut, bis ich vor das Gögginger Tor gekommen bin. Ich musste zum Wagenhals nach Süden abbiegen und den Eserwall entlang hinunterfahren. Ein steiles Stück Weg, das wenig befestigt ist. Mein Gaul hat ganz schön dagegenhalten müssen mit seinem breiten Hintern, weil ihn der Karren so gestoßen hat.«

Wieder lachte die Gesellschaft und dachte an etwas ganz anderes.

Widolf wurde plötzlich ernst. »Ein ganz normaler Tag also, hab ich mir gedacht. Aber dann waren da diese beiden Kerle. Sie standen am Wegrand und haben zugesehen, wie mein Pferd und ich uns abgemüht haben. Lässig, auf Stöcke gestützt.«

Widolf war lauter geworden, sodass man ihn jetzt in der gesamten Schänke hören konnte. Die Gespräche verstummten. Alle lauschten der Geschichte. »Saubeutel waren es, vermaledeite. Sie haben mich noch gefragt, ob ich der Widolf sei, der Weber, der Schwiegervater des Fuggers? Ho, habe ich geantwortet. Eben der. Mit Waren auf dem Karren. Sie sollten beiseite gehen, damit ich sie nicht erwische mit meinem schlingernden Karren. Und statt wegzuspringen, haben sie mir im Vorbeifahren ihre Stöcke zwischen die Speichen gestoßen, die vermaledeiten Hundsfötte.«

Jetzt war es mucksmäuschenstill in der Gaststube. Nur die alten Balken knackten, der eine oder andere Stuhl knarzte, und Schuhe scharrten auf dem gesandeten Boden.

»Die wussten, wer ich war und was ich geladen hatte. Wie eine Amsel bin ich geflogen, als der Karren mit einem Ruck gebremst hat. Kopf voraus über den Gaul weg. Der hat sicher gedacht, ich sei ein Engel.«

Leises Glucksen unterbrach die Stille.

»Gelandet bin ich aber ziemlich irdisch. Und dann waren sie auch schon über mir, meine Bremser, und haben mir den Arsch versohlt, dass mir Hören und Sehen vergangen ist, nur weil ich nicht auf den Beinen gelandet bin, sondern mit meiner Nase eine Furche in den Boden gezogen habe, dass man hätte säen können.«

»Du übertreibst, Alter!«, rief jemand hinter ihm.

»Glaubst du, ungläubiger Thomas. Hier, mein Rücken.« Der Alte stand auf und zog sein Hemd über den Kopf. Auf dem ganzen Rücken waren Striemen und blaue Flecke zu sehen, die schon leicht ins Grünliche schimmerten. »Und? Noch immer siebengescheit?«

»Dann müssten die Halunken ja gewusst haben, dass du kommst, Widolf!«, rief einer der Männer von ganz hinten über die Köpfe hinweg. »Du darfst eben nicht alles weitererzählen.«

»Das ist es ja, was mich so verblüfft hat. Außer mir wusste niemand, dass ich Flockenwolle aus Horgau hole.«

»Sag ich doch«, rief der Kerl wieder. »Maul halten, dann passiert das nicht.«

»Ach, verflucht, Götz!« Widolf hatte den Sprecher ausgemacht und sprang auf.

Hans zerrte seinen Schwiegervater wieder auf die Bank. »Keinen Streit, Oswald. Niemand kann es gewusst haben.«

»Das ist nicht ganz richtig. Außer uns beiden wusste meine Tochter Klara davon ... und Anna ...« Er stockte und blickte ins Leere. »Ich habe in der Stube davon gesprochen«, sagte er leise.

Hans sah seinen Schwiegervater an. »Für Anna lege ich meine Hand ins Feuer. Wer war noch da, Oswald?«

»Die Melcherin!«, stieß sein Schwiegervater hervor. »Sie hat alles mitbekommen. Sie stand an der Herdstelle und hat den Brei fürs Frühstück gekocht.«

»Aber ... sie wird doch nicht ...«

»Seit sie wieder bei euch eingezogen ist ... hat sich einiges geändert.«

»Alle haben doch gewusst, dass ich unterwegs bin«, sagte Hans. Gleichzeitig erinnerte er sich an das, was Anna gesagt hatte: Ihre Mutter wäre Ulin gern zu Willen gewesen.

»Du glaubst, die Melcherin hat das an jemanden weitergegeben?«

»Ja, und zwar an jemanden, der dir schaden will!«

»Ich habe sie in mein Haus aufgenommen«, sagte Hans fassungslos.

»Aber deinen Bruder hast du rausgeworfen.« Sein Schwiegervater nahm einen kräftigen Schluck. »Und außerdem sind da noch Götz und Weiß.«

Hans schaute noch einmal in den Krug und leerte ihn in einem Zug. Dann sprang er so heftig auf, dass beinahe die Bank umgefallen wäre. »Götz«, schrie er. »Was hast du mit der Melcherin zu schaffen?«

Erneut verstummten alle Gespräche.

Der Angesprochene stemmte abwehrbereit die Arme auf dem Tisch ab. Sprungbereit.

»Komm her und hol dir deine Tracht Prügel ab. Ich unterstütze euch, wenn es euch schlecht ergeht im Winter, und ihr werft meinen Karren Prügel zwischen die Speichen?«

Götz fuhr ebenfalls hoch. »Spinnst du? Nichts habe ich mit der alten Vettel zu schaffen.«

»Du lügst!«

Hans ging zu Götz' Tisch, schob diesen mit einem Ruck nach vorn und presste so den Weber mit den Oberschenkeln an die Wand. Doch Götz drückte zurück, sprang auf den Tisch, und schon war eine Prügelei im Gange.

Der Wirt ging dazwischen. Er war ein Mann von gewaltigen Ausmaßen, gut einen Kopf größer als Hans und Götz. Er packte die beiden Männer am Kragen und zerrte sie hinaus auf die Straße. Mit einem hässlichen Geräusch zerriss Götz' Hemd, als sie in die Gosse landeten.

Hans schlug mit dem Kopf auf. »Du hättest besser Barchent für dein Hemd genommen«, murmelte er, bevor es schwarz um ihn wurde.

12

AUGSBURG, MÄRZ 1372

Was wollt Ihr hier?«, fauchte die Melcherin, als sie sah, wer dort in der Tür stand. »Genügt es nicht, dass Euer Bruder meinen Mann umgebracht hat?«

Hans sah sich in diesem Loch von Lechviertel-Wohnung um. Er hatte eine solche Begrüßung erwartet, störte sich aber nicht weiter daran. Solange Annas Mutter nicht mehr in seinem Haus lebte, war alles in bester Ordnung. »Eure Tochter schickt mich. Ihr geht es nicht gut. Sie hat Fieber.«

Die Melcherin sah ihn mit einem merkwürdigen Blick an. »Könnt Ihr sie nicht in Ruhe lassen, Fugger? Lässt Euch die eigene Frau nicht an sich ran, seit sie wieder in guter Hoffnung ist?«

»Schaut nach Eurer Tochter, oder bleibt weg«, spie Hans aus. Er konnte diese Frau nicht leiden, die ihn nur angiftete. Sein Verhalten bei Annas Unfall damals konnte er nicht rückgängig machen, aber er versorgte sie, so gut es ihm möglich war. Sogar der Melcherin ließ er Geld zukommen, auch wenn sie es ihm nicht vergalt.

Er drehte auf der Stelle um und ging zurück. Sollte sie doch kommen, wenn sie wollte. Er musste nicht betteln. Bei niemandem mehr – und seine Schuld an Anna hatte er abgetragen. Sie lebte in seinem Haushalt. Er behandelte sie wie eine Schwester. Ihr fehlte es an nichts. Was sonst sollte er noch tun? Während er sich auf den Rückweg machte, brütete er über seinen Gedanken und spürte, wie ihn der Magen drückte.

Hätte er sie doch heiraten sollen? Aber das war nicht möglich gewesen. Abgesehen von ihren körperlichen Nachteilen war sie zu arm und hatte zu wenig Verbindungen hinein in die Augsburger Gesellschaft. Und er wollte es schließlich zu etwas bringen! Dass er Annas Überlegungen weitergetrieben und aus dem Barchent einen Verkaufserfolg gemacht hatte, das war doch sein Verdienst. Wäre es Annas Idee geblieben, wäre irgendwann ein anderer Händler darauf aufmerksam geworden und hätte das Tuch auf die Märkte von Frankfurt und Venedig geworfen.

Hans beschloss, nicht im Bräu vorbeizuschauen, sondern sich auf den Heimweg zu machen. Seine Wohnung in dem Haus, das zwar noch dem Schwiegervater gehörte, der es mit ihnen zusammen, also mit Klara, seiner Tochter, und Anna bewohnte, war eng. Aber noch besaß er nicht die Mittel, sich ein eigenes Heim zu erwerben. Die räumliche Beschränktheit und das Alter ihres Vaters, den sie gemeinsam mit Anna pflegte, zehrten stark an den Kräften seiner Frau, die kaum noch das Haus verließ.

Hans schüttelte die Gedanken ab. Er freute sich auf die kleine Anna, die ihm aus der Stube entgegenkrähen würde, sobald er die

Tür aufstoßen und seine Stiefel auf der Schwelle säubern würde. Das Mädchen war eine Augenweide, ganz das Gegenteil seiner Klara. Allein für sie musste er ein eigenes Haus kaufen. Raus aus dieser Enge. Raus aus allem.

Er wollte in Augsburg wohnen, aber nicht irgendwo – auch davon hatte er sehr klare Vorstellungen. Er überlegte lange, ob er zu Hause gebraucht würde, und beschloss dann doch, einen Umweg zu machen. Durch die Straßen der Oberstadt lief er vorbei am Rathaus und hinüber zu St. Moritz und St. Ulrich und Afra.

Die Kirchengebäude ragten wie Schutzheilige aus den sich unter ihnen duckenden Gebäuden heraus. Die Straße vom Rathaus nach St. Moritz war ein schönes Viertel, wenn man von den Buden absah, die sich links und rechts an die Häuser lehnten und diese verunstalteten. Es waren allesamt Verkaufsbuden gewesen, obwohl viele davon entweder bereits baufällig waren oder von Zuzüglern bewohnt wurden, die versuchten, in der Stadt zu verweilen, um nach Jahr und Tag ein Wohnrecht zu erhalten. Die Bruchbuden waren eine Schande.

Tief in Gedanken versunken lief er den Weg entlang bis vor zum Judenberg, wo die Augsburger Juden ihre Häuser gehabt hatten, bevor sie erstmals aus der Stadt vertrieben worden waren. Bis dorthin hatte der Magistrat ein Wasserrohr verlegen und einen Brunnen bauen lassen. Hans besah sich das heruntergekommene Gebäude am westlichen Ende der Straße, direkt gegenüber von St. Moritz, das die Weberzunft erworben hatte. Dort wurden die Sitzungen abgehalten, und dort sollte das neue Zunfthaus errichtet werden – wenn denn endlich Geld in der Kasse klingelte. Aber das war Zukunftsmusik. Es würde noch Jahre dauern, bis hier ein Gebäude stand, das der Größe der Weberzunft angemessen war.

Hans wandte sich nach Osten. Dort, am Judenberg, gab es schöne Häuser, die es lohnten, dass man sich darum bemühte. Die Nähe zu den Häusern der Juden drückte sicherlich den Preis – aber man wusste nie, wann es zu nächsten Ausschreitungen gegen sie kommen würde –, und dann wären diese Gebäude in der Oberstadt zwischen St. Moritz und dem Rathaus Gold wert. Vor knapp einem Vierteljahrhundert hatte man alle Juden aus der Stadt gejagt und sie kurz danach wieder hinter die Mauern gelassen. Auch wenn nur wenige Familien zurückgekehrt waren, sie wohnten wieder am Judenberg.

Er blickte an den Wänden hoch, musterte die Holzbuden vor den Fassaden und stellte fest, dass das Haus »am Rohr« seine Aufmerksamkeit fesselte. Wenn man die Buden davor entfernte, würde es ein stattliches Anwesen abgeben, und dann hätte seine kränkelnde Frau auch nicht mehr ganz so weit zum Brunnen, wie der Name »am Rohr« versprach.

Hans drehte sich um die eigene Achse. Hier war das Zentrum der Stadt. Die Bürgerkirche St. Moritz, das Zunfthaus, der Brunnen – und sein eigenes zukünftiges Wohnhaus »am Rohr«. Dort wollte er einziehen. Ein Mann musste ein Ziel haben. Er war Augsburger Bürger, er war Zunftmitglied, er war Kaufmann. Damit hatte er seine bisherigen Vorstellungen in die Tat umgesetzt. Viele seiner Webergenossen würden sich damit zufriedengeben. Es fehlte ihnen an Weitsicht und Mut für eine bessere Zukunft. Er aber hatte sich am heutigen Tag ein neues Ziel gesetzt. Er wollte ein Haus in der Oberstadt. Zufrieden mit sich selbst machte er kehrt.

Die Arbeit wartete. Warenlieferungen mussten zusammengestellt, drei Messen beschickt werden: Frankfurt, Nürnberg und Ulm. Sie sollten mit Barchent überschwemmt werden. Mit geschwellter Brust vergrub er seine Hände in den Taschen und schritt hoch erhobenen Hauptes heimwärts.

Anna fühlte sich matt und wie erschlagen. Ihre Wangen glühten, und ihre Augen brannten, als hätte man Feuer darin gelegt. Sie schwitzte, als würde etwas in ihr kochen. Wie lange das schon so ging, konnte sie nicht genau sagen. Das Fieber wollte einfach nicht sinken, und jede Mahlzeit war eine Qual, weil sie sofort alles wieder von sich gab.

Es klopfte an der Tür, und sie konnte fast nicht antworten, so heftig schüttelte sie ein Hustenanfall.

Als sie die Augen wieder öffnete und zu Atem kam, stand Gernot vor ihr. Er hielt eine kleine Schüssel in der Hand, aus der es dampfte.

»Hühnersuppe!«, sagte er und strich ihr mit der freien Hand über die Stirn. »Aber zuvor machen wir Wickel.«

Erst jetzt nahm Anna die Umgebung wahr. Wo war sie? Sie konnte sich nicht daran erinnern, umgezogen zu sein.

»Wo bin ich?«, hauchte sie.

Doch Gernot antwortete nicht. Er verließ den Raum und stand kurz darauf mit einer größeren Waschschüssel wieder an ihrem Bett.

Er zog ein Leintuch aus dem Wasser, drückte es aus und legte es über ihre Stirn. Eine wohltuende Kühle strömte in ihren Kopf, zu ihren Augen und verbreitete sich dann über den ganzen Körper. Gernot schlug die Bettdecke zurück. Annas Beine lagen frei, und sie fühlte, wie von dort aus ein Zittern ihren ganzen Körper ergriff und sie schüttelte. Dann spürte sie, wie sich eisige Wickel um ihre Oberschenkel und Waden legten.

Anna stöhnte, aber es tat gut. Langsam wurde ihr Kopf klarer.

»So. Jetzt gibt es Suppe«, erklärte Gernot.

Er langte unter ihren Rücken und stopfte ein Kissen darunter, damit sie höher lag. Dann hielt er ihr einen Holzlöffel an den Mund.

»Iss!«, befahl er ihr leise.

Sie schlürfte die immer noch heiße Brühe über ihre rissigen Lippen. Sie rann ihr die wunde Kehle hinunter und brannte im Magen.

»Warum tust du das?«, fragte sie heiser zwischen zwei Löffeln. Sie hoffte, dass sie wenigstens die Brühe bei sich behalten konnte. Vor Erschöpfung und aus Angst vor seiner Antwort musste sie die Augen schließen.

»Kannst du es dir nicht denken?«

Sie wollte die Augen nicht wieder öffnen, weil sie befürchtete, dadurch aus einem Traum zu erwachen. Als sie es dennoch tat, weil sie sich vergewissern wollte, saß Gernot noch immer vor ihr und betrachtete sie ernst. Er hielt einen vollen Löffel in der Hand.

»Ich ... ich ...«, stotterte sie. »Ich habe nie ...« Sie brach ab, weil ein weiterer Löffel Suppe ihren Mund verschloss.

»Denk nicht daran. Ich bin hier, und das muss genügen.«

»Aber Hans … er … er will nicht, dass du … in sein Haus kommst.«

»Keine Angst. Du bist bei mir. Ich habe dich zu mir geholt.«

Anna verschluckte sich und musste wieder husten. »Zu dir?«

Nichts davon hatte sie wahrgenommen. War sie so krank gewesen, dass er sie einfach abholen und in seine Kammer hatte bringen können, ohne dass sie etwas davon mitbekommen hatte? Ein Gefühl der Wärme durchströmte sie – nicht diese fiebrige Hitze, dieses schmerzhafte, von Krämpfen durchsetzte Lodern, sondern ein wohliges Wabern, das sich von den Beinen hoch bis in ihren Kopf ausbreitete. Gernot hatte sie zu sich geholt. Sie dämmerte in einen watteweichen, schwerelosen Zustand hinüber, in dem sie nur allzu gern verharrt wäre. Er war frei von aller Pein, frei von allen Anfeindungen und Gemeinheiten. Die Welt und deren Widrigkeiten waren weit weg. Sie hätte sich an diesen Zustand gewöhnen können, er war leicht und mühelos.

Doch die Welt hatte offenbar anderes mit ihr vor und stieß sie mit einem Krampf, der vom Magen ausging, wieder zurück in die Wirklichkeit. Sie erbrach die Suppe mit einem Schwall.

Zurück blieben ein bitterer Geschmack im Mund und ein Schuldgefühl, als läge es an ihr, trotz der liebevollen Pflege Gernots nicht gesund zu werden. Hinzu kam eine Erschöpfung, die sie marterte. Was, wenn sie es nicht schaffte, wenn sie diese Welt, wenn sie diesen Mann verlassen musste?

Niemand hatte sich je so um sie gekümmert. Von einem Augenblick auf den anderen war sie voller Leere. Sie befürchtete, die Welt könne in sie hineinfallen und sie erschlagen, wenn sie jetzt die Augen öffnete.

Als sie es doch tat, blickte sie in eine völlige Dunkelheit. Sie hörte nur ein Schnarchen neben sich, sah aber nichts. Im ersten Moment glaubte sie, erblindet zu sein. Sie schrie erschrocken auf.

Das Schnarchen erstarb. Ein Stuhl wurde verschoben. Dann klackte es, als jemand versuchte, einen Funken zu schlagen und ein Licht zu entzünden. Kurz darauf flackerte eine Flamme empor, und eine Kerze spendete ein schwaches Licht.

»Anna?« Sie erkannte Gernots Stimme.

»Gernot?«, fragte sie zurück.

Er beugte sich über sie und blickte ihr ins Gesicht. Die Flamme blendete sie etwas, doch ihre Augen brannten nicht mehr. Zwar fühlte sie sich wie gerädert, aber das Fieber war verschwunden.

Gernot befühlte ihre Stirn, langte unter die Bettdecke und befühlte ihren Bauch.

»Du hast es geschafft«, hörte sie ihn erleichtert schluchzen. »Das Fieber ... du bist kühler ...«

Anna versuchte zu lächeln. Sie öffnete den Mund, um zu antworten, doch nur ein Krächzen kam aus der vertrockneten Höhle.

»Pst«, machte Gernot und strich ihr mit der Hand über die Stirn. »Ich bin ja da!«

Plötzlich kam ihr etwas in den Sinn, was sie überfiel wie der Schatten eines großen Tieres. »Musst du nicht ... Hast du nicht Fuhren für Ulm zu besorgen? Für Tante Marget?«

Im flackernden Licht der Kerze konnte sie sehen, wie er zuerst verblüfft schaute. Dann aber überzog ein breites Grinsen sein Gesicht.

»Ich bin vor zwei Wochen aus Ulm zurückgekehrt und habe dich so bei Hans Fugger vorgefunden. Wenn ich nur ein paar Tage später gekommen wäre, dann wärst du ...«

Er sprach nicht weiter, doch Anna konnte sich denken, was er hatte sagen wollen. Sie suchte mit ihrer Hand nach der seinen und hatte dabei das Gefühl, nicht nur ihre Hand, sondern einen ganzen Baumstamm bewegen zu müssen. Schließlich fand sie Gernots Finger und drückte sie. »Danke!«, flüsterte sie.

»Wofür?« Gernots Stimme klang rau. »Der Herr gibt das Leben, und er nimmt es, wenn es ihm beliebt.«

Anna nickte. Bedächtig jedes Wort abwägend antwortete sie: »Aber dazwischen schickt der Herr Engel auf die Erde, um die Menschen daran zu erinnern, dass es sich lohnt zu leben.«

Gernot sagte nichts, sondern strich ihr nur sanft über Stirn und Wangen.

Teil IV

BRÜDER UND RIVALEN

AUGSBURG, APRIL 1378

Es regnete in großen, starken Tropfen, die auf die Hüte, Gugeln und Schauben der Menschen einprasselten wie kleine Geschosse und in kürzester Zeit alles durchnässten. Hans beobachtete die Krater, die sie schlugen, als wollten sie die Erde mit Pockennarben übersäen. Sie verzischten auf dem Weihrauchkessel, den der Pfarrer schwenkte, um seinem Vater den erlösenden Geruch ins Jenseits mitzugeben. Dann fiel klatschend die erste Schaufel Erde in die Grube.

Hans stand am offenen Grab seines Vaters und sah in den dunklen Schlund hinab, der Johann Fugger verschlungen hatte. Der Mann hatte zeitlebens geschuftet und war letztlich dem Weberhusten erlegen, dem er erstaunlich lange widerstanden hatte.

Hans blickte auf. Die kleine Schar, die sich um die Grube versammelt hatte, um den alten Landweber auf seinem letzten Weg zu begleiten, war überschaubar. Die allermeisten konnten es sich nicht leisten, den Webstuhl lange stillstehen zu lassen.

Hans gegenüber standen mit überkreuzten Händen seine beiden jüngeren Brüder Ulin und Klaus, die ihre Mutter in die Mitte genommen hatten. Ein Schluchzen schüttelte die drei und ließ neben dem Regenwasser Tränen übers Gesicht rinnen. Daneben standen der Geistliche und sein Meßmer, dahinter der Dorfschulze und einige ältere Weber wie der Burtenbacher Xaver und der Hemmler Franz, die ihre krummen Rücken mit Gehstöcken aufrecht hielten.

Ganz hinten, als traue sie sich nicht an das Grab heran, stand die Wengerin, die älteste Hebamme des Dorfes. Sie hatte schon dem Vater auf die Welt geholfen und sah ihm jetzt zu, wie er in den Schoß der Erde zurückkehrte. Sie blickte in Hans' Augen, als wollte sie sagen: »Hier liegt ein Hans, und du wirst der Nächste mit diesem Namen sein!«

Ihr Gesicht war von einem breitkrempigen Hut vor dem Regen

geschützt, und als sie sich abwandte, waren ihre Wangen trocken. Sie hatte dem Tod in jeglichem Alter schon zu oft in die Augen gesehen.

Auch Hans hatte keine Tränen, um dem alten Mann nachzuweinen, was aber der Regen gut verbarg. Kurz überlegte er, ob es ihm an Gefühl mangelte, weil er so gar keine Trauer verspürte, während sowohl der Mutter als auch den Brüdern das Wasser aus den rot geränderten Augen floss und über die Wangen lief.

Für Hans ging diese Beerdigung des Vaters vorbei, als würde sie ihn nicht betreffen. Menschen wurden geboren, Menschen starben. Außerdem waren seine Gedanken bei den nächsten Fuhren, die er zusammenstellen wollte.

Mit jedem Jahr war seine Unternehmung gewachsen. Er hatte sich vorgenommen, beim Leichenschmaus mit seinen beiden Brüdern darüber zu reden. Er wollte sie ganz ins Geschäft nehmen. Ulin hatte er nach dessen Hochzeit mit Kunigunde Mundsam vor einem Jahr bereits eingearbeitet, und auch Klaus würde er gut gebrauchen können, obwohl dieser etwas zurückgeblieben war. Seine Webkünste waren nicht die besten, aber als Handlanger und Begleiter würde er sich nützlich machen, davon war Hans überzeugt.

Auch wenn er Ulin nicht mehr im Haus haben wollte, wenn dieser mit seiner jungen Frau nach Augsburg kommen würde, so würde er trotzdem für ihn arbeiten können. Außerdem musste er ihn wegen der Diebstähle zur Rede stellen. Hans war sich sicher, dass Ulin dahintersteckte.

Hans warf eine Schaufel Erde ins Grab, murmelte ein kurzes Gebet und schloss sich der Familie an, die an der Kirche vorbei zum Wirtshaus hinüberging.

Ulin ließ sich zu Hans zurückfallen. »Auf ein Wort, Bruder«, sagte er. »Auch wenn wir nicht eins sind, will ich dir doch sagen, dass ich dir nachfolgen werde.«

Hans blickte ihn überrascht von der Seite an. »Wie soll ich das verstehen?«

»Ich eröffne einen Tuchhandel.«

Er grinste Hans an, der ihn mit gerunzelter Stirn musterte. Was hatte Ulin vor? Hatte er über die Idee nachgedacht, die ihn selbst bewegte: Ulin mit ins Geschäft zu nehmen?

»Du willst …? Ich dachte, du lässt dich mit Kunigunde in Jettingen nieder. Vaters Haus steht leer.«

»Also, bevor du glaubst …«, unterbrach ihn Ulin. »Bevor du glaubst, ich würde bei dir einsteigen und gemeinsam mit dir eine Unternehmung führen, sei versichert, ich mach meine eigene Wirtschaft auf. Ich habe schon mit Conrat Übelin, einem der Dreizehner der Weberzunft aus Augsburg, gesprochen. Ich erhalte eine Webergerechtigkeit und lass mich ganz in Augsburg nieder. Übelin will mit mir zusammenarbeiten.«

Hans konnte es nicht fassen, verbiss sich aber eine Antwort. Statt bei ihm um Arbeit nachzusuchen, machte er sich selbstständig und schuf Verbindungen zu einem seiner Konkurrenten. Aber er wollte keineswegs als Weber arbeiten, sondern sich auf den Handel verlegen. Hans schluckte. Er hatte den jüngeren Bruder eingearbeitet, hatte ihm eine Stelle als Weberknecht verschafft, hatte ihn in Jettingen mit Aufträgen versorgt und darauf geachtet, dass Gras über seine Torheit wuchs, hatte ihm in den letzten Jahren gezeigt, wie das Verlagsgeschäft zu handhaben war – und jetzt eröffnete er ein eigenes Unternehmen? Andererseits war es eines jeden Recht, sich auf die eigenen Beine zu stellen.

»Mit welchem Geld willst du …«, stieß er hervor, unterbrach sich aber sofort. Wie konnte er so blind gewesen sein? Natürlich hatte sein Vater ein kleines Erbe hinterlassen. Er hatte nicht nachgefragt, weil er es der Mutter lassen wollte und für sich selbst nichts benötigte.

Aber Ulin war keineswegs so rücksichtsvoll. »Mutter leiht es mir. Sie zieht auch nach Augsburg … zu mir.«

Hans blieb kurz stehen und zwang so den Bruder, ebenfalls innezuhalten. Der Bruder drängte ihn beiseite und klopfte mit der Hand auf seine Schulter. »Ich wollte mit dir über Annas Mutter reden, die Melcherin. Nimm sie wieder zu dir.«

Hans war wie vom Donner gerührt. Die Melcherin wieder in seinen Haushalt aufnehmen? Niemals. Das Gekeife war ihm gehörig auf die Nerven gegangen. Doch bevor er etwas entgegnen konnte, wandte sich Ulin ab und lief der Mutter nach. »Ich habe es der Melcherin schon gesagt«, rief er ihm über die Schulter zu. »Sie war zwar nicht begeistert, aber ... sie setzt auf ihre Tochter. Hoffentlich nicht zu Unrecht.«

Hans sah dem Bruder nach. Ulin hatte ihn überrumpelt. Er spielte mit ihm und wusste genau, dass er Anna die Bitte nicht abschlagen konnte. Sein Plan, den Bruder in seiner Tuchhandlung mit einzusetzen, war damit dahin.

Nur schwer konnte er sich dazu durchringen, dem Bruder zu folgen. Vor der schweren dunklen Tür zum Gasthof blieb er stehen und starrte sie lange an. Von drinnen schlugen ein Klacken von Krügen und Stimmengewirr an die Holzbohlen. Er mochte diese aufgeräumte Stimmung nach Beisetzungen nicht, obwohl er wusste, wie sehr sein Vater den allabendlichen Gang zur Schänke genossen hatte. Man solle ihm nicht nachweinen, hatte er immer gesagt. Er sei fast immer guter Dinge gewesen, von daher solle man ihn fröhlich verabschieden.

Widerwillig schob Hans die Tür auf.

Mitten im Raum stand Ulin, den vollen Krug in der Hand und verkündete: »Vaters Wille war, dass man trinkt, damit es ihn an das andere Ufer spült. Also lasst das Bier im Fass nicht schimmlig werden.«

Er hob den Krug, und alle taten es ihm nach – alle, bis auf Hans. Der drehte sich auf dem Absatz um und beschloss, nach Augsburg zurückzukehren. Ohne groß darüber nachzudenken, wandte er sich dem Dorfanger zu, zog seine Schaube enger und lief den Weinberg hinauf in Richtung Gabelbach.

Anna sah ihrer Mutter an, wie gedemütigt sie war, als diese mit ihrem Bündel vor der Tür stand. Sie wirkte erschöpft und gebrochen.

»Es ist vorbei«, presste die Melcherin hervor. »Dieses Weib wollte mich nicht mehr im Haus haben, und da hat er mich rausgeworfen.

Das wird er mir büßen – wenn er am wenigsten damit rechnet!« Sie drängte sich an Anna vorbei ins Haus.

Plötzlich stürmten von oben zwei Mädchen herab und warfen sich an den Rock der Melcherin. »Tante Brigitta. Bist du wieder da?«

»Grüßt euch, Anna, Kunigunde«, rief die Melcherin lachend. »Wie geht es euch beiden?«

»Schön, dass du wieder da bist«, krähte Kunigunde. »Komm mit, ich muss dir was zeigen …«

»Hans will das nicht!«, wandte Anna ein, konnte aber nicht genügend Widerstandskraft gegen ihre Mutter und die Mädchen aufbringen. »Er wird dich sofort hinauswerfen.«

Die Melcherin schickte die Mädchen in die Stube und wandte sich dann Anna zu. »Das soll er wagen«, keifte sie, und ihr Gesicht verzerrte sich. »Dann wird er auch dich verlieren.«

Anna seufzte. Warum glaubte ihre Mutter noch immer, sie würde zur Arbeit bei Hans Fugger gezwungen? Und warum glaubte sie noch immer, über sie bestimmen zu können?

Durch den Lärm geweckt, kam die Fuggerin die Treppe herab. Ausgemergelt, als hätten die Kinder sie völlig ausgelaugt, die sie vor fünf, sechs und sieben Jahren geboren hatte und von denen nur die beiden Mädchen überlebt hatten. Das Gesicht war das einer alten Frau, grau und eingefallen. Sie ging schwer, weil die dünnen Beine offenbar das Gewicht nicht mehr recht zu tragen vermochten, dabei war sie weit jünger als Annas Mutter.

»Was willst du hier, Melcherin?«, zischte sie die Weberin an.

»Dir zur Hand gehen. Wie ich sehe, gelingt es dir mit jedem Tag schlechter, den Haushalt zu führen. Da tut eine zusätzliche Hand ganz gut.«

»Lass die Finger von meinem Hans!«, presste die Fuggerin hervor. Annas Mutter setzte ihr Bündel ab.

Anna sah ihr zu, wie sie sich dabei mühselig bückte und wieder aufrichtete. Es war traurig, wenn eine Frau in den Fünfzigern ihre Habe in einem einzigen Stoffbündel verstauen konnte. »Euer Mann interessiert mich nicht. Ulin …« Sie brach ab.

Das Eingeständnis einer Niederlage und Schmach ist nicht einfach, dachte Anna. Doch ihre Mutter hob energisch den Kopf. Man blickte nicht zurück, solange man vorausschauen konnte, war schon immer ihr Lebensmotto gewesen.

»Er wildert in Eurem Revier«, verkündete die Melcherin. »Er will einen Barchenthandel gründen, neben dem Eures Mannes. Nicht nur, dass er uns ... benutzt hat.« Sie stockte. Klara, die mitten auf der Treppe stand, musste sich mit einer Hand am Geländer festhalten. Ihre Finger verkrampften sich, sodass die Knöchel weiß hervortraten. »Er wird zu einer immer größeren Konkurrenz. Hans wird nicht umhinkönnen, mit oder gegen ihn zu arbeiten. Er hat Geld, das seiner Mutter und das seiner Frau.«

»Was versteht er schon vom Barchent und vom Handel?«, brachte Klara schwach hervor.

Die Melcherin fixierte sie von unten. »Nur weil ich eine Stufe unter Euch stehe, komme ich nicht auf der Brennsuppe dahergeschwommen. Ich weiß, was ich weiß.« Sie ließ Klara nicht aus den Augen. »Was ich brauche, ist ein Bett für meine alten Knochen und eine warme Mahlzeit für den Magen. Dafür schaffe ich tagaus tagein. Und wenn mir Ulin zwischen die Finger kommt, dann bring ...« Sie beendete den Satz nicht. Sie hätte sich sonst versündigt, und die Fuggerin oder Anna hätten es beichten müssen. »Gebt Ihr mir einen Schlafplatz, Fuggerin?«

Anna hätte am liebsten abgelehnt, aber sie war nicht die Hausfrau, sondern nur die Magd. Entscheidungen dieser Tragweite standen ihr nicht zu. Aber auch Klara durfte solche Verfügungen nicht ohne Rücksprache mit ihrem Mann treffen. Wider Erwarten willigte sie nach kurzem Zögern dennoch ein, auch weil sie körperlich keine Kraft mehr für Auseinandersetzungen hatte. »Anna wird Euch eine kleine Kammer zuweisen. Sie ist feucht und ohne Tageslicht, aber sie soll Euch beherbergen. Alles Weitere besprechen wir morgen. Ihr könnt Euch bei den Kindern nützlich machen.«

Klara drehte sich nach den letzten Worten um und schleppte sich unter Mühen die Treppe hinauf. Als Anna der fragende Blick ihrer

Mutter traf, ob man ihr helfen solle, schüttelte Anna den Kopf. Wie oft schon hatte Klara verärgert alle Unterstützung von sich gewiesen und sie mit herrischem Ton verscheucht. Sie ließ sich zwar bei den täglichen Verrichtungen unter die Arme greifen, aber nicht, was ihre Person betraf. Der Tod ihres kleinen Sohnes hatte sie körperlich und seelisch noch zusätzlich geschwächt. Am unteren Ende der Treppe stand die kleine Anna und blickte mit starren Augen zu ihrer Mutter hoch. Sie lächelte nicht.

So sahen die beiden Frauen Klara zu, wie sie Schritt für Schritt die steile Treppe erklomm und am oberen Ende in der Schlafkammer verschwand.

»Sie ist krank«, stellte Annas Mutter fest. »Hat sie einen Bandwurm?«

Anna zuckte mit den Schultern. Sie winkte der kleinen Anna, dass sie mit in die Stube gehen solle, doch das Mädchen blieb am unteren Treppenende stehen.

Die drei Sprösslinge, die schnell hintereinander das Licht der Welt erblickt hatten, das Erlebnis mit Ulin Fugger und die Erkenntnis, vor allem der Mitgift wegen geheiratet worden zu sein, nagten an Klara. Anna würde das ihrer Mutter niemals so sagen, denn sie wusste, was für eine Klatschbase diese war.

Anna zeigte ihr die schäbige Kammer, von der Klara gesprochen hatte. Klaglos nahm die Melcherin es hin. Auch wenn sie noch so dürftig war, besser als die Gosse war sie allemal.

Schon während Anna der Mutter beim Aufschütteln des Lagers half, rasten die Gedanken in ihrem Kopf. Sie musste Hans vorwarnen. Wenn er zurückkam und ihrer Mutter begegnete, würde er sie sogleich aus dem Haus werfen.

Allerdings beunruhigten sie die Äußerungen ihrer Mutter. Wie wollte sie es anstellen, Ulin Fugger zu schaden? Gerüchte streuen? Unmöglich. Sein Ruf war ohnehin ruiniert. Sobald sein Name bei den Handwerkern erwähnt wurde, sperrten diese ihre Töchter weg. Auch wenn er verheiratet war – der junge Fugger sah gut aus und konnte durchaus charmant sein, wenn er bei den Frauen Erfolg haben wollte. Außerdem war er – soweit man das vernahm – auch ungeheuer fruchtbar. Anna hätte es nicht gewundert, wenn ihr aus der Krippe am Wochenbett der einen oder anderen Weberin oder Händlerin das eine oder andere Ulin-Gesicht entgegengelacht hätte.

Gernot, schoss es ihr durch den Kopf. Gernot musste Hans vorwarnen! Der Fuhrwerker sollte Hans nach Ulm vorausfahren und ihm dorthin eine Sortierung unterschiedlicher Barchentstoffe liefern. Er würde Hans früher sehen und sprechen als sie. Sie lief zur Tür, griff sich die Schaube vom Haken und warf sie sich über.

2

AUGSBURG, MAI 1378

Das Holz der Schänke war noch hell und roch nach frischem Schnitt und Harz, auch wenn sich um die Halterungen der Kienspäne herum bereits dunkle Rauchspuren gegen die Decke zogen. Man konnte mit Blicken die Maserung entlang spazieren gehen. Der Tür gegenüber hatte der Wirt mit Kalkmalerei das neu erbaute Tor aufmalen lassen. Er selbst war darauf zu sehen, wie er unter dem Durchlass stand und seine Gäste bediente. Im hintersten Winkel der Gaststube, in einer Nische, quietschte das Gehänge eines Kessels. Darin köchelte eine Mischung aus Fleisch, Getreide, Gemüse und Bier zu einem breiigen Eintopf, dessen Duft den ganzen Raum ausfüllte.

Hans hielt sich gern im Bierausschank am Wertachbrucker Tor auf, trank am Vormittag und gegen Abend dort sein Bier und lauschte den Geschichten der Fuhrleute. Die Zunft traf sich hier, da sich der Bau des Weberhauses noch immer hinauszögerte.

Hans hob den Kopf, als die Tür aufging und das Tageslicht hereinflutete. Er blinzelte, weil er den Mann auf der Schwelle zuerst nicht erkennen konnte, dann stöhnte er leise auf, als dieser in die Schänke trat.

Hans Weiß kam auf ihn zu. »Wir müssen reden«, sagte er unverblümt und setzte sich ihm gegenüber.

»Was hätte ich mit Euch zu reden? Gibt es Sorgen, weil auch dieses Jahr das Baumwollgarn nicht für Euch reichen wird?«

In Weiß' Augen funkelte es. Hans wusste nicht, ob der Weber sich jemals gewünscht hatte, damals nicht der Wortführer gewesen zu sein, als Hans' Tuch verbrannt worden war. In die Knie zwingen konnte Weiß ihn nicht. Dazu war er zu sehr in der Stadt verwoben, mit dem Kleinen und dem Großen Rat der Stadt verbandelt und auf zu vielen Wegen unterwegs.

»Mich interessiert dein kleinlicher Rachefeldzug nicht, Fugger. Kleine Geister, kleinliche Gedanken.« Weiß musterte Hans und ließ den Satz stehen. Erst als dieser nichts darauf antwortete, fuhr er fort. »Mich wundert es nur, wie man mit dem Herumlungern in der Schänke Geld verdienen kann.«

Hans musste an sich halten, um nicht aufzuspringen und ihm an die Gurgel zu gehen, doch dann wäre er womöglich in diesem Bräu nicht mehr geduldet gewesen. Und dafür waren die Männer, die hier einkehrten, mit den Geschichten von ihren Fahrten in alle Himmelsrichtungen für ihn zu wichtig. Dass Weiß nicht begriff, wie bedeutend schnelle und gesicherte Informationen sein konnten, störte Hans nicht. Schließlich musste nur er einen Vorteil daraus ziehen, nicht die halbe Stadt. Er atmete zweimal durch, dann erwiderte er den Blick des Webers.

»Fasst Euch kurz. Wo drückt der Schuh? Braucht Ihr Geld?«

Verblüfft richtete sich Weiß auf, sah ihn verdutzt an und brach dann in schallendes Gelächter aus. »Geld? Ich? Nein. Außerdem würde ich, bevor ich bei Euch anfrage, die Juden bemühen.«

»Die Ihr zusammen mit anderen erfolgreich aus der Stadt vertrieben habt. Es gibt kaum noch Kreditgeber«, erwiderte Hans. Er hörte selbst, wie hämisch seine Stimme klang, konnte es aber nicht verhindern.

»Bewahre Gott Euch davor, wie ein Jude zu handeln, Fugger. Wenn der Prediger von St. Moritz davon erfährt, dass es einen Chris-

343

ten gibt, der das Zinsverbot hintergeht, dann garantiere ich für nichts und niemanden. Selbst ich würde Euch diese Inquisition nicht wünschen.« Weiß schwieg für einen Moment. Dann drehte er sich zu dem Wirt um und bestellte per Handzeichen zwei Krüge Bier.

Für die Tageszeit war wenig los in der Schänke. Gerade mal ein Fuhrwerker aus Nürnberg saß an einem Tisch und stocherte in einem Gericht, das besser roch, als es aussah. Dennoch hätte sich Hans gern zu ihm gesetzt und ihn befragt. Wenn der Mann nach Venedig unterwegs war, hätte er sich mit ihm über Routen und Gefahren austauschen können. Wenn er aber aus Venedig kam, dann war er eine noch wertvollere Quelle. Wie stand es um die welschen Städte südlich der Alpen? Gab es wieder Gerüchte über Überfälle, eine bevorstehende Reichsexekution oder gar einen Städtekrieg? Mailand, Genua, Padua, Verona und wie sie alle hießen waren wie Strudel in einem großen Strom, die alles in sich hineinschlangen, was ihnen zu nahekam – und gerade deshalb wichtige Handelspartner für Hans mit seinem Barchent.

Als die beiden Bierkrüge auf dem Tisch standen und sich der Wirt ausreichend weit entfernt hatte, rutschte Hans Weiß auf die vorderste Kante des Stuhls. »Wir müssen Oswald Widolf ersetzen. Er ist nicht mehr ganz richtig im Kopf. Offenbar schwächt ihn die Weberkrankheit, die ihn jetzt doch gepackt hat, stärker, als er es wahrhaben will. Seine Entscheidungen sind …«

»… die des Zunftmeisters. Warum sollte er abgesetzt werden?«

»Es sind die Entscheidungen eines wirren Geistes. Das wisst Ihr ebenso gut wie ich.«

»Ach ja? Ich glaube nicht, dass Ihr mich dafür gewinnen könnt, meinen Schwiegervater aus dem Amt zu drängen.«

Obwohl er Weiß in der Sache voll und ganz zustimmte, würde er niemals Ränke gegen Oswald schmieden, schon gar nicht mit diesem Weber. Auch wenn Klara das Bett kaum mehr verließ, würde er zu Hause die Hölle auf Erden erleben, und das wollte er nicht. Außerdem verhalf ihm Oswald dazu, seinen Barchenthandel auszubauen, indem er der städtischen Weberzunft verbot, diesen innerhalb der Mauern zu weben. Das würde nicht mehr lange so gehen und wohl spätestens mit dem Wechsel an der Spitze der Zunft beendet sein. Genau darauf legte es Weiß an.

»Sucht Euch einen anderen«, sagte Hans und prostete seinem Gegenüber mit dem Bier zu, das dieser ausgegeben hatte. Mit solch billigen Tricks ließ er sich nicht fangen. Um ihn umzustimmen, musste schon ein anderer Vorschlag her. Offenbar verfügte Weiß aber noch über einen Trumpf, denn er wechselte das Thema.

»Eurem Weib, der Klara, geht es ihr gut? Man munkelt ...«

Hans setzte sich kerzengerad hin. »Was munkelt man?«

»Ich sag es rundheraus: Man munkelt, Klara sei auf den Tod krank, seit sie ihren Sohn verloren hat.«

Um Hans' Mundwinkel zuckte es. Wer, verdammt noch einmal, verbreitete diese Gerüchte? Dafür kamen nur drei Menschen in Frage: Anna, Ulin und ... die Melcherin. »Worauf wollt Ihr hinaus?«, herrschte er Weiß an.

»Ihr habt Kinder, die noch leben. Die wollen versorgt sein. Sie brauchen eine Mutter – und Ihr eine Hausfrau, sonst geht es drunter und drüber. Ich habe gehört, die Mutter Eurer ...« Er zögerte, das Wort auszusprechen, weil er an ein anderes dachte. »... Eurer Magd ist kaum zu bezähmen. Wollt Ihr, dass sie Euch auf der Nase herumtanzt?«

Hans war völlig überrascht von der Wendung, die dieses Gespräch genommen hatte. Was gingen Weiß die Angelegenheiten seines Haushalts an? Doch bevor er antworten konnte, fuhr dieser fort: »Ich wüsste eine neue Frau für Euch. Elisabeth Gfattermann ist auch eine Weberstochter. Außerdem wäre ihr Vater ein denkbarer Nachfolger von Widolf. Ihr würdet nichts einbüßen.«

Hans hatte eben den Krug zum Mund geführt und vergaß jetzt das Trinken. Sein Weib war noch nicht tot, und doch wurde bereits eine neue Heirat ausgehandelt. Außerdem war unklar, was mit den Kindern geschehen sollte. Die beiden Mädchen waren gesund, und der Jüngste, sein Junge ... war tot.

»Ich lade Euch zu Gfattermann ein. Ein guter Mann.«

Erst jetzt bekam Hans wieder Luft. »Was ist, wenn ich mich weigere, ein Heiratsversprechen abzugeben, bevor meine Frau die Augen geschlossen hat?«

Weiß lächelte ihn an, als ob er mehr wüsste, als er zu sagen bereit war. »Ihr braucht die Zunft mehr denn je, Hans Fugger. Euer Bruder Ulin ist völlig ohne Skrupel. Kein Geschäftsmann mit Ehre wie Ihr, sondern ein Wegelagerer. Allerdings erfolgreich. Seid auf der Hut, denn er kennt nur ein Ziel: Euch zu vernichten. Ich weiß nicht, warum, und es ist mir auch herzlich egal. Aber wer bei solch einem Gegner keine Freunde hat, kommt unter die Räder.«

Hans war sich nicht bewusst gewesen, dass die Konkurrenz zwischen ihm und seinem Bruder unter den Webern besprochen wurde. Er musste zuerst einmal verdauen, was er da gehört hatte.

Dass Ulin sich mit seinen Ellbogen einen Platz im Handelsgeschäft mit Tuch verschaffte, hatte er selbst mitbekommen. Vielleicht war Weißens Vorschlag doch überlegenswert.

Anna kaute auf ihrer Unterlippe. Fast einen Monat war es jetzt her, dass ihre Mutter sich bei ihnen einquartiert hatte. Hans war häufiger außer Haus denn je. Wenn er nicht zu den Lagern in Jettingen oder Horgau unterwegs war, dann war er auf den Messen in Ulm, Frankfurt, Nürnberg. Es hielt ihn nicht mehr zu Hause. Klara verfiel zusehends, und ihr Vater Oswald wurde immer wunderlicher. Er hustete zwar nicht, aber seine Blutleere machte ihn beinahe durchscheinend. Man sah ihm Krankheit und Alter an. Das waren keine guten Voraussetzungen für einen Zunftobermeister. Man würde ihn so bald wie möglich ablösen. Die nächste Wahl stand an, und Widolf würde sie nicht mehr gewinnen.

Es war Waschtag. Auf dem offenen Feuer kochte Wasser im Kessel, das Anna in den Zuber hinter dem Haus schütten musste. Sie steckte das eine Ende der Tragestange unter den Griff des Metalleimers und hängte gleichzeitig am anderen Ende das Gewicht an. Dann schlüpfte sie unter die Stange und drückte sie hoch. Jetzt konnte sie den schweren Eimer vom Feuer nehmen. Die Holzstange bog sich unter dem doppelten Gewicht und schnitt tief in ihre Schulter ein.

Ihr Humpeln machte das Tragen auf diese Art beinahe unmöglich, Wasser und Gewicht begannen bedenklich zu schwanken. Heißes Wasser schwappte aus dem Eimer und lief ihr über und in die Holzschuhe. Zwar verhinderten diese, dass sie sich verbrühte, aber in die Ritzen lief das Wasser dennoch und heizte ihr ein. Anna wankte mehr, als sie lief, zur Tür. Um in den Hof zu gelangen, musste sie das Haus umrunden.

Plötzlich wurde die Haustür aufgestoßen. Sie schlug gegen das Gewicht in ihrem Rücken und drehte den Eimer.

»Anna!«, brüllte die Melcherin, während diese mühsam versuchte, das nun wild hin und her wogende Wasser im Kübel zu halten. Der Henkel rutschte über den Haken, der Eimer schepperte zu Boden. Heißes Wasser ergoss sich daraus und verbrühte Anna die Beine.

Sie schrie. Gleichzeitig zog das nun schwebende Gewicht in ihrem Rücken sie nach hinten, weil sie noch die Stange festhielt. Diese bäumte sich regelrecht auf, und als Anna sie losließ, schlug sie ihr gegen den Kopf. Anna stürzte in das heiße Wasser.

»Mutter!«, jammerte sie. Sie sah Sterne und spürte einen brennenden Schmerz an Waden und Händen.

»Was ist das für eine Sauerei? Ich hab dir doch gesagt, du sollst so was nicht machen.«

»Du hast mir das Kochwasser von der Schulter geschlagen«, fauchte Anna, der vor Schmerzen übel war.

»Was musst du Tölpel auch hier vorbeilaufen!«

Anna blieb gekrümmt am Boden liegen. Sie fühlte sich wie ein hilfloser Wurm. Tränen schossen ihr in die Augen. Sie wollte gar nicht sehen, wie schwer sie sich verbrüht hatte. Sie spürte nur dieses anschwellende Brennen, was andeutete, dass sich die Haut vom Fleisch löste. Sie würde Blasen bekommen. Die Hände hatte es weniger schlimm erwischt, der kalte Boden hatte einen Gutteil der Wärme aufgenommen. Dennoch brannten die Handrücken. »Du bist noch mein Unglück, Mutter!«

Der Melcherin war offenbar gleich, was ihrer Tochter zugestoßen war. »Denk dir, was ich gehört habe! Na? Rate?«

Anna seufzte. Ihre Mutter saugte den halb garen Tratsch der Gosse auf wie ein Schwamm und gab ihn ebenso ungefiltert wieder. Sie hätte sich auch nicht davon abhalten lassen, sie damit zu überschütten, wenn sie hier bewusstlos am Boden gelegen hätte.

»Willst du es etwa nicht wissen, obwohl es Hans Fugger betrifft?« Triumphierend sah die Melcherin auf sie herab. Dass Anna sich vor Schmerzen nicht bewegen konnte und Tränen in den Augen hatte, rührte sie keineswegs. »Na? Was jetzt?«

»Dann red endlich!«, presste Anna mit gequälter Miene hervor. Sie versuchte, sich an der Wand abzustützen und sich aufzurappeln. Sie wollte ihre Hände in das kalte Wasser im Kübel neben der Herdstelle halten. Inzwischen legte die Melcherin los.

»Hans und sein missratener Bruder planen, gemeinsam eine Fuhre Barchent nach Venedig zu schicken. Sie wollen den Markt erweitern. Jetzt mit Barchent über die Alpen und kurz bevor der Schnee die Pässe unpassierbar macht, mit Baumwolle zurück. Aber das Beste kommt noch …« Erwartungsvoll sah sie Anna an, die nur die Augen verdrehte. »Du wirst es nicht für möglich halten! Gernot soll mit Ulin fahren. Hans will gleichzeitig nach Frankfurt. Er schickt deinen Fuhrwerker mit diesem Verbrecher mit!«

Anna war mittlerweile zu dem Holzzuber gehumpelt, in den sie jeden Morgen das Wasser goss, das sie vom Brunnen geholt hatte.

»Er ist nicht mein Fuhrwerker«, knurrte sie. Doch die letzten Worte der Mutter hatten sie unruhig gemacht. »Gernot soll mit Ulin nach Venedig reisen? Mit diesem Gauner, diesem Hundsfott und Tunichtgut?«

Die Melcherin nickte. »Gernot mit seinem Ochsenkarren und Ulin mit zwei Fuhren.«

»Zwei Fuhren? Woher hast du das?«, fragte Anna.

»Von einem von Ulins Fuhrwerkern.«

Anna stutzte. Woher hatte Ulin so viel Barchent? Er und seine Weber arbeiteten noch immer größtenteils an reinen Baumwoll- oder

Leinenstoffen. Noch erlaubte die Zunft keine Barchentweberei in der Stadt. Und das würde so auch bleiben, solange Widolf Zunftoberer war. Barchent, um zwei Fuhren zu beladen, konnte Ulin nicht haben. Er musste schwindeln.

»Woher kommt der Barchent?«, fragte Anna. »Wo ist Hans? Wo ist Gernot?«

»Weiß ich alles?«, fragte ihre Mutter zurück. »Und jetzt wisch diese Sauerei auf. Hast du schon meine Schürzen ausgekocht?«

Anna wäre ihr am liebsten an die Gurgel gegangen, aber dann hätte sie die Hände aus dem kalten Wasser nehmen müssen. »Da gibt's nichts aufzuwischen. Es ist sowieso durch den Lehm gesickert«, sagte sie, nahm den Zuber und kippte ihn um. Ein Schwall eiskaltes Wasser verursachte eine kleine Welle und überspülte die Beine und Strümpfe ihrer Mutter. Die Melcherin kreischte auf. Das hast du nun von deiner schnippischen Art und deiner Gefühllosigkeit, dachte Anna, als sie in den Nebenraum ging. Sie griff nach einem Tiegel mit Talg und strich etwas davon auf ihre Brandwunden. Die fettige Salbe brachte ihr etwas Linderung.

3

AUGSBURG, JULI 1378

Die Sonne würde in wenigen Augenblicken über den Horizont steigen. Er färbte sich im Osten hellgrau, und das matte Licht des Morgens strahlte in einen wolkenlosen Himmel hinein, der viel Sonne und Wärme versprach. Es war trocken und bereits so warm, dass die Menschen ins Schwitzen kamen. Die Ochsen stampften erwartungsvoll. Sie spürten die Unruhe, die in der Luft lag und sich auf alle übertrug.

Anna hatte ein ungutes Gefühl. Sie stand neben Gernot, der stolz seinen Wagen betrachtete, der dicht mit in Wachstuch eingeschlagenen Ballen beladen war. Man hatte eine zusätzliche Plane darüber geworfen und alles mehrfach verschnürt.

»Das kann bis Venedig keiner öffnen«, sagte er selbstbewusst. »Hans hat mir dreihundert seiner besten Tuche mitgegeben. Ein kleines Vermögen. Er selbst hat überwiegend zweite Wahl nach Frankfurt mitgenommen.«

Von der Seite her betrachtete Anna den Mann, der ihr vor Jahren einfach nur geholfen hatte. Sie waren sich nahe, seit sie ihn nach dem Unfall auf dem Reschen gepflegt und er ihr während ihres Fiebers geholfen hatte, aber sie wartete darauf, dass er sie etwas fragte, obwohl sie mittlerweile die Hoffnung fast aufgegeben hatte. Man heiratete keinen Krüppel, man vergnügte sich allenfalls mit ihm.

Dieser Gedanke trieb ihr das Wasser in die Augen.

Gernot wandte sich ihr zu. Er sah die Träne, die über ihre gesunde Wange lief, und küsste diese weg. Anna lächelte wehmütig. Er dachte wohl, sie würde weinen, weil er nach Venedig reiste.

»Nicht!«, sagte Anna. »Was sollen die Leute denken?«

»Hat dich das je gestört?«, gab Gernot keck zurück und hob den Kopf.

Von der Straße her näherten sich die beiden Fuhrwerke Ulin Fuggers. Der Kaufmann wirkte selbstsicher, gelassen, zielgerichtet in seinem Tun und legte all das in seine raumgreifenden Schritte. Seine beiden Fuhrwerker und die Knechte dazu saßen auf den Pferden.

Anna beobachtete, wie er um sich schaute, ob ihn die Städter auch bemerkten, ob sie sahen, welch prächtiger Kaufmann er war und mit welcher Energie er seine Geschäfte verfolgte. Als seine Frau Kunigunde mit wehendem Mantel und offenen Haaren unter ihrer Haube auf ihn zueilte, fing er sie auf und drehte sie einmal im Kreis. Die Zuschauer murmelten empört, aber sie verziehen ihm. Ulin Fugger hatte einen Sinn für große Auftritte.

Man kann auch übertreiben, dachte Anna. »Er kommt«, flüsterte sie. »Sei vorsichtig, Gernot, lass dich auf keinen Handel mit ihm ein.«

»Du kennst mich, Anna. Ich werde auf der Hut sein«, erwiderte er grinsend. Sie legte ihre flache Hand auf seine Brust. Unter dem

Hemd spürte sie die Vernarbungen seines Unfalls am Ortler-Massiv. »Ich kenne dich, aber ich kenne auch Ulin Fugger. Gib acht! Er ist gefährlich, und du bist zu gutgläubig.«

Gernot lachte nur und winkte dem jüngeren Fugger. Der winkte zurück.

»Denk an mich«, wisperte Anna. Sie wollte nicht mit Ulin zusammentreffen und verabschiedete sich. »Pass auf dich auf!« Sie wandte sich zum Gehen, doch Gernot griff nach ihrem Arm und hielt sie fest.

»Anna«, sagte er nur und sah zu Boden.

»Du verpasst noch deine Abfahrt«, flüsterte sie. Sie wollte ihm kein schlechtes Gewissen machen.

»Ich ... ich hätte es schon längst ... aber jetzt ... wenn ich zurück bin, dann ...«, stotterte er.

Sie legte einen Finger auf seine Lippen. »Du musst es mir nicht jetzt sagen ...«

»Doch! Jetzt oder nie! Willst du mich heiraten, wenn ich aus Venedig zurückkomme?«

Ihre Lippen zitterten, als sie antworten wollte. Sie hatte so sehr darauf gehofft, aber in diesem Moment wusste sie nicht recht, was sie erwidern sollte.

Gernot sah ihr erwartungsvoll in die Augen. Ein Schatten der Enttäuschung huschte über sein Gesicht, als sie mit den Schultern zuckte. Sie schluckte mehrmals, konnte aber die Tränen nicht zurückhalten.

Ulin rief etwas zu ihnen herüber, und Gernot antwortete ihm, aber Anna verstand kein Wort. Sie war wie von der Welt abgeschnitten.

»Ich nehme deine Tränen als ein Ja«, sagte Gernot. »Aber du hast Zeit. Überleg es dir genau.«

Er ließ sie los, und, so schnell es ihre Behinderung zuließ, hinkte sie davon. Ulin brüllte ihr etwas hinterher und lachte laut, doch Anna war es gleich. Sie bemerkte nur, wie Kunigunde Fugger mitlachte.

Erst als sie um die nächste Hausecke gebogen war, lehnte sie sich gegen die Mauer und schloss die Augen. Die Tränen strömten ihr nun aus den Augen, als wäre ein Damm geöffnet worden. Sie hatte sich in den letzten Wochen nur wenig zugänglich gezeigt. Sie hatte schon befürchtet, ihn abgeschreckt zu haben. Dabei mochte sie sich selbst nicht recht, weil sie der Gedanke an ihn plagte und ihre abweisende Haltung nicht verhindern konnte. Ein Seufzer entfuhr ihr, der noch in der übernächsten Gasse zu hören gewesen sein musste.

Und jetzt hatte er sie gefragt, und sie hatte kein Wort hervorgebracht, sondern losgeheult. Dabei hätte sie nur Ja sagen müssen, mehr nicht. Warum fiel ihr das so schwer? Wenn Gernot es in diesem Herbst wegen eines frühen Wintereinbruchs nicht mehr zurück über die Alpen schaffte, würde er sich jenseits der Alpen eine andere suchen, ohne auch nur einen Gedanken an den Krüppel hier in Augsburg zu verschwenden. Jünger und hübscher würde sie sein – nicht mit einem Makel behaftet wie Anna.

Sie stöhnte auf. Was war sie doch für ein törichtes Geschöpf! Das durfte sie nicht so stehen lassen. Sie musste Gernot noch einmal sprechen. Wenn er sie schon fragte, dann musste sie antworten. Sie durfte ihn nicht im Ungewissen lassen.

Sie hastete um die Hausecke. Gernot hatte sich eben auf den rechten der vorderen beiden Ochsen geschwungen, der jetzt anzog und das Fuhrwerk in Richtung Süden lenkte. Vier Tiere insgesamt hatte er vorgespannt.

»Gernot!«, rief sie ihm nach, so laut sie konnte. »Gernot!«

Doch er hörte sie nicht und drehte sich nicht um.

Sie humpelte schneller, stieß sich mit ihrem starken Bein ab, und schließlich war sie gleichauf mit den Ochsen.

»Gernot!«, schrie sie aus Leibeskräften. Der Fuhrwerker wandte ihr den Kopf zu.

»Ja, ich will! Ja!«

Gernot sah sie zuerst verblüfft an, und Anna befürchtete schon, er hätte sie nicht verstanden. Immerhin muhten die Ochsen aus Leibeskräften, und die metallenen Radreifen der Fuhrwerke schlugen kleine Funken aus den Pflasterkieseln. Dann hellte sich seine Miene auf, und er grinste bis über beide Ohren. Er nickte und winkte ihr mit einem

Lächeln zu, das sie mit in die Wochen seiner Abwesenheit nehmen würde.

Anna konnte nicht mehr weiterlaufen. Sie blieb stehen, schloss die Augen und stützte sich mit den Armen auf beiden Oberschenkeln ab. Der Schmerz riss sie beinahe von den Beinen. Als sie die Augen wieder öffnete, stieg die Sonne gerade über den Horizont. Die Tore nach Süden würden eben geöffnet werden. Die Fuhrwerke bewegten sich auf das Tor beim Wagenhals zu. Gernot stieß noch einmal seinen Arm in die aufgehende Glut des Tagesgestirns und winkte ihr ein letztes Mal zu, dann verschwand er hinter Ulins Wagen den Berg hinab in Richtung Haunstetter Tor.

Anna nahm all ihren Mut zusammen, biss die Zähne zusammen, kehrte um und machte sich langsam auf den Weg nach Hause.

Eine Woche später rieb Anna sich die Augen. Keine fünfzig Fuß vor ihr ging ihre Mutter.

Hatte sie nicht behauptet, sie wolle zum Markt? Und jetzt sah sie sie zum Bleichertörlin laufen. Sie wollte sie nicht ausforschen, aber als ihre Mutter zum Mauerbad einbog, konnte sie nicht anders, als ihr nachzugehen.

Das Bad selbst war einfach. Es war das älteste in der Stadt und wurde von einem eigenen Brunnen gespeist. Es hatte zwei große hölzerne Wannen und wurde vor allem von den Bleichern genutzt, die vor den Mauern ihre Wiesen hatten. Gegen Morgen, wenn die meisten Menschen ihre Notdurft verrichtet hatten, sammelten die Bleicher den Urin aus den bereitgestellten Fässern und trugen ihn vor die Stadt. Der Weg führte über das Bleichertörlin. Man brauchte wahrlich keinen Hund mit empfindlicher Nase, um der Fährte dieser Handwerker folgen zu können.

Vor den Toren spannten die Bleicher die fertigen Leinentücher aus und besprengten sie mit einer Mischung aus Pottasche und dem gesammelten Urin. Die Feuchtigkeit der Lechwiesen und die Kraft der Sonne taten dann ihr Übriges: Sie bleichten das Leinen aus und gaben ihm ein neutrales Weiß, das gut zu färben war. Im Gegensatz zur Kleidung der Bleicher roch das Leinen nicht mehr, nachdem es gehörig ausgewaschen worden war.

Um sich innerhalb der Stadt überhaupt zu den Biertischen setzen zu dürfen, mussten sich die Bleicher regelmäßig säubern. Und das Mauerbad war ihre Anlaufstelle.

Ein Mann trat Anna entgegen, massig, aber nicht wirklich dick, mit einem Nacken, der sich wulstig zu den Schultern hinzog. Er war völlig kahl und hatte Oberarme, die stärker waren als ihre Oberschenkel.

»Jungfer, wollt Ihr ein Bad nehmen? Wir haben heute Manns- und Weibsbilder im Bad. Die Frauen nach rechts, die Männer nach links. Wenn Ihr kein Tuch habt, um Euch abzutrocknen, für einen Viertelpfennig könnt Ihr Euch eines borgen. Ihr könnt Euch auch in der …«

»Schon gut«, fuhr Anna den Bader an, der ununterbrochen redete und ihr nicht die Gelegenheit gab, etwas zu sagen oder zu fragen. »Hat sich die Melcherin zum Baden angemeldet?«

Der Kerl verstummte abrupt und sah sie verständnislos an. »Wer?«

Ihre Mutter hatte sich also nicht angemeldet.

»Die Frau, die eben …«

Der Mann nickte, als wäre sein Kopf nur an einem Faden befestigt, was mit dem Stiernacken, den er mit sich herumtrug, grotesk wirkte.

»Sie ist hinten raus. Sie nimmt die Tücher mit und wäscht sie für uns unten am Stadtbach.«

Anna stutzte. Ihre Mutter verdiente sich ein Zubrot als Wäscherin? Sie überlegte, ob sie ihr folgen sollte, und entschied sich dagegen. Es war gut, wenn die Melcherin unabhängig war. Sie würde künftig ihre eigenen Zuwendungen an sie etwas kürzen – offenbar hatte ihre Mutter ausreichend Geld. Anna wandte sich den Hennastäpfala zu und wollte in die Frauenvorstadt hinauf, als sie ein Pfiff, den sie kannte, aufhorchen ließ.

Wenn sie als Kind zum Essen gerufen wurde, hatte ihre Mutter immer so gepfiffen, auch wenn der Dorfpfarrer diese Art der Verständigung verurteilte. Das sei des Teufels, wetterte er von der Kanzel herab, und ein Pfiff von den Lippen eines Weibes könne sogar den Gottseibeiuns herbeirufen. Wer pfiffe, riskiere seine Seele. Dann hatte Annas Mutter immer mit gesenktem Blick gemurmelt: »Als wenn ihr Pfaffen uns je eine Seele zugestanden hättet.« Und hatte munter weitergepfiffen.

Aber wem galt der Pfiff jetzt? Er kam von außerhalb der Mauern.

Annas Neugier war geweckt. Sie kehrte um und schaute nach, ob das Bleichertörlin geöffnet war. Wegen der Auseinandersetzungen mit dem bairischen Herzog und einigen schwäbischen Städten hatte man dieses kleine Tor eine ganze Zeit lang geschlossen gehalten. Doch es ließ sich aufziehen. Anna streckte den Kopf hindurch und suchte die Umgebung ab.

Wieder erscholl der Pfiff ihrer Mutter. Anna entdeckte sie am Ufer einer Schwemme, die am Stadtbach angelegt worden war. Sie kniete auf den Holzbohlen, die etwas ins Wasser hineinragten und schrubbte Leinentücher. Zwischendurch streckte sie sich, strich sich mit dem Handrücken die Haare aus dem Gesicht und stieß einen Pfiff aus. Dann machte sie sich wieder an die Arbeit, nässte die Tücher, rieb sie mit einem Seifenstein ein und walkte und klopfte sie aus, bevor sie sie erneut wässerte.

Anna fand das alles höchst merkwürdig und schlüpfte nach draußen. Was sollte das? Sie würde ihre Mutter fragen.

Sie lief den ausgetretenen schmalen Pfad entlang, der durch den trockenen Graben führte. Kurz verlor sie sie aus den Augen, weil sie auf der anderen Seite den Abhang über notdürftig befestige kleine Stufen im Erdreich wieder hochsteigen musste. Als sie ihre Mutter wieder sehen konnte, erstarrte sie und ging in die Hocke.

Die Melcherin war nicht mehr allein.

Ein durchaus ansehnlicher Bursche, der mehr als zehn Jahre jünger war als ihre Mutter, hatte sich dieser von hinten genähert und presste sich an sie. Seine schwarzen Haare standen ihm wild um den Kopf, und in seinem Gesicht thronte eine ansehnliche Hakennase.

Anna wollte schon loswettern und ihn anbrüllen, er solle das lassen, als sie verstand, dass ihrer Mutter das gar nicht unangenehm war. Der Mann war nicht übergriffig, er tat das, was der Frau in seinen Armen gefiel. Sie schmiegte sich an ihn und bog ihren Kopf zu ihm nach hinten, sodass er sie festhalten musste und sich dazu ihrer Brüste bediente.

Die Melcherin wurde nicht überfallen, sondern befand sich in einem Liebesspiel.

Anna lief aus lauter Verblüffung rückwärts und trat auf ein Stück Holz, das mit einem lauten Knacken brach. Sofort duckte sie sich.

Ihre Mutter drückte den Mann beiseite und schaute sich um. Dann lachte sie laut auf, drohte ihm spielerisch mit dem Finger, nahm ihn an der Hand und zog ihn hinter sich her ins Gebüsch.

Anna konnte es nicht glauben, aber das laute Stöhnen, das an ihr Ohr drang, zerstreute alle Zweifel daran, was die beiden dort trieben – und wozu der Pfiff gedient hatte.

Anna wagte sich nicht aus ihrem Versteck, bis der Mann wieder auftauchte, rot im Gesicht vor Anstrengung, sich den Hosenstall zuknöpfte und zu den Bleichfeldern hinüberging. Kurz darauf kam ihre Mutter ein Lied summend hinter ihm her, hockte sich kurz ins Gras und machte sich wieder an das Auswaschen der Tücher.

Erst als sie ihr den Rücken zuwandte, humpelte Anna durch das Bleichertörlein zurück in die Stadt.

4

AUGSBURG, AUGUST 1378

Mit dem Krug auf der Hüfte kam Anna vom Brunnen und bemühte sich, kein Wasser herausschwappen zu lassen. Als sie um eine Hausecke kam, stand plötzlich die Mutter vor ihr.

»Komm schnell. Die Fuggerin.«

Anna sah hoch. Im Gesicht der Melcherin zeichneten sich ernste

Sorge ab. Keines ihrer Spiele las Anna darin, die sie sonst so gern spielte.

»Was ist mit ihr?«, fragte sie hastig.

»Pst«, machte ihre Mutter und winkte mit den Augen.

Anna war besorgt. Gernot hatte Augsburg verlassen, und Hans war wenige Tage zuvor nach Frankfurt aufgebrochen. Die drei Frauen waren mit den beiden Kindern allein im Haus. Oswald Widolf zählte nicht, denn im letzten halben Jahr hatte das Alter gewaltig nach ihm gegriffen und ihn beinahe über Nacht in einen sabbernden, hustenden Greis verwandelt.

Einige Tage hatte Anna noch überlegt, ob sie Klara Klara sein lassen und Gernot folgen sollte. Sie hätte ihn am liebsten bis Venedig begleitet, um ein Auge auf ihn, Ulin und die Geschäfte zu haben. Doch sie hatte sich für die Fuggerin entschieden. Hans würde ihr niemals verzeihen, wenn Klara etwas zustieße, während sie mit Gernot schäkerte.

Also lief sie ihrer Mutter hinterher, die nicht abgewartet hatte, ob sie ihr nachkam. Die beiden Frauen hasteten nach Hause, die Melcherin voran. Anna war schon nach kurzer Zeit völlig außer Atem und hinkte mühsam hinter ihrer Mutter drein.

Vor dem Haus hielt ihre Mutter inne. »Kein Wort zu niemandem!«, zischte sie und schob die Tür auf.

Anna mühte sich die Treppe hoch. Sie konnte sich immer nur mit dem starken Bein die Stufen hochstemmen, während sie ihr schwaches nachzog. Jeder Schritt war eine Anstrengung, die sie viel Kraft kostete.

Ihre Mutter wartete vor Klaras Kammer, als Anna mit hochrotem Kopf keuchend oben ankam. Sie hielt die Tür auf und deutete mit dem Kopf in den Raum.

Anna verschlug es den Atem. Es stank. Kein Wunder, dass sich Hans nicht mehr hierher getraut hatte. Das Licht wurde durch geschlossene Läden ausgesperrt. Anna ging zum Fenster, hob sie aus der Öffnung und drehte sich zu Klara um.

Die Fuggerin lag auf dem Rücken. Das Kinn war ihr auf die Brust gesunken. Der magere Körper wirkte noch eingefallener als zuvor. Die Gesichtsknochen wurden von einer Haut umspannt, die dünn war wie Papier. Ohne zu blinzeln, starrte sie gegen die Decke.

»Klara?«, fragte Anna vorsichtig, obwohl sich mit jedem Atemzug, den sie tat, die Gewissheit verdichtete: Klara Fugger war tot.

Jetzt ist Hans wieder frei, war der erste Gedanke, der ihr durch den Kopf schoss. Hatte sie sich Gernot vorschnell versprochen? »Wissen es die Kinder schon?«, fragte sie leise.

»Niemand weiß es. Ich glaube nicht, dass es gut wäre, wenn wir es den Kindern sagen.«

Anna sah ihre Mutter erstaunt an. »Warum sollten Anna und Kunigunde es nicht erfahren?«

»Niemand ist da, der die Geschäfte führen könnte. Die Mädchen sind zu klein. Und keine von uns beiden weiß darüber Bescheid.«

Abrupt wandte sich Anna um. »Ich weiß fast mehr über die Geschäfte von Hans als er selbst und Klara.«

»Das mag sein, aber genießt du auch das Vertrauen der Kaufleute? Sie werden dich auslachen und Hans ausplündern, bevor sich dieser umschauen kann. Wir müssen ihn zurückholen.«

»Zurückholen?«, stieß Anna hervor. »Niemals.«

Der kiesige Boden knirschte unter Schritten und Karrenrädern, und im Laub der Wälder, durch die sie kamen, leuchteten Eicheln, die sich immer wieder mit einem leisen Knacken aus den Schalenbechern lösten und herabfielen. Die Hügel ringsum schienen riesige Bettflaschen zu sein und strahlten eine unbarmherzige Hitze ab, als hätte das Land die Wärme von drei Sommern getrunken.

Ulin ließ sich zu Gernot zurückfallen, der neben seinem Karren her schritt und die Ochsen mit ruhigen Zurufen vorwärtstrieb.

»Ich habe Eure missbilligenden Blicke gesehen, weil meine Männer die Tiere peitschen«, sagte Ulin, als er auf gleicher Höhe mit dem Fuhrwerker lief.

»Ich muss die meinen nicht schlagen«, knurrte Gernot.

»Nicht jeder Mann hat ein so gutes Händchen für seine Tiere. Meine Männer sind … etwas gröber.«

Ulin hörte sich nicht an, als wäre er zerknirscht oder reumütig. In Gernots Ohren klang das alles eher höhnisch und herablassend. Warum freundlich mit den Tieren umgehen, die für einen arbeiteten?

»Hat Euch Hans nur mindere Ware mitgegeben? Ihr führt nur einen Karren«, sagte Ulin und zeigte auf seine beiden eigenen Wagen. »Ich habe jedenfalls das Beste nach Venedig mitgenommen, was ich habe. Und zwar alles.«

Gernot hörte aus der Frage nach seiner Ladung eine unterschwellige Neugier heraus, wollte darauf aber nicht antworten. Es störte ihn, dass der junge Fugger ihn aus seinen Gedanken gerissen hatte. Sie hatten um Anna und ihn gekreist, und er war eben dabei gewesen, sich zu überlegen, wie er vorgehen sollte, wenn er wieder zurück in Augsburg wäre. Was war zu tun, um eine Hochzeit auszurichten? Würde Annas Jawort nach einem Vierteljahr noch immer so überzeugt klingen, wie es ihm jetzt im Ohr lag?

Er entschloss sich, Ulin eine Gegenfrage zu stellen.

»Wir hatten Mühe, einen Wagen mit Tuchen bester Qualität vollzupacken. Woher bezieht Ihr Eure Ware, wenn die beiden Wagen hier voll erstklassiger Tuche sind? So viel und so schnell können die Weber in Augsburg doch nicht arbeiten.«

Ulin lachte. »Das werde ich Euch gewiss nicht erzählen. Ihr steht meinem Bruder zu nahe – und ich muss befürchten, dass Ihr ihm mein Geheimnis offenbart.« Er stieß seinen Wanderstab so heftig in den Boden, dass Gernots Ochsen leicht zusammenzuckten und die Köpfe drehten.

»Erschreckt mir meine Tiere nicht, Fugger. Sie sind einen sanfteren Umgang gewohnt. Dafür ziehen sie auch ordentlich.«

Ulin betrachtete die vier Ochsen, die Gernot vorgespannt hatte. »Schnell muss es gehen«, sagte er. »Ihr dürft die Tiere ruhig antreiben. Es wird sie nicht umbringen.« Er schwieg eine ganze Weile, in der er seinen Blick über die Landschaft schweifen ließ und sich den Schweiß von der Stirn wischte. »Glaubt Ihr, wir schaffen es rechtzeitig? Ich habe zwei zusätzliche Männer mitgenommen, damit sich die Fuhrknechte abwechseln können. Je schneller wir vorwärtskommen, desto größer der Gewinn.«

»Der umso kleiner ausfallen wird, wenn die Tiere vor Erschöpfung zusammenbrechen und verenden. Diese Hitze macht nicht nur uns zu schaffen, sondern auch den Pferden und Ochsen.«

»Wenn Ihr es sagt. Hier, nehmt einen Schluck. Der richtet Euch wieder auf. Wir werden noch rechtzeitig ankommen.« Ulin nestelte an seinem Gürtel und reichte Gernot eine in Leder gefasste Flasche. »Aber trinkt sie mir nicht aus. Ich kann sie erst in Bozen wieder auffüllen«, lachte er. »Das Zeug soll mir den Anstieg über den Brenner etwas erleichtern.«

Gernot wollte zwar nicht, aber die Geste war nobel, und allein um des lieben Friedens willen nahm er einen Schluck. Er schmeckte scharf und bitter. Er reichte dem Fugger die Lederflasche zurück. Auch der nahm einen Schluck und wischte sich den Mund am Ärmel ab.

»Das stärkt!«, sagte er. Er lachte übertrieben und beschleunigte seinen Schritt. »Und denkt an Euren Schatz zu Hause, das treibt die Beine an.«

Gernot sah dem jungen Fugger nach. Er wurde nicht recht schlau aus ihm. Einerseits war er umgänglich und großzügig, andererseits war er selbstverliebt und so sehr auf sich bezogen, dass es abstoßend war. Aber womöglich war er doch kein schlechter Mann, man musste ihm nur mit einer gewissen Vorsicht begegnen.

Die Landschaft hatte sich seit ihrem Anstieg aus Innsbruck wieder in Wellen gelegt und vor dem Brenner, der aus dem Inntal hinausführte, in einen Hitzekessel verwandelt. Der Fels, der immer häufiger kahl zutage trat, atmete die Sommerhitze. Es war kaum zu glauben, dass bereits in anderthalb Monaten keiner dieser Wege mehr ohne Gefahr zu befahren sein würde.

Noch zweimal schaute Ulin bei Gernot vorbei, scherzte mit ihm, erzählte Zotiges und gab ihm aus seiner Flasche zu trinken. Hinter vorgehaltener Hand gestand er ihm, noch vier Krüge dieses Stärkungsmittels zu besitzen. Sie bräuchten – trotz seiner Warnung beim ersten Schluck – nicht zu sparen. Gernot dankte und trank.

Der Anstieg führte kaum merklich, aber stetig, in die Höhe. Gernot fühlte, wie ihm Hitze und Trockenheit zunehmend zusetzten, wie beides seine Knie weicher machten und er mehrmals stolperte. Offenbar hatte er Schwierigkeiten mit der Höhe oder der Anstrengung. Seine Beine fühlten sich bleischwer an, und jeden Schritt musste er seinem Körper bewusst abringen.

Plötzlich war Ulin wieder an seiner Seite. »Geht es Euch nicht gut?«, hörte er nahe seinem Ohr und doch so, als wäre der Fugger weit weg. »Warum seid Ihr stehen geblieben? Hier, etwas Wasser wird Euch guttun.«

Gernot fühlte, wie ihm eine Flasche an den Mund gehalten wurde. Er nahm einen Schluck, doch es war nicht Wasser, das auf seiner Zunge brannte, sondern das Stärkungsmittel, das Ulin ihm bereits mehrfach gereicht hatte. Die Flüssigkeit brannte bis in seinen Magen hinunter, und ihm schien, als lösten sich damit seine Beine gänzlich auf. Die Hitze flirrte nicht nur um ihn her, sondern auch in seinem Kopf, und füllte ihn mit einer Glut, als wäre er selbst ein Becken, das glühende Kohlen vorhalten sollte.

Irgendwann spürte er nichts mehr. Nur noch, wie die Welt um ihn her schwankte. Er wurde hin und her geworfen. Tag und Nacht wechselten ab, und er begriff nicht, wie das alles zusammenhängen sollte.

Tief in seinem Inneren spürte er eine Abneigung gegen Ulin, konnte aber nicht sagen, woher diese stammte und was sie bedeutete. Er wusste nur, dass er selbst krank war. Zum ersten Mal auf seinen Fahrten, wenn man von seiner Verletzung damals auf dem Reschen absah.

Der Gedanke brachte ihn zurück zu Anna. Er sehnte sich nach ihrer zärtlichen Behandlung, ihrer Wache an seinem Krankenbett, ihrer Rücksicht auf seine Schmerzen und Befindlichkeiten, wusste aber, dass er sich diesmal nicht auf Augsburg zu bewegte, sondern von der Stadt weg nach Venedig. Furcht überkam ihn, Anna könnte am Ende des Sommers vergeblich auf ihn warten, wenn Ulin Fugger allein aus der Stadt an der Adria zurückkehrte. Er hätte sie früher fragen müssen!

In den wachen Phasen zwischen wildesten Fieberträumen hoffte Gernot, dass er dies überleben und Ulin sich in der Zwischenzeit um seinen Karren kümmern und ihn mitnehmen würde, so lange, bis er selbst wieder auf dem Posten war.

5

AUGSBURG, SEPTEMBER 1378

Es klopfte.

»Die Tür ist offen!«, rief Anna. Sie wischte sich die Hände an der Schürze ab, stand auf und wartete, bis der Ankömmling die Stube betrat. Um diese frühe Tageszeit bekam sie selten Besuch. Noch erstaunter war sie, als sie den Mann erkannte, der da im Halbdunkel des Türrahmens stand. »Weiß! Ihr?«

Anna arbeitete weiter, als der Weber ganz eintrat. In seinem Gesicht stand ein gefährliches Lächeln. Anna überlief ein Schauder, als sie in seine kalten, gefühllosen Augen sah.

»So allein, nachdem die Hausherrin verstorben ist?«, begann Weiß und sah sich um.

»Jemand muss sich um die Kinder kümmern«, gab Anna zurück.

»Ah ja, die Kinder«, sagte Weiß. »Ich höre sie gar nicht.«

»Die Mädchen sind mit dem Großvater im Garten vor dem Tor«, schwindelte Anna. »Sucht Ihr Oswald Widolf?«

Sie bat Weiß nicht herein, doch der Weber trat dennoch über die Schwelle und ging zum Tisch.

»Wenn Ihr den Hausherrn sucht, der ist noch unterwegs ... und wird in den nächsten Tagen zurückerwartet«, brachte sie trotzig hervor. Sie wollte ihm nicht auf die Nase binden, dass Hans noch mindestens vier Wochen unterwegs sein würde.

»Wie geht es dem alten Zausel?«, fragte Weiß und zog sich einen Stuhl heran.

Anna hatte ihn auch nicht gebeten, sich zu setzen, aber sie war nur eine Magd, nicht die Herrin des Hauses.

»Wen meint Ihr?«, fragte sie zurück, obwohl sie es genau wusste.

Oswald Widolf verfiel mit jedem Tag mehr. Seit er als Zunftoberer abgelöst worden war, bröckelten Gesundheit und Verstand zusehends. Wenn Hans zurückkam, würde Widolf den Schwiegersohn nicht mehr erkennen, da war sie sich sicher.

Wieder erschien dieses hässliche Lächeln auf dem Gesicht des Webers, als wäre es falsch eingeschnitzt worden. »Es tut nichts zur Sache, Frau. Ihr könnt Eurem ...«, er zögerte, »... Eurem ... Herrn erklären, er solle sich vor den Zunftrat begeben, wenn er zurück ist.«

In Anna loderte eine Wut, die sie nur mühsam hinter der Fassade aus gebrechlicher Unsicherheit und Unterwürfigkeit verbergen konnte. Hätte Weiß ihr in die Augen geschaut, hätte er gesehen, wie sie ihn mit ihren Blicken verbrannte. Seine lüsterne Miene ließ erkennen, dass es ihm schwergefallen war, das Wort Herr auszusprechen.

»Hans Fugger wird Genaueres wissen wollen«, zischte Anna und verschränkte die Arme vor der Brust.

»Sagt ihm, die Zunft habe soeben verboten, mit Barchent innerhalb der Stadt Handel zu treiben. Barchent darf ja schon länger hinter den Mauern nicht mehr gewebt werden, jetzt unterbinden wir auch den Handel. Und Baumwolle, die hinter den Mauern lagert, darf nicht mehr ...«

Anna riss die Augen auf. »Das ist unmöglich!«, rief sie.

»Unmöglich ist nichts«, erwiderte Weiß. Er legte ein Schriftstück auf den Tisch. »Hier ist der Beschluss als Abschrift. Haltet Euch daran, oder wir werden Euch der Stadt verweisen.« Er stand auf und trat einen Schritt auf Anna zu. Sie wich zurück und zeigte ihm unwillkürlich ihre zerstörte Gesichtsseite.

»Was ich noch ergänzen wollte«, stieß Weiß gepresst hervor. »Auch Baumwolle, die innerhalb der Mauern lagert, darf nicht mehr für Barchent verwendet werden. Sollte dem nicht entsprochen oder sie aus der Stadt geschafft werden …« Er stockte, beendete den Satz dann aber doch. »… darf sie beschlagnahmt und der Baumwollweberei zugeführt werden.« Mühsam stand er auf – es war offensichtlich, dass er mittlerweile die sechzig Jahre überschritten hatte.

»Das könnt Ihr nicht tun!«, flüsterte Anna. »Das … das …«

»Das ruiniert Hans Fuggers Geschäft?« Weiß hielt sich die Hand vor die Nase und schnäuzte kräftig in die Hand. Genüsslich strich er sich diese an der Kante der Sitzfläche wieder sauber. »Es mag eine gewisse Einschränkung sein. Aber wer sich an die Zunftregeln hält, der wird auch von der Zunft gestützt.«

Der Weber schwankte, als er sich abrupt umdrehte und zur Tür ging. »Sobald er zurück ist, muss er vor den Zunftrat. Habt Ihr verstanden?«

Anna fiel auf, dass er humpelte. »Ihr lahmt, Weiß?«

Mit einem Lachen, das in einen Hustenanfall überging, hinkte er aus der Stube. Er musste sich dabei an der Lehmwand abstützen. Als die Tür krachend hinter ihm zufiel, zuckte Anna zusammen.

Aus dem Augenwinkel sah sie ihre Mutter, die auf der Treppe stand und offenbar alles mitgehört hatte.

»Sie wollen euch vernichten«, sagte die Melcherin ernst.

Es war ein Fehler gewesen, und er hätte es wissen müssen. Hans haderte mit sich und seiner Entscheidung. Statt Gernot die guten Stoffe mitzugeben, hätte er sie hier gebraucht.

Er stand hinter seinem Tisch und musterte die Menschen, die an ihm vorüberströmten. Warum hatte er sich dazu hinreißen lassen, nur zweite Wahl mitzunehmen? Weil Kaufmann Wölfi letztes Jahr verstorben und er auf seiner ganzen Marge sitzen geblieben war? Nur mit Mühe hatte er die Ware noch vor Ende der Messe verkaufen können.

Wieder trat einer der Kaufleute an ihn heran. Der pelzverbrämte Mantel verriet einen der Großhändler aus dem Norden, aus Schweden oder Dänemark. Der Krieg der beiden Staaten kostete Geld und benötigte neben Waffen Kleidung für die Kämpfer. Wenn Hans richtig gehört hatte, war es sogar möglich, aus Schweden und Norwegen einen einzigen Staat zu formen, denn der Sohn des jetzigen norwegischen Königs herrschte bereits über Schweden.

Der Kaufmann ließ die Hand über den ausgebreiteten Stoff gleiten. Prüfte die Knoten darin, walkte ihn zwischen den Fingern.

»Herr«, sagte Hans leise, nachdem er den Kaufmann eine ganze Weile hatte gewähren lassen. »Das ist Barchent. Angenehm zu tragen und widerstandsfähig. Für eine Unterkleidung unter eine Rüstung bestens geeignet. Der Stoff scheuert nicht, er ...«

»Zweite Qualität«, unterbrach ihn der Kaufmann mit der dem Norden eigenen harten Aussprache.

»Und damit immer noch besser als erste Qualität aus reinem Leinen«, sagte Hans. »Von der Menge ausreichend, um ein kleines Heer damit auszustatten.«

Die Miene des anderen blieb völlig ausdruckslos. Er sah ihm noch nicht einmal in die Augen, sondern musterte weiter die Stoffballen.

Hans wusste, was der Mann tat, nämlich das, was allen Kaufleuten in Fleisch und Blut übergegangen war: Sie wogen Qualitäten und Preise gegeneinander ab. Nur mit den Augen wussten sie Länge, Breite und Höhe der Ballen abzuschätzen und errechneten daraus Ein- und Verkaufspreise. Auch er hatte das lernen müssen. Zweimal sogar ziemlich schmerzlich, weil er weniger Seidenstoff eingekauft als er geschätzt hatte. Gut zehn vom Hundert hatte er über den üblichen Preis bezahlt und die Seide zum Selbstkostenpreis abgeben müssen.

»Wie viel?«, fragte der Kaufmann beiläufig und strich erneut über das Tuch.

»Darin sind acht Pfund Baumwolle verwebt, und damit ist es erste Qualität«, lobte Hans seinen Stoff, erntete aber nur eine erhobene Augenbraue.

»Dafür gibt es mehr Knoten als nötig«, sagte der Händler.

»Die Tuche sind gesiegelt«, versuchte es Hans noch einmal.

»Aber nur mit einem Augsburger Siegel, wenn mich nicht alles täuscht«, gab der Mann zurück und wandte sich wieder ab.

Hans ärgerte sich über das »nur«. »Warum soll ein Siegel aus Basel oder Zürich, aus Mainz oder Köln mehr wert sein als eines aus Augsburg?«

Der Kaufmann sah ihm zum ersten Mal in die Augen und lächelte. »Weil die drei Kronen auf dem Bleisiegel tatsächlich erstklassige Ware bescheinigen. Bei Eurem Siegel wird mir zwar eine beste Qualität vorgegaukelt, aber angeboten wird mir nur eine mindere.«

Hans musste schlucken. Er hatte nicht damit gerechnet, dass man in Frankfurt so schnell erkennen würde, dass seine Ware nicht den Ansprüchen genügte. »Um darin zu sterben, ist es qualitätsvoll genug«, sagte er leise.

Der Mann sah ihn überrascht an. »Ihr glaubt, ich kaufe für die Heere des schwedischen oder des norwegischen Königs ein?«

Hans zuckte mit den Schultern. »Ich glaube es nicht. Ich weiß es, Herr. Und ich ahne, dass dieser Besuch auf der Messe nicht nur ein Freundschaftsbesuch ist. Ihr versucht, ein Heer auszustatten.«

Der Kaufmann lachte laut auf. »Selbst wenn es so wäre, würde ich es Euch nicht auf die Nase binden. Aber Ihr gefallt mir, sonst würde ich Euch nicht eine Elle abnehmen. Ich kaufe einige Bahnen und schicke Euch mit einer Empfehlung nach Augsburg zurück, die Ihr Euch hinter die Ohren schreiben solltet, wenn Ihr in diesem Gewerbe noch länger tätig sein wollt.« Er trat nahe an den Stand heran, beugte sich zu Hans und flüsterte ihm zu: »Wenn Ihr Tuch verkauft, verkauft die mindere Qualität als mindere Qualität. Ansonsten kann es Euch passieren, dass man Euch nicht mehr vertraut – und Vertrauen ist in unserem Geschäft das Wichtigste.« Er verzog keine Miene. Seine grauen Augen wirkten ebenso leer wie die endlosen Schneelandschaften im hohen Norden, von denen Hans hatte erzählen hören. »Ich zahle für die Bahn …«

Der Mann nannte einen Preis, zu dem Hans sein Tuch niemals verkaufen würde.

Der Kaufmann wartete nicht ab, ob Hans das Angebot ablehnte.

»Ich komme am Ende der Messe zu Euch. Dann werdet Ihr mir die Stoffe verkaufen, glaubt mir«, sagte er spöttisch. »Ich bin übrigens

Schwede. Mein Name ist Magnusson. Anders Magnusson.« Mit diesen Worten verschwand er in der Menge.

Hans blieb der Mund offen stehen. Was erlaubte sich dieser Kerl? Niemals würde er den Barchent für diesen Preis abgeben. Er würde noch andere Käufer dafür finden. Gerade wollte er sich umdrehen, als wieder ein Kaufmann an seinen Stand trat.

»Hans Fugger?«, fragte er.

Hans warf sich in die Brust. Hatte er es doch gewusst! Blieb ein Käufer stehen, kamen weitere. So war es immer. »Genau der. Was darf ich Euch anbieten, Herr? Barchent …«

Der Mann schüttelte den Kopf. »Ich soll Euch diese Nachricht aus Augsburg überbringen.«

Er reichte Hans einen Brief. Überrascht nahm er ihn entgegen und blickte auf das Siegel. Es war sein eigenes.

»Wer hat Euch dieses Schreiben mitgegeben?«

»Ich weiß es nicht. Er ging durch mehrere Hände«, sagte der Kaufmann. Er wandte sich um und ging davon.

Voller Unruhe erbrach Hans das Siegel und begann zu lesen. Er fühlte, wie das Blut aus seinem Gesicht wich.

»Das darf nicht wahr sein!«, entfuhr es ihm.

Er hielt nach dem Schweden Ausschau, denn er musste sofort nach Augsburg aufbrechen – und Tuch mit wenig Gewinn zu verkaufen war besser, als alle Ballen wieder mitnehmen zu müssen.

6

AUGSBURG, FEBRUAR 1379

Hans saß wie auf glühenden Kohlen, nur dass er keinerlei Wärme verspürte.

Noch im November des Vorjahres war Ulin mit seinen zwei Wagen nach Augsburg zurückgekehrt. Beide randvoll mit Baumwolle und weiteren Waren aus Venedig. Es war ein Einzug gewesen, der eines römischen Imperators würdig gewesen wäre. Der letzte Karrenzug über die Alpen, Rohstoff für die Weber der Stadt und ein Triumph für den jüngsten Fugger.

Kurz zuvor war Hans selbst aus Frankfurt zurückgekommen, kreidebleich und mit tief in den Höhlen liegenden Augen. Er hatte fast nichts verkauft. Und wenn er nicht Wein vom Guttenberger aufgeladen und diesem die restlichen Tuche, die aus Frankfurt übriggeblieben waren, sozusagen geschenkt hätte, wäre ihm in diesem Jahr gar kein Handel geglückt.

Aber Gernot war nicht zusammen mit Ulin gekommen. Sein Karren hatte es wohl nicht mehr über die Berge geschafft. Wenn Hans Glück hatte, dann steckte der Fuhrwerker irgendwo in Bozen oder Meran fest und würde im Frühjahr eintreffen. Hans fehlte deshalb die Baumwolle für seine Verlagsweber, und die wertvolle Zupfwolle, die er in der Stadt gelagert hatte, musste er an die hiesigen Spinner zur Garnherstellung weiterverkaufen – zu Zunftpreisen, was seinen Gewinn gehörig schmälerte.

Hans rieb sich die Stirn. Einerseits hatte er keine Einnahmen, andererseits brachten ihm die Landweber ihre Tuche, und er musste sie dafür, wie vereinbart, bezahlen, wenn er sie nicht verlieren wollte. Die Gulden flossen ihm wie Wasser durch die Finger – und wenn es so weiterginge, würde er am Jahresende keine Elle Tuch mehr bezahlen können. All sein Geld aus den Vorjahren hatte er in dieses Venedig-Unternehmen mit Ulin gesteckt. Ein gewaltiger Fehler, wie sich jetzt herausstellte. Ein doppelter Fehler sogar. Er hätte sich nicht von seinem Bruder dazu überreden lassen dürfen, das Wagnis zu unternehmen, und er hätte die besten Tuche mit nach Frankfurt nehmen müssen, statt darauf zu hoffen, in Venedig einen neuen Markt für Barchent zu eröffnen.

Er legte das Gesicht in beide Hände und starrte auf die rissige Tischplatte in der Stube. Und zu alledem noch der Tod seiner Frau. Was hatte das Schicksal mit ihm vor?

Es konnte nicht angehen, dass er Handel trieb, aber nicht erfuhr, wo sich seine Wagen befanden und wie es um sie stand. Er musste eine Möglichkeit finden, dies zu ändern. Aber das war Zukunftsmusik. Wenn nicht ein Wunder geschah, würde es die Barchent-Handlung Hans Fugger im Herbst nicht mehr geben. Selbst Anna, auf die er sich immer hatte verlassen können, hatte ihm keine Lösung vorgeschlagen. Zudem verhielt sie sich merkwürdig. Offenbar lag ihr weniger an seinen geschäftlichen Schwierigkeiten als an der Tatsache, dass Gernot nicht mit Ulin zurückgekommen war.

Kaum hatte er an sie gedacht, trat Anna in die Stube, schloss die Tür leise hinter sich.

»Ist es so schlimm?«, fragte sie, und Hans nickte.

Wieder sah sie ihn mit diesem abwesenden Blick an, der ins Leere ging. Er öffnete die Hand und zeigte ihr einen kleinen Ledersack. »Die letzten Schillinge. Mein ganzes Vermögen. Wenn Gernot nicht mit den Wagen zurückkommt, dann … dann … weiß ich nicht mehr, was ich tun soll.«

»Er wird kommen«, sagte Anna ruhig und mit einer Zuversicht, die ihm ein nagendes Gefühl in den Magen trieb. Woher nahm sie diese Hoffnung? Sie hätte ihn schelten, ihm ihre Zweifel unter die Nase reiben müssen, die sie von Beginn an gehabt hatte, als Hans ihr erzählt hatte, er wolle mit Ulin zusammenarbeiten.

»Hast du schon mit Ulin geredet?«, fragte Anna.

Hans nickte wieder und erzählte ihr von dem Gespräch mit seinem Bruder. Wie selbstverliebt und prahlerisch Ulin aufgetreten war. Wie er immer wieder betont hatte, wie unverantwortlich es wäre, wenn man wichtige Geschäfte nicht selbst tätige. Der Verkauf im Fondaco dei Tedeschi sei für Gernot herzlich schlecht gelaufen, ja, geradezu ein Fiasko gewesen. Man habe ihn sogar für kurze Zeit verhaftet. Angeblich hatte man ihm Betrug vorgeworfen, was Hans wiederum nicht glauben wollte. Ulin hatte angeblich von einem berittenen Reisenden ein Gerücht gehört, als er schon unterwegs gewesen sei. Danach hatte Gernot Venedig wohl bald nach seiner Freilassung verlassen und sei alsbald hinter ihm gewesen. Irgendwann habe er ihn aus den Augen verloren. »Mehr weiß ich nicht«, hatte Ulin seinen Bericht beendet.

»Mein Bruder ist wohl über den Brenner gezogen, Gernot vermutlich über den Reschen. Ich weiß, dass er diese Strecke für weniger gefährlich hält.«

»Keine Nachricht von ihm?«

Wieder schüttelte Hans den Kopf. »Es ist das Ende, Anna. Das Ende des Hans Fugger und seinem Barchenthandel.«

»Hast du mit der Zunft gesprochen? Was ist mit der Barchentweberei in der Stadt?«

»Verboten wie zuvor! Ich habe den Herren gesagt, dass die Ulmer, die Biberacher und Ravensburger uns bald den Rang ablaufen werden, wenn die Zunft der Stadt nicht auf die immer stärkere Nachfrage nach Barchent reagiert. Und was, glaubst du, haben sie mir beschieden?« Er machte eine Pause, wollte aber gar nicht, dass Anna riet, sondern stierte nur stumm vor sich hin und war wie in seiner eigenen Welt gefangen. »Sie haben gesagt, ich solle doch nach Ulm, Biberach oder nach Ravensburg gehen, wenn mir die hiesige Zunftordnung nicht passe.« Er stöhnte und streckte den Rücken durch.

»Du wirst der Zunft ein Schnippchen schlagen«, sagte Anna leise. Doch in ihrer Stimme lag wenig Hoffnung, was Hans zusätzlich schmerzte.

»Wann kann man die Pässe wieder überqueren?«, fragte sie.

»Sobald sie schneefrei sind. Das wird allerfrühestens im März oder April der Fall sein. Vielleicht dauert es auch bis in den Mai hinein. Bis dahin retten mich auch die Gelder des Warenverkaufs nicht mehr.«

Anna setzte sich neben ihn und legte ihre Hände in den Schoß. Er hörte sie mehrmals tief durchatmen.

»Ist es nicht merkwürdig, dass Ulin zurückgekommen ist, Gernot aber nicht? Gernot ist der bessere Fuhrwerker, er hatte die bessere Ware. Sie müsste sich rasch verkauft haben. Ich glaube nicht daran, dass er zu spät losgezogen ist. Und wenn, dann muss ihn etwas aufgehalten haben. Hast du nachgehakt, warum man ihn ins Gefängnis geworfen hat?«

»Spielt das noch eine Rolle? Bis er kommt, habe ich das Haus verkauft und bin wieder nach Jettingen zurückgegangen.« Vielleicht übertrieb er etwas, aber warum sorgte sie sich um Gernot und nicht um ihn und seine Schwierigkeiten? Gernot war ein Fuhrwerker wie jeder andere. Er wollte und konnte sie nicht heiraten, aber dennoch gehörte Anna zu ihm.

Sie legte ihm eine Hand auf den Arm. »Du musst noch einmal mit Ulin reden. Unbedingt. Lass dir genau erzählen, was geschehen ist.« Sie wurde leiser, und den letzten Satz hauchte sie eher, als ihn zu flüstern. »Ich traue deinem Bruder nicht über den Weg.«

Hans sah auf die Hand, die auf seinem Unterarm lag und spürte die Wärme, die davon ausging.

»Vermisst du deine Frau, Hans?«, fragte Anna.

Er sah sie überrascht an. »Danke, dass du Klaras Beisetzung so rücksichtsvoll und gut durchgeführt hast – und nein, ich vermisse sie nicht. Sie war eine kalte Frau und ...« Er stockte. »Ich habe ja die Mädchen.«

»Sie vermissen ihre Mutter – und den Vater«, sagte Anna. »Du bist zwar da, aber mit den Gedanken mehr in Venedig und bei deinem Barchent als bei ihnen. Sie merken das.«

Anna zog die Hand nicht weg, und Hans legte seine Linke darauf. Er spürte, dass ihre Hand leicht zitterte. Er drückte sie, doch sie zog ihre Hand zurück und stand auf. Verblüfft sah Hans sie an. Was war das jetzt?

»Geh. Ich warte auf ...«

Mehr sagte sie nicht, aber Hans wusste, dass sie nicht ihn, sondern Gernot meinte. Es gab ihm einen Stich. Was war vorgefallen, als er in Frankfurt weilte? Er räusperte sich.

»Ich werde noch einmal zu Ulin gehen. Obwohl ich der Meinung bin, er hätte nach seiner Rückkehr zu mir kommen müssen.«

»Das hat Ulin Fugger nicht nötig, seit er mehr versteuert als du, Herr. Außerdem«, sagte sie mehr zu sich selbst als zu ihm, »außerdem hat er Gernot auf dem Gewissen.«

Hans sah Anna scharf an. »Du weißt, dass ich es nicht mag, wenn du mich Herr nennst. Du bist nicht meine Dienerin.«

Anna lächelte schmallippig. »Was bin ich dann für dich?«

Hans räusperte sich. In seinem Gesicht zuckte es, dann stand er auf und rief ihr im Davongehen zu: »Ich bin zum Abendessen zurück. Ich werde noch einmal mit Ulin sprechen. Sag den Mädchen, ich möchte, dass sie mit am Abendbrottisch sitzen.«

Obwohl sich der Himmel anschickte, aus dem lichten Blau des Vormittags eine dunkle Wetterhölle zu formen, hatte sich Anna aus dem Haus gewagt. Sie war zum Brotmarkt unterwegs. Hans wollte ein besonderes Brot, dessen Kruste seine Frau Klara nicht hatte beißen können. Jetzt aber war sie tot, und Anna durfte nur noch dieses Brot kaufen.

»Schreibt es mir an, Kandler«, sagte sie wie üblich. Doch der Bäcker zog das Brot wieder zurück, das er schon in das Tuch eingewickelt hatte, das Anna ihm hinhielt. Er streckte die Hand aus und forderte zwei Pfennige für das Pfund Roggenbrot.

Anna war sprachlos. »Aber …«, stotterte sie, »Hans Fugger hat noch immer bezahlt. Er gibt mir kein Geld mit, wie Ihr wisst.«

Der Bäcker zuckte mit den Schultern und wandte sich anderen Kunden zu. Anna ließ er einfach stehen.

»Was fällt Euch ein, Kandler. Laut Zunftordnung …«

Abrupt drehte sich der Bäcker zu ihr um. »Laut Zunftordnung muss ich niemandem Brot verkaufen, der kein Geld hat. Und bei Hans Fugger hört man, dass nicht nur die Geschäfte schlecht gehen. Er kann seinen Zahlungen an die Weber nicht mehr nachkommen – und die letzte Fuhre ist wohl verloren gegangen. Jedenfalls lässt sich sein Fuhrwerker Zeit.«

Anna musste sich festhalten. Das war ungeheuerlich. »Wer sagt das?«, fragte sie scharf.

»Es wird herumerzählt«, verkündete der Bäcker frei heraus, und die Kundin, der er ein Roggenbrot ins Tuch einwickelte, nickte.

»Überall erzählt man sich, dass Hans Fugger am Ende sei«, sagte sie.

»Aber … aber das ist nicht wahr!«, widersprach Anna heftig.

»Na, dann könnt Ihr ja auch das Geld holen und bezahlen«, sagte der Bäcker unbeeindruckt und stemmte die Hände in die Hüften. »Dann hätten wir beide was davon.«

Anna schluckte. »Ich hole das Geld. Aber hebt mir ein Brot auf. Das mit der Kruste.« Sie ließ den Kopf hängen und stapfte zurück in ihre Gasse.

Der Boden war noch weich, weil sich jetzt, im April, Kälte, Nässe und Sonnenschein regelmäßig die Klinken in die Hände gaben. War es eben noch sonnig gewesen, fiel im nächsten Augenblick Schnee, war es vormittags warm, pfiff am Nachmittag ein eisiger Wind durch die Gassen.

In diesem Moment schien sich das Wetter zu überlegen, ob es regnen oder schneien sollte. Dunkle Wolken hatten sich über der Stadt zusammengezogen, und die gelblichen Schlieren am Wolkenhimmel ließen auf nichts Gutes schließen.

Anna hoffte, noch vor dem ersten Regenguss nach Hause zu kommen, aber dann brach der Sturm los, der sich den halben Vormittag angekündigt hatte, und es hagelte vom Himmel, als sollten die Menschen wegen ihrer Sünden geprügelt werden. Auch Anna trafen die weißen Eisbälle so heftig in den Rücken und auf den Kopf, dass sie aufschrie. Schließlich konnte sie sich in eine Hauseinfahrt flüchten und hüpfenden Bällen zusehen, wie sie überall einschlugen und in der Straße kleine Krater hinterließen. Jetzt wünschte sie, die Pflasterung der Gassen, die vom Magistrat begonnen worden war, wäre bereits weiter fortgeschritten. Es entstanden Löcher, in die ein Mensch wohl versinken konnte, wenn er nicht achtgab.

Sie überlegte, wer in der Stadt seinen Mund nicht hatte halten können. Jemand verbreitete Gerüchte, um Hans zu schaden. Gerade jetzt, wo es um sein Geschäft wirklich nicht gut stand.

Noch konnte er sich über Wasser halten, aber die Verluste waren enorm. Hatte Hans in den letzten Jahren bereits ordentlich Steuern gezahlt und war unter den ersten dreißig Familien gewesen, so fiel er jetzt beinahe unter die Habenichtse. Das war kein guter Ausgangspunkt für die Ausweitung des Barchenthandels.

Sie hätte sich mit diesen Problemen beschäftigen, sich für Hans einen Ausweg überlegen sollen, aber sie konnte nur an Gernot denken, der längst in Augsburg hätte eintreffen müssen. Hans' Situation war schlimm, aber warum musste es sie immer noch schlimmer treffen? Endlich hatte sich der Fuhrwerker durchgerungen, um ihre Hand anzuhalten – und jetzt war er vermutlich … Sie verbot sich den Gedanken. Wenn Gernot nicht bis zum Ende des Sommers in Augsburg einträfe, würde sie sich auf den Weg nach Venedig machen. Und wenn es das Letzte war, was sie in ihrem Leben unternahm.

Anna wollte am Gögginger Tor vorbei und nach Heilig Kreuz hinüber, als sie von einem Fuhrwerk am Weitergehen gehindert wurde. Magere Ochsen zogen einen Wagen, der an vielen Stellen notdürftig geflickt worden war.

Der Fuhrwerker hockte zusammengesunken auf einem der beiden vorderen Ochsen, schmutzig und in zerrissener Kleidung, und trotzte den Hagelkörnern, die auf seine Gugel niederfuhren, als wollten sie ihn geißeln. Die hohen Räder spritzten den Dreck in einem hohen Bogen nach hinten weg.

Anna folgte dem Wagen, der, wie sie, auf die Straße nach Heilig Kreuz einbog. Langsam überkam sie eine Hoffnung, da ihr die Form des Wagens bekannt vorkam und sie auch die gebeugte Gestalt auf dem Ochsen wiederzuerkennen glaubte.

»Gernot?«, rief sie unsicher.

Doch der Mann auf dem Gespann wandte sich nicht um. Er lenkte den Karren weiter, bis er vor dem Haus Oswald Widolfs und Hans Fuggers zu stehen kam. Er stieg nicht ab, sondern kippte einfach von seinem Ochsen, der mit zitternder Flanke abrupt stehen geblieben war, in den Dreck der Gosse.

Anna, deren Ahnung zur Gewissheit wurde, sprang hinzu und wischte ihm mit dem Rockzipfel den Schmutz aus dem Gesicht.

»Gernot!«, flüsterte sie betroffen.

Er schlug die Augen auf und sah sie an. »Bin ich zu Hause?«, fragte er mit trockenem Mund und so leise, dass Anna ihn kaum hörte. »Lebt die Anna noch?«

Sie schluckte und konnte gar nicht aufhören, ihn zu säubern und die dunklen Schlieren aus seinem Gesicht zu wischen.

Die Ankunft des Karrens war nicht unbemerkt geblieben. Hans stürmte aus der Tür. Wie versteinert blieb er stehen, als er sah, wie liebevoll sie sich um Gernot kümmerte.

»Hilf ihm!«, rief sie ihm zu. Erst da löste sich die Starre, und er kam näher.

»Endlich!«, entfuhr es ihm. Er starrte Anna an, die neben Gernot kniete. Sie sah die Eifersucht in seinen Augen.

»Er muss ins Haus«, befahl sie Hans, der unschlüssig dastand und zuerst Gernot betrachtete, dann den Karren und schließlich sie. Endlich raffte er sich auf, zog den Fuhrwerker hoch und packte ihn unter der Achsel.

Mit schweren Schritten schleppte sich Gernot, gestützt von Hans und Anna, ins Haus und sank in der Stube auf einen Stuhl.

Anna holte Bier und Wasser und etwas zu essen.

Hans ließ Gernot sitzen und ging nach draußen, wo die Ochsen mit hängenden Köpfen im Geschirr standen. Ihre Leiber dampften in der kühlen Luft.

Durch das Fenster sah Anna, wie er die Ladung musterte und wie er erstarrt vor dem fast leeren Karren stand, die Hände zu Fäusten geballt.

Als er in die Stube trat, stellte sich Anna zwischen ihn und Gernot.

»Was ist passiert?«, fragte Hans, als der Fuhrwerker den ersten Schluck genommen und sich den Mund abgewischt hatte.

Anna hatte das Gefühl, als wäre Gernot in einem noch schlimmeren Zustand als nach seinem Unfall auf dem Reschen.

»Entschuldigt«, sagte er heiser. »Ich bin jetzt fast zwei Wochen durchgefahren. Nur zum Fressen haben die Ochsen angehalten. Ich bin durstig.«

»Was, verdammt noch mal, ist geschehen?«, schäumte Hans und funkelte ihn an. »Ich habe Euch vertraut!«

Gernot ließ den Bierkrug sinken, drehte sich zu Hans um und musterte ihn verächtlich. »Ich habe *Euch* vertraut! Ich dachte, der Karren wäre voller bestem Barchent. Und was habt Ihr mir mitgegeben? Zweite und dritte Wahl. Zum Teil fadenscheiniges Tuch, das mir nicht einmal die Totengräber in Venedig abnehmen wollten, um ihre Särge damit auszukleiden. Und in jedem Ballen waren statt einem Dutzend Bahnen nur deren elf oder weniger eingeschlagen.«

»Was … das ist doch nicht …«, stotterte Hans.

Doch Gernot ließ sich nicht aufhalten. Anna spürte, wie eine über Monate aufgestaute Wut sich Bahn brach und über Hans ausgeschüttet wurde.

»Die Serenissima hat mich Euretwegen verhaften und für vier Wochen in die Bleikammern werfen lassen. Meine Waren wurden beschlagnahmt, die schlechten Tücher beinahe verbrannt, und ich konnte nur mithilfe eines Augsburger Kaufmanns, eines Rehlingers, selbst aus der Stadt entkommen. Er hat auch die Tücher, meinen Karren und meine Ochsen gerettet, indem er sie umgehend aus der Stadt geschafft hat.« Gernots Stimme war zu einem kaum mehr vernehmbaren Krächzen vertrocknet. »Und jetzt seid Ihr dran!«

Anna trat hinter ihn und legte ihm beide Hände auf die Schultern. Sie beobachtete Hans, dem das nicht behagte. Er war bei Gernots Schilderung zuerst kreidebleich geworden, dann stieg ihm die Röte der Wut ins Gesicht.

»Aber … das ist unmöglich!«, rief Hans und begann, in der Stube auf und ab zu gehen. »Ich habe die mindere Ware mit nach Frankfurt genommen und Euch die besseren Tücher mitgegeben. Ich hatte sogar in zwei Ballen mehr als ein Dutzend Tücher eingeschlagen. Als Anreiz, als Köder. Wollt Ihr mir einen Bären aufbinden?« Breitbeinig und mit in die Hüften gestemmten Fäusten blieb er vor seinem Fuhrwerker stehen.

»Ich glaube Gernot«, sagte Anna in die entstandene Stille hinein. »Er hätte dich niemals hintergangen.«

Hans sah von ihr zu Gernot und zurück. Er zog sich einen der Holzstühle heran und setzte sich rittlings darauf, die Arme auf die Rückenlehne gestützt.

»Ihr hattet den besten Barchent dabei, der im letzten Jahr gewebt wurde, Gernot. Ich hatte ihn Euch mitgegeben, weil Meister mir gesteckt hatten, dass Weiß und andere die Bedingungen für den Verkauf von Tuchen verschärfen würden. Da war es mir lieber, Ihr nehmt sie mit nach Venedig, als dass sie mir den Barchent hier wieder anzünden.«

Seine Anspannung wich scheinbar langsam der Verzweiflung. Hans senkte den Kopf, und Anna hätte ihn am liebsten gestreichelt. Doch das schickte sich nicht, und vielleicht hätte er ihre Hand auch weggeschlagen.

»Habt Ihr irgendwelche Gelder mitgebracht?« Hans hatte seine Stimme zu einem Flüstern gesenkt. »Wenn nicht, gibt es den Barchenthandel Hans Fuggers nicht mehr.«

Anna glaubte kaum, was sie sah. Seine Augen schwammen in Tränen.

»Ich habe buchstäblich keinen Pfennig mehr.«

Gernot straffte sich. »Herr, Ihr solltet mich langsam kennen ...«

Hans' Kopf ruckte hoch. Auch Anna sah den völlig erschöpften Gernot erwartungsvoll an.

»Ich hatte ... die ganze Zeit die ... den Verdacht, Euer ... sauberer Bruder stecke ... stecke hinter dieser Teufelei«, begann er stockend und mit langen Pausen.

Hans sprang so heftig auf, dass der Stuhl durch die halbe Stube flog und hieb mit der Faust auf den Tisch.

»Lasst meinen Bruder aus dem Spiel!«, fauchte er.

Gernot atmete scharf ein. Noch gelang es ihm nicht aufzustehen, aber sein Oberkörper straffte sich. Anna drehte sie sich zu ihm um und strich ihm über die verkrustete Wange und über die Brust. Sie konnte die Dreckschicht regelrecht fühlen, die aus dem Hemd ein Brett gemacht hatte.

»Ich ... ich kann mich an drei Tage ... kaum erinnern«, murmelte Gernot.

Hans, der wieder begonnen hatte, auf und ab zu gehen, fuhr zu ihm herum. Seine Gesichtszüge entglitten ihm. Sein Mund stand offen. »Was sagt Ihr da?«

»Ich glaube, es hatte etwas mit dem Getränk zu tun«, sagte Gernot mehr zu sich selbst.

»Ihr wart besoffen?«, war alles, was Hans herausbrachte.

»Jetzt lass ihn doch einfach erzählen, verdammt!«, fuhr Anna dazwischen und sah wieder dieses eifersüchtige Glimmen in Hans' Augen. Es gefiel ihr nicht, dass er Gernot ständig unterbrach. Der Fuhrwerker konnte sich ohnehin kaum auf dem Stuhl halten.

»Er hat mir an ein paar Tagen einen Schluck zur Stärkung angeboten. Mehr nicht. Kein Rausch, kein Saufen, kein Gelage. Mir ist schwindlig geworden. Ich dachte, ich wäre krank. Drei Tage später bin ich auf meinem Karren wieder aufgewacht – und die Ladung war umgepackt worden. Ich habe es gefühlt, aber nicht beweisen können. Sie haben selbst meine Knoten der Befestigungen nachgemacht. Aber die Ballen lagen niedriger, weil sie durch den Transport zusammengerüttelt worden waren. Ich habe es gesehen, es gespürt, aber ich war mir nicht sicher, bis der erste Kaufmann mit den Stadtschergen von Venedig vor dem Fondaco gestanden und man mich in die Bleikammern geführt hat. Als ich zurückkam, war Ulin schon weitergezogen, und von meinen Ballen war nichts mehr zu sehen.«

Hans hatte der Geschichte stumm gelauscht, dann hatte er den Stuhl wieder aufgestellt und sich darauf fallen lassen.

»Ich hatte meine Ware natürlich als besten Barchent angeboten«, fuhr Gernot fort, »dabei war es mindere Qualität. Als sie ausgepackt haben, kam alles ans Licht. Deshalb sind die Kaufleute wütend geworden. Aber ich habe alles zurückgenommen.« Gernot stockte. Dann erzählte er nach einem großen Schluck Dünnbier weiter. »Zuerst hatte ich Euch in Verdacht, mir schlechte Ware mitgegeben zu haben. Doch dann hab ich mich an mein Unwohlsein und mein Bauchgefühl erinnert.«

»Bauchgefühl!«, spottete Hans. »Nicht nur keinen Gewinn, sondern auch noch gute Beziehungen verspielt«, brach es aus ihm heraus.

Gernot, der auf dem Stuhl schwankte und den Anna deshalb mit eiserner Hand am Hemd festhalten musste, schüttelte energisch den

Kopf. »Euer Bruder wird sicher das Elend sehen wollen, das ich aus Venedig mitbringe. Aber er wird sich wundern …«

Hans hob den Kopf. Anna sah um Gernots Schulter herum und entdeckte ein kleines spöttisches Lächeln auf seinem verdreckten Gesicht.

»Was bedeutet das?«, fragte Hans und rückte ein Stück näher. Er war so angespannt, dass seine Hände zitterten. »Jetzt sagt schon!«

Mit einer schwachen Geste deutete Gernot zum Karren hinaus. »Ihr solltet auf den Wagen achtgeben. Ich habe drei Dutzend venezianische Gläser geladen und in das Tuch gewickelt. Die Glasbläser haben es mir abgekauft, zum Einschlagen der Ware.« Er leckte sich über die Lippen und hob den Bierkrug an, den er kaum halten konnte. Anna musste ihn stützen und spürte erneut die glühenden Blicke Hans Fuggers in ihrem Rücken. »Und …«

Gernot führte den Krug an den bebenden Mund. Anna hielt seine Hand, da er sonst abgerutscht wäre.

»Jetzt redet schon, Fuhrwerker!« Hans konnte seine Neugier kaum mehr bezähmen.

»Ein Karren beste Flockenwolle zur Garnherstellung steht in Graben. Ich habe ihn dort zurückgelassen.« Triumphierend blickte er Hans an.

Anna sah, dass dieser Gernots Worte nur langsam verarbeiten konnte. Venezianisches Glas. Das war ein kleines Vermögen. Und ein ganzer Karren Flockenwolle außerhalb der Mauern hieß, dass die Landweber mit Garn bedient werden konnten. Nur das Stadtgeschäft brach weg. Aber dafür gab es ja jetzt das Glas.

»Ihr seid ein Teufelskerl!«, rief Hans. »Aber woher hattet Ihr das Geld?«

»Ich …?« Gernot lachte und verschluckte sich dabei. »Ich hatte gar kein Geld mehr.«

»Aber das minderwertige Tuch. Niemand wird mehr von Hans Fugger kaufen wollen.«

»Als ich erfahren habe, wie schlecht Ihr mich angeblich ausgestattet hattet, habe ich einfach einen Kaufmann erfunden. Aus Graben, südlich von Augsburg. Und auf Welsch klingen Pugeri und Fuggeri etwa gleich. Der Händler Pugeri hat also die schlechte Ware geliefert. Aber Ihr, Hans Fugger, Ihr habt dort unten weiter einen guten Ruf. Ihr solltet nur nächstes Jahr selbst an die Adria reisen und eure Schulden begleichen.«

Anna stiegen die Tränen in die Augen. In einem Überschwang der Gefühle packte sie Gernots Kopf und drückte ihm einen Kuss auf die Lippen, der nach Lehm schmeckte.

Hans drehte sich zur Wand und lehnte seinen Kopf an das Fachwerk. »Dem Himmel sei's gedankt«, flüsterte er. »Ich muss mich bei Euch entschuldigen, Gernot, weil ich Euch zu Unrecht verdächtigt habe.«

7

AUGSBURG, JULI 1379

Anna humpelte über den Markt. Es roch nach Petersilie und Thymian, Lavendel und Melisse. Sie brauchte jedoch keine Kräuter, sondern Eier, Rüben und Salat. Auch etwas Mehl, Hefe und Honig musste sie noch einkaufen, denn sie wollte frühe Äpfel ausbacken, die säuerlich schmeckten und schnell verdarben. Eine Pfanne voller Teig mit in Scheiben geschnittenen Äpfeln war eine Köstlichkeit. Schon wenn sie daran dachte, lief ihr das Wasser im Mund zusammen. Darüber etwas Honig und exotischen Zimt – und Weihnachten war nicht mehr fern.

Die Wasserbirnen im Garten hinter dem Widolf'schen Haus würde sie in diesem Jahr wieder zu Hutzelbrot verbacken lassen. Auch darauf freute sie sich, obgleich sie letztes Jahr zweimal gestochen worden war, als sie mit den Wespen um die Birnen gekämpft hatte. Dreißig Brote hatte es gegeben. Sie hatten noch im März davon essen können.

Ihre Runde über den Markt, dessen Gerüche und bunte Auslagen sie jedes Mal in ihren Bann schlugen, war noch in anderer Hinsicht wichtig für sie. Langsam begriffen die Städterinnen, dass sie es mit der Magd und nicht mit dem Bettschatz Hans Fuggers zu tun hatten. Vor allem, seit sich abzeichnete, wie es um sie und Gernot stand.

Zwar gab es noch immer die mitleidigen Blicke auf ihr entstelltes Gesicht, doch die Frauen hatten sich daran gewöhnt, und Anna versuchte, sich im Gespräch mit ihnen so zu drehen, dass sie ihre gute Seite darbot. Sie unterhielt sich mit ihnen weniger, weil sie Ansprache benötigte, sondern der Neuigkeiten wegen. Die Frauen wussten über Geschäfte und Absprachen oftmals besser und genauer Bescheid als ihre Männer. Um nebenbei wichtige Dinge zu erfahren, musste sich Anna aber auch viel Getratsche anhören.

Anna stand gerade am Stand eines Bauern, der seinen Sellerie feilbot, als sie ihre Mutter mit raschen Schritten am Rand des Marktes entlanghasten sah. Sie wollte sie eben anrufen, doch eine Frau drängte sich an sie heran und lenkte sie ab.

»Anna, endlich treff ich dich mal wieder auf dem Markt! Wie lange haben wir uns nicht gesehen?«

Anna drehte sich um.

»Hedi«, rief sie erschrocken, als sie die junge Frau sah. Die Lippen der Münklerin waren bläulich verfärbt, und um die Augen lagen dunkle Ringe. Die Wangen waren eingefallen, und die Knochen der Schlüsselbeine standen beinahe frei, nur umspannt von dünner Haut. »Wie geht es dir – und den Kindern?«

Ein noch dunklerer Schatten huschte über das Gesicht der Münklerin. »Meine Gerda, die Älteste – das Fieber hat sie geholt. Kaum fünf Jahre alt ist sie geworden«, sagte die Weberin leise. »Zwar leben die beiden anderen noch, aber sie kränkeln. Und seit meinem letzten Mädchen …« Sie schluckte.

Sofort hatte Anna das Bild der beiden Fugger-Töchter vor Augen, die in den letzten Wochen ebenfalls fiebrig gewesen waren, die Zeit aber gut überstanden hatten. Sie wollte nicht nachfragen, vermutete jedoch, dass die Webersfrau entweder keine Kinder mehr bekommen konnte oder diese sehr früh verlor. Doch offenbar wollte Hedi nicht über ihr Schicksal reden. Etwas anderes drückte sie.

»Hast du es schon gehört?«, begann sie vertraulich eines der Gespräche, für die Anna auf den Markt ging.

Sie schüttelte den Kopf, und die Münklerin zog sie ein Stück weit von dem Stand fort.

»Ich nehme den Sellerie mit.« Anna drehte sich zu dem Bauern um. »Legt ihn mir bitte zurück.« Er nickte nur und räumte die Knolle beiseite. Er war es offensichtlich gewöhnt.

Anna wandte sich wieder der Münklerin zu. Diese schaute sich um, ob man nicht beobachtete, wie sie mit der Fuggermagd ratschte. Als Anna ihr über die Schulter sah, fiel ihr Blick wieder auf ihre Mutter, die auf einen Mann mit einer ledernen Gugel einredete. Er drehte Anna den Rücken zu, sodass sie sein Gesicht nicht sehen konnte. Nur das schwarze Haar, das unter der Gugel hervorquoll, erinnerte sie an jemanden. Sie wunderte sich, was ihre Mutter mit dem Mann zu reden hatte, wurde aber von der Münklerin wieder eingefangen.

»... Fugger muss ja für seine Bälger sorgen«, hörte sie mit halbem Ohr und war sofort wieder bei der Sache. Schließlich konnte ihre Mutter reden, mit wem sie wollte.

»Was meinst du damit?«, fragte Anna.

»Also, er kann doch die Aufzucht seiner Bälger nicht dir überlassen, Anna. Da muss schon eine ...« Die Münklerin stockte, weil sie offenbar bemerkte, welchen Ton sie angeschlagen hatte. »Ich will damit sagen, er braucht eine Ehefrau, die im Haus durchgreift.«

»Ach, braucht er das?«

»Er ist doch noch jung und ... und hat Bedürfnisse. Er wird wieder heiraten.« Die Münklerin nickte heftig.

»Und davon hast du erfahren?«

Es sollte belustigt klingen, doch das tat es nicht. Annas Nachfrage war voller Sorge. Was um alles in der Welt hatte Hedi da wieder aufgeschnappt?

»Weiß und Fugger haben sich geeinigt.«

Anna sah sie entgeistert an. Weiß, der Hans einen Knüppel nach dem anderen zwischen die Beine warf, hatte sich mit ihm geeinigt? Worüber? Und wie kamen die beiden dazu, überhaupt miteinander zu reden, ohne dass sie davon erfuhr? Ein bitterer Speichel bildete sich, den sie hinunterschlucken musste.

»Aber die Weiß-Töchter sind doch alle unter der Haube. Wie soll das gehen?«, fragte sie.

Hedi beugte sich zu ihr und senkte die Stimme. »Er heiratet die Gfattermann-Tochter, die Elisabeth. Es heißt, Weiß und Fugger hätten ...«

Anna fühlte sich, als würden ihr die Beine unter dem Leib weggezogen. »Aber die ist doch noch ein Kind. Wie alt?«

»Dreizehn oder vierzehn. Im rechten Heiratsalter. Man munkelt, Hans brauche Geld – und ihre Mitgift ist ordentlich. Der Vater will es sich etwas kosten lassen.«

Daher wehte also der Wind.

»Zuerst schafft er sich ein spätes Mädchen mit Erfahrung an, und als ihm dieses wegstirbt, sucht er sich eine Jüngere.« Die Münklerin gluckste. »Ein pfiffiger Kopf, aber er denkt auch nur mit seinem Unterleib.«

Nicht nur damit, dachte Anna. Ihr Mund war plötzlich staubtrocken, auch wenn sie fand, dass man solchen Gerüchten nicht allzu viel Bedeutung beimessen durfte. Ihr Blick wanderte wieder zu ihrer Mutter, die dem Mann eben energisch etwas mitteilte und ihm dann eine kleine Geldkatze in die Hand drückte. Wofür bezahlte ihre Mutter den Kerl, der von hinten aussah wie ein Strauchdieb? Als er zur Seite guckte, erkannte sie seine Hakennase wieder. Es war der Bleicher vom Waschplatz.

Anna sah noch, wie der Mann den Beutel in der Hand wog und ihn dann mit einem Nicken unter sein Wams steckte.

Die Münklerin zupfte sie wieder am Ärmel. »Die Elisabeth wird ihn überleben. Die Gfattermanns sind ein zähes Völkchen. Das wird Hans freuen. Dann bleibt wenigstens die Mitgift in den richtigen Händen.«

»Das sind unerwartete Neuigkeiten«, sagte Anna tonlos.

»Nicht wahr? Mein Frydrych spricht im Schlaf – und die Götzin konnte es bestätigen. Irmel ist mit dem Mädchen, der Elisabeth, vertraut. Sie ist ihre Patin.«

Anna wusste nicht recht, was sie sagen sollte. Im Grunde machte sie sich nichts mehr aus Hans oder redete es sich zumindest ein. Sie genoss vielmehr Gernots Schwärmerei für sie und hoffte, er würde sie endlich einmal richtig fragen, nicht nur im Vorübergehen wie vor der Abreise nach Venedig. Es macht sie traurig, dass er das bisher nicht getan hatte, obwohl er es ihr damals vor der Abfahrt versprochen hatte.

»Ich muss weiter, Anna. Die Kleinen haben Hunger. Die Jüngste muss gestillt werden.« Verlegen sah die Münklerin zu Boden. »Eigentlich darf ich sie nicht allein lassen. Frydrych hat es mir verboten. Aber was bleibt mir denn noch, wenn nicht ab und zu ein kleiner Ratsch auf dem Markt, oder?«

Anna nickte. »Das soll und muss so sein«, sagte sie, aber in Gedanken war sie weit weg. Alles wurde damit anders. Alles.

Die Münklerin berührte sie leicht am Arm und lächelte ihr zu, dann huschte sie wie ein Gespenst davon. Anna holte sich ihre Sellerieknolle und machte sich gedankenverloren auf den Heimweg.

Hans heiratete wieder – und natürlich nicht sie. Wieso schmerzte sie das noch immer?

Hans beobachtete das stattliche Haus der Gfattermanns am Bartshof in der Nähe von St. Moritz. Zwar hatte Elisabeth noch Geschwister, sodass beim Tod des Vaters das Erbe geteilt werden würde, aber allein der Verkauf dieses Gebäudes in bester Lage in der Oberstadt würde eine Stange Geld bringen. Bevor er bei dem Weber offiziell um die Hand seiner Tochter anhielt, wollte er sie wenigstens einmal sehen. Hans Weiß hatte ihm geraten, zur Abendzeit in der Gasse zu warten. Das Mädchen würde regelmäßig gemeinsam mit der Mutter die Abendmesse besuchen. Eine Gelegenheit, sie unauffällig in Augenschein zu nehmen.

Seine Gedanken wanderten zu Anna. Hans biss sich auf die Unterlippe. Sie hatte kaum mehr ein Auge für ihn, und er glaubte sogar zu bemerken, wie ihr Geschäftssinn nachließ, weil sie mit Liebesdingen beschäftigt war, die nicht ihn betrafen.

Das Geläut, das zum Gebet rief, schreckte ihn aus seinen Gedanken auf. Vom Ende der Gasse her hörte er, wie eine Tür zufiel.

Mutter und Tochter Gfattermann traten auf die Straße. Sie trugen Trippen in den Händen. Hier im Oberviertel waren diese Unterschuhe unnötig, doch Weiß hatte ihm erzählt, dass sich die Frauen nicht in die nahe gelegene Pfarrei St. Moritz begeben würden, sondern nach St. Georg, der Stiftskirche der Augustiner-Chorherren. Diese sei ihnen ans Herz gewachsen. Weiß hatte Hans erklärt, dass sie an der Stelle der kleinen Kirche »Sanct Jürgen vor der Mauer« errichtet worden war und die Mutter der zukünftigen Braut deshalb gern dorthin ging, weil ihr Vater und Großvater Jürgen geheißen hatten. Auf dem Weg dorthin würden sie wohl in ihre Trippen schlüpfen müssen, da das Frauentorviertel schlecht gepflastert war. Deshalb hatte auch Hans seine hölzernen Unterschuhe mitgenommen.

Als die beiden Frauen näher kamen, bückte er sich zu seinen Schuhen und tat so, als hätte sich deren Schnürung gelöst. Wie zufällig blickte er hoch, als Mutter und Tochter an ihm vorübergingen. Er grüßte freundlich, und die Mutter grüßte mit einem Blick, der durch ihn hindurch ging, zurück. Das Mädchen aber, das eigentlich den Kopf hätte senken sollen, blickte ihn unverwandt an.

Elisabeth war keine Schönheit. Ihre Wangen waren rot und feist, der Körper jugendlich schmal. Das braune Haar war in zwei Zopfbändern um den Kopf gelegt und fiel am Rücken halb geöffnet über die Schulter. Sie ging leicht tänzelnd, während die Mutter unsicher und schwer einherschritt. Sie schüttelte nur den Kopf oder nickte, während ihre Tochter in einem fort auf sie einplapperte.

Hans ließ die beiden passieren und schloss sich ihnen in einem angemessenen Abstand an. Sie gingen am Rathaus vorbei, den Hohen Weg hinauf, durchquerten die Kirchenerweiterung und verließen am Frauentor die Domstadt.

Hier schlüpften sie in ihre Trippen, deren Klappern Hans folgte. Die Hauswände in der Gasse »Vor unser FrauenTor« warfen auch das Geräusch seiner Trippen zurück, sodass sich die beiden Frauen zu ihm umdrehten. Die Gfattermännin erkannte ihn offenbar ebenso wie ihre Tochter, blieb jedoch völlig ruhig, während das Mädchen zu kichern anfing und erst mit einem heftigen Ruck der Mutter an ihrem Arm zur Ruhe gebracht werden konnte.

Sie liefen bis fast zum Fischertor und bogen dann in die Sankt-Georgen-Gasse ein, die direkt auf den gedrungenen Kirchenbau zuführte.

Kurz nach den Frauen betrat Hans den düsteren Kirchenraum. Sie hatten am Eingang bei einem der Messdiener eine Kerze erstanden und entzündeten diese jetzt auf dem Tisch vor der Kanzel. Er blieb ein ganzes Stück hinter ihnen und beobachtete sie. Sie liefen bis vor zum Lettner, blieben erst an der Schranke stehen und knieten auf Schemeln nieder, die dort standen.

Hans sah sich in der Kirche um. Am auffälligsten war die Knotensäule, die die Kanzel trug. Der Knoten als Symbol der Verankerung der Predigt im Leben. Von dieser »Hexensäule« hatte er schon gehört, auch wenn er sie bislang nicht zu Gesicht bekommen hatte. Eine ähnlich gewundene Säule gab es im Markusdom in Venedig. Dort verwanden sich vier Säulen ineinander. Der Rehlinger, den er dort besucht und mit dem er die Säule angesehen hatte, hatte ihm berichtet, auch Augsburg besäße solch ein merkwürdiges Gebilde. Ein solches Symbol hier zu finden verwunderte ihn dennoch. Es sollte das Böse von der Kirche abwehren und dem Guten mehr Raum verschaffen. In der Funktion als Trägerin der Kanzel hatte man wohl die Absicht verbunden, den Prediger vor teuflischen Anfeindungen zu beschützen, damit sich der Gottseibeiuns nicht seiner Sinne und Stimme bemächtigte.

Die junge Elisabeth hatte ihn offenbar entdeckt, denn sie schaute sich heimlich und neugierig nach ihm um. Kurz begegneten sich ihre Blicke wieder.

Vielleicht sollte er Ort und Säule als Zeichen betrachten, dass er die richtige Wahl getroffen hatte. Jedenfalls beschloss er, nicht länger zu zögern und Hans Gfattermann um die Hand seiner Tochter zu bitten. Dass er sich durch diese Verbindung aller Sorgen entledigte, die sich seit Gernots missglückter Venedig-Fahrt angesammelt hatten, war ein nicht unbedeutender, günstiger Nebeneffekt. Und dieses junge Ding würde er so erziehen, wie er es brauchte.

Kurz blitzte in seinem Kopf wieder das Bild Annas auf, doch er sperrte es augenblicklich in tiefere Schichten seines Bewusstseins. Nicht der Gedanke, unredlich gegenüber Anna zu handeln, bewegte ihn, sondern die Frage, ob er sie aus dem Haus schicken sollte, zusammen mit ihrer Mutter. Und weil er auch noch Gernot bestrafen wollte, reifte in ihm ein Plan.

Mit einem Ruck löste er sich von dem Pfeiler, an den er sich gelehnt hatte, und verließ die Kirche.

8

AUGSBURG, APRIL 1380

Schon wieder hing der Haussegen schief. Hans empfand es als schwer erträglich, das Haus mit drei Frauen, zwei Mädchen und einem sabbernden Greis, der nicht mehr wusste, in welcher Zeit er lebte, zu teilen. Warum hatte er es versäumt, die Melcherin und Anna einfach vor die Tür zu setzen? Sie wären zurück nach Jettingen gegangen, und er wäre einige Schwierigkeiten los gewesen. Die Stiche, die es ihm versetzte, wenn er sah, wie Anna Gernot betrachtete, machten es nicht besser. Das alles hätte er sich erspart, hätte er nicht nur geplant, sondern auch gehandelt.

Anfangs hatte er vermutet, dass sich seine junge Frau erst an ihr Dasein als Hausherrin gewöhnen musste, aber bald stellte er fest, dass sich die drei Frauenzimmer gegen ihn verbündeten.

Elisabeth zeigte sich bockig, wo sie anschmiegsam und fügsam hätte sein sollen. Sie sei noch zu jung fürs Ehebett, erklärte sie ihm und verweigerte ihm die ehelichen Rechte. Er solle noch zuwarten und sich bei den Hübschlerinnen am Fledermausturm seine Hörner abstoßen.

Unterstützt wurde sie von Anna und der Melcherin, die sich zwischen ihn und seine junge Frau stellten. Letzte Nacht hatte Annas Mutter sie sogar bei sich im Bett schlafen lassen.

Am frühen Morgen hatte er Elisabeth in seine Kammer geholt. Es war ein Zetern und Wüten gewesen, das die halbe Gasse aufgeweckt und vor die Tür getrieben hatte. Schließlich hatte sie gewonnen, und er hatte von diesem widerspenstigen Weibsbild abgelassen.

Jetzt saß Hans noch im Nachtgewand am Küchentisch. Er mischte das Wasser vom Brunnen mit Wein und trank in gierigen Schlucken, um die Wut zu löschen, die in ihm kochte.

Sobald die Pässe frei wären, würde er nach Venedig reisen müssen. Und zuvor würde Elisabeth ihm eine Ehefrau sein, ob sie es nun wollte oder nicht. Sie waren vor dem Herrn miteinander verbunden worden, und was von der Kirche und also vor Gott beschlossen war, das sollte und durfte niemand trennen. Auch nicht seine Magd und ihre vermaledeite Mutter.

Anna betrat die Küche und blieb vor ihm stehen.

Hans nahm einen kräftigen Schluck. »Räum die Sauerei in meiner Schlafkammer auf«, befahl er barsch.

Anna stemmte die Fäuste in die Hüften. »Du bist ein Scheusal!«, zischte sie ihn an.

»Ich bin ihr Mann«, gab er zurück, stand auf und ging in seine Kammer nach oben, um sich anzukleiden. Anna folgte ihm. »Außerdem brauche ich mich nicht dafür zu rechtfertigen, die ehelichen Pflichten von ihr einzufordern«, wetterte er.

»Sie ist noch ein Kind«, presste Anna hervor. »Wenig älter als deine beiden Töchter!«

»Sie ist mannbar. Also halte dich zurück.«

»Du bist wie dein Bruder. Der nimmt sich auch, was er will.«

Verachtung sprach aus ihren Worten, und in Hans keimte zum

ersten Mal so etwas wie ein Schuldgefühl auf. Vielleicht hätte er nicht dem Geld nachgehen dürfen. Vielleicht hätte er doch Anna heiraten und nach Jettingen zurückgehen sollen. Einen kleinen Wohlstand hatten sie sich erarbeitet. Aber Anna hatte sich mit Gernot verbunden und ihn, Hans, abgeschrieben.

Er atmete tief durch und schob die müßigen Gedanken beiseite. Er suchte den Erfolg, und Annas Verrat an ihm sollte ihn nicht aufhalten.

»Lass meinen Bruder aus dem Spiel«, knurrte er, während er den Gürtel um die Hose schlang. »Ich muss zur Versammlung der Weber. Der Zunftobere wird wieder neu bestimmt.« Er schlüpfte in sein Wams, legte seine Meisterkette um und grinste. Weiß wusste noch nichts von seinem Pech.

Lange hatte er nicht begriffen, was dieser damit bezweckt hatte, ihn mit der Gfattermann-Tochter zu verkuppeln – schließlich hatte diese Verbindung Hans finanziell gerettet. Gernots Umsicht und die Mitgift Elisabeths hatten sein Handelsgeschäft am Leben erhalten und ihm eine weitere Aussicht eröffnet: nämlich Zunftobermeister zu werden. Nicht dieses Jahr, auch nicht im nächsten, aber irgendwann in der Zukunft.

Hans musste lachen, sodass Anna ihn mit finsterer Miene betrachtete, während sie das Bettzeug ausschüttelte.

»Du brauchst mich nicht so anzuschauen. Ich habe sie nicht angerührt. Aber du kannst ihr sagen, was sie zu tun hat. Bevor es nach Venedig geht, werde ich ihr Mann – denn das ist mein gutes Recht.«

Anna blieb stumm.

Etwas Unbehagen fühlte er trotz seines festen Auftritts, denn ohne Annas Andeutungen hätte er vermutlich nie verstanden, was Weiß vorhatte. Der alte Weber wollte nicht nur ihn mit Ulins Hilfe vernichten, sondern auch Hans Gfattermann in Misskredit bringen. Der reiche Weber hatte sich einen Schwiegersohn angeschafft, der sein Geschäft an den Abgrund geführt hatte. Damit kam er als Zunftobermeister nicht mehr infrage. Wer in der Stadtpolitik mitmischen wollte, brauchte Weitblick und Durchsetzungsvermögen, auch gegen persönliche Interessen. Heute würde Weiß seinen Kandidaten präsentieren – und Hans ahnte, dass dieser Ulin Fugger heißen würde.

Doch Hans und sein neuer Schwiegervater gedachten, Weiß einen gehörigen Strich durch die Rechnung machen. Hans' Barchenthandel stand inzwischen wieder durchaus solide da. Er hatte noch nicht einmal die ganze Mitgift seiner Frau einsetzen müssen. Zwar durfte er in der Stadt noch immer keinen Barchent weben lassen, aber die Gäuweber standen hinter ihm.

Gfattermann hatte also eine weiße Weste, und auch Hans selbst hatte sich gefangen, trotz Ulins Ungeheuerlichkeiten. Ungerührt würde er seinen eigenen Bruder abblitzen lassen und dazu beitragen, seinen Schwiegervater auf den Schild zu heben – oder einen anderen, wenn dieser noch nicht bereit dazu war. Und dann würde das Barchentweben in Augsburg wieder zugelassen.

Ulin war noch unterwegs. Er war nach Jettingen zu ihrer Mutter gefahren, um sie und ihren Hausstand nach Augsburg zu holen, wo sie bei ihm wohnen würde. Offenbar war er sich seiner Ernennung durch den Vorschlag von Hans Weiß so sicher, dass er glaubte, er brauche erst in letzter Minute bei der Versammlung der Weber zu erscheinen, um gewählt zu werden.

Es schmerzte Hans, dass seine Mutter Anna Maria nicht zu ihm zog. Aber sie wohnten ohnehin beengt. Er hätte nicht gewusst, wo er sie noch hätte unterbringen sollen. Wie dem auch sei – ein größeres Haus musste her – damit er wieder etwas freier atmen konnte.

»Was macht eigentlich deine Mutter den lieben langen Tag, außer sich von mir durchfüttern zu lassen?«, fragte Hans, der sich eine Bürste genommen hatte und damit durch Bart und Haupthaar fuhr.

»Was?« Anna sah ihn an, als wäre sie tief in Gedanken versunken gewesen.

»Du hast mich schon verstanden. Sie soll sich nützlich machen, oder ich werfe sie raus. Dann kann ich meine Mutter ins Haus nehmen.«

»Darüber brauchst du dir keine Gedanken zu machen. Ulin hat schon ein Haus gemietet und die Kammer für deine Mutter hergerichtet. Und was man so hört, ist sie damit sehr einverstanden. Offenbar weiß sie nicht, dass man ihrem jüngeren Sohn vorwirft, er hätte den Schultheißen von Jettingen getötet.«

Hans drehte sich nach ihr um. Anna ließ sich nicht einschüchtern. So sehr er diese Eigenschaft an ihr schätzte, manchmal wünschte er sich, sie würde nicht ständig Widerworte geben, sondern einfach seine Fragen beantworten.

Sie hob das an mehreren Stellen zerrissene Nachtgewand Elisabeths vom Boden auf, hielt es gegen das Licht und betrachtete es kopfschüttelnd.

»Das höre ich zum ersten Mal«, sagte Hans.

»Was? Dass er ein Mörder ist oder dass er ein Haus gekauft hat?«

»Das mit dem Haus natürlich«, zischte Hans und setzte hinzu: »Pack das Hemd weg und flick es.«

Anna zuckte mit den Schultern.

»Und das mit deinem Vater ist Unsinn. Erzähl es ja nicht weiter.« Hans atmete tief aus. »Wo wohnt Ulin denn?«

»In der Klebsattelgasse. Ein altes Weberanwesen. Nicht besonders stattlich, aber es gehört ihm.«

Und es liegt in der Oberstadt, dachte Hans wütend.

»Es ragt in das Gartengrundstück des Stadtpflegers hinein«, fuhr Anna fort. »Ulin hat es ihm weggeschnappt.«

Hans starrte sie an. Woher wusste sie das alles nur? Ulin hatte ein eigenes Haus – und das nicht irgendwo, sondern in der Oberstadt, in der Nähe des Benediktinerklosters St. Ulrich und Afra. Das war doch sein Traum! Er würde, bevor er zur Zunftversammlung ging, durch die Klebsattelgasse gehen.

Allein hätte Ulin diesen Kauf nicht stemmen können. Also hatte ihre Mutter ihm Geld gegeben. Hans presste die Lippen aufeinander. Während er sich jeden Pfennig selbst erarbeiten und gegen alle Widrigkeiten allein ankämpfen musste, wurde diesem Schuft Ulin das Geld in den Hintern geschoben. Andererseits war Hans bewusst, dass er sich in den letzten Monaten wenig um seine Mutter gekümmert hatte. Die Geschäfte hatten es einfach nicht zugelassen.

Er fluchte so laut, dass Anna erschrocken hochsah.

»Heute Abend will ich Elisabeth neben mir im Bett liegen haben, Anna, oder ich werfe dich und deine Mutter hinaus.«

Mit wehender Schaube stürmte er aus der Kammer, polterte lautstark durchs Haus und schlug die Tür hinter sich zu, dass alles bebte.

Anna wusste nicht mehr weiter. Sie hielt sich die Ohren zu. Offenbar waren die Pläne, die Hans und sein Schwiegervater verfolgt hatten, gescheitert. Gfattermann war nicht Zunftobermeister geworden. Aber auch Ulin hatte den Posten nicht bekommen. Sie kannte den neuen Obermeister der Weber noch nicht einmal: Conrat Wagner. Noch nie hatte sie von ihm gehört.

Beide Männer – Gfattermann und Ulin – hatten gehofft, sich durchsetzen zu können, doch die Gruppe um Weiß war noch immer zu stark, und Hans war auch nicht gerade der Mann, der sich überall Freunde machte. Je besser er verdiente, desto unleidlicher wurde er. Nur eines schien ihm gelungen zu sein: Weil sie Wagner gewählt hatten, sprach dieser sich für die Zulassung der Barchentweberei in der Stadt aus. Damit war es zwar noch nicht genehmigt, es wurde aber auch nicht mehr als Verlagsweberei geächtet. Ein gewaltiger Schritt für Hans Fugger.

Anna stand mit dem Kochlöffel an der Herdstelle und rührte gedankenverloren im Brei, während sie über ihre Situation nachdachte. Sie bemerkte erst, als es brenzlich roch, dass der Bodensatz anbrannte, weil sie in der Bewegung innegehalten hatte.

Sie fluchte, zog den Topf vom Herd und kratzte den Inhalt auf einen Teller. Am Boden hatte sich eine schwarze Kruste gebildet, die sich hartnäckig weigerte, sich zu lösen. Sie schüttete Wasser auf die Kruste, um sie einzuweichen, und hörte, wie die Tür geöffnet wurde und sich jemand die Schuhe abtrat.

»Nicht jetzt«, stöhnte sie leise und drehte sich unwillig um.

»Gernot!« Ihre Niedergeschlagenheit war wie weggeblasen und wurde von einem Prickeln abgelöst, das sich von der Brust hinab in den Bauch fortsetzte.

Der Fuhrwerker stand auf der Schwelle und schnüffelte. »Wie heißt das, was da gerade angebrannt ist?«, erkundigte er sich.

Anna war nicht zum Scherzen aufgelegt und hätte ihm am liebsten den Holzlöffel entgegengeworfen, doch der klebte am Bodensatz fest – und bis sie ihn gelöst hatte, stand Gernot bereits neben ihr.

»Fugger ist ziemlich sauer«, sagte er, fasste sie um die Hüften und zog sie an sich.

»Gernot!«, wehrte sich Anna halbherzig. »Was soll das? Ich bin am Kochen!«

Gernot schnüffelte. »Am Kochen oder beim Kochen?«

Sie schlug scherzhaft nach ihm, doch er wich geschickt aus. »Wohl weder das eine noch das andere!«, antwortete sie. »Sei froh!«

»Ah. Dann räucherst du etwas?«

Mit dem Ellenbogen stieß sie ihn in die Seite. »Wenn Fugger oder Elisabeth dich hier finden ...«

Plötzlich wurde Gernot ernst. »... werden sie nichts dagegen haben ... so wie Hans Fugger gestern gesprochen hat ...«

Anna stutzte. Was meinte er damit? Sie drehte sich in seiner Umarmung und wandte ihm ihre gute Seite zu »Er redet viel, wenn er ein paar Bier getrunken hat. Du solltest nichts auf das Schankgeschwätz geben, das weißt du, Gernot.«

Dennoch war sie neugierig. Was heckte Hans nun wieder aus? Seit er mit Elisabeth verheiratet war, hatte er wieder Boden unter den Füßen und sann darauf, dem Weber Weiß eins auszuwischen.

»Er will deine Mutter und dich aus dem Haus haben. Ihr hättet einen schlechten Einfluss auf seine Frau und auf seine Kinder, hat er gesagt.«

»Pah!«, rief Anna. »Was muss er sich mit lauter Kleinkindern abgeben. Allenthalben wird herumerzählt, seine Frau zähle sechzehn Lenze. Gerade einmal fünfzehn ist sie, und das noch nicht ganz. Sie ist kaum älter als seine beiden Mädchen.«

Gernot schien nichts Anstößiges daran zu finden, dass Hans sich ein blutjunges Mädchen ins Haus geholt hatte.

Er drückte sie an sich. »Er braucht dich offenbar nicht mehr …«

Den letzten Satz hatte er geflüstert. Bevor Anna etwas antworten konnte, nahm er ihren Kopf und drehte ihn so, dass er beide Gesichtshälften im Blick hatte. »Aber *ich* brauche dich!«

Anna hörte, wie sanft seine Stimme klang, und musste schlucken. Das war ein ganz anderer Gernot als der, der sie umfasst und an sich herangezogen hatte. Was sollte sie darauf sagen? Sie versuchte, ihr Gesicht wieder abzuwenden, ihm die schöne Seite zu zeigen, aber Gernot hielt sie eisern fest.

»Beide Seiten gehören zu dir!«, sagte er und küsste sie auf beide Wangen.

Doch der Zauber war rasch verflogen. Gernot räusperte sich mehrmals, als sie stumm blieb.

»Am Abend ist noch etwas anderes zur Sprache gekommen: deine Mutter …«

Anna verdrehte die Augen. »Sie ist wie ein Irrwisch, den man nicht festhalten kann. Was soll mit ihr sein?«

»Es ist nur ein Gerücht …«

»Gerüchte sind der Tod der Wahrheit, Gernot. Entweder es stimmt, dann sag es mir, oder es ist unwahrscheinlich, dann lass es.«

Er wand sich, bevor er dazu ansetzte, ihr zu sagen, was er gehört hatte.

Anna stand plötzlich die Szene auf dem Markt vor Augen, als sie ihre Mutter dabei beobachtet hatte, wie sie dem Bleicher ein Säckchen mit Münzen ausgehändigt hatte. Sie fasste Gernot an beiden Oberarmen und sah ihm ins Gesicht. »Was hat sie getan?«

»Sie soll einen Kerl dazu angestiftet haben, Ulin Fugger zu verprügeln.«

»Sie hat was?« Anna hätte sich alles Mögliche vorstellen können, doch dass ihre Mutter jemanden dazu gebracht hatte, den größten Halunken unter der Augsburger Zirbelnuss eine Abreibung zu verpassen, das war schon fast gerecht. »Wirklich?«

»Ulin hat kräftig Prügel bezogen. Der Schurke hat ihn grün und blau geschlagen. Offenbar ein Sattler, dem er Geld geschuldet hat.«

»Aber warum«, fragte Anna verwirrt. »Was hätte sie davon? Und wie kommt sie dazu?« Sie löste sich langsam von Gernot, der sie noch immer festhielt.

»Ich weiß es nicht. Ulin hat sich jedenfalls beschwert.«

»Und woher wusste er davon? Wenn nicht meine Mutter selbst Hand angelegt hat, dann kann es doch weiß Gott wer gewesen sein, der ihm aufgelauert hat.«

»Vielleicht hat er es auch nur erfunden. Ulin will womöglich seinen Bruder in Misskredit bringen. Das versucht er ja seit Längerem mit allen möglichen Mitteln. Er ist es, der die Gerüchte streut, Hans wäre nicht zahlungsfähig.«

Anna ging zurück zur Feuerstelle. Mittlerweile hatte das heiße Wasser die Kruste gelöst, und sie ließ sich abschaben.

»Aber es bleibt die Tatsache, dass Ulin verprügelt wurde. Warum?«

Gernot zuckte mit den Schultern. »Wir sollten es herausfinden. Dann könnte zumindest deine Mutter noch im Haus bleiben.«

Anna hob eine Braue. »Wir?«

»Wer sonst?« Sanft drehte Gernot Anna wieder zu sich um. Diesmal wehrte sie sich nicht. »Ich will dich etwas fragen, Anna Melcherin.«

Anna bemerkte, wie auch ihre Atmung schneller wurde. Ein Zittern durchlief sie. »Warum tust du's dann nicht?« Sie senkte den Blick nicht, sondern hielt ihn mit den Augen fest.

»Weil ich nicht weiß, was du sagen wirst«, flüsterte Gernot. Seine Stimme klang gequetscht, so als müsse er jedes Wort aus seinem Innersten hervorpressen.

»Das kannst du nur herausfinden, wenn …«

Er ließ sie nicht ausreden, schloss kurz die Augen und stieß dann hervor: »Anna, willst du mich immer noch …« Er musste sich räuspern, noch einmal Luft holen, dann erst konnte er den Satz vollenden. »… heiraten?«

Sie sagte zuerst nichts, legte ihren Kopf an seine Brust und fühlte, wie sich Tränen in ihren Augen sammelten und über ihre Wangen liefen.

»Nein?«, flüsterte er. »Dann entschuld…«

»Du Dummer«, fiel sie ihm ins Wort und küsste ihn. Sie hoffte, das würde ihm als Antwort genügen. Sprechen konnte sie gerade nicht, sonst wäre sie in haltloses Schluchzen ausgebrochen.

9

Sie drückten sich in eine Toreinfahrt und warteten, bis der Nachtwächter erschien. Anna schmiegte sich eng an Gernot, und er zog sie an sich heran. So nah waren sie sich bislang selten gewesen – und Anna genoss es, auch wenn ihre Begegnung hier kein Stelldichein war.

»Nicht, dass du dir etwas einbildest!«, wisperte sie, als sie an ihrem Oberschenkel spürte, dass er sich sehr wohl etwas ausmalte.

»Wo denkst du hin!«, flüsterte er zurück. Sie konnte sein anzügliches Grinsen geradezu sehen, obwohl es mondlos finster war, und puffte ihn leicht mit dem Ellenbogen in die Seite.

Der Nachtwächter schwenkte seine Laterne von links nach rechts, rief seinen Spruch in die Dunkelheit und gab einem Nachzügler, der an ihm vorbeischlüpfen wollte, einen kurzen Hieb mit seinem Stab.

»Schleich dich in deine Falle!«, rief er ihm nach, als der Mann, nach dem Schlag die Hand am Hintern, seine Schritte beschleunigte.

»Ein rabiater Kerl«, flüsterte Anna wieder. »Aber recht hat er!«

»Oh, soll ich dir auch auf den Hintern …?«, erbot sich Gernot.

»Untersteh dich!«

Sie lösten sich langsam voneinander, was Anna bedauerte. Sie hätte gern noch länger mit ihm im Dunkeln gestanden. Der Nachtwächter verschwand die Gasse hinunter um die Ecke.

»Willst du die ganze Nacht hier warten?«, fragte sie. »Ich kann nicht in diese Schänke. Man kennt mich. An einen Krüppel wie mich erinnert sich jeder«, sagte Anna.

»Dann geh ich rein, und du wartest hier. Ich bin bald wieder zurück«, erwiderte Gernot.

Anna schnaubte zwar, willigte aber schließlich ein. Wenn sie wissen wollten, was Ulin in diesem Bräu trieb, außer sich zu betrinken, musste Gernot das herausbekommen.

»Jetzt geh schon. Ich bleib hier stehen«, presste sie zwischen den Zähnen hervor.

Wenigstens war es nicht kalt. Die Augustnächte brachten eine angenehme Milde mit sich. Der Himmel war bei Neumond klar, und die Sterne funkelten in einer Pracht, als hätte man rote, blaue und weiße Edelsteine ans Firmament genäht.

Gernot drückte sie noch ein letztes Mal und wollte sich von ihr entfernen, aber sie hielt ihn am Ärmel fest.

»Du sollst wenigstens einen Grund haben zurückzukommen«, sagte sie, zog ihn an sich und gab dem überraschten Fuhrwerker einen Kuss.

Dann stand sie allein im Dunkeln und starrte auf die Tür, durch die Gernot ins Innere der Schänke verschwand.

Als Gernot den Gastraum betrat, schlug ihm der Gestank von Schweiß und gärendem Sud, verschüttetem Bier sowie der einer aufgeheizten Männergesellschaft entgegen. Es war nicht die freundliche, entspannte Stimmung wie im Bräu am Wertachbrucker Tor. Die Luft schien aufgeladen zu sein. Nach drei Schritten in den Raum hinein wurde er von einem Hünen abgefangen, der von sich behauptete, er wäre der Wirt.

»Ihr wollt nur ein Bier?«, fragte er.

Überrascht sah Gernot ihn an, als er ihn zur Theke führte und sich vor das Fass dahinter stellte. »Was könnte ich denn sonst noch wollen?«

»Etwas sehen …«, entgegnete der Wirt.

Gernot ließ den Blick durch die Schänke schweifen. Drei Männer saßen im Raum und stierten in ihre Krüge. Vier weitere Bierbänke waren leer. Es gab nur diesen einen Raum – und er wunderte sich darüber, was er sah. Er schaute sich noch einmal genauer um und musterte schließlich auch die Wände. »Und was?«

Anna und er hatten sieben Personen in die Schänke gehen sehen. Diese drei hier waren eindeutig vier Personen zu wenig.

Der Wirt reinigte einen Krug, indem er ihn in einem Wasserbad schwenkte, und dann verkehrt herum auf seinen Schanktisch stellte.

»Wo sind die anderen?«, fragte Gernot, weil ihm allmählich etwas dämmerte.

»Welche anderen?«, fragte der Wirt unschuldig.

»Ihr wollt mir doch nicht weismachen, die drei Kerle hier seien Eure einzigen Gäste?« Gernots Stimme zitterte.

»Keine eigenen Würfel«, flüsterte der Wirt. »Die Knochenwürfel werden von mir gestellt und von mir wieder eingesammelt. Wollt Ihr mitspielen?«

Jetzt wusste Gernot, dass er richtig gelegen hatte. In einem Hinterzimmer der Schänke wurde gewürfelt. Um Geld.

»Keine eigenen Würfel.« Gernot nickte. Er wollte eben aufstehen und dem Wirt folgen, der sich nach hinten begab, als an der Rückwand eine beinahe unsichtbare Tür geöffnet wurde und ein Mann heraustrat, der ihn in seiner Eile offenbar nicht bemerkte – und leicht betrunken an ihm vorüberstolperte. Ulin Fugger.

Gernot sagte nichts, wich dem Betrunkenen aus und folgte dem Wirt. Der führte ihn durch den einen Flur in ein Hinterzimmer.

Gernot konnte gerade noch verhindern, durch die Zähne zu pfeifen. Der Raum war mit einem Sammelsurium unterschiedlichster Gegenstände gespickt, ein Raritätenkabinett, das er bei jedem, nur nicht bei diesem Wirt vermutet hätte: ausgestopfte Tiere, Muschelschalen, Schildkrötenpanzer, Ungeheuer mit zwei Köpfen und sechs Beinen. Vor lauter Staunen hätte er fast die Männer übersehen, die an einem runden Tisch saßen und ihn anstarrten.

»Was ... soll das?«, zischte ein junger Kerl den Wirt an. Der bereits ansetzende Wanst und die vornehme Kleidung wiesen ihn als Patrizier aus.

Gernot verbeugte sich unwillkürlich. »Herr Welser!«, grüßte er.

»Keine Namen«, unterbrach ihn der Paradiesvogel. »Ich heiße Stieglitz!«

Ein zweiter Mann sprang auf und kam auf Gernot zu. »Wenn Ihr Geld habt, seid willkommen, wenn nicht, schert Euch zum Teufel!« Er baute sich mit verschränkten Armen vor ihm auf. »Was arbeitet ihr?«

»Ich ... äh ... handle mit Barchent.«

»So seid Ihr Hans Fugger, der Weber?« Der dritte Mann streckte ihm die Hand entgegen.

Gernot lachte. »Natürlich nicht. Ich dachte, es dürften keinen Namen fallen. Aber an Geld soll es nicht mangeln.«

»Dann nennen wir Euch einfach ...« Der Mann stockte.

Gernot half ihm aus der misslichen Lage. »Gerhard!«, sagte er. »Nennt mich einfach Gerhard!«

»Warum?«

Jetzt war es an Gernot zu stutzen. »Warum nicht?«

»Weil *Der gute Gerhard* ein Held war, und weil alle über ihre eigenen Füße stolpern, wenn sie sich Namen aus den Geschichten der Sänger geben«, erklärte der dritte Mann. Auch er hatte sich erhoben, war dabei aber nicht in die Höhe gewachsen, sondern rutschte von seinem Stuhl herab auf die Beine. Ein Kleinwüchsiger.

»Ihr habt Angst, ich könnte fallen?«, fragte Gernot.

Der Kleinwüchsige zuckte mit den Schultern. »Zumeist«, gab er zurück. »Ihr heißt Wachtel! Und damit Schluss!«

»Und wie heißt Ihr?«, wollte Gernot wissen.

»Eule«, beschied ihn der Zwerg knapp.

»Ihr wollt also mitspielen, Wachtel?«, fragte Stieglitz. »Dann steigt ein.«

Der Wirt hielt Gernot am Ärmel zurück und drückte ihm etwas Hartes in die Hand: Würfel ... Knochenwürfel. Gernot bedankte sich und betrachtete die keineswegs abgespielten, sondern nagelneuen Würfel, drei an der Zahl.

»Wir warten noch auf den fünften Mann, dann kann es wieder losgehen. Die Regeln sind einfach. Dreimal gewürfelt, die höchste Zahl gewinnt. Man kann immer einen Würfel in den Stock legen und so lange würfeln, bis alle Würfel einmal bewegt ...«

»Es geht um Geld?«

Eules Blick wich dem seinen aus.

»Oh, dann auch um Haus und Hof?«

»Ihr verpflichtet Euch für mindestens fünf Spiele. Danach dürft Ihr gehen, wenn Ihr wollt, oder weitere fünf Spiele mitmachen«, erklärte Amsel, diesmal etwas düsterer.

»Keine Nachrichten nach außen und keine Streitereien nach innen. Fünf Spiele, mehr nicht. Wenn Euer Hintern bereit ist, sind wir das auch.«

Gernot wollte sich eben an den Platz von Ulin Fugger setzen, als er zurückgehalten wurde.

»Der ist belegt. Pfaublau kommt gleich wieder.«

»Pfaublau?« Gernot konnte nur mühsam ein aufglucksendes Lachen unterdrücken. Pfaublau, das passte zu diesem Kerl, der hier sein erschwindeltes Geld durch den Kamin jagte. Gernot tat, als verstünde er nicht, was sie ihm sagen wollten.

»Seine erste Runde hat er ... nun ja, nicht gewonnen«, sagte Eule. »Er holt sich eine ... eine Kräftigung.«

Gernot stutzte. Woher nahm Ulin das Geld? Bis zu ihm nach Hause war es zu weit. Hatte er eine Summe in der Nähe versteckt?

»Ich bringe Euch einen Krug Bier«, sagte der Wirt, der den Kopf durch die Tür steckte.

Offenbar hatten sich die drei Spieler mittlerweile auf Gernot eingelassen. Er nahm den zweiten freien Stuhl und rückte ihn so, dass er die Tür im Blick hatte.

Der Wirt kam und stellte ihm das Bier auf den Tisch. Gernot probierte die Würfel aus, versuchte herauszufinden, ob es einen Knochenwürfel gab, der eine Zahl häufiger zeigte als eine andere.

Doch die Würfel waren sauber gearbeitet und tatsächlich nicht beschwert.

Anna atmete tief durch. Es tat gut, einmal frei denken zu können, ohne durch Arbeit oder Pflichten daran gehindert zu werden.

Sie musste sich über ihre Gefühle zu Gernot klar werden, denn diese wurden wieder von denen zu Hans überlagert. Sie hatte Gernot zwar zugesagt, aber Hans hatte ihre Ankündigung, sie würde den Fuhrwerker heiraten, derart unwirsch aufgenommen, dass sie erschrocken war und sich ein Gefühl von Zuneigung zurückgemeldet hatte.

Hans hatte sie fallenlassen, als er Elisabeth Gfattermann geheiratet hatte. Andererseits hatte er deren Mitgift dringend gebraucht, sonst wäre er Bankrott gegangen. Empfand sie, Anna, es nur so, oder wollte er sie wirklich abschieben? Sie war nicht mehr die Jüngste und wegen ihres Makels ohnehin keine Heiratskandidatin. Aber war es zwischen Hans und Elisabeth tatsächlich nur eine Heirat aus Notwendigkeit? Wenn ja, dann empfindet er vielleicht noch etwas für mich, dachte Anna. Sie nahm sehr wohl wahr, wie missgünstig er ihren Umgang mit Gernot beäugte. Je öfter sich der Fuhrwerker blicken ließ, desto mürrischer und unleidlicher wurde Hans. Offensichtlich bohrte es in ihm, dass nicht nur er sich von ihr, sondern auch sie sich von ihm entfernte. Und was ihn offenbar am meisten störte, war, dass ein anderer Mann die Ursache dafür war. Wenn sie Gernot heiratete, würde sie Hans womöglich für immer verlieren. Aber war er wirklich noch ein Kandidat für sie? Sie sehnte sich nach Zärtlichkeit und Zuneigung über die kurzen Zeiten im Bett des Hausherrn hinaus. Sie konnte sich allerdings nicht mehr daran erinnern, wann er zuletzt nach ihr gerufen hatte.

Sie hätte sich sicher noch länger den Kopf zerbrochen, wenn sie nicht aus dem Augenwinkel einen Schatten gesehen hätte, der ihre Aufmerksamkeit weckte. Sie schaute genauer hin.

Zuerst dachte sie an einen Scholaren im Gewand der Gelehrten, doch dann erkannte sie im fast abgeblendeten Laternenschein den Bleicher, mit dem sich ihre Mutter traf. Er trug einen langen, dunklen Umhang.

Was tat er hier?

Ging es um das, was ihr Hedi gesteckt hatte? Laut Frydrych Münklers Frau war Ulin in unrechtmäßige Geschäfte verstrickt. Was darunter zu verstehen war, das versuchten Gernot und sie ja herauszufinden. Deshalb waren sie hier.

Der Bleicher ging nicht in die Bierschänke, sondern lief unruhig davor auf und ab.

Plötzlich trat ein Mann aus der Tür, die Kapuze der Gugel tief ins Gesicht gezogen. Kurz blickt er um sich, dann ging er auf den Bleicher zu. Dieser zog einen Beutel hervor, dessen Klimpern darauf hindeutete, dass er etliche Münzen enthielt, und reichte ihn dem Mann aus der Schänke. Offenbar waren sie verabredet gewesen, weil er kurz die abgeblendete Laterne gelüftet und dem Mann so ein Zeichen gegeben hatte. Der Bleicher ging auf ihn zu und streckte ihm geschäftsmäßig die Hand entgegen. Der andere schlug ein.

Wieder öffnete sich die Tür, und ein fahler Lichtschein drang nach außen, der kurz auf das Gesicht des Mannes schien, als dieser seine Gugel abstreifte. Anna erkannte ihn sofort: Ulin Fugger. Der Bleicher, mit dem ihre Mutter Umgang hatte, machte gemeinsame Sache mit diesem Hundsfott und Betrüger?

Sie sah noch, wie Hans' Bruder sich verabschiedete. Zufrieden ließ er den Beutel in seiner linken Hand tanzen und verschwand wieder in der Schänke.

Anna beobachtete den Bleicher, wie er sich einen Daumen unter den Gürtel steckte, auf die Gasse spuckte und schließlich davonging. Das schwache Licht tanzte druch die Dunkelheit. Er war noch keine zwanzig Fuß weit gekommen, als eine ebenfalls dunkel gekleidete Person aus dem Schatten trat und sich ihm in den Weg stellte.

Anna schlug die Hand vor den Mund. Doch der Bleicher schien die Gestalt – es war eindeutig eine Frau – erwartet zu haben. Er fasste sie um die Hüfte, und die Frau hakte sich bei ihm unter. Sie wandte den Kopf zu ihm, und Anna stockte der Atem. Das schwache Laternenlicht beleuchtete das Gesicht ihrer Mutter. Sie ging mit dem Bleicher in Richtung Frauenvorstadt.

Anna blickte den beiden nach. Warum gab der Bleicher Ulin Geld? Hatte dieser selbst nicht genügend? Und welche Rolle spielte dabei ihre Mutter?

Gernot sah auf, als Ulin in den Hinterraum der Schänke trat. Er schwitzte, als hätte er einen längeren Weg hinter sich gebracht. Er stellte ein kleines Säckchen neben sich ab, dessen Klang verriet, dass es mit Münzen gefüllt war. Sein Blick ging in die Runde und blieb an Gernot hängen.

»Ihr? Ein fünfter Mann also. Meine Herren. Dann fünf Runden. Niemand verlässt in dieser Zeit den Raum, niemand steigt aus, niemand entnimmt seinen Einsatz. Einverstanden?«

Die Männer der Runde nickten einer nach dem andern, als sie von Eule angesehen und dazu aufgefordert wurden.

»Also gilt es!« Eule legte einen Gulden in die Mitte des Tisches. Gernot starrte auf die Münze. Was tat er da? Der Einsatz war höllisch hoch, doch reihum setzten die Männer Gulden. Er war als Letzter an der Reihe. Dann warf Eule seine Würfel und entnahm dem Wurf die höchste Zahl, eine Fünf.

Wieder wiederholten alle das Ritual und legten einen Würfel beiseite. Zweimal fiel die Drei, Ulin hatte nur eine Zwei, und Gernot würfelte eine Sechs.

Danach wurde der Einsatz erhöht. Wieder klimperten Gulden in die Mitte des Tischs.

Gernot rechnete. Wenn er gewann, würde in der Mitte ein Monatslohn für einen Webermeister liegen. Wenn er aber verlor, hätte er einen ganzen Wochenlohn verspielt.

Tatsächlich ging die erste Runde günstig für ihn aus. Er konnte dreimal die Sechs aus seinen Würfen ziehen, allerdings gelang das auch dem Kleinwüchsigen. Gernot wollte schon zugreifen und das Geld teilen, als Eule ihn zurückpfiff.

»Der Stock bleibt liegen, wenn es keinen eindeutigen Gewinner gibt. Erst wenn der Gewinner klar feststeht oder aber die Runde ganz beendet ist, wird aufgeteilt.«

Gernot zog seine Hand zurück. Er beobachtete die Männer im flackernden Licht der Öllampen. Ihre Augen glänzten vor Gier, und ihre Gesichter waren rot vor Erregung. Auch Ulin war wie fixiert auf den Geldstock in der Tischmitte. Bislang hatte er noch mit keinem der Männer am Tisch einen längeren Blick gewechselt.

Die nächste Runde begann der Mann links des Zwergwüchsigen. Auch sie verlief ähnlich, nur dass diesmal der Welser, der sich als Stieglitz vorgestellt hatte, mit ihm zusammen gewann. Wieder blieb alles Geld in der Mitte liegen. Gernot überschlug den Wert auf zwei Monatslöhne.

Als Ulin an der Reihe war, den ersten Betrag zu setzen, nestelte er zwei Gulden aus dem Säckchen vor sich und legte sie in die Tischmitte. Alle stöhnten, weil er den Einsatz erhöht hatte, was natürlich dem Stockwert entsprach. Wer jetzt gewann, der erhielt vier Monatslöhne.

Gernots Augen begannen zu tränen, und sein Mund wurde trocken. Die Öllampen rußten zu stark, und der Geruch, der von ihnen ausging, benebelte seine Sinne. Aber noch konnte er mithalten. Diesmal hatte er kein Glück, während Ulin zweimal die Sechs herauslegen konnte. Er hatte tatsächlich die besten Zahlen. Sein Vorgänger Stieglitz hatte nur zwei Fünfen zustande gebracht. Gernot fühlte die Spannung, die sich aufbaute. Die Luft knisterte geradezu. Doch mit einer Zwei und zwei Dreien war er völlig abgeschlagen.

Als Ulin, der führte und schon ein triumphierendes Lächeln aufgesetzt hatte, seinen letzten Würfel fallen ließ, war die Spannung kaum mehr zu ertragen. Gernot sah seinen ganzen Wochenlohn in den Taschen von Hans' Bruder verschwinden. Doch beim letzten Wurf versagte Ulin.

»Dreizehn!«, zischte er, weil nur ein Auge auf dem Würfel stand. Man sah ihm die Enttäuschung an.

Wieder blieb der Geldstock stehen, denn sowohl Stieglitz als auch Eule hatten ebenfalls die Dreizehn gewürfelt.

In der vorletzten Runde wurde nicht wieder erhöht. Zwei Gulden landeten in der Tischmitte, und Gernot hätte am liebsten aufgehört. Sein Beutel war nahezu leer. Noch zwanzig Gulden, dann wäre seine Kasse ausgeplündert. Das reichte gerade für diese und die nächste Runde. Schweren Herzens legte er dazu und würfelte. Wieder zog er nur eine Drei aus den drei Würfeln.

Er war der Schlechteste. In der Mitte stapelten sich die Münzen zu einem kleinen Berg. Keiner der Männer hatte die Zeit oder die Nerven, einen Schluck zu trinken. Alle fieberten dem Ende der Runde entgegen. Jetzt wurde geteilt, jetzt hatten alle die Gelegenheit, sich ihren Anteil vom Schatz zu holen.

Gernot konnte gerade noch mithalten. Als die beiden letzten Würfler an der Reihe waren, setzten sie jeweils fünf Gulden. Gernot schluckte. So viel Geld hatte er nicht mehr. Auf dem Tisch lag ein Jahreslohn, und er hatte nicht mehr die Möglichkeit mitzubieten.

Eule sah ihn ausdruckslos an, als er zögerte.

»Kein Geld mehr?«, fragte er ruhig.

Gernot nickte. »Mir fehlen die fünf letzten Gulden.«

»Ich leihe sie Euch, Wachtel. Unter der Bedingung, dass ich, auch wenn Ihr nicht gewinnt, die dreifache Summe zurückerhalte.«

Gernot hatte sich nicht mehr unter Kontrolle. Er nickte. Eule streckte ihm die Hand entgegen. »Schlagt ein!« Dann wandte er sich an die anderen: »Ihr seid Zeugen. Er schuldet mir fünfzehn Gulden.«

Alle nickten.

»Leiht mir auch noch etwas, Eule«, presste Ulin hervor, der ebenfalls in seinem Beutel kramte, aber keine Münze mehr darin fand.

»Schon wieder? Das wird teuer!«

»Ich zahl es aus dem Stock. Ihr werdet sehen, diesmal wird es die Sechs.« Er warf seinen Würfel hoch und fing ihn geschickt wieder ein. Vor ihm auf dem Tisch lagen zwei weitere Sechsen.

»Hier, die fünf Gulden, aber ich verlange das Fünffache zurück. Fünfundzwanzig Gulden.«

Gernot erstarrte. Fünfundzwanzig. Kurz überschlug er die Summe. Sie war viel höher als das, was Eule eingesetzt hatte. Wenn er selbst gewann, dann hatte er zu dem Jahreslohn auf dem Tisch vierzig zusätzliche Gulden erwirtschaftet. Verlor er, dann ging er ohne Verlust aus dem Spiel. Er hatte ebenso viel eingesetzt, wie er mit den Spielzinsen gewann. So langsam begriff er, wie hier gespielt wurde.

Ulin nickt nur und schlug ein. Dann fielen die Würfel, und Ulin saß da, von einem Augenblick auf den anderen völlig blass im Gesicht. Statt der erhofften und erwarteten Glückssechs, hatte er eine Zwei gewürfelt. Dann waren die anderen an der Reihe. Gernot ließ seinen Würfel aus der Hand auf den Tisch fallen und erstarrte. Er hatte eine Sechs vor sich liegen und als Einziger dreimal die Sechs gewürfelt. Der Stock gehörte ihm.

»Ich nehme mir meine fünfzehn Gulden, mein Freund«, sagte Eule und nahm sich, ohne zu zögern, das Geld aus dem Stock. »Auf ein Neues?«, fragte er die Umsitzenden und grinste.

Alle nickten, auch Ulin, dessen Augen inzwischen rot umrandet waren und der unnatürlich blass war. »Nein, danke, das nächste Mal gern.«

Eule runzelte die Stirn, als Gernot den Jahreslohn, der da auf dem Tisch lag, mit eiligen Bewegungen in sein Säckel schob. Ulin blickte jedem Handgriff nach, als wolle er sich sofort auf den Gewinner und die Gulden stürzen.

Als Gernot aufstand, schwankte er ein wenig vor Aufregung. Er hatte eine Aufgabe vor sich, von der er wusste, dass sie ihm mindestens so sehr ein Zittern in die Beine treiben würde wie das Spiel eben. Noch hatte er Anna keinen Tag für ihre Hochzeit nennen können, aber jetzt brauchten sie nicht mehr zu warten.

Sein Blick traf sich mit dem Ulins, der so leer und abgrundtief war, dass Gernot ein Frösteln überkam. Wenn er auch gewonnen hatte, eines wusste er mit Bestimmtheit: Nie wieder würde er einen Würfel anrühren.

10

AUGSBURG, SEPTEMBER 1380

Hans Fugger besah sich den Schuldschein, der ihm ausgehändigt worden war, und legte ihn in die Truhe. Dort hatte sich bereits ein Dutzend davon angesammelt. Wie lange würde es noch so weitergehen?

Hans Gfattermann, der ihm gegenübersaß, hob seinen Krug und deutete damit auf die Kiste, bevor er einen gehörigen Schluck nahm. »Wir haben ihn. Er wird nicht mehr kandidieren können.«

Hans nickte nur und schob dem Schwiegervater die Kiste hin. »Hoffentlich schlägt es nicht auf uns zurück. Familie ist schließlich Familie.«

Ein wenig Wehmut lag in der Stimme. Er konnte sich noch nicht damit abfinden, dabei mitzuhelfen, den Bruder zu ruinieren, ohne dass dieser etwas davon ahnte. Gfattermann kaufte seit einiger Zeit jeden Schuldschein Ulins auf, ohne dass der davon wusste. Damit blieb Ulin flüssig. Niemand forderte sein Geld zurück – und nur, wenn er den Schuldschein zurückverlangte, weil er wieder einmal gewonnen hatte, gab Gfattermann diesen gegen eine kleine Gebühr heraus.

»Du musst es anders betrachten. Ich habe ihn zwar in der Hand, aber ich helfe dem Familiennamen Fugger. Über kurz oder lang wird er seine Familie zerstören, seine Frau an den Bettelstab bringen und derart in Misskredit geraten, dass er die Stadt verlassen muss. Aber solange die Schulden gering sind und ausgeglichen werden können, kann er seinen Ruf aufrechterhalten. Das ist mehr, als er erwarten kann«, sagte Gfattermann und lehnte sich in seinem Stuhl zurück.

Hans' Schwiegervater war von drahtiger, schlanker Gestalt. Seine Haare waren trotz des Alters noch voll, auch wenn sie langsam grau wurden. Der Bart war scharf gestutzt, was ihn nicht unerheblich Mühe kostete, wie er immer wieder betonte.

»Ulin wird sich immer wieder fangen. Haben wir nicht schon geglaubt, er hätte sich ruiniert – und dann hat er ein Geschäft mit dem Salzburger Bischof eingefädelt und so viel dabei gewonnen, dass es unsere Bemühungen beinahe zunichtegemacht hätte?«, wandte Hans ein.

Im Grunde bewunderte er seinen Bruder, der sich immer wieder an seinen eigenen Haaren aus dem Dreck zu ziehen vermochte und sich dabei auch noch zu vergnügen schien. Ulin war der bessere Geschäftsmann, daran gab es keinen Zweifel, auch wenn seine Methoden skrupellos waren, aber er handelte nicht solide genug. Seine Gegner waren zahlreicher als seine Freunde.

Gfattermann winkte ab. »Hätte, Fugger, hätte. Geduld ist eine Tugend. Ein Spieler kann nicht aus seiner Haut – und irgendwann reißt die Glückssträhne. Vorerst genügt es uns, ihn als möglichen Amtsträger zu beschädigen. Wer spielt, kann keiner Zunft vorstehen. Aber sein Kredit als Weber und Kaufmann leidet nicht darunter. Mit den Jahren sehen wir weiter.« Er wischte sich den Schaum vom Mund und setzte den Krug mit einem Knall ab. »In zwei oder drei Jahren bewerbe ich mich wieder als Zunftobermeister. Und dann bist bald du an der Reihe, Schwiegersohn. Wir müssen an die Zunft denken.«

Hans nickte. Doch zuvor musste er noch einmal nach Italien und Frankfurt – und nach Nürnberg. Dort war er vor nicht allzu langer Zeit mit einem Kaufmann aus Hamburg zusammengekommen, der sich für sein Tuch interessierte. Er würde seine Barchentmengen aufstocken müssen – und Ulin war ihm dabei im Weg.

»Die Melcherin ahnt nichts davon, dass du sie benutzt, um Ulin zu schaden?«, fragte er.

»Sie gibt ihm das Geld treuherzig über diesen Bleicher Jörg. Ob der etwas ahnt, weiß ich nicht. Aber man sollte ihn nicht unterschätzen. Er glaubt, Ulin hätte die Melcherin in der Hand, weil sie ein wildes Verhältnis mit ihm unterhält. Ohne den Segen der Kirche. Oswald würde sie auf die Straße setzen – und wenn das schmutzige Verhältnis öffentlich wird, könnte sie am St.-Gallus-Tag auch noch geschoren und aus der Stadt getrieben werden.« Gfattermann lachte ein trockenes Lachen, dem jedes Gefühl abging.

Hans griff nach seinem Krug und trank ihn leer. Dann erhob er sich. »Du entschuldigst, Schwiegervater. Es wird Zeit, Elisabeth wird sich Sorgen machen.«

Gfattermann lächelte versonnen in sich hinein, als wolle er sagen: Bei dieser Frau würde es mich auch nach Hause ziehen. »Nur Weiß ist noch ein Stolperstein.«

Hans ließ sich wieder auf den Stuhl zurücksinken. Das Gespräch war noch nicht zu Ende. »Gernot hat mir erzählt, dass er Ulin am Spieltisch begegnet ist. Aber er kommt nur unregelmäßig. Das ist also kein Grund, ihm daraus einen Strick zu drehen.«

Gfattermann nickte. »Jeder hat eine Schwachstelle, Hans. Jeder. Man muss nur lange genug danach suchen und graben.« Er hob den Blick und sah ihm in die Augen. »Das ist die Kunst des erfolgreichen Geschäfts. Ein jeder kann Handel treiben, das ist nicht schwer. Gewinnen kann aber nur, wer sein Gegenüber kennt. Und zwar besser als dieser sich selbst. Verstehst du?«

Hans rutschte unruhig auf seinem Stuhl herum. Worauf wollte sein Schwiegervater hinaus?

Dieser beugte sich vor. »Wie beim Schwertkampf darf man sich keine Blößen geben. Wer sich nicht decken kann, dem wird zwangsläufig durch seine Schwachstelle hindurch das Schwert getrieben. Und wenn er unglücklich getroffen wird, dann stirbt er daran. Symbolisch gesehen. Er geht bankrott.«

Hans lehnte sich zurück. Das Haus, in dem er saß, war das seiner Schwiegermutter. Hans Gfattermann hatte darauf bestanden, sich hier zu treffen. Seine Frau, die Elisabeth hieß wie ihre Tochter, hatte es von den Eltern übernommen, und die Gfattermanns bewohnten es abwechselnd mit ihrem eigenen.

»Ich will dir ein Angebot machen«, sagte sein Schwiegervater.

Hans schluckte. Er wusste genau, dass es Angebote gab, die man nicht ablehnen durfte, die einen aber vernichten konnten. Er schätzte den Webermeister und Ratsherrn als einen nicht gerade ungefährlichen Menschen ein. Wer als einfacher Weber zu solch einer Stellung kam, der war sehr zielstrebig in seinen Methoden. Und skrupellos.

»Das Haus hier beim Gögginger Tor vor dem Brunnen werden

wir nicht mehr bewohnen, mein Eheweib und ich«, erklärte Gfattermann. Wir wollen es euch übergeben, dir und Elisabeth. Eine Familie braucht ein eigenes Haus.«

Hans fühlte, wie ihm das Herz überging. Endlich aus dem Haus des ehemaligen Schwiegervaters ausziehen. Mehr Platz für seine Familie. Die beiden Mädchen würden ein eigenes Zimmer bekommen, und auch Anna und ihre Mutter müssten nicht länger in diesen winzigen Kammern hausen. Es war für Anna schwer genug, dass er sie ein weiteres Mal verschmäht hatte. Zwar hatte sie nichts dazu gesagt, dafür hatte er ihr Leiden beinahe körperlich gespürt, so still, so in sich zurückgezogen war sie ihm nie zuvor begegnet. Aber nun hatte sie ja diesen Gernot! Er hatte ihn unterschätzt. Kaum hatte er selbst andere Dinge im Kopf, weil es ihm und seinem Handel an den Kragen ging, fischte er ihm Anna weg. Er spürte einen Funken in sich aufglimmen, der sich zu einer Lohe entwickeln konnte, wenn er nicht achtgab. Er nickte Gfattermann zu.

»Du bist großzügig, Schwiegervater. Das können wir doch gar nicht annehmen!« Er wand sich ein wenig, wie es von ihm erwartet wurde. Das Haus hatte einen Wert, der sein derzeitiges Vermögen weit überstieg. Er selbst hätte es sich nicht kaufen können. Nicht in dieser Lage.

»Elisabeth, meine Frau, will es so«, entgegnete Gfattermann. »Und mir scheint es ebenfalls passend. Allerdings ...« Er räusperte sich und nahm noch einmal einen kräftigen Schluck aus dem Steingutkrug. Den Schaum, der ihm am Oberlippenbart hängen blieb, leckte er mit der Zunge ab, und Hans glaubte für einen kurzen Moment das Züngeln einer Schlange zu erblicken. Verwirrt schloss er die Augen, und als er wieder hinsah, lächelte ihn sein Schwiegervater an.

»Was meint Ihr mit ›allerdings‹?«, fragte Hans, und ein Druck legte sich auf seinen Magen.

»Was sagte ich eben? Ein Kaufmann darf keine Schwachstellen haben. Sie werden unweigerlich ausgenutzt.«

»Aber ...«, wollte Hans einwenden. Er hatte keine Blößen. Doch Gfattermann hieß ihn mit einem Wink seiner Hand zu schweigen.

Ein Mann wie er ließ keinen Fisch vom Haken, bis er ihn nicht gekäschert hatte.

»Ihr könnt mit Elisabeth und den Mädchen hier einziehen.« Er machte eine ausschweifende Geste. »Aber diese Melcherin und ihre Tochter ...« Gfattermann beugte sich vor und sah ihn an. »Sie müssen raus. Lass sie hinter dem Kloster Heilig Kreuz weiter bei Widolf wohnen, aber nimm sie nicht wieder mit ins Haus.« Er schlug mit der Faust auf den Tisch, und seine Augen glänzten hart wie Glaskugeln. »Das ist die einzige Bedingung.«

Hans schluckte und starrte seinen Schwiegervater an, der eine Antwort erwartete. Er spürte, wie er blass wurde. Damit würde er ein Versprechen brechen, das ihn seit Jahren bedrückte. Andererseits – hatte Anna es nicht längst gebrochen, als sie mit Gernot ... und dieser Gedanke quoll in ihm auf wie Sauerteig. Sie wollte den Fuhrwerker heiraten. Er war ihr nichts mehr schuldig. Sie hatte ihn ... fallengelassen. Sollte sie doch sehen, wie sie mit Gernot zurechtkam, wenn sie ihn schon verstieß.

Warum ist das Feuer noch nicht geschürt?«, blaffte Hans sie an.

Er saß frierend in der Stube, als Anna, noch im Nachthemd, hereintrat.

»Was machst du schon hier?«, fragte sie überrascht.

»Ich arbeite und hätte es gerne warm!«, gab er mürrisch zurück. »Aber das ist offenbar nicht mehr möglich. Du vernachlässigst wegen dieses ... dieses ... deine Aufgaben!«

Annas Augen blitzten. Hätte sie ihm mit Blicken eine Maulschelle verpassen können, hätte sie es jetzt getan. Nicht einmal den Namen Gernot wollte er aussprechen.

»Ich bin früh genug dran. Die Sonne geht gerade erst auf. Kann ich ahnen, dass du nicht ins Bett deiner Gattin findest?«

Hans rieb sich die Oberarme. »Jetzt mach schon – oder ich suche mir eine neue Magd.«

Anna stand da wie erstarrt. Das hatte Hans eben nicht gesagt. Sie musste sich verhört haben. Nur langsam löste sie sich aus ihrer Betäubung und humpelte zur Feuerstelle. Ohne auf seine Bemerkung zu antworten, stocherte sie in der Asche herum und suchte nach einer übriggebliebenen Glut vom Vortag. Das letzte Buchenholz glomm noch tiefrot. Sie legte eine Handvoll Späne auf und darüber Reisig aus einem Bündel.

»Es war beim Reisigsammeln – erinnerst du dich … Herr?«, sagte sie leise und betonte das Wort »Herr« derart, dass er zusammenzuckte.

»Du sollst mich nicht Herr nennen«, murrte er. »Das weißt du.«

»Du hast mir versprochen, dass ich bei dir bleiben darf, solange ich lebe. Willst du …«

Hans fuhr so heftig herum, dass Anna beinahe den Schürhaken fallengelassen hätte.

»Du willst doch weg!«, sagte er mit einem bitteren Ton.

»Was faselst du da?«

Die Holzspäne fingen Feuer, und das dürre Reisig loderte knisternd auf. Jetzt musste Kiefernholz dazu, trocken und abgelagert, aber leicht entflammbar. Sie hatte noch am Vortag einen Vorrat aus den runden Klötzen in feine Streifen gehackt. Jetzt schob sie diese über das Reisig und wartete. Dabei sah sie in die Flammen, die immer stärker zu tanzen begannen.

»Du willst Gernot heiraten. Er wird dich mir wegnehmen.«

Anna schloss die Augen. Darum ging es also. Hans' Stimme hatte wieder diesen schrillen Ton angenommen, den sie hasste. Er war eifersüchtig, weil sie sich mit Gernot verstand – und die Ablehnung durch ihn selbst überwunden hatte. Endlich …

Sie legte zwei Scheite Buchenholz nach, deren dichtes Holz eine Zeit brauchen würde, bis es Feuer fing. Aber mittlerweile hatten die Flammen genügend an Kraft gewonnen. Sie steckte einen Stab in das Feuer und entnahm ihm eine Flamme, mit der sie das Talglicht in der Stube entzündete.

»Was tust du da?«

»Ich wollte dir Licht machen, weil du doch arbeiten musst!«, erwiderte sie spöttisch.

In Hans' Gesicht spiegelten sich seine widerstreitenden Gefühle. Die wie gemeißelt wirkende Miene des gewieften Händlers wich der weichen, zugänglichen des Mannes, der liebevoll zwei Töchter großzog, um sich gleich wieder zu verhärten.

Seit Tagen war Hans um sie herumgeschlichen, und Anna spürte, dass ihm nicht nur etwas auf dem Herzen lag, sondern dass sich eine Veränderung anbahnte. Bislang hatte er sich nicht erklärt. Heute war es offenbar so weit.

Sie roch neben dem Rauch des Feuers auch noch die Mischung aus Bier und Männerschweiß der Schänke. Offenbar hatte er sich Mut angetrunken. Er schwitzte trotz der Kälte im Raum, und je wärmer es in der Stube wurde, desto stärker stieg ihr der Geruch in die Nase.

»Wir ziehen um«, stieß er endlich hervor.

Überrascht sah Anna auf und schlang die Arme um sich.

»Wohin?«, fragte sie.

»In die Nähe des Gögginger Tors. In das alte Haus der Gfattermanns.«

Ihr fiel ein Stein vom Herzen, weil sich die Verstimmung auf eine derart einfache Weise auflöste. Ein Umzug stand bevor, mehr nicht.

»Soll ich die Mädchen darauf vorbereiten?«, fragte sie erleichtert. »Ich könnte mit ihnen das Haus vorab einmal von außen an…«

»Nein!«, presste Hans hervor. »*Wir* ziehen um, nicht du und nicht deine Mutter.« Jetzt war es heraus.

Anna sah die Schweißperlen auf seiner Stirn und hatte das auf die Nähe zum Herdfeuer zurückgeführt. Jetzt erst begriff sie, dass es die Angst vor diesem Satz gewesen war. Und noch etwas sah sie in seinen Augen: Häme. Ihm war die Entwicklung recht, die sich hier angebahnt hatte.

»Oswald Widolf wird Pflege brauchen – und deine Mutter hätte Arbeit. Und du … du könntest …«

»Was könnte ich?«, zischte sie. »Dir wieder nebenbei das Bett wärmen? Vergiss es. Du hattest versprochen, mich als Magd zu behalten.

413

Bin ich schuld an meinem Unglück, oder hast du mich gejagt, sodass ich in die Grube gestürzt bin und zum Krüppel wurde? Deine Buße für diese Welt bin ich!« Den letzten Satz hatte sie fast geschrien. Sie hörte, wie hinter ihr jemand scharf die Luft einsog, und fuhr herum.

Im Dunkel der offenen Tür stand ihre Mutter und starrte sie an. »Ich hab's immer gewusst«, stieß sie schwer atmend hervor.

Sie trat in die Stube und ging auf Hans zu. Dieser stand auf, weil er offenbar befürchtete, die Melcherin könnte mit irgendetwas um sich schlagen und ihn treffen.

»Das geht dich nichts an. Lass uns allein!«, sagte Anna, aber ihre Mutter rührte sich nicht von der Stelle.

»Ihr hättet sie heiraten und damit Eure Schuld begleichen können, Fugger«, keifte sie. »Was hat Euch davon abgehalten? Eure Geldgier oder die Feigheit, zu Eurer Tat zu stehen?«

Die Melcherin redete sich mehr und mehr in Rage, und Hans wich weiter in den Raum zurück. Als Anna ihre Mutter am Arm fassen und zurückhalten wollte, riss sich diese los.

»Ich bin noch nicht fertig«, zischte sie und funkelte Hans an. »Was seid Ihr nur für ein Mensch?« Dann drehte sie sich plötzlich zu Anna um und versetzte ihr eine Ohrfeige, dass es schallte. »Warum hast du mich jahrelang belogen, Kind?«

Anna wusste keine Antwort, außer der Tatsache, dass sie gehofft hatte, Hans würde irgendwann zu seiner Verantwortung stehen.

Ihre Mutter rauschte an ihnen vorbei und aus der Stube. Es schien, als hätte sie alle Wärme mit sich genommen.

»Jetzt ist es in der Welt«, sagte Anna mehr zu sich als zu Hans.

»Ich … ich konnte dich nicht heiraten«, stotterte Hans. »Ich dachte, du verstehst das.«

»Verstehen? «, fragte sie spöttisch. Sie musterte ihn von oben bis unten. Ihr Hemd hatte sich vorn geöffnet, und sie zog es mit beiden Händen zusammen. »Gib zu, es kommt deinem blinden Ehrgeiz entgegen, mich aus dem Haus zu haben!« Mit Schwung drehte sie sich um, ohne seine Antwort abzuwarten, und folgte ihrer Mutter.

TEIL V

AM ZIEL

AUGSBURG, AUGUST 1394

Anna hielt sich an einem Hausvorsprung fest und atmete durch. Sie war wieder gestolpert und hatte sich gerade noch fangen können. Doch der Schmerz, der vom Oberschenkel aus durch ihren ganzen Körper schoss, hätte sie beinahe aufschreien lassen. Es passierte ihr in letzter Zeit häufiger. Ihr Hinken war stärker geworden, und die Knochen, die sie sich im Arm gebrochen hatte, juckten, wenn das Wetter umschlug und sich Regen oder Sonne ankündigten. Auch die Narbe im Gesicht brannten an solchen Tagen, als würde sie lebendig werden und sich dehnen und strecken wollen.

Anna atmete noch einmal tief ein, drückte den Rücken durch und humpelte weiter. Es war ein ganzes Stück von Widolfs Haus am Klinkertor hinter dem Kloster hinunter zu dem neuen Haus beim Gögginger Tor, das Hans mit Elisabeth und den Kindern bezogen hatte. Wie jeden Morgen lief sie dorthin, um die Kamine und die Herdstelle anzufeuern.

Auch das schmerzte: Hans hatte sie und ihre Mutter beim alten Widolf zurückgelassen. Einerseits war sie froh, seiner ständigen Eifersucht entronnen zu sein, andererseits schnitt es ihr ins Herz. Er hatte sein Versprechen ihr gegenüber gebrochen.

Gerechtfertigt hatte er es damit, dass ihre Mutter Widolf pflegen sollte. Dies hatte der Melcherin ein kleines Auskommen und, als er nach einem Jahr verstorben war, ein Wohnrecht auf Lebenszeit für sie und Anna verschafft. Hans würde das Haus erben, wenn sie nicht mehr waren. Bald darauf hatte sie den Bleicher Jörg Stadler als Untermieter aufgenommen, was ihr das Leben etwas versüßte. Anna selbst war weiterhin als Magd bei Hans beschäftigt, begegnete ihm aber nur selten, da er sich ein Kontor außerhalb des Hauses eingerichtet hatte. Wohnen durfte sie nicht mehr bei Hans, arbeiten aber schon. So verdiente sie ihr eigenes Geld.

Nachdem sie mit Gernots erspieltem Vermögen eine kleine Hochzeit gehalten hatten und sich einrichten konnten, war er zu ihr ins Widolfsche Haus gezogen. Hedi, Frydrychs Münklers Frau, war ihre Trauzeugin gewesen. Gernot hatte Hans gefragt, doch der hatte abgelehnt. Anna war gekränkt gewesen. Er hatte einen seiner Freunde aus dem Kreis der Fuhrwerker bitten müssen.

Das alles war nun auch schon wieder vierzehn lange Jahre her und vergeben und vergessen. Die Zeit flog leicht über einen hinweg, nur der Mensch war an die Erde gebunden und wurde durch den Dreck geschleift. Schürfungen und Narben blieben zurück und zeugten von den Höhen und Tiefen in der Lebensspur, in der man sich bewegte, ohne viel davon zu bemerken.

Anna seufzte. Es fiel ihr immer schwerer, den langen Weg zurückzulegen. Langsam wurde sie alt. Genau wusste sie es nicht, aber sie musste Mitte vierzig sein. In diesem Alter gingen andere ins Spital und ließen sich aufwarten. Sie aber humpelte noch immer diesem Hans Fugger hinterher, obwohl sie nicht mehr so recht wusste, warum.

Er hatte sich in jeder Hinsicht von ihr unabhängig gemacht. Ein eigenes Haus, eine Ehefrau, und jetzt war er auch noch in den Dreizehner-Rat aufgestiegen. Er gehörte zum inneren Rat der Weberzunft.

Einerseits war sie stolz auf seinen Erfolg, andererseits hatte er ihn ihr, ihrem ersten Barchent zu verdanken. Vor gut zehn Jahren war Hans Gfattermann, Hans' Schwiegervater, zum Zunftoberen ernannt worden. Während seiner Amtszeit hatte er die lang ersehnte offizielle Genehmigung zur Barchentweberei in der Stadt dann doch nicht erteilt. Hans Fuggers Geschäft war dennoch gewachsen.

Wieder musste Anna innehalten. Wenn es so weiterginge, würde sie den Weg bald nicht mehr zurücklegen können. Solange sie nur hatte aufstehen und aus ihrer Kammer in die Küche gehen müssen, waren die Schmerzen erträglich gewesen. Jetzt zermürbten sie sie.

Sie atmete wieder durch und schleppte ihren alten Körper weiter die Gassen entlang, bis vor das Haus neben den Färbern. Das war der einzige Nachteil dieser Wohnlage, vermutlich auch der Grund, warum Hans Gfattermann das Haus aufgegeben hatte und weiter in die Oberstadt gezogen war.

Aus den Färberbottichen stank es im Sommer gottserbärmlich nach verrottenden Pflanzen. An manchen Tagen wurde es so übel, dass Anna zusammen mit Elisabeth und den Kindern vor die Stadt floh, wo sie in einem der Gärten der Schnurbein oder Vetter den Tag verbrachten. Die Gärbottiche der Färber waren ein Ärgernis – und Elisabeth drängte Hans, schon der Kinder wegen, sich nach einem anderen Haus umzusehen. Doch Häuser waren Mangelware. Und Häuser in der Oberstadt ein Glücksfall.

Das Geschrei der Kinder weckte Anna aus ihren Gedanken. Sie war in der Färbergasse hinter dem Gögginger Tor angekommen. Die Gfattermännin war für Hans anfangs ein Unglück gewesen, jung zwar, aber unfruchtbar. Acht Jahre hatten sie sich vergeblich um ein Kind bemüht. Anna hatte ihm immer, wenn sie ihn traf, geraten, ein Jahr lang zu Hause zu bleiben, im Sommer nicht nach Venedig, Frankfurt oder Nürnberg zu gehen, sondern seiner Frau beizuwohnen. Was nütze es, hatte sie zu ihm gesagt, wenn er ein Vermögen anhäufe und es nicht an einen Sohn weitervererben könne? Er hatte ihr nicht einmal zugehört.

Dann, vor sechs Jahren, hatte Elisabeth endlich das erste Kind zur Welt gebracht. Ein Weihnachtsgeschenk – und Anna hatte den Verdacht gehegt, dass es nicht Hans' Kind war. Doch dieser ließ keinerlei Zweifel an seiner Vaterschaft aufkommen.

Es war eine schnelle und wenig schmerzhafte frühe Geburt gewesen – und ebenso schnell war das Kind verstorben. Es hatte nicht einmal dem Pfaffen genügend Zeit gelassen, es zu taufen. Kaum war es aus dem Mutterleib geschlüpft, lag der kleine Stammhalter blau und blutleer in ihren Armen, ohne einen Schrei, ohne einen Atemzug.

Elisabeths Schrei dagegen hatte ihr beinahe das Herz zerrissen, aber das etwas eingefallen wirkende, breite Gesicht und die hohen Wangenknochen des Säuglings hatten ihren Verdacht bestätigt. Der Junge, der da vor ihr in einem weißen Laken gelegen hatte, stammte nicht von Hans. Sie hatte es Elisabeth auf den Kopf zugesagt. Seither war sie bei den weiteren Geburten unerwünscht gewesen. Nur um die kleinen Leichen durfte sie sich kümmern.

Jedes zweite Jahr kam ein Kind, doch keines schaffte es über die ersten Stunden hinaus. Zweien der Mädchen verweigerte der Pfarrer die Taufe, weil sie nicht mehr atmeten, als er eintraf, obwohl sie sich in diese Welt geschrien hatten. Es war eine Tragödie für die Mutter. Hans dagegen schien das Sterben hinzunehmen, als zähle es für ihn nicht. Namenlos waren die Würmchen wie sein Erstgeborener an der Friedhofsmauer von St. Moritz ohne den Segen der Kirche bestattet worden.

Schwer atmend und erschöpft mühte sich Anna die drei Treppen zum Eingang hoch. Als sie an die Tür pochte, öffnete ihr Kunigunde.

»Anna!«, rief sie erleichtert. »Endlich!«

Wie, wo und wann sich die Frau Ulin Fuggers und Elisabeth getroffen hatten, wusste Anna nicht. Aber die beiden teilten ein gemeinsames Schicksal: Sie waren wieder schwanger. Kunigundes Bauch war mindestens so rund wie der Elisabeths, obwohl sie mit dem Geburtstermin zwei Wochen hinterher war. Die Frau Ulrichs war erfahren, schließlich war es ihr sechstes Kind. Lauter Söhne. Sie wünschte sich so sehr ein Mädchen, dass sie beinahe gemütskrank davon wurde. Jetzt aber zeichneten sich tiefe Sorgenfalten auf ihrem Gesicht ab.

»Elisabeth geht es schlecht«, begrüßte sie Anna. Sie deutete auf ihren Bauch. »Ich kann nicht helfen.«

Anna nickte. Elisabeth hatte am Vortag schon schwer geatmet, als sie die Haustür hinter sich geschlossen hatte, und Anna hatte die Vermutung gehegt, es seien die ersten vorzeitigen Wehen.

»Habt Ihr die Hebamme gerufen?«, fragte sie.

Kunigunde schüttelte den Kopf.

Elisabeths Geschrei zog Anna regelrecht ins Schlafzimmer der Fuggerin hinauf. »Dann los, auch wenn sie mich nicht sehen will! Hans möchte, dass ich ihr helfe.« Letzteres würde sie Elisabeth sicher nicht auf die Nase binden. Frauen halfen einander in den Wehen, auch wenn sie sich nicht ausstehen konnten.

Sie stieg die steile Treppe empor, was ihr unendlich schwerfiel und sie erneut atemlos machte. Ein Blick aufs Bett, als sie eintrat, sagte ihr, dass Hans diese Nacht nicht bei seiner Frau verbracht hatte.

Elisabeth saß auf der Bettkante. Die Haare standen ihr wirr vom Kopf ab. Sie hielt sich den Bauch. Ihr Gesicht war verschwitzt, die Augen waren gerötet. Sie starrte Anna an, als hätte der Gottseibeiuns das Schlafgemach betreten.

»Das Kind kommt!«, schrie sie. »Hol den Pfaffen, Kunigunde. Rasch! So schlimm war es noch nie. Und du, Anna, geh mir aus den Augen!«

Anna schüttelte den Kopf. »Wo sind die Mägde?«, fragte sie barsch.

»Ich weiß es nicht, alte Frau!«, stieß Elisabeth hervor. »Geh jetzt und ...«

Zum letzten Wort kam sie nicht mehr, weil sich ein Schwall Fruchtwasser auf den Boden ergoss und sie aufs Bett geworfen wurde.

Kunigunde war hinter Anna die Treppen hochgekeucht. Sie starrte mit schreckgeweiteten Augen auf die Szene. Anna glaubte zu wissen, was sie dachte: So geht es mir in zwei oder drei Wochen.

»Ich brauche Tücher, heißes Wasser und eine dieser vermaledeiten Mägde!«, stieß sie zwischen zusammengebissenen Zähnen hervor und schickte Kunigunde wieder nach unten. Anna horchte ihr nach, wie sie sich mühsam die steile Treppe hinabmühte. Auch ihr hatten die vielen Kinder zugesetzt. Sie wusste nicht mehr, bei wie vielen Geburten sie geholfen hatte: junge Mägde, Freundinnen, Hans' Frau. Sie hätte ebenso gut Hebamme werden können.

»Hol die ... die Hebamme ... das Kind ... es passt irgendwie nicht«, stöhnte Elisabeth.

Für eine Geburt braucht es keine Hebamme, Kind«, murmelte Anna. »Alle Kinder passen ...«

Anna fühlte den Bauch der Gebärenden und stellte fest, dass das Kind tatsächlich nicht richtig lag. Die Beine drückten nicht gegen die Brust, sondern gegen die Seite. Es saß quer im Bauch und stemmte sich gegen den Druck der Wehen. So würde es niemals den Leib der Fuggerin verlassen können. Wenn man ihr nicht half, würde die Mutter sterben – und mit ihr das Kind.

»Das wird jetzt wehtun«, sagte Anna nur und hoffte, ihr Wissen über die Geburt würde ausreichen, um Elisabeths Leben zu retten oder die Geburt so weit hinauszuziehen, bis die Hebamme kam. Sie fühlte jedoch kein Mitleid. All die Kinder, die der Hausherrin unter der Hand weggestorben waren, hätten ihre eigenen Kindern sein können, nein sein sollen, wenn das Schicksal es mit ihr selbst gut gemeint hätte. Da war Schmerz etwas, was man aushalten musste.

Zuerst wehrte sich die Fuggerin dagegen, dass Anna eingriff, doch die nächsten Wehen zeigten ihr, dass sie keine Wahl hatte.

»Die Hebamme ist noch weit weg – aber die ungeliebte Anna ist hier«, sang sie der Gebärenden vor und begann, Elisabeths Bauch zu massieren und zu drücken. Elisabeth schrie, als wolle man sie abstechen, doch Anna ließ sich nicht beirren. Ihre Hände sahen, ihre Finger fühlten, ihre Sinne erspürten die richtige Lage, und so schob und presste sie in den Wehenpausen, ohne sich auf Elisabeths Kreischen einzulassen. Als sie fertig war, lag Elisabeth beinahe ohne Bewusstsein auf dem Rücken und jammerte leise vor sich hin. Das Bett war mit Blut und Schleim überzogen.

Sie hörte, wie jemand stolpernd die Treppe hochsprang.

Ida, eines der jungen Dinger, die Elisabeth zusätzlich eingestellt hatte, erschien mit Tüchern und einem Krug in der Hand in der Tür. Hinter ihr betrat die Hebamme den Raum.

»Gerda, endlich!«, rief Anna. Gleichzeitig wandte sie sich Ida zu. »Her damit. Hol eine Schüssel. Mehr Tücher. Und rasch! Du bist ohnehin beinahe zu spät! Und bring einen Topf mit Fett mit.«

Sie sah Ida den Widerwillen an, den sie empfand, weil Anna ihr Befehle erteilte. Sicherlich hatte sie schon im Bett des Hausherrn gelegen und war deshalb trotzig. Schwangerschaften schufen Gelegenheiten und Bedürfnisse, denen auch Hans gewiss nicht hatte widerstehen können. Doch jetzt war nicht der Zeitpunkt für lange Gespräche, Bitten und Rücksichten auf die Bettgeschichten von Mägden.

»Wenn du nicht augenblicklich die Beine schwingst, Mädchen, sorge ich persönlich dafür, dass der Herr dich aus dem Haus wirft«, fuhr Anna die Magd an.

Wütend öffnete Ida den Mund zum Widerspruch, aber als Anna ausholte und so tat, als würde sie sie ohrfeigen wollen, drehte sie sich um und sprang die Treppe hinab.

Die Hebamme war in der Zwischenzeit ans Bett getreten und hatte begonnen, Elisabeth zu untersuchen. Sie schloss die Augen, während ihre knotigen Hände über den Bauch und in die Frau fuhren. Die Gebärende stöhnte.

»Ihr seid so grob wie Anna!«, kreischte Elisabeth. »Nicht!«

Mit hochgezogenen Brauen und einem anerkennenden Nicken sah sie zu Anna hin, die sich neben das Bett stellte.

»Habt Ihr das getan?«, fragte sie nur, offenbar ohne eine Antwort zu erwarten. »Noch zwei Wehen und die Mutter wäre nicht mehr zu retten gewesen. Ihr habt das Kind fast schon gedreht und damit beiden das Leben gerettet.« Zuletzt wandte sie sich an die Fuggerin. »Das wird jetzt wehtun, Kind. Aber Ihr bleibt am Leben.«

Anna sah, wie die Hebamme den Bauch drückte und in die Frau hineinfuhr. Elisabeths Schrei wurde von einem Gurgeln erstickt. Es dauerte nur wenige Augenblicke, dann nickte Gerda.

»Jetzt kann es kommen!«

Kurze Zeit später war Ida mit einer Schüssel und weiteren Tüchern zurück.

»Bleib und geh uns zur Hand«, zischte Anna, als sich das Mädchen abwandte und weglaufen wollte, weil Elisabeth wieder zu schreien begann.

Gemeinsam schleppten sie die Fuggerin zum Gebärstuhl hinüber, den Hans vorsorglich im Schlafzimmer hatte aufstellen lassen. Sie setzten sie in den Stuhl und hängten sie in die Seilschlinge, die sie aufrecht halten sollte, und keine zwei Wehen später war der Kopf des Kindes zu sehen.

Es kam mit einem Schwall Blut und Wasser. Die Hebamme band die Nabelschnur ab, und Anna durchtrennte sie. Gerda nahm das Kind an den Beinchen hoch und gab ihm einen Klaps auf den winzigen Hintern, worauf es kräftig zu schreien begann. Mit dem Kind im Arm führte Anna zusammen mit Ida die erschöpfte Mutter zurück zum Bett.

»So!«, sagte sie. »Das Gröbste ist vorüber. Spring, Mädchen! Hol den Pfaffen – und wenn es sein muss, zerr ihn aus dem Frühgottesdienst und vom Altar weg. Der HERR wird es verstehen.«

Dann machte sie sich daran, das Neugeborene behutsam zu säubern.

Gerda stand daneben und wartete auf die Nachgeburt. Sie betrachtete den neugeborenen Zwerg kritisch.

»Was ist es?«, fragte Elisabeth plötzlich.

Anna fuhr zusammen. Sie war völlig in den Anblick des kleinen Wesens versunken gewesen und musste zweimal schlucken, bis sie antworten konnte. »Ein Junge«, sagte sie. »Ein Stammhalter. Er scheint gesund zu sein.«

Elisabeth atmete erleichtert aus. »Dann soll er Andreas heißen!«, sagte sie leise, als Anna ihr das Kind in die Arme legte.

»Andreas Fugger«, wiederholte Anna. »Ein guter Name.«

»Ich nenne ihn nach meinem Bruder.«

Hans hatte alle Hände voll zu tun. Die Forderungen der Stadt lagen auf seinem Tisch, und die hatten es in sich. Diese vermaledeiten Kriege in den letzten Jahren hatten den Stadtsäckel gehörig geplündert. Die Auseinandersetzungen mit dem Herzog von Baiern um das Wasser des Lechs, die Kämpfe mit dem Bischof von Augsburg um das Recht in der Stadt und die Teilnahme am Krieg gegen Eberhard von Württemberg hatten nicht nur den Handel behindert, sie hatten Augsburg eine beträchtliche Schuldenlast hinterlassen. Zweihunderttausend Gulden waren zu tilgen. Und jetzt wollte der Magistrat, dass sich die Bürger beteiligten – was nur recht und billig war –, und hatte ihnen eine schwere Steuer aufgesetzt.

Hans besah sich das Papier und stieß einen kleinen Pfiff aus. Patrizier und Zünfte sollten sie den Mitgliedern und Stadtbürgern vermitteln. Wenn das nur so einfach wäre, wie es sich die hohen Herren ausgedacht hatten. Die Summe, die dort stand und die von den Webern über mehrere Jahre hinweg aufgebracht werden sollte, würde so manche Unternehmung ruinieren. Hans rieb sich mit den Fingern die Nase. Es würde schwer werden, den Meistern zu erklären, was sie hier für die nächsten vier oder fünf Jahre erwartete.

Er stand auf und sah aus dem Fenster des vor fünf Jahren gegenüber St. Moritz neu errichteten Zunfthauses auf die Straße und hinüber zu dem Haus, das ihm, seit er es gesehen hatte, im Kopf herumspukte. Es gehörte dem Gürtler Heinrich Grau und seiner Frau Elspeth.

Hans hatte sich erkundigt, für welche Summe der Gürtelmacher es vor noch nicht zwanzig Jahren von Hans dem Prioll gekauft hatte. Dafür hatte der Gürtler zweihundert Gulden hingelegt. Mittlerweile war das Haus leicht das Doppelte wert. Er hatte ihm ein Angebot unterbreitet, aber der alte Gau wollte es um nichts in der Welt verkaufen. Es sei seine Altersversorgung, hatte er Hans erklärt. Als wenn der alte Kerl noch eine andere Versorgung gebraucht hätte als einen Platz im Spital und eine Grablege auf dem Friedhof von St. Moritz.

Hans kehrte wieder zu dem Schreiben des Rats der Stadt zurück. Die Steuer und ein Haus waren einfach zu viel. Wer sollte das bezahlen, wenn es zusätzlich außerhalb der Mauern für Mann und Wagen noch zu unsicher war und jeder Kaufmann damit rechnen musste, überfallen und ausgeraubt zu werden? Seine eigenen Vereinbarungen mit den Raubrittern um Nürnberg waren längst Geschichte. Er schloss sich den Kaufmannszügen an und bezahlte für deren Sicherung durch eigene Männer.

Hans sah hoch, als die Tür geöffnet wurde, und Gfattermann hereintrat.

»Gut, dass du kommen konntest, Schwiegervater«, sagte Hans und deutete auf das Papier auf dem Tisch. »Ist das auf deinem Mist gewachsen?«

Als ehemaliger Zunftoberer und derzeitiges Ratsmitglied des Zwölfermagistrats der Stadt hatte Gfattermann wohl schon mit einer solchen oder ähnlichen Begrüßung gerechnet, denn er verzog keine Miene.

»Dir auch einen guten Morgen, Hans«, brummte er und stellte sich neben den Tisch mit den Urkunden. »Die Steuererhebung? Ja«, sagte er knapp.

»Du weißt aber schon, dass du nicht nur im Rat der Stadt sitzt, sondern auch Vorstand der Weberzunft bist? Wenn wir diese Höhe akzeptieren, wird es einigen unserer Mitglieder den Boden unter den Füßen wegziehen.«

Gfattermann verschränkte die Arme hinter dem Rücken und begann auf und ab zu gehen.

Hans stieg der Geruch nach dem frisch verarbeiteten Holz der Paneele seines Kontors und nach Farbe in die Nase und kitzelte ihn. So schön dieser Raum gestaltet war, so gut sie ihn für Besprechungen und Sitzungen gebrauchen konnten, so sehr wünschte er sich, dass er zweihundert oder dreihundert Jahre älter wäre und nicht mehr irgendwelche Gerüche ausdünstete.

»Es war ein Abenteuer, das die Stadtväter hier eingegangen sind ...«, sagte Gfattermann.

»Seien wir ehrlich. Sie haben sich über den Tisch ziehen lassen. Wer ist schon so verrückt und unterstützt ...«

Sein Schwiegervater fiel ihm ins Wort. »Besser so, als den Herzog vor den Toren der Stadt zu sehen.«

Hans schnaubte wütend. »Was bezweckt ihr im Rat mit diesen Summen? Ihr ruiniert uns Weber. Zweihunderttausend Gulden, was für ein Wahnsinn. Ich selbst versteuere nur tausendfünfhundert Gulden.«

»Und dein Vermögen beträgt vermutlich das Zwanzigfache. Soll ich in deinen Schatullen nachzählen lassen, Schwiegersohn?«

»Und wenn?«, herrschte Hans ihn an. »Stell mich an den Pranger, aber keiner von uns hat diese Summe. Selbst gemeinsam bringen wir sie nicht auf.«

»Das müsst ihr auch nicht. Es genügt, wenn wenige sie schultern«, erwiderte Gfattermann und sah ihn mit schief gelegtem Kopf an.

»Das meinst du nicht ernst«, sagte Hans.

Als Gfattermann sich setzte, warf Hans einen Blick auf dessen schütteres Haupthaar. Mit den Jahren war es lichter und heller geworden. Ein schmaler Kranz zog sich um den Kopf, und auf der Glatze wuchsen nur noch einzelne flaumige Haare.

»Hans«, begann Gfattermann und drehte sich langsam zu ihm um. »Biberach, Ulm, Krumbach, Memmingen, Ravensburg, sie alle weben. Die Konkurrenz an gutem Tuch wird immer größer. Augsburg muss sich verändern, oder es wird untergehen. Wir beschauen zu viele schlechte oder mittelmäßige Tuche und lassen diese zum Verkauf zu. Das muss sich ändern.«

Hans blieb kurz die Luft weg, als er begriff, was sein Schwiegervater da gesagt hatte. »Du meinst das wirklich ernst!«, flüsterte er. »Ihr wollt bewusst einen Teil der Weber ruinieren, damit sie aufhören zu weben.«

»Damit steigt die Qualität der Tuche in der Stadt.«

»Aber die Mengen sinken! Wir werden noch weniger verkaufen, wenn wir an den Messen nicht mehr teilnehmen. In diese Lücken werden die oberschwäbischen Städte stoßen – und das mit Vergnügen.«

»Nicht, wenn wir den Barchent auch in der Stadt zulassen. Barchent in großen Stückzahlen. Das sollte doch in deinem Sinne sein.« Gfattermann hieb auf den Tisch. »Das ist die Lösung, siehst du das denn nicht?«

»Kommst du damit nicht ein paar Jahre zu spät? Ich hatte erwartet, zusammen mit dir den Barchenthandel und das Weben mit Baumwolle voranzubringen, aber du hast dich geweigert.«

»Es war nicht die Zeit dazu. Das ist jetzt anders«, erwiderte Gfattermann schlicht.

In Hans hatte dessen Überlegung etwas angestoßen, was er noch nicht benennen konnte. Handwerk war nichts, was allein für sich stand. Handwerk war ein Politikum. Soweit konnte er mitgehen. Aber hatten die Handwerker nicht erreicht, was sie erreichen wollten, indem sie einträchtig gehandelt hatten?

Gfattermann lachte – und Hans wurde bewusst, dass er nicht für sich, sondern laut nachgedacht hatte.

»Nein«, entgegnete der ehemalige Zunftobere. »Damals hat man die Handwerker gewähren lassen, weil man die Unterstützung der gesamten Stadt gegen ihren alten Stadtherrn, den Bischof, benötigte. Wenn man die Ereignisse ins rechte Licht rückt, werden sie mit einem Mal durchschaubar. Niemand wollte das Handwerk einfach an der Macht beteiligen. Aber der Magistrat brauchte die Meister. Und wer glaubt, Freiheiten erkämpft zu haben, ist großzügiger, wenn er sich an den Lasten beteiligen soll, die er damit übernommen hat.«

Hans war sprachlos. Noch nie hatte er die städtische Politik so brutal vor Augen geführt bekommen. »Das heißt, du wirst die Forderung des Magistrats auf der nächsten Sitzung weiterreichen und damit eine Säuberung der Weberqualitäten erreichen.«

Das Lächeln des Hans Gfattermann war so schmallippig und falsch, dass es Hans grauste. Dieser Mann war nicht nur berechnend, er war gefährlich, gefährlicher noch, als es Hans Weiß mit seiner Truppe Weber zehn Jahre zuvor gewesen war. Familienbande waren diesem Mann so wenig heilig, wie ihn das Los der Weber kümmerte, die er vertrat. Schlagartig wurde Hans klar, warum Weiß ihm damals Elisabeth zugeführt hatte. Vermutlich hatte er innerlich gefeixt, weil Gfattermann völlig skrupellos war. Allein die Tatsache, dass er Hans in das Haus am Gögginger Tor hineingequatscht und darauf bestanden hatte, dass Anna bei Widolf wohnen blieb, zeugte von der Gefühlskälte dieses Mannes.

»Dann muss es wohl so sein!«, sagte Hans laut. Diesmal hatte er dafür gesorgt, nur zu denken und nicht nebenbei auch noch zu reden.

Mittlerweile stand er wieder vor dem Fenster, das auf die Reichsstraße hinaussah. Hier flutete der Strom des Lebens vorbei. Es war die Hauptschlagader, die sich von der Bischofsstadt bis hinunter auf den Weinmarkt zog. Geschrei drang herauf. Zwei Fuhrwerke hatten Schwierigkeiten, aneinander vorbeizukommen. Die Buden vor den Häusern behinderten sie und führten zu endlosen Flüchen und Beschimpfungen seitens der Fuhrwerker, bis ein Krachen anzeigte, dass wohl die Stütze eines der Häuschen beschädigt worden war.

Wer hier wohnte, der wohnte mittendrin.

»Man müsste diese Holzverschläge niederreißen«, murmelte Hans beinahe unhörbar.

»Hans«, holte ihn Gfattermann aus seinen Überlegungen. »Wir beenden Ulins finanzielle Absicherung wegen seiner Spielsucht.«

Hans musste sich schütteln, bis er begriff, was sein Schwiegervater eben gesagt hatte, und starrte ihn an. »Bislang war er uns nützlich, weil er Verbindungen zu den kaiserlichen Landen gehalten hat«, fuhr Gfattermann fort. »Sein Geschäft in Salzburg gedeiht ordentlich. Aber seine Spielsucht ist uns mittlerweile zu viel – und zu teuer.« Er machte eine kurze Pause. »Außerdem …«

Hans musterte seinen Schwiegervater. So also sah er aus, wenn er entschlossen war, einen Menschen zugrunde zu richten.

»Was außerdem?«, fragte Hans tonlos.

»Ulin hat Kontakt zu dem Bischof von Augsburg in Dillingen aufgenommen. Er macht Geschäfte mit dem ehemaligen Stadtherrn, ohne die Zunft darüber zu informieren.«

Hans pfiff durch die Zähne. Viel hatte er erwartet, aber nicht, dass ihm der Bruder noch einmal so in den Rücken fallen würde.

2

AUGSBURG, SEPTEMBER 1394

Was denkst du dir nur, Anna? Du lässt dich noch immer von diesem Fugger benutzen, als wärst du sein Fußlappen!«

Annas Mutter sprühte vor Hass. Ihre Mundwinkel spritzten weiße Schaumteilchen durch den Raum. Wäre ihr Speichel giftig gewesen, hätte sich Hans tatsächlich vor ihr hüten müssen. Seit er ans Gögginger Tor gezogen war, war sie noch schlechter auf ihn zu sprechen.

Anna legte sich die Schaube um. Es war kalt geworden, und Regen kündigte sich an. Die Blätter begannen langsam, ihre Farbe zu wechseln, und an manchen Häusern schimmerte das Laub des wilden Weins bereits dunkelrot. Obwohl die Sonne tiefer stand und es früh dunkel wurde, leuchtete die Stadt in allen Erdtönen. »Ich muss los«, sagte sie und griff nach ihren Trippen. Sie würde erst hineinschlüpfen, wenn die Straßen und Gassen zu nass waren.

»Du wirst dich noch aufreiben für diesen Fugger. Und das ist er in keiner Weise wert«, rief ihr die Mutter nach.

Anna hörte nicht auf sie. Es war beinahe jeden Tag dasselbe. Sie lief auf die Straße und am Kloster vorbei bergab, die Mauer rechts neben sich. Von der anderen Seite stieg ihr der modrige Geruch des trockenen Stadtgrabens in die Nase, der keineswegs so trocken war, wie man glauben sollte, sondern sich bei diesem ständigen Regen zu einem einzigen modrigen Sumpf auswuchs. Anna humpelte durch einen der schmalen Durchgänge in Richtung des Rathauses und traf schließlich auf die Reichsstraße, die ehemalige Via Claudia Augusta. Diese halbierte Augsburg grob in einen unteren und einen oberen Teil, in eine Handwerker- und eine Kaufmannsstadt.

Es gab nur noch einen Grund, warum sie diese langen Wege auf sich nahm, obwohl sie es sich nur ungern eingestand: Hans hatte endlich einen Stammhalter. Andreas hatte die ersten Wochen überstanden und entwickelte sich kräftig. Hans war ihr dafür zutiefst dankbar. Sie hatte auf seinen Wunsch hin und gegen Elisabeths Willen geholfen, ihn auf die Welt zu bringen. Ihn aufwachsen zu sehen und sich um ihn zu kümmern würde sein, als zöge sie ihren eigenen Sohn auf. Er machte ihr Freude und ließ sie sich Jahre jünger fühlen. Jedes Lächeln, das ihr der Säugling schenkte, machte sie glücklich, und sie hatte sogar fast den Eindruck, Gernot sei ein bisschen eifersüchtig. Elisabeths Widerwille ihr gegenüber war jedoch weiter gewachsen.

Niemand zweifelte daran, dass Andreas einmal die Geschäfte des Vaters übernehmen würde. Aber dafür musste die Familie weg aus dem Färberloch hinter dem Gögginger Tor. Doch es waren zwei Dinge, ein Haus zu suchen und ein Haus zu finden.

Anna war unterwegs zum Brotmarkt und wollte noch in den Buden der Karolinengasse Fettsalbe kaufen. Die Habenichtse, die sich dort eingenistet hatten, verkauften solche Kleinigkeiten und lebten davon.

Sie kam eben von einem der Bäckerkarren vor St. Moritz und ging zu den Bretterbuden am Rohr hinüber. Der Duft des frischen Brotes stieg ihr betörend in die Nase und erinnerte sie daran, wie hungrig sie war.

Der Krämer, der den Rindertalg anbot, grüßte sie schon von Weitem, weil sie dort auch die Salben für Elisabeth gekauft hatte.

»Wie geht es dem Nachwuchs?«, begrüßte er sie.

Anna schüttelte den Kopf und kramte den Topf aus ihrem Korb. Sie streckte ihn dem Kramer hin. »Wie oft muss ich Euch noch erklären, dass es nicht mein Kind ist? Aber dem Nachwuchs der Fuggerin geht es gut.«

»Fugger?«, fragte der Mann, von dem Anna nicht einmal den Namen wusste. »Dann will ihr Ehegemahl das Haus des Gürtels hier?«

Er verschwand mit dem Topf in seiner Bretterbude.

Anna runzelte die Stirn? Hans wollte hier ein Haus kaufen? Sie konnte es nicht glauben. Kurz darauf war der Kerl wieder da und reichte ihr den mit Fett gefüllten Topf zurück.

»Welches Haus?«, fragte sie, während sie dem Mann den Viertelpfennig in die Hand drückte und das Gefäß entgegennahm.

Sie sah sich die Gebäude an, die ringsum standen. Jedes davon wäre geeignet gewesen, die Familie Fugger zu beherbergen.

»Hinter mir. Das Haus des Gürtlers Grau am Judenberg. Die beiden Alten sind ... alt. Gebrechlich. Über kurz oder lang wird das ehemalige Judenhaus frei werden.«

»Judenhaus?«, fragte sie überrascht.

»Ja. Vor der Vertreibung haben hier Juden gehaust«, gab ihr der Kramer bereitwillig Auskunft.

»Und Hans Fugger hat es sich schon angeschaut?«

Es gab ihr einen Stich, dass Hans ihr nichts davon gesagt haben sollte.

»Die Grauin hat es mir erzählt. Sie kommt wie Ihr und kauft Fett für die Handgelenke des Mannes. Ein Fugger war's.«

Eine weitere Frau drängte sich an ihr vorbei und reichte dem Mann ihr Salbengefäß.

Anna bedankte sich. Sie beschloss, sich das Haus einmal anzusehen, und lenkte ihren Schritt in Richtung des Judenbergs. Vor dem stattlichen Gebäude, das nach Angaben des Kramers der Gürtler Grau und seine Frau bewohnten, blieb sie stehen und betrachtete es.

Dann lief sie ein Stück den Judenberg hinab, um es von hinten begutachten zu können. Da es nicht das Eckhaus war, konnte sie seine Tiefe nur schwer einschätzen, aber es schien geräumig zu sein.

Anna schleppte sich wieder den steilen Anstieg zu Oberstadt hinauf. Außer Atem hielt sie oben inne. Sie versuchte zu ergründen, was Hans hierherzog. Natürlich befand sich dem Gebäude gegenüber das endlich neu errichtete Zunfthaus. Lange genug hatte es gedauert. Er würde von seinem Wohnhaus aus direkt in die Zunftstube sehen können. Auch führte die lebendige und laute Reichsstraße am Haus vorbei. Bekam man am jetzigen Wohnort bei den Färbern im Sommer kaum Luft, dröhnte einem hier das Trommelfell – und zwar vom Anbruch des Tages bis in die Nacht. Außerdem waren ein Gutteil der Häuser ehemalige Judenhäuser, was deren Wert schmälerte – was sie auch für Hans wieder attraktiver machten.

Und schließlich die hölzernen Buden, die sich wie Geschwüre von den Wänden der Gebäude in die Straßenmitte schoben. Ein hässliches Sammelsurium von Bretterverschlägen, windschief und baufällig, bewohnt von allerlei Gesindel. Selbst Juden übernachteten in ihnen, seit sie in der Stadt selbst nicht mehr geduldet wurden. Man hätte sie allesamt anzünden müssen, wenn man damit nicht die halbe Stadt in Schutt und Asche gelegt hätte.

Anna musste wissen, ob Hans sich das Haus wirklich schon angesehen hatte. Sie schlängelte sich durch die Holzbuden bis vor die Tür des Gürtlers Grau, die im Laufe der Zeit schwarz angelaufen und verwittert war. Die Messingbeschläge stammten noch aus einer besseren Zeit – und Anna vermutete, weil der Türstock so tief und an der rechten Seite ein Stück helleres Holz eingesetzt worden war, dass es einst einem jüdischen Kaufmann gehört hatte. Die Mesusa war entfernt und dafür ein Stück Holz eingepasst worden.

Sie wollte eben an die Tür klopfen, als diese geöffnet wurde.

Anna war so überrascht, dass sie beinahe hineingestolpert wäre. Eine Hand griff nach ihr und stützte sie.

»Ja, wer fällt mir denn da in die Arme?«, hörte sie jemanden fragen. Der Mann, der sie aufgefangen hatte, trat einen Schritt vor, und sie erkannte Ulin, der sich eben von den beiden Alten, die verschüchtert hinter ihm standen, verabschiedete.

»Ihr solltet es Euch noch einmal überlegen, Grau. So ein Angebot kommt nicht wieder«, rief Ulin noch ins Haus hinein, dann zog er Anna mit nach draußen.

»Braucht Ihr einen Gürtel?«, fragte Ulin sie und sah ihr forschend in die Augen, als könne er dort entdecken, ob sie die Wahrheit sagte oder log.

»Einen was ... ja ... natürlich ... einen Lederriemen ... den brauche ich dringend und zwei Streifen für den Gebärstuhl ...«, stotterte sie und las in seiner Miene, dass er ihr kein Wort glaubte.

»Ihr wisst schon, dass Grau seit Jahren kein Leder mehr bearbeitet. Seine Hände, sie taugen zu nichts mehr.« Wieder musterte er sie aufmerksam.

»Nein, das ... das wusste ich ... nicht ... da hat mir wohl jemand die falsche Auskunft gegeben ...« Sie konnte nicht anders, als Unsinn zu reden. Ihr Herz schlug wie wild in der Brust, und das nahm ihr fast den Atem. »Und Ihr, Ulin, was macht Ihr in ... diesem ... diesem ehemaligen Judenhaus?«, fragte sie und fand langsam ihre Fassung wieder.

Ulin lächelte seine eigene Überraschung weg. Offenbar hatte er von der Vergangenheit als Judenhaus keine Ahnung gehabt. Er ließ die Tür geräuschvoll hinter sich ins Schloss fallen.

»Geschäfte. Ich bin wegen Geschäften hier. Aber ... das könnt Ihr als Magd wohl kaum verstehen.« Jetzt erst ließ er sie los und warf sich in Pose.

»Ich dachte, die Graus arbeiten nicht mehr. Was macht Ihr dann für Geschäfte mit ihnen?«, fragte Anna und rieb sich das Handgelenk.

Ulin biss sich auf die Unterlippe, weil er sich verplappert hatte. »Ich sagte doch, das versteht Ihr als Frau nicht.« Er drehte sich weg und lief durch die Buden hindurch in Richtung St. Moritz weiter, ohne sich von ihr verabschiedet zu haben. Anna wusste, er musste, um zu seinem Haus in der Klebsattelgasse zu kommen, über den Brotmarkt und den Salzmarkt hinunter zum Weinmarkt. Doch Ulin bog zum Judenberg ab und tauchte den Hang hinab in die Vorstadt hinein.

Während er sie festgehalten hatte, hatte Anna in seiner linken Hand ein kleines Ledersäckchen entdeckt und zählte eins und eins zusammen. Es enthielt Geld. Geld zum Spielen und Verlieren. Sie drehte sich zu dem Haus der Graus um. Es war also Ulin Fugger, von dem der Kramer gesprochen hatte, nicht Hans. Was um alles in der Welt hatte er dort gemacht? Sie fasste sich ein Herz und klopfte gegen die dunkle Tür.

Es dauerte, bis diese einen Spalt geöffnet wurde. Ein misstrauischer Blick traf sie.

»Was wollt Ihr? Mein Mann arbeitet nicht mehr«, krächzte die Stimme der alten Frau.

»Was ich will? Euch helfen!«, sagte Anna leise.

Lange hatte Hans Zweifel mit sich herumgetragen. Jetzt endlich wollte er mit Ulin reden. Er wollte Frieden mit dem Bruder schließen. Ja, Ulin hatte versucht, ihn zu übervorteilen. Er hatte Gernot, Annas Mann, hintergangen, und ihn, Hans, bei so manchem Geschäft ausgestochen. Nicht einmal die Verbindung mit dem Bischof nahm er ihm übel. Man konnte nur dort gewinnen, wo es etwas zu verdienen gab. Ein Kaufmann brauchte keine Überzeugungen, er brauchte lediglich ein Gespür dafür, wo das Geld locker saß und es möglich schien, Gewinn zu machen. Moral störte und brachte einen Kaufmann nur um den verdienten Schlaf. Er selbst war bisweilen nicht anders vorgegangen, Zunft hin oder her. Vielleicht weniger skrupellos, weniger auffällig.

Er trat eben aus dem Zunfthaus der Weber auf die Straße vor St. Moritz und wollte hinauf zur Klebsattelgasse, um Ulin zu treffen, als er die schmale Gestalt seines Bruders den Judenberg hinabgehen sah.

»Ulin!«, rief er und beschleunigte seinen Schritt, um ihn einzuholen.

Doch Ulin hatte es eilig. Hans hoffte, dass der Bruder ihn nur nicht gehört hatte und nicht vor ihm davonlief. Aus dem Augenwinkel glaubte er, die humpelnde Gestalt Annas zu sehen, aber als er genauer hinsah, war dort niemand mehr. Er hatte sich gewiss geirrt.

Er ging den Judenberg hinab. Unten angekommen, verzweigten sich die Gassen, und Hans entdeckte seinen Bruder nirgends mehr. Verärgert lief er einfach weiter geradeaus. Er würde zwei seiner Verlagsweber besuchen, sich nach dem Fortschritt der Arbeit erkundigen und auf die fällige Abgabe pochen.

In Gedanken versunken schlenderte er durch die Gassen, musste einmal sogar umkehren, weil er sich verlaufen hatte.

Ein wütendes Geschrei ließ ihn aufhorchen und die Richtung wechseln. Gebrüll und das Klatschen von Schlägen führten ihn hinter ein Gerberhaus, in dem gärende Urinfässer standen. Fast hätte er sich übergeben müssen. Seine Nase war einiges gewohnt, doch der Gestank der Lederverarbeitung ließ ihn würgen.

Im Innenhof standen sich zwei Männer gegenüber – einen davon erkannte Hans sofort. Es war Ulin. Den Mann, der ihn am Wams gepackt hielt, kannte Hans nur flüchtig. Er war dieser Bleicher Jörg, der Kerl, der bei der Melcherin untergekommen war, und von dem es hieß, er würde ihr den Mietzins nicht nur in Geld zahlen, sondern auch ihr Bett wärmen.

»Zum Saufen, Huren und Spielen reicht Euer Geld, was? Gebt mir meine Gulden zurück, die Ihr mir abgeschwatzt habt.«

Ulin riss sich los und rannte durch einen zweiten Durchgang auf die Gasse hinaus. Der Bleicher folgte ihm, und Hans lief hinter den beiden her. Nach wenigen Schritten hatte der Mann Ulin wieder erwischt und hielt ihn fest.

»Jörg, Jörg, Jörg!«, rief Ulin, zerrte an seiner Kleidung und versuchte, sich zu verteidigen. »Du kannst deine Gulden vermehren. *Ich* vermehre sie dir. Ich mache aus einem zwei. Wir treffen uns morgen wieder hier, und aus deinen vier Gulden habe ich acht gemacht. Versprochen!«

»Scheiß auf die acht Gulden«, fauchte der Bleicher unflätig. »Ich brauch vier Gulden. Jetzt. Heute. Und zwar sofort!« Man sah dem Mann seinen Beruf an. Die schwieligen, aufgesprungenen Hände, die verfärbten Hosenbeine und der stechende Geruch, den er selbst neben der Gerberei deutlich riechbar verströmte, verrieten ihn.

»Jetzt halt ein. Du willst die acht Gulden nicht? Warum denn das? Sind nicht acht mehr als vier?«

»Nein, sind sie nicht, wenn Ihr sie mir nicht auf der Stelle in die Hand zählt.« Der Bleicher streckte seine Hand aus, doch Ulin sah nicht hin.

»Jetzt ist es gerade schlecht ...«, murmelte er.

Jörg heulte auf vor Empörung und fletschte die Zähne.

Hans hielt sich im Schatten des Durchgangs. Er wusste nicht, ob er eingreifen oder die Dinge ihren Gang nehmen lassen sollte. Jörg war rot angelaufen vor Zorn und Wut.

»Hört Ihr Euch eigentlich selber zu, Ulin Fugger?«, knurrte er. »Letzte Woche wart Ihr klamm, vorletzte Woche hatte Eure Frau Namenstag und die Woche davor ... was weiß ich. Seit vier Wochen warte ich auf die vier Gulden, die mittlerweile längst acht, sechzehn oder noch mehr zählen müssten, nach dem, was Ihr angeblich vom Würfelspiel und vom Gewinnen versteht.«

Ulin hob beschwichtigend die Arme. »Ich habe das Geld, glaub mir. Nur leider gerade nicht bei mir.« Seine Miene, seine Gesten, seine Haltung drückten Bedauern aus.

Aber Hans kannte seinen Bruder. Wenn er hier unten im Handwerkerviertel unterwegs war, hatte er eine volle Geldkatze und war auf der Suche nach den Würfelspielern.

Noch hielt er sich zurück. Warum sollte er auch eingreifen? Es schadete Ulin nicht, wenn er die Folgen seiner Spielsucht am eigenen

Leib zu spüren bekam. Lange genug hatten Gfattermann und er ihn gedeckt.

Plötzlich langte der Bleicher an Ulins Gürtel. Mit einem Ruck riss er den Geldbeutel an sich und hielt ihn triumphierend in die Höhe.

»Was haben wir denn da?«, rief er höhnisch. »Meine acht Gulden und gewiss noch einmal so viel, um die Kumpane, die Ihr übers Ohr gehauen habt, auszuzahlen.«

Ulin schrie auf. »Das ist das Geld ... für meine Frau.«

»Das ist mir völlig gleich, Fugger!«.

Ulin griff nach dem Beutel, verfehlte ihn jedoch. »Das Geld gehört mir nicht. Es gehört ...«

Jörg lachte so hämisch, dass es Hans kalt über den Rücken lief.

»Seht, das glaub ich Euch sogar«, zischte der Bleicher. »Ihr würdet das Geld in einer Stunde verspielt haben – und dann gehörte es auch nicht mehr Euch. Aber gerade das will ich verhindern. Denkt dran: Ich rette Euch!« Ohne zu blinzeln, starrte er Ulin in die Augen.

Doch Hans' Bruder gab nicht so leicht auf. Er langte wieder nach dem Beutel, verfehlte ihn jedoch erneut, was ihn nur umso wütender machte, und er schlug zu. Der Bleicher Jörg war zwar ein ausgemergelter Kerl, aber wendig, stark und schnell.

Ulin stolperte, als sein Hieb ins Leere ging. Jörg versetzte ihm einen Tritt, und er stürzte auf die Knie. Blitzschnell war er wieder auf den Beinen – und jetzt gab es kein Halten mehr. Hemmungslos begann er, auf den Bleicher einzudreschen. Ein oder zweimal traf er ihn auch, aber nicht richtig. Schweiß spritzte Ulin vom Gesicht. Mit gesenktem Kopf und erhobenen Fäusten griff er immer wieder an – und hielt urplötzlich inne, als hätte ihn ein Hammerschlag gegen die Stirn getroffen. Er ächzte kurz auf.

»Das habt Ihr nicht erwartet, was?«, spottete der Bleicher Jörg, warf den Beutel mit Geld hoch und fing ihn wieder auf.

Ulin zitterte am ganzen Körper und stieß lautstark die Luft aus. Ein feiner dunkler Nebel sprühte ihm von den Lippen.

»Danke, Fugger«, sagte Jörg und wandte sich zum Gehen. »Und nichts für ungut.«

Hans sah erst jetzt, dass sein Bruder noch immer regungslos dastand und nach Luft rang. Warum hatte er aufgegeben? Das ergab keinen Sinn. Zwar verstand er den Bleicher, aber sich einfach einen Beutel mit Gulden so abnehmen zu lassen, das war sicher nicht Ulins Art.

Er sah, dass sich der Bleicher Jörg umschaute, bevor er ein blutiges Messer zurück in seinen Stiefel gleiten ließ und in einer der Gassen verschwand.

»Ulin!«, schrie Hans und rannte los.

Der Bruder antwortete nicht und sackte, bevor Hans ihn erreicht hatte, auf die Knie. Dann schlug er, ohne sich mit den Armen abzustützen, auf das Gesicht.

»Ulin!«, rief er verzweifelt, und dann war er bei ihm. Blut lief aus Ulins Mund. Sein Atem ging noch röchelnd, wurde aber langsam schwächer.

Hans drehte den leblosen Körper auf den Rücken, hielt seine Hand vor den Mund, ob er noch einen Atem spüren könnte, doch Ulin Fugger war tot.

Außer sich vor Wut und Trauer starrte Hans in die Gasse, in die der Bleicher Jörg verschwunden war.

3

AUGSBURG, SEPTEMBER 1395

Anna stand vor dem Haus am Rohr. Sie klopfte an die Tür und wartete.

Seit einem Jahr ging sie nun bei dem bejahrten Gürtler und seiner Frau ein und aus. Sie half Elspeth Grau im Haushalt und ging für sie einkaufen. Es waren zwei liebenswürdige Menschen, bescheiden und gottesfürchtig. Aber sie wurden mit jeder Woche schwächer. Trotz ihres Alters besaßen sie jedoch noch eine ordentliche Portion

Geschäftssinn. Die Grauin kannte jeden Preis auswendig, der auf den Brot-, Holz- und Eiermärkten aufgerufen und den, der letztlich bezahlt wurde. Wo sie selbst nicht mehr hinlaufen und sich erkundigen konnte, fragte sie die Frauen, die am Haus vorbeikamen, nach den gängigen Preisen. Anna staunte über ihr außerordentliches Gedächtnis.

Es dauerte eine Weile, bis die Frau des Gürtlers angeschlurft kam und ihr öffnete.

»Elspeth«, begrüßte Anna die weißhaarige Alte. »Wie geht es Euch heute?«

Die Grauin antwortete nicht, sondern drehte sich einfach um und verschwand wieder im Haus.

Anna dachte sich zuerst nichts dabei. Die beiden Graus waren nicht gerade die Gesprächigsten. Sie öffneten sich nur, wenn sie, was manchmal vorkam, bei einem Krug Bier zusammensaßen und über die alten Zeiten redeten, als es noch keine Zunft, aber mehr Gemeinsinn gegeben hatte. Doch die Geschwindigkeit, mit der die alte Frau zurück in die Stube lief, als dürfe sie ihren Mann nicht allein lassen, beunruhigte sie.

So rasch sie konnte, humpelte Anna hinter ihr her. Heinrich Grau saß am Tisch, seine Hände waren mit gebleichten Leinenstreifen eingebunden, die mit Fett getränkt waren.

»Was ist geschehen?«, fragte sie besorgt und sah seine Frau an.

Sofort dachte sie an Ulin, der den beiden Alten, wie sie ihr erzählt hatten, Geld abgepresst hatte. Er hatte ihnen weisgemacht, er würde das Haus in Flammen aufgehen lassen, wenn sie nicht zahlten. Am Ende war der Fuggerbruder zu einem Räuber und Wegelagerer geworden, nur um spielen zu können. Aber er war seit einem Jahr mausetot.

»Es hat zu Beginn der Woche angefangen«, gestand Elspeth. »Ein Ausschlag. Die Hände, die Unterarme bis hinauf unter die Achseln. Die sind ganz wund.«

Anna musste schlucken. Das war eine üble Beschreibung.

»Er getraut sich nicht mehr aus dem Haus«, fügte die Grauin hinzu.

Anna wusste, warum das so war. Wenn jemand diesen Ausschlag sah, würden Heinrich und seine Frau womöglich der Stadt verwiesen. Ansteckende Krankheiten hatten keinen Platz hinter den Mauern.

»Lasst es mich sehen«, sagte sie, obwohl sie sich davor fürchtete, Krätze oder sonst eine Krankheit der Haut zu entdecken, die sie selbst befallen konnte. Sie stellte die Markteinkäufe für Elspeth beiseite. »Habt Ihr eine Salbe aufgetragen?«

Die Alte zeigte auf ein kleines Tongefäß auf dem Tisch. Anna nahm es, hob den Wachstuchdeckel ab und roch daran: Ringelblume, Honig und Talg. Eine durchaus übliche Mischung. »Habt Ihr etwas untergemischt?«

Die Grauin sah sie verlegen an. Ihr Mann konnte zwar seine Hände nicht ohne Schmerzen bewegen, aber die Zunge tat ihm offenbar nicht weh. »Jetzt sag's ihr schon, Weib!«, brummte er. »Sie wird's sowieso rausfinden!«

»Was denn?«, fragte Anna und betrachtete die kleinen schwarzen Kügelchen in der Salbe. »Quecksilber?«

Elspeth nickte – und als ihr Mann die Augenbrauen hob, setzte sie leise hinzu: »Und etwas gemahlenes Blei.«

Anne atmete tief durch. Quecksilber und Blei kosteten ein horrendes Geld. »Wer hat es Euch verkauft? Der Kramer vor dem Haus?«

»Nein. Ein Quacksalber auf dem Schmalzmarkt. Da hat sie zum ersten Mal den Topf mit dem Rindertalg besorgt«, ergänzte der Alte und sah seine Frau liebevoll an. Elspeth hatte die Augen niedergeschlagen. Der Blick des Gürtlers war nicht vorwurfsvoll, eher entschuldigend, weil er ihr in den Rücken gefallen war, wo sie ihm doch Linderung hatte verschaffen wollen.

»Ringelblumen oder Arnika sind gut«, sagte Anna. »Honig ebenfalls. Aber kein Blei und kein Quecksilber. Oder wollt Ihr Euren Mann vergiften?«

Die Grauin schüttelte langsam den Kopf.

Nein. Natürlich nicht, dachte Anna. Sie hatte ihm helfen wollen.

»Zu Beginn der Woche hat es angefangen, habt Ihr gesagt?«, wandte sie sich an Heinrich Grau. Der Gürtler nickte.

»Was habt Ihr gemacht?«, fragte Anna.

»Ich hab dagesessen wie immer. Kann ja auch kaum mehr laufen. Die Beine sind alt und ...«, antwortete er.

»Aber das stimmt doch nicht«, unterbrach ihn seine Frau. »Du warst in der Werkstatt. Wegen des Leibriemens.«

Ihr Mann sah sie verunsichert an. »Ich war ... in der Werkstatt? Gewiss nicht.«

Anna sah von einem zum anderen.

Die Grauin verdrehte die Augen. »Gott seid Dank ist sein Kopf angewachsen. Er würde ihn vermutlich irgendwo liegenlassen, wenn er nur angeschraubt wäre und man ihn abnehmen könnte«, spöttelte sie. »Hier«, sie deutete auf die Leibesmitte ihres Mannes. »Er hat sich den Leibriemen gelocht und danach neu eingefärbt. Er wird ja immer dünner. Irgendwann wird er verschwinden oder durch eine der Ritzen in unserem Holzboden fallen.« Sie lachte ein feines Mädchenlachen, das so unbeschwert klang, dass es Anna ans Herz griff.

»Hab ich das gemacht, Weib?«, fragte Grau und nickte dann. »Wenn du das sagst, wird's wohl so gewesen sein.«

»Mit Vitriol?«, fragte Anna.

»Mit was sonst? Nur das färbt Leder so schwarz, dass es danach gefettet werden kann und glänzt.«

Anna kannte sich so gut nicht aus. Aber was sie wusste, war, dass Eisenvitriol die Haut verätzte. Das war bei dem Gürtler vermutlich geschehen – und das Salbengemisch mit Blei und Quecksilber hatten es noch verschlimmert.

Ob die beiden Alten sie verstanden, wenn sie es ihnen erklären würde, wusste sie nicht. Immerhin hatte der Gürtler sein Leben lang mit dieser Substanz gearbeitet. Aber jetzt war er alt. Die Haut war dünn und vertrocknet.

»Ihr müsst Euch behandeln lassen, Heinrich«, sagte Anna bestimmt. »Sonst wird es böse für Euch ausgehen.«

»Woher wollt Ihr das als Hausmagd wissen? Seid Ihr etwa ein Medicus?«, fragte Elspeth und legte den Kopf schief.

»Das nicht, aber Gernot kennt sich als Fuhrwerker damit aus. Er fährt das Zeug aus den Bergbaugebieten der Alpen zu den Gerbern und Färbern in der Stadt. Lecke Fässer sind kein Spaß, wenn man sie auf der Fahrt abdichten muss und nicht recht weiß, was passieren kann.«

»Ein gescheiter Kerl, Euer Mann«, sagte die Alte und legte ihr eine Hand auf den Arm. »Wie mein Heinrich. Anstellig und ein ganz Lieber.«

Anna schnürte es die Kehle zu, weil sie nicht sagen wollte, was sie jetzt aussprach. »Wäre es nicht besser für Euch beide, wenn Ihr Euch in ein Spital einkaufen würdet? Ihr hättet die Pflege, die Ihr braucht.« An Elspeth gewandt, fügte sie hinzu: »Und jemand hätte ein zusätzliches Auge auf Heinrich. Ihr könnt nicht überall sein – und er ist offensichtlich manchmal nicht mehr recht bei sich.«

Als sie Elspeth in die Augen blickte, sah sie, dass diese in Tränen schwammen.

»Es ist zu teuer, Anna«, flüsterte die Grauin.

»Aber für dieses Haus ...«, begann Anna.

»Das Heilig-Geist-Spital will keine Häuser, sondern Geld«, unterbrach sie die Alte. »Aber wer will denn ein Haus kaufen in diesen unsicheren Zeiten? Schon morgen kann der Baiernherzog vor den Mauern stehen und ganz Augsburg zu Klump schießen.«

»Oder der Bischof will seine widerspenstige Stadt samt ihren Bürgern dem Erdboden gleichmachen«, ließ sich Heinrich vernehmen. »Damit würde er mehrere Fliegen mit einer Klappe schlagen. Die Meutereien der Bürger hätten ein Ende und die Zahl der Engel wäre aufgestockt.«

Wieder kicherte Elspeth. »Du kleines Schandmaul«, sagte sie liebevoll und strich ihrem Mann über den kahlen Schädel. »Du kannst es nicht lassen, nicht wahr?«

Die beiden lachten sich an, als teilten sie wie junge Leute ein Geheimnis miteinander.

Anna sah von Elspeth zu Heinrich Grau und wieder zu Elspeth. »Ich wüsste jemanden, der euch einen guten Preis bieten würde«, sagte sie. Es tat ihr weh, die Blicke der beiden Alten auseinanderzureißen.

»Wie dieser Ulin Fugger?«, fragte Elspeth mit bebender Stimme.

»Der ist doch schon lange tot.« Anna hob beschwichtigend die Hände. »Er kann kein Gebot mehr abgeben.«

»Wer dann?«, wollte die Grauin wissen.

»Sein Bruder. Hans Fugger.«

Elspeths Augen verengten sich zu schmalen Schlitzen. »Weißt du, Kindchen. All die Monate hindurch habe ich mich gefragt, warum du uns unterstützt und trotz deiner … Gottesstrafe … all die Mühen auf dich nimmst. Bist du deswegen ein Jahr lang hier ein- und ausgegangen? Um uns Hans Fugger schmackhaft zu machen?« Ihre Stimme war leise, fast tonlos und hart wie ein Stück Schwertstahl, während sie von Anna ein Stück abrückte.

Hans ging auf Gfattermann zu und spielte dabei mit einer Münze in seiner Hand. Der ehemalige Zunftmeister und noch immer einer der heimlichen Vorsitzenden der Weber stützte sich gebeugt auf den Wechseltisch in der Beschaustube und sah ihm neugierig entgegen. Gfattermann war alt geworden – wie sie alle.

»Was gibt es so Dringendes für dieses Treffen?«

Hans drehte die Münze noch ein paarmal zwischen den Fingern, dann ließ er sie auf den Granit des Wechseltisches fallen. »Hört Ihr es?«

Gfattermann hob die Augenbrauen, nahm die Münze, betrachtete sie eingehend. »Ein Regensburger Pfennig. Zwei Pfund davon entsprechen einem Ungarischen Gulden. Also einhundertzwanzig Pfennige für einen Gulden.«

Hans nickte. »So war es.«

Gfattermann stutzte, schaute sich die Münze noch einmal genau an. »So *war* es?«, sagte er langsam.

Hans nickte ebenso langsam. »Aber so ist es nicht mehr.«

Sein Schwiegervater runzelte die Stirn, nahm den Pfennig auf und warf ihn erneut auf den Stein. Er horchte dem Klang nach und schüttelte den Kopf. »Ich höre nichts«, sagte er schulterzuckend. »Aber du hörst das Gras wachsen?«

»Er klingt zu stumpf«, erwiderte Hans. Er besah sich die Münze, die zwar abgerieben war, deren tiefere Prägestellen aber angelaufen waren.

»Das ist Schmutz!«, erklärte Gfattermann.

Hans nahm den Pfennig, spuckte darauf und rieb ihn sauber. Dann warf er ihn erneut, dass es nur so klingelte.

Sein Schwiegervater zuckte mit den Schultern. »Gespenster! Du hörst Gespenster flüstern, Hans. Seit dein Bruder tot ist, bist du etwas wunderlich geworden. Vielleicht sollte man dich bei dem Dreizehner-Rat ablösen.«

Hans ließ den Pfennig liegen und ging vor dem Tisch auf und ab. Die Beschaustube war nach drei Seiten hin offen. Er konnte zum Rathaus hinüberschauen, zur Herrenstube, sah durch die Gassenlücke sogar die Traufseite der Baustelle des neuen Tanzhauses hinter dem Brotmarkt, während das alte, baufällige Tanzhaus beim Perlach abgebrochen wurde. Die Stadt wandelte sich.

Aus der Gasse des Judenbergs tauchten zwei Männer auf, die einen gelben Ring auf der Brust trugen, das Zeichen der Augsburger Juden. Zielstrebig eilten sie zum Rathaus hinüber. Seit ihrer Vertreibung durften Juden nicht mehr in der Stadt wohnen, gingen aber weiter ihren Geschäften in Augsburg nach. Sobald die Nacht hereinbrach, mussten sie die Mauern verlassen. Was nicht immer der Fall war, aber es wurde geduldet, wenn sie in den Bretterbuden übernachteten. Die hässlichen Hütten vor den Häusern in der kurzen Gasse zum Rathaus hinauf störten das Bild der sich verändernden Stadt noch immer erheblich.

»Wann werden wohl diese Schandflecke endlich verschwinden?«, sagte Hans mehr zu sich als zu Gfattermann.

»Wenn die Reichsstraße gepflastert wird. Das Geld dafür wird bereitgestellt.«

Überrascht sah Hans auf, denn er hatte eigentlich keine Antwort erwartet. Aber sein Schwiegervater war Ratsmitglied der Dreizehner und daher bestens informiert.

444

»Dieses Jahr werden wir uns noch den Anstieg in die Oberstadt vornehmen«, fuhr Gfattermann fort. »Dann werden bis zum Rathaus Kiesel gelegt. Und so weiter die nächsten Jahre – so weit wir kommen.«

Hans pfiff durch die Zähne. Wenn hier ein Pflaster gelegt wurde, dann musste die Straße freigeräumt werden, und zwar ganz. Die Bruchbuden würden verschwinden – und wenn man ein Auge darauf hatte, dann war es nicht nur mit dem wadentiefen Dreck vorbei, sondern auch mit diesen lausigen Verschlägen samt ihren noch lausigeren Bewohnern. Er blickte zu dem Gebäude hinüber, in das er unbedingt einziehen wollte: das Wohnhaus des Gürtlers Grau.

»Jetzt rück schon damit heraus. Warum bist du hier?«

Hans wandte sich langsam um und sah Gfattermann an. Wenn er vor der Heirat gewusst hätte, was für ein Mensch sein Schwiegervater war, dann hätte er es sein lassen. Je näher er ihn kennenlernte, desto stärker erschien ihm die Ehe mit Elisabeth als Fehler. Dieser Mann war noch gewissenloser, als sein Bruder Ulin es gewesen war, nur geschickter und nicht so leicht zu durchschauen. Aber er war der Einzige, mit dem er, Hans, das, was ihm auf der Seele lag, besprechen konnte – weil er, wie er selbst, die dazu nötigen Gegenmaßnahmen kannte. Außerdem war er ein Mitglied der Familie. Man stützte und warnte sich rechtzeitig.

»Der neue Pfennig – er enthält mehr Kupfer als der alte. Ich schätze, dass mit zweihundertvierzig Pfennigen für einen Gulden der neue Wert angemessen vergolten ist.«

Überrascht sah ihn Gfattermann an, nahm das Geldstück und ließ es wieder auf den Granit fallen. Er schüttelte den Kopf. Dann kramte er aus seinem Beutel am Gürtel einen alten Regensburger Pfennig hervor und ließ ihn ebenfalls springen. Wieder horchte er, schüttelte den Kopf und wiederholte alles mehrere Male. »Du kannst das hören?«, fragte er ungläubig.

Hans nickte. »Die neue Prägung klingt etwas dumpfer. Der neue Pfennig wiegt zwar in etwa so viel wie der alte Pfennig. Aber ich verwette meinen Jahresgewinn darauf, dass er nicht ebenso viel Silber enthält wie der alte Regensburger. Ich schätze, es ist gerade mal die Hälfte.«

Jetzt war es sein Schwiegervater, der durch die Zähne pfiff. Gfattermann sah sich um, ob noch jemand in der Beschaustube stand, der mithören konnte. Schließlich senkte er die Stimme. »Du bist dir sicher?«

»Ja«, entgegnete Hans einsilbig.

»Weiß sonst noch jemand davon?«

»Nein.«

»Warum kommst du damit zu mir?«

Die Frage hatte etwas Lauerndes. Und so unrecht hatte Gfattermann nicht. Hans wusste, dass nur der ehemalige Zunftobermeister skrupellos genug war, das zu tun, was er vorschlagen wollte.

»Der Wert des Pfennigs sinkt, weil die Währung, auf die sich alle beziehen, sich verschlechtert. Damit werden sich die Kosten, die der Stadt aufgebürdet werden, erhöhen, da niemand mehr zwischen alten und neuen Pfennigen unterscheiden wird. Ich schlage also vor, die Rechnungen an die Stadt in neuen Pfennigen zu bezahlen, die aber nach altem Wert angesetzt werden. So sparen wir uns mindestens hunderttausend Gulden.«

Die Augen seines Schwiegervaters weiteten sich, und ein ungläubiges Staunen breitete sich in seinem Gesicht aus. Schließlich hieb er mit der flachen Hand auf den Granit, dass die Pfennige darauf hüpften und durcheinandersprangen.

»Du bist ein Fuchs, Hans. Ich bin froh, dich in der Familie zu wissen und nicht als Gegner zu haben. Aber warum glaubst du, dass ich als Ratsmitglied deinen Plan unterstützen und die Stadt schädigen werde?« Er stand auf und begann, in der Stube ab und ab zu gehen. Mit der rechten Hand knetete er sein Kinn, die linke öffnete und schloss sich in schnellem Wechsel. Er war beunruhigt.

»Weil wir eine Familie sind und es auch Euer Geld ist, Schwiegervater«, sagte Hans. »Es muss nur rasch geschehen, damit niemand erfährt, wie sehr der Wert des Pfennigs abgenommen hat. Misstrauisch werden sie erst, wenn die Menschen den neuen Pfennigen nicht mehr vertrauen.«

Was er verschwieg, war die Tatsache, dass er selbst nach Anlagen für sein Geld suchte, um nicht in den Sog der Entwertung zu geraten. Wenn erst die Kaufleute vom Wertverlust erfuhren, konnte es sein, dass das Vertrauen in den Regensburger Pfennig sank, tiefer sank, als der Pfennig tatsächlich wert war. Dann konnte man ihn wieder aufkaufen, ihn umschmelzen lassen und einen kleinen zusätzlichen Gewinn verbuchen. Aber das war Spekulation. Im Augenblick brauchte Hans eine Geldanlage – und die fand sich nicht so leicht. Häuser und Grundstücke waren die einzigen Anlagen, die versprachen, nicht in diesen Strudel mit hineingerissen zu werden. Außerdem würde er, wenn die Zeit gekommen war, seine eigenen Steuerschulden kleinrechnen, statt tausendfünfhundert Gulden nur noch siebenhundertfünfzig zu alten Regensburger Pfennigen versteuern. Das wären bei einem Steueraufkommen von knapp eins zu sechzig maximal fünf Gulden Steuern, statt zehn Gulden oder mehr. Aber davon würde Gfattermann nichts erfahren. Er blickte auf, als dieser ihn ansprach.

»Du bist so in dir versunken. Plagt dich etwas?«

Hans lächelte versonnen. »Dass ich Steuern zahlen soll, anstatt mein Geld so anlegen zu können, dass die Stadt und die Menschen in dieser Stadt Gewinn daraus ziehen können. Das schmerzt.«

Der Mund seines Schwiegervaters öffnete sich zu einem Grinsen, das aussah, wie das Maul einer Schlange kurz vor dem Biss.

»Das glaube ich dir gern. Die Menschen und deren Wohl liegen uns beiden am Herzen. Wir müssen rasch handeln«, sagte er und lachte.

Hans kehrte ihm wieder den Rücken zu und betrachtete durch das Fenster das Grau'sche Haus. Was wäre das für ein Aufstieg, dieses Gebäude zu besitzen! Bei dem Gedanken begann er, in seinem Wams zu schwitzen. Schweißtropfen bildeten sich auf seiner Stirn. »Ich hätte noch eine Bitte. Als kleine Gegenleistung dafür, das Wissen um den Wertverfall des Pfennigs so lange für mich zu behalten, bis die Schulden an die Stadt beglichen sind.«

Er hörte, wie Gfattermann in seinem Rücken schnaubte. Mit Bedingungen, die er nicht selbst stellte, konnte er nur schwer umgehen. »Und die wäre?«

»In der nächsten Sitzung der Weber wird Barchent in der Stadt endlich auch offiziell als Zunftweberei zugelassen. Ihr drängt darauf, mich als Beschauer einzusetzen. Wenn nicht, erfährt der Magistrat umgehend von den bösen Pfennigen – und davon, dass Ihr darin verwickelt seid.«

Hans drehte sich um. Sein Schwiegervater stand da, vorgebeugt, beide Hände am Tisch verkrampft und starrte ihn wütend an.

»Du kannst ja darüber nachdenken«, sagte Hans leichthin. »Die Sitzung ist erst nächste Woche. Aber du solltest rasch handeln. Die Sache mit den minderwertigen Pfennigen wird nicht lange geheim bleiben.«

4

AUGSBURG, MÄRZ 1396

Anna schmiegte sich an Gernots Arm und ließ die Wärme ihres Mannes in sich einsickern. Das Jahr hatte wüst begonnen, mit Schneetreiben, Eisgängen auf dem Lech und Überschwemmungen, als es unerwartet taute und der noch gefrorene Boden das Wasser nicht aufnehmen konnte. Dann hatte der Winter wieder seinen eisigen Hauch über die Landschaft geblasen und die Welt in eine Spiegelfläche verwandelt, die im tief stehenden Sonnenlicht unwirklich gleißte.

Die Fuhrwerker hatte es schwer getroffen. Ochsen, Pferde und Wagen konnten nur selten aufbrechen, weil sie entweder auf den eisglatten Wegen nicht vorwärtskamen oder einfach an ihren Unterstellplätzen festfroren.

Gernot hatte beschlossen, sich seinem Schicksal zu ergeben, und war zu Hause geblieben. Anna genoss es, dass er neben ihr lag und sie sich an ihn drücken konnte. Seine Wärme schenkte ihr Sicherheit und

Geborgenheit, und seine Nähe ließ sie ruhig und gelassen werden. Sie schloss die Augen und schnupperte an dem Oberarm, den sie umfasst hielt, und legte ihre Wange daran.

Wir haben es warm, dachte Anna. Aber wie erging es wohl den beiden Alten im Grau'schen Haus? Sie froren gewiss erbärmlich, selbst unter ihren Deckenbergen, weil sie sich nicht aus dem Haus wagten aus Angst, zu stürzen und sich die Gliedmaßen zu brechen. Sie mussten warten, bis Anna zu ihnen kam und ihnen Feuerholz in die Stube schleppte. Allerdings war auch das schwer, denn die Scheite waren durch Frost und Eis so miteinander verbacken, dass sie wie eine Wand aus Stein waren. Gernot bemühte sich, ihr zu helfen, wenn er konnte, aber er musste etwas für ihren Lebensunterhalt verdienen, und das konnte er nur, wenn er einen der wenigen Aufträge übernahm.

Ein Klopfen ließ Anna hochschrecken. Sie riss die Augen auf, es war dunkel. Es würde noch Stunden dauern, bis sich durch das verhängte Fenster schwach das erste Morgenlicht zeigte. Gernot rekelte sich neben ihr und drehte sich ihr zu.

Wieder wummerte es gegen die Tür der Schlafkammer.

»Anna, verdammt! Willst du nicht aus den Federn? Die Glocken haben schon zu Laudes geläutet. Faules Pack!«, rief die Melcherin.

Gernot gähnte und rollte sich wieder auf die andere Seite. »Was hat deine Mutter heute gefrühstückt? Sauerampfer?«, knurrte er.

An Schlaf war nicht mehr zu denken. Die Melcherin hämmerte in einem fort mit der Faust gegen die Tür.

Anna kroch aus dem warmen Laken, das mit Heu gefüllt war, stieg widerwillig in die eiskalten Holzschuhe und klapperte zur Tür.

»Was ist denn los?«, fragte sie unwirsch, ohne zu öffnen.

»Ich hab Hunger. Der Herd ist nicht angeschürt, und Wasser ist auch noch nicht geholt.«

Anna zitterte nicht nur vor Kälte. »Dann hast du ja genügend zu tun. Beeil dich, damit die Stube warm ist, wenn wir aufstehen. Wenn nicht, schicke ich dich zu deinem Buhlen, dem Bleicher Jörg, vor die Stadt oder wohin er sonst geflohen ist.«

Das Wummern verstummte. Anna konnte durch die Tür hindurch

die Wut spüren, die in ihrer Mutter kochte. Je älter die Melcherin wurde, desto verbitterter schien sie. Sie lebte nur noch in einer Welt der Aufrechnung von Schuld und Rache.

»Und lass den Brei nicht anbrennen, wie letztens«, fuhr Anna sie an. Dann drehte sie sich um und schlüpfte wieder zu Gernot unter die Decke. Er umfing sie mit einer Wärme und Zärtlichkeit, die ihr guttat.

Das Fenster war völlig zugefroren, und ein Eispanzer hatte sich gebildet, der die Schweinsblase, mit der das Fensterloch abgedunkelt war, völlig bedeckte. Ihre Körperfeuchtigkeit schlug sich an den Wänden nieder und bildete weiße Kristalle. Sie hatte das Gefühl, in einer Märchenwelt aufgewacht zu sein.

»Wir müssen aufstehen«, flüsterte Gernot ihr ins Ohr. »Sie zündet uns sonst noch das Haus über dem Kopf an.« Er drückte sich hoch und wollte über sie hinwegkrabbeln, doch ihre Beine hielten ihn fest, und sie drängte sich an ihn. Noch bevor er sich besinnen konnte, hatte sie ihm das Nachthemd hochgeschoben und sich seiner Männlichkeit bemächtigt. Gernot tat überrascht, aber sie wusste, dass er sich kaum würde bitten lassen.

»Wenn das deine Mutter wüsste«, flüsterte er, als er sich auf sie legte und in sie eindrang. »Sie hat ja nun niemanden mehr, der ihr das Bett wärmt.«

Er hätte besser nichts gesagt. Sofort wurden all die Bilder in ihr wach, die sie nicht verlassen hatten. Das, was mit Ulin Fugger geschehen war, ging ihr nicht mehr aus dem Sinn.

Ihre Mutter war durch das Haus getanzt, als sie es erfahren hatte, und ihr Beischläfer, der ihn erstochen hatte, war nicht mehr aufgetaucht. Die Dose mit dem wenigen Ersparten war nicht mehr aufzufinden. Der Bleicher Jörg hatte sich aus Augsburg abgesetzt. Er war zwar gesucht worden, und die Wachen hatten im Haus das Unterste zuoberst gekehrt, doch er war wie vom Erdboden verschluckt, und ihre Mutter konnte oder wollte nicht sagen, wohin er verschwunden war.

Anna befürchtete jedoch, dass sie dabei die Finger im Spiel gehabt hatte. Die Melcherin hatte Ulin nie verziehen, dass er sie nach seiner Hochzeit aus dem Haus gejagt hatte.

Anna hoffte, dass Gernot nicht bemerkte, wie abwesend sie war. Als er beinahe aus dem Bett fiel, weil er mit dem Fuß im Laken hängen blieb, musste sie über seine Tollpatschigkeit lachen. Das vertrieb die düsteren Gedanken. »Ich kümmere mich um meine Mutter«, sagte sie. »Aber prahl nicht wieder mit deinen Kräften und meiner Hitze.«

Sie stieß ihn leicht mit der Faust gegen den Arm, weil er so auf der Bettkante saß, dass sie nicht an ihm vorbeikonnte.

Gernot drehte sich zu ihr um und fing wieder an, sie zu streicheln.

»Du bist ja unersättlich«, flüsterte sie. »Ich muss raus, Gernot. Meine Knochen!«, jammerte sie, und sofort hielt er inne.

»Das Bein?«, fragte er leise.

Anna nickte und überlegte, wie lange sie sich noch einigermaßen würde bewegen können. Sie spürte schon jetzt, wie die Kräfte beim Gehen nachließen, wie ihr Oberschenkel das Gewicht immer schlechter tragen konnte. An ihrer Hüfte bildete sich ein Knoten, als würde ihr dort ein weiteres Bein wachsen wollen, um das alte zu ersetzen.

Sie schob sich an Gernot vorbei und kleidete sich vor ihm an. Sie wusste, wie sehr er es mochte, Blicke auf ihre Waden und Brüste zu werfen.

Aber heute konnte sie das nicht genießen. Sie musste tief durchatmen und die Schmerzen in die hintersten Winkel ihres Verstandes verbannen, sonst hätte sie immerfort schreien müssen.

Gernot hob die Nase und schnupperte. »Gottverdammt! Die Vettel lässt den Brei schon wieder anbrennen!«, fluchte er. Mit einem Satz war er bei der Tür und draußen.

Anna hatte es nicht so eilig. Die Tür schlug gegen die Wand und löste einen kleinen Schauer aus weißen Kristallen aus, der von der Decke und den Wänden stob und sich im Raum verteilte. Es sah aus, als würde es in ihrer Schlafkammer schneien.

Sofort war sie in Gedanken wieder bei den beiden Alten, die in ihrem Haus hockten und erbärmlich froren. Elspeth hatte vor ein paar Tagen durchblicken lassen, sie wären jetzt bereit für das Spital – und wollten sich beeilen, denn Heinrich sei nicht mehr auf der Höhe. Sein

Gedächtnis lasse mit jedem Tag mehr nach. Noch wäre er verständig, aber bald …

Von unten vernahm Anna das wütende Geschrei ihrer Mutter und Gernots tiefe Stimme. Sie konnte ihre Gedanken nicht sammeln, weil sie befürchtete, er würde die Melcherin zu sehr schelten. Die Stimmen aus der Küche überschlugen sich und drängten Anna zum Handeln.

Sollte sie Hans von der Möglichkeit erzählen, das Haus des Gürtlers Grau zu kaufen? Eine gute Woche hatte sie es jetzt schon hinausgezögert, in der die beiden Alten durchaus hätten erfrieren können, weil sie nicht mehr gekommen war und das Feuer geschürt hatte.

Sie schlang sich ein Wolltuch um die Schultern, schlüpfte in ihre Holzpantinen und stieg die Treppe hinunter.

Ihre Mutter stand mitten in der Stube, ein Küchenmesser in der Hand, und hatte Gernot zurück auf die Eckbank gedrängt. Der tönerne Topf mit dem Brei lag am Boden, der Inhalt über Tisch und Stühle verteilt, das Gefäß selbst zerschlagen. Die Melcherin stieß den Topf mit dem Fuß beiseite.

»Ich steche dich ab, wie ich Ulin hab abstechen lassen!«, schrie sie.

Anna schlug die Hand vor den Mund. Gerade war offenbar geworden, was sie vermutet hatte. »Was hast du damit zu tun?«

Mit rollenden Augen musterte die Melcherin ihre Tochter. »Er war ein Scheusal ohne Skrupel, ohne Herz, ohne Mitleid, wie sein Vater und sein Bruder Hans. Für ihn waren Menschen nur Vieh, dessen man sich bediente und, wenn man sie nicht mehr benötigte, dem Abdecker zuführte. Aber sein schlimmstes Vergehen bestand darin, dass er ein Mitglied der Familie Fugger war.«

Sie bekreuzigte sich, und mit der Geste schloss sie alle drei ein, die in der Küche standen – Anna, Gernot und sich selbst. »Alle, die wir hier stehen, haben unter dieser verfluchten Familie gelitten. Du, Anna, weil Hans dich in der Grube hätte verrecken lassen und nie bereit war, Verantwortung zu übernehmen und dich zu heiraten. Du, Gernot, weil dich Ulin bei der Venedig-Fahrt hintergangen und Hans dir das nie verziehen hat, obwohl du bereit warst, dein Leben für ihn zu opfern. Und ich? Weil Ulin meinen Mann getötet hat … und weil ich meine Ehre und meinen Körper an diese Familie verschwendet habe.« Tief sog sie die Luft ein. Ihre Lippen zitterten vor Erregung, ihre Hände ballten sich zu Fäusten. »Es schadet nicht, wenn es weniger Fugger auf der Welt gibt. Jeder Fugger weniger ist ein Gewinn für alle hier in dieser Stadt.«

»So darfst du nicht reden, Mutter!« Anna hatte endlich ihre Sprache wiedergefunden.

»Das darf ich sehr wohl! Es ist ihre aufgeblasene Wichtigtuerei, die die Leute glauben lässt, sie wären mehr als gewöhnliche Zecken in der Haut unserer Stadt.« Wie zur Bekräftigung stieß sie mit dem Fuß noch einmal gegen die Scherben.

Die Melcherin spuckte auf den Boden. »Jörg hat richtig gehandelt. Zecken zerdrückt man zwischen den Fingern.« Sie drängte sich an Gernot und Anna vorbei, hielt aber in der Tür inne. »Er hat es nur nicht zu Ende gebracht.« Sie blieb vor Anna stehen und stieß ihr den Finger gegen die Brust. »Vergiss nicht, Ulin hatte deinen Vater auf dem Gewissen! Kein Gericht dieser Stadt hat ihn deswegen verurteilt. Er ist als Mörder frei herumgelaufen. Die Zeit der Abrechnung ist gekommen!«

Hans streifte die alten Regensburger Pfennige zusammen und schüttete sie in einen ledernen Beutel. Jetzt lagen nur noch die neuen Pfennige vor ihm. Auch diese schob er zusammen und füllte sie in einen weiteren, helleren, neueren Säckel.

Gold und Silber, das waren die beiden Worte, mit denen sich der Sinn dieser Welt zusammenfassen ließ. Wer beides besaß, hatte alles – wer nichts davon besaß, hatte nichts, ganz gleich, was die Pfaffen von ihren Kanzeln herab über Glückseligkeit und Hoffnung predigten. Wer etwas gelten wollte, musste sich umtun und Gold und Silber herbeischaffen – oder die Hand zum Betteln aufhalten. Zu Letzterem fühlte sich Hans Fugger nicht berufen. Allerdings musste er darauf achten, sich nicht durch andere Familienmitglieder, die an ihm zogen und zerrten, in den Abgrund reißen zu lassen.

Nach Ulins Tod hatte er sich verpflichtet, sich um dessen Familie zu kümmern. Zumindest musste er ein Auge darauf haben, dass der gute Name »Fugger« nicht in den Schmutz gezogen wurde. Ulins Frau Kunigunde, geborene Mundsam, wohnte noch in ihrem eigenen Haus. Nur selten fand Hans die Zeit, sich um sie und Ulins Kinder zu kümmern.

Seufzend erhob er sich, steckte das Säckchen mit den neuen Pfennigen ein und machte sich auf den Weg in die Klebsattelgasse. Kunigunde wartete sicher schon auf ihn.

Ulins Witwe wusste nicht, wie sie das Haus halten sollte, da ihr Mann tot war. Also hatte Hans ihr vorgeschlagen, es ihr abzukaufen. Ein Teil davon gehörte ihm ohnehin, weil es das Haus war, das seine Mutter aus dem Nachlass des Vaters mitgekauft hatte. Mit dem Tod ihrer Mutter hatte er ein Teilerbe angetreten, das er jedoch nie beansprucht hatte.

Die Atemluft stand ihm weiß vor dem Gesicht, als er auf die Straße trat. Die Märzkälte, die über sie hereingebrochen war, beschwor einen langen Übergang zum Sommer. Ob wieder irgendwelche Unholde und Hexen ihre Finger im Spiel hatten, wie allenthalben gemunkelt wurde, konnte und wollte er nicht beurteilen. Die Juden konnten es ja nicht mehr sein, da sie vor einem halben Jahrhundert aus der Stadt vertrieben worden waren. Nur einige reiche Geldverleiher hatten sich wieder am Judenberg eingekauft. Das Eis zerbrach unter den Sohlen seiner Lederstiefel. Er musste vorsichtig gehen, um nicht auszurutschen.

Aber er hatte es nicht eilig. Er schlenderte von der Gasse am Gögginger Tor hoch zu St. Moritz und bog dann auf den Brotmarkt ein. Er warf einen neugierigen Blick auf das Haus am Rohr. Der Brunnen war eingefroren, das Wasser versiegt. Das Haus selbst wirkte verlassen mit seinen dunklen Fensterhöhlen, ein düsterer, hölzerner Totenschädel. Im Mai würde er bei den beiden Alten vorbeisehen und nachschauen, ob sie noch lebten. Wenn nicht, würde er die Leichen fortschaffen lassen und das Haus einfach übernehmen. In seinem Schwiegervater als Ratsmitglied hatte er dafür einen sicheren Unterstützer. Er riss sich von dem Anblick los und strebte der Hallstraße zu.

Das neu gedeckte Tanzhaus zu seiner Linken glänzte frisch und stolz im Winterlicht. Mit der Schneehaube auf dem Dach sah es aus, als wolle es sich herausputzen und seine Schönheit zur Schau stellen. Er war zu seiner Eröffnung mit Elisabeth eingeladen gewesen, sie mit ihrem Schwangerschaftsbauch und er mit seinem Bierbauch, der sich mittlerweile gebildet hatte. Er erinnerte sich gern an diesen Abend mit Musik und Tanz, der erfüllt gewesen war vom süßen Duft des frisch geschlagenen Holzes und dem feuchten Geruch von Lehmputz.

Hans verfiel aufs Rechnen, während er zur Klebsattelgasse hinaufging. Auf der Straße zum Weinmarkt hoch lief er in den Spuren einer Reihe von Fuhrwerken, die sich in den Schnee gegraben hatten. In der Hallstraße hatte man geräumt, und als er in die Straße einbog, in der sein Bruder gewohnt hatte, musste er zu seiner Überraschung feststellen, dass sich dort kaum Niederschlag befand, als wäre alles Weiß von den Winterstürmen hinausgeblasen worden.

Bevor er an der Tür des geduckten Häuschens klopfte, das die Witwe Ulins bewohnte, besah er es sich genau. Es war ein typisches Weberhaus mit tief liegenden Fenstern und einem Estrich, der unter dem Bodenniveau lag, damit die Feuchtigkeit in den Raum einsickern konnte. So wurden die Fäden ebenso feucht gehalten wie die Lungen der Weber.

Hans zögerte. Er schwor sich, das Gebot nur einmal abzugeben. Dann würde er aus dem Leben der Kunigunde Fugger verschwinden, indem er ihr vorschlagen würde, sich wieder zu verheiraten. Schließlich war er keine Melkkuh.

Er pochte gegen die Tür.

Hans hörte trippelnde Schritte von innen auf die Tür zukommen, dann schien sie sich von Geisterhand zu öffnen, obwohl er niemanden sah. Endlich kam ein kleiner Kerl zum Vorschein, der kaum älter als fünf oder sechs Jahre sein mochte – Ulins jüngster Stammhalter mit

Namen Michl. Seine Nase war völlig verschmiert. Der Rotz lief ihm über den Mund und das Kinn hinab. Er war der sechste von sechs Jungen.

»Onkel Hans!«, krähte der Kleine, und Blasen stiegen aus seiner Nase auf.

Hans schüttelte missbilligend den Kopf. »Hat dir denn keiner gesagt, wie man sich die Nase putzt?«, fragte er stirnrunzelnd. Doch er konnte diese Strenge nicht lange durchhalten, weil ihn der Junge mit großen runden Augen ansah.

»Du musst kommen, Onkel. Der Mutter geht es schlecht. Mach du mir ein Brot. Ich hab Hunger«, rief er.

Hans griff nach der Hand des Knaben. »Führ mich zu deiner Mutter!«

Der kleine Junge war ein pfiffiges und aufgewecktes Kerlchen. Mit dem Glück in seinem kurzen Leben war es nicht gut bestellt. Michl war mehrmals schwer erkrankt und dem Sterben näher gewesen als dem Leben, wusste Hans. Halsentzündungen hatten sich mit Pusteln abgewechselt, Durchfall mit dem Rötelfieber. Er erinnerte sich an das Geschrei, das meist aus dem Haus gedrungen war, wenn er vor der Kate seines Bruders gestanden hatte. Doch der Kleine hatte die schweren ersten Jahre überlebt und zog ihn jetzt mit einiger Kraft wie ein vor ein Fuhrwerk gespanntes Pferd ins Haus.

»Langsam, langsam, mein Freund«, beschwerte sich Hans, doch Michl ließ nicht los.

»Ich kann nicht langsam«, sagte er.

Schließlich landete Hans in der Stube. Auf der Eckbank saß Kunigunde, in eine Decke gehüllt. Tränen liefen ihr übers Gesicht. Als sie Hans sah, wischte sie diese rasch fort und stand auf. Dabei stieß sie mit dem Becken derart gegen die Tischkante, dass erneut Tränenwasser die Augen flutete.

Im Haus selbst war es eisig. Die Herdstelle war kalt. In der Holzschütte lagen nicht einmal mehr Späne oder Brösel. Alles war verfeuert worden, offenbar auch die Stühle. Es gab keine mehr – Hans musste stehen.

»Ich dachte schon, du kommst überhaupt nicht mehr«, sagte Kunigunde eher erschöpft als vorwurfsvoll.

Hans überfiel das schlechte Gewissen, da er sich nach Ulins Tod kaum mehr hatte blicken lassen. Immer wieder hatte er wegen dringender Geschäfte den Besuch bei seiner Schwägerin hinausgeschoben.

»Ich habe meinem Bruder versprochen, für Euch zu sorgen.« Der Satz klang hohl, angesichts der Vernachlässigung seiner Pflichten.

Kunigunde sah ihn an. Zu Ulins Zeiten hatten sie sich kaum gesehen, selbst wenn er bei seinem Bruder geschäftlich zu tun gehabt hatte. Sie war wie ein unsichtbarer Geist gewesen. »Kommst du, um mir auch noch das Häuschen zu nehmen?« Ihre Stimme klang bitter und klirrte in der Kälte der Stube.

»Ich will dir nichts wegnehmen«, sagt Hans sanft. »Im Gegenteil.« Er nahm seine Hand aus dem Wams. Den stattlichen Geldsack, den er mit den neuen Pfennigen gefüllt hatte, legte er mit einem satten Ton auf den Tisch.

»Ich kaufe dir das Haus ab. Hundert Gulden in Regensburger Pfennigen«, sagte er. »Damit sind deine Erbansprüche auf das Haus vergolten. Mein Anteil ist bereits abgezogen.« Er ließ sein Angebot wirken. »Damit könnten dein Ältester und du oben zwischen Wintbrunnen und St. Stephan ein Häuschen erstehen und auch noch gut anderthalb Jahre davon leben.« Wieder ließ er ihr Zeit, die Sache zu überdenken.

Kunigunde schien nicht nur überrascht zu sein, sie war geradezu überwältigt. Sie schluchzte auf. »Hundert? Für dieses Haus?«

Hans wusste nicht recht, was sie meinte. Fand sie es zu viel oder zu wenig? Aber das Häuschen in der Klebsattelgasse war nicht gerade ein Schmuckstück. Ein altes Weberhaus, dessen Baufälligkeit ins Auge stach. Er räusperte sich und setzte hinzu: »Also gut. Ich setze noch zwanzig Gulden drauf.«

Die neuen Pfennige dafür hatte er sich abgezählt in die Tasche gesteckt. Jetzt häufelte er sie in Zehnerstapeln neben dem Beutel an, neue, hell blinkende Regensburger Silberpfennige.

»Hundertzwanzig Gulden!«, flüsterte Kunigunde tonlos und ließ sich zurück auf die Bank sinken. »Du bist doch ein guter Mensch, Hans!«

Er schniefte, weil es so kalt in der Stube war. »Ich lasse euch Feuerholz bringen. Dann wird es wieder warm.« Seine Großzügigkeit und Hilfsbereitschaft überwältigten ihn derart, dass er schlucken musste.

Jemand zupfte an seiner Hose. Als er sich umdrehte, stand Michl mit zwei Geschwistern hinter ihm.

»Schmierst du uns ein Brot?«, fragte er.

»Wir haben nichts im Haus«, sagte Kunigunde rasch. »Wir hungern seit …«

Hans sah ihr in die Augen. Sie war einmal eine hübsche Frau gewesen, vorzeigbar und herrisch. Nichts davon war mehr zu sehen.

»Ich hole Brot und Butter«, versprach er und machte sich los. »Und ich bin bald zurück.«

5

AUGSBURG, JUNI 1396

Hans hielt das Gesicht in die Spätfrühlingssonne und schloss die Augen. Dreimal war er in dieser Woche in die Klebsattelgasse zu seiner Schwägerin und den Kindern gegangen.

Ihr ältester Sohn war bereits reif genug, für sich selbst zu sorgen. Mädchen, die man hätte verheiraten müssen, gab es Gott sei Dank keine. Das enthob ihn etwas der Fürsorge. Wer heiratete schon eine Jungfer, die außer ihrer Unschuld nichts mit in die Ehe brachte? Ulins Söhne hatte er ein Handwerk lernen lassen, ihnen die Lehrgebühren bezahlt oder sie auf Zunftkosten einer Ausbildung zugewiesen. Nur die beiden Jüngsten nahm er in seinen Haushalt auf und fütterte sie durch. Den anderen hatte er mit seinen Beziehungen Lehrherren besorgt, in deren Haushalt sie lebten und arbeiteten. Kunigunde zog nächste Woche zum Wintbrunnen in die Frauenvorstadt.

Bruchbuden wie das Haus in der Klebsattelgasse behielt man nicht als Geldanlage. Man stieß sie ab. Und zwar schnell. Johann Mangmeister, der ehemalige Stadtpfleger und Bürgermeister, hatte einen Garten in der Nähe und wollte es kaufen. Sie hatten verabredet, sich am Brunnen in diesem Garten zu treffen. Die Sonne stach vom Himmel, und Hans wünschte sich, mit nacktem Oberkörper durch die Stadt laufen zu können. Aber das war unschicklich, also trug er über seinem Hemd nur ein leichtes Wams. Dennoch perlte ihm das Wasser den Rücken hinunter.

Als er das Tor zum Mangmeister-Garten öffnete, empfing ihn ein Duft von Lavendel und Rosmarin. Er blieb kurz stehen, um den Geruch einzuatmen. Er war erfrischend. Überhaupt war es in dem von Bäumen und Sträuchern beschatteten Garten kühler als draußen auf der Gasse.

Hans ging einen Weg entlang, der geschmackvoll mit ausgesuchten hellen und dunklen Kieseln bestreut war. Bevor er sich jedoch zur Mitte begab, wo ihn ein kleiner Brunnen lockte, wandte er sich nach links. Bereits nach wenigen Schritten wurde ihm klar, warum Mangmeister ein Auge auf das Haus geworfen hatte. Die Rückseite des windschiefen Gebäudes, in dem Ulin, seine Frau und die sechs Jungen gewohnt hatten, grenzte an den Garten und bildete eine Art Einbuchtung. Besaß Mangmeister diese Bucht, konnte der Altbürgermeister seinen Garten begradigen.

Hans versuchte, sich das Bild einzuprägen. Es war immer besser, den Verhandlungspartner und seine Bedürfnisse zu kennen, als blind einen Vertrag zu unterschreiben.

Er drehte sich um und ging gedankenverloren zurück. Dabei ließ er sich von den Gerüchen und dem Gesumme der Bienen treiben.

Offenbar war er etwas zu früh nach links abgebogen. Statt unmittelbar zum Brunnen zu gelangen, führte der Pfad zu einem schmalen Heckendurchgang, durch den er sich zwängen musste. Er trat auf einen kleinen, von diesen Hecken umschlossenen Garten hinaus, in dem eine Frau Unkraut jätete.

»Anna?«, entfuhr es ihm verblüfft.

Langsam richtete sie sich auf und drehte sich zu ihm um.

»Was tust du hier?«, fragte er.

In Annas Augen lag keine Freude, sondern vielmehr ein Schmerz, der ihm in die Seele stach.

»Was denkst du, was ich hier tue?«, fragte sie spöttisch zurück. »Mangmeister hat mir ein Stück Garten überlassen. Ich darf hinter den Hecken Gemüse für mich und die beiden alten Graus anpflanzen. Dafür kümmere ich mich um die Rosmarin- und Lavendelstauden.«

»Aber … du arbeitest doch … bei mir.«

Hans musste sich eingestehen, dass er nicht mehr darauf geachtet hatte, ob Anna noch Magd in seinem Haushalt war. Er hatte es für selbstverständlich erachtet, musste sich aber eingestehen, ihr schon lange nicht mehr begegnet zu sein.

»Klaras Töchter sind erwachsen, und Elisabeth kümmert sich selbst um Andreas«, sagte Anna. »Ich liebe ihn zwar wie meinen eigenen Sohn, aber sie will und braucht mich nicht mehr jeden Tag. Trotzdem muss ich jeden Tag essen. Ich bin nur noch zweimal die Woche bei euch.« Sie war mit jedem Wort leiser geworden.

Hans schluckte. Er konnte nicht verstehen, wie er sie so hatte aus den Augen verlieren können. Offenbar war Elisabeth weiter gegangen, weiter, als er es je gewollt hätte.

»Du führst meinen Haushalt. Wie ich es versprochen habe«, sagte er ebenso leise. »Ich rede mit ihr.«

Ein schiefes Lächeln huschte über Annas zweigeteiltes Gesicht. »Bemüh dich nicht. Uns geht es gut.«

Hans fühlte sofort den Stachel in seinem Kopf, als Anna »uns« sagte. »Und Gernot. Wie geht es ihm?«

»Er hat gute Arbeit. Nicht nur bei dir«, sagte sie und wandte ihm wieder den Rücken zu. »Ich muss weitermachen. Sonst gibt es heute Abend nichts zu essen.«

»Komm heute Abend zu mir«, sagte Hans schnell, bevor sein Verstand ihm einen Strich durch die Rechnung machen konnte.

Was ihm vorschwebte, würde seinen Haussegen beeinträchtigen, und Elisabeth würde toben.

Anna hatte sich schon wieder gebückt, richtete sich jedoch noch einmal halb auf. Hans sah, wie schwer es ihr fiel, sich zu bewegen.

Sie schaute ihn nicht an, sondern sprach zur Hecke, streckte aber den Rücken durch, bevor sie antwortete. »Ich sagte schon, bemüh dich nicht. Du kannst Elisabeth nicht umstimmen. Sie ist stärker als du. Sie hat vor einigen Jahren noch unsere Hilfe gebraucht, jetzt aber weiß sie, was zu tun ist. Sie hat dir einen Erben geschenkt und damit ...«

Hans hörte, wie es ihr die Kehle zuschnürte. Sie konnte nicht weitersprechen. Er war zu verblüfft, um sofort antworten zu können. Dann jedoch fasste er sich. Er war der Hausherr. Er und niemand sonst!

»Sie braucht Hilfe mit Andreas. Er ist ein Wildfang«, sagte er bestimmt. »Und du kannst sie dabei unterstützen, ihn zu bändigen.«

Ohne eine Antwort abzuwarten, überquerte Hans das kleine Feld und schlüpfte durch die Lücke auf der anderen Seite. Er wusste, wie recht Anna hatte. Elisabeth war stark, stärker als Klara es jemals gewesen war. Sie bot ihm die Stirn, und sie lenkte ihn. Aber was Anna betraf, würde er sich nicht überreden lassen und sich nicht beugen. Jetzt, da ihm bewusst geworden war, wie er Anna vernachlässigt hatte, wollte er sich durchsetzen. Er kaute auf seiner Unterlippe, während er dem Plätschern des Brunnens folgte.

Mitten im Garten traf er auf das dünne Rinnsal, das aus einem Rohr floss und in ein breites Becken mündete. Auf einer Bank saß Johann Mangmeister, ein fülliger Fünfzigjähriger, dessen glattes, feistes Gesicht ihn jünger wirken ließ.

»Da seid Ihr ja«, begrüßte er Hans launig, als dieser auf den Weg zum Brunnen einbog. »Hattet Ihr Euch verlaufen?«

»Euer Garten ist ein kleines Labyrinth, nach griechischem Vorbild.«

Mangmeister lächelte geschmeichelt und deutete auf einen Platz neben sich.

»Setzt Euch, Fugger« dröhnte er. Vermutlich konnte man noch auf der Hallstraße dem Gespräch folgen. »Kommen wir zum Geschäft, bevor wir noch vor lauter Schmeicheleien schamrot werden. Ich habe gehört, Ihr habt das Haus Eures Bruders gekauft, seid aber nicht recht glücklich damit.«

Hans nickte leicht, blieb aber stehen. »Und ich habe gehört, es würde Euren Garten abrunden.«

»Also wäre es für uns beide ein Gewinn, wenn wir uns einigen.« Johann Mangmeister erhob sich stöhnend. »Kommt näher an den Brunnen heran. Das Plätschern des Wassers verhindert das Lauschen neugieriger Ohren.«

Er schleppte sich mit seinem Gehstock vorwärts, und Hans fürchtete schon, er würde bei seinem Gewicht in sich zusammenfallen, doch Mangmeister lehnte sich gegen die steinerne Brunnenschale und schien dabei sogar an Masse zu verlieren.

»Was verlangt Ihr?«, fragte er.

»Was seid Ihr bereit zu zahlen?«, erwiderte Hans.

»Lassen wir die Spielchen, Fugger. Ich zahle Euch nicht mehr, als Ihr bezahlt habt. Ich weiß, dass Eure Schwägerin hundertzwanzig Gulden bekommen hat. Sie hat es mir erzählt. Das Haus ist marode, das Dach undicht, die Stützbalken zu meinem Garten hin faulen.« Mit einem Tuch wischte sich Mangmeister über Gesicht und Nacken. Er hatte sich umfassend erkundigt. Hans schätzte es, wenn sich Geschäftspartner auf Augenhöhe begegneten.

»Der wäre ein schlechter Kaufmann, wer seinen Erwerb wieder zum Einstandsgebot abgeben würde. Einhundertvierzig Gulden in alten Regensburger Pfennigen.«

Nachdenklich sah Mangmeister ihn an.

»Für die Begradigung Eures Gartens kein zu hoher Preis«, setzte Hans nach und streckte die Hand aus.

»Ein ausgewogener Preis, ein schnelles Geschäft.« Eine feiste Hand schlug in Hans' kräftige ein.

Hans hatte sich eine längere Verhandlung ausgemalt, hatte gedacht, der Fuchs Mangmeister würde versuchen, ihm das Fell über die Ohren zu ziehen. Offenbar hatte er für das Grundstück mit Haus zu wenig verlangt. Aber der Gewinn aus der unterschiedlichen Währung würde dies wieder wettmachen. Neue Regensburger Pfennige für alte Regensburger Pfennige.

»Ihr habt das Geld morgen auf Eurem Tisch«, brüllte Mangmeister. »Hier, der Vertrag.«

Er zog zwei Blatt Papier, ein kleines Tintenfass und eine Feder aus seinem Wams und setzte die Summe ein. »Unterschreibt dort unten. Damit sind wir uns einig.«

Hans legte ein Blatt auf den Brunnenrand, überflog es, nickte und setzte mit der Feder seine Unterschrift unter beide Papiere.

»Dann darf ich mich nun verabschieden? Die Geschäfte rufen.«

Er nahm seine Ausfertigung des Kaufvertrags, drehte sich um und ging den Weg zurück, den er gekommen war. Ihm klingelten die Ohren von dem Gebrüll des alten Mannes.

Er wollte Anna noch einmal sprechen, doch sie war nicht mehr da. Sie hatte sich offenbar bereits auf den Heimweg gemacht. Nachdenklich blickte er auf die sauberen Beete, in denen Karotten und Zwiebeln standen. Sie sahen aus wie ordentliche Schlachtreihen.

Etwas an ihrem Gespräch eben hatte ihn aufmerksam werden lassen, doch er wusste nicht recht, was es gewesen war. Er stand vor den Gemüsepflanzen, den Rüben und dem Schnittlauch, den Kohlköpfen und … Er stutzte. Hatte sie nicht gesagt, sie würde für die Graus arbeiten? Hatte sie den Gürtler und seine Frau gemeint?

Rasch durchquerte er den Garten und eilte die Klebsattelgasse entlang hinaus auf die Hallstraße. Als er an der Einmündung stand und nach links und rechts blickte, sah er Anna schwerfällig am Weinstadel entlang in Richtung Rathaus humpeln.

Hans atmete kurz durch und folgte ihr. Er konnte die Schmerzen, unter denen sie litt und die sie immer wieder innehalten ließen, beinahe am eigenen Leib spüren. Wieder kam ihm die schicksalsvolle Begegnung damals im Wald in den Sinn, die ihr und sein Leben von einem Augenblick auf den anderen verändert hatte.

Anna dachte über die Begegnung mit Hans nach. Vermutlich hatte er Ulins Haus an Mangmeister verkauft. Das hätte sie jedenfalls getan. Heruntergekommen, wie es war, lohnte nur noch der Abriss – und der Gewinn durch die Vergrößerung des Gartens war höher als der Wert des baufälligen Häuschens.

Sie kam immer langsamer vorwärts. Die Schmerzen stachen ihr das Leben aus dem Leib.

Mittlerweile hatte sie sich für die Arbeit zu Hause einen Stock besorgt, auf den sie sich stützte. Auf der Straße wollte sie ihn nicht verwenden. Er störte, wenn sie, wie jetzt, einen Korb trug. Darin lagen Salat und zwei Kohlköpfe sowie Blüten von Astern und Bärlauch. Diese konnte sie ausbacken und mit etwas Gewürz verfeinern. Anna wollte Elspeth vorschlagen, das mit ihr zusammen zu tun. Sie freute sich auf das gemeinsame Kochen. Die ganzjährigen bunten Blüten der Astern schmeckten aromatisch und ergaben mit den etwas schärferen Dolden des Bärlauchs einen angenehm würzigen Geschmack. In die kleine Falle in ihrem Garten waren zwei fette Hamster gegangen. Zusammen mit den Blüten würden sie eine reichliche Mahlzeit für drei Personen ergeben. Heinrich Grau aß seit einiger Zeit ohnehin nur noch wie ein Spatz – und die beiden Felle würde sie zum Gerber bringen. Ein Kürschner konnte daraus mit den anderen drei Fellen, die sie schon erbeutet hatte, Handschuhe anfertigen. Das war ein netter kleiner Zuverdienst.

Als Anna die Stufe zum Eingang des Grau-Hauses hinaufging, hatte sie das Gefühl, beobachtet zu werden. Etwas prickelte in ihrem Rücken, als würde sie ein Blick berühren. Sie drehte sich um und spähte die Gasse entlang, doch nichts war irgendwie auffällig.

Anna pochte an die Tür, und es dauerte wie immer eine ganze Weile, bis Elspeth öffnete.

»Ich dachte schon, wir müssten verhungern«, begrüßte sie Anna.

»Das heben wir uns für später auf«, frotzelte Anna. »Ich habe Blüten und …«, sie sah sich um und legte die Finger an die Lippen »und zwei Hamster.«

Die Alte klatschte in die Hände.

»Billiger als das, was derzeit verkauft wird. Das ist gut! Alles wird ja heutzutage teurer. Es ist zum Haare raufen.«

»Recht habt Ihr, Elspeth«, entgegnete Anna.

»Das Geld – es ist nichts mehr wert!« Die Gürtlerin sprach ihr Lieblingsthema an. »Der Pfennig verfällt.«

»So schlimm ist es nun auch wieder nicht«, erwiderte Anna, während sie den Korb ins Innere wuchtete.

»Pah!«, schimpfte die Alte, schlug die Tür zu und schlurfte hinter Anna her. Beim Tisch angekommen streckte sie ihr zwei Münzen auf der flachen Hand entgegen. »Schaut nur. Zwei Münzen, aber zwei verschiedene Währungen!«

Anna stellte ihren Korb auf den Tisch, dann ging sie zu Heinrich, küsste ihn zur Begrüßung auf die Wangen, beachtete aber die Alte mit ihren Pfennigen nicht.

»Jetzt schaut sie Euch doch mal an, Anna! Ich getrau mich nicht, sie an Euch weiterzugeben, damit Ihr auf dem Markt einkaufen könnt.«

Anna wusste, dass sie der Alten Aufmerksamkeit schenken musste, wenn sie nicht den ganzen Nachmittag damit zubringen wollte, über Pfennige zu reden.

Die Grauin streckte ihr die Handfläche entgegen, auf der zwei beinahe gleich aussehende Münzen lagen.

»Regensburger Silberpfennige«, sagte Anna. »Eindeutig. Was soll an ihnen so besonders sein?« Sie nahm eine Münze in die linke, die andere in die rechte Hand und wog sie ab. Auf ihr Gefühl konnte sie sich verlassen. Das trog sie niemals. »Gleich schwer«, stellte sie fest.

»Und jetzt beißt drauf und biegt sie«, forderte Elspeth sie auf.

Heinrich fing an zu kichern. Er hatte kaum mehr Zähne im Mund und hätte es nicht fertiggebracht, die Münzen auf diese Art zu prüfen.

Anna tat, wie ihr geheißen – und tatsächlich, der alte Pfennig ließ sich leicht verbiegen, der neue gar nicht.

»Ich hab's gesagt, ich hab's gesagt«, rief die Grauin. »Der neuen Münze fehlt etwa die Hälfte an Silber. Sie ist starrer und daher weniger wert. Halb so viel.« Sie trat nahe an Anna heran, sodass diese den etwas fauligen Atem der alten Frau riechen konnte. »Ich sag Euch, da draußen ...« Sie deutete zur Tür. »Da draußen werden der alte und der neue Regensburger Pfennig gleich gehandelt, aber sie sind unterschiedlich viel wert.« Sie legte eine Pause ein, zog sich einen Stuhl heran und setzte sich.

Anna ließ die beiden Pfennige durch ihre Hände gleiten. Auf das Urteil der Grauin konnte sie sich verlassen. Diese hatte ein untrügliches Gespür für Geld. Immerhin hatte sie ihrem Mann die Geschäfte geführt. Heinrich, so viel wusste sie mittlerweile, war nur der geschickte Handwerker, der Gürtler, gewesen. Das Kaufmännische hatte seine Frau geregelt.

»Wir hätten das Haus letzten Herbst verkaufen sollen. Da war es noch etwas wert. Jetzt ist es ...«, sagte Elspeth und schnippte mit dem Finger.

Anna sah sie an und sah doch durch sie hindurch. Sie erinnerte sich an die Verkaufssumme, über die Fugger und Mangmeister geredet hatten. Neugierig wie sie war, hatte sie durch die Hecke gespäht und gehorcht. Mangmeister hatte laut gesprochen und war trotz des plätschernden Brunnens gut zu hören gewesen. Jetzt ergaben die ausgehandelten alten Pfennige einen Sinn, den sie auch verstand. Hans wusste über den Unterschied der Währungen Bescheid.

Wenn es stimmte, was die Grauin ihr da zu erklären versuchte, dann mussten sich Heinrich und Elspeth beeilen, das Haus loszuwerden, sonst würden sie sich keinen Platz in einem Spital mehr erkaufen können. Wenn das Geld erst verfiel, würde auch die Moral verfallen.

Die nächsten beiden Stunden verbrachte sie mit den Alten, war aber beim Gespräch nicht bei der Sache. Immer wieder schweiften ihre Gedanken ab. Sie häuteten die Hamster und nahmen sie aus, brieten die Blüten in etwas Schmalz, legten die nackten Leiber dazu, und bald erfüllte ein köstlicher Duft den Raum.

Heinrich rutschte unruhig in seinem Lehnstuhl hin und her. Er hatte Hunger.

Als das Mahl auf dem Tisch stand und vor jedem eine Scheibe Brot lag, brummte er vergnügt. Er aß allerdings kaum etwas. Die Bissen, die Elspeth ihm in den Mund schob, waren so klein, als wären sie für ein Kind. Dennoch schloss Heinrich immer wieder die Augen und seufzte genießerisch.

Nach dem Essen half Elspeth ihrem Mann, sich auf die Bank zu legen. Kurz darauf war er eingeschlafen und schnarchte leise.

Elspeth setzte sich Anna gegenüber an den Tisch. »Das Geschirr lasst ruhig. Ich mache es sauber«, sagte sie.

Anna fasste sich in Geduld. Sie wusste, wie sehr die Frau des Gürtlers um Worte ringen musste. Schließlich räusperte sich Elspeth mehrmals und schien ihre Gedanken zu sammeln. Dennoch dauerte es weitere Atemzüge, bis sie so weit war.

»Wir müssen verkaufen. Wenn Heinrich stirbt – und es sieht nicht so aus, als würde er noch lange durchhalten, dann stehe ich ohne Mittel da. Das Spital steht an – und ich will in Regensburger Pfennigen verkaufen, in alten Regensburger Pfennigen.«

Anna atmete tief durch und stand auf. »Ich werde mein Bestes für euch versuchen«, versprach sie.

6

Natürlich hatte Hans nicht mit Elisabeth gesprochen. Wäre die Fuggerin nicht wieder schwanger und der kleine Andreas nicht so ein schwaches Kind gewesen, hätte sie Anna ganz aus dem Haus verbannt. So aber hatte sie am Morgen nach ihr geschickt.

Anna atmete schwer, und es lag nicht nur an dem Weg, den sie von Heilig Kreuz aus zurücklegen musste. Seit sie den Gehstock auch draußen verwendete, fiel es ihr etwas leichter.

Das Haus beim Gögginger Tor war in einen schwer zu deutenden Gestank gärender Färberpflanzen gehüllt. Es war ein Gemisch aus Birke, Mädesüß und Goldrute, das hinter dem Fuggerhaus in den im

Boden eingelassenen großen Gärbottichen vor sich hin blubberte. Der Sud würde, das wusste Anna, ein wundervolles Gelb auf die Tücher zaubern, aber er stank bestialisch – und ihre Nase war nun wirklich nicht verwöhnt.

Sie stand vor der Tür, die Hand auf dem Griff, und fragte sich, ob sie eintreten sollte. Drinnen hörte sie Elisabeth schimpfen, Andreas weinen, eine dunkle Stimme antworten und wollte eigentlich nicht über die Schwelle dieses Hauses treten, weil sie mit den Querelen der Eheleute nichts zu tun haben wollte. Mit Hans hatte sie abgeschlossen. Sie konnte nur vermuten, worüber er mit seiner Frau stritt. Aber sie spürte es am eigenen Leib. Mehrmals musste sie würgen, während sie vor der Tür stand. Wenn sie es nicht seit Wochen gewohnt gewesen wäre, hätte sie sich auf der Treppe erbrochen. Wie musste es da erst einer Schwangeren ergehen?

Schließlich gab sie sich einen Ruck und stieß die immer unverschlossene Tür auf und humpelte in die Stube. Der Lärm kam von oben. Ein schier unerträglicher Gestank drang von draußen herein.

Sie trat an die Herdstelle. Das Feuer war erloschen und keine Glut mehr vorhanden. Mühsam musste sie es mit Zunder und Schwamm erneut anschüren, was viel Zeit kostete. Als die Flamme endlich züngelte, füllte sie den Kessel mit Wasser und begann, Gemüse für eine Suppe zu putzen und zu schneiden. Erst langsam begannen der Duft der Suppe und der Rauch des Feuers gegen den Fäulnisgeruch der Gärbottiche anzukämpfen. Zwar rauchte die Esse stark, aber dafür konnte Anna nichts. Und ihr war der Holzrauch allemal lieber als die Ausdünstungen gärender Goldrute.

Jemand polterte die Treppe herab und stürmte in die Stube.

»Was …«, rief Hans lautstark. »Ach, du bist es, Anna. Ich dachte, es brennt.«

Anna drehte sich nicht zu ihm um, sondern rührte in der Suppe und schmeckte sie ab. Ein schwieriges Unterfangen bei dem hereindringenden Gestank.

»Lass mich raten«, sagte sie. »Der Geruch der Gärbottiche stört sie.«

»So schlimm wie dieses Jahr war es lange nicht«, sagte Hans und setzte sich an den Tisch.

Anna ließ einige Zeit verstreichen. »Warum zieht ihr nicht aus?«, fragte sie dann. »Du verdienst gut. Ulin ist keine Konkurrenz mehr und Barchent von der Zunft in der Stadt zugelassen.«

»Die Häuser, die infrage kommen, sind rar gesät.«

Anna schloss die Augen. Dieses Gespräch hätte sie schon vor einigen Monaten führen sollen. Damals war es den beiden Alten im Grau'schen Haus noch gut gegangen. Inzwischen war Heinrich bettlägerig, und Elspeth war mit seiner Pflege völlig überfordert. Dass die beiden Alten keinen lebenden Nachkommen mehr hatten, machte alles noch schwieriger.

Hans seufzte. Sie fühlte, wie er ihren Rücken betrachtete, ihr bereits grau werdendes Haar, das ihr immer noch bis über die Schultern fiel.

Wieder holte er tief Luft und stieß sie lange aus, bevor er das Wort an sie richtete und den Blick hob. »Ich liege seit einiger Zeit nachts lange wach und überlege mir, was anders geworden wäre, wenn ich dich geheiratet hätte.«

Anna presste die Lippen aufeinander. Was sollte das? Wollte er alte Wunden aufreißen?

»Alles wäre anders gekommen, Hans Fugger. Alles. Du hättest deinen Wohlstand verloren.« Sie wurde leise. »Keine Kinder, kein Haus, kein Barchenthandel, kein –«

»Dafür dich, Anna«, unterbrach er sie.

Sie drehte sich langsam um, sah ihm in die Augen und versuchte, darin zu lesen, doch es gelang ihr nicht. Dieser Blick war wie ein Vorhang, den er vor seine Seele gelegt hatte. Sie konnte nicht dahinter schauen. Sie musste sich räuspern. Sie wollte dieses Gespräch nicht fortsetzen. Nicht über diese Dinge. »Du suchst ein Haus, nicht wahr? Darüber ging der Streit eben mit deiner Frau.«

Hans nickte, und er rückte etwas vor. Anna wusste nicht, was sie an dieser kleinen Bewegung störte. Sie wusste nur, dass es sie für einen kurzen Moment beunruhigte. Sie wischte ihre Hände an der Schürze ab, als er aufseufzte. Sie hob die Augenbrauen.

»Wenn es nur so einfach wäre mit einem Haus. Niemand verkauft derzeit Häuser, die noch einigermaßen bewohnbar sind.«

Er ließ den Blick sinken und betrachtete die gespreizten Finger seiner rechten Hand, die er auf den Tisch gelegt hatte.

»Könnte dir die Zunft nicht aushelfen?«, fragte sie.

»Die Zunft ist arm wie eine Kirchenmaus, seit wir die Schulden des Stadtsäckels mit geschultert haben.«

Anna gab sich einen Ruck. Wann, wenn nicht jetzt.

»Vielleicht habe ich ein Angebot für dich, das du nicht ausschlagen kannst.«

»Du?« Ungläubig sah er Anna an. »Wie kämst du zu einem Haus in der Oberstadt?«

Sie drehte sich wieder um und rührte in der Suppe. Sie beugte sich vor, um zu schnuppern und so dem unerträglichen Geruch zu entfliehen, der sie mürbe machte. Sie holte kurz Luft und wandte sich wieder Hans zu, der sie erwartungsvoll ansah.

In seinen Augen stand ein Glitzern, das sie abermals unruhig werden ließ. Sie kam sich vor wie Rotwild, das man für den Abschuss beobachtete und den rechten Moment abwartete.

»Du kennst doch das Haus der Familie Grau.«

Hans zuckte mit den Schultern. »Ja, es gefällt mir, aber sie wollen es nicht verkaufen. Was ist damit?«

»Jetzt wollen sie doch verkaufen. Heinrich Grau muss ins Spital, und seine Frau wird ihn begleiten.«

Hans schluckte hörbar. Das Haus wurde frei, sein Wunschhaus! Und Anna war der Schlüssel dazu. Er sprang auf. »Was sagst du da? Das wäre ja wunderbar!«

»Ich schaue nach Elisabeth, und dann gehen wir zu Heinrich Grau und seiner Frau. Ich muss sowieso zur Mittagszeit dorthin, da kannst du mich begleiten«, sagte sie ruhig. Hans sprang auf sie zu und fasste sie bei den Hüften. Ruckartig drehte sie sich zum Kessel um, und er ließ los. Diese Überschwänglichkeit war ihr zuwider.

»Gib mir eine Schale.« Sie zeigte auf die Tonschüsseln, die in einem Regal an der Wand aufgestapelt waren.

»Ich bringe Elisabeth ein bisschen Suppe nach oben. Das wird ihr guttun.«

Sie nahm die Schale entgegen und füllte sie vorsichtig. Dann trug sie diese zittrig und unbeholfen zur Treppe. Sie musste langsam und konzentriert hinaufsteigen, um nicht zu viel zu verschütten. Ihr war nicht ganz geheuer bei dieser Sache.

Hans lief langsam neben Anna her. Ihr Haar war mittlerweile grau und auch nicht mehr ganz so lang wie in ihrer Jugend. Aber es war noch durchsetzt von letzten schwarzen Strähnen. Auch war sie kleiner geworden. Der Stock, den sie mittlerweile verwenden musste, klopfte auf der Kiesschütte der Gasse.

Sie müsse ohnehin zur Mittagszeit zu den Graus hinüber, da könne er sie ja begleiten, hatte sie ihm angeboten. Obwohl er es vor Ungeduld kaum aushalten konnte, war er in der Stube sitzen geblieben, bis sie von seiner Frau herunterkam und die leere Schüssel ausspülte.

»Das Kind …«, begann Anna in Höhe des Moritz-Friedhofs, nachdem sie etwa die Hälfte des Weges zurückgelegt hatten.

»Was ist mit ihm?«, fragte Hans. Er sah, wie sich Anna vor Verlegenheit über die Lippen leckte.

»Das Ungeborene. Er ist ungewöhnlich ruhig.«

»Was?« Er war auf alle möglichen Gesprächsthemen eingestellt, aber über Kinder hatte er nicht reden wollen.

»Es sollte bis Oktober auf die Welt kommen«, sagte Anna. Unbeirrt stakste sie mit dem Stock weiter voran.

»Wenn der Herrgott es so will«, sagte er und bekreuzigte sich. »In fünf oder sechs Wochen.«

»An dem Gestank wird das wohl scheitern«, entgegnete sie, und Hans blieb auf der Stelle stehen.

»Was willst du damit sagen?«, herrschte er sie an.

»Das Kind … ich bin keine Hebamme, aber ich habe meine Erfahrungen. Das Kind … es ist zu schwach.«

Hans schluckte. Ungläubig sah er auf Annas Rücken, bevor ihn die Wut packte. »Woher willst du das wissen? Kannst du in den Bauch der Schwangeren hineinschauen?«

Anna blickte ihn an. »Ich spüre es. Sie braucht eine … eine andere Umgebung.«

»Es sind die Miasmen, nicht wahr, die Dämpfe der Färberbottiche. Elisabeth hatte immer schon recht«, stieß er hervor. »Umso notwendiger wird es, dass wir umziehen.«

Anna humpelte wieder voran. »Es besteht die Gefahr, dass das Kind im Mutterleib stirbt. Wenn das Kind nicht ausgetrieben wird, wird Eure Gattin auch daran sterben«, sagte sie beiläufig. Anna humpelte weiter. »Andreas. Ich habe ihn erst letzte Woche gesehen. Er wird dir immer ähnlicher. Ein rechter Fugger.«

Hans schnaubte und starrte geradeaus. »Leider hat er mehr von Ulin als von mir«, zischte er ärgerlich. »Er wird ein egoistisches Scheusal.« Er wollte nicht darüber reden, durfte Anna aber nicht vergrätzen. Also stand er Rede und Antwort, wenn auch unwillig.

»Er ist ein Kind. Du bist der Vater. Kümmre dich um ihn.«

Hans fühlte sich bei diesen Vorwürfen in seiner Ehre gekränkt. Wie kam Anna dazu, ihm Ratschläge zu geben, wie er seinen Sohn behandeln sollte? Solange er ihn nicht auf seinen Reisen begleiten konnte, hatte Elisabeth für seine Aufzucht zu sorgen. Er konnte sich schließlich nicht um alles kümmern. Sie war die Hausfrau. Er musste sich von Anna nicht vorführen lassen.

Das Grau'sche Haus kam in Sicht. Der Eingang wurde von den vorgebauten Buden verdeckt, die schwarz verwittert und unansehnlich waren. Aus einem dieser Holzverschläge qualmte es durch das Dach. Obwohl er aussah, als würde er jeden Augenblick in sich zusammenbrechen, war er bewohnt. Hans biss sich auf die Lippen. Hoffentlich hatten die Graus nicht die Flöhe husten hören, dass die Straße gepflastert wurde. Das würde den Preis sofort auf das Doppelte steigern.

Anna führte ihn durch das kleine Labyrinth der Buden hindurch zu einem Eingang, der zwei Stufen über dem Straßenniveau lag.

Hans nahm es mit einem zufriedenen Lächeln zur Kenntnis.

Wenn die Straße gepflastert war, befände sich der Eingang immer noch über Straßenhöhe. Regenwasser würde nicht einsickern können.

Kurz vor der Tür hielt Anna inne. »Lass mich reden. Sie sind von Ulin regelrecht erpresst worden und daher auf Bürger mit dem Namen Fugger nicht gut zu sprechen.«

Hans nickte nur und musterte das Haus. Trotz seines Alters war es gut gepflegt. Dass es ein ehemaliges Judenhaus war, sah er sofort. Die fehlende Mesusa-Lücke störte ihn nicht. Er würde den Türstock austauschen lassen.

Anna hob ihren Stock und klopfte gegen die Tür. Sie warteten, bis Elspeth öffnete, Anna überschwänglich begrüßte und in den Arm nahm. Erst als sie Hans hinter Anna bemerkte, stockte sie. »Wer ist das? Ist das nicht …« Sie kam näher, blickte ihm ins Gesicht und musterte ihn lange mit zusammengekniffenen Augen. »Hans Fugger höchstpersönlich«, schnarrte sie ungehalten. Sie wandte sich Anna zu. »Was tut er hier?«

Hans schluckte. Jetzt durfte er seinen Trumpf nicht verspielen. »Ich hörte, Ihr wollt Euch einen Spitalplatz erkaufen«, sagte er nüchtern und nahm die Alte fest in den Blick.

Die Grauin legte den Kopf schief und betrachtete ihn von oben bis unten. »Hat Euch Anna nicht gesagt, dass wir nicht an einen Fugger verkaufen?«, blaffte sie ihn an.

Verblüfft sah Hans zu Anna und dann wieder zurück zu Elspeth, obwohl er darüber Bescheid wusste. Sie wollte nicht an ihn verkaufen, nun, dann musste er sich eben darum bemühen.

»Aber … ich …«, stotterte er und gab sich verunsichert.

»Sie rennen uns derzeit das Haus ein«, sagte die Grauin. »Beinahe jeden Tag klopft ein anderer Patrizier an die Tür und wedelt mit dem Säckel.« Der letzte Satz war an Anna gerichtet, die nickte.

»Ich dachte, ich bringe ihn einfach mal vorbei. Könnten wir …« Sie deutete mit dem Kinn ins Innere.

Die Alte zuckte mit den Schultern, winkte kurz und schlurfte dann voran.

Im Innern des Hauses wehte ihnen der Gestank von Urin und

Fäkalien entgegen, der sich mit dem von Essensresten, frischem Getreidebrei und allgegenwärtigem Staub mischte. Die Wände selbst sonderten keinen Geruch ab. Ein gutes Zeichen, dachte Hans. Keine Feuchtigkeit wie bei einem Weberhaus. Solide gebaut.

Hans hielt dennoch die Luft an und versuchte, flach zu atmen. Schon als er über die Türschwelle trat, hatte er gewusst, dass er dieses Haus unbedingt haben wollte. Trotz der eher schmalen Giebelseite reichte es weit nach hinten. Das hatte er längst nachgeprüft. Im hinteren Teil gab es Butzenglasfenster, die den Flur erhellten. Es musste ein reicher Jude gewesen sein, dem das Haus einmal gehört hatte.

»Heinrich, wieder ein Käufer«, meldete die Gürtlersfrau ihrem Mann den Neuankömmling. »Diesmal ein echter.«

Grau lag in der Stube auf einer Bettpritsche. Sein Gesicht war eingefallen, die Haut spannte sich straff über die Schädelknochen. Seine Hände waren zu langen dürren Krallen vertrocknet. Nur seine Augen waren noch lebhaft, obwohl man in ihnen bereits den Tod erahnte. Er war kaum mehr in der Lage, von selbst den Kopf zu drehen.

»Ah«, stieß er leise hervor. »Ein Fugger. Sie bringen nichts wie Unheil.«

Diesmal konnte Hans seine Fassade nicht aufrechterhalten. »Woher wollt Ihr das wissen?«, zischte er. »Ich bin nicht wie mein Bruder!«

»Nicht?«, spottete die Grauin.

Hans beobachtete, dass Anna ihr die Hand auf den Arm legte und sie zu beruhigen versuchte.

»Wie ich sehe, ist das Spital notwendig geworden. Wie lange könnt ihr Euren Gatten noch selbst pflegen, Grauin?« Hans' Lippen pressten sich zu einer schmalen Linie zusammen.

»So lange, bis er mich nicht mehr braucht«, kam die prompte Antwort. Dann trat sie auf ihn zu und sah ihn von unten her an. Ihre Augen waren trotz ihres Alters klar. »Was wollt Ihr geben, wenn wir denn an einen Fugger verkaufen?«, fragte die Alte geradeheraus.

Das war die entscheidende Frage. Er hatte lange darüber nachgedacht und eine ganze Reihe von angeblichen Käufern zu den Graus geschickt, um den Preis abzufragen. Sie alle waren abgewiesen worden.

»Dreihundertfünfzig rheinische Gulden und keinen Gulden mehr«, sagte er.

Die Alte drehte sich augenblicklich zu Anna um und sah ihr in die Augen, als suche sie darin etwas. Anna runzelte die Stirn.

Hans verfolgte das Spiel eine Zeitlang, wurde aber nicht schlau daraus. Was ging zwischen den beiden vor?

Endlich drehte sich die Grauin zu ihm um und sagte: »Wollt Ihr ernsthaft mit mir reden oder mich auf den Arm nehmen?« Sie legte den Kopf schief.

Hans zuckte mit den Schultern. »Ich weiß nicht, was Ihr meint. Es ist ein gutes Angebot.«

Die alte Frau kam wieder langsam auf Hans zu, der ihrem Blick nicht auswich. Sie sprach leise, sehr leise. »Es ist eine Ohrfeige für meinen Verstand. Ich glaubte, Ihr habt begriffen, dass Ihr es nicht mit irgendwelchen vertrockneten Alten zu tun habt. »Fünfhundertfünfzig Gulden!«, sagte sie.

In Hans' Kopf purzelten die Zahlen durcheinander. Er schob gedanklich die Perlen seines Abakus hin und her. Mit dem Gewinn, den er erwirtschaftet hatte, indem er Schulden mit neuen Regensburger Pfennigen bezahlt hatte, konnte er sich diesen Preis leisten. Aber er wollte es nicht, es widersprach seinem Geschäftssinn. Er war kurz davor zu antworten, als die Alte kurz die Hand hob.

»Was ich jetzt sage, sage ich nur einmal, Hans Fugger aus Jettingen. Fünfhundertfünfzig Ungarische Gulden, keine Rheinischen. Habt Ihr mich verstanden?«

Hans Fugger blieb die Luft weg. Was die Gürtlerin da verlangte, schlug ihm schwer ins Kontor. »Aber …«

»Ich weiß, Ihr wollt dieses Haus, Fugger. Aber Heinrich wird nicht mehr lange unter uns weilen – und ich muss auch an mich denken. Wer heiratet schon ein altes Weib wie mich? Ich habe verfolgt, wie Ihr an der Pfennigumstellung verdient habt. Selbst den Mangmeister habt Ihr erfolgreich übers Ohr gehauen. Doch ich bin weder geldgierig noch schwach im Geist. Fünfhundertfünfzig ungarische Gulden aus gutem Gold.«

»Ungarische Goldgulden. Fünfhundertfünfzig«, wiederholte Hans leise. Er streckte sich. Das war unverschämt. Seine Erkundigungen hatten ergeben, dass Heinrich Grau das Haus vor zweiundzwanzig Jahren von Burkhard Prioll für zweihundertfünfzig Rheinische Gulden erworben hatte. Der Preis hätte sich damit mehr als verdoppelt. Doch bevor er antworten konnte, unterbrach die Gürtlerin erneut seine Gedanken und deutete auf die Tür.

»Wir verhandeln nicht. Kauft oder geht, Fugger.«

In Hans kämpften die Gefühle. Er dachte an Elisabeth und das Kind, das den schlechten Miasmen des Färbergässchens zum Opfer fallen würde. Er dachte an Anna, die ihm die Möglichkeit zum Kauf dieses Hauses eröffnet hatte. Schließlich gab er sich einen Ruck. »Ich denke darüber nach«, sagte er. »Gebt mir eine Woche Zeit.«

Die Grauin zögert, dann nickte sie.

»Viel Zeit bleibt uns nicht mehr, Fugger«, sagte sie und zeigte auf ihren Mann. Er konnte gar nicht erkennen, dass unter dem Laken ein Mensch lag, so mager war der alte Gürtler geworden.

Hans nickte und wandte sich zur Tür. Aus den Augenwinkeln sah er, dass die Grauin Anna zurückhielt, als diese ihm folgen wollte.

»Zögert nicht zu lange, Fugger«, gab sie ihm noch mit. »Ach ja, Fugger.«

Hans hielt kurz inne, die Klinke schon in der Hand. Die Grauin zog aus ihrer Ärmeltasche ein Dokument und wedelte damit. »Wenn ihr zu langsam seid, vermachen wir das Haus Anna. Der Vertrag ist aufgesetzt und unterschrieben.«

Als er wieder auf der Gasse stand, atmete er tief durch. Er zitterte. Zumindest hatte er nun einen Fuß in der Tür. Jetzt galt es zu handeln, denn die Wendung mit Anna zog ihm beinahe den Boden unter den Füßen weg.

7

AUGSBURG, AUGUST 1396

Wer hat vorgeschlagen, ihn zu uns zu führen?«, fragte Elspeth Anna, sobald Hans aus dem Haus war.

Anna ließ sich auf der Bettkante des alten Gürtlers nieder. Sie stellte den Stock zwischen ihre Beine und stützte ihr Kinn darauf. »Warum ist das wichtig?«, fragte sie, während sie mit einer Hand Heinrichs dürre Finger suchte und sie drückte. »Er will das Haus und wird es kaufen.«

Elspeth nickte. »Das wollte er schon vor zwei Jahren. Seitdem beobachtet er Euch, wie Ihr bei uns ein und aus geht. Er weiß darüber Bescheid, was wir bezahlt haben. Der Schreiber im Rathaus hat uns erzählt, dass er sich nach den Verträgen und dem Preis erkundigt hat. Theo, der Schreiber, ist mit uns verwandt. Er ist der Sohn der Tochter meiner Schwester.«

Die Alte kicherte, weil die Verwandtschaftsverhältnisse so verworren schienen. »Uns waren Kinder nie vergönnt. Nur einmal eine Totgeburt. Warum auch immer uns der Herrgott gestraft hat, aber meine Schwester hat dafür für uns mit geboren. Zwölf Bälger, zwölf, keines ist gestorben. Und alle sitzen sie hier in Augsburg. Ein starkes Geschlecht.« Sie kicherte wieder wie ein kleines Mädchen. »Der Fugger hat Euch den Floh ins Ohr gesetzt, dass Ihr ihn zu uns führen sollt.«

Sie lächelte Anna an, doch die wusste nicht, was sie sagen sollte.

Hans hatte ihr nachspioniert? War ihr nachgegangen?

»Seid Ihr sicher?«, fragte sie ungläubig.

»Oh ja«, nickte die Gürtlerin. »Ich weiß ja immer, wann Ihr auftaucht. Ich sitze am Fenster und schau mir die Welt an, wenn ich sie schon nicht mehr betreten kann. Meine Augen sind noch gut. Und es ist ein wenig Abwechslung. Ich habe Euch immer beobachtet, wenn Ihr von St. Moritz herübergekommen seid. Und beinahe jedes Mal ist er Euch nachgegangen. Er ist bei der Schranne stehen geblieben und hat so getan, als verfolge er dort die Preise, aber in Wirklichkeit hat er Euch nachgesehen.«

Anna verstand die Welt nicht mehr. »Er hat mich nicht beeinflusst. Ich bin von selbst darauf gekommen, ihn zu Euch zu führen.«

Die Alte schlurfte vom Bett zur Herdstelle und stocherte in der Glut herum. Dann hängte sie einen Kessel darüber, um Wasser zu erhitzen. Es war kalt im Raum, auch wenn das Feuer Wärme spendete, reichte es nicht aus, um die Stube durchzuheizen. »Seid Ihr sicher?«, fragte sie. »Denkt nach.«

Anna ging den Tag noch einmal durch und stieß auf Hans' Streit mit Elisabeth. Sie runzelte die Stirn, als ihr in den Sinn kam, was die Ursache für ihren Weg hierher gewesen war. Als sie es Elspeth erzählte, nickte diese wissend.

»Er hat auch noch etwas anderes getan«, sagte die Alte.

Überrascht sah Anna hoch und blickte auf den Rücken der Grauin. Elspeth stand so gebeugt da, als müsse sie nicht nur ihre eigenen Jahre, sondern auch die ihres Mannes auf den Schultern tragen.

»Er hat Käufer geschickt«, flüsterte Heinrich vom Bett aus. »Er wollte den Preis ausspähen.«

Anna drückte seine Hand und versuchte, Gegendruck zu erspüren. Doch der Gürtler war längst zu schwach. Anna wusste nicht, wie er bei einem Verkauf noch die Feder für die Unterschrift führen sollte.

»Was meint Ihr damit?«, hakte sie nach.

Elspeth nahm den Kessel mit dem heißen Wasser und goss es in drei Becher, in die sie zuvor getrocknete Minze gegeben hatte. Sie reichte Anna einen Becher, den diese beinahe fallen gelassen hätte, so heiß war er. Der Alten schien die Hitze nichts auszumachen. »Er hat sie an der Schranne angesprochen, auf sie eingeredet, ihnen Geld gegeben, und dann sind sie an unserer Tür erschienen und haben sich nach dem Preis erkundigt. Insgesamt acht Männer hat er in den letzten Wochen geschickt – und alle fanden es zu teuer.«

»Davon wusste ich nichts«, sagte Anna und nippte an ihrem Becher.

»Sie sollten uns wohl den Preis verleiden.« Die Grauin lachte leise. »Und dann Rheinische Gulden. Sie sind um zehn vom Hundert billiger als die Ungarischen. Sie enthalten weniger Gold, dafür mehr Silber.«

Langsam begriff Anna, wie Hans vorgegangen war. Wenn acht neugierige Käufer fünfhundertfünfzig Ungarische Gulden ablehnten, dann musste man das Haus wohl billiger anbieten.

»Du musst deinen Geschäftspartner gut kennen«, flüsterte der Gürtler, als er sie so nachdenklich sah. »Noch besser ist es, wenn du ihn besser kennst als dich selbst. So haben wir es immer gehalten. Elspeth hat sich nach seinen Geschäften erkundigt.«

Die Gürtlerin grinste Anna breit an. So viel Gefühl hatte Anna lange nicht von ihr gesehen. »Deshalb der kleine Trick mit dem Testament.« Sie hielt das Dokument hoch. »Ich hoffe, du verzeihst mir, Anna. Aber das ist irgendein Vertrag über eine Lederlieferung von vor über dreißig Jahren.«

Plötzlich mussten alle kichern wie kleine Kinder. Anna kannte Hans' Prinzip. Auch er ging so vor. Aber konnte es wirklich sein, dass er sie benutzt hatte, um an das Haus zu kommen?

Hans saß an Elisabeths Bett und strich ihr über die Wange. Ihre Augen waren geschlossen. Sie sah erschöpft aus.

»Ist es wahr, was Anna gesagt hat? Das Kind ...« Hans sprach nicht weiter.

Seine Frau öffnete die Augen, Tränen schwammen darin und ließen sie wie helle Pfennige glänzen. Sie drehte den Kopf beiseite.

»Ich spüre es kaum noch«, gestand sie flüsternd. »Es ist nicht tot, aber es lebt auch nicht mehr richtig. Ich weiß nicht, was mit ihm ist. Aber es schnürt mir die Brust zu und macht mich krank.«

Hans strich ihr zärtlich über das nasse, wirre Haar. »Du täuschst dich. Anna täuscht sich.« Hans stand auf und trat an das Fenster. Sie hatten es mit der Schweinsblase verschlossen, um den unerträglichen Gestank fernzuhalten. »Es sind die Gerüche, die dich krank machen.«

Elisabeth antwortete nicht. Sie versuchte, sich im Bett zu drehen, aber es fiel ihr schwer, und sie stöhnte.

»Ich war im Haus am Rohr«, sagte Hans.

»Hat Anna den Köder geschluckt?«

Hans nickte. »Ja, sie ist auf unseren Streit hereingefallen und hat mich zu den Graus geführt. Sie wollen viel Geld. Sehr viel Geld.«

»Wir haben besprochen, dass du sie in Rheinischen Gulden auszahlst.«

Hans rieb sich die Nase, bevor er sich zu Elisabeth umdrehte. »Ich habe die beiden alten Leute unterschätzt. Ich hätte mich eher fragen müssen, wie es ein Gürtler-Ehepaar geschafft hat, sich ein Haus an dieser Stelle zu kaufen. Ein Gürtler!« Er redete mehr zu sich als zu seiner Frau, die ihre Augen wieder geschlossen hatte, als wolle sie seinen Worten lauschen. »Elspeth Grau ist Geschäftsfrau durch und durch. Mag ihr Mann ein guter Handwerker gewesen sein, aber sie ist die Kauffrau. Und sie hat mir gezeigt, wie man einen Handel einfädelt und abschließt. Ich könnte noch viel von ihr lernen.«

Er erinnerte sich ungern an die kleinen Anspielungen, mit denen sie gezeigt hatte, dass sie seine Mittelsmänner erkannt und seine Absichten durchschaut hatte. Über den Löffel hatte er sie balbieren wollen, dabei war es umgekehrt gekommen. Jetzt war der Preis gesetzt. Und mit dem Testament an Anna hatten sie ihm den Stiefel an den Hals gesetzt – wenn er auch nicht daran glaubte.

In der Schlafkammer herrschte eine unerträgliche Hitze. Der Schweiß brannte Hans in den Augen, lief ihm übers Gesicht und unter dem Wams den Rücken hinab. Er fühlte, dass ihm seine Unterkleidung feucht am Körper klebte. Um wie viel schlimmer musste es Elisabeth gehen, die auch noch ein Kind trug?

»Wirst du es kaufen? Für mich?«, hauchte sie in seine Gedanken hinein. »Für Andreas?« Sie streichelte ihren gewölbten Leib. »Und für Michael. Er soll Michael heißen, wenn es ein Junge wird.«

Sie nahm seine Hand und legte sie auf ihren Bauch. Hans fühlte genau nach, aber er spürte das Kind nicht, wie Anna es ihm gesagt hatte.

Sein Sohn Andreas saß unten in der Stube und wartete darauf, dass der Vater nach unten kam. Sie wollten gemeinsam zu Abend essen. Die junge Köchin, die sie eingestellt hatten, wärmte die Mahlzeit gerade auf.

Plötzlich drang Geschrei von unten herauf. Hans und Elisabeth verdrehten die Augen.

»Andreas entwickelt sich zu einem unleidigen Menschen«, sagte Hans vorwurfsvoll. »Du solltest ihn mehr in die Zucht nehmen.«

»Ich?«, fuhr Elisabeth auf. »Erzieh du ihn doch!«

Er stand auf und ging wortlos zur Tür.

»Hans!«, versuchte sie ihn zurückzuhalten. »Wirst du es kaufen? Für uns?«

Er stand schon auf der Schwelle. Die Tür wollte eben hinter ihm zufallen, als Elisabeth ihm eine letzte Frage stellte, die ihm erneut den Boden unter den Füßen wegzog und ihn taumeln ließ. Das zweite Mal an diesem Tag.

»Hättest du Anna das Haus gekauft, wenn du sie geheiratet hättest?«

Hans musste sich an der Zarge festhalten. »Was hat das damit zu tun?«, fragte er barsch.

»Alles«, sagte Elisabeth. Ihr Kopf, den sie ein wenig aus dem Kissen gehoben hatte, sank so weit zurück, dass Hans von der Tür aus ihr Gesicht nicht mehr sehen konnte. Er hörte nur ihr leises Schluchzen.

8

AUGSBURG, ENDE SEPTEMBER 1396

Als Anna die Tür zu ihrem Haus öffnete, schlug ihr ein süßer Duft entgegen, den sie nur an den Ostertagen und an Weihnachten auf den Märkten der Stadt erhaschen konnte, wenn die Lebzelter ihre Waren feilboten. Es roch betörend nach Zwetschgen und Honig, in den ein leicht bitterer Geruch nach Knoblauch untermischt war.

Ihre Mutter stand an der Feuerstelle und rührte in einem Kessel.

»Kochst du Mus?«, fragte Anna.

Ihre Mutter fuhr erschrocken herum. »Was schleichst du dich so an?«, fuhr sie Anna an. »Mir wäre beinahe das Herz stehen geblieben.«

»Nur wer ein schlechtes Gewissen hat, muss erschrecken. Also, was treibst du da?«

Ihre Mutter verzog verstimmt den Mund und murmelte etwas Unverständliches in ihren Frauenbart. Mit jedem Altersjahr wurde er um die Lippen und am Kinn herum dunkler und dichter.

»Wonach sieht es denn aus?«, fragte sie mürrisch zurück.

»Zwetschgenmus? Du kochst Zwetschgenmus ein?«

»Ja, tu ich. Für uns. Aber ich werde auch Elisabeth zwei Töpfe bringen, vielleicht stimmt sie das etwas milder.«

Anna mochte eingekochtes süßes Zwetschgenmus, wenn man es aufs Brot strich oder einfach nur den Finger in den süßen Brei steckte und ihn ableckte. Sie konnte nicht anders, als ihre Mutter, die sich wieder dem Kessel zugewandt hatte, von hinten zu umarmen.

»Jetzt hör aber auf«, murrte diese. »Hilf mir lieber.«

Anna konnte sich nicht erinnern, wann sie ihre Mutter das letzte Mal so geherzt hatte. »Woher hast du die Zwetschgen?«, fragte sie.

»Das willst du nicht wissen.«

Sofort ließ Anna die Mutter los und trat zwei Schritte zurück. »Da hat wohl Jörg seine Finger im Spiel? Wo ist er überhaupt?«

»Was geht es dich an?«

Anna seufzte. »Er wird wegen Mordes gesucht, das weißt du.«

»Unsinn. Sie hängen ihm diesen Mord an. Das ist etwas anderes.« Sie drehte sich zu Anna um und stemmte die Hände in die Hüften.

»Ist dir schon einmal der Gedanke gekommen, dass die Erzählung, die Hans dir, die er uns allen aufgetischt hat, eine Lüge sein könnte? Könnte er nicht selbst zugestochen haben? Er und sein Schwiegervater haben Ulin in den Ruin getrieben. Immer mehr Geld haben sie ihm zum Verspielen zugesteckt, bis er verloren war. Jörg war nur ihr Mittelsmann, den sie schließlich geopfert haben.«

Verblüfft sah Anna sie an. Ihre Miene war bitter, als sie sich wieder dem Kessel zuwandte und umrührte.

»Du redest dir die Wirklichkeit schön!«, sagte Anna. »Der Bleicher Jörg hat zugestochen!«

Doch sie erreichte ihre Mutter nicht mehr. Es war, als hätte diese sich in einen Kokon eingesponnen und schließe alles aus, was um sie her geschah. Sie hantierte mit ruhigen Bewegungen. Gelegentlich nahm sie aus dem Krug, der neben dem Ofen stand, einen kleinen Schluck. Anna nahm die Flasche und roch an ihr. Schnaps. Ihre Mutter trank, während sie einkochte.

Anna setzte sich an den Tisch und betrachtete die bereitgelegten Dinge: Kerne, ein wenig Grünzeug, ein Wachstuch und ein etwas stärkerer Bindfaden aus Hanf. Daneben standen acht kleinere Tontöpfe. In einer Schale lagen klein geschnittene Kräuter.

»Du verklärst ihn zu sehr, deinen Hans«, begann ihre Mutter plötzlich wieder. »Er lügt, wo er es braucht und wenn es ihm zum Vorteil gereicht.«

Anna schwieg. Es war schon lange nicht mehr *ihr* Hans. Sie fühlte sich in Gernots Armen geborgen.

»Er hat niemandem von deinem Unfall erzählt. Er hat niemandem erklärt, warum er dich in seinen Haushalt aufgenommen hat – und jetzt, wo es ihm gut geht, hat er dich einer Jüngeren wegen nach Hause geschickt. Spätestens nach Klaras Tod hätte er dich heiraten *müssen*. Es wäre das Mindeste gewesen.«

Anna seufzte. Diese Leier lief seit zehn Jahren immer in derselben Form ab wie bei einer Spieluhr. »Rühr doch nicht immer an alten Wunden. Sie sind längst verheilt«, wehrte sie matt.

Sie hatte sich gefreut, ihrer Mutter beim Einkochen zur Hand gehen zu können, vielleicht aus dem geleerten Topf den einen oder anderen Finger Mus herauslecken zu können, und jetzt verdarb diese alles durch ihre ständige Nörgelei.

»Mitnichten, Anna. Sie sind so offen wie eh und je.«

»Und du liebst es, genüsslich darin herumzustochern und sie so offen zu halten. Siehst du denn nicht, wie weh mir das alles tut? Kannst du deine Wut nicht einfach begraben? Es ist jetzt fünfunddreißig Jahre her. Wir sind beide darüber alt geworden.«

»Fugger auch. Nur ist er dabei auch reich geworden, während wir immer noch im Schlamm der Gosse herumpatschen. Aber du hast recht. Vielleicht sollten wir alles begraben.« Sie kicherte, was Anna verwirrte. »So, und jetzt Schluss mit dem Gerede und hilf mir. Nimm die Tonkrüge, leg sie zuerst in das heiße Wasser, dann hol sie mit der Holzzange heraus und stell sie auf das Brett dort.«

Anna tat, wie ihr geheißen, und ihre Mutter füllte die kleinen Krüge mit dem dampfenden Mus. Es duftete verführerisch.

»Leider konnte ich kein Zuckerrohr auftreiben«, sagte ihre Mutter. »Es war zu teuer. Deshalb der Honig.«

Obenauf goss sie etwas Alkohol. Über das Mus in zwei Töpfen gab sie zusätzlich etwas von dem gehackten Kraut. Dann verschloss sie die kleinen Töpfe mit dem Wachstuch und schnürte den Hanffaden fest darum. Sorgfältig kratzte sie auf den Verschluss der beiden gewürzten Gefäße ein »H«.

»Was hast du für ein Kraut beigegeben?«, wollte Anna wissen. Es riecht ein wenig nach Knoblauch.

»Hundspeterling«, sagte ihre Mutter versonnen. »Das soll dem Mus einen erfrischenden Geschmack verleihen. Wir werden sehen.«

Hundspeterling, dachte Anna. Sie hatte noch nie davon gehört. Aber ihre Mutter würde schon wissen, was sie tat.

Es würde das Letzte sein, was sie in der Stadt unternahm. Sie war mittlerweile zu alt für den Lärm und die Rastlosigkeit, die hier herrschten. Sie brauchte Ruhe. Ruhe für die Ohren, aber auch Ruhe für die Seele.

Deshalb trug sie die beiden Töpfe mit dem Zwetschgenmus zum Haus Hans Fuggers. Als Abschiedsgeschenk sozusagen.

Als sie an die Tür pochte, erwartete sie, dass Elisabeth Fugger ihr öffnen wurde, doch sie sah in die Augen einer jungen Magd, die in ihrem hellen Leinenkittel und mit den blonden Haaren aussah wie ein kleiner Engel.

»Wer hat denn dich vom Himmel geholt?«, fragte sie verblüfft.

Die Kleine kicherte, wirkte aber nicht verlegen. Offenbar wusste sie sehr genau um ihre Wirkung.

»Was wünscht Ihr?«

Brigitta Melcher überlegte nur kurz. Die Magd kannte sie nicht. Sie wusste nichts von ihrer Vergangenheit, von den Auseinandersetzungen mit Elisabeth Fugger. »Deine Herrin …?«, setzte sie an.

»Die Herrin liegt zu Bett. Es geht ihr nicht gut, und sie darf niemanden empfangen. Soll ich etwas ausrichten?«

In Brigittas Kopf schwirrten die Gedanken wild durcheinander.

»Sie hat … sie hat bei mir diese beiden Töpfe mit Zwetschgenmus bestellt«, sagte sie. Während sie redete, kam ihr ein Gedanke, dem sie folgte. Er war so einfach, dass sie selbst überrascht war, wie leicht er ihr über die Lippen ging.

»Ich habe aber kein Geld …«, sagte die Magd bestürzt.

Brigitta winkte ab. »Es ist schon alles bezahlt. Bring die Töpfe in die Vorratskammer, Engelchen. Stell sie vielleicht nicht ganz nach vorn, dann wird es eine kleine Überraschung, wenn sie im Winter auftauchen.«

Lächelnd reichte Sie der jungen Magd die beiden Mustöpfe. Auf den Wachstuchabdeckungen war ein »H« eingekratzt. Brigitta zeigte darauf. »H wie Hans Fugger. Es soll eine Überraschung deiner Herrin für ihren Gatten sein. Sie weiß, er mag Zwetschgenmus.«

Das Mädchen nahm die Töpfe entgegen, knickste und ging davon.

Brigitta blickte dem jungen Ding nach, bis die Tür ins Schloss fiel. Sie war sich sicher, dass das junge Ding die Töpfe vergessen würde, sobald sie im Regal verstaut waren. Und das war gut so.

Sie drehte sich um und lief zurück. Jetzt war es an der Zeit, Augsburg zu verlassen. Das Haus ihres verstorbenen Mannes Xaver Melcher in Jettingen stand leer. Sie würde es beziehen.

Mit steifen Gliedern ging sie zur Straße, die zum Gögginger Tor führte, und sah den Fuhrwerken zu, die aus und ein rollten. Bauern kamen und gingen, Bürger wanderten zu den Gärten vor der Stadt. Es war ein Gewimmel wie in einem Ameisenhaufen. Brigitta lief auf das Tor zu, ging über die Brücke bis zum Vorwerk und sah hinaus auf die Straße, die nach Westen in Richtung Pfersee führte. Sie wollte vorerst nicht hinaus, weil man sie dann vermutlich nicht mehr in die Stadt gelassen hätte.

Sie musterte die Umgebung, bis sie einen Mann entdeckte, der einen Sack geschultert hatte und sich auf einen Stock stützte. Sie musste lächeln, als sie ihn sah. Bevor sie sich umwandte und in die Stadt zurücklief, pfiff sie kurz. Der Mann mit seiner tief ins Gesicht gezogener Kapuze hob den Kopf, zeigte mit dem Stock an, dass er sie gehört hatte, und verschwand dann am Galgen vorbei in Richtung Steffinger Tor. Sie würden sich am Bleichertörlein vor der Stadt treffen.

Ihr nächster Weg führte sie noch einmal zu Heilig Kreuz. Das kleine Haus des Oswald Widolf war lange genug ihr Zuhause gewesen, ohne dass sie sich dort wirklich wohlgefühlt hätte. Nobel von ihm war es gewesen, sie dort wohnen zu lassen. Aber letztlich würde es an Hans Fugger fallen, den ehemaligen Schwiegersohn.

Sie trat in die Stube, ging hinauf in ihre Kammer und schulterte das Bündel, das sie vorbereitet hatte. Gern hätte sie Anna eine Nachricht hinterlassen. Aber dafür hätte sie schreiben müssen, und das konnte sie nicht. Einem Briefschreiber die Zeilen diktieren wollte sie auch nicht – man hätte es als ein Schuldeingeständnis lesen können, und es hätte sie Geld gekostet. Also würde sie einfach verschwinden.

Sie tappte die Treppe ins Erdgeschoss hinab, sah sich noch einmal um, nahm ihren Löffel vom Tischhaken, steckte ihn in die Kittelschürze und machte sich auf den Weg.

Sie musste die halbe Stadt durchqueren, bis sie zum Bleichertörlin kam. Kurz überlegte sie, ob sie im Mauerbad noch ein Tauchbad nehmen sollte, doch dann siegte die Vorfreude, und sie trat durch das kleine Tor hinaus auf die Bleichfelder vor der Stadt.

Sie kletterte durch den trockenen Graben, und als sie völlig außer Atem an dessen Rand stand, vermochte sie nicht mehr zu pfeifen. Sie musste erst durchschnaufen und sich beruhigen, denn außer der Anstrengung war sie aufgeregt, weil sie sich endlich dazu durchgerungen hatte, ihrem Herzen zu folgen.

An der Zeit, die sie dafür brauchte, wieder genügend Luft zu schöpfen, konnte sie feststellen, wie alt sie mittlerweile geworden war. Sie versuchte es erneut, und diesmal flog ihr zittriger Pfiff über das Gestrüpp und die Anflugwäldchen der Lechauen.

Sie wartete. Doch nichts geschah. Niemand trat aus dem Gebüsch, niemand antwortete ihr mit einem ähnlichen Pfiff. Es blieb still bis auf das Vogelgezwitscher, das wie ein Teppich über der Landschaft lag.

Sie versuchte es ein zweites Mal. Lauter diesmal. Wieder harrte sie aus – und hörte kein Rascheln, kein Rufen, kein Pfeifen. Es war, als wäre die Welt menschenleer.

Es schnürte ihr die Kehle zu. Sie hatte ihn doch gesehen! Er hatte ihr doch gewunken und angezeigt, er warte auf sie am Bleichertörlin. War ihm auf dem kurzen Stück hierher etwas zugestoßen? War er gestolpert? Hatte er sich den Schädel eingeschlagen, das Bein gebrochen, war er ertrunken? Immer wildere Szenen malte sie sich in ihrer aufkeimenden Furcht aus, die Zukunft allein verbringen zu müssen.

Ein drittes und letztes Mal ließ sie ihren Pfiff über die Aue schrillen und beobachtete die Busch- und Waldränder vor ihr. Wenn er nicht käme, würde sie umkehren. Sie ließ ihr Bündel zu Boden sinken, verwirrt darüber, dass die Welt stumm blieb, und wollte sich gerade umdrehen, um in die Stadt zurückzukehren, als eine völlig verdreckte Gestalt aus einem der Wäldchen hervorbrach.

Sie erstarrte. Wer war das?

»Brigitta!«, hörte sie den Mann rufen, und ihr Herz machte einen Satz.

Rasch bückte sie sich, schulterte ihr Bündel und lief dem Bleicher entgegen, so schnell sie konnte.

Als sie ihm gegenüberstand, prustete sie los. »Wie siehst du denn aus?« Sie konnte nicht anders, sie musste ihre ganze aufgestaute Sorge herauslachen. Der Bleicher Jörg war über und über von Schlamm bedeckt und pitschenass.

»Ein ... ein Eber! Fast so ... so groß wie ... wie ein Pferd. Er ... er hat wohl geglaubt, ich sei ... sei eine Wildsau und ist mir einfach ... ist mir einfach nach. Ich bin froh, dass ich ... dass ich noch lebe«, stotterte er und breitet seine Arme aus.

»Und ich erst!«, sagte sie. »Der Eber, er ist nicht mehr hinter dir her?«

»Ich hoffe nicht. Aber wir sollten einen Umweg machen«, sagte er. »Ich wollte nicht zurückpfeifen, um ihn nicht wieder anzulocken. Aber du hast gepfiffen. Wir sollten eine Begegnung mit ihm vermeiden.«

»Dann los. Es ist noch ein weiter Weg bis Jettingen.«

Brigitta ließ ihm den Vortritt und stapfte hinter Jörg her um die Stadt herum – und in eine neue Zeit.

9

AUGSBURG, DEZEMBER 1396

Es hat sich doch erholt«, schrie Elisabeth.

Der Junge, der sich in diese Welt gekämpft hatte und jetzt aus Leibeskräften schrie, war zu schwach für diese Welt. Anna konnte es spüren.

Die Fuggerin hatte nach ihr gerufen. Weshalb, wusste Anna nicht zu sagen. Seit das Geschäft mit dem Grau'schen Haus per Handschlag besiegelt worden war, hatte sie das Haus in der Färbergasse nur noch einmal betreten. Sie wollte wissen, ob sich ihre Mutter bei Hans abgemeldet oder ihm eine Nachricht hinterlassen hatte. Aber er konnte ihr nichts Beruhigendes sagen. Nur das Mitleid in seinen Augen konnte er nicht verbergen. Das merkwürdige Verschwinden ihrer Mutter hatte das Verhältnis zu Hans und Elisabeth etwas entspannt. Als wäre eine Schranke gefallen.

Und dann hatte plötzlich diese junge Magd auf ihrer Schwelle gestanden, völlig außer Atem, weil sie den ganzen Weg gerannt war, und bat sie im Namen der Fuggerin, zu ihr zu kommen. Des Kindes wegen.

»Es ist schwach und wird wohl nicht überleben, hat die Hebamme gesagt, bevor sie weg ist.« Die Magd rang die Hände. »Ich hab auch schon nach dem Pfarrer geschickt …«

Elisabeth waren keine leichten Geburten beschieden. Zwei Kinder hatte sie verloren, eines hatte quer gelegen, und der kleine Michael war mit dem Steiß voraus in die Welt geschlüpft.

Der Säugling lag in Elisabeths Arm, und sie versuchte, ihm die Brust zu geben, doch er wollte nicht trinken. Der kleine Körper war völlig verschwitzt und bereits leicht bläulich.

Verzweifelt sah Elisabeth Anna an. »Er hört nicht auf zu schreien … mein Junge will nicht trinken!«

Anna wollte nicht sagen, was sie erwartete. Doch der Kleine war zu dünn und zu schwach. Elisabeth mochte eine kräftige und starke Frau sein, als Mutter brachte sie nur schwache Kinder zur Welt.

»Der Kleine wird … er bekommt keine Luft mehr. Schau, wie blau er anläuft.« Sie schluckte und sah zu Boden. »Ich hole am besten den Pfarrer. Er wartet unten in der Stube.«

Elisabeths Augen wurden größer und größer. »Den Pfarrer? Du glaubst …?« Mit einem Blick, in den sich Schmerz eingenistet hatte, blickte Elisabeth sie an.

Anna beobachtete das Kind, das sich immer wieder krümmte und dann zu schreien begann. Es hatte kaum mehr eine Stimme – mit jedem Anfall wurde der Junge leiser. Sein Körper wurde langsam immer bläulicher. Kein gutes Zeichen. Seine Atmung stockte. Er kämpfte um jeden Atemzug und riss dabei verzweifelt die Augen auf, weil er noch nichts verstand.

»Er wird gehen«, sagte Anna leise. »Soll ich den Pfarrer holen?«

»Was nützt mir ein Pfaffe?«, versetzte die Fuggerin scharf. »Kann er ein Kind heilen? Bring mir einen Arzt. Schnell.«

Anna nickte und wandte sich zur Tür. Dort stand Andreas. Seine tellergroßen Augen starrten das Kind in den Armen seiner Mutter an.

»Muss mein Bruder sterben?«, fragte er und zog den Rotz hoch.

»Ich hoffe nicht«, erwiderte Anna.

Andreas zuckte mit den Schultern. »Macht nichts«, sagte er leichthin. »Ich bin ja da.«

Anna liebte den Bengel, aber diesmal hatte er eine Grenze überschritten. Sie holte aus und schlug ihm mit der flachen Hand ins Gesicht.

»Sag so was nie wieder! Von wem hast du das aufgeschnappt? Von deinem Vater?«

Mit Tränen in den Augen sah der Junge sie an und rannte davon.

Anna humpelte die Treppe hinab hinter ihm her.

In diesem Augenblick verstummte das Röcheln des Neugeborenen.

Anna blieb stehen und horchte angestrengt nach oben. Dann eilte sie kurz entschlossen in die Stube. »Pater Zyprian. Rasch. Ihr müsst den Jungen taufen und vor der Hölle retten. Er ist dabei, zum Herrn zu gehen.«

Und während der Pfarrer aufsprang und nach oben rannte, murmelte Anna hinter ihm drein: »Was für ein ungerechter Gott es doch ist. Er verteilt das Leid über die Erde und häuft es bei manchen Menschen an, als wolle er sie damit bedecken.« Sie dachte dabei nicht nur an den kleinen Michael.

Sie hantierte in der Küche mit den Töpfen, machte Wasser heiß, um Elisabeth einen Becher mit einem Kräuteraufguss ans Wöchnerinnenbett zu bringen. Pfefferminze und Kümmel würden sie beruhigen.

Ja, sie hegte keinen Groll mehr gegen die junge Frau, für die sich Hans entschieden hatte, auch wenn es sie immer noch schmerzte. Wäre sie nicht gewesen … Sie schob den Gedanken beiseite. Sie war mit Gernot glücklich, auch wenn er oft wochenlang unterwegs war. Er verdiente gut, und sie würden für ihr Altenteil etwas zurücklegen können. Mittlerweile fuhren drei Wagen unter seiner Aufsicht. Sie war stolz auf den Fuhrwerker, sie war zufrieden mit ihrem Mann, und sie hatte sich mit ihrem Leben als Krüppel abgefunden. Nichts brannte mehr in ihrer Seele wie noch vor dreißig, zwanzig, ja noch vor zehn Jahren.

Vermutlich ging ihr deshalb das Schicksal von Hans' gestorbenen Kindern so nahe. Ihr war es nicht vergönnt gewesen, welche zu bekommen. Nicht von Hans, nicht von Gernot. Sie würden im Alter allein bleiben. Es tat weh, daran zu denken, aber noch mehr schmerzte es, wenn eine Frau ein Kind zur Welt brachte und das Kind nicht überlebte.

Anna seufzte, goss den Sud in einen Becher und stieg hinauf zur Kammer der Fuggerin.

Schon auf dem Weg hörte sie das Murmeln des Geistlichen, der das Kind, das keinen Ton mehr von sich gab, taufte und segnete.

Wieder entrang sich Anna ein Seufzer, denn es gab genug namenlose Gräber in der Ecke des Moritz-Friedhofs. Es brauchte keine zusätzliche Leiche. Michael hatte es geschafft, in den Kanon der Menschen aufgenommen zu werden, die am Jüngsten Tag unter dem Schmettern der Trompeten und dem Gesang der Engel vor das Himmelstor treten und in die Ewigkeit eingehen durften.

Anna stieß die Tür auf, hielt sie mit ihrem Stock offen und versuchte, den Becher unbeschadet in die Schlafkammer zu bringen.

Pater Zyprian starrte sie an. Elisabeth hatte sich im Bett aufgerichtet. Ihr war ein Kissen unter den Rücken gesteckt worden. Das Kind lag an ihrer Brust und saugte. Die Haut des nackten Jungen war nicht mehr bläulich, sondern rosig und gesund. Annas Herz schlug vor Freude so heftig, dass sie beinahe stolperte.

Dann begegneten sich die Augen der beiden Frauen, und ein flammender Blick traf Anna. Langsam, ganz langsam streckte Elisabeth den Arm aus und deutete auf Anna.

»Sie ist an allem schuld!« Geifer sprühte von ihren Lippen. »Sie hätte meinen Michael beinahe umgebracht, wenn Ihr nicht gekommen wärt, Pater Zyprian.«

Verdutzt stand Anna da. »Was soll ich denn getan haben?«, fragte sie flüsternd.

»Ist es der Hass, den du gegen mich hegst? Ist es der Neid?«, hielt ihr Elisabeth entgegen.

Und dann geschah das Unglaubliche. Pater Zyprian starrte Anna an, hob das Kreuz, das er vor seiner Brust hängen hatte, schloss die Augen und hielt es sich vor die Stirn.

»Weiche, Satan!«, flüsterte er, als wolle er einen Exorzismus betreiben. »Weiche aus dieser Frau.«

Fassungslos sah Anna ihn an. Sie taumelte und ließ den Stock sinken, um sich abzustützen. Die Tür fiel zu und schlug ihr die Tasse aus der Hand. Anna schrie auf.

»Ich hatte recht!«, keifte Elisabeth. »Das Weib hat meine Kinder verhext. Kaum war sie aus dem Raum, ging es Michael besser. Er konnte wieder atmen. Sie ist … sie ist eine Hexe!«

»*In nomine patri et filii et spiritus sancti*«, rezitierte der Geistliche, der die Augen geschlossen und sein Kreuz mit gestreckten Armen vor sich hielt.

»Der Sud war sicherlich vergiftet. Sie wollte nicht nur das Kind, sondern auch mich beseitigen. Ich stehe ihr bei der Buhlschaft mit Hans im Wege.« Elisabeth kreischte, während der Kleine schmatzend an ihrer Brust saugte. »Ihr habt ihr das Giftgebräu mit eurem Glauben aus der Hand geschlagen, Pater Zyprian!«

»Ja, äh …«, murmelte der, ohne die Augen zu öffnen.

»Aber … es war doch nur … Pfefferminztee mit Kümmel«, stotterte Anna. »Mehr nicht.«

»Wer soll dir noch glauben, Hexe? Habe ich dich nicht dabei beobachtet, wie du und deine saubere Mutter den giftigen Hundspeterling am Hause angebaut und geerntet habt?«

»Was?«, murmelte Anna entsetzt. Sie sah ihre Mutter vor sich, die das Kraut auf zwei der Mustöpfe gestreut und ein »H« auf das Wachstuch gekratzt hatte. »H« für Hans, nicht für Hundspeterling. Ihr wurde übel.

»Wozu braucht sie eine Giftpflanze, die nicht einmal das Vieh auf dem Feld frisst?«, zischte Elisabeth. »Der Mensch erstickt, wenn er davon isst.«

Der Pater schlug die Hand vor den Mund und ließ das Kreuz fahren. Hastig suchte er danach vor seiner Brust. Sein breites, ein wenig nach innen gebogenes Gesicht, das Anna glaubte, schon irgendwo sonst gesehen zu haben, war schreckensblass.

»Glaubt mir, sie ist eine Giftmischerin und Hexe, die nur Unglück über dieses Haus bringt!«, zischte Elisabeth.

Langsam wich Anna zurück. Was hier geschah, war höchst gefährlich für sie. Sie kannte Pater Zyprian zu wenig, als dass sie hätte einschätzen können, wie er darüber dachte. Allein sein Verhalten jetzt zeigte ihr, dass er abergläubisch war. Statt sich ernsthaft mit den Anschuldigungen auseinanderzusetzen, verfiel er selbst dem Wahn, der Elisabeth umfing.

Wenn sie jetzt nicht schaute, dass sie aus dem Haus kam, konnte es für sie noch böse ausgehen.

»Es ist zu Ende, Anna«, schrie Elisabeth, und Tränen der Wut rollten ihr über die Wangen.

Anna drehte sich um und lief, so schnell es ihr möglich war, aus der Kammer. Sie hastete die steile Treppe hinab und war aus dem Haus, bevor der Geistliche noch seine Fassung wiedererlangt hatte.

Wie würde die Stadt über eine Frau urteilen, die mit einer entstellenden Narbe im Gesicht und hinkend als Hexe angeklagt werden würde? Die Antwort war einfach. Sie hieß: schuldig.

Hans hatte feuchte Hände. Als er die Stube betrat, wischte er sich die Innenflächen an seinen Beinlingen ab.

»Ihr seid bereit?«, fragte er die Grauin, die auf der Bank saß, eingewickelt in mehrere Decken. Die Januarkälte stand frostig in der Stube. Vermutlich hatten die Alten kein Geld mehr, um heizen zu können.

Die Gürtlerin nickte knapp.

Heinrich Grau lag auf einer Bettstatt unter einem kleinen Berg Decken begraben. Hans befürchtete schon, er würde von deren Gewicht erdrückt, was seinen ganzen Plan zunichtemachen würde.

»Wo bleibt Anna?«, fragte die Grauin und sah sich um.

Hans winkte ab und setzte sich zurecht. Anna brauchte er hier gewiss nicht.

»Ich glaube nicht, dass sie kommen wird. Es ist jetzt eine Angelegenheit zwischen uns.« Der Atem stand ihm weiß vor dem Mund. Es war eisig im Raum.

»Ihr habt das Geld?«, fragte die Gürtlerin matt.

Hans sah ihr an, wie die letzten Monate sie zermürbt hatten. Auch sie war nur noch ein Schatten ihrer selbst. Heinrich Grau konnte nicht leben und nicht sterben. Es war für sie sicherlich ein Kampf, den sie jeden Tag ausfechten musste, und dem sie irgendwann beide erliegen mussten.

Sie waren bereit, ihm das Haus zu überschreiben.

Hans räusperte sich. Er hatte die Kiste vor der Stube abgestellt. Jetzt stand er auf, trat kurz auf den Flur hinaus, nahm die Kiste und wuchtete sie auf den Tisch. »Ungarische Gulden!«, sagte er.

Mit einer Kopfbewegung forderte die Alte ihn auf, die Kiste zu öffnen.

Hans tat, wie ihm geheißen. Fein säuberlich waren im Inneren kleine Stapel Gulden aufgereiht.

Ein Lächeln spielte um die Lippen der Grauin.

Auch Hans konnte nicht anders, als zu grinsen. Nur noch eine kleine Hürde war zu nehmen.

Der Alte unter seinem Kissenberg begann zu husten und wollte nicht mehr damit aufhören.

»Ihr werdet mir doch nicht kurz vor der Unterschrift wegsterben?«, brummte Hans ungehalten.

Heinrich Grau antwortete nicht. Zwischen den Hustenanfällen jammerte er, die Schmerzen würden ihn noch umbringen.

Hans konnte es kaum erwarten, dass die beiden Alten den Kaufvertrag unterschrieben. Dann endlich würde das Haus am Rohr ihm gehören, und er würde dafür sorgen, dass der Gürtler und seine Frau mitsamt ihrem Hab und Gut in das Heilig-Geist-Spital überführt wurden.

»Habt Ihr die Hände im Spiel gehabt, dass niemand mehr das Haus kaufen wollte?«, fragte die Grauin.

»Unterstellt mir nichts!«, entgegnete er barsch.

Dabei bewunderte er den Scharfsinn dieser Frau. Sie hatte das richtige Gespür. Natürlich hatte er in der Zunft unmissverständlich verlauten lassen, dass er das Haus kaufen – und jeden, der sich ihm in den Weg stellte, dafür zur Rechenschaft ziehen würde. Natürlich nicht so offen, sondern in Gesprächen am Biertisch, in den Zunftversammlungen, im Dreizehner-Rat, bis es niemand mehr wagte, ein zusätzliches Gebot abzugeben.

Hans breitete die Papiere aus und spuckte in die Tinte, die in der Kälte der Stube zu gefrieren drohte. Er holte die beiden Pergamente aus der Kiste. Sie waren steif wie ein bockiger Esel. Kaum, dass er sie aufzufalten vermochte.

»Gebt her!«, beschied ihm die Alte. »Meine Augen sind noch gut. Ich unterschreibe nichts, was ich nicht entweder selbst aufgesetzt oder zumindest durchgelesen habe.«

Hans schob ihr das Pergament über den Tisch zu.

Sie beugte sich tief darüber und begann, leise vor sich hin zu murmeln.

Jetzt war die Stunde der Wahrheit gekommen. Hans legte die Hand auf die Geldkiste und atmete durch. Das Gold roch metallisch schmierig, als klebe noch der Schweiß unzähliger Hände an den Gulden. Vielleicht hätte er es vorher waschen sollen.

»Was ... was ... was ist das?«, fragte die Grauin nach einer Weile. »Ihr habt Euch verschrieben!«

Hans sah hoch. Ihre Blicke trafen sich.

»Ich habe mich nicht verschrieben«, antwortete Hans.

»Aber ... aber da steht: fünfhundert Gulden, fünfhundert statt fünfhundertfünfzig.«

Hans lächelte verbindlich, sagte aber nichts. Er zuckte nur mit den Schultern.

Verwirrt versuchte die Grauin, in seinem Gesicht zu lesen, doch Hans hatte sich angewöhnt, bei geschäftlichen Angelegenheiten eine undurchschaubare Miene aufzusetzen. Kein Muskel bewegte sich.

»Wir haben uns doch schon im Stift angemeldet …«

»Dann sollte es Euch und Eurem Mann nicht schwerfallen zu unterschreiben. Fünfhundert, keinen ungarischen Gulden mehr.«

»Aber … Ihr habt uns Eure Hand darauf gegeben«, schimpfte die Gürtlerin.

»Das war im Sommer. Vor ein paar Monaten. Gibt es sonst noch jemanden, der das Haus kaufen will?« Er machte eine kurze Pause, in der die beiden Alten ihn schweigend anstarrten. »Wohl nicht.«

Es schien, als würde es noch kälter in der Stube.

»Wir haben Euer Wort«, flüsterte die Grauin. Es klang fast weinerlich.

Hans hasste diese sentimentalen Ausbrüche. »Ich sagte schon, das war im Sommer.«

»Ich unterschreibe nicht!«, beharrte die Grauin und schob das Pergament beiseite. »Dann fällt das Haus eben an Anna.«

Hans stockte kurz. Das war vorauszusehen gewesen. Er zuckte wieder mit den Schultern.

»Gut. Dann soll es so sein. Ihr wisst, Grauin, dass Ihr den Winter hier nicht überleben werdet. Und einen anderen Bieter wird es nicht geben. Ich bin der einzige auf absehbare Zeit – und solltet Ihr es bis in den Sommer schaffen, dann stehen hier vierhundert Gulden.« Er hielt kurz inne. »Ach ja, Anna wird Augsburg nie wieder betreten.«

Er packte alles zusammen, legte den Vertrag in die Kiste mit dem Gold und erhob sich. Kaum hatte er die Metallgriffe der Kiste gepackt, meldete sich Heinrich Grau.

»Unterschreib, Weib!«, flüsterte er. »Für deinen Lebensabend ist es genug – und um meinen brauchst du dir keine Gedanken mehr zu machen.« Er atmete schwer, und seine kleine Ansprache wurde immer wieder von Hustenanfällen unterbrochen. »Fünfhundert. So sei es«.

Hans Fugger sah von Heinrich zu Elspeth Grau und wieder zu ihrem Mann.

»Wer führt jetzt das Wort? Ihr, Gürtler, oder Euer Weib?«

Kaum hörbar wisperte der Alte: »Her mit dem Vertrag.«

Hans ließ die Kiste sinken und holte den Vertrag wieder hervor. Dabei traf sich sein Blick und dem der Elspeth Grau. Hass sprühte aus ihren grauen Augen.

»Ihr werdet es weit bringen, Hans Fugger. Menschen wie Ihr werden erfolgreich sein. Ob es den Menschen guttut, Euch von der Leine gelassen zu haben, wage ich zu bezweifeln. Ihr werdet einen Schock guter Taten brauchen, um nicht in der Hölle zu landen.«

Sie griff sich das Pergament, stach mit dem Gänsekiel in die fast gefrorene Tinte, die noch unberührt auf dem Tisch stand, und kritzelte eine Unterschrift. Dann ging sie mit den beiden Verträgen zu ihrem Mann ans Bett. Sie setzte sich auf die Kante, holte seinen rechten Arm unter der Decke hervor, hielt ihm den Kiel hin und führte ihm beim Unterschreiben die Hand.

»Du bist immer ein Narr gewesen, Heinrich Grau«, sagte sie. »Aber vielleicht war das der Grund, warum ich dich bis heute liebe.«

Hans schloss die Augen. Sein Plan war aufgegangen. Er war jetzt der neue Besitzer des Hauses am Rohr. Ihm war gelungen, was Wenigen gelang: Er hatte den Fuß auf die erste Stufe der Treppe zum Erfolg gesetzt, und er würde seinen Weg machen. Nur eines blieb noch. Er streckte die Hand aus.

»Das Testament, das Ihr mit Anna vereinbart habt. Für alle Fälle.«

Die Lachfältchen um die Augen der Grauin zogen sich zu einem Gewirr von Falten zusammen. Auch der Gürtler gab ein hechelndes Lachen von sich.

»Das hat es nie gegeben, Fugger. Sonst hättet Ihr vermutlich nur vierhundert Gulden in den Vertrag geschrieben.«

Hans Fugger sah von der Grauin zu ihrem Mann und wieder zurück. Hatte er bis jetzt geglaubt, sie geschäftlich übervorteilt zu haben, musste er jetzt feststellen, dass er in ihre Falle getappt war. Kopfschüttelnd klemmte er sich das unterzeichnete Pergament unter die Achsel und verließ das Haus. Draußen warteten die Männer, die die beiden Alten ins Spital geleiten sollten.

10

AUGSBURG, FEBRUAR 1397

Als sie sich umwandte und zur Stadt zurückblickte, kam es ihr vor, als würde sie auf ihre eigene Vergangenheit blicken. Damals, als sie auf Gernots Karren ankam, war Augsburg ebenso unvermittelt aus einem Dunst aufgestiegen, wie es jetzt in einem Schleier aus grauem Winternebel zu verschwinden drohte. Der Rauchsäulen der Essen stiegen senkrecht in den Himmel wie Arme und Hände, als wollten sie den Herrgott auf die Stadt herabziehen.

Wehmut überkam Anna. Hatte sie sich nicht selbst versprochen, nie wieder aus Augsburg wegzugehen? Und doch hatte sie alles, was sie zum Leben brauchte und was ihr gehörte, in ein Tuchbündel verschnürt und in der Kraxe auf ihrem Rücken verstaut.

Sie hatte den Stock eingeölt, damit er keine Nässe zog und schwerer wurde als nötig, und ihre Lederstiefel mit Talg gefettet und mit Heu ausgestopft. Jetzt stand sie auf der Höhe des Sandbergs und blickte auf Augsburg hinüber. Der Schnee reichte ihr bis zu den Waden, und sie spürte ihre Finger kaum mehr. Dennoch musste sie noch bis Horgau kommen, wenn sie nicht erfrieren wollte.

Niemals hätte sie erwartet, in ihrem Alter noch eine derartige Veränderung zu erleben.

Es fiel ihr schwer, Andreas allein zu lassen. Gerade jetzt hätte es einer festen, aber liebevollen Hand bedurft, damit seine Anlagen nicht durchschlugen, die ihn Ulin immer ähnlicher machten. Anna schüttelte sich. Es war nicht ihr Kind. Sollten Hans und Elisabeth mit dem Jungen zurechtkommen. Kinder ließen einen Menschen altern, weil er zusehen konnte, wie sie wachsen. Sie aber hatte keine Kinder. Ihrem Gefühl nach war sie immer gleich alt geblieben. Irgendwann zwischen Hans' erster Ehe und der zweiten mit Elisabeth hatte sie zu altern aufgehört.

Doch jetzt, auf Höhe des Sandbergs, die Kraxe auf dem Rücken und die Stiefel im Schnee, holte sie das Alter mit einer Macht ein, die sie beinahe umwarf.

Der Wind nahm zu und verwehte den Blick zurück auf die Stadt. Anna drehte sich um. Die hochgewirbelten Kristalle stachen ihr ins Gesicht, da die Böen aus Westen kamen. Langsam begann sie mit dem Abstieg. Wenn sie Glück hätte, würde sie auf einen Fuhrwerker oder Bauern treffen, der sie aufsitzen ließ. Wer nach Ulm musste, der konnte sie bis Jettingen mitnehmen.

Mit einer Entscheidung haderte Anna noch: Gegenüber Gernot hatte sie kein Wort verlauten lassen. Sie hatte ihn nicht mit hineinziehen wollen. Außerdem war sie sich sicher, er würde sie finden, wenn er aus Prag zurückkam.

Gernot, ihr Sonnenschein im trüben Dasein der letzten Jahre. Sie war dem Mann, der sich ihrer angenommen und ihre eigensinnigen Wege, ohne zu murren, ertragen hatte, unendlich dankbar.

Anna senkte den Kopf und stapfte los. Das Kapitel Augsburg war zu Ende, ein neues begann.

Ihre Lederstiefel hielten dicht und warm. Sie wusste nicht, was geschehen würde, wenn zu den Schmerzen in Oberschenkel und Hüfte noch kalte Zehen kämen.

Während sie den Hang mehr hinabrutschte, als ihn zu gehen, und zugleich von hier oben Ausschau nach der Schmutterbrücke hielt, überlegte Anna, ob sie nicht doch das Frühjahr hätte abwarten sollen. Doch die Gefahr hatte sich aufgestaut wie bei einem Wehr. Es wäre nur noch eine Frage der Zeit gewesen, bis sich die Gewalt der Gefühle Elisabeths Bahn gebrochen und sie mit fortgeschwemmt hätte.

Der kleine Michael gedieh nicht recht. Er war schwach und kränklich. Und mit jedem Rotzfaden, der dem Jungen aus der Nase hing, waren die Anschuldigungen gegen sie heftiger und gröber geworden. Immer wieder war das Schimpfwort Hexe gefallen. Anna hatte bemerkt, wie ihre Nachbarn sich langsam von ihr abwandten. Die Münklerin, ihre letzte Freundin, hatte sich eines Tages zu ihr gestohlen und sie gewarnt, man wolle ihr das Haus über dem Kopf anzünden. Als dann Pater Zyprian bei ihr angeklopft hatte und sein kahler Schädel im Türrahmen aufgetaucht war, hatte sie es für geboten gehalten, der Stadt den Rücken zu kehren.

Der Geistliche hatte sich in der Stube unaufgefordert auf einen Stuhl gesetzt und auf sie eingeredet. Er müsse einen Exorzismus an ihr praktizieren, um sie von dem bösen Geist zu befreien, der sich in ihr eingenistet habe. Sie könne ruhig zugeben, dass sie Buhlschaft halte mit dem Teufel, und sie müsse ihm unbedingt erzählen, was er alles unternehme und ihr antue. Sie sah in sein Gesicht, das vor Eifer und Erregung regelrecht glühte – und endlich fiel ihr ein, wo sie dieses nach innen fallende Gesicht schon einmal gesehen hatte. Auf den Kopf zu hatte sie ihm gesagt, dass die erste Fehlgeburt Elisabeths wohl sein Kind gewesen sei, und ihn gefragt, ob er auch bei der Fuggerin einen Exorzismus durchgeführt habe.

Der Pfarrer war aufgesprungen, hatte sie der Lüge bezichtigt und ihr gedroht, sie vor ein geistliches Gericht zu zitieren. Ihr Teufelsbund sei unübersehbar.

Ihr war keine Zeit mehr geblieben.

Auf Gernot konnte sie sich zwar verlassen, aber der war im Auftrag Hans Fuggers über den Winter in Prag. Bis er zurückkam, würde sie im Turm schmachten, wenn sie denn überhaupt noch lebte.

Eine Spur im Schnee führte sie zur Schmutterbrücke, die in diesen frostigen Tagen unbewacht war. Anna rutschte beständig auf dem glatten Weg aus und wäre auf den eisigen Bohlen, die den kleinen Fluss überspannten, beinahe gestürzt. Mit verbissener Zähigkeit humpelte sie auf Biburg zu.

Als sie das Dorf erreichte, spannte ein Bauer eben zwei Pferde an. Dem Geschirr nach zu urteilen wollte er mit dem Schlitten im Wald Bäume rücken, was auf schneeglatten Wegen besser zu bewerkstelligen war als auf trockenen Böden. Anna fragte ihn, wohin es gehen würde, und er deutete hinüber auf einen Schopf westlich der Straße nach Horgau. Obwohl er sie ob ihrer Verunstaltung misstrauisch beäugte, erlaubte er ihr doch, die Hälfte der Strecke nach Horgau auf seinem Schlitten mitzufahren.

Je weiter sich Anna von Augsburg entfernte, desto mehr löste sich der Knoten in ihrer Brust. Sie machte Elisabeth keinen Vorwurf. Diese hatte es schwer genug. Mit dreizehn Jahren war sie mit Hans verheiratet worden und als spätes Mädchen mit knapp achtundzwanzig Jahren hatte sie das erste Kind lebend zu Welt gebracht. So etwas zermürbte eine Frau. Es schürte die Angst und griff nach der Seele. Da war es beinahe selbstverständlich, sich an einen Strohhalm zu klammern und andere für das eigene Schicksal verantwortlich zu machen. Sie selbst hätte unter diesen Umständen vermutlich nicht anders gehandelt.

Die Kälte fraß sich in sie hinein. Bereits auf dem Weg nach Biburg begann der Husten. Er wurde immer stärker. So bequem die Fahrt auf dem Schlitten war, ihre Kleidung war durch das Laufen und Stapfen im Schnee nassgeschwitzt, und die Bewegungslosigkeit ließ die Feuchtigkeit auf ihrer Haut gefrieren. Sie schlotterte, als sie am Anstieg zum Grießberg vom Bauernschlitten stieg, sich bedankte und nach Horgau weiterstapfte. Der Husten wurde noch heftiger und fraß sich tiefer in die Lunge hinein. Anna hatte das Gefühl, als würde die Kälte sie nicht nur von außen, sondern jetzt auch von innen bedrängen.

Erstaunt bemerkte sie, dass sie zwar der Anschuldigung, eine Hexe zu sein, und damit einer Anklage glücklich entkommen war, sich aber mit einer Entzündung der Lunge den Tod holen würde. Diese Welt und der Herrgott, der angeblich über sie wachte, betrieben schon ein merkwürdiges Zusammenspiel. Nicht die Schuldigen wurden zur Rechenschaft gezogen, sondern die Beschuldigten. Das konnte verstehen, wer wollte.

Halb erfroren und wie ein Wolf hustend erreichte sie bei Anbruch der Dämmerung Horgau und den Maierhof ihrer Tante. Er lag hoch über der Straße, mit Schnee bedeckt wie ein verwunschenes Haus. Aber der Hof war dunkel, kein Licht brannte im Fenster, kein Hund schlug an.

Kurz schloss Anna die Augen, weil sie befürchtete, ihre Tante, von der sie lange nichts gehört hatte, wäre verstorben, ohne dass sie etwas davon mitbekommen hatte. Sie musste für die Strecke, die stetig bergauf ging, ihre letzten Kräfte herbeizwingen – und als sie an die Tür pochte, von der Schnee und Reif abbröckelten, erkannte sie, dass das Haus schon lange nicht mehr bewohnt war.

»Was habe ich dir getan?«, fragte sie hustend und blickte in Richtung Himmel empor. »Was?«

In der heraufziehenden Nacht begannen immer mehr Sterne zu blinken. Anna versuchte abzuschätzen, wie lange sie noch nach Jettingen unterwegs sein würde. Bei der Wetterlage und dem Schnee wäre der Weg über Gabelbach sicherlich noch beschwerlicher als der bis hierher. Sie wäre die Nacht oder länger unterwegs – und das würde sie nicht durchhalten. Sie musste eine Pause machen. Jetzt, dachte sie bitter, würde ich sogar bei einem Michl Hudler unter die Decke schlüpfen. Nur warm müsste es sein.

Sie blickte hinüber zur Scheune. Hatte er ihr nicht dort vor Jahren ein Bett zurechtgemacht? Keuchend und nach Luft ringend stapfte sie auf den Schober zu, dessen Tor einen Spalt offenstand. Sie zwängte sich hindurch und wäre beinahe mit ihrer Kraxe am Tor hängen geblieben. Mit einem letzten Ruck gelangte sie ins Innere. Links vom Tor sah sie die ehemalige Raufe, in der noch immer Stroh lag. Es roch feucht und faulig.

Dann erinnerte sie sich an den Heuboden. Bellend wie ein Hund tapste sie umher und erreichte die Leiter. Im Dämmerlicht versuchte sie zu erkennen, ob die gebrochene Sprosse, die ihrem Onkel den Tod gebracht hatte, wieder ersetzt worden war. Das schien der Fall zu sein, und so kletterte sie vorsichtig, immer mit den Händen nach oben tastend, hinauf. Jeder Schritt, jede Anstrengung wurde von einem Hustenanfall begleitet. Oben angelangt holte sie sich eine Decke aus der Kraxe, wühlte sich in das alte Stroh und fiel sofort in einen traumlosen Schlaf.

Noch im Wegdämmern dachte sie, dass es kein unangenehmer Tod wäre, hier einzuschlafen und nicht wieder aufzuwachen.

Gernot war fassungslos. Anna war wie vom Erdboden verschluckt. Wie sehr hatte er sich auf einen warmen Empfang, auf eine Umarmung, auf seine Frau gefreut – und eine eisige Kälte vorgefunden.

Jetzt saß er in der Stube des Hauses in der Färbergasse. Hans war die Zufriedenheit am Glanz der Wangen anzusehen. Andreas kniete in einer Ecke und spielte mit Holzklötzen, die er zu abenteuerlichen Türmen und Gebäuden aufstapelte und wieder einstürzen ließ.

»Was ist mit Anna geschehen?«, herrschte Gernot den Fugger an.

»Was fragst du mich? Sie ist deine Frau!«

Gernot musste eine gesalzene Antwort hinunterschlucken.

Hans Fugger stellte ihm einen Krug Bier hin und setzte sich. Beide Männer sahen für kurze Zeit Andreas zu, wie er sich abmühte, immer gewagtere Bauten zu konstruieren, dann aber die Klötze in einem Anfall unbändiger Wut durch den ganzen Raum schleuderte und zu schreien anfing. Er hieb auf die Bausteine ein.

»Man muss sich nach den Möglichkeiten strecken, Sohn«, sagte Hans, doch Andreas sah ihn nur voller Unverständnis und mit zornverzerrter Miene an.

»Du hast mir gar nichts zu sagen!«, schrie er. »Wo ist Anna?«

Hans runzelte die Stirn und rief nach der Magd, die Andreas betreute, wenn er nicht daheim war.

Das Mädchen kam in die Stube gestürzt und packte sich das Kind, das sich mit Händen und Füßen wehrte. Andreas drosch auf das junge Ding ein, als gelte es, auf der Tenne Körner aus ihr herauszuprügeln.

Was Gernot verstanden hatte, war die Tatsache, dass der Kauf des Hauses am Rohr den Kaufmann verändert hatte. Er schien größer geworden zu sein, auffahrender, herrischer. Etwas von seinem alten Wesen war verschüttet und durch etwas anderes ersetzt worden, das Gernot nicht gefiel. Es brachte den neuen Hans Fugger in die Nähe der alten Geschlechter der Stadt Augsburg, als hätte er mit dem Erwerb des Hauses einen neuen Geist eingeatmet, den Geist der Oberstadt. Dabei war er noch nicht einmal eingezogen. Dazu passte auch das Verhalten seines Sohnes Andreas, der seinem Vater offenbar noch weniger nahe war als zuvor.

Kopfschüttelnd sah Hans der Magd und dem Jungen nach, die miteinander kämpften. »Wenn ich nur wüsste, wie man ihn bändigen könnte«, murmelte er.

Gernot räusperte sich. »Anna konnte es gut mit ihm. Sie hätte sein Temperament ...«

»Sei ruhig«, zischte Hans.

Gernot war vorbereitet. Hedi Münkler hatte ihm erzählt, was geschehen war, ohne selbst Genaueres darüber zu wissen.

Doch bevor sie das Gespräch weiterführen konnte, stürmte Andreas wieder herein, hinter ihm das Mädchen, völlig zerkratzt und in Tränen aufgelöst. Der Junge versteckte sich hinter dem Stuhl seines Vaters. Der schickte die Magd mit einer Handbewegung hinaus.

»Hans Fugger«, fragte Gernot barsch. »Was hat Eure Frau getan?«

Hans sah ihn verständnislos an. »Was unterstellst du da meiner Frau?«, entgegnete er wütend.

»Was hat sie Anna vorgeworfen?«

»Mama hat sie eine Hexe geheißen. Vor Pater Zyprian. Und jetzt ist sie weg«, ließ sich Andreas vernehmen und stampfte mit dem Fuß auf.

Fassungslos blickten beide Männer auf den wütenden kleinen Thronfolger im Hause Fugger. »Sie hat *was* getan?«

»Was ist eine Hexe?«, wollte Andreas wissen.

Gernot musste schlucken. Sein Blick wanderte von dem Jungen zu dessen Vater. »Habt Ihr davon gewusst? Hat es einen Prozess gegeben?«

Hans Fugger hob beschwichtigend die Arme. »Ich hatte mich schon gewundert, dass Anna weggeblieben ist, aber Elisabeth hat mir nichts gesagt. Ich höre zum ersten Mal davon ...«

»Verfluchter Lügner!«, fuhr Gernot auf. »Als wüsstet Ihr nicht ganz genau, was in der Stadt vorgeht. Selbst die Münklerin hat etwas erfahren und mich zu Euch geschickt. Was ist los mit Euch, Fugger?« Gernots Wut riss ihn vom Stuhl. »Ich dachte immer, wir wären nicht nur Geschäftspartner.«

Er holte aus, hielt dann jedoch inne. Er durfte sich nicht gehen lassen, sich nicht auf die Ebene eines Hans Fugger begeben. Selbst wenn dieser von seiner Frau nichts erfahren hatte, so munkelte man doch in der Zunft darüber. Schließlich war die Anschuldigung, eine Hexe zu sein, nicht auf die leichte Schulter zu nehmen. Wenn es so war, dann hatte Hans Fugger geflissentlich weggehört.

Gernot schob seinen Stuhl zurück und stürmte nach draußen. Eines wusste er mit Sicherheit: Er würde dieses Haus und auch das Haus am Rohr nicht wieder betreten. Was hatte der kleine Andreas noch gesagt? Pater Zyprian. Der Geistliche wohnte im Pfarrhaus bei St. Moritz. Ihn würde er befragen – und sich dann auf die Suche nach Anna machen. Wenn sie wirklich als Hexe bezichtigt worden war, dann war sie in Gefahr gewesen – und er hatte sich im Auftrag von Hans Fugger in Prag herumgetrieben. Er schlug sich an die Stirn und wollte nicht wahrhaben, was er eben gehört hatte und vermutete.

Das Pfarrhaus mit den morschen Balken klebte hinter dem Kirchenbau. Man hatte es, als die Kirche nach Brand und Einsturz vor knapp drei Lebensaltern neu errichtet worden war, auch grundüberholen wollen, aber den Bürgern war das Geld ausgegangen, und so war es baufällig geblieben. Als Hans gegen die Tür schlug, bebte der ganze Fachwerkbau.

»Ist ja gut, ist ja gut!«, kam es von drinnen. »Reißt mir das Haus nicht ein.«

Er hörte jemanden aus dem ersten Stock nach unten hasten, und als die Tür geöffnet wurde, dachte Hans zuerst, der Mann im Mond sei auf die Erde herabgestiegen. Das Gesicht des Paters war rund und so nach innen gedrückt, als wäre einer Schweinsblase die Luft ausgegangen. Um die Augen lagen schwere Schatten, und sogar die Stirn hatte sich dunkel verfärbt.

»Was führt Euch zu mir?«, fragte der Geistliche und ordnete seine Kleidung.

»Pater Zyprian?«, fragte Gernot.

»Ja, derselbe«, antwortete er und sah ihn an. »Was kann ich für Euch …«

Weiter kam er nicht. Gernot packte ihn am Kragen, drängte ihn ins Haus und drückte ihn an die Wand. »Überlegt Euch gut, was Ihr sagt«, stieß er hervor, während der Pater nach Luft schnappte. »Habt Ihr die Anna Melcherin als Hexe bezichtigt? Ist sie eingefangen und vor ein Gericht gestellt worden? Schnell. Ich hab nicht viel Zeit, und Ihr habt nicht mehr viel Luft.«

Pater Zyprian japste und gab zu, Anna diesbezüglich befragt zu haben. »Aber sie war verschwunden, bevor wir ihrer habhaft werden konnten.«

Gernot brachte sein Gesicht ganz an das des Geistlichen. Er konnte dessen weinseligen Atem riechen.

»Ich werde Anna suchen. Betet zu Gott, dass ich sie finde, denn wenn nicht, komme ich zurück, und dann werdet Ihr erfahren, was es heißt, dem Teufel ausgeliefert zu sein. Glaubt mir!« Gernot ließ ihn los, und der Pater rutschte an der Fachwerkwand entlang zu Boden. Unter seinen Füßen hatte sich eine Pfütze gebildet.

Wortlos drehte Gernot sich um und verließ das Pfarrhaus.

Anna war demnach geflohen, bevor dieser Mann die weltliche Obrigkeit auf sie hetzen konnte. Jetzt galt es herauszufinden, wohin sie sich begeben hatte.

Als er an der Kirche vorbei in Richtung Heilig Kreuz marschierte, sah er Hans Fugger, der seinem neuen Heim zustrebte, dem Haus am Rohr. Erst wollte er ihm folgen, doch dann überlegte er es sich anders.

»War es das wirklich wert?«, rief er ihm hinterher.

Der Fugger hielt kurz inne und sah sich um, entdeckte ihn jedoch nicht. Mit einem verwirrten Kopfschütteln ging er weiter.

Gernot schlug die entgegengesetzte Richtung ein. Wirklich beunruhigt war er nicht. Es gab nur wenige Orte, an denen er nach Anna suchen musste. Wenn er sie allerdings dort nicht antraf, dann würde es schwierig. Doch bis dahin standen alle Zeichen auf Hoffnung.

Epilog

Das Licht flirrte durch das Geäst der Bäume. Unzähliges Kleingetier schwirrte in den Lichtstrahlen unter dem Nadel- und Blätterdach, als gäbe es dort, zwischen Licht und Dunkelheit, eine eigene Welt. Es war warm, so warm, dass Anna die Ärmel hochgekrempelt hatte, um die Luft an ihre alte Haut zu lassen.

Langsam sammelte sie das vom Winter herabgebrochene Reisig zu Haufen, die sie zu Bündeln schnüren wollte. Fünf Stricke lagen auf dem Boden, jeder für ein Bündel gedacht. Die fünf Haufen zusammenzusammeln hatte sie einen ganzen Vormittag gekostet. Es fiel ihr nicht mehr leicht, sich zu bücken, aber solange sie noch laufen konnte, würde sie hier auf dem Weinberg sammeln.

Sie streckte sich, drückte den Rücken durch und sah auf die Mulden, die sie geflissentlich mied. Darunter verbargen sich noch immer zum Teil tiefe Löcher, die nur von wenig Reisig und Nadeln oder Laubstreu bedeckt waren, aber wie Fallen wirkten. Selbst der eine oder andere Fuchs oder ein Reh verirrten sich ab und an darin. Gernot und sie holten sich die Tiere, um deren Fell heimlich an Stadtbürger zu verkaufen und das Fleisch als Zubrot zu nutzen, was im Grunde verboten war.

Vor manchen dieser Löcher blieb sie lange stehen und dachte darüber nach, welche Wendung ihr Leben hier genommen hatte. Warum ihr das gerade jetzt durch den Sinn ging, wusste sie nicht zu sagen. Sie ging inzwischen auf die sechzig zu, wenn sie richtig rechnete. Niemand aus ihrer Jugend lebte noch. Ihre Mutter war vor acht Jahren gestorben, ihr Lebensgefährte, der Bleicher Jörg, ein Jahr danach. Sie selbst hatte ein Leben gelebt, das ihr so nicht vorbestimmt gewesen war. Dennoch hatte sie es bis hierher geschafft und war dem Tod immer wieder von der Schippe gesprungen.

Ein Leben voller Zufälle und Unwägbarkeiten: Ihr Vater hatte sie im Erdloch entdeckt, obwohl alle schon die Hoffnung aufgegeben hatten, sie lebend zu finden. Ihre Tante hatte sie halb erfroren auf dem Hudler-Hof aufgelesen. Tante Marget lebte den Winter über im Austragshaus hinter dem Maierhof. Das war leichter zu heizen als das große Hofgebäude. Nur zufällig war sie über ihre Spuren im Schnee gestolpert, bevor es wieder zu schneien begonnen hatte. Nur deshalb hatte Anna überlebt.

Und als wenige Wochen später Gernot aufgetaucht war und sich bei der Tante erkundigt hatte, ob sie Anna gesehen hätte, konnte sie ihr Glück kaum fassen. Die Tante hatte den Fuhrwerker nach Jettingen geschickt, und dort hatten sie sich wiedergefunden.

Anna bückte sich nach dem Strick, band eine Schlinge und schnürte das Bündel zusammen. Dann schulterte sie es und trug es aus dem Wald auf den Hang beim Weinberg hinaus.

Vor dem Wald leckte ihr die Sonne den Schweiß von der Stirn.

Wenn sie so den Blick über das Tal der Mindel schweifen ließ, der der Erlenbach zufloss, konnte sie nicht mehr verstehen, was sie dazu getrieben hatte, nach Augsburg zu gehen. Sie atmete freier in dieser Luft. Die Sonne wärmte stärker, und ihr Gefühl sagte ihr, sie gehöre hierher.

Auf dem Kirchhof lagen Vater und Mutter einträchtig nebeneinander, sicher friedlicher, als sie es zu Lebzeiten getan hatten. Anna hatte den Hof übernommen und bewirtschaftete ihn für sich. An manchen Tagen setzte sie sich hinter den Webstuhl und wob die Zufriedenheit mit der Ruhe im Dorf in das Tuch ein.

Sie ließ das Bündel fallen und kehrte ins Halbdunkel des Waldes zurück. Sie wartete einen Augenblick, bis sich ihre Augen an das flirrende Halblicht gewöhnt hatten, und holte sich das nächste Bündel. Die gleichförmige Eintönigkeit dieser Tätigkeit beruhigte sie. Nichts brach in diese Welt ein, was man nicht vorhersehen konnte.

Kurz spürte sie dem Gedanken nach, ob sie sich noch davor fürchtete, eines Tages Pater Zyprian in Jettingen auftauchen zu sehen, um sie wieder der Hexerei anzuklagen und mit nach Augsburg zu schleppen. Aber das feiste Mondgesicht wagte sich nicht vor die Mauern der

Stadt, hatte Gernot ihr erzählt, aus Angst, die Ereignisse nicht mehr einfangen und beherrschen zu können. Lieber verbrachte der Pfaffe seine Zeit mit dem Studium der Bibel und verfeinerte seine Kenntnisse über die Weberfrauen.

Sie vernahm ein Knacken in ihrer Nähe, und ihr so fest gefügtes Bild der Jettinger Welt bekam jäh einen Riss. Sie fuhr hoch, etwas zu schnell, denn ihr Rücken meuterte bei der raschen Bewegung, und es war, als steche ihr ein Stilett vom Oberschenkel aus bis hinauf in den Halsansatz.

Anna verfluchte ihre Schreckhaftigkeit. Sie spähte umher, doch da war nichts. Vermutlich war nur ein trockener Zweig vom Baum gefallen, oder die Hitze hatte ein kräftigeres Stück Ast reißen lassen. Sie bückte sich wieder zu ihrem Bündel hinab, als es erneut knackte, doppelt diesmal, als schleiche sich jemand oder etwas an sie heran und trete dabei auf kleine Äste.

Diesmal blieb sie in ihrer gebeugten Haltung. Sie hätte nicht sagen können, was es genau war, was sie da aus dem Augenwinkel sah. Es war eine Art Nebel, der sich zwischen Baumstämmen verfangen hatte und sich darum bemühte, so etwas wie eine Kontur auszubilden. Langsam und unter Schmerzen richtete sie sich auf und starrte diesen weißlichen Dunst an, der so unerwartet aufgetaucht war.

»Was um alles in der Welt …«, flüsterte sie.

Hatte sie beim ersten Knacken noch Furcht empfunden, war diese jetzt der Neugier gewichen.

Plötzlich verdichtete sich das Gebilde, und sie glaubte, eine Gestalt zu erkennen, die sich deutlich aus dem Nebel herausschälte, einen Arm hob, die Hand ausstreckte und sie mit dem Finger zu sich herwinkte. Die Geste war unwiderstehlich und lockte Anna vorwärts. Den Finger und das Gesicht konnte sie nun deutlich, allzu deutlich erkennen.

»Hans?«, flüsterte sie. »Bist du das?«

Zögernd humpelte sie auf den Nebel zu, der ihr vorkam wie eine Trübung der Augen. Sie blinzelte mehrfach, doch das Gebilde löste sich nicht auf. Langsam ging sie ihm entgegen und wäre sicherlich weitergelaufen, wenn nicht ein Knacken zu ihren Füßen sie kurz abgelenkt hätte. Sie war auf einen Ast getreten. Kurz sah sie nach unten und bemerkte, wie vor ihr die Erde nachgab und ein dunkler Schlund sein Maul öffnete – und mit einem Ruck ließ sie sich nach hinten fallen.

Sie stürzte auf ihren Hintern, auf ihre Hände, die hinter ihr Halt suchten. Ein Feuerwerk an Schmerzen durchzuckte sie, aber sie nahm das in Kauf, denn ihr war bewusst geworden, dass sie – wie damals – beinahe in eines der Löcher gefallen wäre, die nur mit wenig Reisig überdeckt waren.

Ihr Mund war trocken, als sie begriff, dass sie von dieser Hans-Erscheinung in dieses Loch, das jetzt vor ihr gähnte, gelockt worden war.

»Was wolltest du?«, fragte sie in Richtung der Erscheinung. Doch dort, wo eben noch der Nebel zwischen den Stämmen gestanden hatte, war nichts mehr, nur ein kräftiger Sonnenstrahl, der sich durch eine Lücke im Wipfelwerk bis auf den Boden hinunter erstreckte. Es gab keine Gestalt mehr, keinen Nebel, keine Lockung.

Verstört und am ganzen Leib zitternd rappelte sie sich auf und ging zurück, nahm das zweite Reisigbündel auf und schleppte es mit krummem Rücken bis vor den Waldsaum. Dort ließ sie es fallen.

Hatte sie langsam Wahnvorstellungen? Sie musste sich ablenken.

Ihr Blick glitt zum Rand des Tals, dorthin, wo die Herren von Jettingen und Scheppach residierten. Diesen Herren wünschte sie nicht weniger als die Pest an den Hals, aber sie wusste, dass der Herrgott nicht daran dachte, ihre Wünsche zu beachten. So machten ihr diese Gedanken zumindest kein schlechtes Gewissen mehr.

Kurz überlegte sie, ob sie sich wieder in den Wald wagen sollte. Aber wovor sollte sie schon Angst haben, was sollte ihr geschehen, wenn sie ihren Verstand benutzte?

Sie drehte sich eben um, um das dritte Bündel zu schnüren, als sie jemanden gemessenen Schrittes den Weg hochkommen sah. Er winkte und gestikulierte und rief vermutlich auch etwas, weil er die Hände als Trichter vor den Mund legte. Aber weder ihr Gehör noch ihre Augen waren inzwischen noch gut genug, um sagen zu können, was sie hörte oder wen sie sah.

Die Zeit, in der sie darauf wartete, bis die Gestalt zu ihr hochgekommen war, konnte sie ebenso gut nutzen, um das dritte Bündel zu schnüren. Sie schlüpfte durch das Unterholz, diesmal auf der Hut vor Erscheinungen jeder Art, und band das Reisig zusammen. Wer immer dort zu ihr heraufkam, würde ihr helfen müssen, die Bündel ins Tal hinabzutragen.

Als sie wieder aus dem Wald trat, stand Gernot vor ihr. »Anna!«, sagte er. »Warum wartest du nicht?«

»Auf wen sollte ich noch warten? Ich habe mein ganzes Leben lang gewartet«, entgegnete sie.

Gernot wusste, wie sie das meinte. »Ich habe in der Stadt etwas gehört, was du gewiss erfahren möchtest.« Er nahm sie bei den Schultern.

Sie ließ das Bündel fallen. »Jetzt sag schon«, drängte sie. Kurz kam ihr die Erscheinung in den Sinn und die Tatsache, dass sie kurz geglaubt hatte, Hans darin zu erkennen. Aber das konnte nicht sein, das hatte sie sich nur eingebildet.

»Hans … ist tot!«, sagte Gernot nur, ohne sie aus den Augen zu lassen.

Anna fühlte, wie ihre Knie weich wurden, und stolperte nach vorn. Gernot fing sie auf.

»Hans ist tot? Hans ist tot!«, wiederholte sie mehrmals, bis ihr Verstand es ihr erlaubte, den Satz zu begreifen. Gleichzeitig versuchte sie, wieder auf eigenen Beinen zu stehen.

»Woran … woran ist er gestorben?«

Gernot sah sie verwundert an. »Woran? An seinem Alter!«

Anna nickte. Aber sie hatte ein anderes Bild im Kopf, das seit Jahren nächtens in ihr spukte:

Hans sitzt am Abendbrottisch. Die Köchin hat aufgetischt, Fleisch oder Mehlspeisen. Er nimmt sich aus einem kleinen Tontopf mit Zwetschgenmus einen Schlag für das Wildbret oder für die ausgebackenen Küchlein oder zum Brot. Er braucht dafür einen Löffel, weil das Mus fest geworden ist. Die Köchin hat es ganz hinten in der Speisekammer entdeckt. Es schmeckt köstlich. Hans leckt den Löffel sauber ab, nascht noch einmal. Kaum hat er die ersten Bissen gegessen, beginnt er zu schwitzen. Das Essen geht in fröhlicher Runde weiter. Er öffnet seinen Hemdkragen, um kühle Luft an die Brust zu lassen. Plötzlich wird ihm das offene Hemd zu eng. Er zieht mit einem Finger den Kragen auf, sperrt erschrocken die Augen auf. Die Gespräche verstummen, alle starren sie Hans an. Der ringt nach Atem und kippt schließlich vom Stuhl. Dabei reißt er den Topf vom Tisch. Das alte Mus ist so fest, dass es nicht ausläuft. Der Topf kullert über den Boden und verschwindet unter der Eckbank, auf der damals der alte Grau gelegen hat. In der Aufregung um Hans fällt das niemandem auf. Ein leichter Knoblauchgeruch hängt im Raum. Bis der Arzt eintrifft, ist dieser jedoch verflogen. Der Arzt schnuppert hier und da an den Speisen, leckt und schnüffelt, aber dann schüttelt er den Kopf und teilt der erschütterten Witwe und ihren vier Söhnen mit, dass den Mann wohl der Schlag getroffen habe und dass dies doch ein schöner Tod gewesen sei, so ohne Siechtum aus der Welt gerissen zu werden.

Doch das war immer nur ein Traum gewesen, der sie seit Jahren verfolgte und eben jetzt noch einmal in ihrem Kopf abgelaufen war.

»Ein Schlag soll ihn getroffen haben«, setzte Gernot hinzu. »Die Kinder sind minderjährig. Seine Frau kümmert sich um die Geschäfte.«

Überrascht sah Anna auf. »Ein Schlag also«, sagte sie mehr zu sich selbst.

»Seine Witwe hat mir mitteilen lassen, dass ich weiter für die Familie arbeiten könne.«

Anna fuhr sich über das Gesicht, als müsse sie ein Gespenst verscheuchen, den schwebenden Nebel zwischen den Bäumen. »Sie braucht treue Männer. Sonst bricht das Geschäft zusammen, bevor die Jungen es übernehmen können«, sagte sie und blickte ihrem Mann fest in die Augen. »Soll sie doch sehen, wie sie zurechtkommt! Ich hoffe, du hast ihr Angebot zurückgewiesen.«

»Natürlich habe ich es zurückgewiesen«, erwiderte er sanft.

Anna nickte. Nichts anderes hatte sie erwartet. Dann schüttelte sie den Kopf, weil ihr etwas in den Sinn gekommen war: Jetzt hatte sie Hans überlebt.

Der Abend warf erste Schatten über die Hügel, und eine leichte Kühle vertrieb die Hitze des Tages.

Als sie sich bücken wollte, um eines der Bündel zu nehmen, hielt Gernot sie zurück. Er blickt ihr lange in die Augen. »Die alte Zeit ist vorüber. Du kannst ihn jetzt loslassen.«

Ihr kamen die Tränen. Sie konnte es nicht verhindern. Er hatte all die Jahre gewusst, wie sehr sie an Hans gehangen hatte, und es still ertragen.

Sie zog ihn an sich und legte den Kopf mit der narbigen Seite an seine Brust.

Ende

Nachwort

Ein Roman ist ein Roman und kein Geschichtsbuch. Das gilt auch für das vorliegende Werk *Die Magd der Fugger*.

Die Jettinger Weberstochter Anna, die als Magd im Mittelpunkt der Erzählung über den Aufstieg Hans Fuggers steht, hat es nie gegeben. Was aber nicht heißt, dass es sie und das kleine Glück, das sie relativ spät im Leben mit dem Fuhrwerker Gernot erfährt, nicht hätte geben können. Das macht den Reiz des Romans aus. Wie bei allen meinen Ausflügen in die Geschichte ist vieles im Rahmen des Möglichen erfunden. Das ist die Aufgabe des Schriftstellers.

Aber ebenso vieles hat seinen Ursprung in tatsächlichen Begebenheiten, die uns überliefert sind, auch wenn die Quellen gerade über die Anfänge der Fugger eher spärlich fließen und einiges davon mehr einem Mythos gleicht denn einer fundierten Tatsache.

Nehmen wir die Herkunft der Familie. Warum lasse ich die Fugger nicht aus Graben kommen, wie so viele Autoren vor mir? Ganz einfach, weil der Mittelalterhistoriker Dr. Peter Geffcken vor nicht allzu langer Zeit nachweisen konnte, dass sie aus der Gegend um Jettingen/Scheppach stammen. Dabei sind beide Zuweisungen wahrscheinlich und nicht wirklich im strengen Sinne beweisbar.

Ich möchte damit aber eines zeigen: Dass ich die Geschichte der Familie Fugger von Beginn an etwas anders darstellen möchte. Ich will keine verklärende Schilderung des Aufstiegs einer Weberfamilie zu sagenhaftem Reichtum, ich will im Gegenteil die Geschichte so erzählen, wie sie sich zugetragen haben *könnte* – als Zusammenspiel von harter Arbeit und Zufall, von kaufmännischem Geschick und Manipulation, von Güte und Verrat, von Aufrichtigkeit und Lüge. Diese Gegensatzpaare könnte man beliebig fortführen, weil sie der Realität eher entsprechen als eine bruchlose Verehrungshistorie, die alles Zwielichtige ausspart. Dieses Sowohl-als-auch interessiert mich als Autor und macht die Geschichte erst erzählbar und spannend.

Hans Fugger kommt nach Augsburg und beginnt dort als Weber mit der Arbeit. Das Narrativ des »Fucker advenit« im Augsburger Steuerbuch von 1367 wird aber niemals auserzählt, weil ihm wichtige Elemente fehlen. Er kam sicher nicht nur als Weber, sondern mit einer Idee, nämlich einer neuen Tuchart, dem Barchent, den er vielleicht auf seiner Walz, der Wanderschaft als Webergeselle, kennengelernt haben könnte, zum Durchbruch zu verhelfen.

Im Roman eröffnet Anna ihm das »Geheimnis«, was durchaus wahrscheinlich ist, denn die große Pestwelle in Norditalien hatte damals die Barchentweberei, die gerade erst angesprungen war, beinahe zum Erliegen gebracht. Die Überlebenden flohen vor der Krankheit über die Alpen nach Norden und brachten ihr Wissen mit. Die misstrauischen, allen Neuerungen abholden Augsburger Stadtweber ließen die »Welschen« sicherlich nicht sesshaft werden. Schon deshalb verbreitete sich die Technik der Barchentherstellung vor allem bei den Landwebern. Dort erfährt auch Anna davon.

Sicherlich traf Hans Fugger in Augsburg nicht auf Begeisterung, denn die Handwerker der Stadt waren mit anderen Dingen beschäftigt. Sie konnten niemanden gebrauchen, der sich nicht in ihre Ordnung fügte. Doch Fugger war anpassungsfähig – genau genommen war er ein Opportunist. An dem Umsturz von 1368, dem sogenannten Weberaufstand, beteiligte er sich nicht. Er hatte als Landweber zu viel zu verlieren, nämlich seine Webergerechtigkeit, das heißt die Zulassung, als Weber in der Stadt tätig sein zu dürfen. Seine Haltung zeigte ein gewisses Kalkül, das sich zwischen Sparsamkeit und der Lust an Innovationen bewegte.

Ihm genügte es vorerst, weben zu dürfen. Das Bürgerrecht erheiratete er sich – indem er alsbald Klara Widolf, eine Augsburger Weberstochter, ehelichte, die für damalige Verhältnisse ein »altes Mädchen« war. So wurde der Landweber zum Augsburger Bürger mit Bürgerrecht, ohne dafür auch nur einen Pfennig bezahlt zu haben. Dass ihm diese Verbindung zwar die Tür zur Handwerkerschaft der Stadt, nicht aber zu dem ersehnten Erfolg öffnete, liegt daran, dass die neu geschaffenen Zünfte von 1368 nichts vom Barchentweben in der Stadt hielten. Es wurde in der Stadt verboten. Hans Fugger blieb also nichts weiter übrig, als eine neue Form der Vergabe von Webaufträgen zur Grundlage seines Wirtschaftens zu machen.

Die Idee zur Verlagsweberei überlasse ich im Roman der Magd Anna, die etwas weiter blickt als der ganz auf seine Arbeit konzentrierte Hans Fugger. Sie hält die Verbindungen zu den »Gäuwebern«, den Landwebern, die in der Stadt nicht gut gelitten sind, aufrecht. Tatsächlich gelingt der Coup, denn Hans Fugger kann über die Lagerhaltung das ganze Jahr über Wolle für die Garnherstellung und damit Garnware zum Weben bereitstellen. Auch die Tatsache, dass er seine Tuche in Frankfurt und Nürnberg anbietet, macht ihn unabhängig von Augsburg. Dass diese Art des Handels nicht ungefährlich ist, lasse ich in der Episode mit dem Raubritter Guttenberger aufblitzen.

Die Auseinandersetzung zwischen Hans und seinem jüngeren Bruder Ulin (Ulrich) Fugger habe ich nicht erfunden. Sie entspricht den Tatsachen. Offenbar war Ulin Fugger ein unsteter Charakter. In Schlägereien mit tödlichem Ausgang verwickelt und schließlich in einem dieser Händel auch selbst erschlagen, zeigt sich ein negatives Bild dieser Persönlichkeit. Dennoch scheint er ein erfolgreicher, wenn auch skrupelloser und damit wenig weitsichtiger Geschäftsmann gewesen zu sein. Ob er schon mit dem Bruder oder kurz nach ihm 1367 nach Augsburg gekommen ist, lässt sich nicht feststellen. Man weiß lediglich, dass er im April des darauffolgenden Jahres in eine Schlägerei mit Todesfolge verwickelt war. In der Quelle wird er als Webergeselle (*des Langen des Webers Knecht*) bezeichnet. Vermutlich musste er daraufhin die Stadt verlassen. Erst zehn Jahre später wird er wieder erwähnt, nämlich 1377, als er eine Augsburger Bürgerstochter heiratete, Kunigunde/Radigunda Mundsam, und offiziell nach Augsburg zog. Die unterschiedlichen Vornamen der Ehefrau gehen wahrscheinlich auf

Lesefehler der Urkunden zurück, da in der Schrift des späten 14. Jahrhunderts, der sogenannten Bastarda, »K« und »R« für Anfänger durchaus verwechselt werden können. Ich lasse ihn – was wahrscheinlich ist – in der Zwischenzeit mit seinem Bruder zusammenarbeiten. So lernte er das kaufmännische Handwerk. Als er weitere zehn Jahre später in den Steuerbüchern der Stadt Augsburg auftaucht, zahlte Ulin 1389 100 fl. (Gulden) Steuern und damit mehr als der Bruder, der im selben Jahr nur 200 Pfd. Pfennige (etwa 28 Gulden) entrichten musste. Trotz seiner wirtschaftlichen Härte scheint Ulin mehr Gefühl gezeigt zu haben als sein Bruder Hans, denn als Hans Fugger der Ältere in Jettingen starb, zog die Mutter zu Ulin nach Augsburg in die Klebsattelgasse (heute: Armenhausgasse), und nicht zu Hans.

Nach dem Tod Ulins, der nach amtlichen Unterlagen 1394 von einem Bleicher erschlagen wurde, lassen sich seine Nachfahren noch etwa fünfzig Jahre in Augsburg nachweisen. Sie wurden aber für die Geschichte der Stadt nicht bedeutsam.

Als Klara Fugger, geborene Widolf – die erste Frau von Hans Fugger –, starb, macht sich Anna, die Magd, natürlich Hoffnung auf eine Heirat mit ihm. Dieser schriftstellerische Trick sei mir gestattet, denn tatsächlich erfolgte die schnelle Wiederverheiratung Hans Fuggers aufgrund seiner wirtschaftlich desolaten Lage in dieser Zeit. Seiner ersten Ehe entstammten, soweit man weiß, drei Kinder. Einmal benötigten diese eine neue Mutter, zum anderen setzte ihm die Konkurrenz seines Bruders Ulin mit dessen »ungewöhnlichen« Praktiken zu. Um einem Bankrott zu entgehen, brauchte er Geld. Das floss ihm über die Mitgift der Elisabeth Gfattermann zu. Dass die junge Frau damals erst circa vierzehn Jahre alt war, mag in unseren Augen ungewöhnlich und verwerflich erscheinen. Für das 14. Jahrhundert war es normal, Mädchen zu verheiraten, sobald sie »mannbar« geworden waren, das heißt, sobald sie ihre erste Periode hatten.

Elisabeth Gfattermann erwies sich für das Fugger'sche Unternehmen als Glücksfall. Sie überlebte ihren Mann nicht nur etwa achtundzwanzig Jahre, sondern führte nach seinem Tod 1408 die Geschäfte für ihre beiden Söhne weiter und vermehrte das Vermögen, bis sie 1436 hochbetagt starb. Aus dieser zweiten Ehe Hans Fuggers entstammen vier Kinder (wobei deren Lebensdaten teilweise unbekannt sind), darunter die Söhne Andreas Fugger (1394/95–1457/58) und Jakob Fugger der Ältere (nach 1398–1469). Andreas und Jakob kamen erst vier und acht Jahre nach der Verehelichung zur Welt. Sicherlich gab es dazwischen einige Kinder, die aber namentlich nicht aufgeführt werden, da sie entweder schon bei der Geburt oder sehr früh verstarben. Die beiden Jungen führten die Linie der Fugger fort: Andreas gilt als Stammvater der Fugger vom Reh und Jakob als Stammvater der Fugger von der Lilie, die letztlich Jakob Fugger den Reichen hervorbrachte.

Hans Fuggers Aufstieg habe ich anhand des Hauskaufs für das »Haus am Rohr« darzustellen versucht. Zwar zieht die Familie Fugger in die heutige Färbergasse, einem alten Wohnsitz der Familie Gfattermann, doch sagt schon der Name, dass die Wohnsituation dort sicherlich sehr unangenehm war. Wer je in einem Urlaubsland wie zum Beispiel Marokko ein Färberviertel besucht hat, weiß, was es geheißen haben muss, neben Färberbottichen zu wohnen. Der Gestank der gärenden Pflanzenteile ist im wahren Sinne des Wortes »atemberaubend«. Dass sich Hans Fugger einerseits der Schenkung des Hauses am Gögginger Tor durch seinen Schwiegervater nicht versagte, sondern diese annahm, ist die eine Seite der Medaille. Andererseits bemühte er sich beinahe umgehend, seine Wohnsituation zu verbessern, und suchte ein Haus in der Oberstadt.

Die frühe Entwicklung des Fugger'schen Handelshauses trifft mit zwei weiteren Umständen zusammen, die für mich als Schriftsteller interessant waren. Einmal erfolgt in der Zeit des Romans eine schleichende Abwertung des Regensburger Pfennigs, dessen Silbergehalt abnahm. Hans Fugger verwendete dieses Wissen, um Schulden und Steuern zu bezahlen. Als seine Steuerzahlungen unter einen annehmbaren Wert von fünf Gulden fielen, musste er sogar einen Eid schwören, nicht betrügerisch zu handeln, was ihn nicht daran hinderte, seine Steuerschulden weiter kleinzurechnen. Zudem bemühte er sich, diesen Geldwertverfall in einen billigen Hauskauf umzumünzen. Andererseits erfuhr er, dass die Stadt die Haupthandelsstraße (Via Claudia Augusta) im Zentrum zu pflastern gedachte und damit dem Wildwuchs der Hütten in der heutigen Karolinenstraße ein Ende bereiten wollte. Das bedeutete für jedes Haus an dieser Straße eine deutliche Wertsteigerung.

Dass im Roman dieser einfachen Geschäftsidee eine Handlung untergeschoben wird, ist natürlich. Die Familie Grau, die im Haus am Rohr wohnte, dem späteren Geburtsort von Jakob Fugger dem Reichen, erweist sich im Roman und in der dokumentierten Realität nämlich als durchaus geschäftstüchtig. Die 500 Gulden, die Hans Fugger bezahlen musste, enthielten bereits die Wertsteigerung, die durch die Maßnahmen der Obrigkeit entsteht. Der Gürtler Heinrich Grau hatte es 19 Jahre zuvor für 250 Gulden erstanden. Der Wert hatte sich also verdoppelt.

Meine Erzählung enthält unterschwellig – neben der unerfüllten Liebesgeschichte zwischen Hans und Anna – auch die Geschichte von Annas Mutter, Brigitta Melcher. Sie ahnt zwar, dass Hans an der Entstellung ihrer Tochter einen Anteil hat und lehnt ihn und seine Familie daher ab, erfährt aber erst sehr spät die ganze Wahrheit. Ab diesem Zeitpunkt entwirft sie einen perfiden Plan, um sich an Hans und Ulin ebenso schicksalhaft zu rächen. Diese Geschichte wird nur andeutungsweise erzählt, basiert aber auf ungewöhnlichen Ereignissen: Ulin wurde tatsächlich erschlagen, und Hans starb 1408 völlig überraschend.

Zeitleiste des Romans

Kursiv Gesetztes ist meiner Fantasie entsprungen.

ca. 1348   Hans Fugger wird als Sohn des Landwebers Johann Fugger und der Anna Maria Meißner geboren.

ca. 1349   *Anna Melcher(in) wird als Tochter des Landwebers Xaver Melcher und seiner Frau Brigitta geboren.*

1363   *Annas Unfall. Sie wird im Gesicht verunstaltet und bricht sich den linken Arm und das rechte Bein. Hans Fugger geht fluchtartig auf Wanderschaft.*

1366   Hans kehrt zurück und legt eine Art Meisterprüfung für Landweber ab.

1367   Der Webermeister Hans Fugger siedelt laut dem Ehrenbuch der Fugger vermutlich aus dem Dorf Jettingen (im Westen von Augsburg) in die Stadt über. Erwähnung im Augsburger Steuerbuch: »*fucker advenit*« – Fugger ist angekommen. Er bemüht sich um eine Webergerechtigkeit.

1368   Hans' Bruder Ulin (Ulrich) kommt erstmals nach Augsburg und wird Knecht bei dem Weber Lang(en).

1368   Ulin Fugger muss Augsburg vermutlich verlassen, weil er des Totschlags mitangeklagt ist. Die Anklage wird später fallengelassen. Zwischen 1368 und 1377 ist er in Augsburg nicht nachweisbar.

1370   Hans heiratet Klara, die Tochter des späteren Zunftmeisters Oswald Widolf und erhält damit automatisch das Bürgerrecht. Aus der Ehe gehen zwei Töchter hervor. Hans handelt als Verleger mit den fertigen Tuchen der Weber.

1377   Ulin Fugger heiratet die Augsburger Bürgerstochter Kunigunde Mundsam. Damit erhält er vermutlich das

Bürgerrecht. Ulin zieht vermutlich 1377 von Jettingen ganz nach Augsburg. Er erhält eine Webergerechtigkeit, beginnt aber mit dem Tuchhandel.

1378	Tod des Landwebers Johann Fugger, Vater von Hans, Ulin und Klaus.
um 1380	Nach Klaras Tod geht Hans Fugger eine zweite Ehe mit Elisabeth Gfattermann ein. Sie ist die Tochter des bedeutenden Augsburger Webermeisters und Ratsmitglieds Hans Gfattermann. Bei ihrer Hochzeit ist sie noch keine 14 Jahre alt.
1386	Hans Fugger wird in den Vorstand der Weberzunft gewählt, und das bedeutete auch einen Sitz im Großen Rat (Zwölferrat) der Stadt. Er wird außerdem Mitglied des Dreizehner-Rats (Zwölfer-Rat plus Zunftobermeister) der Weberzunft.
1394	Ulin Fugger, Hans' ständiger Konkurrent, wird von einem Bleicher erschlagen.
1394/95	Späte Geburt von Andreas Fugger (Fugger vom Reh); Elisabeth Fugger ist da bereits ca. 28 Jahre alt.
1395 bis 1397	Zwei weitere Kinder folgen: Michael und Peter (über sie ist weiter nichts bekannt).
ca. 1398	Späte Geburt von Jakob Fugger (dem Alten von der Lilie).
ca. 1408	Hans Fugger stirbt überraschend.
ab 1409	Geschäftsführung und -ausdehnung des Handelsgeschäfts durch Elisabeth Fugger-Gfattermann und ihre Söhne.
1436	Elisabeth Fugger-Gfattermann stirbt hochbetagt mit ca. 70 Jahren.

Glossar

AUSTRAGSHAUS
: Haus, das die Bauern bewohnen, die den Hof an den Erben abgegeben haben, um dort ihren Lebensabend zu verbringen

BARCHENT
: Mischgewebe aus Leinen und Baumwolle. Als »fremdes Gewirk« war seine Herstellung nicht zunftgebunden; auch Weber aus dem Umland (Gäuweber) konnten daher für die Zunft weben.

BRÜNNE
: Brustharnisch

CAPPA
: Überwurf aus Filz oder Leinen, die hinten lang und vorn kurz war, um die Hände freizuhalten fürs Arbeiten

DORFANGER
: offenes Gebiet rund um das Dorf

DREIZEHNER-RAT
: Gesamtrat der Weberzunft, einschließlich des Zunftoberen, der aus dem Rat gewählt wird

FLACHS-/LEINERNTE
: Erntezeit war der August, aber frühe Ernten um den 21. Juni (Sommersonnenwende) waren durchaus üblich; je früher der Flachs geerntet wird, desto weicher und dünner sind die Fasern zum Spinnen.

FLACHSSCHWERT
: Bearbeitungsgerät für den Flachs, mit dem die Holzteile entfernt wurden

FLACHSSCHWINGE
: Bearbeitungsgerät für den Flachs. Auf die Schwinge wurde der Flachs gelegt, und mit dem Flachsschwert wurden die Holzteile entfernt.

GÄUWEBER
: Weber aus dem Umland, oftmals Nebenerwerbsweber und nicht zunftgebunden

GELEITSWOCHE
: Woche, in der freies Geleit herrschte

GOSCHELN
: Schimpfen

HASPEL	technisches Hilfsmittel zum Auf- und Abwickeln von Flachsfäden
HAUS BEIM GÖGGINGER TOR	vor dem Brunnen, heute Färbergässchen/Annastraße
HUCKER	Träger
HUNDSPETERLING	(Hundspetersilie) Früchte und Kraut führen zu Erbrechen, kaltem Schweiß und zuletzt Atemlähmung und Tod.
JUNGANFLUG	frisch aufgegangener Samen unter einem Baum; oft schon mehrere Jahre alt
KLEBSATTELGASSE	heute: Armenhausgasse in der Oberstadt nahe St. Ulrich und Afra. Damals gab es die gotische Kirche noch nicht, nur das Kloster mit einer romanischen Kirche.
KÖPERN	Die Köperbindung ist eine der drei Grundbindungsarten beim Weben, in der abwechselnd eine, dann zwei Ketten gehoben werden; es entsteht ein Gratmuster, das durch den Stoff läuft.
KRAXE	Kiepe, mit der man Gegenstände auf dem Rücken tragen kann
KUDER	Kater
LEBZELTER	Lebkuchen und Hersteller von Lebkuchen
MANDEL	aufgestellte Strohgarbe (Strohmännchen)
MANNLOCH	Durchschlupf oder kleine Tür in einem größeren Tor
MESUSA	kleine Schriftkapsel für ein aufgerolltes Pergament. Sie hängt an den Türpfosten vieler jüdischer Wohnungen und enthält zwei Abschnitte des Gebets Sch'ma Jsrael. Die Mesusa soll die Wohnung beschützen.
MICHAELI	29. September, Michaelstag; Tag, an dem die Bediensteten (Knechte, Mägde) ihre Herrschaft wechseln konnten

OCHSENFIESEL	eine Peitsche aus dem getrockneten Penis eines Stiers
RATSCH	Gespräch ohne Zweck, belanglose Unterhaltung
RAUFE	Gestell für Stroh, Heu oder Gras, aus dem die Tiere ihr Futter herausziehen (raufen) können
REICHSEXEKUTION	Mittel, mit dem ein Staatenbund oder Bundesstaat seine Gliedstaaten dazu anhält, ihre Pflichten zu erfüllen
ROLLZUG	Holzrolle am hinteren Ende des Webstuhls, auf den die Kettfäden aufgewickelt werden
ROTTFUHRWERK	Fuhrwerk, das von mehreren Pferden gezogen wird und mit Ware beladen ist
SCHLUPF	enger, schmaler Durchgang
SCHOPF	kleines Waldstück
SCHRANNE	Getreidemarkt oder Kornspeicher in Süddeutschland
SCHRATZEN	sich ungebärdig benehmende Kinder
TRIPPEN	Holzschuhe, die unter normale Schuhe gebunden werden, damit man nicht in den Schmutz tritt
UNGELD	Steuer
VENEDIGER	Erzprospektoren im Mittelalter, also Männer, die nach Erzadern suchten
VERLAGSWESEN	Bereitstellung von Rohmaterial zur Verarbeitung durch Heimarbeiter und Ankauf der Fertigware für den Verkauf auf Märkten
WARENBILD	(rechte) Ober- und (linke) Unterseite der Stoffbahn am Webstuhl
WEBER-GERECHTIGKEIT	Recht, sich als Webermeister in der Stadt niederzulassen
ZIEMER	Schlagwaffe, die aus einem gedörrten Ochsenpenis hergestellt wird (Ochsenziemer)

Dank

Welten zu entwickeln macht immer einen ungeheuren Spaß. Sie sind jedoch ein schwieriges Unterfangen, das allein kaum zu bewältigen ist. Man steht auf vielen Schultern. Ich kann leider nicht alle aufzählen. Dennoch möchte ich die für mich wichtigsten Menschen erwähnen.

Immer zu tiefstem Dank verpflichtet bin ich meiner Frau Ingrid, die mir Kritikerin und Diskussionspartnerin ist und die mich mit dem Brot des Schriftstellers versorgt, nämlich der Zeit, um ungestört zu arbeiten.

Der Arbeit meines Agenten Roman Hocke und seiner Mitarbeiter*innen schulde ich großen Dank. Wie immer rief er dieses Projekt ins Leben und bietet mir jederzeit Unterstützung, um in Ruhe arbeiten zu können.

Meine Lektorin Dr. Stefanie Heinen glaubte an das Projekt, war immer zu Gesprächen bereit und trieb die Idee zu diesem Buch voran.

Ganz besonderen Dank schulde ich meiner Lektorin Frau Dr. Ulrike Brandt-Schwarze. Ihre akribische Arbeit, ihr Einfühlungsvermögen für meine Geschichten, ihr Herz für die verletzliche Seele eines Schriftstellers und ihr präziser Verstand dafür, wie Romane funktionieren, gibt meinen Texten ihren letzten Schliff. Diese Hilfe ist für mich unschätzbar wertvoll. Vielen lieben Dank.

Zuletzt vielen Dank allen, die durch ihre Hinweise, durch ihre Rücksichtnahme, ihre Geschichten, ihre Recherche und oft allein durch ihre Anwesenheit wissentlich und unwissentlich an der Entstehung dieses Buches ihren Anteil hatten. Ich bin diesbezüglich ein Schwamm, der alles aufsaugt und wiedergibt, wenn er am Schreibtisch sitzt. Euch allen verdanke ich die Geschichten zu dieser Geschichte.

Peter Dempf
Stadtbergen, Mai 2021

Die Community für alle, die Bücher lieben

Das Gefühl, wenn man ein Buch in einer einzigen Nacht verschlingt – teile es mit der Community

In der Lesejury kannst du

★ Bücher lesen und rezensieren, die noch nicht erschienen sind

★ Gemeinsam mit anderen buchbegeisterten Menschen in Leserunden diskutieren

★ Autoren persönlich kennenlernen

★ An exklusiven Gewinnspielen und Aktionen teilnehmen

★ Bonuspunkte sammeln und diese gegen tolle Prämien eintauschen

Jetzt kostenlos registrieren: www.lesejury.de

Folge uns auf Instagram & Facebook:
www.instagram.com/lesejury
www.facebook.com/lesejury